LEIF GW PERSSON • WER ZWEIMAL STIRBT

LEIF GW PERSSON

WER ZWEIMAL STIRBT

Kriminalroman

Aus dem Schwedischen
von Julia Gschwilm

btb

Dies ist ein böses Märchen für erwachsene Kinder, und diesmal ist auch eine der Hauptpersonen der Geschichte ein Kind: nämlich Evert Bäckströms Nachbar, der kleine Edvin, zehn Jahre alt. Wenn man so will, kann man ihn als neuzeitliche literarische Entsprechung der Straßenkinder sehen, die uns in Conan Doyles Sherlock-Holmes-Romanen in der Baker Street begegnen, oder des kleinen Emil Tischbein in Erich Kästners Buch über »Emil und die Detektive«. Oder – denn Letzterer ist den schwedischen Lesern sicher am bekanntesten – unseres eigenen jungen Meisterdetektivs Kalle Blomkvist aus den Romanen von Astrid Lindgren.

Rein äußerlich ähneln sich Bäckström und Edvin nicht im Geringsten, doch es herrscht eine starke innere Verbundenheit zwischen ihnen. Edvin ist Bäckströms treuer Knappe und sein Bote in einer Vielzahl einfacher Verrichtungen von eher häuslicher und privater Natur, während Bäckström – wie Edvin die Sache vorzugsweise betrachtet – wohl am ehesten als Mentor und männliches Vorbild des Jungen beschrieben werden kann. Als Edvin während seines Aufenthalts im Sommerlager der Seepfadfinder zufällig einen sehr unheimlichen Fund mit deutlichen polizeilichen Vorzeichen macht, ist natürlich Bäckström der Erste, an den er sich mit seiner Entdeckung wendet.

Vielleicht hofft er auch auf die Chance, dem »Herrn Kommissar« bei der Auflösung dessen, was Bäckströms Auffassung nach bereits auf den ersten Blick nach einem »sehr vielversprechenden

Mord« aussieht, zur Seite zu stehen. Ein Kommissar und legendärer Mordermittler, der die fünfzig bereits überschritten hat, und ein Junge von zehn Jahren also. Ob es ratsam ist, dass Letzterer im Ersteren eine Art geistige Vatergestalt sieht, darüber kann man natürlich diskutieren.

Nichtsdestotrotz, wenn wir nun von all dem absehen, unsere Herzen öffnen und in unserem Inneren Weitsicht walten lassen, ist es auch die Geschichte einer edlen Kameradschaft zwischen Männern, bei denen die innere Verbundenheit schwerer wiegt als alle äußeren Unterschiede. In allem Übrigen ist es eine Schauergeschichte. Böse Mächte treiben ihr Spiel, dunkle Wolken brauen sich über den Köpfen von Bäckström und dem kleinen Edvin zusammen.

Aber ich will die Ereignisse nicht vorwegnehmen. Lassen Sie mich stattdessen von vorne anfangen und in schönster Ordnung berichten, wie alles begann und wie es endete.

Leif GW Persson
Professorenvilla, Elghammar
im Sommer 2016

I

Ein »ziemlich gruseliger« Fund mit polizeilichen Vorzeichen

I

Am Dienstagnachmittag, 19. Juli, klingelte um kurz vor sechs jemand an der Tür von Kriminalkommissar Evert Bäckströms Wohnung im Stockholmer Stadtteil Kungsholmen. Es war ein diskretes, aber gleichzeitig aufforderndes Klingeln, und darüber hinaus der Start einer weiteren Mordermittlung in Bäckströms Leben. Normalerweise begann es niemals auf diese Art.

Normalerweise folgte das Ganze festgelegten Routinen. Kriminalkommissar Evert Bäckström war Chef der Abteilung, die sich bei der Polizei Solna mit schweren Verbrechen befasste. Die schwersten Verbrechen, mit denen man es zu tun hatte, waren unterschiedliche Fälle tödlicher Gewalt, und Bäckström war dafür verantwortlich, dass in Ordnung gebracht wurde, was noch in Ordnung zu bringen war. Mit anderen Worten: Das Verbrechen aufgeklärt, der Täter dingfest gemacht und hinter Gitter gebracht und für die Angehörigen die Möglichkeit eines persönlichen Abschlusses, zumindest der Trauerarbeit.

Es begann fast immer mit einem Telefongespräch. Einer von Bäckströms Chefs, Kollegen oder vielleicht auch wachhabenden Polizisten rief an – wenn er nicht gerade im Büro saß – und bat ihn, sich um die Sache zu kümmern.

Seit Bäckström ein paar Jahre zuvor bei der Polizei in Solna angefangen hatte, leitete er in über zwanzig Mordfällen die Ermittlungen und hatte alle bis auf einen aufgeklärt. Eine Weile war er sogar so erfolgreich, dass er seine eigene Existenz riskierte, da sich die Anzahl der Morde in der Gegend auf höchst beunruhigende Weise verringerte. Glücklicherweise hatte sich das wieder gegeben, und während des letzten Jahres konnte Bäckström einen sehr erfreulichen Anstieg in der Statistik der tödlichen Gewaltverbrechen verzeichnen. Ein dienstliches Telefongespräch, und wieder landete eine Leiche auf Bäckströms Schreibtisch.

Doch diesmal begann alles anders, jemand klingelte an seiner eigenen Wohnungstür. Näher – in persönlicher und privater Hinsicht – kann ein Ermittler dem, was sich sehr bald als Start eines höchst komplizierten Mordfalls erweisen sollte, wohl kaum kommen.

Ein diskretes, aber gleichzeitig auffordendes Klingeln, was ein Mysterium in sich war, da Bäckström dieses Klingeln schon viele Male gehört hatte und wusste, wer den Klingelknopf auf genau diese Art zu betätigen pflegte. Der kleine Edvin, dachte Bäckström. Merkwürdig, denn bei ihrem letzten Zusammentreffen, in der Woche vor Mittsommer, hatte Edvin erzählt, dass er ins Sommerlager der Pfadfinder fahren und erst einen Monat später zurückkehren würde, nämlich Ende Juli.

2

Bis zu dem mysteriösen Türklingeln war es ein ganz normaler Arbeitstag in Bäckströms Leben gewesen. Da das Wetter ausgesprochen schön war, hatte er im Büro angerufen und mitgeteilt, dass er sich leider gezwungen sah, am Vormittag von zu Hause aus zu arbeiten. Die nationale Polizeibehörde brauchte seine Hilfe bei einer dringenden Angelegenheit, was am einfachsten mithilfe seines eigenen Computers und ohne unnötige Wege durchgeführt werden konnte.

Dann hatte er sich auf den Balkon gesetzt, gefrühstückt und in aller Ruhe die Tageszeitungen gelesen, anschließend geduscht und sich mit Bedacht gekleidet (dem Wetter entsprechend, ein weiterer strahlender schwedischer Hochsommertag in dem herrlichen Leben, das er inzwischen führte), bevor er schließlich ein Taxi rief, das ihn zum Polizeigebäude in Solna fahren sollte. Bereits eine Stunde vor der Mittagspause war er vor Ort in seinem großen und menschenleeren Büro. Die halbe Belegschaft weilte im Urlaub, weil sie nicht begriffen hatte, dass gerade der Sommer die beste Zeit war, sich auszuruhen, wenn man klug genug war, dies in bezahlter Arbeitszeit zu tun. Nachdem sie so wenige waren, stand schlicht und einfach nicht zur Debatte, sich in arbeitsintensivere Abenteuer zu stürzen, ungeachtet der Wünsche der Führungsetage. Stattdessen beschäftigte man sich damit, in alten Papieren zu blättern und Fälle zu katalogisieren, die zum Stillstand gekommen waren. Kurz gesagt, man umging alles, das nicht von unmittelbarem und besonders dringlichen Charakter war.

Wie immer hatte er zunächst seine übliche Kontrollrunde erledigt, die sicherstellte, dass keiner seiner Mitarbeiter sich Dingen widmete, die Anlass zu weiteren polizeilichen Einsätzen gaben. Alles wirkte ruhig, überwiegend leere Zimmer, Korridore und Schreibtische, die üblichen Faulpelze, die im Pausenraum saßen und über alles zwischen Himmel und Erde palaverten, bloß nicht über die Arbeit selbst. Sobald er seine Runde beendet hatte, sprach er auf seinen Anrufbeantworter, er befände sich nachmittags auf einem Meeting und würde erst am Tag darauf in sein Büro zurückkehren.

Dann hatte er ein Taxi nach Djurgården genommen, um in einem schön gelegenen Wirtshaus zu Mittag zu essen, wo das Risiko, irgendeinen Kollegen zu treffen, der sich ebenfalls aus dem Büro verdrückt hatte, gegen null ging. Zuerst eine Variation vom Hering, ein kaltes tschechisches Pils und ein russischer Wodka für die Verdauung. Anschließend gegrilltes Beefsteak, ein weiteres Pils und ein ordentlicher Schnaps, um dem Effekt der gebratenen Zwiebeln entgegenzuwirken, die zu dem Beefsteak serviert worden waren. Das Ganze abgerundet mit Kaffee und Cognac, bevor er sich in das dritte Taxi dieses Tages setzte, um nach Hause zu fahren und seine wohlverdiente Mittagsruhe einzuleiten.

Bäckström war erst eine Viertelstunde, bevor Edvin an seiner Tür klingelte aufgewacht. Ausgeruht, guten Mutes und mit kristallklarem Verstand hatte er es sogar bereits fertiggebracht, sich einen erfrischenden Aperitif zu mischen, bevor das Geräusch der Türklingel seine Ruhe störte. Ungefähr gleichzeitig begann er in Gedanken, den gelungenen Abschluss dieses Arbeitstags zu planen.

Merkwürdig, dachte Bäckström. Einerseits das typische Klingeln des kleinen Edvin. Andererseits Edvins eigene Angaben, die im Übrigen von seiner Mutter bestätigt worden waren, als Bäckström sie einige Tage zuvor im Treppenhaus getroffen hatte. Dass Edvin sich in einem Pfadfinderlager befand, weit draußen in der Gegend um die Insel Ekerö im Mälarsee und mindestens dreißig Kilometer von seinem Wohnhaus entfernt. Und dass er erst wieder Ende nächster Woche zu Hause erwartet wurde.

Bäckström war zwar der bekannteste und angesehenste Polizist des Landes. Ein lebendes Symbol für die Sicherheit, die alle normalen Mitbürger als ihr Recht betrachteten. Ein Fels in der Brandung, bei dem man in diesen bösen und unsicheren Zeiten noch immer Schutz suchen konnte. So nahmen anständige, normale Leute ihn und das, wofür er stand, wahr – aus gutem Grund. Gleichzeitig gab es jedoch viel zu viele, die ihre Ansicht nicht teilten und die unter Umständen Edvins Klingelsignal imitierten, um ihm zu Leibe zu rücken, ja ihn sogar anzugreifen oder zu töten. Das hatte sogar sein einfältiger Arbeitgeber eingesehen, als er ihm schließlich das Recht zugestanden hatte, seine Dienstwaffe auch außerhalb der Arbeitszeiten zu tragen.

An allen Tagen der Woche, zu jeder Stunde des Tages, egal, wo er sich befand und was er tat, konnte er nun also seinen besten Freund im Leben mit sich führen. Klein-Sigge, seine Dienstpistole der Marke Sig Sauer mit dem größten verfügbaren Magazin, Kapazität von 15 Schuss. Auch wenn es schwer durchzukriegen und sogar das Eingreifen der höchsten Leitung des Polizeiwesens nötig gewesen war, bis einer seiner aktenversessenen Chefs gewagt hatte, diesen Beschluss zu verabschieden.

Man sollte es nicht darauf ankommen lassen, dachte Bäckström und holte Sigge aus der Tasche seines Morgenrocks, bevor er in den Flur ging, um einen näheren Blick auf seinen Besucher zu werfen.

3

Bäckström war ein vorsichtiger Mensch. Bösewichte lauerten überall, und sollte er die Zugbrücke zu der Burg, die er sein Heim nannte, herunterlassen, dann fasste er, und nur er, diesen wohlüberlegten Entschluss.

Durch den Türspion zu blicken war völlig unmöglich. Nur die minderbemittelte Kategorie der Lebensmüden ließ sich auf diese Weise den Schädel in Stücke schießen, und dass es überhaupt einen Türspion in seiner Tür gab, diente einzig und allein dazu, den Gegenspieler zu verwirren. Er verließ sich auf die gut versteckte Überwachungskamera, die er vor ein paar Monaten hatte installieren lassen, aus praktischen Gründen sowohl mit seinem Computer als auch mit seinem smarten Handy verbunden.

Definitiv Edvin, dachte Bäckström. Er tippte auf sein Handy, um die Kamera auf das Treppenhaus zu richten und sicherzugehen, dass er auch allein war. Und nur Edvin, dachte er.

Bevor er die Tür öffnete, steckte er Klein-Sigge zurück in die Tasche seines Morgenrocks, um seinen Gast nicht unnötig zu beunruhigen.

»Edvin«, rief Bäckström. »Schön, dich zu sehen. Sag, was kann ich für dich tun, junger Mann?«

»Entschuldigen Sie, Herr Kommissar, bei allem Respekt«, sagte Edvin und verbeugte sich höflich, »aber ich glaube, diesmal kann ich etwas für Sie tun.«

»Was du nicht sagst. Das klingt ja gut. Dann komm mal rein.«
Merkwürdiger Bursche, dachte Bäckström. Von seinem komischen Aufzug ganz zu schweigen.

Edvin war klein und dünn. Dünn wie Zahnseide und nur unbedeutend länger als das Stück, das Bäckström abzureißen pflegte, bevor er morgens und abends die veritablen Kronjuwelen pflegte, die inzwischen seine ursprüngliche Garnitur ersetzt hatten. Edvin trug eine runde Hornbrille mit Gläsern dick wie Aschenbecher, und er redete wie ein Buch mit sehr kleinen Buchstaben. Eine kleine, Bücher verschlingende Brillenschlange, die ein paar Jahre zuvor eingezogen war. Vorteilhafterweise war er auf diese altmodische Art wohlerzogen, und glücklicherweise das einzige Kind, sowohl in seiner Familie als auch in dem Haus, in dem Bäckström und er wohnten.

Bäckström mochte keine Kinder. An sich war das nicht verwunderlich, denn er missbilligte im Großen und Ganzen alle Menschen außer sich selbst und auch die meisten Tiere und Pflanzen, aber bei Edvin machte er eine Ausnahme. Der Junge hatte sich nämlich als verschwiegen, unumstößlich loyal und darüber hinaus überaus nützlich erwiesen, wenn es darum ging, kleinere Erledigungen auszuführen, wie beispielsweise Zeitungen, Zutaten für seine Longdrinks und diverse Delikatessen vom Feinkostladen im Einkaufszentrum am Sankt Eriksplan zu besorgen. Es würde allerdings noch ein paar Jahre dauern, bevor Bäckström ihn zum Systembolaget, dem staatlichen Alkoholgeschäft, schicken konnte, um die etwas gewichtigeren Aufträge zu erledigen. Aber die Zeit würde kommen, und bereits jetzt war er Bäckström ans Herz gewachsen.

Heute war Edvin darüber hinaus in Uniform gekleidet. Ein langärmliges blaues Hemd, ein gelbes Halstuch, das von einer geflochtenen Lederschnur zusammengehalten wurde, knielange blaue Hosen und blaue Turnschuhe. Auf dem Hemd prangten mehrere Stoffembleme und einige metallene Abzeichen, an seinem Gürtel hingen ein mittelgroßes Messer in einer Scheide sowie drei Gürteltaschen unterschiedlicher Größe, und auf dem Rücken trug er einen kleinen Rucksack aus braunem Leder.

Vermutlich aus dem Pfadfinderlager getürmt, folgerte Bäckström in Polizistenmanier.

Bäckström und sein Gast ließen sich auf der Sitzgruppe in seinem Wohnzimmer nieder. Bäckström in seinem thronähnlichen Sessel mit Fußschemel, während Edvin zunächst den Rucksack abgenommen und auf den Couchtisch gestellt hatte, bevor er sich in die nächstgelegene Sofaecke setzte. Mit geradem Rücken wie ein Zinnsoldat und ernstem Gesichtsausdruck.

»Du hattest ein Anliegen«, erinnerte ihn Bäckström, nippte an seinem Drink und nickte seinem Besucher freundlich zu.

»Ja«, sagte Edvin. »Vor ein paar Stunden hab ich auf einer Insel in der Nähe des Lagers der Seepfadfinder, in dem ich gerade bin, etwas gefunden. Ich glaube, es könnte für den Herrn Kommissar von Interesse sein.«

»Ich höre.« Bäckström lächelte freundlich. »Erzähl.«

Edvin nickte, öffnete seinen Rucksack und holte eine Plastiktüte heraus, die er ihm reichte, und sobald Bäckström die Tüte in der Hand hatte, begriff er, was darin war. Das gibt's doch nicht, dachte er.

»Wirklich ziemlich scheußlich«, bestätigte Edvin und nickte ernst.

4

Früher am Tag war Edvin mit seinen Pfadfinderkollegen beim Segeln gewesen, doch kurz nach dem Mittagessen hatte man ihm einen Spezialauftrag erteilt und ihn auf einer nahe gelegenen Insel abgesetzt, um Pfifferlinge, andere essbare Pilze oder sonst irgendetwas zu sammeln, das man verwenden konnte, um die Essenskosten für Edvin und seine Kollegen gering zu halten, ohne dass es sie umbringen würde.

Pilze hatte er keine gefunden, was Edvin, in Anbetracht des trockenen Wetters, das seit fast einem Monat herrschte, nicht sehr verwunderlich fand. Auch nichts anderes Essbares im Übrigen. Stattdessen hatte er eine völlig andere Art von Fund gemacht.

»Als ich ihn gesehen habe, dachte ich zuerst, es wäre ein großer Bovist.« Edvin nickte zu dem weißen Schädel hin, der zwischen ihnen auf dem Tisch lag. »Er war im Moos eingesunken, und nur die Stirn ragte heraus.«

»Was hast du dann gemacht?«, fragte Bäckström.

Etwas blass um die Nase bist du jedenfalls, dachte er.

»Na ja, ich bin draufgetreten. Wie man es bei Bovisten macht. Sodass er zerplatzt und staubt. Aber dann hab ich ja begriffen, was es war. Er lag außerdem genau vor dem Eingang zu einem Fuchsbau. Also hätte ich es vielleicht schon vorher kapieren müssen.«

Bäckström begnügte sich mit einem zustimmenden Nicken.

Dann steckte er einen Stift in die Augenhöhle des Schädels und hielt ihn hoch, um ihn näher betrachten zu können, ohne Fingerabdrücke oder andere Spuren zu hinterlassen.

»Ich hab es genauso gemacht wie der Herr Kommissar. Um keine unnötigen Spuren zu hinterlassen«, sagte Edvin. »Ich hab ihn also nicht angefasst«, verdeutlichte er.

»Natürlich nicht. Wir sind ja Profis, du und ich. Nicht irgendwelche idiotischen Privatdetektive.«

Dieser Bursche hat's drauf, dachte Bäckström, während er Edvins Fundstück untersuchte.

Es war ein menschlicher Schädel, dem der Unterkiefer fehlte, was oft der Fall war, sobald er eine Weile draußen in der Natur gelegen hatte. Ansonsten schien er in ausgezeichnetem Zustand zu sein. Weiß und ohne jegliche Gewebereste. Keine Werkzeugspuren, die durch Menschenhand zustande gekommen waren. Auch keine Abdrücke von Tierzähnen. Nur Spuren von Dingen, die mit Edvins Bericht zusammenpassten: Rückstände von Moos und Gras, ein längerer Halm, der sich zwischen den Vorderzähnen des Oberkiefers eingekeilt hatte, Erde an einer Seite. So weit nichts Merkwürdiges im Hinblick auf die Umstände, und im Lauf der letzten zweihundert Jahre hatten Generationen von schwedischen Archäologen Tausende ähnlicher Funde im Mälartal gemacht, die aus der Bronzezeit und früher stammten. Damit gab es auch keinen Grund für jemanden wie Bäckström, sich unnötig zu ereifern. Wäre da nicht das kleine, runde Loch in der rechten Schläfe gewesen, etwa in Höhe der Mittellinie der Augenhöhlen.

»Die Kugel liegt noch im Inneren des Schädels.« Edvin reichte Bäckström eine kleine Taschenlampe. »Ich hab sie klappern hören, als ich ihn hochgehoben habe. Also hab ich sie mir mit der Taschenlampe angeschaut.«

»Soso, das hast du also.« Bäckström kippte den Schädel vorsichtig in den richtigen Winkel und leuchtete in den Schädel hinein. Da lag sie, genau wie Edvin gesagt hatte. Eine Bleikugel, ohne Ummantelung, vermutlich Kaliber .22. Ein Einschussloch mit scharfen und deutlichen Kanten, aber kein Austrittsloch. Die Kugel war platt gedrückt worden, sobald sie die Schläfe des Schädels durchdrungen hatte, und hatte einen doppelt so großen Durchmesser angenommen wie zuvor. Zu groß, um durch das Loch zu fallen, das sie verursacht hatte, und damit im Kopf des Menschen verblieben, den sie getötet hatte. Und ein guter Grund dafür, dass Edvins Fund auf Bäckströms Tisch gelandet war. Sogar auf seinem eigenen Sofatisch.

»Aha, ja.« Bäckström stellte den Schädel auf dem Tisch ab. »Was meinen wir also dazu? Nachdem es dein Fund ist, Edvin, schlage ich vor, du fängst an. Was fällt dir zu dem Totenschädel hier ein?«

Zuerst hatte Edvin nur genickt. Dann ein kleines schwarzes Notizbuch aus einer der kleinen Taschen geholt, die er an seinem Gürtel trug, samt einen Stift, den er aus der Brusttasche seines Hemds zog. Seine Brille zurechtgerückt und etwas diskret gesummt, eher für sich, wie es schien, bevor er schließlich das Wort ergriff.

»Danke, Herr Kommissar«, sagte Edvin. »Ich glaube, es ist eine Frau. Eine erwachsene Frau. Zwischen zwanzig und vierzig Jahre alt. Also, als sie gestorben ist. Eigentlich bin ich mir da ganz sicher.«

»Wie kannst du dir so sicher sein?«

Dieser Junge übertreibt vielleicht ein bisschen, dachte Bäckström.

»Ich hab im Bus auf dem Weg hierher gegoogelt.« Edvin fiel es plötzlich schwer, seinen Eifer zu verbergen. Er hielt sein iPhone hoch, um seine Aussage zu bekräftigen.

»Ich will ja nicht nerven«, erwiderte Bäckström, »aber was macht dich so sicher?«

Alles, absolut alles, sprach Edvin zufolge dafür, dass es so war. Ein gut zusammengewachsener Schädel mit deutlichen Suturen. Genau wie bei einem Erwachsenen. Bleibende Zähne wie bei einem Erwachsenen. Keine Milchzähne, wie sie Kinder bis zu einem Alter von zirka 13 Jahren haben konnten. Definitiv ein erwachsener Mensch.

»Und warum meinst du, es ist eine Frau?«, fragte Bäckström.

»Tja, das liegt nicht in erster Linie an der Größe. Frauen haben zwar kleinere Köpfe als Männer, also im Durchschnitt, und dieser hier ist ja sehr klein, wenn er auf einem erwachsenen Mann gesessen haben soll. Aber es gibt ja große Unterschiede. Ich meine, auch zwischen Männern.«

Wie wahr, wie wahr, dachte Bäckström und nickte ermunternd.

»Es sind vor allem andere Dinge«, fuhr Edvin fort. »Senkrechte Stirn, runde Form. Männer haben oft eine eher nach hinten geneigte und etwas eckige Stirn. Ja, und dann wären da noch die Augenbrauenbögen. Bei uns sind sie oft markant, aber bei Frauen sind sie klein oder gar nicht vorhanden. Die Augenhöhlen sind bei Frauen runder, und wenn der Herr Kommissar sie sich genau anschaut, dann sieht man, dass die Oberkante der Augenhöhlen dünn und scharfkantig ist. Bei Männern ist sie wesentlich breiter und abgerundeter. Über das Kinn können wir ja leider nichts sagen, weil ihr der Unterkiefer fehlt.«

»Aber du bist ganz sicher?«

Was zum Geier sollen wir mit einem Nationalen Forensischen Zentrum, dachte Bäckström. Hunderte von Idioten, die herumlaufen und Däumchen drehen, obwohl man sie genauso gut durch seinen kleinen Edvin ersetzen könnte.

»Ja, ganz sicher.«

»Hast du noch mehr herausgefunden?«

»Ich glaube nicht, dass sie drogenabhängig oder kriminell war oder so was. Ich glaube, sie war ein ganz gewöhnlicher Mensch. Ein pflichtbewusster Mensch, der ein gutes Leben geführt hat. Sie hat zum Beispiel weiße, völlig gesunde Zähne. Keine einzige Plombe. Keine Löcher, nicht einmal Zahnstein oder Karies. Sie hat auch keine verheilten früheren Verletzungen am Kopf. Als wenn jemand sie geschlagen hätte, oder ihr ein Unfall passiert wäre, meine ich.«

»All das hast du herausgefunden, während du im Bus gesessen und gegoogelt hast?«

»Ja. Ich war fast allein im Bus, ich hab mich ganz hinten hingesetzt, sodass niemand sehen konnte, dass ich mir den Schädel unter die Lupe genommen habe. Außerdem hat die Fahrt nach Kungsholmen über eine Stunde gedauert.«

Vorne im Bus sitzen irgendwelche erwachsenen Trottel und denken darüber nach, ob sie Pizza oder Pasta zu Abend essen und ob sie es noch vor Ladenschluss zum Systembolaget schaffen, dachte Bäckström. Während sie dort mit ihren kleingeistigen Grübeleien beschäftigt sind, sitzt der kleine Edvin ganz hinten, um in aller Ruhe ausgehend von eingehend geprüften wissenschaftlichen Fakten den Schädel zu inspizieren, den er ein paar Stunden zuvor gefunden hat. Genau wie ich es getan hätte, dachte er. Es gab also noch Hoffnung für die Menschheit. Obwohl sie im Namen der Gerechtigkeit schon seit langem hätte verloren sein müssen.

»Gibt es irgendetwas, was ich deiner Meinung nach zu fragen vergessen habe?«, fügte er hinzu.

Vielleicht eine Sache, meinte Edvin, aber das sei nichts, das er sicher wisse, sondern eher etwas, worüber er nachgedacht habe. Ein Gefühl, das er gehabt hatte.

»Was denn?«, fragte Bäckström.

»Ich hab den Eindruck, sie ist nicht in Schweden oder Europa geboren. Es ist kein Schädel von kaukasischem Typ, wie man in der Anthropologie sagt. Dass sie samischen Ursprungs ist, ist wohl auch nicht sehr wahrscheinlich.«

»Glaub ich auch«, stimmte Bäckström zu.

Die Häufigkeit von Lappen im Mälartal sprach stark dagegen, glücklicherweise, dachte er.

»Und woher kommt sie dann?«

»Ich hab das Gefühl, sie kommt aus Asien«, sagte Edvin. »Thailand, Vietnam, Philippinen, vielleicht sogar China oder Japan. Ferner Osten, nicht Mittlerer Osten. Aber das ist also eher ein Eindruck, den ich habe.«

»Ich glaube, dieser Teil des Rätsels wird sich lösen lassen«, meinte Bäckström. »Sobald wir ihre DNA untersucht haben.«

»Das Zahnmark.« Edvin nickte. »Bei ihren guten Zähnen sollte das funktionieren.«

»Ja.«

Was hatte ich eigentlich erwartet, dachte Bäckström.

»Bleibt die entscheidende Frage«, sagte Edvin, während er mit dem Stift etwas in sein Notizbuch kritzelte.

»Was meinst du?«

»Mord oder Selbstmord.«

»Ja, ich wollte dich gerade danach fragen«, erwiderte Bäckström, was eine glatte Lüge war, denn das Einzige, worüber er in den letzten Minuten ihres Gesprächs nachgedacht hatte, war, dass es höchste Zeit war, sich einen neuen Drink zu mixen.

»Was meinst du?«, fragte er.

Wahrscheinlich ein Selbstmord. Dem Einschussloch und dem Einschusswinkel nach zu urteilen ein Schuss aus nächster Nähe in die rechte Schläfe. Vielleicht sogar ein aufgesetzter Schuss, wenn die verwendete Waffe eine Pistole oder ein Revolver war und kein Gewehr. Selbstmord mithilfe von Schusswaffen wäre außerdem häufiger als Mord, auch wenn es in der Regel Männer und nicht Frauen waren, die sich auf diese Art aus dem Leben verabschiedeten. Wenn das Einschussloch im Gaumen des Oberkiefers gesessen hätte, wäre Edvin sich sogar ganz sicher gewesen, dass es sich nicht um einen Mord handelte.

»Und deine Einschätzung?«, bohrte Bäckström nach. »Wie, wo und wann? Wie du weißt, sind das immer meine großen Fragen.«

Man sollte die Gelegenheit nutzen, dachte er, bevor der kleine Edvin in die Galaxie im äußeren Weltraum zurückkehren würde, von der er offenbar gekommen war. An diesen Ort, wo man bereits all das wusste, worüber jeder andere, er selbst leider eingeschlossen, lange nachdenken musste.

Mord, meinte Edvin. Allerdings vor allem aufgrund der polizeilichen Regel, die in unklaren Fällen galt, bis ohne jeden Zweifel das Gegenteil bewiesen war.

»Wie der Herr Kommissar immer sagt: Geh von Mord aus, bis das Gegenteil bewiesen ist«, sagte Edvin und nickte.

Ansonsten hatte er nicht mehr viel hinzuzufügen. Außer, dass der Ort, an dem er den Schädel gefunden hatte, vermutlich nicht der Tatort, sondern nur der Fundort gewesen sei. Im Hinblick auf den Fuchsbau, vor dem er gelegen hatte, glaubte er auch, dass die Leiche ursprünglich irgendwo anders auf der Insel vergraben oder versteckt worden war. Es waren an die hundert Meter bis zum nächsten Strand, und auf dem Weg gab es eine Unmenge von Stellen, an denen man eine Leiche verstecken konnte, warum sie also unnötig weit schleppen? Ein Fundort. Kein Tatort.

»Ich bin ja selbst dort gewesen«, verdeutlichte Edvin. »Da ist fast nur Gebüsch und Dickicht. Fast wie ein Dschungel. Da will sicher niemand eine Leiche herumtragen, wenn es sich vermeiden lässt.«

»Und der Tatort?«, fragte Bäckström.

»Vielleicht ein Boot. In dem Fall denke ich auch, es ist im Sommer passiert, wenn die Leute mit Booten auf dem See unterwegs sind.«

Glaube ich auch, dachte Bäckström, der trotzdem nur kurz nickte. Was sollte man draußen auf dem See auch anders machen, wenn man eine Leiche loswerden wollte? Zuerst hatte der Täter für die Nacht in irgendeiner hübschen Bucht geankert. Gerade rechtzeitig zu Hering und Schnaps hatte die Frau, die er dabeihatte, angefangen, ihm das Leben zur Hölle zu machen. Da hatte er das Kleinkalibergewehr genommen, das er an Bord hatte, und allen weiteren Diskussionen ein Ende bereitet, indem er ihr in den Schädel schoss. Warum die Sache unnötig kompliziert machen, dachte Kriminalkommissar Evert Bäckström.

»Und wann ist es passiert?«, fragte er.

In diesem Punkt – wann der tödliche Schuss abgefeuert worden war – war Edvin immer noch unsicher. Kugeln des Kalibers .22 existierten seit fast hundertdreißig Jahren, das hatte er beim Googeln herausgefunden, und gerade diese Art von Angaben stimmten meistens. Natürlich gab es Schädel, die im selben Zustand waren wie der, den er gefunden hatte, obwohl sie über hundert Jahre in der Erde gelegen hatten. Aber wenn er die Wahl hätte, würde er sagen, dass es ein Mord war, der während seiner eigenen Lebenszeit stattgefunden hatte. In den letzten zehn Jahren.

»Wenn du die Wahl hättest«, wiederholte Bäckström. »Wie meinst du das?«

»Weil ich ihn gefunden habe«, sagte Edvin. »Es wäre irgendwie gerecht. Der Herr Kommissar versteht sicher, was ich meine.«

5

»Besten Dank, Edvin.« Bäckström nickte seinem Besucher freundlich zu. »Kann ich sonst noch etwas für dich tun?«

»Ich könnte nicht zufällig ein belegtes Brot haben?«, fragte Edvin. »Ich bin nämlich ein bisschen hungrig.«

»Selbstverständlich«, antwortete Bäckström mit offensichtlicher Wärme. »Ich habe Schinken und Wurst und Leberpastete und den ganzen anderen Kram. Hering und Krabbensalat und Maränenkaviar und geräucherten Aal und Lachs. Du kannst dir nehmen, was du willst.«

»Danke«, sagte Edvin. »Und dann ist da noch etwas, was ich mich gefragt habe.«

»Ich höre.«

»Wir sollten vielleicht mit Furuhjelm sprechen.«

»Furuhjelm?«

»Ja, das ist der Vorsteher des Pfadfinderlagers. Er kann ziemlich kleinlich sein. Weil ich nichts gesagt habe, als ich abgehauen bin, meine ich. Also, über das da.« Edvin blickte die Plastiktüte auf dem Tisch an.

»Klug von dir«, sagte Bäckström. »Die Leute reden viel zu viel, und das hier sollte unter uns bleiben. Mach dir keine Sorgen. Ich kümmere mich darum.«

»Wie machen wir's mit Mama und Papa?«

»Darum kümmere ich mich auch.«

»Wie gut«, erwiderte Edvin mit deutlich erhellter Miene.

»Also, alles gut«, beruhigte ihn Bäckström. »Jetzt sieh zu, dass du was in den Magen kriegst.«

Problem, Problem, Problem, dachte Bäckström, sobald Edvin in seiner Küche verschwunden war. Ohne überhaupt näher über die Sache nachdenken zu müssen, konnte er bereits ein halbes Dutzend praktischer Probleme ausmachen, die durch den Beitrag zur Polizeiarbeit, den sein kleiner Nachbar ihm übergeben hatte, angestoßen worden waren und unmittelbare Maßnahmen erforderten. Der Vorteil an dieser Art von Problemen war, dass sie Bezug zu seiner Arbeit hatten, und nachdem Bäckström der Chef war, musste er nur in aller Deutlichkeit darauf hinweisen und dafür sorgen, dass einer seiner Mitarbeiter sich der Sache annahm.

Ich muss die praktischen Dinge delegieren, dachte Bäckström. Ich rufe Ankan an.

Annika Carlsson war neu ernannte Kriminalkommissarin und Bäckströms rechte Hand in der Abteilung für schwere Verbrechen. Unter den Kollegen wurde sie Ankan, »Ente«, genannt, und ob das nun ein Schimpfname oder ein Kosename war, hing ganz davon ab, wer es sagte. Unabhängig davon war es jedoch immer klug, sich zu vergewissern, dass sie nicht in der Nähe war und es nicht hören konnte.

Gesagt, getan. Bäckström rief Ankan an und erklärte in sehr groben Zügen, worum es ging. Eine Erstanzeige wegen mutmaßlichen Mordes erstellen, dafür sorgen, dass jemand den zehnjährigen Zeugen vernahm, dem diensthabenden Techniker einen Schädel mit Einschussloch und Kugel überstellen. Plus all das andere, das naturgemäß folgte, wenn man eine Mordermittlung einleitete.

»Edvin«, sagte Ankan. »Ist das der kleine Nachbar, den du immer als Dienstboten benutzt? Der kaum größer ist als ein Regenwurm? Ein niedliches Kerlchen. Ein richtiger kleiner Nerd.«

»Ich verstehe nicht, was das mit der Sache zu tun hat«, erwiderte Bäckström. »Ich will, dass du Ordnung in die Angelegenheit bringst.«

»Natürlich. Das wollen wir wohl alle. War das alles?« fragte Ankan Carlsson, sobald Bäckström zu reden aufgehört hatte.

»Ja, und dann noch, dass er von irgendeinem verdammten Pfadfinderlager draußen auf Ekerö abgehauen ist. Man sollte also vielleicht mit denen sprechen, und mit seinen Eltern, damit er nicht unnötig als vermisst gemeldet wird.«

»Du scheinst ja an alles gedacht zu haben, Bäckström«, konstatierte Annika Carlsson.

»Ja, was ist das Problem?«

Was hat sie denn jetzt, dachte Bäckström.

»Du willst also, dass ich zu dir rüberkomme und ihn abhole?«

»Das wäre doch zweifellos praktisch.«

»Ja, wirklich«, stimmte Annika Carlsson zu. »Denn du selbst hast Pläne für den Abend, die deinen kleinen Nachbarn nicht mit einschließen.«

»Was auch immer das mit der Sache zu tun haben soll. Korrigiere mich, wenn ich falschliege, aber ich dachte, du hast gerade Schicht?«

»Du hast recht, Bäckström. Ich bin verantwortlich. Außerdem hast du immer recht. Auch wenn du unrecht hast, meine ich.«

»Wie schön. Worauf warten wir also?«

»Wir sehen uns in einer halben Stunde.«

Nutzlose, faule Säcke, dachte Bäckström, sobald er das Handy weggelegt hatte. Die dauernd herummotzen. Woher kommen die nur immer? Gerade in Ankans Fall wagte er allerdings kaum über die Antwort auf diese Frage nachzudenken. Warum müssen nur alle Polizisten werden, dachte er und seufzte schwer. Er selbst wollte nun nachsichtig sein, noch ein paarmal tief durchatmen und versuchen, etwas Konstruktives zu tun. Nicht hektisch davonrennen, sondern in aller Ruhe damit beginnen, sich einen neuen Drink zu mixen. Sobald er mit diesem Teil fertig war, löste sich das meiste von ganz allein. Das wusste er aus langjähriger Erfahrung.

Zuerst ein kleines Abendessen in der entspannten Abgeschiedenheit seiner geliebten Stammkneipe im Viertel, bevor er dann das Stadtzentrum aufsuchen würde, um schließlich den öffentlichen Teil des Abends an der Bar des Riche abzuschließen. Dort waren Bäckström und seine Supersalami seit langem eine etablierte Marke, und nachdem sich sein Ruf wie ein Lauffeuer verbreitet hatte, hatte es keines weiteren Marketings bedurft. Sein Kundenkreis wurde größer und größer, und es gab bereits einige Auswahl an Frauen, die dorthin kamen, um den Durst in ihrem Inneren zu stillen.

Ihren Durst in mehrerlei Hinsicht zu stillen, dachte Bäckström.

6

Als Ankan Carlsson eine halbe Stunde später bei Bäckström auftauchte, hatte sie bereits zwei der praktischen Probleme gelöst und ein neues geschaffen. Zuerst hatte sie den Lagervorsteher Furuhjelm auf seinem Handy angerufen, bevor sie ihr Büro verließ, falls er der Typ Mensch war, der einen Kontrollanruf machen wollte, um sicher zu gehen, dass sie auch wirklich Polizistin war.

Eine Vermisstenanzeige hatte er wegen Edvins Verschwinden nicht aufgegeben. Dafür hatte er ein paar ältere Jungen losgeschickt, um nach ihm zu suchen. Frühere Erfahrungen hatten ihn gelehrt, dass Ausreißer meist zurückkehrten, wenn sie hungrig wurden. Blieben die disziplinarischen Maßnahmen, die er durchzuführen gedachte, sobald die Polizei Edvin ins Pfadfinderlager zurückgebracht hatte. Furuhjelm betrachtete Ausreißen als sehr ernstes Vergehen. Es widersprach den Grundwerten der Pfadfinderbewegung, der absoluten Forderung nach Disziplin und dem Willen, immer für sein Umfeld Einsatz zu zeigen.

»Dass ich seine Eltern verständigen muss, verstehen Sie sicher«, fuhr Furuhjelm fort. »Bei Ausreißern fahren wir eine Nulltoleranzpolitik.«

»Wer hat gesagt, er sei ausgerissen?«, fragte Ankan Carlsson. »Er ist zu uns gekommen, um eine Zeugenaussage in einem Fall zu machen, und wir sind sehr froh, dass er sich dazu entschlossen hat. Viele Erwachsene scheuen diesen Schritt, aber hier haben wir einen sehr mutigen kleinen Jungen.«

»Zeugenaussage«, sagte Furuhjelm. »Eine Zeugenaussage wozu, wenn ich fragen darf?«

»Natürlich dürfen Sie fragen«, antwortete Annika Carlsson mit sanfter Stimme. »Aber Sie sollten nicht damit rechnen, eine Antwort zu bekommen. Edvin unterstützt die Polizei als Zeuge in einer Ermittlung, die wir eingeleitet haben. Es geht um ein sehr schweres Verbrechen, und all diese Informationen sollten Sie bitte für sich behalten. Sie sind nämlich streng vertraulich. Haben Sie verstanden?«

»Ja, ja. Es ist nur …«

»Gut«, unterbrach ihn Annika Carlsson. »Sie werden Edvin morgen Vormittag wieder in Empfang nehmen. Bei dieser Gelegenheit werden Sie auch mich und einige meiner Kollegen treffen und unter anderem ein Formular unterschreiben, in dem es um Äußerungsverbot aufgrund der Geheimhaltung innerhalb eines Ermittlungsverfahrens geht, bevor wir Sie rein informativ vernehmen.«

»Aber was soll ich seinen Kameraden erzählen?«

»Ihnen wird schon etwas einfallen. Es ist doch bestimmt nicht das erste Mal, dass jemand aus dem Lager verschwindet. Das ist sicher schon früher passiert, oder?«

»Ja, allerdings nicht sonderlich oft, glücklicherweise.«

»Wie schön. Jetzt entschuldigen Sie mich bitte. Wir beide werden uns morgen weiter unterhalten.«

»Morgen könnte es schwierig werden«, wandte Furuhjelm ein. »Da machen wir einen Ausflug und sehen uns ein paar alte vorgeschichtliche Überreste hier in der Gegend an. Ich bin also leider den ganzen Tag unterwegs.«

»Okay«, sagte Annika Carlsson. »Dann schlage ich vor, Sie

werfen einen Blick in ihren Terminkalender, melden sich wieder bei mir und schlagen selbst einen Zeitpunkt vor. So bald wie möglich.«

»Natürlich, natürlich. Ich melde mich. Versprochen.«

»Schön. Dann machen wir es so.«

Na also, geht doch, dachte sie beim Auflegen.

7

Während Annika Carlsson auf dem Weg zu ihrem direkten Chef Evert Bäckström in ihrem Dienstwagen saß, um die praktischen Probleme zu lösen, die sein Nachbar Edvin ihm bereitet hatte, löste sie bereits das zweite, indem sie Edvins Eltern anrief, um zu erzählen, was ihrem Sohn geschehen war.

Sie waren im Urlaub bei Verwandten in Schonen, und nachdem ihr minderjähriger Sohn nun als Zeuge in einem eventuellen Mordfall vernommen werden sollte, gab es unterschiedliche Regeln, die berücksichtigt werden mussten. Bäckström selbst hatte – nicht ganz unerwartet – eine andere, praktischere Lösung vorgeschlagen. Warum nicht Edvin eine SMS mit diesem üblichen fröhlichen gelben Männchen schicken lassen, wie er es jeden Abend tat, um ihnen zu versichern, dass es ihm gut ging, und die Sache einfach eine Woche später aufklären?

»Man muss sie doch nicht unnötig aufregen«, verdeutlichte Bäckström.

»Klar«, stimmte Annika zu. »Klingt wie eine glänzende Idee. Du bittest ihn, ein Smiley zu schicken. Dann kannst du ihn aber auch verhören, dann habe ich später nicht die juristische Abteilung am Hals.«

»Unglaublich, wie empfindlich du bist. War ja nur ein Vorschlag. Mach, was du willst. Ich mische mich nicht ein.«

»Schön, dass wir uns einig sind«, konstatierte Annika Carlsson und beendete das Gespräch.

Das große Mysterium, dachte sie. Wie dieser Mann es schafft, sich nach dreißig Jahren bei der Polizei immer noch im Dienst zu halten. Wenn man bedenkt, was er schon alles geliefert und was er schon alles nicht geliefert hat.

Dann rief sie Edvins Vater an.

Edvin hieß zwar Edvin mit Vornamen, aber sein Vater hieß Slobodan und seine Mutter Dusanka. Sie waren serbische Flüchtlinge aus Kroatien. Die beiden waren Anfang der Neunzigerjahre – damals waren sie nur wenig älter gewesen als ihr Sohn jetzt – nach Schweden gekommen, mitten in den Kriegswirren, zusammen mit den Familienmitgliedern, die noch genügend Kraft hatten, um ihr Leben zu retten. Danach waren sie in Schweden geblieben und inzwischen schon seit langem schwedische Mitbürger.

Im Hinblick darauf, was Edvins Vater sicher in seinem Heimatland erlebt hatte, sollte er wohl kaum ein Problem damit haben, dass sein Sohn auf einer Insel im Mälarsee, mitten in der schwedischen Sommeridylle, zufällig einen menschlichen Schädel gefunden hatte. Obwohl gerade dieser hier offenbar ein Einschussloch in der Schläfe hatte.

Annika Carlsson berichtete in aller Kürze von dem, was passiert war. Slobodan hörte schweigend zu. Brummte ein- oder zweimal zustimmend, unklar wozu.

»Ja, das wäre wohl alles«, fasste Annika Carlsson abschließend zusammen.

»Aber dem Jungen geht es gut?«, fragte Slobodan.

»Alles in Ordnung«, beteuerte Annika Carlsson. »Ich glaube, er findet es vor allem spannend. Momentan sitzt er zu Hause bei Bäckström und isst belegte Brote.«

»Drücken Sie ihn von seinem Papa«, sagte Slobodan. »Sagen Sie ihm, dass ich an ihn denke.«

»Versprochen.«

Ansonsten hatte Edvins Vater nur noch einen Wunsch. Dass sie und Bäckström nur mit ihm sprachen, nicht mit seiner Frau. »Dann muss sie sich nicht unnötig aufregen. Sie wissen, um des Haussegens willen«, erklärte er.

Noch einer dieser fürsorglichen Männer, dachte Annika Carlsson.

8

Annika Carlsson nahm Edvin und seinen kleinen Rucksack aus braunem Leder sowie eine Plastiktüte, die den Schädel einer toten Frau enthielt, mit aufs Polizeipräsidium in Solna, um ihn zu verhören. Ein Kinderverhör gemäß allen Paragraphen und allen Regeln der Kunst. Zwar ohne dass seine Eltern dabei sein konnten, aber mit dem Einverständnis seines Vaters. Stattdessen hatte Annika Carlsson zur Vertretung der Eltern den diensthabenden Sozialarbeiter als Zeugen dazugeholt.

Damit er das Gespräch mit Edvin nicht unnötig störte, hatte Annika ihn ins Nebenzimmer gesetzt, in dem er dem Geschehen auf einem Bildschirm folgen konnte. Ein gefilmtes Dialogverhör in jenem speziellen Raum, den man eigentlich nur benutzte, wenn man Kinder verhörte, und aus dem sie sorgfältig alle Kuscheltiere und Kleinkinderspielsachen entfernt hatte, um ihn nicht unnötig in Verlegenheit zu bringen. Edvin war ja trotz allem zehn Jahre alt, und wie sie sich erinnerte, waren solche Dinge in diesem Alter nicht unwichtig.

Edvin hatte von seinem Fund berichtet und mit dem angefangen, was ihm offenbar am meisten am Herzen lag: die unterschiedlichen Erkenntnisse und Schlüsse über menschliche Schädel, die er mithilfe seiner Google-Recherche gezogen hatte. Nachdem sie seinen Ausführungen gute fünf Minuten zugehört hatte, konnte Annika Carlsson nicht mehr an sich halten. Was habe Bäckström dazu gesagt? Darüber, wer ihr unbekanntes Opfer vielleicht gewesen sei, als es noch am Leben war? Nichts Besonderes, meinte Edvin. Der Kommissar und er seien sich völlig einig gewesen.

»Der Herr Kommissar und ich sind uns meistens einig«, konstatierte Edvin.

»Denkst du vielleicht selbst darüber nach, Polizist zu werden?«, fragte Annika Carlsson.

»Ja, allerdings nicht so ein Polizist wie der Herr Kommissar. Eher wie die, die beim CSI arbeiten, wie man sie dauernd im Fernsehen sieht«, sagte Edvin. »Ich bin nämlich sehr naturwissenschaftlich interessiert.«

»Klingt klug«, erwiderte Annika Carlsson, ohne weiter darauf einzugehen, worin diese Klugheit bestand.

Als sie den Fund selbst abgehandelt hatten, kamen sie schließlich auf die Umstände, mit denen sie eigentlich hatte beginnen wollen. Wo hatte er den Totenschädel gefunden und wie kam es, dass er allein auf der Insel gelandet war, auf der er ihn entdeckt hatte? Und erst jetzt begann Edvin, zumindest kurzzeitig, einem ganz gewöhnlichen Jungen von zehn Jahren zu ähneln.

»An einem ziemlich schrecklichen Ort, ehrlich gesagt.« Die Insel sei auf der Seekarte als Unheilsinsel eingetragen, obwohl sie nur sehr klein war. Nicht so groß wie die übrigen verzeichneten Inseln. Oder wie jene, auf der Robinson Freitag getroffen hatte, denn die wäre ja riesig. Aber es war keine Schäre, dafür war sie doch zu groß. Schären konnten nämlich sehr klein sein. »Superklein sogar.«

»Okay, verstanden«, stimmte Annika Carlsson zu. »Aber warum heißt sie Unheilsinsel? Weißt du das?«

»Das liegt daran, dass sie Unglück bringt. Also denen, die sie betreten«, sagte Edvin mit gesenkter Stimme. »Außerdem spukt es dort. Jedenfalls war das früher so.«

»Glaubst du an Geister?«, fragte Annika.

»Ich weiß nicht so recht.« Edvin schüttelte zweifelnd den Kopf. »Aber wenn es welche gibt, glaube ich, die meisten sind ganz nett. Nur vielleicht unglücklich.«

»Das glaube ich auch«, pflichtete Annika ihm bei. »Also, dass die meisten Geister nett sind. Diese Insel, wo liegt sie? Wenn man mit dem Boot vom Pfadfinderlager dorthin fährt?«

»Fünf Distanzminuten Westnordwest vom Lager.« Edvin klang plötzlich ganz wie der Seepfadfinder, der er war.

»Das musst du jetzt erklären«, sagte Annika Carlsson lächelnd. »Ich bin nicht so gut in Schifffahrt.«

Laut Edvin war das gar nicht schwer. Eine Distanzminute oder Seemeile, oder nautische Meile, wie es eigentlich hieß, entsprach 1852 Meter. Der Abstand zwischen dem Pfadfinderlager und der Unheilsinsel betrage also ungefähr neun Kilometer.

»Aber Sie fragen sich vielleicht, warum es Distanzminute heißt.«

»Ja. Kannst du mir das auch erklären?«

»Also, wenn man sich vorstellt, man fährt mit einem Boot, das mit einer Geschwindigkeiten von fünf Knoten in der Stunde unterwegs ist...«

»... dann ist man in fünf Minuten dort.«

»Neeein!« Edvin konnte seine Verwunderung kaum verbergen. »Dann dauert es eine Stunde.«

»Ja, natürlich. So muss es ja sein...«

»Wollen Sie das mit dem Kurs auch wissen? Also Westnordwest?«, fragte Edvin, der nicht ganz davon überzeugt zu sein schien, dass seine Botschaft durchgedrungen war.

»Nein, mit einem Kompass kann ich tatsächlich umgehen. Das müssen alle Polizisten lernen, weil wir uns mit dem Kompass orientieren können müssen. Aber an Land, draußen in der Natur.«

»Der Herr Kommissar«, warf Edvin ein. »Der ist sicher super in Orientierung.«

»Warum glaubst du das?«

»Er ist rekordverdächtig gut im Schießen. Einmal hat er in unserem Haus einen Typen erschossen, der versucht hat, ihn umzubringen.«

»Ich weiß.« Annika Carlsson hatte sich damals eine halbe Stunde später am Tatort eingefunden. »Ja, er ist auch sehr gut in Orientierung. Gewisse Stellen kann er sogar finden, ohne dass er überhaupt einen Kompass braucht, und auch, wenn man ihm die Augen zuhält.«

»Wow«, sagte Edvin mit großen Augen. »Aber Sie sind eine typische Landratte, oder?«

»Ja. Absolut typisch. Aber erzähl. Wie kommt es, dass du auf der Unheilsinsel gelandet bist?«

Edvin schien die Frage etwas unangenehm zu sein, aber schließlich konnte er sich doch dazu durchringen, zu erzählen, wie die Sache zugegangen war. Der Lagervorsteher Haqvin Furuhjelm, der Edvin zufolge nicht nur »komisch hieß«, sondern auch »ein ziemlich komischer Typ« war, hatte ihn morgens als Gast auf seinem eigenen Segelboot rekrutiert. Eine in den USA gebaute Sparkman and Stevens von siebenunddreißig Fuß.

»Sparkman und Stevens sind die Typen, die sie erfunden haben«, verdeutlichte er. »Diese Boote sind superteuer.« Edvin verdrehte die Augen. »Kosten Millionen über Millionen.«

Zusammen mit fünf Kameraden vom Lager sollte Edvin nun

lernen, ein größeres Boot zu segeln als die Optimist-Jollen, in denen sie normalerweise die Tage verbrachten, wenn sie in der Bucht vor dem Lager herumschipperten, während Furuhjelm und seine Mitarbeiter auf dem Steg standen und ihnen mithilfe eines Megaphons nähere Anweisungen gaben. Edvin hatte sich darauf gefreut, einen längeren Ausflug mit einem richtigen Boot machen zu dürfen. Eine Abwechslung zur normalen Tristesse, sozusagen.

Leider war das Ganze weniger gut ausgegangen. Lagervorsteher Furuhjelms Segelboot von siebenunddreißig Fuß hatte sich auf eine für Edvin völlig unbekannte Weise verhalten, obwohl es verglichen mit einer normalen Optimist-Jolle der reinste Atlantikdampfer war. Es schlingerte, hüpfte und sprang, und Edvin war schlicht und einfach seekrank geworden.

Als Edvin dann zum zweiten Mal das Deck vollgekotzt hatte, war er daher auf der Unheilsinsel an Land gesetzt worden, wo ihm ein Spezialauftrag erteilt wurde, der darin bestand, so viele Pilze, Beeren und andere essbare Dinge wie möglich zu sammeln, um die Nahrungsreserven im Lager aufzustocken, bevor man ihn vor der Heimkehr wieder abholte.

»Obwohl es dort spukt«, sagte Annika Carlsson. »Das war nicht nett von ihm.«

»Nein«, bestätigte Edvin. »Aber Furuhjelm ist immer ziemlich streng.«

»Kannst du mir das näher erzählen?«, fragte Annika Carlsson.

Im schlimmsten Fall muss ich wohl noch eine weitere Anzeige erstatten, dachte sie.

Es gab drei Gründe für Edvins Bedenken dem Lagervorsteher gegenüber.

Erstens besäße Lagervorsteher Furuhjelm demzufolge, was alle seine Kameraden einander im Bett vor dem Einschlafen zuflüsterten, unglaublich viel Geld, wovon ja auch sein eigenes Segelboot zeugte, und laut einem von Edvins älteren Kameraden war Furuhjelms Reichtum darauf zurückzuführen, dass sein Großvater ein alter Nazi gewesen war, der Tausende von Goldzähnen all der armen Juden gestohlen hatte, die während des Zweiten Weltkriegs ermordet worden waren.

»Aber woher wusste dein Freund das denn?«, wollte Annika Carlsson wissen. »Klingt ziemlich seltsam, wenn du mich fragst, Edvin.«

»Sein Vater hat es erzählt.« Edvin nickte überzeugt. »Er arbeitet beim *Svenska Dagbladet*, also denke ich, das muss schon stimmen. Mein Vater sagt, das ist die einzige Zeitung, auf die man sich verlassen kann. Die anderen Zeitungen erfinden nur dauernd irgendwelche Sachen.«

»Ich glaube trotzdem, das ist gelogen. Denk doch mal nach, Edvin. Welcher Vater würde sein Kind an so einen Ort schicken? Mit so einem Lagervorsteher, meine ich. Gibt es noch mehr, das du erzählen willst?«

Edvin wusste noch zwei Dinge zu berichten. Zweitens, dass Furuhjelm sich komisch benahm, und drittens, dass er auch komische Sachen sagte.

»Kannst du mir ein paar Beispiele geben?«, fragte Annika Carlsson.

»Er ist sehr, sehr streng.«

»Gib mir ein Beispiel.«

Nach dem abendlichen Bad – zum Beispiel –, wenn sie unter der Dusche standen und sich das Seewasser abspülten und sich vor dem Schlafengehen waschen sollten, ging Furuhjelm immer zwischen Edvin und seinen Kameraden herum und schlug ihnen mit einem nassen Frotteehandtuch auf den Hintern. Damit sie nicht zu viel warmes Wasser verschwendeten.

»Er macht sich vielleicht nur Sorgen um die Umwelt«, sagte Annika Carlsson.

Oder es gefällt ihm, kleinen Jungs auf den Hintern zu hauen, dachte sie.

»Ja, vielleicht. Aber er sagt auch noch total komische Sachen«, sagte Edvin widerwillig.

»Und die willst du nicht erzählen, weil es dir unangenehm ist.«

»Lieber nicht.«

»Völlig okay, Edvin«, beruhigte ihn Annika Carlsson. »Im Hinblick auf das, was du gerade erzählt hast ... Also ich meine, dieser Furuhjelm scheint wirklich kein besonders witziger Typ zu sein.«

»Jaaa ...«

»Was hältst du davon, wenn du heute Nacht bei mir schläfst, und dann fahren wir beide und ein paar andere Polizisten morgen zu dieser Insel raus, damit du uns zeigen kannst, wo du den Totenschädel gefunden hast?«

»Super«, antwortete Edvin. »Total super sogar.«

»Schön. Dann habe ich nur noch eine Frage. Wenn man mit einem Boot, das 30 Knoten schnell ist, vom Pfadfinderlager zu dieser Unheilsinsel fährt. Wie lang dauert das dann?«

»Zehn Minuten. Höchstens zehn Minuten.«

»Dann darfst du das morgen machen. Denn dann werden du und ich und die anderen Polizisten mit dem Polizeiboot zur Unheilsinsel rausfahren.«

»Sicher?« Edvin machte große Augen.

»Ja, ganz sicher. Einen Polizeihund nehmen wir auch mit. Vielleicht sogar zwei. Wir werden sehen.«

»Ein Hund ist gut«, stimmte Edvin zu und nickte. »Also, man kann es so ausdrücken: Wenn unsere Nase, also unser Geruchssinn, so groß wäre wie eine Briefmarke. Wissen Sie, wie groß dann der Geruchssinn eines Hundes wäre?«

»Nein.« Annika Carlsson schüttelte den Kopf. »Wie groß denn?«

»Wie ein Fußballfeld. Obwohl unsere Nasen sogar größer sein können als eine Hundeschnauze.«

»Das ist ja absolut fantastisch.«

»Ja«, sagte Edvin. »Es ist kaum zu glauben.«

9

Gleich nach dem Verhör waren Annika Carlsson und Edvin bei der Kriminaltechnik vorbeigefahren und hatten Edvins Schädel dem Techniker übergeben, der an diesem Abend Dienst hatte, dem stellvertretenden Kommissar Jorge Hernandez. Er war ein Einwanderer aus Chile und wurde von seinen Kollegen Chico genannt. Übrigens ohne die geringste Absicht, obwohl sein Spitzname auf Spanisch so etwas wie »Rotzbengel« bedeutete.

»Die Kugel liegt noch im Schädel«, erklärte Annika. »Wenn du sie herauskriegst und mir ein erstes Urteil geben kannst, wäre ich der glücklichste Mensch auf Erden. Das ist übrigens Edvin. Er hat ihn beim Pilzesuchen gefunden.«

»Nemas Problemas«, antwortete der Techniker. »Das ist nicht Spanisch, sondern eher Serbisch, falls es dich interessiert. Aber kein Problem. Du hast es in einer Stunde auf deinem Computer. Hier war es den ganzen Abend total ruhig. Keine Toten oder Verletzten. Nicht mal eine Patronenhülse, für die man mich gebraucht hätte.« Dann nickte er Edvin zu, klopfte ihm auf die Schulter und dankte ihm für die Hilfe.

»Danke.« Edvin schlug die Augen nieder, plötzlich schüchtern.

»Übrigens, bist du nicht der Nachbar von Bäckström?«, fragte Hernandez.

»Doch. Der Herr Kommissar und ich sind Nachbarn.«

»Er hat hier in der Arbeit von dir erzählt. Sagt, du bist ein cooler Typ. Sag Bescheid, falls du mal ein Schülerpraktikum hier machen willst.« Hernandez lächelte Edvin an. »Das kriegen wir leicht hin.«

Annika Carlsson schüttelte abwehrend den Kopf, bedankte sich, nahm Edvin mit und kehrte in ihr Büro zurück. Während er in ihrem Besucherstuhl mehr lag als saß und Spiele auf seinem iPhone spielte, kümmerte sie sich telefonisch um die praktischen Details, die für den nächsten Morgen noch anstanden, um die Mordermittlung einzuleiten.

Zuerst erstellte sie eine Anzeige wegen »Verdacht auf Mord«. Danach mailte sie dem Chef der Kriminalabteilung des Polizeipräsidiums Solna, Kommissar Toivonen, eine Kopie mit der Bitte um mehr Personal. Es sah nach einem schwierigen Fall aus: ein nicht identifiziertes Opfer – Identifizierungen erforderten oft viele Ressourcen. Deshalb brauchte sie sofort Verstärkung im Team.

Dann rief sie Peter Niemi an, den Chef der Kriminaltechnik bei der Polizei Solna, und erzählte, worum es ging.

»Das übernehme ich selbst«, unterbrach sie Niemi, bevor sie überhaupt zum Punkt gekommen war. »Ich muss nach dem Urlaub sowieso mal wieder raus und mich bewegen, ein bisschen Seeluft atmen. Weg von den ganzen Mücken, die wir zu Hause im Tornedal haben.«

»Danke«, sagte Annika Carlsson. »Auf dich ist wirklich Verlass.«

Das letzte Telefonat führte sie mit der Seepolizei, die den Transport für den morgigen Besuch auf der Unheilsinsel organisieren sollte. Auch dort gab es keine Probleme. Eines ihrer Boote war über Nacht in Mariefred vor Anker gegangen, nachdem man den Kollegen aus Sörmland bei der Suche nach einer Wasserleiche in der Nähe von Strängnäs geholfen hatte. Annika

Carlsson bekam die Nummer des Kollegen, der Chef auf dem Boot war.

»Es ist wohl am einfachsten, wenn du die Details mit ihm klärst. Hier seine Handynummer.«

»Wir sind praktisch schon vor Ort«, bekräftigte der nächste Seepolizist, mit dem sie sprach. »Was hältst du davon, wenn wir euch am Steg der Seepfadfinder auf Ekerö abholen? Sag mir einfach eine Zeit.«

»Was sagst du zu neun Uhr morgens?«, fragte Annika Carlsson, die darüber nachdachte, dass Edvin heute Nacht sicher seinen Schlaf brauchte.

»Ausschlafen«, konstatierte der Kollege. »Von mir aus gern.«

Obwohl neun Uhr morgens für Evert Bäckström sicher mitten in der Nacht ist, überlegte Annika Carlsson, als sie das letzte Dienstgespräch des Abends beendete. Endlich, dachte sie, nickte Edvin zu und lächelte.

Edvin wirkte erstaunlich munter, obwohl es schon fast halb zehn Uhr abends war und er schon seit in aller Frühe auf den Beinen sein musste.

»Wie sieht's aus, Edvin?«, fragte Annika Carlsson. »Was hältst du davon, dass wir jetzt zu mir fahren und schlafen, damit wir morgen munter und ausgeruht sind?«

»Das ist total okay«, sagte Edvin. »Aber ich hab noch eine Frage.«

»Zahnbürste, Schlafanzug«, schlug Annika Carlsson vor. »Keine Sorge, da kann ich aushelfen.«

»Nein, das ist es nicht.« Edvin schüttelte den Kopf. »Das hab ich mitgenommen, als ich aus dem Lager weggefahren bin. Liegt in meinem Rucksack.«

»Was denn dann?«, fragte Annika. Edvin war offensichtlich ein vorausschauender junger Mann.

»Ich frage mich, ob wir nicht auf dem Weg irgendwo anhalten und einen Burger kaufen können. Ich hab nämlich ein bisschen Hunger.«

»Klar können wir das.« Annika Carlsson lächelte. »Ich lade dich ein. Wollen wir zu McDonald's oder zu Max?«

»Max. Max macht die weltbesten Burger. Wissen Sie, warum?«

»Nein. Erzähl.«

»Sie haben ein Geheimrezept«, erklärte Edvin mit gesenkter Stimme, während er sich zu ihr herüberlehnte. »Es ist sehr geheim, aber wenn Sie wollen, kann ich es Ihnen sagen. Wenn Sie versprechen, es niemandem zu erzählen. Mein Vater hat es mir gesagt.«

»Ja, mach ich. Ich versprech's.«

»Der Besitzer von Max. Also, der ist Lappe. Na ja, oder Same, wie man vielleicht sagen sollte.«

»Ein Lappe? Oder Same.«

»Lappe darf man nicht sagen.«

»Nein, ich weiß. Und was ist mit diesem Samen, dem Max gehört?«

»Er hat auch massenhaft Rentiere. Er hat unglaublich viele Rentiere. Und wenn er das Hackfleisch für seine Burger macht, dann mischt er immer ein paar Rentiere mit rein. Deshalb sind seine Burger so lecker. Aber das ist total geheim.«

»Ich verspreche, nichts zu verraten«, sagte Annika Carlsson.

Das hat Edvins Vater wohl kaum im *Svenska Dagbladet* gelesen, dachte sie.

Edvin hatte seinen Burger im Auto bereits nach fünf Minuten Fahrt verschlungen, und als letzte Maßnahme die Mayonnaise von seinen Fingern geleckt, während Annika Carlsson das Auto vor dem Haus parkte, in dem sie wohnte.

Ich frage mich, was er mit all dem Essen macht, dachte Annika Carlsson. Dieses belegte Brot, das er bei Bäckström zu Hause in sich hineingestopft hatte, war nicht von schlechten Eltern gewesen. Ungefähr dasselbe Modell und dieselbe Größe wie die, die Elvis Presley das Leben gekostet hatten. Und jetzt, nur ein paar Stunden später, ein riesiger Burger. Immer noch dünn wie ein Regenwurm, obwohl er gerade eine Ziege verschlungen hatte. Oder vielleicht eher ein Rentier.

Während Annika Carlsson Edvin ein Bett auf dem Sofa in ihrem Wohnzimmer bereitete, verschwand Edvin im Badezimmer. Dem Geräusch nach zu urteilen wusch er sich und putzte sich die Zähne, und fünf Minuten später war er zurück. In einem blauen Pyjama, auf den jemand, vermutlich seine Mutter, das Emblem der Seepfadfinder aufgenäht hatte. Zu alt für das Sandmännchen, dachte Annika Carlsson, die mehrfache Tante war und keinen Mangel an Angeboten hatte, auf ihre Nichten und Neffen aufzupassen.

Edvin lehnte die Decke dankend ab, die sie ihm anbot. Ein Laken würde reichen. Dann schaltete er sein Handy aus und legte es neben sich auf den Sofatisch.

»Ich schlafe da drüben.« Annika Carlsson nickte zu ihrer offenen Schlafzimmertür hin. »Falls du irgendwas brauchst, sag einfach Bescheid.«

Er hat immerhin den Schädel eines erschossenen Menschen gefunden und ist erst zehn Jahre alt, dachte sie.

»Hmmaa«, sagte Edvin, blinzelte und ließ den Kopf sinken.

»Ich verspreche, nicht zu schnarchen.« Annika Carlsson lächelte und beugte sich über ihn. Keine Antwort. Edvin war schon eingeschlafen. Als hätte man eine Kerze ausgeblasen, dachte sie verwundert.

Sie selbst hatte in dieser Nacht Probleme damit. Das kam sonst fast nie vor, egal, was tagsüber passiert war. Zuerst lag sie da und döste, zwischen Schlaf und Dämmerzustand hin- und herpendelnd. Nach einer Stunde stand sie auf und schlich ins Wohnzimmer. Edvin schlief. Unbeweglich, auf der Seite, das Laken halb von sich gestrampelt, ein Kissen an seinen Bauch gedrückt, und ohne dass sie überhaupt sehen konnte, ob er atmete.

Verdammt noch mal, Annika, dachte sie, während sie einfach dastand und ihn anblickte. Nimm dich zusammen. Keine Kids. Erinnere dich.

Dann war sie in ihr Bett zurückgekehrt, so gut wie sofort eingeschlafen und sechs Stunden später aufgewacht. Edvin schlief noch immer. Mit Schweiß auf der Stirn, das Laken hatte er inzwischen ganz abgestrampelt, es lag auf dem Boden, aber das Kissen lag immer noch an seinem Bauch. Am besten, ich mach uns ein ordentliches Frühstück, dachte sie.

10

Während sich Ankan Carlsson um die praktischen Dinge polizeilicher Natur kümmerte, hatte Bäckström einen Spaziergang zu seiner geliebten Stammkneipe gemacht, um ein einfaches Abendessen einzunehmen. Sie war fußläufig bequem zu erreichen – seit langem beinahe ein Teil seiner täglichen Routine –, und auch wenn er vielleicht mit verbundenen Augen hingefunden hätte, hatte er jedoch noch nie die Notwendigkeit verspürt, dies auszuprobieren.

Nichts Extravagantes, es war schließlich ein gewöhnlicher Wochentag. Zuerst ein Toast mit Maränenrogen und Krabbensalat, dann ein gegrilltes Schweinekotelett, gut marmoriert und mit dicker Schwarte daran. Den zugehörigen französischen Gemüsekram hatte er gegen schwedische neue Kartoffeln und eine ordentliche Portion Knoblauchbutter ausgetauscht. Dazu die gewohnten begleitenden Getränke, tschechisches Pils und russischer Wodka. Ein einfaches Abendmahl gegen Ende eines weiteren Tages im Leben eines Kriminalkommissars.

Beim Essen widmete er sich erhabenen Gedanken zu seiner eigenen Kindheit, vermutlich hatte sein Treffen mit Edvin die Erinnerungen zum Leben erweckt. Auch Bäckström hatte nämlich eine Vergangenheit in der Pfadfinderbewegung. Sein Vater, der stets alkoholisierte Oberwachtmeister, hatte ihn dorthin geschickt. Ein Glied in der charakterlichen Erziehung des jungen Evert, zu den Pflichten und Tugenden die Papa Oberwachtmeister zufolge jedem schwedischen jungen Mann, der diesen Namen verdiente, zu eigen sein sollten.

Bäckström – damals unbedeutend älter als der kleine Edvin – hatte keine Wahl gehabt. Hätte er eine gehabt, wäre er lieber zu Hause in Södermalm geblieben. Hätte Unsinn in seinem Viertel angestellt, etwas aus dem nahe gelegenen Tabakladen geklaut, der von einem so gut wie blinden Inhaber betrieben wurde, heimlich geraucht und wäre Moped gefahren, obwohl er erst elf Jahre alt war.

Normalerweise war der Sommer eine gute Zeit, in der er nicht einmal übers Schuleschwänzen nachdenken musste, jedoch nicht in diesem Jahr, in dem sein Vater ihn für die Pfadfinder zwangsrekrutiert und bereits in der Woche nach Schulschluss in einem Lager draußen auf Tyresö einquartiert hatte. Zu dieser Zeit die reinste Bauernprovinz.

Zuvor hatte er in seiner neuen blauen Uniform den Pfadfindereid schwören müssen. Geloben, vor Gott, König und Vaterland seine Pflicht zu tun, anderen Menschen immer zu helfen und im Übrigen sklavisch den Regeln zu folgen, die das Pfadfindergesetz für ihn aufgestellt hatte. Dann hatte sein Vater noch für den Gefangenentransport gesorgt und ihn persönlich dem Lagervorsteher übergeben, und wäre Evert Bäckström ein anderer gewesen, hätte das Ganze richtig schlimm ausgehen können. Stattdessen war es ihm gelungen, bereits im Laufe der ersten Woche des Lagers verwiesen zu werden, was sogar für die Abteilung auf Tyresö, die bereits vor Bäckströms Ankunft nicht gerade den Ruf hatte, moralisch an der Spitze der schwedischen Pfadfinderbewegung zu liegen, ein neuer Rekord war.

Als Bäckström im Tyresölager angekommen war, hatte er neben anderer Schmuggelware wie Steinschleuder, Moramesser, Harzgeige, ein paar großen Rattenfallen sowie Snus und Zigaretten auch einen ordentlichen Stapel Pornohefte mitgebracht, die er dem blinden Tabakhändler gestohlen hatte. Kurz gesagt, alles, was er brauchte, um seine neue Umgebung in Ordnung zu halten und darüber hinaus während seines erzwungenen Aufenthalts etwas Geld zu verdienen.

Bereits am ersten Tag hatte er daher einen Lesezirkel unter seinen Kameraden gebildet. Gegen ein geringes Entgelt durften sie von den papiernen Früchten kosten, die Bäckström eingeschmuggelt hatte, und trotz all der Gelöbnisse, dass sie eigentlich hier waren, um vor Gott, König und Vaterland ihre Pflicht zu tun, hatte er es mit einer Nachfrage zu tun bekommen, die selbst seine wildesten finanziellen Erwartungen übertroffen hatte.

Einer seiner Kameraden, ein paar Jahre älter als er selbst, hatte somit bereits im Lauf von ein paar Tagen alles Taschengeld verbraucht, das seine Eltern ihm mitgegeben hatten. Es hätte den ganzen Sommer reichen sollen, doch nun war es schon nach drei Tage intensivem Zeitschriftenkonsum zu Ende, und solchermaßen verarmt gab es für jemanden wie ihn keine Hilfe mehr.

Kein Bares, kein Lesen, erklärte Bäckström und schüttelte seinen runden Kopf, worauf sein größter Kunde zuerst zusammenbrach, dann schnurstracks zum Lagervorsteher ging, Bäckström verpetzte und weinend gestand, wie dieser ihn und seine schwere Sucht ausgenutzt hatte.

Der Lagervorsteher, Bäckström längst im Visier, hatte nicht lange gefackelt. Er war wegen schlechten Benehmens und Verstoßes gegen das Pfadfindergesetz aus dem Corps entlassen worden, und schon am Wochenende war sein Vater erneut nach Tyresö gefahren, um seinen eingeborenen Sohn wieder nach Hause nach Södermalm zu holen. Die Zeitschriften hatte sein

Vater beschlagnahmt, vermutlich waren sie im Pausenraum der Polizeiwache am Mariatorget gelandet, aber die Steinschleuder und die anderen Dinge hatte er gegen das Versprechen behalten dürfen, die Katze des Nachbarn zu erledigen, die seinem Vater ständig den Nachtschlaf störte.

Bestimmt so ein zukünftiger Sexsüchtiger, es war definitiv eine verbrechensvorbeugende Maßnahme gewesen, ihm das Lesen zu verweigern, dachte Evert Bäckström fünfzig Jahre später, während er vor Wohlbehagen seufzte und den Inhalt seines Glases reduzierte. Oh, du schöne Jugendzeit, dachte er, und jetzt höchste Zeit, zum Abschluss des Essens Kaffee und einen kleinen Cognac zu bestellen, bevor er den Abend mit einem Besuch in den zentraleren Teilen der königlichen Hauptstadt fortsetzen würde.

Gerade als er die Rechnung bezahlen wollte, bekam er jedoch eine SMS von Ankan Carlsson, die seinen Seelenfrieden dermaßen störte, dass er gezwungen war, vor seiner Abfahrt einen weiteren kleinen Cognac einzunehmen.

Treffen um acht Uhr, das war ja mitten in der Nacht. Wenn er bei Frühstück, persönlicher Hygiene und Ankleiden nicht hetzen wollte, würde er sich um sechs Uhr morgens aus dem Bett quälen müssen.

Vergiss es, dachte Bäckström und schüttelte den Kopf. Dann trank er die letzten Tropfen aus, bezahlte seine Rechnung, bestellte ein Taxi und ließ sich zu den Lokalen am Stureplan fahren.

11

Danach war für Kommissar Bäckström alles wie gewohnt verlaufen. Zuerst hatte er einen kurzen Zwischenstopp im Sturehof eingelegt, um auf dem Weg zum letztendlichen Ziel des Abends noch ein kleines Bier zu trinken. Das Lokal war höchstens halbvoll. Vor allem Landeier mittleren bis höheren Alters, die ihren Urlaub in Stockholm verbrachten und auf dem Weg noch kurz bei irgendeinem Outlet-Center vorbeigefahren waren, um sich für den Hauptstadtbesuch neu einzukleiden. Das wird nur eine kurze Stippvisite, dachte Bäckström, bezahlte das Bier, das er bestellt hatte, schon als er es in die Hand bekam, und ging, bevor er es überhaupt ausgetrunken hatte.

Tragisch, dachte Bäckström, sobald er wieder auf die Straße gekommen war. Was war denn nur an einem gut geschneiderten Leinenanzug, handgenähten italienischen Schuhen und einer gewöhnlichen Rolex auszusetzen?

Fünf Minuten später – ungefähr zu der Zeit, als Ankan Carlsson zu Hause in ihrer Wohnung in der Filmstadt in Råsunda den kleinen Edvin ins Bett gebracht hatte und endlich eingeschlafen war – nahm Bäckström seinen Platz an der großen Bar im Riche ein, und alles war wieder wie gewöhnlich.

Dort ließ er sich vom übrigen Publikum hofieren und auf kühle Drinks einladen. Die bäckströmsche Supersalami, die

Antwort auf die heimlichen Träume aller Frauen und so eingeführt, wie eine Marke nur sein konnte. Dagegen konnte Volvo einpacken. Wer wollte schon auf dem Rücksitz irgendeines chinesischen Autos herumholpern, wenn man auch in Bäckströms Hästens-Bett liegen und den Salami-Aufzug direkt in den siebten Himmel nehmen konnte?

Nicht besonders viele in diesem Lokal, dachte Bäckström, denn um ihn scharten sich ständig neue Reiselustige, die Mann und Kinder aufs Land geschickt hatten und sich jetzt eine Eintrittskarte an einen Ort sichern wollten, den sie noch nie zuvor besucht hatten.

Apropos Marken, dachte Bäckström. Ikea konnte auch einpacken, trotz all dem Geld, das sie mit dem Verkauf von Bücherregalen verdient hatten, die man selbst zusammenschrauben musste. Außerdem lasen nur Idioten Bücher. Ein richtiger Mensch wie er selbst lebte Kraft seiner eigenen Erfahrungen. Und wenn man nicht mochte, was man erlebt hatte, konnte man es ja auch einfach vergessen.

Ein gutes Leben konnte man sich nicht anlesen, geschweige denn in einem Billy-Regal von Ikea verwahren. Dort hatte man Diätbücher und Anleitungen, wie man sich selbst half, einen Betrieb eröffnete, einen Hund kaufte und ein ganzer Mensch wurde, vermischt mit Mörderromanserien und gewöhnlichem Schund. Wie alle anderen verarmten Idioten, die sich nicht einmal ein richtiges englisches Regal aus Zedernholz und Palisander leisten konnten.

Im Unterschied zu Bäckström, der sein maßgeschreinertes englisches Bücherregal, das er in seinem neuen Arbeitszimmer hatte aufstellen lassen, zur Verwahrung seiner großen und schnell wachsenden Sammlung von Miniaturflaschen mit alkoholischen Getränken aus aller Welt verwendete. Bücher waren ein überschätztes Genussmittel für Verlierer, und er selbst hatte aufgehört, welche zu lesen, sobald er begriffen hatte, dass sein alter Lieblingsautor, der einzige auf dem schwedischen Parnass, der diese Bezeichnung verdient hatte, offenbar in eine schwere Lebenskrise geraten war und angefangen hatte, Schwulenromane zu schreiben. Was war denn so verkehrt an diesem Hamilton?, dachte Bäckström. Der Kampf für höhere Gerechtigkeit, vom Schutz der Sicherheit des Reiches gar nicht zu sprechen, erforderte, dass man ordentlich in die Vollen ging, und dabei mit einem Gesetzbuch unter dem Arm herumzulaufen war der reinste Selbstmord. Das wusste er aus eigener Erfahrung.

Okay, sein ehemaliger Kollege Hamilton hatte aufgrund irgendeiner alten Arbeitsverletzung, die er sich offenbar zugezogen hatte, leider seinen Mitbewohner umgebracht, aber so etwas konnte jedem passieren, wenn es hart auf hart kam, und er selbst hatte in seinem Alltag schon weit Schlimmeres erlebt.

Erhabene Gedanken, wie sie ein Mann mit einer natürlichen philosophischen Veranlagung leicht haben kann, dachte Bäckström und nickte gedankenverloren, während er an seinem Wodka Tonic nippte und mit zwei halben Ohren all den jungen Damen lauschte, die ständig hineinflatterten.

Bäckström verließ das Riche kurz vor Schankschluss in guter Verfassung. Die Nacht war zwar noch jung, doch in ein paar Stunden wartete ein neuer Arbeitstag voller Plagen und Mühen. Nachdem er aber trotzdem einen Ruf zu verteidigen hatte, nahm er jedoch ein unbeschriebenes Blatt mit nach Hause. Eine kleine Juristin mit munteren Augen und einer interessanten Lücke zwischen den Vorderzähnen, die beim Finanzamt arbeitete, und falls sie nun dem Salamiritt nicht standhalten sollte, konnte sie wohl immer noch in anderen Zusammenhängen von Nutzen sein. Vielleicht sogar, um ihm ein paar kleine Ratschläge zu geben, wie man den konfiskatorischen Aktivitäten entgehen konnte, die ihr Arbeitgeber betrieb.

Eine Stunde später, nach beendeter Mission, zahlte er ihr sogar ein Taxi nach Hause in ihren Vorort. Sie war zwar eine starke Sechs auf der zehnstufigen Skala, aber definitiv keine eigene Reise wert. Höchstens einen erneuten Besuch in seinem Bett, wenn sie gerade zufällig in der Nähe war und sich zukünftig selbst um ihre Anreise kümmerte. Ein kleiner Kuss auf die Wange, nur auf die Wange, sodass sie keine neuen Grillen in ihr hübsches Köpfchen bekam, danach ein schnelles Adieu, adieu, und auf ihn selbst wartete eine neue Mordermittlung. Die Pflicht ruft, dachte Bäckström, und sobald er sorgfältig hinter sich abgeschlossen hatte, kehrte er in sein Bett zurück und schlief augenblicklich ein.

12

Bäckström war gerade aufgewacht, als Ankan Carlsson ihm die zweite SMS schickte. »Kommst du mit? Wir fahren in einer Viertelstunde.« Bäckström seufzte, schüttelte den Kopf und schickte eine kurz gefasste Antwort. »Sehen uns am Fundort.« Das sollte wohl selbst sie begreifen, und was gab es an etwas altmodischer Höflichkeit und Korrektheit schon auszusetzen?, dachte er. Er war ja schließlich der Chef. Dann rief er einen seiner alten Kontakte an, stellte die übliche Belohnung in Aussicht und vereinbarte ein Treffen in etwa einer Stunde.

Danach nahm er ein gediegenes Frühstück zu sich, packte seine Wegzehrung und übrige Ausrüstung ein und ging ins Badezimmer, um sich seiner persönlichen Hygiene zu widmen und sich anzuziehen. Schließlich war alles für die Abfahrt gepackt: Proviant, Reservegummistiefel, bequeme Kleidung. Mückenmittel, natürlich. Ein absolutes Muss bei Aufenthalten außerhalb der Innenstadt. Ein zusätzliches belegtes Brot und eine Limonade für den kleinen Edvin, wenn Ankan Carlsson ihren Proviant vergessen hatte, musste sie eben verhungern. Plus alles andere natürlich, das er immer dabeihatte, sobald er seine Wohnung verließ: das kleine schwarze Notizbuch, in dem er seine dienstlichen Aufzeichnungen machte, die Rolex aus Stahl, die er im Dienst und bei der Feldarbeit benutzte, Geld und Karten, zwei Handys, Halstabletten und den diskreten

Flachmann, den er in einer eigens dafür eingenähten Tasche in seinem Sakko verwahrte. Und last, but not least, seinen treuen Freund Sigge in Gesellschaft eines Reservemagazins.

Als er auf die Straße hinaustrat, wartete sein Taxi bereits. Bäckström setzte sich wie üblich auf den Rücksitz, um den Fahrer nicht zu irgendwelchen Intimitäten und unnötigem Geschwätz zu ermuntern.

»Es ist mir eine Ehre, den Herrn Kommissar fahren zu dürfen, Herr Kommissar«, sagte der Fahrer, der die Botschaft offensichtlich nicht verstanden hatte. »Wohin möchte der Herr Kommissar fahren?«

»Zum Karolinska-Krankenhaus«, sagte Bäckström.

»Ich hoffe wirklich, es ist nichts Schlimmes passiert.« Der hirnverbrannte Typ drehte sich sogar um und sah ihn an, als er das sagte.

»Unter absolutem Schweigen«, fügte Bäckström hinzu.

Idioten, dachte er. Woher kommen nur all diese Verrückten, und warum sterben sie nie aus?

Seine Kollegin Annika Carlsson war vollauf mit ihren eigenen Dingen beschäftigt, und obwohl sie ihrer Meinung nach alles bis ins Detail geplant hatte, war sie doch eine halbe Stunde verspätet, als sie mit dem kleinen Edvin und einem halben Dutzend Kollegen – verteilt auf drei Autos – endlich das Polizeigebäude in Solna verlassen konnte. Genervt war sie auch, aber Edvin war so fröhlich und erwartungsvoll, dass seine Augen leuchteten. Das Einzige, was er sich fragte, war, wo »der Herr Kommissar« geblieben war.

»Er wollte wohl selbst hinfahren«, sagte Annika Carlsson.

»Du wirst ihn also bald treffen.«

»Wie schön«, strahlte Edvin. »Darauf freue ich mich wirklich.«

Und wer hat dir heute Morgen Frühstück und saubere Kleider gegeben, dachte Annika mit einem Anflug von Eifersucht. Wie kommt es eigentlich, dass noch niemand diesen Fettwanst erschlagen hat?

Die üblichen Autoschlangen auf dem Weg aus der Stadt kosteten sie eine weitere halbe Stunde, und als sie endlich beim Lager der Seepfadfinder draußen auf Ekerö parken konnten, lagen sie ungefähr eine Stunde hinter dem Zeitplan. Das Lager war so gut wie leer. Der Lagervorsteher und die Mehrzahl seiner Adepten befanden sich auf einen Busausflug nach Helgö, um einen alten Wohnort aus der Wikingerzeit zu besichtigen. Es waren nur noch zwei Leiter im höheren Teenageralter da, die die Anlage bewachen und ansonsten versuchen sollten, ein Boot zu reparieren, das gestern während des Segelns auf Grund gelaufen war und das Ruder verloren hatte.

Obwohl sie vor Neugier zu platzen schienen, hatte keiner von ihnen irgendwelche Fragen gestellt. Nicht einmal ihrem Kameraden Edvin, obwohl er sicher der Kleinste von allen war, die sich im Lager befanden. Auch Edvin war formell und korrekt gewesen, hatte mit der rechten Hand und dem Daumen am kleinen Finger den Pfadfindergruß geformt und war in Richtung das wartenden Polizeiboots davonmarschiert.

Sobald sie vom Steg ablegten, brachte Annika Carlsson dem Kollegen, der Befehlshaber an Bord war, ihre Entschuldigungen vor.

Der Kollege winkte ab. Keine große Sache. Wenn kein akuter Einsatz dazwischenkäme, würden sie ihnen ohnehin den ganzen Tag zur Verfügung stehen, sie brauchten sich also keine Sorge um die Rückfahrt zu machen.

»Es geht um einen Leichenfund, oder?«, sagte er mit gesenkter Stimme und warf aus irgendeinem Grund einen verstohlenen Blick auf Edvin.

»Ein Schädel«, bekräftigte Annika Carlsson. »Der in unserem Fall kein archäologischer Fund zu sein scheint.«

So viel kann ich wohl sagen, dachte sie.

»Den der Kleine beim Pilzesuchen gefunden hat?«

»Ja. Aber wenn du mich fragst, scheint er gut damit klarzukommen. Er findet es wohl eher spannend.«

»Ausgerechnet auf der Unheilsinsel.« Der Kollege schüttelte den Kopf. »Weißt du, wie die Insel zu ihrem Namen kam?«

»Edvin sagt, es liegt daran, dass es dort spukt«, antwortete Annika Carlsson lächelnd.

»Das tut es bestimmt, aber historisch gesehen ist es mehr als das.«

»Erzähl.«

»In alten Zeiten, in diesem Fall bis zum Ende des neunzehnten Jahrhunderts, hatten die Bauern aus der Gegend die Insel als Sommerweide für ihr Vieh genutzt, Kühe, Schafe und Ziegen, vielleicht das ein oder andere Pferd, das sich vom Pflügen ausruhen musste, verfrachtete man auf die Insel, sobald der Sommer in Gang gekommen war. Keine große Insel, nur knapp hundert Hektar, aber groß genug. Reichlich Weidefläche für zehn bis zwanzig Kühe und deutlich mehr Schafe und Ziegen in einer blühenden Landschaft. Das hatte mehrere Generationen lang wunderbar funktioniert, bis vor gut hundert Jahren plötzlich Dinge passierten, und die Weideinsel in Unheilsinsel umbenannt wurde.

Gegen Ende des neunzehnten Jahrhunderts, 1895, glaube ich, schlug der Blitz in das Wohnhaus auf der Insel ein. Die zwei

Mägde, die sich um die Tiere kümmerten, kamen bei dem Brand um. Im Sommer darauf wurde die ganze Belegschaft, sämtliche Milchkühe auf der Insel und ihre Kälber, von irgendeiner mystischen Magenkrankheit befallen. Sie starben wie die Fliegen. Vermutlich hatten sie irgendwas Giftiges gefressen, wenn du mich fragst, aber damit war es noch nicht vorbei.«

»Was ist denn noch passiert?«

»Als man das Vieh, das überlebt hatte, nach Hause holen wollte, dafür hatte man eine so genannte Kuhfähre...«

»Kuhfähre«, unterbrach ihn Annika Carlsson. »Das musst du erklären. Denk daran, dass du mit einer typischen Landratte sprichst.«

»Ja.« Ihr Kollege nickte freundlich. »Nichts, was man heutzutage auf einer Bootsmesse findet. Man kann es wohl am ehesten als sehr großes Eichenholzboot mit flachem Boden beschreiben. Zwar mit großem Freibord, aber sonderlich seefest war es nun nicht...«

»Freibord, ich weiß, was das ist«, warf Annika Carlsson ein.

»Gut, ja, es war groß genug für zehn bis zwanzig Kühe und Kälber. Wie auch immer. Als man das Vieh, das überlebt hatte, nach Hause bringen wollte, schlug der Sturm zu. Mitten in der Bucht. Der Bauer selbst und der Knecht, der ihm helfen sollte, sämtliche Kühe und Kälber, alle sind ertrunken. Demzufolge, was unter den Hiesigen immer noch erzählt wird, sollen sie auf einer Strecke von mehreren Kilometern im Gebiet von Ekerö an Land gespült worden sein. Da verstanden die Leute, dass sie auf der Weideinsel nicht mehr willkommen waren. Böse Mächte und Kobolde hatten sie übernommen, und die Insel bekam ihren neuen Namen, Unheilsinsel. Alles der mündlichen Überlieferung nach. Ich denke, da ist eine ganze Menge dran«, fasste ihr Kollege mit einem schiefen Lächeln zusammen.

»Heutzutage hätten sie natürlich Schwimmwesten angehabt«, sagte Annika Carlsson.
»Damals aber nicht. Schwimmen konnten sie auch nicht«, konstatierte ihr Kollege. »Obwohl sie ihr ganzes Leben lang an diesem See gewohnt hatten. Normale Menschen haben zu dieser Zeit ja nie gebadet. Das war etwas, womit die feinen Leute sich die Zeit vertrieben, wenn sie in ihren Sommerhäusern waren. Mit dem Mälarsee ist nicht zu spaßen, musst du wissen.«
»Wie ist es denn heute auf der Unheilsinsel?«
»Es ist ein unwirtlicher Ort, es gibt dort weder Badestrände noch Klippen, die einen an Land locken. Der reinste Dschungel. Du siehst sie übrigens gleich da vorne.« Er zeigte mit der Hand auf eine kleine Insel, die einen guten Kilometer entfernt mitten in der Bucht lag.

Gebüsch und Unterholz, das bis zum Wasser hinunterreichte, einzelne Tannen und Fichten, die auf den höher gelegenen inneren Teilen der Insel herausragten. So weit von einer offenen Landschaft entfernt, wie man sich nur vorstellen konnte. Was war das nur für ein erwachsener Mann, der einen Zehnjährigen an so einem Ort an Land setzte, dachte Annika Carlsson. Nur, weil er versehentlich auf das Deck seines schicken Bootes gekotzt hatte.

»Du musst um die Landzunge herumfahren, um anlegen zu können«, sagte Edvin, der plötzlich wie aus dem Nichts aufgetaucht war.

»Aye, aye, Sir.« Ihr Befehlshaber lächelte Edvin an.

»Den Weg zu der Stelle, wo ich sie gefunden habe, hab ich markiert«, fuhr Edvin fort. »Das hab ich auf dem Rückweg zur Anlegestelle gemacht. Da, wo sie lag, hab ich einen Fichtenzweig in den Boden gesteckt.«

»Da hast du ja wirklich an alles gedacht«, bemerkte der Bootsbefehlshaber.

»Allzeit bereit!« Edvin salutierte mit der rechten Hand und dem Daumen über dem kleinen Finger.

Dann umrundeten sie die Landzunge und kamen zu dem Platz, an dem sie anlegen sollten, und da saß er.

13

Bäckström hatte kein gutes Verhältnis zu Wasser in all seinen Formen, und Bootsfahrten vermied er so weit wie möglich. Erst im Erwachsenenalter hatte er Schwimmen gelernt, gezwungenermaßen, weil es eine Bedingung für die Aufnahme an der Polizeischule war. Eine schmerzhafte Erfahrung, die er gern vergessen wollte, und über die er nie sprach.

Als Bäckströms Taxi ihn am Karolinska-Krankenhaus abgesetzt hatte, stand der Polizeihubschrauber bereits auf dem Landeplatz und wartete auf ihn. Dann hoch hinauf ins Blaue, und als er die Blechschlange sah, die sich dort unten um die Gegend von Ekerö ringelte, freute er sich von ganzem Herzen. Seltsam, dass solche wie Ankan Carlsson es überhaupt schaffen, morgens aus dem Bett zu steigen, dachte er.

Zwanzig Minuten später war er auf der Unheilsinsel gelandet, hatte sich bei seinem Kontakt bei der Hubschrauberdivision bedankt und versprochen, ihm baldigst die übliche Entlohnung in Form von harter schottischer Währung zu schicken.

Als erste Maßnahme hatte er seinen Klappstuhl an einem geeigneten schattigen Plätzchen aufgestellt, um der schlimmsten Hitze zu entgehen und sich gleichzeitig von einer lauen Seebrise streicheln zu lassen. Danach hatte er ein kaltes Tonic Water geöffnet und mit einer ausgewogenen Dosis aus seinem Flachmann verstärkt, bevor er die erste dienstliche Notiz schrieb.

»Mittwoch, den 20. Juli, 9:45 Uhr. Verdacht auf Mord. Am Fundort auf der Unheilsinsel im Mälarsee angekommen.« Erst danach hatte er die Zeitschrift *Dagens Industri* herausgeholt, um in aller Ruhe seine neuesten Börsenplatzierungen durchzugehen.

Vor allem die neu eingeführte Spielefirma, bei deren Aktienkauf ihm sein Freund GeGurra geholfen hatte, erwies sich als die reinste Börsenrakete. Vielleicht kein Wunder, nachdem der Betrieb nach denselben Prinzipien geführt wurde wie sein eigener Lesezirkel in jener Sommerwoche vor fast fünfzig Jahren, als er im Pfadfinderlager draußen auf Tyresö interniert gewesen war. Treuere Kunden als Süchtige gab es nicht. Um sich das auszurechnen, musste man nicht einmal Kolumbianer sein.

Die mussten ein schwarzes Loch da oben haben, wo andere Menschen einen Kopf haben, dachte Bäckström und schüttelte dabei mitleidig seinen eigenen. Dass ihre Frauen und Kinder verhungerten, während sie die ganze Haushaltskasse verspielten und sogar die Kleider und Spielsachen ihrer Kinder auf eBay verkauften, schien ihnen komplett egal zu sein.

Alle an Bord entdeckten ihn ungefähr gleichzeitig. Alle an Bord, mit einer Ausnahme, freuten sich wie die Kinder. Am meisten von allen freute sich Edvin, der ja tatsächlich ein Kind war.

»Der Herr Kommissar«, rief Edvin, während er auf ihn zeigte und förmlich vor Entzücken strahlte.

Da saß er, ohne sich auch nur im Geringsten anmerken zu lassen, dass er gerade Gesellschaft bekommen hatte, obwohl er sie ja schon von weitem gehört haben musste. Bequem zurückgelehnt in einem Klappstuhl und in eine Zeitschrift vertieft. Schuhe und Strümpfe ausgezogen, seine Füße in den Wellen des Mälarsees. Kommissar Evert Bäckström, in blauem Leinenanzug, weißen Segelschuhen, Panama-Strohhut und Sonnenbrille.

Ich werde den Mistkerl ertränken, dachte Annika Carlsson. Wenn es schon niemand anders machen will, dann mache ich es eben selbst. Man schien sich ja nicht einmal mehr auf Niemi verlassen zu können. Sogar der hatte gegrinst und entzückt den Kopf geschüttelt.

14

»Ich hab mir schon fast ein bisschen Sorgen gemacht.« Bäckström warf einen Blick auf seine Armbanduhr und lächelte Annika Carlsson freundlich zu. »Dass ihr ertrunken seid oder so.«

»Und du selbst bist hierhergeschwommen«, antwortete Annika Carlsson, obwohl sie wusste, dass Derartiges bei ihm nicht fruchtete.

»Nein. Ich bin per Hubschrauber gekommen. Ich dachte, das hätte ich erwähnt. Man will schließlich pünktlich sein, wie du sicher verstehst. Immerhin geht es um einen Mordfall. Übrigens, wie geht es dem Jungen?«, fragte Bäckström und nickte zu Edvin hinüber, der vollauf damit beschäftigt war, einen Polizeihund größeren Modells zu streicheln.

»Bisher scheint er gut damit klarzukommen. Er findet es wohl eher spannend, heute Nacht jedenfalls keine Albträume.«

»Er hat bei dir geschlafen«, sagte Bäckström, und es war eher eine Feststellung als eine Frage.

»Ja. Was dachtest du denn? Dass ich ihn im Polizeipräsidium Solna schlafen lasse oder ihn mitten in der Nacht zurück ins Pfadfinderlager fahre?«

»Natürlich dachte ich das nicht. Ich mache mir nur ein bisschen Sorgen um ihn. Der Kerl ist ja erst zehn Jahre alt, und wenn man solche Dinge erlebt hat, kann einem das schon nachgehen.«

»Ich hab den Eindruck, er will nicht zurück ins Lager. Wir haben beim Frühstück darüber gesprochen.«

Als ob dich das interessieren würde, dachte sie.
»Dieses Lager ist ja sowieso in ein paar Tagen zu Ende«, erwiderte Bäckström. »Die Frage ist nur, wo er ...«
»Heute Nacht kann er bei mir schlafen«, unterbrach ihn Annika Carlsson. »Wir haben sogar geplant, heute Abend in den Vergnügungspark zu fahren, also nach Gröna Lund. Edvin hat mich im Fünfkampf herausgefordert. Danach werden wohl seine Eltern nach Hause kommen und übernehmen.«
»Klingt sinnvoll«, stimmte Bäckström zu. »Soll ich sie anrufen oder du?«
»Du kannst ganz beruhigt sein, Bäckström, auch darum kümmere ich mich.«
Was macht er eigentlich?, dachte sie.
»Was ganz anderes«, sagte Bäckström. »Bevor du gestern zu mir gekommen bist ... als er sein Brot gegessen hat ... da hat er von diesem Vorsteher erzählt. Dem mit dem komischen Namen.«
»Haqvin Furuhjelm. Ich hab gestern mit ihm telefoniert, damit er den Burschen nicht als vermisst meldet. Was ist mit ihm?«
»Ich will, dass du ihn verhörst. Rein informativ, aber du brauchst nicht allzu freundlich zu sein.«
»Du glaubst, er ist in diese Geschichte verwickelt?«
»Nein.« Bäckström schüttelte den Kopf. »Das kann ich mir nicht vorstellen. Falls wir von unserem Schädel sprechen.«
»Warum soll ich ihn dann verhören?«
»Ich hab ein Problem mit Pfadfindervorstehern«, erklärte Bäckström mit einem bekräftigenden Nicken. »Ein großes.«
»Hat Edvin von den Goldzähnen erzählt?«
»Was für Goldzähne?«, fragte Bäckström verwundert.
»Vergiss es«, sagte Annika Carlsson abwehrend.

»Nein. Dass ich ein Problem mit Pfadfindervorstehern habe, liegt wohl vor allem an Erlebnissen aus meiner eigenen Kindheit.«

»Willst du es mir erzählen?«

»Nein. Eine sehr traumatische Geschichte. Aber nichts, was du hören willst. Auch nichts, was man erzählen würde.«

Könnte es so einfach sein?, dachte Annika Carlsson und nickte nur.

15

Peter Niemi hatte übernommen. Zuerst sprach er mit Edvin, der auf einer Karte der Insel zeigte, wo er auf den Schädel gestoßen war.

»Es liegt in dieser Richtung.« Edvin deutete auf das Innere der Insel. »Höchstens hundert Meter von hier. Als ich ... also, ihn gefunden hatte ... hab ich den Weg zurück markiert. Sie wollten mich ja hier wieder abholen, und ich dachte, dann ist es leichter, die Stelle später wiederzufinden.«

»Ja«, sagte Niemi. »Das war klug von dir.«

Aber etwas blass um die Nase bist du doch, dachte er.

»Ja, und ich hab einen Fichtenzweig in den Boden gesteckt, wo er lag, den ich von einem Baum geschnitten habe.«

»Völlig richtig, Edvin. Das hätte ich auch gemacht. Die meisten Leute kapieren nicht, wie schwer es sein kann, bei solchen Gelegenheiten zurückzufinden.«

»Wie gut.« Edvin sah erleichtert aus.

»Als du an der Stelle warst, an der er gelegen hat. Hast du dort herumgesucht? Um zu sehen, ob du noch mehr findest?«

»Ich hab in den Fuchsbau geguckt, also, er lag gleich vor einem Fuchsbau, aber ich hab nichts mehr gesehen. Also, kein Skelett oder so. Dann hab ich noch ein bisschen in der Nähe herumgeschaut. Aber da war auch nichts.«

»Und dann bist du hierher zurückgegangen«, sagte Niemi.

»Und hast dabei den Rückweg markiert.«

»Ja. Aber vorher hab ich den Schädel in meinen Rucksack gesteckt, weil ich niemandem anderen davon erzählen wollte als dem Herrn Kommissar.«

»Klug von dir.« Niemi klopfte ihm auf die Schulter. »Was meinst du, willst du mit mir und den anderen kommen und dir die Stelle, wo er lag, noch mal ansehen? Schaffst du das?«

»Ja«, sagte Edvin. »Das ist völlig okay. Aber damals war es schon ziemlich gruselig, ehrlich gesagt.«

»Aber jetzt ist ja alles gut.« Niemi tätschelte ihm erneut die Schulter. »Das kriegen wir schon hin, wir beide.«

Niemi verteilte Karten an sämtliche Anwesenden und zeigte den beiden jüngeren Ordnungspolizisten, wo sie die Absperrungen um die Anlegestelle anbringen sollten. Dann bat er die Kollegen von der Seepolizei, eine Runde mit dem Boot zu drehen und die Strände um die Insel zu kontrollieren.

»Okay«, sagte Niemi und wandte sich an alle. »Wir machen es so. Edvin und ich und meine Kollegen von der Technik, plus Hundeführer, machen einen ersten Check. Alle, die schon Aufgaben haben, kümmern sich um diese. Du, Bäckström, und Annika, ihr wartet ab, bis ich euch rufe. Dann müsst ihr nur diesem roten Zeichen da drüben auf der Birke folgen. Edvin hat es gestern dort angebracht.«

»Während wir warten.« Bäckström nickte den anderen hinterher, die im Gebüsch verschwanden.

»Kannst du mir erklären, wie ausgerechnet hier so viele Mücken sein können, wir stehen doch ganz unten am Wasser. Riesengroß sind sie auch noch.« Annika Carlsson schlug nach der fünften, die sich dem Blutfleck auf ihrem Oberarm nach zu urteilen bereits gütlich getan hatte.

»Es wird noch schlimmer, sobald du die Nase in diesen Dschungel steckst«, sagte Bäckström tröstend und nickte in Richtung der ersten Markierung. »An so einem Ort in kurzen Hosen und kurzen Ärmeln rumzurennen ist der der reinste Selbstmord.« Er warf einen bedauernden Blick auf Annika Carlsson in ihren blauen Shorts und dem kurzärmligen Hemd.

»Was du nicht sagst.« Annika Carlsson schlug eine weitere Mücke tot, die sich an ihrem braungebrannten Unterschenkel labte.

»Daran hättest du denken sollen, Annika.« Bäckström schüttelte bekümmert den Kopf.

»Ja, hätte ich. Habe ich aber nicht.«

»Mückenmittel hast du auch nicht dabei«, konstatierte Bäckström mit unschuldiger Miene, während er die Hand in seine Campingtasche steckte.

»Nein, das auch nicht.«

Jetzt solltest du verdammt vorsichtig sein, dachte Annika Carlsson. Keine Zeugen weit und breit, was konnte sie eigentlich hindern?

»Du kannst welches von mir haben, wenn du willst.« Bäckström hielt ihr eine kleine grüne Plastikflasche hin. »Das ist Dschungelöl. Das nehme ich am liebsten, gerade bei solchen Expeditionen. Sehr effektiv, außerdem passt es erstaunlich gut zu meinem Rasierwasser.«

»Danke«, sagte Annika Carlsson und nahm das Fläschchen mit dem Mückenmittel.

Du hast dir gerade selbst das Leben gerettet, dachte sie.

»Nicht dafür, nicht dafür«, erwiderte Bäckström mit einem leichten Seufzer. »Sag Bescheid, wenn du etwas zu trinken willst. Ich hab Mineralwasser, Tonic und Limo. Leider nichts Stärkeres.«

Niemi und die anderen waren Edvins Markierungen gefolgt, und älteren Spuren nach zu urteilen folgten sie einem alten Wildpfad. Das stimmte mit den Beobachtungen überein, die Edvin im Lauf des gestrigen Tages gemacht hatte. Ihm zufolge gab es auf der Insel Wildschweine, und zwar einige, wenn man die reichlichen Spuren betrachtete, die er auf seiner Suche nach Pilzen und Beeren gefunden hatte.

Niemi nickte nur, während er die Umgebung um sie herum musterte. Wirklich der reinste Dschungel, das wird nicht einfach, dachte er. Dichtes Gebüsch, Dickicht aus Unterholz mit Birken, Haselnüssen, Espen, kleineren Fichten und Kiefern, bei denen die niedrigsten Zweige den Boden bedeckten, der dicht mit Blaubeer- und Preiselbeerpflanzen bewachsen war. Sumpfige Stellen im Wechsel mit normalem Waldboden und Felsen.

»Jetzt sind es nur noch zwanzig Meter«, flüsterte Edvin und ergriff Niemis Unterarm. »Sie sagten doch, ich sollte dann Bescheid geben.«

»Gut, Edvin.« Niemi nickte dem Hundeführer zu, der nur eine Handbewegung machte, worauf der Schäferhund vor ihnen den Weg entlanglief und zwischen den Büschen verschwand. Es dauerte nur ein paar Sekunden, bis sie ihn bellen hörten. Dumpfes, rhythmisches Gebell. Höchstens zehn Meter entfernt, nachdem die rote Leine noch zu sehen war, die sein Herrchen an seinem Halsband befestigt hatte, bevor er ihn losließ.

»So klingt mein Sacco, wenn er eine Leiche gefunden hat«, stellte sein Herrchen fest.

Sacco selbst hatte sich dicht auf den Boden gelegt, einen halben Meter von einem Fichtenzweig entfernt, der aus den Beerensträuchern herausragte. Ein paar Meter weiter weg lag der Fuchsbau, von dem Edvin erzählt hatte. Ein weicher, abgerundeter Hügel, bedeckt von Gebüsch, der sich ein paar Meter weit aus der Umgebung erhob.

»Tüchtiger Hund«, sagte sein Führer und tätschelte ihn. »Jetzt hast du zwei Zeugen.« Er nickte Niemi zu. »Edvin hier und meinen Sacco, der gerade Edvins Angaben bestätigt hat.«

»Er klingt froh«, sagte Edvin. »Also, sein Gebell.«

»Er ist auch froh.« Sein Herrchen legte die Hand auf Edvins Schulter. »Das liegt daran, dass Hunde nicht auf die selbe Art denken wie du und ich und andere Menschen.«

»Ich weiß.« Edvin nickte ernst.

Nach einer halben Stunde meldete sich Niemi auf Annika Carlssons Funkgerät. Wenn sie einen Blick auf Edvins Fundort werfen wollten, könnten sie das jetzt tun.

»Sind schon auf dem Weg, Ende«, bestätigte Annika Carlsson. Sie warf ihrem Chef, der keine Anstalten machte, sich aus seinem Klappstuhl zu erheben, einen auffordernden Blick zu.

»Ich komm ja schon.« Bäckström wedelte abwehrend mit der Hand und stand mit gewisser Mühe auf.

Bäckström trug jetzt grüne Gummistiefel, ein klassisches Jägermodell, während Annika Carlsson schon bald über ihre bereits durchnässten Sneakers zu fluchen begann. Nach fünfzig Metern blieb Bäckström stehen und zeigte auf eine der roten Markierungen, die Edvin an einem Birkenzweig in Höhe von Bäckströms oberstem Jackettknopf angebracht hatte.

»Ist dir was aufgefallen?«, fragte Bäckström und zeigte auf die Markierung.

»Was denn?«

Was ist denn jetzt schon wieder, dachte Annika.

»Dass Edvin auch ein sehr umsichtiger junger Mann ist. Er ist nicht nur sehr klug für sein Alter. Er ist auch ein kleiner Mann mit einem großen Herzen. Er denkt wirklich an uns Erwachsene.«

»Wie meinst du das?«

Worauf will er hinaus?, dachte sie.

»Er muss ja auf Zehenspitzen gestanden und die Arme so hoch hinaufgestreckt haben, wie er nur konnte, als er diese Markierungen festgeknotet hat. Wenn man seine Größe bedenkt, meine ich. Damit wir Erwachsenen nicht geduckt gehen müssen, um sie zu sehen. Sehr umsichtig von ihm. Also, meiner bescheidenen Meinung nach.«

Annika Carlsson sagte nichts. Sie nickte lediglich.

Verkneif dir den Kommentar, dachte sie.

Fünf Minuten später standen Bäckström und Annika Carlsson vor Edvins Fuchsbau. Niemi sprach mit Edvin, während die beiden Kollegen, die er sich von der technischen Abteilung der Landespolizei geliehen hatte, vorsichtig im umgebenden Gelände umherstapften. Vom Hundeführer und seinem vierbeinigen Freund war dagegen keine Spur zu sehen.

»Was ist mit dem Köter und seinem Herrchen?«, fragte Bäckström.

»Sie untersuchen die nähere Umgebung«, sagte Niemi. »Nur für den Fall. Aber wenn du mich fragst, glaube ich nicht, dass sie etwas finden. Diese Ortsuntersuchung wird ziemlichen Einsatz erfordern. Wenn jemand die Leiche hier auf der Insel vergraben hat, denke ich außerdem, sie liegt sehr viel näher an der Stelle, an der wir angelegt haben.«

»Das glaube ich auch. Warum sollte man eine Leiche unnötig lange herumschleppen.«

»Im Hinblick auf die ganzen Viecher, die hier herumfliegen,

werde ich nicht protestieren, wenn Annika, Edvin und du zurück ins Präsidium fahren wollt.« Niemi wedelte die aufdringlichsten Mücken weg.

»Dann machen wir es so«, sagte Bäckström.

»Ja, so machen wir's«, wiederholte Niemi. Hier habe ich keine Verwendung für euch. Ihr seid eher im Weg, wenn ich ehrlich sein soll. Ich verspreche, spätestens heute Abend von mir hören zu lassen.«

»Dieser Fuchsbau.« Bäckström wandte sich Edvin zu. »Kannst du uns etwas darüber sagen?«

»Ja«, antwortete Edvin. »Es ist ein Sandbau. Es gibt auch welche aus Steinen, alte Steinhaufen und so was, in denen Füchse wohnen, aber das hier ist ein Sandbau.«

»Dieses kleine Loch da, zwischen den Büschen, ist das der Eingang?« Bäckström zeigte auf den Bau.

»Ja, oder der Ausgang. So ähnlich wie eine Tür«, sagte Edvin. »Nur ohne Tür, natürlich.«

»Gibt es viele Löcher in einem solchen Fuchsbau?«

»In dem hier hab ich sechs gefunden, als ich gestern nachgeschaut habe. Aber mein Rekord ist fünfzehn. Das war allerdings ein Steinbau.«

»Ein Fuchsbau hat also immer viele Ein- und Ausgänge. Warum haben die Füchse das so?«

»Das ist doch ganz klar«, sagte Edvin erstaunt. »Wenn der Herr Kommissar sich zum Beispiel vorstellt, dass Jäger kommen, um die Füchse zu erschießen, die dort wohnen. Dann treiben sie erst einen Erdhund rein, der die Füchse aus dem Bau jagt, und dann stehen sie draußen und schießen sie, wenn sie herauskommen. Wenn die Füchse viele Löcher haben, aus denen sie sich hinausstehlen können, haben sie eine größere Chance zu überleben. Sie sind sehr listige Tiere.

»Ein Fuchsbau hat viele Ausgänge. Damit die Füchse überleben, wenn jemand sie jagt.«

»Ja. Ich würde das allerdings niemals tun. Ich bin gegen alle Arten von Jagd.«

»Ein Fuchsbau hat viele Ausgänge«, wiederholte Bäckström und nickte.

Bäckström, Annika Carlsson und Edvin kehrten zum Strand zurück, um auf das Polizeiboot zu warten, das bereits auf dem Weg war, um sie ins Pfadfinderlager zurückzubringen. Bäckström schenkte Edvin ein Sandwich und eine Limonade, bevor er anfing, seine Sachen zusammenzupacken.

»Du hast wahrscheinlich schon deinen Helikopter angerufen«, sagte Annika Carlsson.

Das war unnötig, dachte sie in dem Moment, als sie es gesagt hatte. In der letzten Stunde hat er sich schließlich wie ein normaler Mensch benommen.

»Nein. Ich hatte geplant, mit dir und Edvin Boot zu fahren. So eine kleine Fahrt auf dem See ist doch nett. Die Sonne scheint, es ist windstill, ich freue mich schon darauf«, erwiderte Bäckström.

Außerdem gibt es sicher auch ein Klo an Bord, in das ich mich kurz mit meinem Flachmann verziehen kann, um mir vor meinem späten Mittagessen in aller Ruhe einen kleinen Wodka zu genehmigen, dachte er. In Gedanken war er schon bei der Planung seines restlichen Tages.

»Du verblüffst mich immer wieder, Bäckström«, stellte Annika Carlsson fest.

»Ja, ich weiß«, sagte Bäckström.

Eine Viertelstunde später stiegen sie am Pfadfinderlager aus. Trotz dessen, was Bäckström vor der Abfahrt gesagt hatte, hatte er im Grunde die ganze Fahrt auf der Toilette verbracht, ein bisschen seltsam war das ja schon, dachte Annika Carlsson.

Das Pfadfinderlager war leer und verlassen. Keine Spur von Lagervorsteher Furuhjelm oder seinen Pfadfindern. Am einfachsten war es wohl, ihn anzurufen, dann musste er eben zur Vernehmung aufs Revier kommen.

Annika Carlsson fuhr sie in die Stadt. Bäckström fuhr nie Auto, warum auch immer, denn einen Führerschein hatte ja jeder Polizist. Die Heimreise konnte ohne Staus und in der Hälfte der Zeit bewältigt werden. Sobald sie sich dem Polizeigebäude näherten, holte Bäckström sein Handy heraus und rief ein Taxi.

»Ich hab gehört, Annika und du wollt heute Abend nach Gröna Lund.« Bäckström nickte Edvin zu.

»Ja. Will der Herr Kommissar mitkommen?«

»Leider nein.« Bäckström schüttelte bedauernd den Kopf. »Ich habe eine ganze Menge zu tun, wie du verstehst. Aber wir sehen uns ja morgen früh im Polizeipräsidium.«

Bevor ihre Wege sich unten in der Tiefgarage trennten, hatte Bäckström sein dickes Bündel Scheine herausgeholt und einen Fünfhunderter abgeschält, den er Edvin gab.

»Nimm den hier, Edvin«, sagte Bäckström und tätschelte ihm den Kopf. »Dann kannst du Annika auf eine Achterbahnfahrt einladen.«

»Danke«, antwortete Edvin und verbeugte sich sogar. »Das ist viel zu viel, Herr Kommissar.«

Bäckström schien ihn nicht gehört zu haben. Zuerst sah er aus, als wäre er tief in Gedanken versunken, dann nahm er noch einen Fünfhunderter, den er in Edvins Brusttasche steckte.

»Nimm den hier auch noch. Falls ihr mit dem Taxi nach Hause fahren wollt. Aber vergiss nicht, mir wie gewohnt die Quittung zu geben.«

16

Kommissar Toivonen war Chef der Kriminalabteilung bei der Polizei Solna. Er war auch Bäckströms direkter Vorgesetzter, aber definitiv keiner seiner Bewunderer. Vor ihm auf dem Schreibtisch lag ein aufgeschlagener Ordner, in dem eine Kopie der Anzeige wegen Verdachtes auf Mord, die ihm Annika Carlsson am Abend zuvor geschickt hatte, sowie ihr kurz gefasstes Gesuch um Hilfe in Form von weiterem Personal zur Identifizierung des Opfers lag.

Toivonen mochte es so lieber. Besser Papier in einem Ordner, in dem man blättern und Anmerkungen machen konnte, als dazusitzen und auf einen Bildschirm zu glotzen, bis es einem vor den Augen flimmerte und die Kopfschmerzen das Denken unmöglich machten.

Ein normaler archäologischer Fund kann es ja nicht sein, dachte Toivonen. Die Kugel, die man im Schädel gefunden hatte, sprach stark dafür, dass das, was passiert war, weitaus später geschehen sein musste. Das schloss zwar nicht aus, dass die Angelegenheit verjährt war oder es sich gar nicht um ein Verbrechen handelte. Die meisten, die durch Erschießen starben, hatten es selbst getan.

Einerseits, andererseits, seufzte Toivonen. Egal, seine Kollegen und er mussten herausfinden, wie es sich verhielt, und bis die Identität des Opfers festgestellt war, rührte die Ermittlung sich nicht vom Fleck. Das wusste Toivonen genauso gut wie Bäckström und Annika Carlsson. Das hier war nichts, was man einfach ins Archiv hinuntertragen konnte und so tun, als wäre nichts passiert.

Die Zähne untersuchen, einen Gebissabdruck erstellen und hoffentlich DNA aus dem Schädel sichern. Das waren noch die verhältnismäßig einfachen Aufgaben, die Kriminaltechniker im neu eingerichteten Nationalen Forensischen Zentrum in Linköping würden das übernehmen.

Blieb noch alles andere. Herauszufinden, wer der oder die Tote war, unter all den Hunderten von Vermissten, die nie wieder aufgetaucht waren. Von der Dunkelziffer derer, die verschwunden waren, ohne im Polizeiregister aufzutauchen, gar nicht zu sprechen. Solche Dinge erforderten zusätzliches Personal. Personal, das er nicht hatte.

Ich muss mit Gunsan sprechen, dachte Toivonen. Ein Glück, dass sie nicht auch im Urlaub ist.

Gunsan hieß eigentlich Gun Nilsson. Sie war zivil angestellte Bürokraft in der Kriminalabteilung und kümmerte sich mit vollem Einsatz um all das, was wirklich zählte: praktische und administrative Probleme. Dementsprechend beliebt und respektiert war sie bei ihren Arbeitskollegen. Gunsan war ein Kosename. In diesem Punkt waren sich alle, die in der Abteilung arbeiteten, rührend einig.

Ungefähr zu dem Zeitpunkt, als Bäckström und seine Kollegen der Spur folgten, die Edvin mit Sorgfalt und Umsicht gelegt hatte, setzte sich Toivonen auf den Besucherstuhl in Gunsans Büro.

»Korrigiere mich, wenn ich falschliege, aber heute ist Mittwoch, der 20. Juli, mitten in den Ferien, die halbe Belegschaft ausgeflogen, und du willst, dass ich zusätzliches Personal auftreibe, das dabei hilft, einen alten Schädel zu identifizieren, der auch sehr gut hundert Jahre alt sein kann«, sagte Gunsan und lächelte Toivonen freundlich an.

»Jaa, so ungefähr«, erwiderte Toivonen.

»Eine neugierige Frage. An wie viele hattest du denn so gedacht?«

»Ich bin ich froh, wenn ich überhaupt irgendjemand Brauchbaren bekomme.«

»Ich kann dir zwei besorgen.«

»Zwei«, wiederholte Toivonen. »Zwei brauchbare Kollegen?«

Ich frage mich, ob sie auch auf dem Wasser gehen kann, dachte er.

»Im Hinblick darauf, dass es vor allem um Recherchearbeit geht, glaube ich kaum, dass du bessere bekommen kannst.«

»Aber wie in aller Welt kriegst du das hin?«

»Mithilfe eines verstauchten Fußes und eines eingegipsten Knies. Sie sind also vollkommen brauchbar. Diese Körperteile sind ja nicht vonnöten, wenn man nur vor dem Computer sitzt.«

17

Am Donnerstagvormittag, 21. Juli um zehn Uhr, trafen sich die Fahndungskräfte zum ersten Mal. Das hatte Bäckström am Vorabend in einer SMS an Annika Carlsson angeordnet.

Annika Carlsson war zeitig zur Arbeit gekommen, um alles vorzubereiten, bevor Bäckström auftauchte und sich in ihre sorgfältige Planung einmischte.

Normalerweise, oder eher im besten Fall, tauchte Bäckström in letzter Minute auf, aber diesmal trat er plötzlich eine halbe Stunde vor Beginn der Besprechung in ihr Zimmer.

»Wo ist Edvin?«, fragte er, während er sich sicherheitshalber im Raum umsah.

»Guten Morgen, Bäckström!« Annika Carlsson lächelte freundlich. »Du siehst so frisch und munter aus. Du wirst doch wohl nicht krank?«

»Edvin«, wiederholte Bäckström und nickte ihr zu.

Edvin war bei seinem Vater, der frühmorgens einen Flug aus Schonen genommen und ihn schon zum Frühstück bei Annika Carlsson abgeholt hatte. Edvins Mutter dagegen würde noch einen Tag bleiben, um ihre Schwester zu besuchen, die in Helsingborg wohnte, und sollte erst zum Wochenende nach Stockholm zurückkommen.

Edvin ging es gut. Sein Vater Slobodan hatte Bäckström übrigens grüßen lassen und sich dafür bedankt, dass er sich um seinen Sohn gekümmert hatte.

»Gibt es sonst noch was?«, fragte Annika Carlsson mit zuvorkommendem Lächeln.

»Nein.« Bäckström schüttelte den Kopf und verschwand.

Fünf Minuten vor Beginn des Treffens trat Annika Carlsson in Bäckströms Büro und setzte sich ohne größere Umschweife auf seinen Schreibtisch. Er musste sie kommen gehört haben, denn in dem Augenblick, als sie sich hinsetzte, steckte er den Schlüssel zu seiner Schreibtischschublade in die Hosentasche.

»Was kann ich für dich tun, Annika?«, fragte Bäckström, während er sich ein Halsbonbon in den Mund steckte.

»Nichts«, sagte Annika. »Ganz wie immer. Aber ich habe ein paar Dinge zu berichten, die du vielleicht vor der Besprechung wissen willst. Zwei Dinge, die die Ermittlung betreffen, und dann noch ein paar allgemeine Informationen über Edvin und wie es ihm geht und so. Was willst du zuerst hören?«

»Das über die Ermittlung.« Bäckström lutschte an seiner Halstablette. »Fang mit dem Schlechten an.«

»Beides ist gut.«

»Dann nimm zuerst das Beste.«

»Ich hab heute Morgen mit Nadja gesprochen«, begann Annika Carlsson. »Nadja Högberg, du weißt schon. Deine einzige Mitarbeiterin, die diese Bezeichnung verdient hat, wie du sie vor all den anderen armen Schweinen immer beschreibst, die hier arbeiten. Ist sicher schön für sie zu hören.«

»Lass den Scheiß.« Bäckström machte eine genervte Handbewegung. »Bin ich jetzt in irgendeinem Kurs für Führungskräfte gelandet, oder was?«

»Kann ich mir nicht vorstellen. Wenn die stattfinden, bist du ja immer krankgeschrieben, und soweit ich sehen kann…«

»Nadja ist im Urlaub zu Hause in Russland«, unterbrach sie

Bäckström. »Sie kommt in der ersten Augustwoche zurück. Ist irgendwas passiert? Ich meine, weil sie angerufen hat?«

»Sie wird ihren Urlaub abbrechen und nächste Woche wieder hier sein. Sie hat wohl schon mit Toivonen gesprochen.«

Eine, von der er was hält, dachte Annika Carlsson. Das muss an all dem Wodka liegen, den sie ihm immer mitbringt.

»Das ist ja ausgezeichnet«, sagte Bäckström mit merklich aufgehellter Miene. »Dann gibt es endlich wieder ein bisschen Ordnung in dem Laden hier.«

»Was die andere Sache betrifft…«

»Sag's mir nachher.« Bäckström schüttelte den Kopf, während er auf die Uhr sah und aufstand.

»Wir haben Verstärkung bekommen. Zwei jüngere Kollegen von der Ordnungspolizei, die Toivonen uns beschafft hat«, fuhr Annika Carlsson fort, die sich diesmal nicht aufhalten lassen wollte. »Sie machen beide einen guten Eindruck. Ich hab vorhin mit ihnen gesprochen.«

»Ich verstehe schon«, erwiderte Bäckström. »Das übernimmst du.«

Wenn Nadja erst zurück war, würde sich sicher alles fügen, auch wenn die Typen sich als unbrauchbar herausstellten, dachte er.

»Und dann fragst du dich sicher, wie es mit Edvin gestern in Gröna Lund war?«

»Nein«, sagte Bäckström.

»Wir waren bis zum späten Abend dort«, erzählte Annika und schenkte Bäckström ein breites Lächeln, »und bevor wir gegangen sind, waren wir noch eine Runde im Liebestunnel.«

»Was?« Bäckström sank in seinen Stuhl zurück.

Was zum Teufel sagt diese Person da? Der Bursche ist doch erst zehn Jahre alt, dachte er.

Nein, Annika Carlsson und Edvin waren nicht zusammen im Liebestunnel gewesen. Als sie das spaßeshalber vorgeschlagen hatte, war er rot geworden und hatte den Kopf geschüttelt. Aber sie hatten alles andere genossen, was man in Gröna Lund machen kann. Edvin hatte Popcorn, Eis und Zuckerwatte, Hamburger und Hot Dog gegessen und eine Limonade und zwei Säfte getrunken. Annika Carlsson hatte auf Zucker und Kohlehydrate verzichtet und nur Proteine und Gemüse zu sich genommen. Mit einer Ausnahme. Gegen Ende des Abends hatte sie sich ein großes Bier gegönnt. Außerdem waren sie Karussell, Riesenrad und Kettenkarussell gefahren und waren im Fünfkampf gegeneinander angetreten. Als Abschluss und Höhepunkt des Abends hatte Edvin zum ersten Mal in seinem Leben mit der großen Achterbahn fahren dürfen. Normalerweise schüttelte das Personal dort immer nur den Kopf und sagte, er sei zu klein, aber diesmal nicht. Nicht, wenn Annika dabei war.

»Edvin ist ein sehr bemerkenswerter kleiner Mann«, sagte Annika Carlsson. »Wenn du ihn nicht ins Herz schließt, dann stimmt etwas mit dir nicht. Hast du nie darüber nachgedacht, Kinder zu bekommen, Bäckström?«

»Nein.« Bäckström stand mit einem Ruck auf und schüttelte den Kopf. »Ich tue mich schwer mit Kindern.«

18

Sie hatten sich in den kleinsten Konferenzraum der Abteilung gesetzt, Bäckström wie üblich an die Schmalseite des Tisches, und nachdem sie nur sechs Personen waren, reichten die Plätze. Annika Carlsson teilte Unterlagen mit den bisherigen Informationen aus, für jeden eine Klarsichthülle mit insgesamt etwa zehn Seiten. Sobald sie damit fertig war, nickte sie ihrem Chef zu, bevor sie ihm gegenüber Platz nahm.

»Also, willkommen«, sagte Bäckström und sah beinahe freundlich aus. »Wie ihr der Anzeige entnehmen könnt, die Annika erstellt hat, betrachten wir diesen Fall zumindest bis auf Weiteres als möglichen Mordfall. Könnte eine schwierige Geschichte werden, wenn es uns nicht gelingt, die Person zu identifizieren, um die es geht.«

»Ich dachte, du solltest anfangen, Hernandez«, fuhr er fort und nickte ihrem Techniker zu. »Hast du schon etwas, das du uns mit auf den Weg geben kannst?«

Diese Idioten, dachte Bäckström, und sein einziger Trost bestand darin, dass es deutlich weniger waren als sonst. Ankan Carlsson, die im Übrigen immer meckern musste, der kleine Chilene, Chico Hernandez, wohl kaum ein besonderer Schlaukopf, und Kriminalinspektor Jan Stigson, der aus Dalarna stammte, bestimmt aus irgendeiner Partnerstadt von Valparaíso, und alles in allem ein waschechter Trottel.

Diesmal hatte ihr hauseigener Finnenlümmel Toivonen, der

Chef des ganzen Elends, ihnen zu allem Überfluss noch zwei jüngere Invalide von der Ordnungspolizei angedreht. Beide aufgrund von Verletzungen, die sie sich bei der Arbeit zugezogen hatten, vorübergehend vom Einsatzdienst in den inneren Dienst versetzt. Eine Frau Mitte zwanzig, blond mit kurz geschnittenem Haar, durchtrainiert, eine typische Kampflesbe, überlegte Bäckström. Sie hatte sich auf einem Bein hüpfend und mithilfe von zwei Krücken zu dem Stuhl bewegt, auf dem sie jetzt saß.

Im Unterschied zu ihrem Kollegen, der im selben Alter war und aussah, als würde er bei *Bachelor in Paradise* mitspielen – der hinkte zwar sehr, kam aber mit nur einer Krücke klar.

Das konnte ja heiter werden. Bäckström nickte Hernandez zu.

»Bitte! Wir haben nicht den ganzen Tag Zeit.«

»Ich dachte, unsere neu dazugekommenen Kollegen sollten sich vorstellen dürfen, bevor Chico anfängt«, wandte Annika Carlsson ein und sah die Blondine mit den Krücken auffordernd an.

Natürlich dachtest du, dachte Bäckström und unterdrückte einen tiefen Seufzer.

»Ich heiße Kristin Olsson. Olsson ganz normal geschrieben, mit zwei s, Kristin mit K«, sagte die Blondine und lächelte Bäckström an. »Normalerweise fahre ich Streife.«

Olsson mit zwei s. Immerhin etwas, man muss sich auch an kleinen Dingen erfreuen, dachte Bäckström.

»Falls ihr euch wundert«, fuhr sie fort und hielt eine der Krücken hoch, »das war das Fußballspiel gegen die Kollegen aus Söderort am Montag. Wir haben sie allerdings mit fünf zu zwei vom Platz gejagt, es ist also okay. Mal eine Zeit am Computer sitzen ist kein Problem.«

Zu sitzen vielleicht nicht, dachte Bäckström. Bleibt noch alles andere, was von dir erwartet wird.

»Und du?«, fragte er und wandte sich ihrem Kollegen zu.
»Eishockey, oder wie?«

»Nein«, antwortete er. »Hatte eine Auseinandersetzung mit einem Randalierer. Dabei hab ich mir den Fuß verstaucht. Genauer wollt ihr es gar nicht wissen.«

»Sitzt er im Knast?«, erkundigte sich Bäckström.

»Er liegt eher, in der Krankenzelle«, verdeutlichte der Gefragte.

»Wunderbar«, sagte Bäckström. »Hast du auch einen Namen?«

Früher oder später, dachte er. Früher oder später muss doch eigentlich jemand auftauchen, bei dem es noch Hoffnung gibt.

»Adam. Adam Oleszkiewicz. Mit zwei z.«

»Das kann nicht einfach sein.« Bäckström schüttelte den Kopf.

»Wie meinen Sie das?« fragte Oleszkiewicz mit einem abwartenden Lächeln.

»Mit all den Konsonanten im Nachnamen.«

»Sieben«, erwiderte Oleszkiewicz. »Nein, das ist nicht einfach. Genauso viele wie in Bäckström, übrigens«, fügte er mit einem deutlich breiteren Lächeln hinzu.

Und schon schwindet die Hoffnung, dachte Bäckström. Stattdessen hat man einen Stand-up-Comedian am Hals.

»Dann sollten wir Chico mal anfangen lassen«, unterbrach Annika Carlsson.

Wie fröhlich plötzlich alle sind, dachte Bäckström. Das hört wohl nie auf. Ich sollte mir irgendwas anderes suchen. Was auch immer das sein könnte.

Hernandez zeigte Bilder mithilfe einer Powerpoint-Präsentation. Zuerst von dem Schädel, den Edvin gefunden hatte, dann von der Kugel, die im Schädel gelegen hatte, und die er selbst hatte herausholen können.

Der Unterkiefer des Schädels fehlte, doch ansonsten war er in gutem Zustand. Es war möglich, dass er schon einige Jahre alt war.

Vermutlich der Schädel einer Frau, fuhr Hernandez fort. Er sei zwar kein Osteologe, aber er habe trotzdem einiges gelernt, was die Geschlechtsbestimmung bei unterschiedlichen Skelettfunden betraf. Eine erwachsene Frau. Vermutlich zwischen zwanzig und fünfzig Jahre alt, aber mehr konnte er momentan nicht sagen.

Über die Kugel und den Schuss, mit dem sie abgefeuert wurde, hatte er jedoch schon etwas zu sagen. Eine Bleikugel, Kaliber .22, vom gewöhnlichen Modell. Wahrscheinlich aus einem Kleinkalibergewehr, obwohl der Munitionstyp und die übrigen Spuren, die er gesichert hatte, auch einen Revolver oder eine Pistole desselben Kalibers nicht ausschlossen.

In einem Punkt war er jedoch bestimmter. Nämlich darin, dass es sich um einen Schuss aus nächster Nähe handelte, aus einem Abstand von höchstens einem halben Meter abgefeuert, wahrscheinlich sogar deutlich weniger. Wenn er eine Vermutung äußern sollte, würde er darauf tippen, dass die Laufmündung gegen die Schläfe des Opfers gedrückt worden war.

Als er den Schädel unter dem Mikroskop untersucht hatte, fanden sich Reste, vermutlich von Zündsatzpartikeln und Schießpulver aus der Patrone, in den Knochen um das Einschussloch eingesprengt. Übrigens ein sehr ausgeprägtes Loch, was für eine hohe Ausgangsgeschwindigkeit der Kugel sprach.

»Ungefähr so, wie wenn man auf einen Locher schlägt, um ein Papier zu lochen, dann kriegt man scharfe, feine Kanten um das Loch«, erklärte Hernandez. »Die Geschwindigkeit einer solchen Kugel verringert sich mit dem Abstand zur Laufmündung ziemlich schnell. An sich kann sie einen Schädel sicher auch aus zwanzig Metern Entfernung durchdringen, wenn man ein Gewehr verwendet, aber je größer der Abstand ist, desto größer die Wahrscheinlichkeit, dass sich um das Einschussloch Sprünge bilden.«

»Mord oder Selbstmord?«, fragte Bäckström.

»Ich glaube, es ist Mord«, sagte Hernandez. »Bis mich jemand vom Gegenteil überzeugt hat.«

»Hast du irgendeine Idee, wie das Ganze vor sich gegangen sein könnte?«, wollte Stigson wissen. »Bevor es geknallt hat, meine ich.«

»Jemand richtet ein Gewehr auf das Gesicht des Opfers. Sie hebt die Hände, um sich zu wehren, dreht den Kopf weg, weil sie Angst bekommt, solche spontanen Bewegungen, die man aus reinem Reflex macht, der Täter schiebt den Lauf nach vorn und drückt ab.«

»Aber klar, auch Selbstmord lässt sich nicht ausschließen«, fuhr er fort. »Schuss mit der rechten Hand, fast alle sind ja Rechtshänder, spricht für die rechte Schläfe. Wenn es ein Gewehr war, ist es bis zum Auslöser allerdings recht weit, wenn man den Schuss in die rechte Schläfe setzt. Wenn man sich erschießen will, ist es am einfachsten, den Schuss in die Stirn zu setzen oder den Lauf in den Mund zu stecken, die Platzierung des Einschusslochs spricht also eigentlich gegen einen Selbstmord.«

»Aber dass Leute sich selbst erschießen, ist weitaus häufiger, als dass sie von anderen erschossen werden«, wandte Kristin Olsson ein.

»Ja, ungefähr fünfmal so häufig«, bestätigte Hernandez. »Allerdings nicht bei Frauen. Fast alle, die sich erschießen, sind Männer.«

»Wann ist sie gestorben?«, fragte Annika Carlsson.

»Ich weiß nicht«, sagte Hernandez. »Es kann vor einem Jahr passiert sein. Es kann vor fünfzig Jahren passiert sein. Obwohl der Schädel in einem prima Zustand ist. Keine Ahnung, ehrlich gesagt.«

»Ich glaube, es ist vor so ungefähr fünf Jahren passiert.« Bäckström lehnte sich im Stuhl zurück. »Außerdem glaube ich, dass unser Opfer schläft, als es erschossen wird. Sie schläft auf der linken Seite. Den linken Arm unter dem Kopf. Der Täter schleicht zu ihr hin, setzt den Lauf an ihre Schläfe und drückt ab.«

So was funktioniert immer, dachte er. Plötzlich saßen alle, sogar die notorische Ankan Carlsson, wie gebannt da und starrten ihn nur an.

»Warum glaubst du das?«, fragte Annika Carlsson.

»Das ist das Bild, das ich vor mir sehe«, antwortete Bäckström. Er nickte leicht mit halbgeschlossenen Augen, eher für sich selbst, wie es schien, während er beide Handflächen nach oben hielt, um den Eindruck zu verstärken. »Das ist das Bild, das ich vor mir sehe, wenn ihr versteht, was ich meine.«

Und ansonsten kann ich den Vollidioten immer noch fragen, wenn er wohlbehalten im Knast sitzt, dachte er.

»Bei allem Respekt, Chef, also was den Zeitpunkt angeht«, meldete sich Hernandez zu Wort, »gibt es einen Umstand, der dafür spricht, dass es eine ältere Sache sein könnte. Ich meine, älter als fünf Jahre.«

»Was denn?« Bäckström klang relativ desinteressiert.

»Ja, das wäre interessant zu hören«, sagte Annika Carlsson. »Kannst du das weiter ausführen?«

Laut Hernandez gab es sogar zwei Umstände, die für eine ältere Geschichte sprachen.

Erstens war er sich ziemlich sicher, dass die Waffe, die verwendet wurde, ein Gewehr war. Genauer gesagt eine der häufigsten Waffen, die es hierzulande gab, ein so genanntes Kleinkalibergewehr. Die Kugel, die er gefunden hatte, hatte ihre Form nicht auf die Art verändert, wie sie es getan hätte, wenn sie mithilfe einer Waffe mit kürzerem Lauf abgefeuert worden wäre, wie einem Revolver oder einer Pistole. Je länger der Lauf, desto größer war die Chance, dass der untere Teil der Kugel ihre ursprüngliche Form behielt, wenn sie beim Aufprall auf das Ziel zusammengedrückt wurde.

»Solche Kugeln sehen ungefähr aus wie kleine Steinpilze«, erklärte Hernandez. »Ganz unten etwas dicker und oben ein Hut, wenn die Spitze der Kugel abgeflacht wird. Also, wenn sie ihr Ziel getroffen hat.«

»Was hat das mit dem Alter zu tun?«, brummte Bäckström, der sich schon vorstellen konnte, worauf Hernandez' Beobachtung eigentlich hinauslief.

»Nichts«, gab Hernandez zu. »Aber das Gewehr, das verwendet wurde, ist ein so genanntes Glattrohr.«

»Das musst du jetzt erklären«, sagte Annika Carlsson.

Im Lauf einer Waffe gab es gewundene Züge und Felder, die als eine Art Schiene fungierten, in der die Kugel sich bewegte. Der Zweck dieser Windungen war, die Kugel zum Rotieren zu bringen und damit ihren Flug zu stabilisieren, wenn sie aus dem Lauf herausgekommen war. Gewehre älteren Modells hatten dagegen einen glatten Lauf. Die Kugeln rotierten nicht und die Präzision der Waffe war schlechter.

»Vermutlich wurde diese Waffe vor ungefähr hundert Jahren hergestellt«, sagte Hernandez. »Remington und Husqvarna und alle anderen größeren Waffenhersteller produzieren solche

Waffen mit Kaliber .22 bereits seit Anfang der Zwanzigerjahre nicht mehr.«

»Aber es gibt immer noch Tausende davon, die in Gebrauch sind und sich wunderbar dazu eignen, jemandem den Schädel einzuschießen«, fasste Bäckström zusammen.

»Sicher«, pflichtete ihm Hernandez bei. »Opas altes Kleinkalibergewehr, das man geerbt hat. Der Chef hat völlig recht. Aber heute sind solche Gewehre trotzdem nicht mehr sehr häufig.«

»Okay.« Bäckström verschränkte die Arme hinter dem Kopf und kippte den Stuhl nach hinten. »Bevor diese Ermittlung überhaupt vom Fleck kommen kann, müssen wir wissen, wer sie ist. Wann können wir damit rechnen, irgendwas von diesem neuen forensischen Zentrum in Linköping zu bekommen?«

Sowohl ihr Schädel als auch die Kugel wurden bereits am gestrigen Tag dorthin geschickt, antwortete Hernandez. Er selbst hatte eine spezielle Kontaktperson, die dort arbeitete, also hoffte er, die ersten vorläufigen Ergebnisse trotz der Ferien schon Mitte nächster Woche zu erhalten.

»Mitte nächster Woche«, schnaubte Bäckström.

»Bezüglich der Kugel, meine ich«, verdeutlichte Hernandez. »Das mit dem Schädel dauert wohl länger. Sie haben dort eine neue Abteilung für forensische Osteologie. Ich hab sie gebeten, sich den Schädel anzusehen. Vielleicht kommen mehr Details heraus als bloß, dass sie eine Frau ist. Was die DNA betrifft, kann es sich noch länger hinziehen. Falls es überhaupt möglich ist, welche herauszukriegen.«

»Osteologen«, brummte Bäckström. »Richte ihnen von mir aus, dass es sich um eine Frau asiatischen Ursprungs handelt, wahrscheinlich aus Thailand, möglicherweise auch von den Philippinen. Sie war um die dreißig, als sie starb. Völlig gesund übrigens, bis ihr Ehemann ihr während des Segelurlaubs auf dem Mälarsee vor fünf Jahren eine Kugel in den Kopf gejagt hat. Er ist Schwede, falls das jemand wissen will. Der übliche Typ Mann, der Frauen aus Asien hierherholt.«

»Gibt es noch mehr, was wir für dich tun können, Chef?«, fragte Annika Carlsson und lächelte, wobei sie zur Sicherheit den Kopf schief legte.

»Ich will eine DNA«, sagte Bäckström. »Und zwar spätestens am Montag. So schwer kann es ja wohl nicht sein, einen Zahn aus dem Oberkiefer eines Schädels zu ziehen. Muss doch der reinste Traum sein, verglichen mit der Prozedur an einem lebenden Patienten. Dann spaltet man ihn mittendurch, kratzt das Zahnmark heraus und sieht zu, dass man eine funktionierende DNA extrahiert. Dauert höchstens eine Stunde mithilfe dieser üblichen Apparate, wenn ihr mich fragt.

»Sonst noch was?«

»Ja. Macht euch an die Arbeit. Ich will eine Liste von sämtlichen Frauen in diesem Land, die in den letzten zehn Jahren verschwunden sind. Von denen, auf die meine Beschreibung passt, will ich eine gesonderte Liste. Es würde mich sehr wundern, wenn sie mehr als zehn Namen lang wäre.«

Dann stand er auf, nickte den anderen zu und ging.

19

Peter Niemi, der Chef der Kriminaltechniker bei der Polizei Solna, war als Mensch beliebt und als Kollege respektiert. Vor allem war er für seine Gründlichkeit bekannt, was in einem Job, wo oft die Nadel im Heuhaufen gesucht wurde, nicht das Schlechteste war.

Wenn er Vorlesungen für angehende Kriminaltechniker und jüngere Kollegen hielt, betonte er immer, es sei am wichtigsten, systematisch zu denken. Man solle sich zuerst ein ganzheitliches Bild der Umgebung schaffen, die man untersuchen musste, bevor man auf allen vieren herumkroch, um einen Kratzer in einer Fußbodenleiste zu überprüfen, oder auf eine Leiter stieg, um sich irgendwelche seltsamen Spuren anzusehen, die sich genau über dem Kopf des Opfers an der Decke befanden.

Systematisches Denken, aber ohne sich dabei auf irgendetwas festzulegen. Man musste der Geschichte, die die Spuren erzählen konnten, wirklich zuhören. Genauso hatte er auch dieses Mal begonnen, als er die Unheilsinsel auf der Suche nach menschlichen Überresten oder anderen Hinterlassenschaften einer toten Frau durchforstete. Ein Fundort von an die achthunderttausend Quadratmetern, vor allem Gestrüpp und Unterholz, und einem Dschungel so ähnlich, wie es in dem polizeilichen Einsatzgebiet, in dem er arbeitete, eben ging.

Peter Niemi verbrachte insgesamt acht Arbeitstage draußen auf der Unheilsinsel. Vier verschiedene Techniker aus der technischen Abteilung der Landespolizei, zwei Hundeführer mit jeweils einem Leichenhund sowie die Seepolizei, die für die Transporte zuständig waren, halfen ihm. Dazu kam natürlich die ganze Ausrüstung, die für die Arbeit nötig war. Sie hatten sogar ein kleines Lager am Anlegeplatz aufgebaut und Tische und Stühle aufgestellt, um dort zu sitzen, essen und Kaffee zu trinken oder einfach nur entspannen zu können. Zum Schutz empfindlicher Fundstücke war ein Zelt aufgestellt worden, falls es zu regnen beginnen sollte. Im Übrigen eine vollkommen unnötige Maßnahme, da man nichts gefunden hatte, was für ihren Auftrag von Interesse war, und ohnehin jeden Tag die Sonne schien.

Einer der Hundeführer hatte auch eine Erklärung dafür, warum sie nichts fanden. Es gab jede Menge Wildschweine auf der Insel, und laut einem Jäger aus der Gegend, mit dem er gesprochen hatte, bewohnten sie die Insel schon seit fast zwanzig Jahren. Wildschweine waren sowohl Allesfresser als auch Aasfresser, und sie ließen nach ihren Mahlzeiten meist nur wenig oder überhaupt nichts übrig.

»Wildschweine haben starke Kiefer. Sie sind die reinsten Müllschlucker. Sie können den Oberschenkelknochen eines toten Menschen in einem Haps verschlingen. Nicht wie der Fuchs. Er ist eher ein Feinschmecker, wir haben es wohl also eigentlich ihm zu verdanken, dass wir einen Schädel gefunden haben«, fasste er zusammen.

»Das klingt ja tröstlich«, sagte Niemi. »Aber ich verstehe, was du sagen willst, und bin mir über das Problem im Klaren. Wildschweine sind gut darin, die Natur sauber zu halten.«

Es war ein unwirtlicher Ort, aber an menschlichen Spuren fehlte es trotzdem nicht. Hunderte von Plastikflaschen und alten Verpackungen waren an den Stränden an Land gespült worden, und im Inneren der Insel hatte man das alte Fundament eines Hauses gefunden, das sicher aus der Zeit stammte, in der sie als Sommerweide für das Vieh der umliegenden Bauern verwendet worden war. Vielleicht war es sogar das Fundament des Hauses, von dem sein Kollege von der Seepolizei Annika Carlsson erzählt hatte. Das Haus, in das 1895 der Blitz eingeschlagen hatte, wodurch zwei Mägde verbrannt wurden. In der Zeit, als die Insel eine lebendige, offene Landschaft mit Kleefeldern und Blumenwiesen gewesen war.

Ein altes Fundament, das war das Einzige, abgesehen von zwei Baumhäusern in der Art, wie sie Peter Niemi und seine Freunde als Kinder gebaut hatten. Aus der Zeit vor Computerspielen und Smartphones, dachte Niemi. Auch sie hatten also wohl schon einige Jahre auf dem Buckel.

Von den acht Arbeitstagen waren die drei ersten völlig ergebnislos gewesen. Am Ende des dritten Tages, als Niemi entschieden hatte, dass sie sich übers Wochenende freinehmen sollten, damit er selbst in Ruhe darüber nachdenken konnte, ob es wirklich sinnvoll war, draußen auf der Insel weiterzumachen, brachte sein Kollege von der Seepolizei, der ihn und seine Mitarbeiter abholen sollte, die Sache jedoch unerwartet in Schwung.

»Ich hab eine Kopie von diesem alten Heft mitgebracht, wie die Unheilsinsel ihren Namen bekam«, sagte er und reichte Niemi ein braunes Kuvert.

»Ja, ich erinnere mich, dass du davon erzählt hast, als wir am Mittwoch hergefahren sind«, antwortete Niemi.

»Nicht, dass ich glaube, es könnte dir helfen, aber eine interessante Lektüre ist es allemal«, fuhr der Kollege fort. »Es scheint ja ein Fluch über diesem Ort zu liegen. Mägde, die verbrennen, Kühe, die sterben wie die Fliegen, und Bauern, die ertrinken. Und dich und deine Kollegen scheint er ja auch befallen zu haben. Nicht die geringste kleine Spur. Nicht einmal ein kleiner Pfifferling fürs Mittagessen. Nur Mücken und alte Plastikflaschen und Elend. Hier hast du jedenfalls spannenden Lesestoff fürs Wochenende, an dem du dich erfreuen kannst, während du dich um deine ganzen Mückenstiche kümmerst.«

»Ich freu mich schon drauf«, sagte Peter Niemi, obwohl er keine Ahnung hatte, dass daraufhin in seiner Ermittlung endlich etwas vorangehen würde.

20

Eine Stunde nachdem Annika Carlsson das erste Meeting des Ermittlerteams beendet hatte, rief sie der Vorsteher des Pfadfinderlagers, Haqvin Furuhjelm, an und berichtete, er müsse am Nachmittag in die Stadt fahren, um einige persönliche Dinge zu erledigen. Wenn sie also immer noch mit ihm sprechen wolle, würde das gehen.

»Heute Nachmittag passt es mir gut«, antwortete Annika Carlsson.

»Ich kann in einer Stunde bei Ihnen sein«, sagte Furuhjelm. »Um diese Tageszeit ist meistens nicht viel Verkehr. Jedenfalls nicht in Richtung Stadt.«

»Lassen Sie mich überlegen«, sagte Carlsson.

Jetzt geht es plötzlich schnell, dachte sie.

»Oder wollen Sie sich lieber hier draußen im Lager mit mir treffen?«, fragte Furuhjelm, dem ihre Zweifel offenbar nicht entgangen waren. »In diesem Fall geht es aber leider erst morgen. Ich wollte heute in der Stadt übernachten.«

»Wenn Sie hierherkommen könnten, wäre mir das sehr recht«, erwiderte Annika Carlsson. »Ich hab ziemlich viel um die Ohren.«

»Na, das ist doch super. Dann sehen wir uns in einer Stunde in ihrem Büro.«

»Das könnte problematisch werden«, wandte Carlsson ein. »Ich muss nämlich gleich zu einem Meeting. Ginge es auch in zwei Stunden?«

Eine kleine Notlüge, damit ich überprüfen kann, ob du Fleisch oder Fisch bist, dachte sie.

»Klar. Dann sagen wir vierzehn Uhr im Polizeipräsidium Solna. Ich glaube, ich weiß, wo das liegt. Das ist doch dieses große Gebäude unten an den Bahngleisen, in dem auch das Gericht ist?«

»Stimmt genau. Fragen Sie am Empfang nach mir, dann komme ich runter.«

»Ich will Sie ja nicht nerven, aber wollen Sie mir immer noch nicht sagen, worüber Sie mit mir sprechen wollen?«

»Es geht lediglich um einige Informationen. Wir haben eine Ermittlung eingeleitet, und ich könnte mir vorstellen, dass sie uns dabei helfen können.«

»Ich hoffe wirklich, Edvin ist nichts Schlimmes passiert.« Furuhjelm klang auf einmal besorgt.

»Nein, überhaupt nicht. Es geht nicht um ihn und auch nicht um Sie, wie ich eben schon sagte.«

Hoffentlich, dachte sie.

»Schön zu hören«, sagte Furuhjelm, offenbar erleichtert. »Ich dachte...«

»Wissen Sie was?«, unterbrach ihn Annika Carlsson. »Können wir das nicht besprechen, wenn wir uns sehen? Das ist wohl am einfachsten.«

»Natürlich«, stimmte Furuhjelm zu.

Fleisch oder Fisch, dachte Annika Carlsson.

Dann ging sie direkt zu ihrer neuen Mitarbeiterin »Olsson mit zwei s« und gab ihr Furuhjelms vollständigen Namen und Identifikationsnummer.

»Ich brauche deine Hilfe, Kristin«, sagte Annika Carlsson. »Kannst du diesen Kerl für mich nachschlagen? Ich soll ihn in ein paar Stunden verhören.«

»Furuhjelm, Gustav Haqvin, geboren 1970«, las Kristin von dem Zettel vor.

»Ja, so heißt er.«

»Klingt wie ein feiner Mensch. Was hat er denn auf dem Kerbholz?«

»Vermutlich gar nichts.« Annika lächelte. »Er soll rein informativ verhört werden. Er ist der Vorsteher des Pfadfinderlagers, in dem unser kleiner Pilzsucher war.«

»Oh, oh, oh.« Kristin Olsson schüttelte besorgt den Kopf. »Männlich, fünfundvierzig, wahrscheinlich auch noch unverheiratet, keine eigenen Kinder. Arbeitet als Vorsteher eines Lagers mit lauter kleinen Pfadfinderjungen. Das klingt nicht gut.«

»Wollen wir mal das Beste hoffen. Verschaff mir einfach die üblichen Infos.«

Nettes Mädchen, dachte Annika Carlsson. Jetzt wollte sie zuerst eine kurze Trainingseinheit einlegen und dann zusehen, dass sie etwas in den Magen bekam, sodass sie ihr Gespräch mit einem feinen Menschen wie Haqvin Furuhjelm nicht im Unterzucker führen musste.

Ready to face the world, dachte Annika eineinhalb Stunden später, als sie auf dem Weg von der Kantine im Erdgeschoss in ihr Büro im obersten Stockwerk im Aufzug stand. Eine leichtere Trainingseinheit, eine Dusche, frisch umgezogen, ein frisch gebügeltes T-Shirt, Proteine, Gemüse und Wasser zum Mittagessen, mehr als das braucht man nicht, um der Welt entgegenzutreten. Ich frage mich, wie Bäckström das macht.

Auf dem Weg in ihr Zimmer schaute sie bei Kristin vorbei.

»Du hast die Infos in deiner Mail«, sagte Kristin. »Gustav Haqvin Furuhjelm liegt in deinem Posteingang.«

»Erzähl.« Annika setzte sich auf ihren Besucherstuhl.

»Okay«, begann Kristin. »Ungefähr wie ich vorhin gesagt habe. Fünfundvierzig Jahre alt, unverheiratet, keine Kinder, keine Vorstrafen, ich finde nicht das Geringste. Wohnt in einer Wohnung in Östermalm, in der Ulrikagatan, in einem Haus, das wohl entweder ihm oder seiner Familie gehört. Er scheint einiges an Geld zu haben, obwohl sein deklariertes Einkommen nicht so ungewöhnlich hoch ist. Nur gut Sechshunderttausend, wohl eher Peanuts, wenn du ein Segelboot für rund zehn Millionen besitzt.«

»Was arbeitet er?«

»Er ist Jurist. Hat 1995 sein Examen an der Uni in Uppsala gemacht. Dann scheint er vor allem mit Hausverwaltungen gearbeitet zu haben, bei einer Firma namens Furuhjelm Förvaltning AG. Sie gehört ihm selbst und seiner älteren Schwester. Er ist Geschäftsführer, seine Schwester Vorstandsvorsitzende. Wenn du seine Schulnoten wissen willst, dauert das noch etwas.«

»Nein, lass mal«, sagte Annika Carlsson und grinste. »Wen interessiert's? Du solltest mal meine sehen. Wie ist er als Mensch? Was hast du für einen Eindruck?«

»Ich glaub nicht, dass er schwul ist«, antwortete Kristin aus irgendeinem Grund. »Ich glaube, er ist so ein richtiger Jungs-Typ. Also, nur erwachsen.«

»Jungs-Typ?«

»Ja, so ein Typ, der nie erwachsen wird«, erklärte Kristin. »Einer, der immer noch vor allem seine alten Kumpels trifft. Aber nicht schwul. Und auch kein Frauenheld.«

»Warum glaubst du das?«

»Ich hab ihn im Internet überprüft. Er ist auf Facebook und Twitter und LinkedIn und allen diesen Sachen. Aber auf keinen Aufreißerseiten. Nicht mal Tinder. Obwohl das ja die reinste Weichspülvariante ist.«

»Hoppla!« Annika Carlsson machte große Augen. »Das hast du also überprüft. In einer guten Stunde. Wie hast du das gemacht?«

»Das willst du nicht wissen.« Kristin Olsson lächelte freundlich.

»Nein, wahrscheinlich nicht«, sagte Annika Carlsson. »Wie sieht's mit seinen Interessen aus? Hat er welche?«

»Zwei große. In den sozialen Medien spricht er ungefähr von nichts anderem.«

»Und was ist das?«

»Segeln und Pfadfinder. Ich hab ein Foto von ihm in Pfadfinderuniform. Kurze Hosen und all das.«

»Jungs-Typ, Segeln, Pfadfinder«, wiederholte Annika Carlsson.

»Ja.« Kristin Olsson kicherte entzückt. »Du hörst es ja selbst. Ziemlich witzig«

»Ich hab da gerade eine Idee ... ich weiß ja, dass du momentan Probleme mit dem Laufen hast.« Annika Carlsson nickte zu den Krücken hin, die hinter Kristins Stuhl standen.

»Jaaa...?«

»Wäre es okay, wenn ich dich trotzdem darum bitten würde, zur Rezeption runterzugehen und ihn in mein Büro zu bringen? Wär toll, deinen Eindruck von ihm zu hören. Dann können wir später vergleichen, meine ich.«

»Das mach ich gern«, antwortete Kristin. »Ich hab übrigens noch was vergessen. Er sieht sehr gut aus, also jedenfalls auf den Bildern, die er in die sozialen Medien gestellt hat. Wie so ein attraktiver, reicher Typ, wenn du verstehst, was ich meine.

»Tun das nicht alle auf solchen Bildern?« Annika Carlsson stand auf. »Du solltest mal meine sehen.«

»Ich weiß schon. Diese Bilder aus dem Fitnessstudio. Der Hammer.«

Eben, dachte Annika Carlsson und nickte nur. Deshalb hab ich sie ja reingestellt.

Annika Carlsson hatte beschlossen, sich beim Verhör mit Haqvin Furuhjelm nicht an Bäckströms Ratschlag zu halten. Daher vermied sie die Themenbereiche gestohlene Goldzähne und nasse Frotteehandtücher sorgfältig. Außerdem hatte er einen guten ersten Eindruck gemacht und war den Bildern aus den sozialen Medien, die sich jetzt auch in Annika Carlssons Computer befanden, äußerst ähnlich. Das Foto, auf dem er die Pfadfinderuniform trug, hatte Kristin jedoch nicht geschickt.

Auch nicht nur ein Jungs-Typ, dachte sie, nachdem sie in seinen Augen ein leichtes Interesse hatte aufblitzen sehen, als er sich ihr gegenübersetzte.

Blaues Jackett, weiße Hose, blaue Segelschuhe, das weiße Hemd am Hals aufgeknöpft. Gut und gleichzeitig leger gekleidet, mit passender Sonnenbräune und flachem Bauch. Genau wie Kristin Olsson gesagt hatte und wie die Bilder aus dem Internet zeigten. Ein hübscher Kerl, der reich aussah, und den man darüber hinaus auch für zehn Jahre jünger hätte halten können, als er eigentlich war. Ein wahrer Schwiegermuttertraum, wenn man eine Tochter aus gutem Hause verheiraten wollte.

Annika Carlsson begann die Befragung so, wie sie es immer tat. Erklärte, dass er nur zu Informationszwecken gehört werden sollte, weil die Polizei eine Voruntersuchung zu einem Mordfall eingeleitet hatte. Dass er eine so genannte Verschwiegenheitserklärung unterzeichnen sollte, in der er sich verpflichtete, nichts von dem nach außen zu tragen, was sie besprochen hatte. Worum es in der Ermittlung ging, darauf konnte sie dagegen nicht näher eingehen.

Laut Furuhjelm, der lächelte und nickte, kein Problem. Außerdem sei er Jurist und sich wohl bewusst, wovon sie sprach.

»Jetzt noch eine praktische Frage.« Annika Carlsson lächelte ebenfalls. »Ist es in Ordnung, wenn ich Haqvin sage?«

Völlig in Ordnung, meinte der Angesprochene. Sein eigentlicher Rufname war zwar Gustav und Haqvin sein zweiter Name, aber schon als kleiner Junge hatte er den Spitznamen Hacke bekommen, sogar Hacke Hackspecht, wenn ihn jemand ärgern wollte, und dabei war es geblieben.

»Dann sage ich Haqvin«, sagte Annika Carlsson. »Ich finde, das ist ein schöner Name. Ein bisschen altmodisch. Außerdem ist es wohl das erste Mal, dass ich hier mit jemandem spreche, der Haqvin heißt.« Sie lächelte erneut. »Und ich bin seit fünfzehn Jahren Polizistin.«

»Ich verstehe, was Sie meinen.« Furuhjelm nickte jetzt ernst. »Das ist natürlich ein bisschen traurig. Also, nicht, dass nicht alle Verbrecher Haqvin heißen. Das meine ich nicht.«

»Der Grund, weshalb ich mit Ihnen reden will, ist, dass ich mir vorstellen könnte, dass sie mit dem Mälarsee und seinen Schären und Inseln da draußen, wo das Pfadfinderlager liegt, ziemlich vertraut sind«, sagte Annika Carlsson.

Ziemlich vertraut war laut Furuhjelm eher eine Untertreibung. Haqvin segelte schon seit frühester Kindheit, und sein Vater hatte ihm sein erstes Segelboot, eine Trissjolle, geschenkt, als er zehn Jahre alt war. Er war zwar ein Stadtkind, aber seine Familie besaß seit drei Generationen ein Landgut auf Stallarholmen an der Südseite des Mälarsees, und dort hatte er als Kind und Jugendlicher jeden Sommer verbracht.

»Auf dem Mälarsee kenne ich mich aus«, beteuerte Haqvin fröhlich. »Und inzwischen auch auf einigen anderen Seen und Meeren. Vor kurzem hab ich mir ausgerechnet, dass ich fast dreitausend Tage an Bord unterschiedlicher Segelboote verbracht habe. Ich habe zwei Weltumsegelungen unternommen und neunzehn Mal den Atlantik überquert, nach Nordamerika, Südamerika, Mexiko, in die Karibik und zurück nach Hause.

»Wie sind Sie denn beim letzten Mal nach Hause gekommen?«, wollte Annika Carlsson wissen.

»Wie meinen Sie das?«, fragte Haqvin Furuhjelm, der die Frage nicht verstanden zu haben schien.

»Neunzehn Mal«, sagte Annika Carlsson.

»Entschuldigung, jetzt verstehe ich!« Furuhjelm war sichtlich entzückt. »Beim zwanzigsten Mal bin ich nach Hause geflogen.«

»Ihr habt aber keinen Schiffbruch erlitten? Oder Mastbruch oder so was?«

»Nein«, sagte Furuhjelm, jetzt wieder ernst. »Wenn es nur das gewesen wäre. Mein Vater hatte seinen ersten Herzinfarkt. Ich musste in Florida ins nächste Flugzeug steigen und zurück nach Stockholm fliegen. Das war vor zehn Jahren. Diesen hat er überlebt, den zweiten nicht. Das ist jetzt fünf Jahre her.«

»Das tut mir sehr leid.«

»Er war achtzig, als er gestorben ist, also kam es nicht aus heiterem Himmel. Er lebt in vielen Erinnerungen weiter«, sagte sein Sohn.

Höchste Zeit, das Thema zu wechseln, dachte Annika Carlsson.

»Wie sind Sie denn überhaupt zum Arbeiten gekommen?«, erkundigte sie sich. »Bei all der Seglerei, meine ich.«

»Vielleicht nicht genug.« Haqvin Furuhjelm zuckte mit den Schultern. »Wir Menschen werden ja mit unterschiedlichen Bedingungen in diese Welt geboren, manche mit einem Silberlöffel im Mund. Ich bin so jemand.«

»Segeln ist ihre große Leidenschaft im Leben?«

»Ja«, bestätigte Haqvin Furuhjelm und nickte nachdrücklich.

»Sind sie schon einmal gesegelt?«

»Ich bin ein paarmal mitgefahren«, sagte Annika Carlsson. »Ehrlich gesagt glaube ich, es ist nicht mein Ding.«

»Sagen Sie das nicht! Es ist absolut fantastisch. Ganz einfach ein unbeschreibliches Gefühl. Du sitzt da, setzt dein Segel, der Wind füllt es, du nimmst das Steuer, und plötzlich verwandelt sich das ganze Boot, in dem du sitzt, in ein lebendiges Wesen. Geben Sie Bescheid, falls Sie ihre Meinung ändern.« Er lächelte.

»Versprochen«, sagte Annika Carlsson. »Die Seepfadfinder«, fuhr sie fort. »Wie ich verstehe, gilt ihnen ihr zweites großes Interesse.«

Eine einfache Folge des ersten, wie Haqvin Furuhjelm meinte. Das erste Segelboot mit zehn. Ein Jahr später Mitglied bei den Seepfadfindern. Immer in derselben Abteilung, der auf Ekerö am Mälarsee. Jetzt sei er seit fast fünfunddreißig Jahren Seepfadfinder, erst als normales Mitglied, dann als Leiter, und inzwischen seit zehn Jahren als Vorsteher der Abteilung auf Ekerö.

»Ich versuche jeden Sommer einen Monat lang dort zu sein. Bei all dem, was sie mir gegeben haben, finde ich, das bin ich ihnen schuldig.«

»Die Unheilsinsel«, begann Annika Carlsson. »Was können sie darüber sagen?«

»Alles«, antwortete Haqvin Furuhjelm. »Die Unheilsinsel war das Abenteuerland meiner Kindheit. Vom ersten Sommer, in dem ich auf Ekerö war, bis zu meiner Teenagerzeit, in der ich selbst Leiter wurde, war ich sicher mindestens hundert Mal dort. Meine besten Freunde und ich sind immer vom Lager dorthin gesegelt. Die Erwachsenen haben uns damals vertraut. Das gab uns ein großes Maß an Freiheit. Nicht wie heute, wo man einen Leiter auf den Fersen und eine Schwimmweste anhaben muss, sobald man aufwacht und aus dem Bett steigt. Wir waren auf uns gestellt. Eine kleine eingeschworene Bande, drei Jungs im selben Alter, die wie Pech und Schwefel zusammenhielten. Wann immer wir konnten haben wir uns Proviant, einen Grill und, wenn möglich, ein Zelt eingepackt und sind zur Unheilsinsel rausgefahren. Zusammen mit anderen Freunden, die Lust hatten. Manchmal fünf, sechs Boote mit fünfzehn bis zwanzig Pfadfindern. Da haben wir Piraten gespielt und Baumhäuser gebaut, hielten Ausschau, ob jemand kam. Wir haben Seeschlachten abgehalten … ja … es war absolut fantastisch. Ich weiß noch, dass wir unten am Strand ein Seil an einen Baum geknüpft haben. Mit dem haben wir uns ins Wasser geschwungen und Wettkämpfe veranstaltet, wer am weitesten draußen reingeplumpst ist. Wir sind sogar mit Pfeil und Bogen auf der Insel herumgeschlichen und wollten unser eigenes Essen schießen. Die Bögen und die Pfeile hatten wir auch selbst gemacht.«

»Wie lief es denn? Mit der Jagd?«

»Nicht so.« Haqvin Furuhjelm grinste breit. »Ich hab mindestens hundertmal daneben geschossen, als ich versucht habe, eine Möwe zu treffen, die wir grillen konnten. Aber das war egal. Wir hatten ja Würste und Hamburger dabei, und Kalles Kaviar und alles andere, was man zum Überleben braucht.«

»Klingt clever«, sagte Annika Carlsson.

Ungefähr wie Bäckström, dachte sie.

»Es war absolut fantastisch«, wiederholte Haqvin Furuhjelm. Es waren nicht nur die besten Sommer meines Lebens, sondern auch die besten Tage, ehrlich. Zu dieser Zeit, wenn man in diesem Alter war, hörte der Sommer ja praktisch nie auf.«

»Aber warum gerade die Unheilsinsel? Ich war dort, falls

Sie sich fragen. Ich fand, es war ein ziemlich unwirtlicher Ort. Außerdem mit einem traurigen Ruf. Laut Edvin soll es dort spuken.«

»Ja, natürlich. Das war zu meiner Zeit auch so. Aber das machte es ja gerade so spannend. Auf der Unheilsinsel hatten wir unsere Ruhe.«

»Kein Ort, an dem normale Segler und Bootsfahrer anlegen?«

»Nein.« Furuhjelm schüttelte den Kopf. »Schon damals nicht. Erstens gibt es nur einen Anlegeplatz auf der ganzen Insel, und rundherum sind massenhaft Schären und Untiefen. Außerdem sieht sie nicht besonders einladend aus. Die Bootsfahrer sind heutzutage bequem, und es gibt viele Gasthäfen in diesem Teil des Mälarsees. Aber für uns hätte es nicht besser sein können.«

Nicht nur für euch, dachte Annika Carlsson, nickte aber nur.

»Eine letzte Frage«, sagte sie. »Es ist nie jemandem was passiert, als ihr dort draußen wart, oder? Keiner ist ertrunken oder beinahe ertrunken oder so? Oder hat aus Versehen mit Pfeil und Bogen seinen Freund erschossen?«

»Nein«, erwiderte Haqvin Furuhjelm. »Schwimmen konnten wir wirklich. Wie die Fische. Ein bisschen Nasenbluten mal, wenn das Spiel ein bisschen zu wild wurde. Manchmal ist jemand ausgerutscht und auf die Nase gefallen. Nein, nichts Ernstes. Das Schlimmste, was passiert ist, war wohl, als einmal einer meiner Freunde von einem Baum gefallen ist und sich das Bein gebrochen hat. Das war, als wir gerade das Baumhaus gebaut haben. Das wir als Aussichtsturm verwendeten.«

»Was habt ihr dann gemacht?«

»Na ja, wir mussten natürlich abbrechen. Wir sind zurück ins Lager gefahren. Aber am nächsten Tag war er wieder da, mit Gips vom Knie abwärts. Es war also nicht die Welt.«

»Ich glaube, ich habe keine weiteren Fragen«, schloss Annika Carlsson zehn Minuten später das Gespräch ab. »Ich bedanke mich für Ihre Mithilfe. Sollte mir etwas einfallen, das ich vergessen habe, melde ich mich vielleicht noch mal.«

»Selbstverständlich. Und falls Sie Ihre Meinung ändern, rufen Sie mich einfach an.«

»Meine Meinung worüber?«

»Wenn Sie dieses Gefühl erleben wollen«, sagte Haqvin. »Wenn der Wind ins Segel fährt und plötzlich Leben in das Boot unter Ihren Füßen kommt.«

21

Unter der Leitung von Kriminalinspektor Jan Stigson waren Kristin Olsson und Adam Oleszkiewicz damit beschäftigt, Informationen zu verschwundenen Frauen zusammenzustellen. Stigson zufolge war das eine ansehnliche Aufgabe, und er befürchtete, sie würden mehrere Wochen dasitzen und die verschiedenen Register der Polizei durchforsten.

»Dann hab ich einen Vorschlag«, sagte Kristin Olsson.

»Welchen denn?«, fragte Stigson.

Laut Olsson einen, der Zeit sparen und ihnen hoffentlich auf schnellem Weg zu einem guten Resultat verhelfen würde.

»Im Reichskriminalamt haben sie eine spezielle Einheit für verschwundene Personen. Ein nationales Register, in dem man fortlaufend die Angaben sämtlicher Polizeibehörden zusammenstellt. Was hältst du davon, dass wir erst mal ein Gespräch mit denen führen?«

»Auf jeden Fall einen Versuch wert«, antwortete Stigson.

Nicht zuletzt im Hinblick darauf, dass er selbst übers Wochenende heim nach Dalarna fahren und gern zeitig loskommen wollte. Außerdem wollte er davor noch zum Systembolaget und einige andere Dinge erledigen.

»Soll ich sie anrufen oder machst du das?«, fragte Stigson, der sich schon nach dem Mittagessen sehnte und zur Sicherheit noch schnell auf die Uhr sah, um zu zeigen, was er eigentlich meinte.

»Ich mach das schon«, sagte Kristin Olsson. »Keine Sorge.«

»Allerdings sind die bestimmt im Urlaub.« Stigson schnitt eine genervte Grimasse. »So wie alle um diese Zeit. Aber versuchen wir's.«

Eine Viertelstunde später war alles klar. Die Kollegin vom Reichskriminalamt war nicht nur in der Arbeit, sie war offenbar auch jemand, der ans Telefon ging. Kristin Olsson hatte erklärt, worum es ging, und sie hatte kaum fertig reden können, bevor sie unterbrochen wurde.

»Das kann ich für euch erledigen. Gebt mir ein paar Stunden. Wenn ihr nachher zu mir rüberkommt, können wir durchgehen, was ich rausgefunden habe. Solche Informationen sind nie ganz unproblematisch, und das kann man am einfachsten von Angesicht zu Angesicht besprechen.«

»Das ist ja phänomenal«, sagte Kristin.

»Na ja, geht so«, wandte die Kollegin ein. »Es ist nicht so einfach, wie es scheint. Aber das besprechen wir, wenn wir uns treffen.«

Drei Stunden später saßen Stigson, Olsson und Oleszkiewicz in einem kleinen Besprechungszimmer im Reichskriminalamt auf Kungsholmen und tranken Kaffee, während ihre Kollegin von der Einheit für vermisste Personen das Problem mit den Informationen erklärte, die sie in der Einheit zur Verfügung hatten.

Jedes Jahr wurden mehr als fünftausend Personen bei den verschiedenen Polizeibehörden des Landes als vermisst gemeldet. Erwachsene Frauen und Männer, Jugendliche und Kinder, die in mehr als neunzig Prozent der Fälle aus eigenen Stücken verschwinden, und im Laufe eines Tages oder einer Woche freiwillig zurückkehrten, woraufhin die Meldungen gestrichen werden konnten.

Mit ungefähr hundert Personen jährlich verhielt es sich jedoch komplizierter. Ihnen war etwas zugestoßen. Krankheit, Unfall, Selbstmord oder manchmal Mord. Letzteres war übrigens ganz klar die kleinste Kategorie in diesem Zusammenhang. Die Mehrzahl der Verschwundenen wurde wiedergefunden, auch wenn es manchmal Monate oder sogar Jahre dauern konnte, ehe das gelang. Blieben noch die Personen, die man nicht fand.

»Wenn wir von den letzten zehn Jahren sprechen, handelt es sich um insgesamt dreihundert Menschen, also dreißig pro Jahr«, erklärte ihre Kollegin. »Gute hundert davon sind Frauen. Wir führen zwar Listen über sie, mit deren Hilfe man allerlei Informationen über sie bekommt, aber genau hier beginnt das Problem.«

»Und welches?«, fragte Stigson.

»Erstens gibt es eine Dunkelziffer, die nicht in die Statistik eingeht. Personen, die verschwinden und nicht als vermisst gemeldet werden. Diese Wahrscheinlichkeit erhöht sich bei Personen mit Migrationshintergrund oder solchen, die sich nur vorübergehend in Schweden aufgehalten haben. Das ist das eine Problem, und ich persönlich glaube, dass diese Gruppe ziemlich groß sein könnte.«

»Und das andere Problem?«, wollte Stigson wissen. »Was ist das?«

»Auch das betrifft oft Personen mit diesem Hintergrund. Sie verschwinden, werden als vermisst gemeldet, kehren in ihre Heimatländer zurück und lassen nie wieder von sich hören. Obwohl sie leben und sich bester Gesundheit erfreuen. Auch das sind sicher ziemlich viele.«

»Was wiederum die Zahlen in der Statistik erhöht«, stellte Kristin Olsson fest.

»Ja, aber leider ist es nicht so, dass sich das einfach ausgleichen würde. Einerseits haben wir also Leute, die verschwunden sind, ohne dass wir davon wissen. Andererseits haben wir welche, die in unseren Registern gelandet sind, und die wir nicht streichen konnten, obwohl wir es eigentlich hätten tun sollen, wenn wir vollständige Kenntnisse darüber hätten.«

»Und was tun wir dagegen?«, fragte Stigson.

»Leider nicht sehr viel.« Die Kollegin lächelte. »Aber klar, wenn du irgendeinen sinnvollen Vorschlag hast, wäre ich der glücklichste Mensch der Welt. Ich gebe euch, was ich kann, wenn ihr zurück in Solna seid, findet ihr die Liste in eurem E-Mail-Eingang.«

»Eine Liste könnt ihr allerdings schon jetzt kriegen«, fuhr sie fort und hielt einen Blatt Papier hoch. »Ich hab sie ausdrucken lassen. Thailändische und philippinische Frauen, die in den letzten zehn Jahren bei der schwedischen Polizei als vermisst gemeldet wurden und nicht wiedergefunden wurden. Sieben Frauen aus Thailand und zwei von den Philippinen.«

»Man muss sich auch an kleinen Dingen erfreuen können«, sagte Stigson und lächelte.

»Ja, allerdings kann ich nicht ausschließen, dass vielleicht sämtliche Frauen auf der Liste keine Lust mehr auf den Kerl hatten, der sie hergebracht hat, und wieder nach Hause gefahren sind, ohne sich jemals wieder zu melden. Oder das Gegenteil. Dass sie an einen richtig fiesen Typen geraten sind, der sie totgeschlagen und vergraben hat, und das aus leicht einzusehenden Gründen nicht erzählen wollte, als er mit uns gesprochen hat.«

»Ja, das ist eine traurige Geschichte.« Stigson lächelte jetzt nicht mehr.

»In Ermangelung von Alternativen müsst ihr wohl einfach tun, was ihr könnt. Ich persönlich würde damit anfangen, die

Anzeigen über das Verschwinden dieser Frauen herauszusuchen. Wer weiß? Wenn ihr Glück habt, ist sie dabei.«

Den restlichen Freitag verbrachten sie damit, neun verschiedene Ermittlungen zu Frauen aus Thailand und von den Philippinen durchzugehen, die als vermisst gemeldet und nie wieder aufgefunden worden waren. Bei sieben von ihnen wurde ihr Verschwinden von dem Mann angezeigt, mit dem sie zum Zeitpunkt des Verschwindens eine Beziehung gehabt hatten. In einem der Fälle war es eine Freundin und in einem weiteren eine Arbeitskollegin in der Putzfirma gewesen, bei der die verschwundene Frau gearbeitet hatte. Keine der Ermittlungsakten war besonders dick, die umfassendste war ein paar hundert Seiten lang, sie bestand hauptsächlich aus Verhören mit verschiedenen Leuten, die sie gekannt hatten. Keine von ihnen beinhaltete Informationen der Art, die einen richtigen Polizisten zum Aufhorchen brachten.

Die übliche Erklärung, die der Partner der Polizei abgegeben hatte, war, es habe in der Beziehung schon eine Zeitlang gekriselt, sie hätten sich vor dem Verschwinden gestritten, und die betreffende Frau habe ihre Sachen gepackt und ihn verlassen.

Im Übrigen hatte man die üblichen Kontrollen von Pass, Kreditkarte und Handy durchgeführt. Der Pass fehlte bei allen, mehrere schienen ihre Konten geleert oder zumindest einen größeren Betrag abgehoben zu haben, einige hatten Flüge ins Ausland gebucht, und drei hatten nach ihrem Verschwinden ihr Handy benutzt. Für Telefonate aus Schweden wie aus dem Ausland. Keine von ihnen hatte ihren früheren Partner angerufen. Die Ermittlungen waren niedergelegt worden, die Anzeigen liegen geblieben, ohne gelöscht zu werden. Vor allem für den Fall der Fälle, wie es schien.

Am Freitagnachmittag legte Oleszkiewicz seine Ergebnisse Annika Carlsson vor. Der Grund für diese ehrenvolle Aufgabe war, dass Stigson sich bereits vor dem Mittagessen entfernt hatte, um verschiedene persönliche Dinge vor dem Wochenende zu erledigen, und dass Kristin Olsson nachmittags einen Arzttermin hatte.

»Was machen wir jetzt?«, fragte Oleszkiewicz.

»Tiefer in die Materie eindringen, die wir haben«, antwortete Annika Carlsson. »Überprüfen, ob es Zahnabdrücke oder DNA oder etwas anderes gibt, was von Nutzen sein könnte. Eventuell sollten wir auch unsere ausländischen Kollegen kontaktieren. Oder hattest du auf ein bisschen krankheitsbedingten Urlaub gehofft?«

»Nein, gar nicht. Ich arbeite gern weiter.«

»Gut. Am Montag werdet Kristin und du übrigens eine Chefin bekommen, die weiß, wie man es macht. Also keine Sorge. Du wirst genug zu tun haben.«

»Ich hab noch eine Frage«, sagte Oleszkiewicz. »Zu Bäckström, also, wenn das okay ist.«

»Klar.« Annika Carlsson lehnte sich im Stuhl zurück und lächelte breit. »Das ist völlig okay.«

»Er scheint ja fast hellsichtig zu sein.« Oleszkiewicz schüttelte den Kopf. »Ich hab darüber nachgedacht, was er neulich gesagt hat. Höchstens zehn Namen. Und jetzt zeigt sich, dass es neun sind. Wie konnte er das wissen?«

»Das liegt sicher nicht daran, dass er hellsichtig ist«, sagte Annika Carlsson. »Wenn ich du wäre, wäre ich jedenfalls sehr vorsichtig damit, ihm das zu sagen. Bäckström hasst Hellseher. Er hat viele hässliche Namen für sie. Kristallkugelglotzer, Strahlenweiber, Aluhüte. Außerdem ist er der festen Ansicht, wenn eine solche Person etwas beitragen kann, das ihm selbst noch nicht eingefallen ist, dann kann das nur daran liegen, dass der betreffende Wahrsager in die Tat verwickelt ist. Dass Bäckström auf Dinge kommt, die kein anderer entdeckt, hat eine ganz andere Erklärung. Zumindest ihm selbst zufolge.«

»Und die wäre?«

»Dass er der einzige Mordermittler ist, der den Namen verdient hat. Nicht nur in Schweden oder auf der Welt, sondern in der ganzen internationalen Polizeigeschichte. Wir anderen sind alle Idioten und noch Schlimmeres. Wenn du dich bei Bäckström beliebt machen willst, kann ich dir außerdem noch einen Tipp geben.«

»Nämlich?«

»Schlag vor, dass er dich Olsson mit zwei z nennt. Genauso ist er nämlich. Kommissar Evert Bäckström in einer Nussschale.«

»Verstehe«, sagte Oleszkiewicz.

»Schön«, erwiderte Annika Carlsson. »Wir sehen uns am Montag.«

22

Der Theologie-Lizenziat Fredrik Lindström war ein Gottesmann vom alten Schlag gewesen. Vor gut hundert Jahren, 1910, war er von der Schwedischen Kirche im Erzbistum Uppsala zum Priester geweiht worden, und fünf Jahre später hatte er sein eigenes Pastorat bekommen.

Ein großer, stattlicher Kerl war er gewesen. Blond und blauäugig, mit reichlich Resonanzkörper und einem tragenden Bariton, der sich bestens für Kirchenlieder und Predigten eignete. Darüber hinaus war er ein praktisch veranlagter Mensch, der in einer Zeit lebte und wirkte, in der ein richtiger Pfarrer auf dem Land nicht nur eine Witwe trösten und ein Pferd beschlagen, sondern auch ein Schwein schlachten konnte. Und nicht zuletzt ein Mann mit großem Bildungsinteresse, bei dem ihm vor allem Geschichte und Heimatforschung sehr am Herzen lagen.

Im Jahr 1915, während in Europa der Erste Weltkrieg tobte, trat Lindström seinen Dienst als Pfarrer der Gemeinde Helgö draußen auf dem Mälarsee westlich von Stockholm an, und bereits zwei Jahre später ließ er eine kleine Schrift veröffentlichen, wie die Unheilsinsel zu ihrem Namen gekommen war. Der örtliche Heimatverein hatte die Ehre, sie kurz vor Weihnachten 1917 herauszugeben, und möglicherweise war die Zeit, in der man lebte, der Grund dafür, dass sie so reißenden Absatz fand. Zum ersten Mal in der fünfzigjährigen Geschichte des Heimatvereins war man in die Verlegenheit gekommen, eine zweite Auflage zu drucken. Dass dieselbe hundert Jahre später von entscheidender Bedeutung in einem Mordfall sein würde, davon hatte ihr Urheber, trotz seines guten Drahts nach oben, sicher keine Ahnung gehabt.

Als Kommissar Peter Niemi nach Hause in sein Reihenhaus in Spånga gekommen war, hatte er zuerst einsam und allein zu Abend gegessen, da Frau und Kinder noch im Sommerhaus in Tornedalen weilten. Dann hatte er mit ihnen telefoniert, ferngesehen, ohne an einer bestimmten Sendung hängenzubleiben und in Ermangelung besserer Alternativen Lindströms kleine Schrift als Nachtlektüre mit ins Bett genommen. Es waren gut dreißig bedruckte Seiten, die eine Geschichte erzählten, die ein schwedischer Seepolizist – mit starkem und lebendigem Interesse an den Schären des Mälarsees – hundert Jahre später in allem Wesentlichen korrekt wiedergegeben zu haben schien.

Sie enthielt auch eine alte Karte, die zeigte, wie die Insel ausgesehen hatte, bevor »die bösen Mächte sie befielen«. Als es zur Schuldfrage kam, hatte Pastor Lindström keine Zweifel, und trotz des Fehlens kriminaltechnischer Beweise hatte er in diesem Punkt auch nicht um den heißen Brei herumgeredet. Was auf der Unheilsinsel geschehen war, war »das Werk des Teufels« und hatte nichts mit normalen menschlichen Unzulänglichkeiten zu tun. Zugleich war es eine notwendige Erinnerung an das Böse, das beständig an der Seite des Menschen lauerte und nie schlief.

Wirklich interessant war jedoch etwas ganz anderes als Pastor Lindströms teilweise schwefelqualmende theologische Auslegungen: Nur ein paar kurze Zeilen über etwas, das Peter Niemi und seine Kollegen nicht gefunden hatten, obwohl sie es eigentlich hätten müssen. Wenn das, was in den kurzen Ausführungen des Pastors zu lesen stand, stimmte, war das jedoch etwas, was weder verschwinden noch sich einer kriminaltechnischen Untersuchung entziehen konnte, und somit konnte es auch bis nach dem Wochenende warten, dachte Niemi, gähnte und schaltete seine Nachttischlampe aus.

Ich frage mich übrigens was Pastor Lindström von weiblichen Pfarrern gehalten hätte, dachte er beim Einschlafen.

Kommissar Toivonen hätte sich nie im Leben vorstellen können, dass er Anna Holt einmal vermissen würde. Im Zusammenhang mit der Umwandlung der schwedischen Polizei in eine nationale Behörde hatte sie ihren Posten als Polizeichefin des Distrikts Västerort für eine deutlich höher dotierte Stelle im Vorstand der Reichspolizei verlassen. Doch schon nach einer Woche mit ihrem Nachfolger vermisste Toivonen sie von ganzem Herzen.

Am selben Donnerstagnachmittag, an dem Annika Carlsson Haqvin Furuhjelm befragte, hatte Toivonen den sich im Urlaub befindlichen neuen Chef zufällig vor dem Systembolaget im Einkaufszentrum von Solna getroffen, wo er soeben fürs Wochenende einkaufen wollte: Eine Palette Bier und ein paar Flaschen Schnaps zum Hering.

Der neue Chef hieß Carl Borgström, war ursprünglich Sozialpädagoge, und bevor er für den Job als Polizeimeister in Solna rekrutiert wurde, war er Personalchef bei der Stockholmer Familienkasse. Eine völlig logische Ernennung im Hinblick darauf, dass die Politiker und Bürokraten, die die neue Organisation gebildet hatten – »die größte Reform in der Geschichte der schwedischen Polizei« – der festen Überzeugung waren, der größte Mangel der alten Polizei sei gewesen, dass man die »Rolle als bürgerliches Serviceorgan« nicht erfüllen konnte, und dass gerade ein Mann wie Borgström, der keine Ahnung von Polizeiarbeit hatte, daher wie geschaffen dafür war, den Betrieb zu leiten.

Toivonen, der sich am einfachsten als richtiger Wachtmeister vom alten Schrot und Korn beschreiben ließ, der die Menschheit in Verhaftete und noch nicht Verhaftete einteilte, hatte eine andere Meinung zu dem Thema und verachtete Borgström vom ersten Moment an aus tiefstem Herzen. Bisher war es ihm gelungen, dieses Problem dadurch zu lösen, dass er ihm auswich. Bis er ihm schließlich völlig unvorbereitet in die Arme lief. Am denkbar schlechtesten Ort.

»Toivonen«, rief Borgström und winkte ihm fröhlich zu. »Schön, dich zu sehen, mein Freund.«

Anstatt einfach wegzurennen und so zu tun, als hätte er ihn weder gesehen noch gehört, blieb er stehen und redete mit ihm. Und noch schlimmer, er ließ sich auf eine Tasse Kaffee in diesem Café um die Ecke einladen.

»Erzähl«, sagte Borgström und lehnte sich zu Toivonen herüber. »Ist etwas passiert, das ich wissen sollte?«

In diesem Moment musste er von einer vorübergehenden Schwäche befallen worden sein, zu dem der unglückliche Treffpunkt wahrscheinlich nicht unerheblich beigetragen hatte, und anstatt nur mit dem Kopf zu schütteln und stattdessen davon zu sprechen, was für ein Glück sie in diesem gesegneten Sommer doch mit dem Wetter hatten, erzählte er ihm leider von dem Schädel, den der kleine Edvin gefunden hatte, und der seit ein paar Tagen der Gegenstand einer Ermittlung des Dezernats für Gewaltverbrechen war.

Borgström versuchte sofort, ihm einen Staatsanwalt aufzudrängen, der Bäckströms Ermittlung leiten sollte. Ein Versuch, den Toivonen durch die Behauptung abwehren konnte, das meiste spräche dafür, dass es sich um einen Selbstmord und nicht um einen Mord handelte.

Doch was danach passierte, war noch deutlich schlimmer. Es war sogar so schlimm, dass er mehrmals in Betracht zog, Bäckström um Verzeihung zu bitten. Und das obwohl er ihn noch viel weniger mochte als Carl Borgström.

23

Nach der Besprechung am Donnerstag hatte Bäckström Annika Carlsson beiseitegenommen, um ein bisschen Dampf abzulassen. Diese beiden Invaliden, eine Olsson mit zwei s und den mit zwei z, hatte dieser finnische Trottel Toivonen ihm bestimmt nur verehrt, um ihn in den Wahnsinn zu treiben, und jetzt könnte sie zusehen, dass er funktionierende Verstärkung bekäme.

»Das wird schon«, sagte Annika Carlsson, ohne näher darauf einzugehen, wie.

»Ich muss jetzt schnell los.« Bäckström blickte zur Sicherheit auf die Uhr. »Ich hab ein Meeting mit einer Aktionsgruppe oben in der Reichspolizeiverwaltung, und ich befürchte, es wird den ganzen Tag dauern. Wir sprechen morgen weiter.«

»Ja, das ist schon alles viel mit dieser neuen Reform.« Annika lächelte ihm freundlich zu. »Aber du musst mir versprechen, nicht das Essen zu vernachlässigen.«

»Wie meinst du das?« Bäckström starrte sie misstrauisch an.

»Regelmäßige Mahlzeiten. Das ist das Wichtigste überhaupt«, erklärte Annika Carlsson mit unschuldiger Miene. »Egal, wie viel man zu tun hat«, fügte sie hinzu.

Verdammte Hetze, dachte Bäckström, als er endlich im Taxi zu dem Smörrebrödrestaurant unten am Strandvägen saß, in dem er donnerstags meistens zu Mittag aß, dem Wochentag, an dem man wirklich Kraft für das Wochenende sammeln musste.

Nach ein paar ausgewählten dänischen belegten Roggenbroten mit ordentlich Schmalz, bei dem das Brot eher die Unterlage für all die Leckereien war, die sich darauf auftürmten (Matjes mit Zwiebeln und Kapern, geräucherter Aal mit Eiersalat, warme Leberpastete mit eingelegten Gurken und Kalbsbraten mit Vogelbeergelee), und nach ein paar Verdauungsschnäpsen und dem üblichen kalten Pils war in seinem Inneren schließlich wieder Ruhe eingekehrt. Den restlichen Tag hatte er mithilfe altbewährter Routinen überstanden. Mittagsruhe, ein stärkender Spaziergang zu seiner Stammkneipe, danach zurück zum eigenen Herd und dem gemütlichen Abend, den er jeden Donnerstag darauf verwendete, sich um seine umfassende E-Mail-Korrespondenz zu kümmern und seine verschiedenen Kontakte im Internet zu pflegen.

Zeit für einen frühen Abend, dachte Bäckström, leerte den letzten Drink und ging ins Badezimmer, um sich die Zähne zu putzen.

Der Freitag wurde hektisch für Bäckström. Zuerst ein kurzer Besuch im Büro, um sich zu versichern, dass seine Mitarbeiter das taten, was er ihnen gesagt hatte, und sich im Übrigen im Zaum hielten. Anschließend löschte er den gesamten Inhalt seines E-Mail-Posteingangs ungelesen, machte aber als Zeichen seines guten Willens für seinen neuen Chef eine Ausnahme, der ihn offenbar so dringend treffen wollte, dass er ihm im Laufe einer Stunde zwei Nachrichten mit demselben Inhalt geschickt hatte.

»Mein Freund, es tut mir leid, aber ich sitze den ganzen Tag mit der Aktionsgruppe oben in der Führungsetage, und am Montag und Dienstag soll ich den Reformstrategieplanungsrat treffen. Wie sieht es bei dir Ende nächster Woche aus?«, beendete Bäckström seine Antwort und schickte sie ab, bevor er den Computer für das Wochenende ausschaltete.

Wer auch immer sein Freund sein will, dachte Bäckström. Dieser Typ, der sein halbes Leben gut davon gelebt hatte, Versicherungsbetrügereien anzustiften und Millionen an Rollstuhlfahrer auszuteilen, die das Geld dann für Urlaubsreisen rund um die Welt, Schirmchencocktails, Pyramidenbesteigungen und Tiefseefischen in der Karibik ausgaben, bevor er Chef der Polizei Solna wurde.

Unser gutes, altes Schweden ist auf dem direkten Weg in den Keller, dachte Bäckström, und die einzige Überlebenschance, die er hatte, war, an seinen altbewährten Routinen festzuhalten.

Freitags hatte er außerdem einen weiteren Punkt in sein Programm eingefügt, um seine körperliche Gesundheit und seinen Seelenfrieden zu bewahren. Eine Stunde für eine Massage und allgemeine Entspannung bei seiner polnischen Physiotherapeutin Fräulein Freitag, sobald er das übliche Mittagessen in der Tapasbar drüben in der Fridhelmsgatan hinter sich hatte.

Als er schließlich von seiner Mittagsruhe nach Hause kam, traf er den kleinen Edvin im Treppenhaus. Edvin sah niedergeschlagen aus, und Bäckström bat ihn hinein. Er servierte sich selbst einen Wodka Tonic mit Eis und Zitrone und Edvin eine Fanta mit Strohhalm.

»Du siehst fertig aus, Edvin«, konstatierte Bäckström. »Kann ich dir irgendwie helfen?«

Seit ein paar Tagen hatte Edvin plötzlich Albträume von Totenschädeln. Seine Mutter Dusanka machte sich solche Sorgen, dass sie einen Termin bei einem Psychologen vereinbart hatte, den sie und Edvin schon am Montag besuchen sollten. Edvin freute sich überhaupt nicht darauf.

Bäckström mobilisierte sein ganzes tiefstes Mitgefühl und

versuchte, ihn zu trösten. Die Arbeit als Kriminalkommissar hätte gewiss ihre Tücken, aber dass gerade Totenschädel Probleme machen sollten, wäre wohl eines der geringsten Risiken in diesem Beruf. Ganz im Gegenteil, der Totenschädel, den Edvin gefunden hatte, stand doch wohl eher auf seiner und Bäckströms Seite, und wer sich wirklich Sorgen mache sollte, war derjenige, der ihn sozusagen von einem normalen Kopf in einen Totenschädel verwandelt hatte.

»Glaub mir, Edvin«, sagte Bäckström und nickte. »Es war Schicksal, dass gerade du ihn gefunden hast, und ich persönlich bin ganz sicher, er hat sofort verstanden, dass du auch derjenige sein wirst, der endlich dafür sorgt, dass ihm hier auf Erden Gerechtigkeit widerfährt. Dass wir den kriegen werden, der das getan hat, und ihn ins Gefängnis bringen können.

»Ich verstehe«, erwiderte Edvin, der schon wieder etwas munterer aussah. »Aber es war dumm von mir, nach ihm zu treten.«

»Moment. Jetzt mach mal halblang. Du hast ja nicht den Totenschädel getreten. Das war doch ein Bovist.«

»Ja schon, aber kapiert das auch der Totenschädel?«, wandte Edvin ein.

»Na klar«, versicherte Bäckström. »Und du kannst dir sicher sein, dass er dir verziehen hat. Als er noch gelebt hat, hätte er sicher auch auf einen Bovist getreten, wenn er einen gesehen hätte. Das macht doch jeder!«

»Ja, wahrscheinlich« sagte Edvin mit merklich erhellter Miene. »Und wie ist es mit dem Schurken? Glaubt der Herr Kommissar, dass wir ihn kriegen?«

»Natürlich tun wir das. Und das dank dir, Edvin, das sollst du wissen. Du und ich und der Totenschädel sind auf derselben Seite. Wenn es jemanden gibt, der sich Sorgen machen und Albträume haben müsste, dann der Schurke.«

»Wie gut«, sagte Edvin.

»Etwas ganz anderes.« Bäckström wühlte sein dickes Bündel Geldscheine aus der Hosentasche und schälte die äußerste Schicht ab. »Wie du sicher verstehst, wirst du eine Belohnung bekommen, und ich gebe dir jetzt einen Vorschuss, damit du dir ein paar neue Computerspiele kaufen kannst.«

»Wow«, rief Edvin, der nicht mehr im Geringsten niedergeschlagen wirkte.

Ich muss wohl ein ernstes Wörtchen mit seiner Mutter reden, dachte Bäckström, als er die Tür hinter ihm schloss. Wenn diese Psychofritzen den Burschen in die Fänge kriegen, ist er ja komplett verloren. Das würde nicht nur Edvin treffen, sondern auch Bäckström selbst, der einen treuen Helfer verlieren würde. Zwar noch bei weitem nicht ausgelernt und ausgewachsen, doch Letzteres war ja nur eine Frage der Zeit. Noch war er etwas schwächlich, wie neulich, als Bäckström seine Cocktailbasiszutaten vor dem Sommer kaufen wollte und Edvin viermal zum Geschäft laufen musste, weil er nur zwei Tüten gleichzeitig tragen konnte. Doch das waren triviale Probleme, und der Junge würde schnell genug heranwachsen, schlimmstenfalls musste man ihm wohl ein paar Wachstumshormone verabreichen, und dann würde er seinen Führerschein machen, im Systembolaget einkaufen dürfen und fast wie eine Art Butler für Bäckströms Herbst des Lebens werden, dachte er und seufzte zufrieden.

Für ihn selbst war es nun höchste Zeit, sein Mittagsschläfchen zu machen, da er später mit seinem alten Bekannten GeGurra zu Abend essen würde. Dann eine erfrischende Dusche und wieder in den Sattel, dachte Bäckström und nahm Kurs auf sein Schlafzimmer, als es an seiner Tür klingelte.

24

Bäckström schlich in den Flur hinaus, äußerst vorsichtig, mit Sigge in der rechten Hand und seinem Handy in der linken. Dem Klingeln nach zu urteilen ist es nicht Edvin, der etwas vergessen hat und aus diesem Grund zurückgekommen ist, dachte er, während er sich das Bild aus der Überwachungskamera auf seinem Handy besah.

Es war nicht Edvin. Es war Ankan Carlsson, dieselbe Ankan, die ihm immer noch Albträume bereitete, sobald er an das letzte Mal dachte, als sie unangemeldet in seiner Wohnung aufgetaucht war. Zuerst stand er mucksmäuschenstill, in der Hoffnung, sie würde denken, er sei nicht zu Hause, doch da hämmerte sie mit der Faust gegen die Tür, sodass seine ganze Wohnung vom Boden bis zur Decke zitterte.

»Jetzt sei nicht albern«, rief Ankan Carlsson. »Ich weiß, dass du zu Hause bist. Ich hab Edvin gehen sehen.«

»Ich bin beschäftigt«, antwortete Bäckström. »Ist es was Wichtiges?«

Eine Stalkerin, dachte er.

»Okay«, sagte Ankan Carlsson. »Ich muss mit dir reden, und wenn du nicht aufmachst, dann schieße ich diese verdammte Überwachungskamera kaputt, die du unter der Deckenleiste im Treppenhaus versteckt hast.«

»Sag, worum es geht«, beharrte Bäckström.

»Erstens müssen wir uns über diesen idiotischen Borgström

unterhalten. Er geht die Wände hoch, weil er dich nicht erreicht. Zweitens hab ich einen Vorschlag, wie ich dir das Geld zurückzahlen könnte, das du mir geliehen hast.«

»Ja, ich höre«, sagte Bäckström, der Ankan Carlsson für den Kauf ihrer neuen Wohnung einen Kredit über eine Million gegeben und nun schon seit einer ganzen Weile nicht die Spur von Raten oder gar Zinsen gesehen hatte. Jetzt wurde die Sache langsam besser, und das nicht einen Tag zu früh, wenn man all die Mahnungen bedachte, die er ihr geschickt hatte.

»Außerdem verspreche ich, dich nicht mal zu befummeln, falls es das ist, was dir Sorgen macht.«

»Okay, okay«, brummte Bäckström. »Gib mir eine Minute.« Dann zog er seinen Morgenrock an, schnürte den Gürtel besonders fest zu und machte zur Sicherheit einen Doppelknoten hinein, bevor er die Tür öffnete und sie hereinließ.

Ankan Carlsson hatte ihre Jacke auf einen Stuhl im Flur geworfen, bevor sie direkt in sein Wohnzimmer schritt und es sich auf seinem Sofa bequem machte. Bäckström setzte sich bewusst nicht in seinen gewohnten Sessel. Falls sie nun doch irgendwelche Annäherungsversuche machen sollte, war es besser, er saß in dem antiken Lehnstuhl, der der Tür zum Flur am nächsten war. Soweit er sehen konnte, war sie nicht bewaffnet, hatte weder Schulterholster noch Handschellen, und das war ja zumindest ein gutes Zeichen. Ansonsten sah sie genauso furchteinflößend aus wie immer und machte sogar irgendwelche mystischen Stretch-Bewegungen auf seinem Sofa. Absolut lebensgefährlich, überall Muskeln, dachte er.

»Wie schön es hier nach deinem Umbau geworden ist.« Ankan lächelte und blickte sich mit sichtlicher Wertschätzung um. »Wie viele Zimmer hast du jetzt? Vier oder fünf?«

»Vier«, sagte Bäckström. Plus ein fünftes, das er sich zu einem Sicherheitsraum hatte umbauen lassen, in den er Ankan Carlsson garantiert nicht einlassen würde.

»Superschön«, wiederholte Ankan und nickte erneut. »Ist es okay, wenn ich einen kleinen Rundgang mache?«

»Nein.« Bäckström schüttelte den Kopf. »Du wolltest was mit mir besprechen«, erinnerte er sie.

Sie hält mich wohl für bescheuert, dachte er.

»Dieser Schleimer Borgström ist auf der Jagd nach dir. Er ist vor ein paar Stunden zu mir ins Büro gekommen. Ich bin ihn gar nicht mehr losgeworden.«

»Was wollte er denn?«

»Fragen, ob wir heimlich eine Mordermittlung führen. Eine Frau, die erschossen auf einer Insel im Mälarsee gefunden wurde.«

»Und was hast du gesagt?«

»Ich habe gesagt, wie es ist«, sagte Ankan Carlsson. »Was hättest du denn gesagt?«

»Das kommt ja wohl ganz darauf an, mit wem man spricht.«

Wie dumm kann man sein, dachte er.

»Ist mir klar. Ich hab also gesagt, wir haben ein Stück eines alten Schädels reinbekommen, der ein Einschussloch in der Schläfe hat. Dass er möglicherweise von einer Frau ist, dass er sehr gut hundertfünfzig Jahre alt sein kann und dass das meiste für einen Selbstmord spricht.«

Immerhin, dachte Bäckström und nickte.

»Er wollte uns einen Staatsanwalt als Ermittlungsleiter andrehen. Hat wegen irgendeiner neuen Regel rumgenervt, die das sofortige Einschalten eines Staatsanwalts vorschreibt, wenn ein Gewaltverbrechen vorliegt. Was auch immer ein alter Sozialarbeiter von Jura versteht.«

»Ja, da hat er wohl was falsch verstanden«, sagte Bäckström. »Das kannst du ihm von mir ausrichten. Und das andere? Du sagtest etwas darüber, dass du mir das Geld zurückzahlen willst, dass ich dir geliehen hab?«

»Ja.« Ankan lächelte. »Ich hab einen Vorschlag, der dir gefallen wird, denke ich. Übrigens, ist es okay, wenn ich mir ein Bierchen nehme?«

Was habe ich für eine Wahl, dachte Bäckström und machte eine Kopfbewegung in Richtung Küche.

»Willst du auch was?«, fragte Ankan Carlsson. »Ich kann dir einen hammermäßigen Wodka Tonic mixen, wenn du willst.«

»Ich hab schon einen, wie du siehst.« Bäckström hielt sein Glas hoch.

Sie glaubt wohl, sie ist schlauer als ich, dachte er. Ankans eigenes Rezept, halb Wodka, halb Rohypnol, mit einem Schuss Tonic obendrauf, vergiss es.

Als Ankan ein paar Minuten später aus der Küche zurückkehrte, trug sie ein Tablett mit Bier und ein paar gemischten Snacks, einer Flasche seines besten Wodkas und etwas, das verdächtig wie ein Wodka Tonic mit Eis und Zitrone aussah.

»Falls du deine Meinung änderst«, erklärte sie und zeigte auf den Drink. »Außerdem hab ich bemerkt, dass ich auch ein bisschen Hunger habe. Hab ein paar Oliven und luftgetrockneten Schinken mitgenommen. Völlig okay für mich. Ich bin übrigens froh, dass du nicht nur Käseflips und so was gekauft hast. Die sind das reinste Gift.«

Aber lecker, dachte Bäckström, der einen ganzen Karton davon in der Speisekammer hatte und nie auf die Idee kommen würde, sie in den Kühlschrank zu stellen.

»Es ist doch okay, wenn ich mir einen kleinen Wodka-Shot

nehme, oder?«, sagte Ankan, während sie sich einen ordentlichen Schuss in ihr Trinkglas eingoss. »Es ist ja schließlich Wochenende.«

»Sicher, sicher«, antwortete Bäckström, der plötzlich eine gewisse Müdigkeit verspürte. »Du hattest irgendeinen Vorschlag, von dem du erzählen wolltest ...«

»Dazu komme ich noch. Prost, Bäckström.« Ankan erhob ihr Glas, leerte es mit einer ruckartigen Kopfbewegung bis auf den Grund und spülte mit einem ordentlichen Schluck Pils nach, bevor sie einen tiefen Seufzer der Zufriedenheit ausstieß und sich zum Abschluss mit der Rückseite ihrer Hand den Schaum von den Lippen wischte.

Wie feminin kann man eigentlich sein, dachte Bäckström und nahm ein paar große Schlucke aus seinem Glas.

»Dein Vorschlag«, wiederholte er.

Ankans Berechnungen zufolge schuldete sie Bäckström eine knappe Million. Ein paar Raten plus Zinsen hatte sie ja immerhin bezahlt, obwohl sie es vielleicht nicht monatlich getan hatte, wie anfangs versprochen. Außerdem fand sie, es sei ein wenig dröge geworden, und daher hatte sie sich eine Methode überlegt, den Prozess zu beschleunigen.

»Und wie genau willst du das machen?«, fragte Bäckström.

Endlich geht da mal was weiter, dachte er.

»In natura.« Ankan lächelte breit. »Nachdem ich dich kenne und in der Tat die Einzige bin, die dich mag, es gibt sehr viel Hass und Liebe zwischen uns, wie du sicher bemerkt hast, dachte ich, du solltest außerdem Rabatt bekommen. Tausend pro Mal, Bäckström. Plus, und das ist ein kleiner Extrabonus, den ich anbieten kann, alle Rollenspiele, die du dir vorstellen kannst. Das ganze Programm vom ungehorsamen Schulmädchen mit weißer Bluse, kariertem Rock, Kniestrümpfen und

Zöpfen, über die Krankenschwester, bis hin zur strengen Domina, Leder, Latex, Ketten, Peitschen, das ganze Programm. Du kriegst sogar eine Prostatamassage, wenn du willst. Tausend Mal. Dann sind wir mit der Sache durch, und nachdem du dann garantiert total verrückt danach sein wirst, spricht nichts dagegen, dass wir mit einer etwas persönlicheren Abmachung weitermachen.«

Diese Person spottet jeder Beschreibung, dachte Bäckström. Wo normale, gewöhnliche, nette Menschen ein Gewissen haben, in dem sie ihre Moral verwahren, hat sie nur ein tiefes, schwarzes Loch, mit einem geistigen Inhalt, der diesen verrückten französischen Adeligen, der diesen ganzen menschlichen Sumpf aus Erniedrigung offenbar erfunden hat, wahrscheinlich zu Tode erschreckt hätte.

»Tausend Kronen«, wiederholte Bäckström.

Was sollte er sagen. Sein Glas hatte er zu allem Übel schon geleert, dort würde er also auch keine Hilfe finden.

»Mehr als ein Freundschaftspreis«, sagte Ankan mit funkelnden Augen. »Du solltest sehen, was für Angebote ich bekomme, seit ich diese Trainingsfotos ins Netz gestellt habe.«

Tausend Tage und Nächte mit Ankan Carlsson, dachte Bäckström. Was war eigentlich so schlimm an tausend Tagen in einer Salzgrube, mit Fußketten und Hacke?

»Warum kann man nicht einfach ficken wie normale Menschen?«, fragte er.

»Klar«, sagte Ankan Carlsson. »Ein bisschen Blümchensex. Meinetwegen. Wie ich schon sagte, hast du alle Entscheidungsfreiheit.«

Damit stand sie auf, zog sich das T-Shirt über den Kopf, und ein paar Sekunden später saß sie vollkommen nackt rittlings über ihm in seinem teuren antiken Lehnstuhl, den er von seinem guten Freund GeGurra zum letzten Geburtstag bekommen hatte.

Seine treue Supersalami gab als Erstes auf. Sie erhob sich wie eine Betonwand zwischen seinen Beinen, während in seinem Kopf plötzlich komplette Leere herrschte und er weder denken noch sich gegen das Geschehen wehren konnte. Ankan Carlsson warf den Kopf zurück und schrie, als sie nur eine Minute später kam. Aber da war er selbst schon rettungslos verloren.

»Du kannst dir die Sache ja überlegen, Bäckström«, sagte Ankan Carlsson, als sie ihn ein paar Stunden später verließ. »Ich könnte mir sogar vorstellen, im Preis runterzugehen.« Sie warf einen bedeutungsvollen Blick auf den unteren Bereich des Spalts in seinem Morgenrock. »Möchtest du einen kleinen Kuss?«

»Schon gut«, sagte Bäckström.

Dieses Weib muss komplett verrückt sein, dachte er.

25

Später aß Bäckström mit seinem alten Bekannten GeGurra zu Abend. Es war eine Weile her, seit sie sich zuletzt gesehen hatten, und außerdem hatten sie wichtige Dinge zu besprechen. GeGurra hieß eigentlich Gustaf G.son Henning und war ein äußerst erfolgreicher Kunsthändler. Bäckström und er kannten sich seit fast dreißig Jahren, zu gegenseitigem Nutzen. Keine großen Sachen, nur kleine Dienste zwischen Freunden, doch im Zusammenhang mit einer Ermittlung hatte Bäckström GeGurra im Jahr zuvor dabei geholfen, an einen Kunstgegenstand von welthistorischem Interesse und unschätzbarem Wert zu kommen. Eine Spieldose, die die italienische Märchenfigur Pinocchio darstellte, dessen Nase wuchs, sobald er log.

Sie war Anfang des zwanzigsten Jahrhunderts von dem bekannten Juwelier Fabergé hergestellt worden. Der letzte russische Zar Nikolaj II. hatte die Spieldose seinem einzigen Sohn und zukünftigen Zaren, dem bluterkranken Alexej, zu Ostern geschenkt. Dann war sie auf Abwege geraten, bevor Bäckström sie hundert Jahre später im Zuge einer Mordermittlung gefunden hatte. Und GeGurra hatte sich darum gekümmert, dass sie wieder dem neuen Russland übergeben wurde, in dem die Sowjetunion inzwischen als historische Parenthese betrachtet wurde.

Bäckström war bei dieser Sache nicht leer ausgegangen. Auf einen Schlag hatte er sein Gehalt bei der Polizei auf Lebenszeit verdoppelt, ohne dass das Finanzamt sich darum sorgen musste, denn was man nicht weiß, macht einen ja nicht heiß. Alle anderen waren dagegen glücklich und zufrieden, und am zufriedensten war offenbar der weiterhin anonyme russische Käufer, der dieses historische Geschäft im Zuge der Feierlichkeiten zum fünfundzwanzigjährigen Jubiläum des neuen Russlands öffentlich machen wollte. Das war auch der Grund für jenes Abendessen mit Bäckström und GeGurra, die plötzlich viel zu bereden hatten.

Aus Gründen, auf die er nicht näher eingehen wollte, hatte Bäckström sich verspätet und war gezwungen gewesen, GeGurra anzurufen, bevor er zu Hause losgefahren war. GeGurra reagierte gelassen, er saß auf einem Sofa und wartete, als Bäckström das Restaurant betrat. Sobald GeGurra ihn sah, stellte er sein Champagnerglas ab, stand auf und breitete in einer beinahe südländischen Geste die Arme aus.

»Bäckström«, begrüßte ihn GeGurra. »Du siehst ja absolut blendend aus. Erzähl, ist irgendwas passiert?«

»Du scheinst auch keine Not zu leiden, Bruder«, gab Bäckström zurück und nickte ihm freundlich zu.

Nichts, was du hören willst, du alte Schwuchtel, dachte er.

»Dieser federnde Schritt!« GeGurra trat einen halben Meter zurück, um seinen Gast eingehend betrachten zu können. »Ich werde ganz neidisch, wenn ich dich sehe, Bäckström.«

Und selbst siehst du kein bisschen aus wie ein normaler Zigeuner, dachte Bäckström, während ein geschäftiger Oberkellner sie mit einladenden Gesten ins Restaurant und zu ihrem üblichen Tisch führte. Eher wie ein italienischer Aristokrat aus einer anderen Zeit. Perfekt bis ins kleinste Detail, von dem weißen dichten Haar, dem blendend weißen Leinenhemd und dem maßgeschneiderten seidenen Anzug bis zu den handgenähten italienischen Schuhen, die sogar das gedämpfte Licht der Wandleuchten reflektierten, an denen sie vorbeigingen.

Im Hinblick auf das Thema, das an diesem Abend abgehandelt werden sollte, hatte GeGurra, der immer als Gastgeber fungierte, wenn er und Bäckström sich trafen, sich für ein russisches Menü entschieden. Beim einleitenden Aperitif verzichtete er auf seinen üblichen Dry Martini mit Olive und ersetzte ihn durch einen kleinen Wodka und ein Glas Mineralwasser. Für Bäckström blieb es dagegen beim Altbewährten: einem ordentlichen Glas Wodka und einem Pils zum Hinunterspülen.

Zur Vorspeise aßen sie Kaviar mit Blinis, zerlassener Butter, Schmand und fein gehackten Zwiebeln. Richtigen russischen Kaviar im Übrigen. Imperial von bester Qualität, an den GeGurra mithilfe seiner russischen Kontakte gekommen war, und zur Feier des Tages trank auch er noch einen weiteren kleinen Wodka, bevor sie nach russischer Sitte fortfuhren. Piroggen mit Speck und Zwiebeln, Hühnchen Kiew, Ziegenkäse und eingemachte Birnen. GeGurra trank Wein aus Georgien und hatte sich sogar erdreistet, Bäckströms abschließenden Cognac heimlich gegen eine armenische Entsprechung auszutauschen, und erst, als Bäckström seine Wertschätzung ausgedrückt hatte, seinen Ursprung verraten.

»Tja, von Essen und Trinken scheinen sie ja etwas zu verstehen«, stellte Bäckström fest, ohne näher auf alles andere einzugehen, wie mystische U-Boote in den schwedischen Schären und Kampfflugzeuge, die so gut wie wöchentlich über Gotland hinwegflogen.

»Nicht nur das, mein lieber Bruder«, erwiderte GeGurra und tätschelte ihm leicht den Arm. »Wenn es etwas gibt, was sie verstanden haben, dann ist es, welche Bedeutung du für sie hattest.

Die Huldigungen, die man deinethalben plant, sind grenzenlos.«

»Erzähl.« Bäckström lehnte sich im Stuhl zurück.

Wird auch höchste Zeit, dass das mal jemand begriffen hat, dachte er. Im Gegensatz zu all den anderen eifersüchtigen Idioten, die seinen Alltag verdüsterten.

GeGurra lehnte sich über den Tisch nach vorn und zählte vorsichtshalber mit den Fingern mit, als er berichtete, was Bäckström bei den Feierlichkeiten des neuen Russlands erwartete.

Erstens sollte er – aus der Hand des russischen Präsidenten höchstpersönlich – die Alexander-Puschkin-Medaille empfangen, die höchste Auszeichnung, die der russische Staat einem ausländischen Mitbürger verleihen konnte. Bäckström würde übrigens der erste sein, der sie jemals bekam.

Wer auch sonst, dachte Bäckström und nickte aufmunternd.

Zweitens, fuhr GeGurra fort, während er den Zeigefinger der linken Hand umfasste, würden eine Fernsehdokumentation und wahrscheinlich auch ein Spielfilm über dieses historische Ereignis gedreht werden. Sowie mindestens zwei Bücher herausgegeben. Einerseits ein Kunstbuch über die Spieldose, andererseits eine Erzählung darüber, wie sie endlich nach Russland zurückgebracht werden konnte, in der Kommissar Bäckström die Rolle als Held der Geschichte zugeteilt worden war. Mehrere Kunsthistoriker, Autoren und Fernsehproduzenten arbeiteten bereits an diesen Dingen.

Höchste Zeit, dachte Bäckström wieder und brummte zustimmend.

»Drittens«, sagte GeGurra und lehnte sich noch weiter nach vorn, »habe ich das beste für den Schluss aufgehoben.«

»Was ist es denn?«, fragte Bäckström.

Im Zuge all dieser Feierlichkeiten beabsichtigte der russische

Präsident, Bäckström ein persönliches Geschenk zu überreichen, nämlich eine Flasche seines eigenen Wodkas. Das hatte GeGurra im Vertrauen von seinem russischen Kontakt erfahren.

»Das muss ein ungewöhnlicher Wodka sein«, sagte Bäckström. Er selbst hatte mehrere Kisten zu Hause, und an keinem gab es etwas auszusetzen. Was konnte eine weitere Goldmedaille schaden?

»Es ist eine Literflasche«, erklärte GeGurra. »Weißt du, was man für eine Flasche vom eigenen Wodka des Präsidenten bezahlt?«

»Nein.« Bäckström zuckte mit den Schultern. »Ich weiß, dass der, den ich am liebsten trinke, im Systembolaget einen Fünfhunderter kostet. Für null sieben, also. Was auch immer das für den Liter heißt.«

»Rund eine Million Kronen.«

»Was? Eine Million? Warum denn das?«

Vielleicht kann man fliegen, nachdem man ein Glas getrunken hat, dachte er.

»Die Flasche.« GeGurra senkte die Stimme. »Sie wiegt rund zwei Kilo, was daran liegt, dass sie aus purem Gold ist.«

»Was du nicht sagst«, sagte Bäckström.

Das klingt schon besser, dachte er.

»Außerdem kannst du sie ja wieder auffüllen, wenn du sie ausgetrunken hast. Wenn man sich die Flasche ansieht, könntest du wahrscheinlich sogar normalen gereinigten Alkohol hineingießen, ohne dass es jemand merkt.«

»Ich freu mich drauf!« Bäckström erhob sein Glas.

»Na sdorowje«, antwortete GeGurra und hob sein drittes Glas Wodka des Abends.

Eigentlich hatte Bäckström geplant, den Abend an der Bar des Riche zu beenden, sobald er seinen Gastgeber losgeworden war. Wer wollte schon seinen guten Namen und Ruf riskieren, indem er einen alten Hinterlader an diesen Ort mitnahm? Aber das war gewesen, bevor Ankan Carlsson ihren unerwarteten Auftritt hingelegt und damit die Sache geändert hatte. Stattdessen nahm er also ein Taxi und fuhr nach Hause. Auch eine Supersalami musste manchmal die Batterien aufladen, und er selbst gedachte sich in aller Ruhe zu erholen, während er den restlichen Abend mit angenehmen Gedanken verbrachte.

Eine Flasche Wodka für eine Million, und noch dazu eine, die man wieder auffüllen kann, dachte Bäckström.

26

Die hundert Jahre alte Schrift eines Pastors der Gemeinde Helgö hatte Peter Niemi dazu gebracht, seine Wochenendpläne zu ändern. Anstatt zu versuchen, seine körperliche Fitness wieder auf Vordermann zu bringen und ansonsten einfach mit einem guten Buch zu entspannen oder sich im Fernsehen Sportsendungen anzusehen, war er bereits am Samstag in die Arbeit zurückgekehrt, um die Angelegenheit in aller Ruhe zu durchdenken.

Zuerst hatte er die alte Karte aus Lindströms Text in seinen Computer eingescannt und mit der Karte verglichen, die er und seine Kollegen benutzt hatten. Die topographische Übereinstimmung war gut. Weder Landerhöhungen noch -absenkungen verkomplizierten die Sache. Die Oberfläche der Insel war im Großen und Ganzen dieselbe wie heute. Der große Unterschied lag im Biotop auf der Insel. Die offene Landschaft, die zu Pastor Lindströms Zeit als Sommerweide für das Vieh der Bauern gedient hatte, war inzwischen eine Art Dschungel aus Gebüsch, Gehölz und schwer durchdringlichem Wald. Zu dieser Zeit hätten wir sie sofort gefunden, dachte Niemi.

Anschließend verglich er die damalige Bebauung mit seinen eigenen Beobachtungen. Die Fundamentreste, die sie gefunden hatten, gehörten offenbar zu dem Haus, in das vor hundert Jahren der Blitz eingeschlagen hatte. Die beiden großen Baumhäuser, die er und sein Mitarbeiter gefunden hatten, existierten dagegen auf Lindströms Karte nicht. Sicherlich aus dem einfachen

Grund, dass die Burschen, die sie zusammengenagelt hatten, erst viel später gelebt hatten. Ein Gebäude allerdings war verzeichnet, das er nicht gefunden hatte, was ihn störte. Vor allem aus Prinzip, denn besonders große Erwartungen hatte er ansonsten nicht.

In der Zeit, in der die Insel als Sommerweide genutzt worden war, hatte es einen Erdkeller gegeben, der Lindströms Karte nach zu urteilen genau oberhalb der Stelle lag, an der Niemi und seine Kollegen mit dem Boot angelegt hatten, übrigens dieselbe Stelle, die man zur Zeit des Pastors verwendet hatte. Es war eine kleine Bucht an der Nordseite der Insel, im Wesentlichen der einzige Anlegeplatz, den die Insel für etwas größere Boote zu bieten hatte. Wie ein modernes Polizeiboot oder eine so genannte Kuhfähre aus dem früheren ländlichen Schweden.

Zu diesem Erdkeller hatten die Mägde jeden Tag die Milch gebracht, vermutlich in derselben Art von Blechkannen, die er aus seiner Kindheit auf dem Hof in Tornedalen kannte. Kannen, die bis zu zwanzig Liter fassten, mit einem ordentlichen Deckel zum Aufschrauben, damit die Mägde nichts verschütteten, wenn sie den Pfad vom Wohnhaus, wo sie auch ihre Kühe molken, zum Erdkeller hinuntergingen an die Stelle, an der man mit dem Boot anlegte und an der der Bauer oder sein Knecht die Milch abholen würde. Erinnerungen aus einer anderen Zeit, dachte Niemi.

Wenn der Erdkeller dort lag, wo er dachte, befände er sich darüber hinaus in unmittelbarer Nähe des höheren der beiden Baumhäuser, des Aussichtsturms. Gut als Orientierungspunkt bei der Suche, dachte Niemi und machte ein Kreuz auf die Karte, mit der er und sein Kollege gearbeitet hatten. Dann fuhr er nach Hause. Sah fern, aß zu Abend und telefonierte mit Frau und Kindern.

Erst nach dem Mittagessen am Tag darauf kehrte er in die Arbeit zurück, um sich einer seiner Lieblingsbeschäftigungen zu widmen. Zu versuchen, sich in den Täter hineinzuversetzen, zu denken wie er, zu handeln wie er.

Du hast eine Frau ermordet, und das hattest du nicht geplant. Ihr habt nur gestritten, aber dann ist alles außer Kontrolle geraten, und am Ende hast du sie erschossen.

Wenn man bedenkt, wo man ihren Schädel gefunden hat, ist es vielleicht während eines Segelurlaubs auf dem Mälarsee passiert? Im Spätfrühling, Sommer oder Frühherbst, wahrscheinlich im Sommer, wenn die meisten Urlaub haben.

Jetzt stehst du mit einer Leiche da, die du verstecken willst, damit dich keiner erwischt und du der Strafe entkommst, die dich sonst erwartet. Du handelst jetzt nach einem Plan, einem mehr oder weniger guten, je nachdem, wer du bist und welche rein praktischen Bedingungen deine Handlungen steuern.

Wenn jemand eine Leiche loswerden wollte, transportierte er sie, es war fast immer ein Er, in der Regel in irgendeiner Art von Fahrzeug. Das erleichterte das Verstecken und Herumschleppen der Leiche. In den meisten Fällen ein Auto, manchmal ein Boot, aber auch andere Transportmittel wurden gewählt. Niemi hatte schon Fälle erlebt, bei denen man sowohl Schubkarren als auch Bollerwagen, Kinderwagen und sogar einen Einkaufswagen von einem Discounter benutzt hatte, der zufällig zwischen dem Tatort und dem Versteck gelegen hatte. Alles, was Räder hatte, dachte Niemi. Alles, was groß genug war, um einem menschlichen Körper Platz zu bieten, ganz oder zerstückelt oder in verpackten Teilen.

Dann musste er den Körper noch das letzte Stück tragen. Eine Strecke, die so kurz wie möglich sein sollte. Wenn es sich um einen einzelnen Täter und ein erwachsenes Opfer handelte, waren es selten mehr als fünfzig Meter von dem Platz, an dem er sein Fahrzeug abgestellt hatte. Ungefähr wie der Abstand zwischen der Anlegestelle auf der Unheilsinsel und dem Kreuz, das Niemi auf der Karte gemacht hatte, um den Erdkeller zu markieren, den er und seine Kollegen nicht entdeckt hatten.

Wo würde man die Leiche dann verstecken, dachte Niemi. Wohl an einer bekannten Stelle. Ein zugewachsener Brunnen auf einem verlassenen Hof in der Nähe des Ferienhauses, in dem man vor zwanzig Jahren im Urlaub war, ein mit Wasser gefülltes Grubenloch, das man beim Pilzesuchen entdeckt hatte, vielleicht ein normaler Graben, den man leicht mit Gebüsch und Zweigen bedecken konnte. Wenn man eine Leiche zu verstecken hatte, war die Unheilsinsel schon etwas zu optimal, als dass der Täter zufällig dort gelandet sein konnte. Er ist schon früher dort gewesen, dachte Niemi, und zwar zu einem Zeitpunkt, an dem sich die Unheilsinsel bereits in einen reinen Dschungel verwandelt hatte.

Als er in seinen Gedanken an diesen Punkt gekommen war, erreichte Niemi ein Anruf von seinem Kollegen der technischen Abteilung des Landeskriminalamts. Er überbrachte die Nachricht, dass Niemi gerade nicht mit noch mehr Verstärkung rechnen konnte, wegen eines Doppelmords draußen in Haninge, wo sie hinter dem Warenlager, in dem die Auseinandersetzung stattgefunden hatte, um die fünfzig Patronenhülsen von mehreren unterschiedlichen Waffen gefunden hatten. Keine Zeugen, aber eine Unmenge von Spuren, und nachdem ein guter Mann auch allein klarkommt, standen Niemis Sorgen momentan nicht ganz oben auf seiner Agenda.

»Völlig okay«, sagte Niemi. »Richte ihnen Grüße aus, und danke für die Hilfe.«

Dann rief er Hernandez an und fragte ihn, ob er Lust hätte,

am Tag darauf mit zur Unheilsinsel zu fahren, obwohl es sein freier Tag war.

»Wonach suchen wir?«, fragte Hernandez.

»Nach einem alten Erdkeller aus dem neunzehnten Jahrhundert.«

»Gerne. Der erste Erdkeller in meiner Karriere. Das lasse ich mir auf keinen Fall entgehen.«

27

Montag, 25. Juli, war ein freudiger Tag für Bäckström, denn seine einzige Mitarbeiterin, die diese Bezeichnung verdient hatte, Nadja Högberg, geborene Ivanova, hatte beschlossen, ihren Urlaub abzubrechen, um ihm bei seinem Fall zu helfen. Das bewirkte auch, dass er es mit allen anderen in seiner Umgebung besser aushielt, wie Ankan Carlsson, Niemi und Hernandez, Stigson und den beiden Olssons mit s und z. Wenn es irgendjemanden gab, der sogar absolute Vollidioten dazu bringen konnte, etwas Sinnvolles zu tun, dann war es Nadja, dachte Bäckström.

Bäckström hatte sich bereits um acht Uhr morgens an seinem Arbeitsplatz eingefunden, um sie zu treffen, aber davor gab es noch andere Dinge zu erledigen, damit er sich in aller Ruhe hinsetzen und mit Nadja unterhalten konnte. Zum Beispiel, seinen neuen Chef über die polizeilichen Selbstverständlichkeiten aufzuklären, von denen er offensichtlich keine Ahnung hatte.

»Ich hab gehört, du willst mit mir reden«, sagte Bäckström und ging geradewegs ins Büro des Chefs. Er musste nicht einmal anklopfen, denn Borgström war natürlich der Typ Mensch, der seine Tür immer offen ließ.

»Bäckström!« Borgström lächelte entzückt. »Schön, dich zu sehen, mein Freund. Setz dich, setz dich.«

»Danke«, antwortete Bäckström und setzte sich.

Der Trottel hat offenbar die Idee hinter dem Prinzip Tür nicht durchschaut, dachte er. Gedankenlesen konnte er offenbar auch nicht, nachdem er immer noch dieselbe zufriedene Miene hatte.

»Du fragst dich vielleicht, warum ich mit dir sprechen wollte«, sagte Borgström.

»Nein. Das hab ich schon kapiert. Du willst, dass wir einen Staatsanwalt in diese Todesfallermittlung einschalten, mit der wir letzte Woche angefangen haben.«

»Ich interpretiere deine Worte so, dass du diese Ansicht nicht teilst.«

»Ich bin nicht der Einzige, der sie nicht teilt«, erwiderte Bäckström. »Wenn man bedenkt, dass auf jeden Mord etwa fünfzehn solcher Ermittlungen kommen, befürchte ich, sowohl die Staatsanwaltschaft als auch unser eigener Polizeichef wären nicht sonderlich erfreut, wenn wir mit so etwas anfangen würden.«

Nicht einmal du scheinst ja noch sonderlich fröhlich zu sein, dachte er.

»Wenn ich dich richtig verstehe, dann bist du dir wohl sicher, dass es Selbstmord ist, obwohl ... also, ich meine, im Hinblick auf das Einschussloch ...«

»Zum jetzigen Zeitpunkt bin ich mir bei gar nichts sicher. Auf solche Fragen lassen wir die Ermittlungsergebnisse antworten. Aber wenn du ein bisschen Statistik und allgemeine Mutmaßungen hören willst, gerne.«

»Ich höre mit großem Interesse, Bäckström.«

»Wahrscheinlich ein Selbstmord«, erklärte Bäckström. »Falls es doch ein Mord sein sollte, ist er vermutlich verjährt. Diese Kugel, die wir im Kopf des Opfers gefunden haben, kann sehr gut vor hundert Jahren abgefeuert worden sein. Die Spuren auf der Kugel deuten darauf hin, dass eine hundert Jahre alte Waffe verwendet wurde. Außerdem haben wir keinerlei Ahnung, wer das Opfer ist. Bevor wir das wissen, wird dieser Fall stagnieren.«

»Was hältst du davon, die Öffentlichkeit zu informieren?«

»Überhaupt nichts. Allein in den letzten zehn Jahren gab es dreihundert vermisste Personen, die nie wieder aufgetaucht sind. Zu ihnen gehören ein paar tausend Angehörige, und du kannst dir ja vorstellen, wie die sich fühlen werden. Ich will ihr Leben nicht unnötig beschweren. Bis wir die Identität wissen, unterliegt diese Ermittlung absoluter Geheimhaltung.«

»Das ist ein Argument, absolut. Wir wollen ja nicht neunundneunzig Prozent der Trauernden unnötig beunruhigen.«

»Hundert Prozent, wenn du mich fragst. Die Wahrscheinlichkeit, dass wir mithilfe dessen, was wir gefunden haben, herausfinden, wer es ist, geht momentan gegen null.«

»Das verstehe ich ja, Bäckström. Aber es gibt doch wohl DNA und Zahnabdruck und Krankenakten und all das?«

»Klar.« Bäckström kniff in seine makellose Bügelfalte, um zu signalisieren, was er davon hielt. »In unserem DNA-Register steht ungefähr ein Prozent der Bevölkerung. Falls es uns nun gelingen sollte, überhaupt an eine DNA zu kommen, die wir durchlaufen lassen können, was absolut nicht sicher ist. Die Chance ist höchstens eins zu zwei. Wie viel ergibt das, wenn du das zusammenrechnest? Ein paar Promille, wenn ich mich nicht täusche.«

»Aber die Zähne, also, wenn wir einen Zahnabdruck nehmen?«

»Einen Zahnabdruck haben wir schon. Den haben wir machen lassen, bevor Linköping übernommen hat. Das Problem sind die Zähne im Oberkiefer, weil sie in perfektem Zustand sind. Es ist sehr gut möglich, dass diese Person in ihrem ganzen Leben niemals einen Zahnarzt aufsuchen musste. Und den Unterkiefer haben wir nicht gefunden.«

»Du wirkst ungewohnt pessimistisch, Bäckström.«

»Nein. Ich bin nicht im Geringsten pessimistisch. Aber ich habe nicht vor, völlig unnötig einen Staatsanwalt zu belasten. Oder einer Unmenge von Leuten, die sowieso schon die Hölle auf Erden haben, falsche Hoffnungen zu machen.«

»Dafür habe ich absolutes Verständnis.«

»Wie schön, dass wir uns einig sind«, sagte Bäckström. »Sobald ich etwas Erwähnenswertes weiß, werde ich es dir umgehend berichten.«

»Ich danke dir«, erwiderte Borgström.

»Nicht dafür.« Bäckström stand auf. »Jetzt musst du mich entschuldigen, aber ich habe eine ganze Menge zu tun.«

»Viel Glück, Bäckström. Viel Glück, wirklich.«

Was auch immer mir das bedeuten soll, dachte Bäckström.

Endlich ein richtiger Mensch, seufzte Bäckström innerlich, als die russischen Willkommensszeremonien bewältigt waren und er sich auf einen Stuhl in Nadja Högbergs Zimmer gesetzt hatte.

»Erzähl, Nadja«, sagte Bäckström. »Wie war's im Urlaub?«

»Geht so.« Nadja schüttelte den Kopf. »Willst du es wirklich hören?«

»Ja, erzähl«, wiederholte Bäckström.

Nadja wollte eigentlich einen ganzen Monat in ihrer alten Heimatstadt Sankt Petersburg bleiben, aber bereits nach vierzehn Tagen hatte sie genug. Es lief nicht gut in Russland, und momentan war es noch schlimmer als vorher. Sogar in der bösen alten Zeit hatte es schließlich Piroggen mit zerlassener Butter gegeben, oder zumindest ihren Duft. Oder Balalaikas und Akkordeonmusik, oder zumindest die Erinnerung daran, wenn man nur in sein Herz hineinhorchte. Und dann die Birkenwälder, natürlich, die endlosen Birkenwälder, die die Seele von Russland ausmachten. Die gab es wohl an sich noch immer, aber nicht in Sankt Petersburg, und als Toivonen sie angerufen hatte, um zu fragen, wie es ihr ging, hatte sie ganz ehrlich geantwortet. Dass sie Heimweh hatte, Heimweh nach Solna und nach Schweden, aus einem einfachen Grund: Sie hatte schließlich eingesehen, dass sie mit ihrem alten Heimatland fertig war. Wenn sie das nächste Mal dorthin reisen würde, dann als Touristin. Nicht als Russin im Exil. Als sie dann begriffen hatte, dass sie in der Arbeit gebraucht wurde, war es eine einfache Entscheidung gewesen. Und nun saß sie also hier.

»Niemand ist darüber glücklicher als ich«, sagte Bäckström.

»Doch, ich.« Nadja lächelte. »Ich hab dir übrigens ein Geschenk mitgebracht.«

»Das ist aber nett. Ich hab dir Blumen gekauft, die ich leider vergessen habe mitzunehmen, als ich heute früh hierhergefahren bin. Aber da ich heute Nachmittag sowieso noch mal zurückmuss, bekommst du sie eben dann.« Jetzt bloß nicht in Lügen verstricken, dachte Bäckström.

»Wie nett von dir«, sagte Nadja mit gut verstecktem Erstaunen. »Eine ganz andere Sache: Du fragst dich doch sicher, wie es läuft? Mit dem Fall, meine ich.«

»Ja«, antwortete Bäckström. »Aber jetzt, wo ich dich sehe, fühle ich mich schon bedeutend ruhiger.« Was ja an dieser Stelle sogar einmal wirklich stimmte, dachte er.

Die Dinge so zu nehmen, wie sie sind, war eine Sache. Komplett unrealistisch zu sein, eine andere, meinte Nadja. Sie ihrerseits würde dafür sorgen, dass getan wurde, was getan werden konnte. Dass es ihnen dadurch gelingen würde, die Identität ihres Opfers herauszufinden, beurteilte sie allerdings als weniger wahrscheinlich.

Hundert Frauen waren in den letzten zehn Jahren verschwunden. Dass es sich um eine Frau handelte, stand so gut wie fest, die zweihundert vermissten Männer hatte sie also bereits ad acta gelegt. Genauso überzeugt war sie davon, dass es ein Mordfall war.

Sie hatte bereits die Mehrzahl der Ermittlungsakten bekommen, die es über die vermissten Frauen gab. Sie hatte auch schon angefangen, sie durchzugehen, um zu sehen, ob sie etwas fand, was herausstach. Ergänzungen durch Personenbeschreibungen, Krankenakten, Zahnabdrücke und DNA waren im Gange. Und genau hier würden sie vermutlich auf Probleme stoßen. Nur gut ein Prozent der Bevölkerung befand sich im DNA-Register, die Zähne des Opfers waren perfekt, und falls sie nun noch mehr Überreste von ihr finden sollten, waren sie wohl auch bereits im Skelettzustand. Solche Dinge wie Tätowierungen, Muttermale, angeborene Deformationen oder später entstandene Verletzungen am Skelett waren also wahrscheinlich verloren gegangen.

»Hoffen wir das Beste. Hast du denn auch Hilfe?«, fragte Bäckström.

»Ja«, sagte Nadja. »Diese beiden Neuen scheinen absolut super zu sein.«

Nach der Person, die ihm am meisten am Herzen lag, klapperte er seine übrigen Mitarbeiter ab. Eine von ihnen mied er geflissentlich, der Dinge eingedenk, die vor dem Wochenende passiert waren. Er wollte ihr ja keine falschen Hoffnungen machen. Sonst würde sie wahrscheinlich bald in so einem Taucheranzug an seiner Tür hängen, dachte Bäckström, der nach seinen Studien im Netz gut mit dem Angebot sexueller Spielarten vertraut war.

Endlich ein bisschen Zeit für mich, dachte Bäckström eine Stunde später. Zuerst fuhr er am Blumengeschäft am Sankt

Eriksplan vorbei, während sein Taxi auf ihn wartete. Danach ging es weiter zu einem netten Italiener ganz in der Nähe, um anschließend endlich über die eigene Schwelle zu seinem wohlverdienten Mittagsschlaf zu schreiten. Nadjas Blumen hatte er zur Sicherheit an den Türknauf gehängt, damit er sie nicht vergaß, wenn er zurück zur Arbeit fuhr.

Als er gegen sechs wieder ins Büro kam, war Nadja die Einzige, die noch da war. Die anderen hatte sie nach Hause geschickt. Morgen war auch noch ein Tag, und die beste Arbeit erzielten feste Routinen. Besonders, wenn absolute Präzision gefragt war. Da waren so genannte Notfalleinsätze fast ein Gräuel, fand Nadja.

»Was hältst du davon, ein bisschen zu feiern«, schlug Nadja lächelnd vor. »Danke für die Blumen, übrigens.«

»Gern geschehen«, erwiderte Bäckström mit gespielter Schüchternheit. »Und das andere klingt wie liebliche Musik in meinen müden Ohren.«

Sauerteigbrot, russische Pökelwurst, Salzgurken und ein neuer Wodka, den Nadja entdeckt hatte, und den Bäckström einfach probieren musste. Ausgezeichnete Appetizers, bevor er sein Abendessen zu sich nahm.

»Der Wodka des Birkenwalds«, übersetzte Nadja und verdrehte dabei die Augen. »Das gute Russland zusammengefasst und in eine Flasche gefüllt.«

»Du findest übrigens eine ungeöffnete Flasche in bekannter Schublade in deinem Büro«, fuhr sie fort, während sie ihnen einschenkte.

»Na sdorowje!« Nadja erhob ihr Glas.

»Na sdorowje«, stimmte Bäckström ein und erhob auch seines, als sein Handy klingelte.

28

Am selben Montagmorgen, an dem Nadja zur Arbeit zurückgekehrt war, fuhren Niemi und Hernandez mit dem Auto zum Pfadfinderlager auf Ekerö, wo sie sich mit dem Hundeführer treffen wollten, damit die Seepolizei sie alle zusammen zur Unheilsinsel fahren konnte.

Auf dem Weg dorthin hatte Niemi erzählt, was er über die ganze Angelegenheit dachte, und Hernandez hatte zustimmend genickt. Es war zwar nur eine Hypothese, verdeutlichte Niemi, aber auf jeden Fall einen Versuch wert. Einen Erdkeller zu übersehen, wäre dumm. Das waren ja normalerweise ordentliche Dinger mit Wänden aus Stein und Decken, die mit groben Balken und dicken Planken belegt wurden, bevor man das Ganze mit meterweise Kies und Erde bedeckte. Gebaut, um Wind, Wetter und dem Zahn der Zeit zu trotzen, wie lange er auch nagen mochte, führte Niemi weiter aus, der sich noch an einen solchen Keller auf dem Hof zu Hause in Tornedalen erinnerte, auf dem er aufgewachsen war. Demzufolge, was in der Familie erzählt wurde, hatte der Großvater des Großvaters seines Großvaters ihn Anfang des neunzehnten Jahrhunderts bauen lassen. Einhundertfünfzig Jahre bevor er selbst zur Welt gekommen war.

»Also nichts, das einfach umgeweht oder weggeschwemmt wird«, fasste Niemi zusammen.

»Da bin ich ganz bei dir, Peter«, sagte Hernandez. »Wäre gut, wenn wir ihn finden, dann können wir ihn wenigstens abhaken. Es gibt ja auch noch andere Möglichkeiten.«

»Klar«, sagte Niemi. »Ich höre.«

»Du hast bestimmt auch schon daran gedacht«, begann Hernandez, »aber nehmen wir mal an, sie ist einfach irgendwo in der Gegend von Ekerö in einen Graben geworfen worden…«

»Sicher, ja…« Niemi nickte.

»Da ist sie dann liegen geblieben, bis zufällig der Fuchs vorbeikam, ihren Kopf mitgenommen hat und ein paar Kilometer übers Eis zurück in seinen Bau auf der Unheilsinsel gelaufen ist.«

»Ja«, überlegte Niemi. »In diesem Fall im Winter, wenn der See zugefroren ist und die Füchse zur Paarung zusammenkommen. Zu dieser Zeit laufen sie ja manchmal kilometerweit. Aber vielleicht finden wir ihre Überreste im Erdkeller, falls wir den überhaupt finden, dann können wir diese Hypothese getrost abschreiben.«

»Ja«, sagte Hernandez. »Ihren ganzen Körper kann der Fuchs ja nicht hingeschleppt haben.«

Rund eine Stunde später saßen sie auf der Unheilsinsel. Niemi, Hernandez, der Hundeführer und sein treuer Sacco, der eindeutig mehr Enthusiasmus ob des bevorstehenden Auftrags an den Tag legte als sein Herrchen.

»Was hältst du davon, dass Hernandez und ich anfangen, dann kannst du noch einen Kaffee trinken«, schlug Niemi vor und nickte zur Sicherheit zu der Thermoskanne hin, die auf dem Tisch stand.

»Da würde ich eher auf Sacco setzen«, entgegnete sein Herrchen. »Wenn der Erdkeller da liegt, wo du denkst, ist er nur fünfzig Meter von hier entfernt, wenn man sich das Kreuz ansieht, das du auf der Karte gemacht hast. Zumindest würde es Zeit sparen. Außerdem können wir ihn ja die ganze Zeit im Auge behalten, wenn er also irgendwelchen Unfug treibt, rufe ich ihn einfach zurück.«

»Okay.« Niemi nickte. »Dann machen wir's so.«

Und wenn wir nur ein bisschen Zeit gewinnen, dachte Niemi. Saccos Herrchen schnallte ihm einen Peilsender um, bevor er ihm die Richtung zeigte.

»Such«, sagte er.

Sacco schoss sofort gut fünfzig Meter nach vorn und blieb plötzlich jäh vor der hohen Böschung stehen, die drei Meter vor seiner Nase lag. Ein weich abgerundeter Hügel mit Öffnung nach Norden, wo auf beiden Seiten der Fels zum Vorschein kam, und der ansonsten von Büschen und Beerensträuchern bedeckt war. Ziemlich ähnlich dem Abhang nach Norden, in dem der Erdkeller zu Hause in Tornedalen lag. Nur ohne Keller, dachte Niemi im selben Augenblick, in dem Sacco sich hinlegte und anfing, dumpf und stoßweise zu bellen.

»Tja, ihr wisst ja inzwischen, wie er klingt, wenn er Leichen findet«, rief sein sichtlich zufriedenes Herrchen.

Der Rest war reine Routine. Niemi hatte seine Kamera dabei, und zur Sicherheit auch ein Stativ, Hernandez eine ordentliche Lampe und eine Erdsonde mit einem praktischen Teleskopstiel, den man ausziehen und zusammenschieben konnte.

Während der Hundeführer seinen Hund wieder an die Leine legte, machte Niemi die ersten Fotos von dem, was wie ein normaler bewachsener Hügel aussah, ohne die kleinste Öffnung oder Andeutung eines Hohlraums.

Hernandez kniete sich hin und steckte die Sonde in die Böschung. Schon beim dritten Versuch verschwand sie geradewegs nach drinnen. Er zog den Stiel zur vollen Länge von zwei Metern aus, während er sie in alle Richtungen drehte.

»Wie groß ist so ein Erdkeller?«, fragte Hernandez.

»Höchstens drei, vier Quadratmeter, wenn du nur ein paar Milchkannen reinstellen willst«, antwortete Niemi.

»Dann glaube ich, wir haben ihn gefunden«, sagte Hernandez und lächelte. »Mein erster Erdkeller. Wer soll graben, du oder ich?«

»Bitte schön«, sagte Niemi und lächelte ebenfalls.

Niemi ließ die Kamera laufen, während Hernandez sorgfältig Sträucher und Büsche aus der Erdwand vor ihnen entfernte. Bereits innerhalb von fünf Minuten hatte er ein Loch gegraben, das groß genug war, um seinen ganzen Oberkörper hindurchzustecken und mithilfe einer Kamera mit Blitz die ersten Aufnahmen zu machen.

Dann kroch er wieder heraus, nickte seinen beiden Begleitern zu, richtete sich auf und wischte die Knie seines Overalls ab.

»Ich meine, es gibt ungefähr zweihundert Knochen im menschlichen Körper, oder?«

»So in etwa«, antwortete Niemi.

»Dann haben wir sie gefunden«, sagte Hernandez.

29

»Ich höre.« Bäckström stellte sein leeres Glas ab. Nachdem Niemi am Apparat war, konnte er sich schon denken, worum es ging. Es wurde ein kurzes Gespräch, das im Lauf von ein paar Minuten abgeschlossen war. Bäckström nickte und brummte die meiste Zeit.

»Sie haben sie gefunden«, sagte Nadja. Es war eher eine Feststellung als eine Frage.

»Ja«, bestätigte Bäckström. »In einem alten zugewachsenen Erdkeller, den wir vorige Woche übersehen haben.«

»Da ist sie wohl nicht selbst reingekrochen.«

»Nein.« Bäckström goss sich einen neuen Wodka ein. Diesmal nur ein kleines Gläschen. »Selbstmörder ziehen meist eine Waldlichtung vor, gerne mit Abendsonne. Dass sie dafür einen Kilometer weiter laufen müssen, scheint weniger von Bedeutung zu sein.«

»Würde ich auch machen.« Nadja füllte ebenfalls ihr Glas auf. »Damit ich noch etwas Zeit zum Nachdenken hätte und wüsste, dass ich an einem schönen Ort bin. Eine gute Erinnerung, wenn ich mich schon entscheide, meiner Reise hier auf Erden ein Ende zu setzen.«

»Ja, das ist natürlich ein Punkt. Obwohl ja das Resultat das ist, was zählt.«

»Sentimentalität«, sagte Nadja mit einem vielsagenden Achselzucken. »Die russische Volkskrankheit. In Kombination mit dem hier ist sie tödlich«, fügte sie hinzu und erhob ihr Glas. »Wahrscheinlich ziehen sie sich deshalb auch oft die Schuhe aus, bevor sie sich erhängen. Vielleicht, damit sie mit den Zehen wackeln können, während sich die Schlinge zuzieht.«

»Also liegt dort ihr Skelett?«

»Ja, ein richtiges Puzzle, sagt Niemi. Ein paar hundert Teile, Knochen, Knochensplitter und Knochenfragmente.«

»War noch mehr da? Kleidung, andere Sachen?«

»Eine zerrissene Plastiktüte von Lidl«, erklärte Bäckström. »Das scheint bisher das Einzige zu sein. So eine, die man im Supermarkt bekommt. Was ja stark gegen einen archäologischen Fund spricht.«

»Was wollte der Mörder denn damit?«

»Vermutlich hat er sie ihr über den Kopf gezogen. Damit sie nicht alles vollblutet. So musste er auch nicht ihr Gesicht sehen. Denn das wollen die ja meistens vermeiden.«

»Das kann ich mir gut vorstellen«, sagte Nadja. »Klingt nach einem gründlichen Typen. Was machen wir jetzt eigentlich? Mit Coco, dem neugierigen Affen, meine ich?«

»Coco, dem neugierigen Affen?«

»Dem neugierigen Affen und Plappermaul.« Nadja grinste. »Dem Mann mit den zwei Saiten auf seiner Lyra. Unserem neuen Chef. Der sich dauernd einmischt. Was sagen wir zu ihm?«

»Wir halten die Schnauze«, sagte Bäckström. »So lange es geht. Was wohl nicht sonderlich lange sein wird.«

30

Irgendjemand muss denen da unten in Linköping ordentlich Feuer unterm Hintern gemacht haben, dachte Nadja, als sie am nächsten Morgen zur Arbeit kam und ihre E-Mails durchging. Im Posteingang lagen zwei Nachrichten vom Nationalen Forensischen Zentrum in Linköping. Einerseits das DNA-Profil, das man mithilfe von Zahnmark aus dem 3+ – dem rechten Eckzahn im Oberkiefer – des Schädels gewonnen hatte. Eine DNA von höchster Qualität im Übrigen. Wenn die Datenbank etwas hergab, würde die Identität ohne den geringsten Raum für Zweifel geklärt sein. Andererseits einen vorläufigen Bescheid von der Abteilung für forensische Osteologie. Das endgültige Gutachten würde zwar noch ein wenig dauern, aber sie konnten jetzt schon einige Resultate vorweisen.

Dass der Schädel von einer erwachsenen Frau stammte, war absolut sicher, was im Übrigen durch die DNA bestätigt worden war. Dieselben Grundlagen, Schädel plus DNA-Profil, ließen auch gewisse Voraussagen über ihren Ursprung zu. Wahrscheinlich handelte es sich um eine Frau aus dem nördlichen Teil Südostasiens – Burma, Thailand, Kambodscha, Laos, Vietnam. Oder möglicherweise aus den südöstlichen Gegenden derselben Region – Indonesien, Osttimor, Malaysia, Brunei, Singapur oder den Philippinen. Ein Teil der Welt, der flächenmäßig viereinhalb Millionen Quadratkilometer umfasste, was mehr als der zehnfachen Fläche Schwedens entsprach, mit einer

Bevölkerung von insgesamt gut sechshundert Millionen Menschen.

Jetzt mussten sie nur noch eine gute Kandidatin unter den Frauen finden, die in Schweden als vermisst gemeldet worden waren, dachte Nadja. Insgesamt rund hundert, davon zehn aus Südostasien, und sie hatte die Absicht, sämtliche zu überprüfen, ungeachtet ihrer Herkunft. Indikationen waren eine Sache, dachte sie, absolute Sicherheit eine andere.

Von den hundert verschwundenen Frauen existierte von fünfzehn das DNA-Profil. Das war ein sehr hoher Anteil, verglichen mit dem rund einen Prozent, das für die Bevölkerung als Ganzes galt, und dafür gab es zwei Gründe. Fünf von ihnen waren aufgrund von Verbrechen, die sie vor ihrem Verschwinden begangen hatten oder für die sie verdächtigt worden waren, im Polizeiregister gelandet. Die restlichen zehn hatten ihre DNA im Zuge des Antrags für eine Aufenthaltsgenehmigung in Schweden der Einwanderungsbehörde abgeben müssen, und auf der Liste der verschwundenen Frauen aus Südostasien mit insgesamt neun Personen fielen drei in diese Kategorie.

Fünfzehn Stück, dachte Nadja, als sie die Unterlagen für ihre Mitarbeiter ausdruckte. Den Abgleich sollten die Computer der Polizei und der Einwanderungsbehörde im Lauf des Tages schaffen. Blieb nur noch das wirkliche Problem. Dass es allein in Südostasien hundert Millionen möglicher Frauen gab, die mit der allgemeinen Beschreibung von Herkunft und Alter des Opfers übereinstimmten.

Find dich damit ab, dachte Nadja mit einem schiefen Lächeln. Wenn man ihre Ermittlungen mit einem Zug verglich, hatte man ihn jetzt zumindest auf die Gleise gesetzt. Ob er es auch schaffen würde, sein Ziel zu erreichen, würde sich dagegen herausstellen.

Als Nadja ein paar Stunden später in ihr Büro zurückkehrte, wartete eine weitere E-Mail in ihrem Posteingang. Sie hatte gerade in der Kantine zu Mittag gegessen. Gekochten Dorsch mit Gemüse, eine Tasse schwarzen Kaffee und ein Mazarin-Törtchen, obwohl sie auf Letzteres besser verzichtet hätte. Menschliche Schwäche, dachte Nadja und seufzte.

Der Abgleich mit den vorhandenen fünfzehn DNA-Proben der verschwundenen Frauen war fertig. Keine von ihnen stimmte mit dem DNA-Profil des Schädels überein. Die Frau, nach der sie suchten, fand sich auch nicht in den übrigen DNA-Auszügen der Register von Polizei und Einwanderungsbehörde. So einfach, dass man nur ihr Verschwinden nicht gemeldet hatte, war es also nicht, und der wahrscheinlichste Grund dafür war, dass sie nie in eines der Register eingetragen worden war.

Jedoch ließ sich auch nicht ausschließen, dass sie in einem der Register gestanden hatte, aber zu einem späteren Zeitpunkt wieder herausgenommen worden war. Dafür gab es mehrere mögliche Gründe. Nadja konnte sie herunterrattern, selbst wenn man sie mitten in der Nacht wecken würde, doch keiner davon stach im Vergleich zu den anderen irgendwie hervor. Eigentlich sind es zwei Züge, die diese Ermittlung ziehen, überlegte sie, während sie auf den kurz gefassten Bescheid blickte. Ein Schnellzug, der schon am Ziel angekommen war und das Resultat ihres DNA-Abgleichs mitgebracht hatte. Und dann noch so ein kleiner alter Dampfzug mit Niemi als Lokführer, der den Ausgangsbahnhof draußen auf der Unheilsinsel noch immer nicht verlassen hatte. Hoffentlich würde das in den nächsten Tagen passieren, aber auf jeden Fall ohne festen Fahrplan, denn einen solchen hatte er ihr nicht geben können, als sie am Abend zuvor mit ihm telefoniert hatte.

Die Polizeicomputer hatten ihr den erwarteten Befund geliefert. Jetzt standen noch all die anderen Dinge aus, nach denen sie sie nicht einmal hatte fragen können. Erstens musste sie die ausländischen Polizeibehörden kontaktieren, um zu sehen, ob sie vielleicht eine DNA von der Frau verzeichnet hatten, nach der sie suchten. Wenn die Angaben zu ihrem Hintergrund stimmten, bestand außerdem die Möglichkeit, dass sie sich nur vorübergehend in Schweden aufgehalten hatte, als Touristin oder sogar illegal hier gewesen war. Zweitens zu versuchen, DNA-Proben von den übrigen fünfundachtzig Frauen zu bekommen, die als vermisst gemeldet worden waren, mehr oder weniger zuverlässig mithilfe von DNA-Abgleichen ihrer nahen Verwandten oder vielleicht der Zahn- oder Haarbürste, die sie vor ihrem Verschwinden benutzt hatten.

Auch nichts, was mit dem Schnellzug daherkommt, dachte Nadja seufzend.

31

Niemi stand tatsächlich draußen auf der Unheilsinsel immer noch am Bahnhof, und wenn er sich in nächster Zeit davon wegbewegen wollte, brauchte er mehr Ressourcen. Ganz konkret ging es um Personen, die ihre Hände benutzen konnten, und die Ausrüstung, die sie dazu brauchten.

Der Auftrag selbst war nichts allzu Außergewöhnliches. Eine in allem Wesentlichen archäologische Aufgabe: einen alten Erdkeller auszugraben. Erde, Gebüsch, Sträucher und alles andere, das nichts mit der Sache zu tun hatte, beiseitezuschaffen – recht bald ein Haufen mit ansehnlichen Proportionen – um das wenige, was übrig blieb und etwas mit dem Verbrechen zu tun hatte, herauszusortieren.

Dafür benötigte man Schubkarren, Spaten und Hacken unterschiedlicher Größe, außerdem Erdsiebe, die aus normalen Holzrahmen und feinmaschigen Netzen bestanden, um »die Spreu vom Weizen zu trennen«, und alle anderen Geräte und Werkzeuge, die man eventuell brauchen würde. Wie starke Lampen, um weiterhin sehen zu können, sobald das Tageslicht zu schwinden begann, ein tragbares Stromaggregat sowie Planen und Windschutze, um das Material vor Wind und Wetter zu schützen.

Für das, was etwas mit der Sache zu tun hatte, also die Spuren, die gesichert werden sollten, um im besten Fall als Beweismaterial in ihrer Voruntersuchung verwendet werden zu können, war noch mehr erforderlich. Unter anderem ein großes

Zelt. Im Inneren des Zeltes standen zwei hüfthohe gewöhnliche Holzböcke, um Niemi und seinen Mitarbeitern eine gute Arbeitsstellung zu ermöglichen. Darauf hatte man eine große, quadratische Holzplatte mit ein paar Metern Seitenlänge und einer zehn Zentimeter hohen Umrandung gelegt, von der nichts herunterfallen konnte.

Das war der Tisch, auf dem sie das Puzzle legen wollten, um zu versuchen, das Opfer mithilfe seiner Knochen, Knochenstücke, Splitter und Fragmente sowie allem anderen organischen Material, das sie fanden und das in Verbindung mit ihm stehen konnte, so weit wie möglich zu rekonstruieren. Dazu kam noch all das, was sie brauchten, um die gefundenen Spuren zu dokumentieren, zu registrieren und zu sichern, von Kameras, Computern und Aufnahmegeräten bis zu verschiedenen Tüten und anderen Verpackungen aus Plastik, Papier und Glas. Bereits am Montagabend waren Niemi und Hernandez mit diesem Teil des Auftrags fertig.

Was noch zu tun war, war die Arbeit selbst, und dafür brauchten sie Hilfe, wenn sie nicht den gesamten restlichen Sommer draußen auf der Unheilsinsel verbringen wollten. Aus Mangel an Technikern hatte Niemi sich jüngere Kollegen von der Ordnungspolizei Västerort ausgeliehen, gut genug, um Erdmassen wegzuschaufeln und Schubkarren zu schieben. Der Rest hing davon ab, wie er und Hernandez die Arbeit leiteten.

Außerdem hatte er zwei Mithelfer bekommen, die über Expertisen verfügten, die ihm und seinem Technikerkollegen fehlte. Eine Ärztin von der Gerichtsmedizin in Solna, die auf Osteologie spezialisiert war, sowie einen ihrer Doktoranden mit derselben Ausrichtung. Am Dienstagmorgen hatten sie die Ausgrabung eingeleitet, und drei Tage später waren sie mit allem, was zählte und machbar war, fertig.

Das Wetter spielte auch mit: Es war windstill und sonnig. Der einzige Nachteil war, dass sie bereits am zweiten Tag noch einmal nach Ekerö fahren mussten, um die Vorräte an Wasser und Erfrischungsgetränken aufzufüllen.

Die Plastiktüte von Lidl hatten sie bereits zur üblichen Untersuchung von eventuellen Fingerabdrücken, DNA-Spuren und allem anderen, das in ihrem Zusammenhang von Interesse sein konnte in die Forensik geschickt.

Am Freitagvormittag förderten sie dann in dem inzwischen ausgegrabenen Erdkeller einen weiteren Fund zutage, der nicht aus Knochenresten oder anderen Überbleibseln des Opfers bestand. Er hatte sich nur ein paar Zentimeter unter der obersten Erdschicht verborgen, die sie vom Boden des Kellers entfernt hatten.

Diese Ermittlung wird immer seltsamer, dachte Niemi und hielt den Plastikbeutel hoch, in den er seinen Fund gesteckt hatte. Erst brachte ihn ein alter Pfarrer, der im neunzehnten Jahrhundert geboren und seit sicher fünfzig Jahren tot war, auf die richtige Spur, und jetzt wollte offenbar ein bekannter Schauspieler, schätzungsweise etwa im selben Alter wie Pastor Lindström, Kontakt zu ihm aufnehmen. Obwohl auch er vermutlich das Zeitliche gesegnet hatte, bevor Niemi geboren worden war.

Stimmen von der anderen Seite sprachen zu ihm, und es war höchste Zeit, dass er Google dazu befragte. Pastor Lindström fand er nicht, aber wäre er noch am Leben gewesen oder erst kürzlich verstorben, hätte es sicher einen Treffer gegeben. Der bekannte Schauspieler dagegen war zu finden, er starb drei Jahre vor Niemis Geburt.

Fast dreißigtausend Treffer, obwohl er seit fünfzig Jahren tot ist. Ich frage mich, was er mir wohl mitteilen will, dachte Niemi.

32

Nadja hatte den Dienstag und den Mittwoch damit verbracht, die alten Ermittlungsakten zu den restlichen fünfundachtzig Frauen durchzugehen, die man im ersten Schritt nicht hatte streichen können, weil ihre DNA fehlte. Sie selbst konnte inzwischen fast sechzig von ihnen ausschließen, ohne Zugang zu ihrer DNA zu haben oder aus der »wahrscheinlichen« Herkunft des Opfers aus Südostasien Nutzen zu ziehen. Sie waren ganz einfach zu jung oder zu alt, zu klein oder zu groß, zu krank oder zu übergewichtig, hatten zu schlechte Zähne oder die falsche Haarfarbe, um mit den Überbleibseln übereinstimmen zu können, die Niemi und seine Mitarbeiter gerade draußen auf der Unheilsinsel zusammensetzten.

Eine Frau, die laut Gerichtsmedizinerin und Osteologin zum Zeitpunkt ihres Todes zwischen zwanzig und vierzig gewesen war, vermutlich vollkommen gesund, sogar durchtrainiert und in gutem körperlichen Allgemeinzustand. Eine Frau, die vermutlich nie ein Kind geboren hatte, die der Länge des Schenkelknochens nach, den man im Erdkeller gefunden hatte, zwischen 155 und 165 cm groß gewesen war, und die gesunde Zähne und langes schwarzes Haar ohne graue Einsprengsel gehabt hatte.

»Wir sollten zwar keine Wetten darüber abschließen«, sagte Niemi, als Nadja am Mittwochabend mit ihm sprach, »aber unsere gesammelten Experten draußen auf der Insel würden auf eine Thailänderin tippen, müssten sie sich auf ein Land festlegen. Wenn man die Hintergründe der Frauen bedenkt, die aus diesem Teil der Welt hierherkommen, keine unwahrscheinliche Vermutung. Ich hab mal irgendwo gelesen, dass Thailänderinnen ganz klar die größte Gruppe unter jenen sind, die hier landen.«

»Landen ist gut«, entgegnete Nadja. »Ich denke eher, schwedische Männer nehmen sie mit hierher.«

»Glaub ich auch. Und manche von den Typen sind bestimmt nicht mehr so charmant, wenn sie erst einmal hier sind.«

Hier kommen wir nicht weiter, dachte Nadja am Donnerstagvormittag, als sie den immer dünner werdenden Stapel der Akten mit verschwundenen Frauen durchblätterte, die noch in Frage kamen.

Bauchgefühl. Plus eine wachsende Irritation darüber, dass sie an etwas arbeitete, das bald zum Stillstand kommen würde, ohne Ergebnis. Dass die Ermittlung dabei war, in ihren Händen zu sterben.

Höchste Zeit, eine andere Richtung einzuschlagen, dachte sie. Zum Beispiel Kontakt mit all den ausländischen Polizeibehörden aufzunehmen, die es innerhalb von Europol, Interpol und inzwischen auch der UN gab. Und vor allem mit den Kollegen der elf verschiedenen Länder in Südostasien. Mal sehen, wie kooperativ sie wohl sein werden, in Ländern wie Burma, Kambodscha, Laos, Vietnam und Osttimor. Vom Sultanat in Brunei gar nicht zu sprechen, überlegte Nadja und seufzte.

Internationale Kontakte waren im Großen und Ganzen ein relativ unbekannter Bereich für sie. Es war also höchste Zeit, mit jemandem zu sprechen, der sich damit auskannte. Wie zum Beispiel ihr alter Bekannter, der seit ungefähr zwanzig Jahren beim Reichskriminalamt arbeitete und außerdem eine mehr als zehnjährige Erfahrung mit internationaler Arbeit vorweisen konnte. Er war sogar in Bangkok stationiert gewesen, als Verbindungsmann der schwedischen Polizei mit Thailand und den umgebenden Ländern der Region.

Wahrscheinlich war die Frau Thailänderin, und wer war in diesem Fall besser geeignet, um ihr zu helfen, als ihr alter Bekannter? Bestimmt konnte er ihr ein paar gute Tipps geben. Am besten Namen von verlässlichen Kollegen in Südostasien, an die sie sich direkt wenden konnte, ohne den umständlichen bürokratischen Weg.

Worauf warte ich also noch, dachte Nadja, tippte seine Handynummer ein und rief ihn an.

»Womit kann ich dir helfen, Nadja?«, fragte ihr Bekannter, sobald sie die einleitenden Höflichkeitsfloskeln hinter sich gebracht hatten.

»Ich bin gerade mit einem Fall mit Verdacht auf Mord zugange«, erklärte Nadja. »Das Opfer ist eine nicht identifizierte Frau. Unseren Experten zufolge ist es nicht unwahrscheinlich, dass sie aus Thailand oder einem der Nachbarländer stammt, und da musste ich aus irgendeinem Grund an dich denken.«

»Gar nicht so dumm. Was hast du über sie?«

»Nicht sehr viel. Ihren Schädel, minus Unterkiefer, wenn man's genau nimmt. Einen Großteil ihres Skeletts. Und dann noch ihre DNA, die wir mithilfe ihrer Zähne herausbekommen haben. Wir haben sie durch unser Register und durch das der Einwanderungsbehörde laufen lassen, aber es gab keinen Treffer.

»Wie ist sie gestorben?«

»Schuss in den Kopf. Wir haben sie auf einer Insel draußen auf dem Mälarsee gefunden. Der Täter hatte die Leiche offenbar in einem alten Erdkeller versteckt. Im Hinblick darauf, wie ihre

Überreste aussehen, ist es wohl nicht gerade gestern passiert. Aber bei all dem musst du den Ball flach halten. Wir haben absolute Geheimhaltungspflicht, bis wir die Identität der Frau herausgefunden haben. Die Medien haben noch keine Ahnung von der Sache.«

»Neugierige Frage. Ist es Bäckströms Ermittlung?«

»Ja«, sagte Nadja. »Ich weiß, was du denkst«, fügte sie aus irgendeinem Grund hinzu.

»Tja, dem guten Bäckström scheint es ja nicht gerade an Medienkontakten zu mangeln, also kümmert er sich um diese Dinge wohl lieber selbst. Kleinvieh macht auch Mist, du weißt schon.«

»Ja.«

Vermutlich ist es wirklich so schlimm, dachte sie.

»Weißt du was?«, sagte ihr Bekannter. »Wir machen es so. Mail mir ihre DNA und alles andere, was du über sie hast, dann werde ich mal sehen, ob ich dir irgendetwas Vernünftiges anzubieten habe. Alte Kontakte und so was.«

»Wie lieb von dir«, antwortete Nadja.

Den restlichen Tag verbrachte Nadja damit, die letzten vermissten Frauen von dem Stapel auf ihrem Schreibtisch zu streichen. Zu dieser Zeit spürte sie eine leichte Resignation, hoffentlich hatte sie sie nicht nur im Zeichen der Müdigkeit aussortiert, grübelte sie. Es war bereits sechs Uhr, und sie war allein im Büro.

Höchste Zeit, nach Hause zu gehen und etwas in den Magen zu bekommen, dachte Nadja in dem Moment, als ihr Handy klingelte. Es war ihr alter Bekannter, mit dem sie ein paar Stunden zuvor gesprochen hatte. Er wirkte ungewöhnlich heiter.

»Bist du schon zu Hause oder noch in der Arbeit?«, fragte er.

»Arbeit«, sagte Nadja. »Hatte viel um die Ohren, aber jetzt wollte ich gerade endlich nach Hause gehen.«
»Dann schlage ich vor, du machst erst mal die Tür zu.«
»Die ist schon zu. Außerdem bin ich sowieso die Letzte.«
»Schön. Und du sitzt auch gut und all das?«
»Ja«, sagte Nadja.
Was will er mir sagen, dachte sie.
»Korrigiere mich, wenn ich falschliege«, begann ihr Bekannter, »aber diese Frau, deren DNA du mir geschickt hast ...«
»Ja?«
»Du sagtest doch, ihr hättet sie Anfang letzter Woche auf irgendeiner Insel draußen im Mälarsee gefunden. Mit Kopfschuss, in einem alten Erdkeller versteckt. Hab ich das richtig verstanden?«
»Genau.«
»Dann habt ihr wohl leider ein Problem. Das Ganze scheint absolut unbegreiflich. In meinen Augen jedenfalls.«
»Wie meinst du das?«, fragte Nadja.

Das kann doch nicht wahr sein, dachte Nadja eine Viertelstunde später, als sie das Gespräch beendet hatte. Das kann nicht wahr sein, aus dem einfachen Grund, dass es einfach nicht wahr sein kann.

Dann rief sie ihren Chef an, und da sie das auf seinem geheimen Handy tat, antwortete er sofort. Munter und wach klang er auch. Nicht dieses übliche Brummen, mit dem er an sein Diensthandy ging. Ich frage mich, wer wohl sonst noch diese Nummer hat, dachte sie.

»Es tut mir leid, aber ich muss dich bitten, ins Büro zu kommen«, sagte Nadja. »Es ist nämlich etwas passiert.«
»Und das können wir nicht am Telefon besprechen?«

»Nein. Dann würdest du nämlich glauben, ich sei verrückt geworden. Lass es mich so formulieren: Ich habe noch nie etwas Ähnliches erlebt. Nicht einmal annähernd.«

»Interessant. Ich zieh mir nur schnell mein Jackett über, dann sehen wir uns in einer Viertelstunde.«

Vielleicht wird es langsam Zeit, ein kleines Gespräch mit meinem Lieblingsreporter zu führen, dachte Bäckström. Nadja war ja sonst nicht der Typ, der sich unnötig aufregte.

Kleinvieh macht auch Mist, dachte Kommissar Evert Bäckström, als er sich fünf Minuten später auf den Rücksitz des Taxis setzte, das bereits auf ihn gewartet hatte.

33

Nadja hatte getan, was sie konnte. Zuerst hatte sie die E-Mail ausgedruckt, die ihr Bekannter beim Reichskriminalamt ihr geschickt hatte. Sie in eine Rote Plastikhülle gesteckt, falls Bäckström sie lesen wollte. Dann tischte sie auf, was da war. Sauerteigbrot, Salzgurken, Schmand, die russische Brühwurst und ein paar Scheiben geräucherten Stör aus dem Delikatessenladen aus dem Flughafen Sankt Petersburg. Holte die Flasche mit dem Birkenwald-Wodka heraus und machte sich sogar die Mühe, in Bäckströms Zimmer zu gehen und ein kaltes Pils aus seinem eigenen Kühlschrank für ihn zu holen. Mehr kann ich ja wohl nicht tun, dachte Nadja und schüttelte den Kopf. Bleibt nur, das Beste zu hoffen.

»Erzähl, Nadja«, sagte Bäckström, sobald er sich auf ihren Besucherstuhl gesetzt, sich einen ordentlichen Schnaps eingeschenkt und die erste Scheibe der russischen Wurst gegessen hatte.

»Welche Version willst du«, fragte Nadja, »Die kurze oder die lange?«

»Die kurze.«

»Okay.« Nadja reichte ihm ein Blatt Papier.

»Jaidee Johnson Kunchai, geboren am 2. Mai 1973«, las Bäckström vor. »Wer ist das?«

»Das sind Name und Geburtsdatum unseres Opfers«, antwortete Nadja. »Sie wurde in Thailand von thailändischen Eltern geboren. Ihr Mädchenname war Jaidee Kunchai. Irgendwann hat sie dann Daniel Johnson geheiratet. Daher der doppelte Nachname. Er ist Schwede, übrigens.«

»Gute Arbeit, Nadja!« Bäckström nickte zufrieden. »Wie hast du sie gefunden?«

»Ich hab mit einem Kollegen vom Reichskriminalamt gesprochen. Er hat ihre DNA in altem Arbeitsmaterial gefunden, das noch bei ihnen herumlag. Es besteht nicht der geringste Zweifel, dass es dasselbe DNA-Profil ist, das die vom Forensischen Zentrum aus ihrem rechten Eckzahn gewonnen haben.«

»Richtig gute Arbeit«, wiederholte Bäckström und erhob sein Glas. »Höchste Zeit, dass wir das mit einem kleinen Gläschen feiern…«

»Es gibt aber ein Problem«, unterbrach ihn Nadja. »Leider. Traurigerweise«, fügte sie zur Sicherheit hinzu.

»Was denn für eins?« Bäckström senkte sein Glas wieder.

Sie sieht verdammt komisch aus, dachte er.

»Sie ist schon tot«, sagte Nadja.

»Schon tot«, wiederholte Bäckström. »Klar ist sie tot. Ob du's glaubst oder nicht, aber das hab sogar ich kapiert, als ich das Einschussloch in ihrem Schädel gesehen habe.«

Ich frage mich, ob sie wohl heimlich in der Arbeit säuft, überlegte Bäckström. Dann hätte ich einen Alki am Hals, noch dazu einen russischen, schlimmer könnte es ja wohl nicht kommen.

»Ich will es mal so ausdrücken…« Nadja nahm zur Sicherheit einen ordentlichen Schluck aus ihrem Glas, bevor sie fortfuhr.

Wenn Bäckström aus eigenem Antrieb ein volles Glas wieder abstellt, dann ist das wirklich, wirklich ein schlechtes Zeichen, dachte sie.

»Ja, ich höre immer noch.« Bäckström lehnte sich auf dem

Stuhl zurück. »Aber dass sie tot ist, ist ja wohl sonnenklar«, wiederholte er. »Willst du mich verarschen, Nadja?«

»Würde mir nie einfallen. Das Problem ist nicht, dass sie tot ist. Da sind wir uns völlig einig.«

»Na, das ist ja schön zu hören.«

Die Frau hat wohl ziemlich tief ins Glas geschaut, dachte Bäckström.

»Ich will es mal so formulieren«, wiederholte Nadja.

»Ja«, sagte Bäckström. »Was hältst du davon, jetzt endlich mal zur Sache zu kommen?«

Vielleicht ist sie sogar komplett dicht. Den Russen sieht man ja oft nicht an, wie dicht sie sind, dachte er.

»Das Problem ist, dass sie zweimal gestorben zu sein scheint«, erklärte Nadja und seufzte tief.

II

Wer zweimal stirbt

34

»Niemand stirbt zweimal.« Bäckström nickte nachdrücklich in Nadjas Richtung. Um das Gesagte noch einmal zu bekräftigen, steckte er sich eine Scheibe Wurst in den Mund und trank endlich das ordentliche Glas Schnaps aus, auf das er nun schon allzu lange gewartet hatte.

Anschließend hielt er einen längeren Vortrag zu diesem Thema. Existentielle Herumdenkereien in allen Ehren, und wenn man die Diskussion herunterkochte, war dies wohl die entscheidenden Frage, aber für ihn war die Sache seit langem vollkommen klar. Menschen lebten nur einmal. Dann starben sie, und danach konnten sie entweder da oben oder da unten landen, je nachdem, wie sie sich benommen hatten, schloss Bäckström und zeigte zur Sicherheit in die jeweilige Richtung der bevorstehenden Reise. Im Übrigen dieselbe Reise, die Jesus Christus vor fast zweitausend Jahren gemacht hatte.

»Am dritten Tage auferstanden von den Toten«, sagte Bäckström mit eherner Stimme, während er sein Glas wieder füllte.

»Aufgefahren in den Himmel, er sitzt zur Rechten Gottes, des allmächtigen Vaters«, fuhr er fort, nickte erneut und spülte mit einem weiteren Schluck des guten Wodkas nach.

»Er ist nicht auf irgendeiner verdammten Insel draußen auf dem Mälarsee wieder aufgetaucht«, fügte er hinzu, um zu unterstreichen, was er gerade gesagt hatte.

Vorausgesetzt, man hatte sich benommen, und abgesehen

von der Platzierung unter denen, die ihre Zeit auf Erden ehrenhaft abgeschlossen hatten, war das die Reise, die uns alle erwartete. Nicht nur uns Menschen, im Übrigen. Alles Leben hatte gemein, dass es nur einmal lebte und einmal starb. Hinterher Himmel oder Hölle. Wenn er auch mehr als unsicher über die Auswahlkriterien war, die für Pflanzen und Tiere galten.

»Nicht einmal eine Katze hat mehr als ein Leben«, schnaubte Bäckström. »Wenn jemand mit einer Kugel im Kopf in einen Erdkeller auf einer gottverlassenen Insel im Mälarsee gesteckt wird, dann sprechen wir von Menschenwerk. Nicht von den Taten Gottes. Also reiß dich jetzt zusammen, Nadja. Erzähl! Was ist das für eine Räuberpistole, die dein Bekannter dir da aufgetischt hat?«

»Aufgetischt, ich weiß nicht«, sagte Nadja. »Er hat mir erzählt, dass sie schon tot war. Dass sie vor fast zwölf Jahren gestorben ist.«

»Und wie ist sie gestorben? Beim ersten Mal, also?«

Muss wohl doch der Schnaps sein, dachte Bäckström.

»Sie ist am zweiten Weihnachtstag, dem 26. Dezember 2004 beim Tsunami in Thailand umgekommen.«

»Hopsa«, sagte Bäckström. »Jetzt verstehe ich langsam, was du meinst.«

»Zuerst wurde sie von ihren Angehörigen identifiziert, ihrem schwedischen Mann und ihrer thailändischen Mutter, die vor Ort in Thailand waren. Dann wurde ihre Leiche nach Phuket überführt, wo man versucht hat, die Opfer der Katastrophe zu sammeln. Todesursache Ertrinken, dem Bericht zufolge. Nachdem sie schwedische Staatsbürgerin war, wurde sie später ein zweites Mal durch die Kollegen von der schwedischen Polizei identifiziert, die wir dorthin geschickt haben, um sich um genau das zu kümmern.«

»Und wie hat man das gemacht?«

»Sie hatten unter anderem ihr DNA-Profil«, fuhr Nadja fort. »Es war im Register der Einwanderungsbehörde, seit sie die Aufenthaltsgenehmigung hier im Land beantragt hatte, um einen Schweden zu heiraten. Das war 1997. Der Grund dafür, dass wir sie jetzt nicht in deren Register gefunden haben, ist ganz einfach, dass der Eintrag gelöscht wurde, als man sie im Frühjahr 2005 für tot erklärt hat.«

»Aber die Informationen, die das Reichskriminalamt für die Identifizierung gesammelt hatte, sind also noch dort?«

»Ja.« Nadja zuckte mit den Schultern. »Zur Sicherheit, für den Fall der Fälle, du weißt ja. Genau deshalb hat der Kollege auch dort nachgeschaut. Zur Sicherheit, bevor er anfing, die ausländische Kollegen zu suchen, die mir helfen könnten. Es war ein absoluter Schuss ins Blaue, hat er gesagt. Du findest all diese Angaben übrigens in der E-Mail, die er mir geschickt hat.«

»Aber wie ist sie dann auf der Unheilsinsel gelandet? Denn dass sie auferstanden ist und dann auch noch ermordet wurde, zum zweiten Mal gestorben, also ich meine...«

»Soweit ich sehe, gibt es drei Möglichkeiten.«, sagte Nadja. »Im Hinblick darauf, wie wahrscheinlich sie sind, jede für sich und alle zusammen, würde ich behaupten, dass wir ein ansehnliches Problem vor uns haben.«

»Was sind denn die drei Möglichkeiten?« Bäckström lächelte.

Jetzt erkenne ich die alte Nadja langsam endlich wieder, dachte er.

»Die erste ist natürlich, dass bei der Identifizierung ein Fehler gemacht wurde. Entweder im Zusammenhang mit dem Tsunami in Thailand oder zwölf Jahre später hier bei uns.«

»Und die Registrierung? Könnte auch ein Fehler passiert sein, als man ihre DNA registriert hat?«

»Das glaube ich wiederum nicht.« Nadja schüttelte den Kopf. »Wir und unsere Kollegen vom Reichskriminalamt haben ja tatsächlich bei zwei unterschiedlichen Gelegenheiten zwei unterschiedliche Leichen identifiziert, die offenbar dieselbe DNA haben. Die Wahrscheinlichkeit für einen Fehler, dass es sich trotzdem um zwei verschiedene Individuen handelt, ist weniger als eins zu ein paar hundert Millionen. Wir haben ja nicht zwei Formulare oder zwei Registerauszüge gefunden. Wir haben zwei Leichen bei unterschiedlichen Gelegenheiten gefunden. Aber trotzdem ist es ein und dieselbe Leiche, unseren DNA-Proben zufolge. Einmal in Thailand vor zwölf Jahren. Dann vor knapp zwei Wochen auf einer Insel im Mälarsee. Zehntausend Kilometer und zwölf Flugstunden entfernt.«

»Und sie hatte keinen eineiigen Zwilling?«

»Nein. Laut den Angaben im Melderegister hatte sie eine Mutter und einen Vater und einen älteren Bruder«, sagte Nadja. »Und ein Zufall wäre ja auch zu unwahrscheinlich. Zuerst kommt Jaidee im Tsunami ums Leben. Dann wird ihre bis dato unbekannte Schwester, auch noch ihr eineiiger Zwilling, in Schweden ermordet und auf einer Insel im Mälarsee versteckt. Ich meine... es muss doch Grenzen geben.«

»Bin deiner Meinung«, stimmte Bäckström zu. »Klingt tatsächlich etwas weit hergeholt.«

»Bleibt die dritte Möglichkeit.« Nadja füllte ihre Gläser auf. »Allerdings ist es mir fast peinlich, sie auszusprechen.«

»Ich dagegen freue mich darauf, sie zu hören«, erwiderte Bäckström, der bereits ahnte, worauf es hinauslaufen würde.

»Ihre Leiche wird nach Schweden gebracht. Als die hiesigen Rechtsmediziner sie untersuchen, denn das hat man ja mit allen Opfern gemacht, übersehen sie offenbar das Einschussloch in ihrem Kopf. Dagegen glauben sie an den Tod durch Ertrinken, den ihre thailändischen Kollegen angegeben haben. Sie übergeben die Leiche ihrem Ehemann, der beschließt, sie auf einer Insel im Mälarsee zu begraben. Oder ... denn hier gibt es ja zwei Möglichkeiten ... er schießt seiner toten Frau noch in den Kopf, bevor er sie in einem eingestürzten Erdkeller draußen auf dieser Unheilsinsel begräbt. Klar gibt es Verrückte, aber ...«

»Es gibt ja noch eine Möglichkeit. Oder zumindest eine Variante von der, die du gerade beschrieben hast«, unterbrach sie Bäckström, der plötzlich sichtlich amüsiert wirkte. »Die wir uns näher ansehen sollten.«

»Und was könnte das sein?«

»Der Vorteil daran ist, dass sie kein schlechtes Licht auf unsere eigenen Rechtsmediziner oder ihren Ehemann wirft. Also, zuerst gibt es eine normale Sargbestattung auf dem Waldfriedhof oder wo auch immer. Dann tauchen ein paar Grabplünderer auf – wahrscheinlich mehr als einer, wenn man an all die Arbeit denkt, die nötig ist, um sie und den Sarg auszugraben – und die bringen sie dann zur Unheilsinsel, die als unwirtlicher Ort bekannt ist. Schießen ihr zur Sicherheit in den Schädel, damit sie nicht herumspukt, und stecken sie dann in diesen Keller. Grabplünderer, oder vielleicht sogar Satanisten. Was weiß ich?«

»Und wie wahrscheinlich ist das?«

»Nicht sehr wahrscheinlich«, gab Bäckström zu. »Aber wir haben ja immer noch drei Hypothesen. Plus sicher eine ganze Anzahl an Varianten davon, wenn wir noch ein bisschen nachdenken. Das ist doch gar nicht so schlecht. Das musst du doch wohl auch sehen.«

»Was machen wir also jetzt?«

»Wir finden heraus, wie es war.« Bäckström erhob sein Glas, um dem Gesagten besonderen Nachdruck zu verleihen.

»Na sdorowje.«

Ich bin der Chef, du kümmerst dich ums Praktische, dachte er.

»Na sdorowje«, stimmte Nadja ein.

Was heißt hier wir?, dachte sie.

35

Am Sonntag, 26. Dezember 2004, dem zweiten Weihnachtstag, um 7:59 Uhr thailändischer Zeit erschütterte ein Erdbeben den Meeresgrund rund drei Kilometer unter der Wasseroberfläche, gleich nördlich der Insel Simeulue, die ungefähr einhundert Seemeilen östlich der Westküste Sumatras liegt. Die Stärke des Erdbebens wurde mit 9,0 auf der Richterskala gemessen, der höchsten Magnitude. Ein Erdbeben dieses Ausmaßes passiert nur einmal in zwanzig Jahren.

Über dem offenen Meer des Indischen Ozeans, in dem die durchschnittliche Tiefe zwischen drei und vier Kilometer beträgt, bewegte sich der Tsunami mit einer Geschwindigkeit von sechs- bis siebenhundert Stundenkilometern in einer Kreisbewegung nach dem Muster, das entsteht, wenn man einen Stein ins Wasser wirft.

Tief unten hebt sich plötzlich der Meeresgrund. Zig Millionen Tonnen Stein und Lehm, Sand und Erdmassen, die das Wasser über sich verdrängen. Die Wellenbewegung – Tsunami –, die drei Kilometer weiter oben auf der offenen Meeresoberfläche entstand, war zunächst mit bloßem Auge schwer zu erkennen, da die Wellen weniger als einen Meter hoch und rund hundert Meter lang waren.

Zweieinhalb Stunden später, als dieselben Wellen die kilometerlangen flachen Strände der thailändischen Westküste erreichten, hatte sich das geändert. Die sich ständig verringernde

Wassertiefe hatte den Tsunami in eine Flutwelle gigantischen Ausmaßes verwandelt. Die insgesamt vier Wellen, die jetzt kilometerweit ins Land hineinrollen, lassen sich am besten als zehn Meter hohe Mauer aus Wasser beschreiben, hart wie die Panzerfaust am Arm eines Riesen, die alles, was ihr im Weg steht, zerstört und wegspült. So wie in Khao Lak an diesem Vormittag des zweiten Weihnachtstages, am Sonntag, den 26. Dezember 2004, an dem mehr als fünftausend Menschen in der Gegend das Leben verloren.

Khao Lak liegt in der Provinz Phang Nga an der Westküste Thailands, etwa 60 Kilometer nördlich von Phuket. Es ist eine von Thailands beliebtesten Touristenregionen, gelegen in einem der landschaftlich schönsten Gebiete des Landes. Meilenweite Sandstrände an der Küste, tropisches Grün im umgebenden großen Nationalpark, die Sonne, die die Menschen dort unten ständig bescheint, der blaue Himmel über ihren Köpfen.

Dorthin war Jaidee zusammen mit ihrem schwedischen Ehemann Daniel Johnson gereist, um Weihnachten und Silvester zu feiern. Sie hatten einen kleinen Bungalow unten am Strand gemietet. Jaidee Kunchai räkelte sich noch im Bett, während ihr Mann sich anzog, um hinauszugehen und Zeitungen zu kaufen und ihnen Frühstück zu besorgen.

Jaidee starb. Zig Tonnen Wasser und Massen von Sand schlugen das Holzhaus, in dem sie lag, in Stücke. Ihr Mann überlebte. Das Gebäude, in das er sich gesetzt hatte, um seine Morgenzeitung zu lesen und eine Tasse Kaffee zu trinken, bevor er zu seiner Frau zurückkehrte, lag zwar nur hundert Meter vom Strand entfernt, aber dreißig Meter weiter oben, und dieser Unterschied war mehr als ausreichend, um zwischen Leben und Tod zu entscheiden.

36

Bereits am Freitagmorgen, dem Tag nach ihrem und Bäckströms kleinem Plauderstündchen, begann Nadja damit, die drei nicht sonderlich wahrscheinlichen Hypothesen zu prüfen. Außerdem hatte sie Kopfschmerzen. Nicht aufgrund der unterschiedlichen Erklärungen dafür, dass ein Mensch zweimal gestorben zu sein schien, die Bäckström und sie am Abend zuvor zusammengeschustert hatten, sondern eher wegen der Form, in der sie es getan hatten. Sie hatten alles ausgetrunken und aufgegessen. Nach guter russischer Sitte, und nicht das kleinste Scheibchen Brot war übrig geblieben. Schon am selben Nachmittag konnte Nadja auch die dritte Hypothese über die gelinde gesagt exzentrische Art eines trauernden Ehemanns, seine verstorbene Frau zu ehren, verwerfen. Gleichzeitig konnte sie auch Bäckströms Alternative über eine Bande von Grabplünderern und Satanisten ausschließen. Die Sache, mit der sie sich gerade beschäftigte, widersprach jeglicher gebräuchlichen wissenschaftlichen Methode, logischem Denken und gesundem Menschenverstand.

Die Mehrzahl der fünfhundertdreiundvierzig Schweden, die im Tsunami umgekommen waren, hatten in Khao Lak Urlaub gemacht. Bereits vor Neujahr trafen dann die ersten schwedischen Polizisten in Thailand ein, um in Zusammenarbeit mit der thailändischen Polizei die Identität der Verstorbenen festzustellen. Nach der anfänglichen Identifizierung, die vor Ort stattfand, in einem speziellen Zentrum, das man in Phuket ein paar Meilen südlich von Khao Lak eingerichtet hatte, wurde die nächste Phase eingeleitet: die schwedischen Opfer in ihr Heimatland zu überführen. Der erste Transport dieser Art traf am 3. Februar 2005 in Arlanda an. Danach wurden die Leichen zum Flugplatz Ärna in in der Nähe von Uppsala transportiert. Dort hatte man einen alten Hangar vorbereitet, um die Identitäten der Verstorbenen ein zweites Mal zu kontrollieren. Anschließend warteten weitere rechtsmedizinische und polizeiliche Untersuchungen, bevor die Leichen schließlich freigegeben und den Angehörigen übergeben wurden.

Die Listen der Opfer waren noch vorhanden, all die Verzeichnisse, die mit der bürokratischen und kriminalistischen Sorgfalt erstellt und geführt worden waren, die für ihr Heimatland typisch war. Es gab Listen der Opfer, die identifiziert worden waren, eine Liste der fünfzehn vermutlichen Opfer, die noch vermisst wurden, und eine derer, die zurück nach Schweden gebracht worden waren. Auf letzterer fehlte Jaidee Johnson Kunchai. Sie stand nicht darauf, und damit war sie wohl auch nicht zurück nach Schweden gekommen.

Wegen ihrer doppelten Staatsbürgerschaft?, überlegte Nadja. Hatten ihre Angehörigen beschlossen, sie in ihrem Heimatland begraben zu lassen?

Um Zeit zu sparen, rief sie ihren Bekannten vom Reichskriminalamt an, um ihn zu fragen. Der wollte sich auch gerade melden, wie sich herausstellte. Er hatte nämlich noch weitere Informationen. Über Sachverhalte, die nach der Katastrophe passiert waren. Unter anderem, dass Jaidees nächste Angehörige, ihr Ehemann, ihre Mutter und ihr älterer Bruder, sich darauf geeinigt hatten, dass sie in ihrem alten Heimatland Thailand beerdigt werden sollte.

»Ich scanne es schnell ein, dann kriegst du es per Mail. Es ist einiges an Material, aber du hast es in einer Viertelstunde«, erklärte ihr Bekannter.

»Sie blieb also in Thailand«, wiederholte Nadja zur Sicherheit.

»Jawohl, gleich nach der ersten Identifizierung wurde sie ihrer Familie übergeben.«

»Wer hat sie identifiziert?«, fragte Nadja. »Wir oder die Thailänder?«

»Bestimmt wir. So lautete der Auftrag an die schwedischen Polizisten, die nach Thailand kamen. Steht alles in unseren Formularen. Gerade Kunchais Papiere sind im Übrigen von einem Kollegen von mir unterschrieben, den ich seit mehr als zwanzig Jahren kenne. Er war einer der ersten, der damals nach Thailand geflogen ist, und er ist ein halbes Jahr dort geblieben. Er und seine schwedischen Kollegen haben sich darum gekümmert. Sie befragten sogar ihren Ehemann. Er war ja mit ihr zusammen dort, als das alles passiert ist. Er hat zwar überlebt, aber er soll in einer sehr schlechten Verfassung gewesen sein.«

»Ja«, sagte Nadja. »Das kann ich verstehen. Es muss ein schreckliches Erlebnis gewesen sein.«

»In Phuket haben verschiedene Polizeibehörden zusammengearbeitet«, fuhr ihr Bekannter fort. »Aber es wurden nicht nur normale Polizisten dorthin geschickt, sondern auch unterschiedliche Experten für Identifizierung, Kriminaltechniker, Rechtsmediziner und Zahnärzte. Die Thailänder hatten natürlich die formelle Verantwortung – das Ganze war ja in ihrem Land passiert –, aber es waren Kollegen aus über dreißig Ländern vor Ort. Nach der Katastrophe wurden Polizisten aus der ganzen Welt eingeflogen. Jedes Land, das eigene Staatsbürger unter den Tsunamiopfern zu beklagen hatte, schickte Polizisten hin. Kollegen aus den USA, England, Deutschland, Frankreich, Japan, Indien, Pakistan, Russland, China, all diesen Ländern, aus denen Leute Urlaub in Thailand machen. Die haben sich dann um ihre Staatsbürger gekümmert. In erster Linie jedenfalls.«

»Du meinst die Identifizierung und die übrigen Ermittlungen zu den Todesfällen? Also um alles, was schwedische Touristen betraf, kümmerten wir uns?«

»Ja, was praktisch war, nicht zuletzt im Hinblick auf die Sprachproblematik. Dass Kunchai nicht nach Schweden zurückgeschickt wurde, lag daran, dass sie auch noch thailändische Staatsbürgerin war und dass ihre Familie es so wollte. Dass sie in Bangkok begraben werden sollte. Dort war sie ja geboren und aufgewachsen. Darüber steht auch etwas in ihren Papieren.«

»Ich verstehe«, sagte Nadja. »Hast du irgendwelche näheren Informationen über die Beerdigung selbst?«

»Wenn man es Beerdigung nennen will. Kunchai war ja Buddhistin wie der Rest ihrer Familie. Vermutlich mit Ausnahme ihres Ehemanns, aber er war sich ja mit ihren Eltern und ihrem Bruder einig.«

»Wie meinst du das?«, fragte Nadja.

»Die Leiche wurde kremiert«, erklärte ihr Bekannter. »Nach buddhistischer Tradition soll eine Leiche so schnell wie möglich kremiert und die Asche daraufhin in den Wind gestreut oder in eine Urne gefüllt werden, die den Angehörigen übergeben wird. Was sie dann damit machen, ist ihre Sache.«

»Jaidee wurde also verbrannt?«

»Ja, den Angaben nach, die auch in meinen Papieren zu finden sind, wurde ihre Leiche am Neujahrstag 2005 kremiert. Dass es fünf Tage gedauert hat, ist auch nicht verwunderlich.

Zuerst musste man sie ja finden. Dann musste ihr Körper zur Identifizierung zur Sammelstelle in Phuket gebracht werden. Erst danach konnte die Familie die Leiche für die Beerdigung mit nach Bangkok nehmen.«

»Und über all das gibt es Aufzeichnungen?«

»Ja, gibt es. Sogar der Name des Bestattungsinstituts, das die Familie für den Transport nach Bangkok und die Bestattung selbst beauftragt hat, steht darin.«

»Jaidee wurde also am Neujahrstag 2005 kremiert«, wiederholte Nadja.

Vergiss das mit dem verrückt gewordenen Ehemann und den satanistischen Grabplünderern, dachte sie.

»Stimmt. Ganz nach deren Tradition und den Papieren des Bestattungsinstituts.«

»Dieser Kollege, der damals vor Ort war, und der das Formular ausgefüllt hat, kannst du mir seinen Namen geben? Ich würde gern mit ihm sprechen.«

»Da wirst du leider ein zusätzliches Problem bekommen«, sagte ihr Bekannter.

»Ist er in Pension gegangen?«, fragte Nadja. Oder gestorben, dachte sie.

»Er ist vor fünf Jahren in Rente gegangen, ein Jahr später ist er gestorben. Dieser übliche Herzinfarkt, der anscheinend die meisten von uns dahinrafft, sobald wir endlich entspannen können.«

»Dann ist er also tot«, seufzte Nadja. Typisch, dachte sie.

»Ja, leider. Stickan Andersson war ein netter Kerl. Niemand, dem man den Tod wünschen würde.«

»Gibt es irgendjemand anderen, der mit da unten war, mit dem ich sprechen könnte?«

»Es gibt mehrere, die leben und gesund und immer noch

im Dienst sind. Weißt du was? Es ist wohl am einfachsten, ich maile dir die Namen von denen, die ich noch weiß, dann kannst du sie anrufen und mit ihnen sprechen.«

»Danke, das ist nett von dir.«

Niemand stirbt zweimal, dachte Nadja.

37

Chaos in deinem Kopf. Chaos um dich herum. Überall Tote. Dutzende von Toten allein auf dem Gelände des Hotels, in dem Jaidee Kunchai und ihr Mann ein Ferienhaus gemietet haben. Leichen, die im Wasser treiben, die an Land gespült wurden, die in den Gebäuden liegen, auf dem Boden dazwischen, sogar eine, die fünfzig Meter vom Strand entfernt in einem Baum hängt. Chaos in allen Köpfen. Dann das Gefühl der Lähmung.

Ungefähr so beschreibt Jaidee Kunchais Mann Daniel Johnson das, was am Vormittag des zweiten Weihnachtstages 2004 passiert ist. Das Verhör wird von Kriminalinspektor Stig Andersson vom Reichskriminalamt vorgenommen. Ins Vernehmungsprotokoll notiert er von Hand: »DJ ist krankgeschrieben, posttraumatischer Schock, wirkt während mancher Teile des Verhörs vollkommen abwesend.«

Am Tag nach dem Tsunami wird seine tote Ehefrau gefunden. Sie liegt noch in dem eingestürzten Haus. Eingedrückte Wände, zusammengefallenes Dach, zersplitterte Türen und Fenster, Tonnenweise Sand und Wasser, die immer noch im Haus sind. Er findet seine Frau unter dem Bett, in dem sie lag, als er sie verlassen hatte, um Frühstück zu holen. Das Bett ist umgestürzt, hat sie am Boden festgeklemmt, das hineingeströmte Wasser hat sie ertränkt. Sie trägt das Nachthemd, das er ihr geschenkt hat, und um den Hals ein Schmuckstück aus Jade, das sie von ihrer Mutter bekommen hat.

Das Hotelpersonal hilft Daniel Johnson, seine tote Ehefrau zum Hauptgebäude des Hotels hinaufzutragen. Dort war der Strom fast einen Tag lang ausgefallen gewesen, bevor man ein dieselbetriebenes Reserveaggregat organisieren konnte, das die Klimaanlage wieder in Gang bringt. Die Leiche wird mit einem Laken bedeckt und zusammen mit um die zwanzig anderen Toten in einem Kellerraum auf den Boden gelegt. Draußen hat es über dreißig Grad. Da können sie nicht liegen bleiben. In Ermangelung besserer Alternativen bringt man die Toten, die man um das Hotel gefunden hat, also dort hinunter.

Drei Tage nach dem Tsunami – also am 29. Dezember – wird ihre Leiche zu dem Sammel- und Identifizierungszentrum gebracht, das man in Phuket eingerichtet hat. Dort stößt auch Jaidees verzweifelte Mutter zu ihnen. Vor Ort sind bereits gut tausend Tote, die man aus der Gegend um Khao Lak zusammengesammelt hat, ständig treffen neue Leichentransporte ein. Tote, die in Container gebracht oder in langen Reihen auf den Boden gelegt werden. Sengende Hitze und Leichen, die man notdürftig mit Trockeneis zu kühlen versucht.

Unbeschreibliche Verhältnisse also, und sowohl Jaidees Mann als auch ihre Mutter wollen sie so schnell wie möglich von dort wegbringen. Als die Identifizierung abgeschlossen ist, und die Polizei alle anderen nötigen Informationen gesammelt hat, bekommen sie auch die Erlaubnis. Das Bestattungsinstitut, das die Familie beauftragt, übernimmt die Leiche und fährt sie in ihrem Leichenwagen die rund achthundert Kilometer bis nach Bangkok. Dort trifft sie am späten Abend desselben Tages ein. Bereits am nächsten Tag, dem ersten Januar 2005, kann die Familie sie bestatten. Ihr Körper wird kremiert und die Asche in eine Urne gefüllt. Diese wird eine Woche später in den Bergen nördlich der Stadt in den Wind gestreut. An dem Ort, an den die Familie oft Ausflüge gemacht hat, als Jaidee noch ein kleines Mädchen im Kindergartenalter war. Ein Platz, den sie geliebt hatte, ein hoch gelegenes Waldgebiet mit beeindruckender Aussicht und einem kühlenden Wind, der vom Meer hereinzieht, der Ort, an dem ihr Vater ihr immer von all den Tieren erzählt hatte, die im Wald um sie herum lebten und die in diesem Moment dasaßen und ihnen dabei zusahen, wie sie ihren mitgebrachten Proviant aßen.

Und während dieser Reise, während der ganzen Zeit, weicht ihr Mann Daniel seiner toten Ehefrau nicht von der Seite.

Eigentlich klar, dass er sich schlecht gefühlt und während der Vernehmung völlig abwesend gewirkt hatte, dachte Nadja, als sie die letzten Papiere gelesen und beiseitegelegt hatte. Noch schlimmer war das Gefühl in ihr selbst, das immer stärker geworden war. Welchen Raum gab es für Fehler? Alle Unterlagen, die sie durchgegangen war, wiesen eindeutig auf dieselbe Tatsache hin. Jaidee Kunchai war vor fast zwölf Jahren beim Tsunami in Thailand verunglückt.

Bäckström wird nicht erfreut sein, wenn er das hört, dachte sie.

In diesem Punkt hatte sie jedoch unrecht. Als sie ihn am Sonntagvormittag endlich im Büro antraf, war er absolut glänzender Laune, auch noch, als sie ihm erzählte, was sie herausgefunden hatte und zu welchen Schlüssen sie gekommen war.

»Du bist auf dem Holzweg, Nadja.« Bäckström schüttelte den Kopf. »Total auf dem Holzweg«, wiederholte er.

»Dann würde ich vorschlagen, dass du dir das Ganze mal selbst ansiehst.« Nadja schob den Stapel Ermittlungsunterlagen zu ihm hinüber, den sie auf seinen Schreibtisch gelegt hatte. »Ich bin überzeugt davon, dass du dich einige Dinge fragen wirst.«

»Das wird vor allem eine Sache sein«, sagte Bäckström und lächelte.«

»Was denn?«, fragte Nadja.

»Ich frage mich wirklich, wen sie stattdessen verbrannt haben«, gluckste er.

38

Während Bäckström und Nadja – oder zumindest Nadja – sich mit der vielleicht schwierigsten aller existentiellen Fragen herumschlugen, hatte Niemi noch ein weiteres Wochenende auf der Insel mit deutlich einfacheren Überlegungen verbracht. Sie betrafen eine Dose Würstchen sowie die Frage, inwieweit es bei dem Fund dieser Dose Würstchen lediglich um eine Dose Würstchen ging, oder ob vielleicht der Mann, der sowohl mit seinem Namen als auch mit seinem Porträt auf dieser Dose Würstchen prangte, eine Nachricht von der anderen Seite übermitteln wollte, auf der er sich seit etwa fünfzig Jahren befand. Schließlich war dieser von Kindheit an ein tiefgläubiger Katholik und außerdem – einer seiner vielen Biographen zufolge – im Erwachsenenalter »so etwas wie ein Rhapsod« gewesen. In Anbetracht der Tatsache, dass dieser Fall immer merkwürdiger wurde, sollte man vielleicht offen für alles sein, dachte Niemi und seufzte.

Niemi selbst war in einfachen Verhältnissen auf einem Hof in Tornedalen aufgewachsen. Irgendwann war er Kriminaltechniker geworden und somit dafür zuständig, das Unbegreifliche begreiflich zu machen. Oder zumindest zu ermöglichen, es in einem einfachen juristischen Sinn zu beschreiben und zu beurteilen. Auf dem Hintergrund seines Ursprungs, seiner Jugend und seines Berufslebens war vielleicht gar nicht so verwunderlich, dass Peter Niemi schließlich beschloss, die Dose Würstchen, die im selben Erdkeller gefunden wurde, wie die Überreste einer toten Frau, einfach als Blechdose mit konservierter Wurst zu betrachten. Leider ein schwerwiegender Fehler, wie sich bald zeigen würde, da sie letztlich einen entscheidenden Beitrag dazu leisten sollte, dass diese Geschichte schließlich doch noch aufgeklärt wurde.

Dem Aussehen nach zu urteilen hatte die Dose eine ganze Weile dort gelegen. Gleichzeitig war sie in so gutem Zustand, dass Niemi sie mit bloßem Auge untersuchen konnte, und der vorrangige Grund dafür war, dass sie in einen Plastikbeutel eingewickelt gewesen war. In einen normalen durchsichtigen Zehn-Liter-Gefrierbeutel, der sie in dem feuchten Erdkeller vor dem Verrosten geschützt hatte.

Ein Plastikbeutel und eine Dose Würstchen, in strikt forensischem Sinn handelte es sich also eigentlich um zwei Spuren. Niemi hatte den Plastikbeutel in eine deutlich größere Papiertüte gesteckt und die Dose in einen durchsichtigen Plastikbehälter. Jetzt ging es darum herauszufinden, wie seine zwei Spuren dort gelandet waren, wo er sie gefunden hatte. Peter Niemi hatte versucht, dies in bester logischer Ordnung zu tun, was wiederum bedeutet hatte, dass er mehrere Stunden damit verbringen musste, Informationen zu der Würstchendose und ihrem angeblichen Urheber einzuholen.

Karl Erik »Bullen« Berglund war im Juni 1887 geboren worden und im April 1963 gestorben, drei Jahre vor Niemis Geburt. Ein halbes Jahrhundert lang war er einer der bekanntesten Schauspieler des Landes und hatte Rollen in mehr als fünfzig Spielfilmen. Darüber hinaus war er ein geschätzter Revuekünstler und Coupletsänger. Was seinen Namen der Nachwelt bewahrt hatte, war jedoch nicht seine beachtliche berufliche Karriere, sondern sein Interesse und seine Freude am Essen.

»Bullen«, was so viel heißt wie »Hefebrötchen«, hatte seinen Spitznamen nicht zufällig, und im Herbst 1952 war er vom Metzgerverbund Alvesta in Småland gefragt worden, ob sie eines ihrer beliebtesten Produkte nach ihm benennen dürften, natürlich gegen ein üppiges Entgelt. Bullen hatte probiert, seine Zustimmung ausgedrückt, man hatte sich über eine Umsatzbeteiligung geeinigt, und bereits im Frühjahr 1953 waren die Dosenwürstchen, denen er seinen Namen gegeben hatte, auf den schwedischen Markt gekommen, *Bullens Pilsnerkorv*. Mit Abstand das bekannteste Produkt in der Geschichte der schwedischen Wurst, die ja immerhin bis ins frühe Mittelalter zurückverfolgt werden kann.

Bullens Pilswürstchen waren ein durchschlagender Erfolg für die Metzgerei in Alvesta. Sie wurde in zwei Größen verkauft: Eine kleinere Dose mit acht etwas kürzeren Würstchen, und eine große, die vierzig etwas längere Würstchen enthielt. Die Zubereitung war einfach, man wärmte sie in ihrem Sud, und in der freien Natur konnte man das direkt in der Dose tun. Die Leute waren verrückt nach Bullens Pilswürstchen, und bereits im Lauf des ersten Frühlings verzehrten sechs Millionen Staatsbürger über eine Million Würstchen.

Die Wurstmaschinen in Alvesta arbeiteten im Akkord, ihr Konservendosenlieferant musste mehr Personal einstellen und der Direktor der Fabrik hatte schon beschlossen, sich eine doppelt so große Villa bauen zu lassen und seinen alten Ford Anglia durch einen neuen Mercedes der teuersten Kategorie zu ersetzen. Da brach die Katastrophe über sie herein.

Der Sommer 1953 war ein sehr heißer Sommer. In der Metzgerei in Alvesta hatte man Probleme mit der Kühlanlage bekommen, war bei der Verarbeitung des Fleischs nachlässig gewesen und hatte so im Juni die größte Salmonellenepidemie verursacht, die es in Schweden jemals gegeben hatte. Menschen im ganzen Land waren infiziert, neuntausend von ihnen landeten im Krankenhaus und fast hundert starben. Mitten in der Sommerhitze – die Krankenhäuser voll und die halbe Belegschaft im Urlaub – wurden also neuntausend zusätzliche Patienten eingeliefert. Und es waren nicht irgendwelche Patienten, denn sie hatten große Probleme, es bis zur Toilette zu schaffen.

Die Metzgerei in Alvesta wurde sofort geschlossen, und es dauerte eine Weile, bis sie wieder eröffnen durfte. Bullens Pilswürstchen dagegen überstanden die Katastrophe weitgehend unbeeinträchtigt. Einerseits war es ja eine Vollkonserve, andererseits hatte die *Pilsnerkorv* keinen einzigen Konsumenten infiziert. Im Übrigen musste man den Mann nur ansehen, um zu begreifen, dass er nicht das Geringste mit dieser traurigen Geschichte zu tun haben konnte. Bullen war ein Mann, der sich um die Gesundheit und nicht zuletzt um die Mägen seiner Kunden sorgte.

Der große Erfolg seiner Wurst ging bis Ende der Sechzigerjahre weiter, als die Firma Scan den Betrieb übernahm, doch selbst danach lief es bestens weiter. *Bullens Pilsnerkorv* ist nach wie vor im Sortiment der größeren Supermarktketten – und natürlich auch in dem so manches kleinen und nicht so gut sortierten Lebensmittelladens, der seine Kunden immer noch mit Lebensnotwendigkeiten wie Kochkaffee, extra gesalzener Butter, gesüßtem Brot und ... Bullens Pilswürstchen ausstatten kann.

Zweiundsechzig Jahre sind vergangen, doch die Würstchen leben weiter. Damals wie heute dasselbe Rezept, dieselbe Art von Dose und im Großen und Ganzen dasselbe Etikett mit einem freundlich lächelnden, rundlichen Bullen. Der Verkauf hat sich zwar mit dem Aussterben der originären Kunden immer weiter verringert, doch es gehen immer noch jährlich Tausende von Dosen über den Ladentisch. Bullens Pilswürstchen scheinen unsterblich.

Dann machen wir uns mal an die kriminaltechnische Analyse, dachte Niemi. Er stellte die Dose auf seinen Arbeitstisch, schaltete die stärkste Lampe ein und holte Vergrößerungsglas und alles andere heraus, was er brauchte um herauszufinden, wann die Dose in dem eingestürzten Erdkeller draußen auf der Unheilsinsel gelandet sein konnte.

Das Logo von Scan war auf dem Etikett, das konnte er ohne Hilfsmittel sehen. Frühestens 1969 also, denn das war das Jahr, in dem Scan übernommen hatte. Als er anschließend die Dose durch die Lupe betrachtete, fand er eine eingestanzte Markierung im Boden der Dose. Ziffern und Buchstaben, insgesamt acht Zeichen, aber keines von ihnen gab einen einfachen Fingerzeig, in welchem Jahr sie hergestellt worden war.

Höchste Zeit, bei Scan anzurufen, überlegte Niemi, und bereits beim dritten Versuch war er erfolgreich. Am Apparat war ein langjähriger und treuer Diener der Firma, der so gut wie sein ganzes Berufsleben lang Bullens Pilswürstchen verkauft hatte.

»Ich sehe hier in unserem Computerregister, dass diese Dose im zweiten Quartal 1982 hergestellt worden sein muss«, stellte der treue Diener fest.

»Was Sie nicht sagen«, erwiderte Niemi. »Können Sie mir diese Liste vielleicht mailen?«

»Aber selbstverständlich. Übrigens, eine neugierige Frage: Sie sagten, die Dose würde in einer Ermittlung vorkommen. Was für ein Verbrechen klären Sie denn da auf?«

»Einen Mord, leider«, seufzte Niemi, der nicht länger an sich halten konnte.

»Du meine Güte, das klingt ja schrecklich. Können Sie noch mehr sagen?«

»Ja, so viel kann ich wohl sagen – es scheint nicht so, als wäre das Opfer an der Wurst gestorben, die darin war.«

»Du meine Güte«, wiederholte der altgediente Angestellte. »Meinen Sie, ich sollte dennoch unsere Vertriebsabteilung informieren?«

»Ja, tun sie das. Aber kaum eine Sache, mit der ihr Werbung machen könnt, wenn ich das so sagen darf.«

Frühestens zweites Quartal 1982, dachte Niemi. Vor fünfunddreißig Jahren, und nach dem Zustand der Konservendose, des Plastikbeutels, in dem sie lag, und der Stelle, an der sie gelandet war, konnte das sehr wohl stimmen, dachte er, während er von seinem Büro nach Hause zu seinem Reihenhaus ging.

Jemand macht Urlaub auf dem Mälarsee. Er legt mit dem Boot auf der Unheilsinsel an, stellt sein Zelt auf, weil es vielleicht keinen Schlafplatz auf dem Boot gibt, und sucht nach einem kühlen, schattigen Ort, an dem er seinen mitgebrachten Proviant vor der Sonnenhitze schützen kann. Da findet er einen halbeingestürzten Erdkeller und verstaut ihn dort. Als er weiterfährt, vergisst er die Dose Bullens Pilswürstchen. Und wenn die Überreste ihres Opfers schon dort gelegen hätten, hätte er wohl kaum seine Vorräte dort gelagert.

Sie muss deutlich später dort gelandet sein, dachte Niemi, als er die Tür zu seinem Haus aufsperrte. Die Dose hatte wohl kaum etwas mit der Sache zu tun, und damit konnte er auch seine Gedanken über eine Nachricht aus dem Jenseits verwerfen.

Schön, dachte Niemi und holte sich ein kaltes Pils aus dem Kühlschrank. Denn das wäre dann ja doch reichlich merkwürdig gewesen.

Dann hätten wir nur noch die Plastiktüte von Lidl, überlegte Niemi, als er sich vor den Fernseher gesetzt und den richtigen Sportkanal gefunden hatte. Lidl hatte seinen Betrieb in Schweden im Jahr 2003 aufgenommen.

Die ersten Plastiktüten, die auf den schwedischen Markt gekommen waren, waren damit einundzwanzig Jahre jünger als seine Konservendose. Die Tüte hatte also sicher etwas mit der Sache zu tun. Bestimmt so eine, die man der Leiche über den Kopf zieht, damit man ihr Gesicht nicht sieht, dachte er. Das sagte ihm zumindest sein Bauchgefühl, und damit hatte er, wie sich zeigen sollte, völlig recht.

39

Die schwedische Polizei bekam viel Lob für die Identifizierung der Tsunamiopfer. Berechtigtes Lob, und wenn sie sich über irgendetwas beklagen konnte, dann wohl am ehesten darüber, dass der Öffentlichkeit wohl nie richtig klargemacht wurde, in welchem Umfang und unter welchen Schwierigkeiten die Polizei hier gearbeitet hatte.

Jedes der fünfhundertdreiundvierzig Opfer, die man gefunden hatte, wurde identifiziert, und alles spricht dafür, dass allen die richtige Identität zugewiesen wurde. In dem Prozess selbst passierten zwar Fehler, zwei Leichen wurden beim Transport von Thailand nach Schweden verwechselt, aber die Kontrollen, die am Ziel durchgeführt wurden, waren rigoros, und die Verwechslung wurde mehr oder weniger sofort bemerkt.

Fünfzehn schwedische Staatsbürger, die damals als vermisst gemeldet wurden, sind immer noch nicht gefunden worden. Wenn man bedenkt, was passiert ist und wo es passiert ist, ist es sehr wahrscheinlich, dass sämtliche Vermissten tot sind. Das Meer hat sie genommen, dasselbe Meer, das ihre letzte Ruhestätte werden sollte. Es lässt sich jedoch natürlich nicht ausschließen, dass es bei diesen Zahlen Ungenauigkeiten gibt.

Vielleicht existiert ein Schwede, der schon lange in Thailand war, als der Tsunami eintraf, der jedoch nie als vermisst gemeldet wurde, weil er oder sie keine schwedischen Angehörigen mehr hatte und in einem neuen Land ein anonymes Leben führen wollte. Genauso gut könnte es sein, dass einer der fünfzehn, die nie gefunden wurden, immer noch lebt und einfach die Chance genutzt hat, in eine neue Identität und ein neues Leben zu schlüpfen, als sich die Gelegenheit bot.

Das meiste, was bekannt ist, spricht jedoch dagegen. Von den fünfzehn, die nie gefunden wurden, waren zehn Kinder, und die fünf Erwachsenen hatten alle einen oder mehrere Angehörige dabei, als die Katastrophe passierte. Angehörige, die überlebt haben. Alles in allem sprechen die Informationen dafür, dass die Identifizierung derer, die man fand, korrekt abgelaufen ist, und dass die relativ wenigen, die immer noch vermisst werden, tot sind. Und wie immer, wenn so etwas passiert, gibt es natürlich eine Ausnahme. Eine Ausnahme, für die die Polizei und die Rechtsbehörden in Schweden später deutlich mehr Interesse zeigen werden als für alle anderen schwedischen Tsunamiopfer zusammen.

Die rein praktische Arbeit wurde in zwei Richtungen ausgeführt. Einerseits vor Ort in Thailand, wo das Unglück passiert war, und andererseits zu Hause in Schweden, wo man die Informationen über die verschwundenen Personen sammelte, die die Kollegen in Thailand benötigten, um die Toten zu identifizieren. Zählt man die reinen Arbeitsstunden, so erforderte die Tätigkeit in Schweden weit mehr Ressourcen als die in Thailand. Der Unterschied lag jedoch ganz woanders. Beispielsweise darin, an seinem Schreibtisch zu sitzen und Unterlagen zu sortieren, verglichen damit, sich mit Atemmaske und Gummihandschuhen in der Gluthitze über die nächste übel zugerichteten Leiche zu beugen, eine weitere in einer nicht enden wollenden Reihe. Konkret geht es – im schlimmsten Fall – darum, dem toten Menschen, der dort liegt, einen Zahn zu ziehen, oder den Finger des Opfers in kochendes Wasser zu halten, damit er anschwillt, sodass man einen ausreichend deutlichen Fingerabdruck sichern kann. Im besten Fall müssen ihm nur die Kleider ausgezogen, und der Körper nach Muttermalen oder Tätowierungen abgesucht werden. Auch das keine leichte Aufgabe, wenn die Leichen durch Sonne, Salzwasser und Verwesung schon schwarz geworden und zur doppelten Größe aufgequollen sind.

Auf derartige Arbeiten würden die meisten von uns gerne verzichten. Einige haben sie für uns gemacht. Um die Qualen anderer zu lindern, haben sie selbst Qualen auf sich genommen. Das ehrt sie, und daran sollte man sich erinnern. Ordnung in seine Papiere zu bekommen, sie in den richtigen Ordner zu heften oder zum richtigen Empfänger weiterzuschicken, ist nicht die Welt. Das schafft fast jeder.

Die Opfer des Tsunamis waren normale, nette Menschen, die mit ihren Familien nach Thailand geflogen waren, um dort Weihnachten und Silvester zu verbringen. Mit einigen wenigen Ausnahmen waren es keine Menschen, die zu Hause in Schweden im Polizeiregister geführt wurden. So mussten also neue Informationen gesammelt werden. Allgemeine Angaben wie Geschlecht, Alter, Größe, Körpertyp, Haarfarbe, von angeborenen Besonderheiten bis hin zu Muttermalen und Tätowierungen und deren genauer Platzierung, Aussehen und Bedeutung.

Außerdem Informationen über körperliche Charakteristika, die später im Leben dazugekommen waren, die ganze Bandbreite: neue Hüft- und Kniegelenke, Herzschrittmacher, Brustimplantate, Narben und Narbenbildungen nach Unfällen, Krankheiten, Operationen, alles, was man entfernt, ersetzt oder hinzugefügt hatte.

Natürlich auch den Zahnabdruck, diesen Klassiker im vielleicht traurigsten aller Fälle – einem Toten, bei dem man noch nicht einmal weiß, wer da eigentlich gestorben ist. Und nicht zuletzt DNA. Das Kriterium, von dem man heute in einer Situation wie dieser am meisten spricht, zu dem aber leider viel zu viele Missverständnisse kursieren. Unter anderem ist vielen nicht klar, dass damals die Hitze in Kombination mit Salzwasser viel DNA der Opfer zerstört hatte, weshalb man gezwungen war, andere und kompliziertere Methoden anzuwenden als die absolut üblichste, die Speichelprobe, bei der man der Testperson einfach ein Plastikstäbchen mit einem Stück Schaumstoff oben in den Mund steckt.

Hier musste die DNA oft an anderen Stellen entnommen werden: in Haaren, im Zahnmark, im Mark des Oberschenkelknochens. Manchmal sogar an einer normalen Zahn- oder Haarbürste, vorausgesetzt, sie ließ sich mit Sicherheit mit einem bestimmten Opfer in Verbindung bringen.

Im Laufe einiger Stunden hatten mehr als fünftausend Menschen in der Gegend um Khao Lak ihr Leben verloren. Etwa zehn Prozent von ihnen waren Schweden. Als das Wasser schließlich abgelaufen war, lagen die Opfer der Flutwellenkatastrophe vollkommen exponiert bei dreißig Grad Hitze in starkem Sonnenlicht. Mehrere hundert von ihnen lagen mehrere Tage so da, bevor sie gefunden wurden. Manche waren, nachdem sie mit all dem mitgespülten Gerümpel im Wasser herumgeschleudert worden waren, so schwer mitgenommen, dass sie mit bloßem Auge unmöglich identifiziert oder überhaupt nur ihr Geschlecht bestimmt werden konnte. Ein Umstand, der wichtig war.

Forensisches Material, wenn wir so wollen, das über Tage und

Wochen zusammengesammelt wurde, um es nach und nach dem provisorischen Identifizierungszentrum in Phuket zuzuführen. So lief es damals ab, doch gerade im Fall Jaidee Kunchai schien es so, als wäre eben beschriebenes Prozedere sowohl einfacher als auch eindeutiger verlaufen als bei der Mehrzahl der anderen Opfer.

Genau das versuchte Nadja einem selbstzufriedenen und gleichzeitig skeptischen Bäckström zu vermitteln, als sie sich am Sonntagnachmittag trafen, um die axiomatische Wahrheit zu diskutieren, dass kein menschliches Wesen zweimal sterben kann.

Jaidee Kunchais Leiche wird bereits am Tag nach dem Tsunami gefunden. Man findet sie in ihrem eigenen Schlafzimmer, unter ihrem Bett, in dem Haus, das sie und ihr Ehemann gemietet haben. Sie trägt ihr eigenes Nachthemd und ein sehr charakteristisches Schmuckstück, einen Anhänger aus Jade und Gold, den ihre Mutter eigens bei einem Juwelier in Bangkok hatte anfertigen lassen, um ihn ihrer Tochter zum Studienabschluss zu schenken.

Sie wird von ihrem Ehemann und Leuten vom Hotel gefunden, die ihm bei der Suche geholfen hatten. Alle sind sich einig, dass es wirklich sie ist. Auch ihre Mutter, als sie zwei Tage später in Phuket Abschied von ihrer Tochter nimmt. Dort sichert man auch ihre DNA, die sich als identisch mit der herausstellt, die sie sieben Jahre zuvor bei der schwedischen Einwanderungsbehörde abgeliefert hatte.

»Und was ist mit dem Zahnabdruck?«, wandte Bäckström ein. »Warum hat man ihre Zähne nicht kontrolliert?«

»Manchmal verstehe ich dich nicht, Bäckström«, sagte Nadja, die ihre Irritation nur schwer verbergen konnte. »Es gab keinen Zahnabdruck von ihr. Sie hatte ja seit ihrer Kindheit nie einen Zahnarzt aufsuchen müssen. Unsere schwedischen Kollegen konnten keinen Zahnabdruck nach Thailand schicken. Ist das denn so schwer zu kapieren?«

»Aber die da unten hätten doch trotzdem einen Zahnabdruck von ihr machen können«, entgegnete Bäckström.

»Jetzt mache ich mir langsam Sorgen um dich, Bäckström«, seufzte Nadja. »Womit sollten sie ihn denn vergleichen?«

»Es gibt doch von jedem irgendwo einen Zahnabdruck.« Bäckström zuckte mit den Schultern.

»Von Jaidee Kunchai offensichtlich nicht. Falls du mal Lust verspüren solltest, die Papiere durchzulesen, die ich dir gegeben habe, wirst du auch ein Verhör finden, das unsere Kollegen hier in Schweden zu diesem Thema mit einer ihrer Arbeitskolleginnen geführt haben. Dass sie offenbar weder einen Zahnarzt noch irgendwelche Unterlagen über ihre Zähne hatte. Das hat sie nämlich sehr erstaunt. In Schweden existiert beides eigentlich immer. Genau wie du sagst.«

»Und was sagt diese Arbeitskollegin?«

»Dass in der Arbeit darüber geredet wurde. Über Jaidees absolut perfekte Zähne. Und dass Jaidee das selbst gesagt hatte, als ihre Arbeitskollegin ihr die Frage stellte. Dass sie im Erwachsenenalter nie bei einem Zahnarzt gewesen war. Dass sie nie Karies oder Zahnstein gehabt und noch viel weniger eine Zahnspange gebraucht hatte. Jaidee hatte weiße, völlig makellose Zähne. Genau wie auf diesen Fotos von ihr, die du hoffentlich in dem Ordner gesehen hast, den ich dir gegeben habe.«

»Verstehe«, erwiderte Bäckström. »Ja, die habe ich mir angeschaut. Ich bin zwar kein Zahnarzt, aber ich finde schon, dass sie ziemlich ähnlich aussehen wie die in unserem Schädel, den mein kleiner Nachbar auf dieser Insel gefunden hat.«

»Du gibst nicht auf?«

»Nein. Aber ich war auch nicht in Khao Lak und konnte mir die Zähne dieser anderen Frau ansehen. Wer sie auch war. Vielleicht ist das auch egal, wenn man bedenkt, was sie erlebt hat. Die Bilder von dieser Strandvilla, die sie gemietet hatten, hab ich nämlich gesehen. Ein Haufen Schrott, in dem sie offenbar leider ganz zuunterst gelandet ist.«

»Ich dagegen will nicht ausschließen, dass hier in Schweden ein Fehler passiert ist. Nicht bei unseren Kollegen in Thailand. Alles, was ich bisher gesehen habe, spricht dafür, dass es Jaidee war, die da vor elf Jahren in Thailand kremiert wurde. Und dass sie genau aus diesem einfachen Grund nicht draußen auf der Unheilsinsel im Mälarsee aufgetaucht sein kann.«

»Tja, das wird man ja wohl herausfinden können«, sagte Bäckström und blickte zur Sicherheit auf die Uhr. »Wir sehen uns morgen bei der Besprechung. Um zehn?«

»Nein, um neun.«

»Neun, aha, ja, natürlich.« Bäckström lächelte. »Aber du, Nadja, ich finde, du solltest die Theorie mit der Zwillingsschwester noch nicht ganz abschreiben. Je mehr ich dir zuhöre, desto interessanter wird diese Theorie, kommt mir vor. Obwohl sie, wenn du mich fragst, von Anfang an völlig verrückt wirkt. Aber vielleicht müssen wir sie ja irgendwann doch kaufen, wenn wir nicht völlig im Reich der Fantasie landen wollen.«

Nadja hatte nur genickt. Ein neutrales Nicken, worüber sie froh war, wenn sie die Gefühle bedachte, die in ihr brodelten.

Bäckström ist ein merkwürdiger Mensch, dachte sie. Manche Dinge hört er einfach nicht. Eine kühne Hypothese konnte – seiner Ansicht nach – eigentlich ein Durchbruch sein, von dem er nur allen anderen weniger Erleuchteten nicht erzählen wollte. All diesen Idioten, die ihn umgaben.

In der Welt, in der ihr Kollege und Chef schon immer gelebt hatte, herrschte außerdem die praktische Faustregel, dass seine schnellen Hypothesen abgesehen von allem anderen Zeit sparten. Außerdem trugen sie jedes Mal, wenn sie sich zufälligerweise als richtig herausstellten, zu seinem Ruf als Ermittler bei.

Bleibt noch alles andere, dachte Nadja Högberg, geborene Ivanova. Alles andere, bei dem es um richtig oder falsch geht. Ob es Bäckström interessiert oder nicht.

40

Am Montag, dem ersten August hatte Bäckström eine neue Besprechung mit seinen Ermittlern. Ihr Fall war inzwischen einem richtigen Mord sehr ähnlich geworden, es war nicht länger ein bloßer Verdacht. Ein Opfer, das erschossen und hinterher vom Täter versteckt worden war. Außerdem hatte man seine Identität herausgefunden, was eine Notwendigkeit war, wenn man bei den Ermittlungen weiterkommen wollte. Das Problem an der Identifizierung war jedoch, dass sie jeglichem gesunden Menschenverstand widersprach, und um trotzdem lösen zu können, was zu lösen war, hatte er es Nadja überlassen zu berichten, worin ihr neues Problem bestand. Die Reaktionen waren erwartungsgemäß verschiedene Varianten der bekannten Feststellung, dass es unmöglich war, mehr als einmal zu sterben.

»Wie schön zu hören, dass wir uns zumindest darüber einig sind«, unterbrach sie Bäckström. »Woran das ganze Dilemma liegt, ist eine andere Sache, aber ich habe Najda gebeten, das herauszufinden. Also könnt ihr anderen entspannen. Keine Sorge. Irgendwo ist ein Fehler passiert, und den wird Nadja für uns finden.«

»Und was sollen wir anderen währenddessen machen?«, fragte Annika Carlsson.

»Herausfinden, wer sie ermordet hat, natürlich«, antwortete Bäckström mit gespielter Verwunderung. »Ich dachte, darüber wären wir uns auch einig. Außerdem dachte ich, Niemi sollte uns von all den Funden berichten, die er draußen auf dieser gottverlassenen Insel im Mälarsee gemacht hat.«

»Danke.« Peter Niemi öffnete sein Powerpoint und projizierte das erste Bild an die Wand. »Ich dachte, ich gehe der logischen Reihenfolge nach vor. Erst dieser zugewachsene Erdkeller, dann, wie es dort drinnen aussah danach Bilder von dem, was wir darin gefunden haben. So sieht das Ganze von außen aus, also der alte Erdkeller.«

»Oh, ich kann verstehen, dass ihr den nicht gleich entdeckt habt«, sagte Annika Carlsson mitfühlend, als sie die zugewachsene, felsige Böschung auf dem Foto sah. »Hab ich auch nicht, als ich dort war, obwohl ich genau daneben gestanden sein muss. Hat der Köter ihn gefunden?«

»Da haben mehrere Dinge zusammengespielt«, erklärte Niemi, der nicht die Absicht hatte, auf Pastor Lindströms Beitrag in der Sache einzugehen. »Wir hatten eine Ahnung, wo er liegen könnte, und als der Hundeführer Sacco dorthin geschickt hat, hat er sofort angeschlagen.«

Nach den Bildern von dem Erdkeller folgten die ersten Fotos seines Inneren, die Hernandez gemacht hatte, und auf denen sie die Überreste des Opfers auf dem Boden verteilt liegen sahen.

Insgesamt zeigte Niemi etwa dreißig Bilder. Ein halbes Dutzend vom Erdkeller, wie sie ihn ausgegraben und freigelegt hatten, und die restlichen von dem, was sie darin gefunden hatten. Auf der Mehrzahl von ihnen war das Puzzle zu sehen, das er auf dem Arbeitstisch ausgebreitet hatte. Eine Frau in Rückenlage, die Arme auf beiden Seiten, die Beine nach unten ausgestreckt. Rekonstruiert mithilfe aller Knochen, Knochenstücke und Knochenfragmente.

Wo sich der Schädel befinden sollte, lag stattdessen ein Foto, da sich das Original noch in Linköping befand. Über das Foto hatte er Haarbüschel und einzelne Haarsträhnen platziert, die auch unter den Fundstücken gewesen waren. Darunter lagen die Reste des Unterkiefers und einige lose Zähne.

»Jetzt sind wir also damit beschäftigt, den Körper wiederherzustellen. Auch den kleinsten Knochensplitter versuchen wir an die richtige Stelle zu legen. Wie zum Beispiel die Rippe hier.« Niemi zeigte mit seinem Laserpointer darauf.

»Kein schlechtes Puzzle«, sagte Kristin Olsson. »Darf man fragen, wie viele Teile es sind?«

»Natürlich darf man.« Niemi nickte freundlich. »Ein erwachsener Mensch hat ungefähr zweihundert Knochen im Körper, und die hätte unsere Tote auch, wären da nicht einige tierische Besucher gewesen. Wahrscheinlich der Fuchs, aber auch Mäuse, vielleicht Ratten und der eine oder andere Dachs. Ich glaube, die haben sie ziemlich schnell gefunden. Das ist der Grund dafür, warum wir mehr als dreihundert Teile vor uns sehen.«

»Plus ein paar Zähne und Haare«, stellte Bäckström fest.

»Ja«, sagte Niemi. »Das kleinste Knochenfragment, das wir gefunden haben, ist ein paar Millimeter groß und wiegt weniger als ein Gramm. Das größte ist der linke Oberschenkelknochen. Er scheint sogar in recht gutem Zustand zu sein, ist zirka vierzig Zentimeter lang und wiegt ein knappes Kilo. Wir wollten ihn nach Linköping schicken, um zu sehen, ob sie das Mark zur DNA-Bestimmung verwenden können.«

»Damit ihr sicher sein könnt, dass die Knochen vom selben Körper stammen wie der Schädel?«, fragte Oleszkiewicz.

»Genau.« Niemi nickte.

»Ja, das klingt doch ganz ausgezeichnet«, stimmte Bäckström ein.

Dann hat Nadja genug zum Herumknobeln, dachte er. Noch eine DNA-Probe von derselben Leiche.«

»Aber ihr habt noch mehr gefunden als Körperteile«, sagte Annika Carlsson. »Du hast mal eine Plastiktüte von Lidl erwähnt.«

»Ja, die lag zusammen mit ihren Überresten im Erdkeller. Wenn man bedenkt, dass Lidl hier in Schweden 2003 etabliert wurde, ist sie wohl frühestens in diesem Jahr dort gelandet.«

»Eineinhalb Jahre vor dem Tsunami«, stellte Nadja aus irgendeinem Grund fest.

»Hat sie denn etwas mit dem Opfer zu tun?«, erkundigte sich Kristin Olsson.

»Ja, ich glaube schon«, antwortete Niemi. »Ich bin sogar ziemlich überzeugt davon.«

»Warum?«

»Er hat sie ihr über den Kopf gezogen, damit sie nicht alles um sich herum vollblutet, nachdem er sie erschossen hatte. Außerdem wollte er sicher auch nicht ihr Gesicht sehen. Davon gibt es eine Unmenge belegter Varianten. Wie der Täter versucht, das Gesicht des Opfers zu verbergen.«

»Warum bist du dir dann so sicher, dass es so war?«, fragte Annika Carlsson.

»Gute Frage, Annika.« Peter Niemi zeigte mit seinem Laserpointer auf das Foto der Tüte. »Ungefähr zehn Zentimeter von der Öffnung der Tüte entfernt, also an dem Ende, an dem die Henkel sind, haben wir Spuren einer Schnur im Plastik gefunden. Zuerst hat er ihr die Tüte über den Kopf gezogen, und dann hat er eine Schnur darumgebunden, wahrscheinlich dort, wo ihr Hals ist, er hat sie mehrmals darumgewickelt und fest zugezogen. Wenn man genau hinsieht, dann sieht man die Schnurspuren an der Plastiktüte. Auch wenn sie hier auf dem Foto schlecht zu sehen sind.«

»Die Schnur habt ihr auch gefunden«, sagte Annika Carlsson.

»Stücke davon jedenfalls.« Niemi zeigte ein neues Bild mit einem halben Dutzend blauer Schnurstücke, von denen das längste des dazugelegten Lineals nach zu urteilen etwa drei Zentimeter lang war.

»Was ist das für eine Schnur?«, fragte Nadja.

»Eine etwas gröbere Variante, Nylon, Plastik, wenn es Hanf oder Baumwolle oder Ähnliches gewesen wäre, denke ich, wir hätten nicht mehr viel davon gefunden. Auch das haben wir nach Linköping geschickt, und es würde mich nicht wundern, wenn die Kollegen sogar sagen könnten, von welcher Firma sie ist.«

»Sie haben da unten eine spezielle Abteilung für Schnurforensik«, kicherte Bäckström.

»Bestimmt.« Niemi grinste ebenfalls. »Ja, was haben wir noch.«

»Die Würstchendose«, sagte Bäckström. »Irgendjemand hat gesagt, du hättest eine Dose Würstchen gefunden. Sie lag in irgendeinem Plastikbeutel, glaube ich.«

»Ja, das ist dieses Foto hier.« Niemi klickte ein Bild an, auf dem die Dose und der Gefrierbeutel zu sehen waren.

»Das ist ja Bullens!« Bäckström konnte sein Entzücken kaum verbergen. »Bullens Pilswürstchen. Unser Mörder scheint Geschmack zu haben.«

»Ich will dich ja nicht enttäuschen, aber ich glaube nicht, dass sie etwas mit unserem Fall zu tun hat«, entgegnete Niemi.

»Warum denn nicht?«, fragte Bäckström.

Ich muss mal wieder ein paar Dosen davon kaufen, dachte er. Das letzte Mal habe ich Bullens in meiner Kindheit gegessen.

»Die Dose ist von Anfang der Achtzigerjahre«, erklärte Niemi. »Ich denke, sie ist mindestens zwanzig Jahre vor der Leiche dort gelandet. Wahrscheinlich war das jemand, der auf der Insel campen wollte oder so. Hat seine Proviantüte in diesen Erdkeller gestellt, von dem damals vielleicht noch der Eingang zu erkennen war. Wenn dort schon eine Leiche gelegen hätte, hätte er sie wohl kaum dorthin gestellt.«

»Wenn man Bullens Pilswürstchen isst, dann scheißt man wahrscheinlich auf so was«, sagte Annika Carlsson. »Spaß beiseite, Peter. Ich bin deiner Meinung.«

»Aber du lässt sie doch trotzdem nach Linköping schicken«, sagte Bäckström.

»Klar«, antwortete Niemi. »Ist schon auf dem Weg. Die Dose und der Plastikbeutel. Dafür hab ich sofort gesorgt, als ich gehört habe, dass sie da offenbar eine spezielle Abteilung für Wurstforensik haben. Sie soll gleich neben der forensischen Abteilung für Plastiktüten liegen. Auf demselben Gang wie die Abteilung für Schnurforensik.«

»Wenn es Bullens ist, kann man sie sicher noch essen«, merkte Bäckström aus welchem Grund auch immer an.

»Und was machen wir jetzt?«, fragte Annika Carlsson. »Außer zu versuchen, Bäckström seine Dose Würstchen zu verschaffen, meine ich.«

»Vielleicht ein bisschen normale Mordermittlung«, erwiderte Bäckström.

»Dann müssen wir wohl mit Toivonen sprechen, um einen Staatsanwalt mit ins Boot zu bekommen«, sagte Annika Carlsson.

»Ja, das ist wohl leider so«, seufzte Bäckström. »Gib dein Bestes, Annika. Versuch jemanden zu kriegen, der es wenigstens schafft, sich selbst die Schuhe zu binden.«

»Vielleicht sollten wir langsam zum Schluss kommen«, fuhr er fort. »Was denken wir also über die Sache?«

Höchste Zeit für eine kleine Talkshow, dachte Bäckström. Der reinste Appetitanreger vor dem Mittagessen.

»Das mit der unklaren Identität macht das Ganze ja definitiv ziemlich chaotisch«, stellte Annika Carlsson fest. »Mich stört es jedenfalls.«

»Und wenn du das erst mal einfach ausblendest?«, fragte Nadja.«

»Dann ist es wohl so wie meistens in diesen Fällen«, sagte Annika Carlsson. »Ihr Mann ist der Täter. Und er muss die Leiche verstecken, um Zeit zu gewinnen.«

»Wenn wir von dem Dilemma absehen«, Niemi nickte Nadja anerkennend zu, »dann tendiere ich in dieselbe Richtung wie Annika. Auch wenn man sich da natürlich nicht festlegen sollte. Aber gerade bei dieser Art von Morden ist die Statistik ziemlich eindeutig. Wenn wir ein weibliches Opfer haben, ist meistens ihr Partner der Täter. Vielleicht passierte es während eines Bootsurlaubs auf dem Mälarsee vor zirka zehn Jahren.«

»Nach dem Tsunami«, warf Bäckström ein, der sich offensichtlich nicht beherrschen konnte.

»Laut der Gerichtsmedizinerin, die mit uns auf der Insel war, übrigens eine Frau, die sehr kompetent wirkt, könnte es sehr gut um einiges später gewesen sein. Also wenn man die Überreste betrachtet, die wir gefunden haben«, sagte Niemi. »Irgendwann zwischen zehn und fünf Jahren. Das war die Einschätzung, die sie aufgrund des Ortes, an dem die Leiche lag, und dem Zustand der Knochen abgegeben hat. Vielleicht sogar eher fünf als zehn Jahre.«

»Aber nicht später«, sagte Bäckström.

»Nein, zumindest ihrer Ansicht nach nicht. Ein Bootsurlaub auf dem Mälarsee, ein Mann und eine Frau, ein Streit, der komplett ausartet und damit endet, dass er ihr mit einem alten Kleinkalibergewehr, das er im Boot liegen hat, in den Kopf schießt. So ungefähr«, fasste Niemi zusammen.

»Aber warum sollte man ein Gewehr auf einen Bootsurlaub mitnehmen?«, wandte Kristin Olsson ein. »Ich meine, irgendwelche Angeln und so, das ist ja klar, aber ein Gewehr? Das verstehe ich nicht.«

»Vielleicht, um die Möwen auf Abstand zu halten, damit sie dir nicht das Deck zuscheißen«, schlug Niemi vor und lächelte freundlich.

»Irgendwas sagt mir, dass wir hier nicht weiterkommen.« Bäckström stand auf.

»Vielleicht dein Mittagessen«, sagte Nadja und tat es ihm gleich.

41

Auf dem Weg ins langersehnte Wirtshaus schaute Bäckström auf einen Sprung bei Annika Carlsson vorbei.

Zumindest kann ich ihr ja ein paar Worte mit auf den Weg geben, dachte Bäckström, trat wortlos ein und machte es sich auf dem Stuhl vor ihrem Schreibtisch bequem.

»Ich frage mich, warum Nadja so gereizt war«, sagte er, während er seine manikürten Nägel betrachtete. Nie wieder Trauerränder, seit er ein kleines syrisches Mädchen hatte, das sich um diesen Bereich kümmerte. Wenn sie ihn nicht gerade in warme Handtücher wickelte und seine Mitesser ausdrückte.

»Das ist doch nicht so verwunderlich. Dieses Durcheinander mit der Identifizierung stört mich auch, sogar enorm.«

»Ich verstehe nicht, warum«, entgegnete Bäckström. »Genau wie du sagst. Irgendjemand hat da wohl was durcheinandergebracht. Das passiert dauernd. Es wird sich lösen.«

»Da bin ich mir nicht so sicher.« Annika Carlsson schüttelte den Kopf. »Nicht, seit ich die Unterlagen gelesen habe. Jetzt glaube ich eher, was dort steht: dass Jaidee Kunchai im Tsunami umgekommen ist.«

»Klar«, sagte Bäckström, »und dann ist sie nach Schweden gefahren, wurde erschossen und in einen alten Erdkeller auf einer Insel auf dem Mälarsee gesteckt. Das ist ja eine außerordentlich interessante Hypothese. Was hältst du davon, dass wir den Erzbischof als Sachverständigen hinzuziehen?«

»Das hab ich nicht gesagt«, erwiderte Annika Carlsson. »Ich glaube nämlich, dass unser Skelett von einer ganz anderen Frau sein könnte. Möglicherweise mit thailändischer Abstammung.«

»Die nur zufällig die gleiche DNA hat wie diese Jaidee.« Bäckström grinste. »Auch spannend. Kolossal spannend.«

»Was glaubst du denn selbst? Sag mal, Bäckström.«

»Ich weiß nicht. Ich glaube, es wird sich auflösen. Es gibt allerdings etwas anderes, das mich stört.«

»Was denn?«

»Dass Niemi diese Dose Würstchen auf die leichte Schulter nimmt. Das begreif ich nicht. Wie kann er sie einfach so abschreiben?«

»Ja, ich hab schon kapiert, dass du total begeistert von Bullens Konservenwurst bist. Obwohl da der reinste Mist drin ist, und wenn irgendjemand darauf achten sollte, so was nicht zu essen, dann bist du das. Ich sage das nur aus Fürsorge.«

»Ich hab jetzt eigentlich gar nicht an die Würstchen gedacht«, sagte Bäckström.

»Ach nein, woran denn dann?«

»An die Dose selbst. Ich hab irgendwie den Eindruck, sie könnte die Lösung dieses ganzen Falles sein.«

»Eine Dose Bullens Pilswürstchen? Die Lösung unseres ganzen Falles?«, fragte Annika ungläubig.

»Ja.« Bäckström stand von seinem Stuhl auf.

»Was hältst du davon, deine Theorien aufzuschreiben und sie in so ein versiegeltes Kuvert zu stecken? Genau wie dieser fette Professor in dieser Fernsehsendung, Verbrechen der Woche. Das wir anderen dann öffnen und sehen können, wie recht du hattest.«

»Würde mir nicht im Traum einfallen.« Bäckström schüttelte den Kopf. »Dieser Mann ist ein vollkommener Idiot. Du hast wohl noch nie darüber nachgedacht, wie es kommt, dass er diese geheimen Kuverts nie öffnet? Wenn sie dann die Fakten haben, meine ich.«

»Nein, ehrlich gesagt nicht.«

Denn das hatte sie wirklich nicht, wenn sie es recht bedachte.

»Nein«, sagte Bäckström. »Dieser Mann ist ein reiner Scharlatan, wenn du mich fragst. Aber was ich weiß, das weiß ich einfach. Frag mich nicht, warum, aber ich kann es schon jetzt gleichsam vor mir sehen.«

»Und es geht dir wirklich gut?«, fragte Annika Carlsson. »Du hast nicht vielleicht einen kleinen Racker zu viel zu diesem tödlichen Frühstück getrunken, das du immer in dich hineinstopfst?«

»Nein, absolut nicht. Es geht mir ganz ausgezeichnet. Ich wollte nur sichergehen, dass du diese Dose Bullens nicht vergisst.«

»Wie schön. Ich dachte schon fast, du hättest eine Gehirnblutung. Aber sicher, mach dir keine Sorgen. Ich verspreche dir, deine kleine Würstchendose nicht zu vergessen.«

Jetzt ist er schon wieder so, dachte Annika Carlsson und sah ihm nach, als er aus ihrem Zimmer verschwand. Fast schon ein bisschen unheimlich, wenn man an all die Male denkt, an denen er recht hatte, obwohl seine Theorie eigentlich komplett verrückt klang.

42

Bäckström war in die Operabaren gegangen und hatte gepökelte Rinderbrust zu Mittag gegessen. Er war länger als gewöhnlich sitzen geblieben, was an all den Erinnerungen aus der Kindheit lag, die plötzlich in ihm hochgekommen waren. So hatte er erhebende Gedanken über die gute alte Zeit im Kopf und währenddessen einen weiteren Cognac zum Kaffee eingenommen, um ihnen Gesellschaft zu leisten, und was sie zum Leben erweckt hatte, war eine Dose Bullens Pilswürstchen.

Seine Gedanken drehten sich nicht um die kleine Dose, die Niemi gefunden hatte und die nur acht ziemlich kurze Würstchen enthielt, sondern um die große Dose mit ganzen vierzig Würstchen, die deutlich länger waren. Außerdem waren die Würstchen in der großen Dose, das wusste jeder Gourmand und Kenner, noch wesentlich wohlschmeckender. Sie hatten einen besser ausbalancierten Salzgehalt, einen deftigeren Sud und eine elastischere Haut als die in der kleineren Dose. Außerdem waren sie, wie gesagt, um einiges länger, und da sich das nicht negativ auf ihren Durchmesser ausgewirkt hatte, bekam man ganz einfach mehr und bessere Wurst für sein Geld.

Genau wie in Niemis Fall ging es für Bäckström nicht um die Würstchen an sich und das angenehme Geschmackserlebnis, das sie ihm immer geschenkt hatten. Es gab eine andere, deutlich höhere und gleichzeitig tiefere Dimension in den Erinnerungen, die von ihnen wachgerufen worden waren. Erinnerungen an damals, als Bäckström mit seinem Vater Johannes Bäckström zu Abend gegessen hatte, dem stets volltrunkenen Oberwachtmeister vom Polizeirevier am Mariatorget im Stockholmer Stadtteil Södermalm, verantwortlich für die Arrestabteilung.

Es war übrigens die einzige gute Erinnerung, die er an seinen Vater hatte. Das eine Mal, an dem sie zusammen Bullens Pilswürstchen gegessen hatten. Keine schlechte Mahlzeit, dachte Bäckström und nippte an seinem Cognac. Bullens Pilswürstchen konnte offensichtlich Brücken zwischen Generationen schlagen, sogar zwischen ihm selbst, damals bald dreizehn Jahre alt, und seinem Vater, der im selben Herbst fünfundfünfzig geworden wäre, hätte er sich nicht einen Monat vorher zu Tode gesoffen.

Als sein Vater an jenem Tag aus der Arbeit gekommen war, hatte er eine große Dose *Bullens Pilsnerkorv* und einen ganzen Liter Schnaps in einer altmodisch aussehenden Flasche dabei gehabt. Bäckströms verrückte Mutter war wie gewohnt ausgeflogen, und sein Vater und er hatten gemeinsam das Abendessen gemacht. Während Vater Bäckström seine Krawatte gelockert, die Zeitung gelesen, den Tisch gedeckt und einen so genannten Aperitif genommen hatte, bevor er schließlich die Dose mit Wurst direkt auf der Gasflamme des Herdes aufwärmte, hatte sein Sohn Kartoffeln gekocht und sie zu Brei gestampft. Dann hatte er sein Werk mit einem großen Becher Sahne aus dem Kühlschrank sowie dem Dotter von vier Eiern gekrönt, die er in der Speisekammer gefunden hatte. Vom Abschmecken mit Salz, Pfeffer und etwas geriebenem Muskat war nicht die Rede. Das war Weibergeschmack, fanden Vater wie Sohn.

Sein Vater hatte sich einen weiteren kleinen Aperitif eingeschenkt und sich ein altes Küchenhandtuch in den Kragen gesteckt, um sein Uniformhemd nicht zu bekleckern. Dann goss er sich den ersten Schnaps ein und probierte den Kartoffelbrei seines Sohnes.

»Leicht zu kauen und gut gewürzt.« Vater Bäckström nickte anerkennend, während er sich ein halbes Dutzend Würstchen direkt aus der Dose auf den Teller legte. »Pass bloß auf, mein Junge, dass du kein Koch wirst. In dem Beruf gibt's viel zu viele warme Brüder. Fast genauso schlimm wie auf See.« Bäckström der Ältere kannte sich da aus, er hatte bei der königlichen Leibgarde gearbeitet, bevor er Polizist geworden war. »Es ist kein Zufall, dass Donald Duck ohne Hosen herumwatschelt. Wenn du verstehst, was ich meine«, fügte er hinzu.

»Danke, Vater. Die Würstchen sind auch gut«, sagte Bäckström.

»Das wär ja auch noch schöner«, brummte Bäckström der Ältere. »Ist ja schließlich Bullens. Bessere gibt's nicht.«

»Hast du sie beim Händler in der Götgatan gekauft, Vater? Ich hätte nicht gedacht, dass sie die großen Dosen haben.«

Wie klaut man so eine, ohne dass man aussieht wie ein Zigeuner, dachte er.

»Die hab ich beschlagnahmt.« Sein Vater nickte ernst. »Von einem Besoffenen aus Norrland. Aus Kramsfors. Wurde unten am Hauptbahnhof festgenommen, kurz bevor meine Schicht zu Ende war. Ein Liter Schnaps und eine große Dose Bullens. Und eine Flasche Klaren, die er im Zug fast ganz ausgetrunken hatte.«

»Was wollte er denn hier?«, fragte Bäckström. »Wenn er schon besoffen war, bevor er ausgestiegen ist, meine ich.«

»Diese elenden Lappen«, seufzte Vater Bäckström kopfschüttelnd. »Man kann sie nicht verstehen. Hat behauptet, er wollte irgendeiner alten Tante zum Neunzigsten gratulieren. Mit einer Dose Würstchen und einem Liter Schnaps. Du hörst wohl selbst, wie das klingt. Ich meine, wie glaubwürdig ist das denn? Außerdem konnte man ja kaum verstehen, was er gesagt hat.«

»Klingt wie eine Lüge«, stimmte Bäckström zu.

»Ich verwette meinen Hintern, dass das Weib in Luleå gewohnt hat. Dass der Idiot einfach in den falschen Zug gestiegen ist. Daran musst du übrigens denken, wenn du selbst Polizist wirst. Dass du bei dem, was du machst, das Gesetz hinter dir hast. Die Sache, dass du den Schnaps auskippen musst, den du beschlagnahmst, ist dagegen reiner Wahnsinn. Versteck ihn in deinem Schrank und sieh zu, dass du eine ordentliche Tasche mitnimmst, wenn du morgens in die Arbeit gehst, in der du sie mit nach Hause nehmen kannst.«

»Ja, das ist klar. Aber das mit dem Gesetz hinter sich haben, verstehe ich nicht richtig. Wie meinst du das?«

»Einem neunzigjährigen Weibsbild mit einer Dose Würstchen und einem Liter Schnaps gratulieren? Wie wahrscheinlich ist das? Eine typische Beschlagnahme, würde ich sagen. Außerdem gibt es ja einen deutlichen Zusammenhang zwischen dem Schnaps und der Wurst. Also, in diesem Fall.«

»Ich wusste nicht, dass man auch Würstchen beschlagnahmen kann. Bei Schnaps war es mir schon klar. Aber nicht bei Würstchen.«

»Sicher«, erklärte Bäckström der Ältere. »Wenn es einen so deutlichen Zusammenhang gibt wie hier. Die Würstchen waren ja nur als Snack zum Schnaps gedacht, wenn du verstehst, was ich meine. Eine zusätzliche Unterstützung des Alkoholmissbrauchs, wenn man so sagen will.«

»Ja, klar. Jetzt verstehe ich.«

»Klar wie Wurstbrühe.« Vater Bäckström nickte und rülpste. »Übrigens, wirst du nicht bald fünfzehn?«

»Doch«, sagte Bäckström. Oder dreizehn, wenn man sich jetzt an Details aufhängen will, dachte er.

»Hol dir ein Glas«, ordnete Vater Bäckström an und winkte in Richtung Schrank. »Dann ist es höchste Zeit, dass du mal einen trinkst.«

Er füllte ihnen beiden die Gläser, sah seinen Sohn ernst an und hob sein Glas in Höhe seines Kragenknopfs.

»Wenn du keine Probleme mit Schnaps kriegen willst, ist es wichtig, dass du das Trinken in geordneter Form lernst«, sagte er. »Schau mir jetzt in die Augen und antworte ehrlich, Evert. Trinkst du zum ersten Mal?«

»Ja«, log Bäckström und nickte. »Ganz ehrlich, Vater. Bei meiner Ehre. Ich hab noch nie in meinem Leben einen Tropfen getrunken.«

»Ich hätte darauf wetten können«, sagte Vater Bäckström gefühlvoll, »dass deine Mutter hier die heimliche Säuferin ist. Die herumrennt und aus den Flaschen ihres Mannes klaut. Obwohl ich ihr zum Geburtstag Bananenlikör und zu Weihnachten Portwein zugesteckt habe.«

»Ja, Mutter säuft wohl eine ganze Menge, leider«, bekräftigte Bäckström mit einer Sorgenfalte auf der Stirn. »Und es gibt da noch was, das ich mich frage.«

»Was denn?«

»Warum sie ein Gummiband um die Flasche macht. Also, bis wohin sie getrunken hat. Ich meine, wenn jemand heimlich von ihrem Likör naschen will, muss er ja nur das Gummiband herunterziehen.«

»Ja, eine große Denkerin war sie ja noch nie«, seufzte Vater

Bäckström. »Ich persönlich zeichne einen Strich aufs Etikett. Kleiner Tipp für die Zukunft.«

»Danke, Vater.« Evert erhob sein Glas. »Vielen Dank für dein Vertrauen.«

»Prost, mein Sohn.« Vater Bäckström kippte den Schnaps in einem Zug hinunter, während sein Sohn sich schlauer anstellte. Zuerst nippte er vorsichtig, um dann seine Glaubwürdigkeit mit einer säuerlichen Grimasse zu erhöhen.

»Da gewöhnst du dich dran, Evert, da gewöhnst du dich dran.« Sein Vater klopfte ihm tröstend auf den Arm.

Näher waren sie sich nie gekommen, dachte Bäckström und seufzte tief in dem Ledersessel, in dem er nun fast ein halbes Jahrhundert später saß. Von allen Mahlzeiten, die sie zusammen eingenommen hatten, war dies die einzige, die zählte. Bullens Pilswürstchen und sein eigener selbstgemachter Kartoffelbrei. Der einzige Schnaps, zu dem ihn sein Vater in seinem ganzen Leben eingeladen hatte, aber als Mahlzeit absolut auf einer Stufe mit den fünf Broten und den zwei Fischen. All die Striche, die er auf die Flaschen dieses alten Säufers gezeichnet hatte. Der Kerl hatte kaum zählen können und musste ein Auge zusammenkneifen, wenn er zu sehen versuchte, wo er den letzten hingemalt hatte. Und seine verrückte Mutter mit den Gummibändern. Einmal hatte er ein zweites Band darumgelegt, um sie noch mehr zu verwirren.

Ach, die gute, alte Jugendzeit, dachte Bäckström und seufzte noch einmal. Der ganze andere Kram, den er Ankan Carlsson erzählt hatte – über die entscheidende Bedeutung der Dose Würstchen zur Lösung des Falles – war reiner Mist, den er nur aufgetischt hatte, um ihr etwas zum Grübeln zu geben. Einzelne Male konnte so was sogar stimmen, und dann wurde er immer zum Genie erklärt oder als Hellseher betrachtet, je nach Neigung des Betrachters. Meistens lag er falsch, aber dann hatten sie auch schon vergessen, was er gesagt hatte.

Sogar ein alter Finne wie Niemi muss irgendwann mal recht haben, dachte Bäckström, der keine Ahnung hatte, wie falsch er selbst dieses Mal lag.

43

Irgendjemand musste einen Fehler gemacht haben, entweder in Thailand oder hier in Schweden. Doch bis Nadja Klarheit in diese Sache gebracht hatte, ignorierten Annika Carlsson und ihre drei Mithelfer das Ganze einfach und arbeiteten mit dem weiter, was sie hatten. Sie stellten alle nur erdenklichen Informationen über Jaidee Kunchai und ihren damaligen Ehemann Daniel Johnson zusammen.

»Klug«, sagte Bäckström, der gerade an diesem Tag beschlossen hatte, seine Kontrollrunde in Ankan Carlssons Büro zu beginnen. »Es war immer der Ehemann. Scheiß auf die Unstimmigkeiten, die lösen sich schon auf.«

»Ich weiß nicht«, entgegnete Annika Carlsson. »Ich spüre diesmal nicht die üblichen Vibes.«

»Du meinst, dieses Exemplar von trauerndem Witwer war einfach zu schwer mitgenommen«, grinste Bäckström.

»Ja, das und alles andere.« Annika zuckte vielsagend mit den Schultern.

»Was hatte er für eine Wahl? Wäre er in Jubel ausgebrochen, hätte wohl sogar dieser alte Vollpfosten vom Reichskriminalamt reagiert.«

»Du meinst Stig Andersson, den Kollegen, der ihn in Thailand verhört hat?«

»Ja«, antwortete Bäckström. »Ihn und die anderen Idioten

vor Ort. Erklär mir mal, wie sie auf einer Insel draußen auf dem Mälarsee auftauchen konnte? Ganz sicher einige Jahre nachdem sie angeblich im Tsunami umgekommen ist.«

»Vielleicht ist es gar nicht sie«, entgegnete Annika Carlsson. »Der Gedanke ist dir wohl noch nie gekommen.«

»Natürlich ist sie es. Außerdem gibt es eine deutlich einfachere Erklärung.«

»Schreib sie auf einen Zettel, steck ihn in ein Kuvert.«

»Ja, oder denk selber nach«, sagte Bäckström. »Aber jetzt eine ganz andere Sache.«

»Ja?«

»Der Staatsanwalt. Wie läuft es da?«

Schon alles geklärt, meinte Annika Carlsson. Sie hatte mit Toivonen gesprochen, der wiederum mit der Staatsanwaltschaft, die ihnen bereits am Nachmittag nach der Montagsrunde des Ermittlerteams einen Staatsanwalt zugeteilt hatte.

»Wen denn?«

»Niemand, den ich kenne.« Annika Carlsson schüttelte den Kopf. »Hanna Scharv heißt sie. Mit v. Stellvertretende Oberstaatsanwältin, scheint vorher beim Staatlichen Amt für Wirtschaftskriminalität gewesen zu sein. Ich hab mit ihr telefoniert. Klang okay.«

»Und wie fit ist sie in Mordfällen?«

»Vermutlich gar nicht, würde ich tippen.«

»Aber das ist doch schön zu hören«, sagte Bäckström. »Mit etwas Glück haben wir vielleicht leichtes Spiel, und sie mischt sich nicht die ganze Zeit ein.«

»Hoffen wir das Beste. Ich hab jedenfalls dafür gesorgt, dass sie alle Unterlagen bekommt«, erwiderte Annika Carlsson. »Außerdem hat Nadja mit ihr über unser kleines Problem mit der Identifizierung des Opfers gesprochen.«

»Wann will sie sich mit uns treffen?«

»Morgen Nachmittag um zwei.«

»Was ist gegen Vormittag auszusetzen?«, seufzte Bäckström. Warum denn zur besten Mittagessenszeit, dachte er.

»Da konnte sie nicht. Sie muss am Vormittag im Gericht sein. Aber ich hab's versucht, ich will dir wirklich nicht das Leben schwer machen.«

»Jeder Tag hat seine Plag.« Bäckström stand auf.

»Noch eine Sache, bevor du abhaust«, sagte Annika Carlsson. »Ich hab über diesen Ehemann nachgedacht.«

»Ja, was ist mit ihm?«

»Er scheint ja ein richtig böser Mensch zu sein, wenn man dir glauben will. Was er sich ausgedacht hat, sprengt alle Grenzen. Denkst du, er hat auch den Tsunami geplant?«

»Nein, natürlich nicht«, erwiderte Bäckström. »Das hab ich nie gedacht.«

»Schön zu hören.« Annika Carlsson lächelte.

»Denk darüber nach, Annika.« Bäckström blieb in der Tür stehen. »Denk nach, ohne es unnötig kompliziert zu machen.«

»Kluge Worte von einem klugen Mann. Ist es okay, wenn ich sie aufschreibe?«

»Sei nicht kindisch, Annika.« Bäckström schüttelte den Kopf, bevor er ging. »Denk einfach nach.«

44

Hanna Scharv war eine kleine, korpulente Frau unbestimmbaren mittleren Alters mit kurz geschnittenem aschblondem Haar. Blaues Sakko, weiße Bluse, blaue Hose und blaue Pumps mit halbhohen Absätzen. Ein Sakko, das an der Brust bedenklich spannte, eine Bluse mit klaffenden Spalten zwischen den Knöpfen, sobald sie sich hinsetzte, eine Hose, auf der Querfalten entstanden und Schuhe ohne Schnürung. Dazu trug sie ein stählernes Brillengestell und ein unveränderlich freundliches Lächeln. Sie sprach langsam und deutlich und schien jedes Wort abzuwägen, bevor es ihre dünnen Lippen passieren durfte. Der erste Eindruck, den sie beim Treffen am Mittwochnachmittag, 3. August, auf ihre Fahndungstruppe machte, lässt sich am einfachsten als erschütternd beschreiben. Er passte nicht gut mit ihrer Auffassung zusammen, wie eine Staatsanwältin sein sollte, und mehr war nicht nötig, um eine enge und reibungslose Zusammenarbeit in einen Kampf auf Leben und Tod zu verwandeln. Eine Staatsanwältin gegen sieben Polizisten und eine zivil angestellte Analytikerin, ein Kampf, der von Anfang an entschieden sein sollte. In diesem Fall jedoch nicht, wie sich bald zeigen sollte.

Ein guter Staatsanwalt war ein Staatsanwalt, der tat, was die Polizei sagte. Der sich nicht in die praktische Arbeit einmischte, von der er sowieso keine Ahnung hatte, sondern stattdessen dafür sorgte, die Zwangsmittel bereitzustellen, die die Polizei auf ihrer Jagd nach dem Täter brauchte. Egal, ob es um Telefonkontrollen, versteckte Abhörmaßnahmen, Hausdurchsuchungen, normale Festnahmen und Beschlagnahmen ging oder nur darum, jemanden ohne vorherigen Bescheid zum Verhör zu holen. Das war Bäckströms entschiedene Ansicht, eine Ansicht, die er mit vielen anderen Polizisten teilte, und was Hanna Scharv betraf, wurden seine Hoffnungen auf ein leichtes Spiel sofort zunichtegemacht.

Die stellvertretende Oberstaatsanwältin Scharv hatte nicht mehr als die einleitenden fünf Minuten ihres ersten Treffens mit dem Ermittlerteam gebraucht, um ihn davon zu überzeugen. Staatsanwältin Scharv war nämlich nicht nur in formeller, sondern auch in praktischer Hinsicht die Leiterin der Ermittlungen. »In Theorie und Praxis«, verdeutlichte sie und lächelte die sieben Polizisten und die zivile Analytikerin freundlich an, die mit ihr im Raum saßen. So sah sie ihre Rolle hier, gänzlich gemäß der geltenden Regeln im Übrigen, und diese Einstellung hatte sie in ihren bald fünfzehn Jahren als Staatsanwältin immer vertreten.

Außerdem war sie ein großer Freund geordneter Arbeitsformen und fortlaufender Information. Dazu gehörten regelmäßige Teambesprechungen an jedem Montag- und Freitagnachmittag, in denen man die Lage abstimmte und die weitere Arbeit diskutierte. Die Informationen wollte sie per Mail, »zu Dokumentationszwecken«, was aber auch die unmittelbare und mündliche Form nicht ausschloss, »in eiligen Fällen, oder wenn es sozusagen in der Natur der Sache lag«.

»Wie schön, Sie kennenzulernen, Hanna.« Bäckström blickte sie mit einem süßlichen Lächeln an. »Sie sind ja neu für uns alle hier, aber wir haben uns schon darauf gefreut, Sie zu treffen. Wir haben schon viel Gutes von Ihnen gehört.«

Was für eine unglaublich fette und fiese alte Schachtel, dachte Bäckström, ohne darüber nachzudenken, dass er selbst wohl doppelt so viel wog und mindestens zehn Jahre älter war. Als wäre es nicht genug, dass sie offenbar sein ganzes Leben in Schieflage bringen wollte, nur weil sein kleiner Nachbar einen Schädel auf irgendeiner verlassenen Insel gefunden hatte. Sie war auch noch so hässlich, dass es sowohl seinen allgemeinen Seelenfrieden als auch seine Verdauung beeinträchtigte. Ihr baldiges Todesurteil hat sie bereits unterschrieben, dachte er.

»Danke, Bäckström. Das tut gut«, erwiderte Hanna Scharv und sah aus, als meinte sie es wirklich so. »Ich hab ja schon mit Nadja und Annika telefoniert, und soweit ich es verstanden habe, haben wir ein ansehnliches Problem, das wir lösen müssen, bevor wir weitermachen können. Was ich meine ist natürlich die unklare Identität unseres Opfers.«

»Ja, sieh mal einer an, das hat uns auch schon Kopfzerbrechen bereitet.« Bäckström seufzte und schüttelte gleichzeitig den Kopf, um seine Worte zu unterstreichen. »Es wäre sehr interessant, Ihre Meinung zu diesem Durcheinander zu hören«, fügte er hinzu und seufzte zur Sicherheit noch einmal.

Staatsanwältin Scharv hatte mit einer allgemeinen Betrachtung begonnen. Probleme waren da, um gelöst zu werden, und in der Welt, in der sie lebte, hatte sie sie immer als spannende Herausforderungen betrachtet. Nach der Beschäftigung mit den Unterlagen, die sie bekommen hatte, hatte sie sich auch eine eigene Meinung über die Sache gebildet.

Die so gut wie unmittelbare Identifizierung von Jaidee Kunchai nach dem Tsunami sprach stark dafür, dass es sich dabei wirklich um sie gehandelt hatte. Sie war in dem Haus gefunden worden, das ihr Mann und sie gemietet hatten, Kleidung und Schmuck an ihrem Körper hatten gestimmt, die Angehörigen und das Hotelpersonal hatten sie wiedererkennt, und nicht zuletzt war es ihre DNA gewesen, die man in Thailand gesichert hatte.

In Kombination mit dem Umstand, dass sie bereits fünf Tage später in ihrer alten Heimatstadt Bangkok kremiert worden war, wovon Papiere in Form eines Totenscheins, einer Rechnung und eines Protokolls des Bestattungsinstituts existierten, die sich um die praktischen Dinge wie den Transport ihrer Leiche und die Bestattungszeremonie gekümmert hatte, war die logische Schlussfolgerung eindeutig. Es konnte nicht Jaidee Kunchais Skelett sein, auf das man auf der Unheilsinsel im Mälarsee gestoßen war. Es musste eine andere Frau sein. Möglicherweise ostasiatischer Abstammung, wenn nun die osteologischen Experten richtig getippt hatten.

»Danke.« Bäckström lehnte sich zurück, wandte den Blick zur Decke und legte die Fingerspitzen gegeneinander, während er nachdenklich nickte. Höchste Zeit, die christliche Karte auszuspielen, dachte er.

»Für einen gläubigen Menschen wie mich ist es ja unbestreitbar schwer, sich eine andere Erklärung vorzustellen«, fuhr er fort und nickte erneut.

»Wie meinen Sie das?«, fragte Scharv, die ihre Verblüffung nur noch schwer verbergen konnte.

»Na ja, es kann doch logischerweise niemand zweimal sterben«, verdeutlichte Bäckström. »Jedenfalls nicht meinem christlichen Glauben nach.«

Diese Schnepfe lächelt noch immer, aber inzwischen deutlich steifer, dachte er.

»Nein«, stimmte Scharv zu. »Bei allem Respekt für Ihren Glauben, Bäckström, so will ich doch unterstreichen, dass gewöhnlicher gesunder Menschenverstand ausreicht, um das einzusehen.«

»Wie lösen wir das?«, fragte Bäckström. »Wie machen wir weiter, meine ich? Sie dürfen uns gern den Weg weisen.«

»Tja, erst einmal müssen wir natürlich dafür sorgen, dass wir eine neue DNA-Probe bekommen. Das ist ja eine absolut notwendige erste Maßnahme. Ich persönlich würde mich nicht wundern, wenn sich bereits dann zeigen würde, dass uns ganz einfach ein falsches DNA-Profil geschickt wurde.«

»Ist schon im Gange«, sagte Niemi, ohne auf irgendwelche Details einzugehen.

Scharv ist wohl kaum mit besonders messerscharfem Verstand gesegnet, dachte er. Eine Einsicht, zu der offensichtlich auch Nadja gelangt war, ihrem abwesenden Gesichtsausdruck nach zu urteilen.

»Na, das ist doch ausgezeichnet«, rief Bäckström. »Dann müssen wir versuchen, die da unten in Linköping, so gut es geht, anzutreiben.«

»Ja, ich habe verstanden, dass das eine gewisse Zeit dauern kann«, sagte Scharv.

»Monate«, seufzte Bäckström. »Obwohl es sich ja um einen Mord handelt. Einen Mord an einer armen, jungen Frau.«

Scharv sei sich natürlich des Ernstes der Lage bewusst, und wenn sie ihre Hilfe bräuchten, um das Ganze zu beschleunigen, sollten sie es nur sagen. In Erwartung des Ergebnisses gäbe es darüber hinaus noch andere Dinge, die so bald wie möglich in Angriff genommen werden müssten.

»Woran denken Sie?«, fragte Bäckström.

Noch steiferes Lächeln, dachte er.

»Na ja, es muss ja im Zusammenhang mit der Registrierung irgendwo ein Fehler passiert sein. So etwas kommt leider ständig vor, es ist also wohl nicht das erste Mal. Ich hab es selbst schon einige Male erlebt. Fingerabdrücke, DNA, sogar gewöhnliche Blutproben, die man durcheinandergebracht und verwechselt hat. Wir müssen ganz einfach mit den Verantwortlichen für die Register sprechen, sowohl bei der Polizei als auch beim Forensischen Zentrum in Linköping und bei der Einwanderungsbehörde. Ja, und mit den Verantwortlichen oben im Reichskriminalamt natürlich. Solche Papiere, die jahrelang in irgendeinem alten Arbeitsregister liegen geblieben sind, habe ich nie besonders geschätzt.«

»Auch das ist schon am Laufen«, sagte Nadja.

Ich frage mich, was mit ihr los ist, dachte sie. Muss ja noch etwas mehr sein als bloße Dummheit.

»Aber das ist ja großartig«, konstatierte Hanna Scharv. »Dann legen wir uns mal ins Zeug, wie ihr Polizisten immer sagt. Ach ja, übrigens, noch eine Sache, bevor ich es vergesse. Die nächste Besprechung findet erst am Montag statt. Diesen Freitag kann ich nämlich nicht. Wir haben in der Arbeit die Verabschiedung meines alten Chefs, der in Pension geht.«

»Das ist natürlich traurig«, sagte Bäckström. »Also, nicht, dass Sie auf eine Abschiedsfeier gehen, sondern, dass wir uns nicht sehen können.«

Man muss auch die kleinen Freuden des Lebens schätzen, dachte er.

»Ich hab Sie schon verstanden, Bäckström. Also keine Sorge. Gibt es sonst noch Fragen, bevor wir uns trennen?«

Niemand hatte irgendwelche Fragen. Die übrigen acht, die im Raum saßen, schüttelten allesamt die Köpfe. Das Glied hat sich bereits geschlossen, dachte Bäckström zufrieden, als er die Staatsanwältin zum Lift begleitete, um sicherzugehen, dass sie das Haus verließ.

»Okay«, sagte Bäckström zwei Minuten später, als er zum Konferenzraum zurückgekehrt war und die Tür hinter sich geschlossen hatte. »Wir haben eine Staatsanwältin am Hals, die ganz offensichtlich dumm wie Brot ist. Was machen wir da? Was sagst du, Niemi?«

»Früher oder später passiert es«, sagte Niemi. »Jetzt ist es uns passiert. Das, was sie da gebrabbelt hat, was wir tun sollen, läuft ja außerdem schon alles. Das sollte sie bis Montag ruhig stellen. Außerdem treffe ich mich wegen einer anderen Sache mit Toivonen, also kann ich das Ganze mal mit ihm besprechen. Unter vier Augen.«

»Da sind wir dir sehr dankbar«, erwiderte Bäckström.

Sogar die finnische Kavallerie schließt sich uns an, dachte er.

»Falls es irgendjemanden interessiert, wie es kommt, dass sie sich so benimmt, dann hab ich da eine Theorie«, sagte Niemi.

»Ich hatte ja keine Ahnung, dass du auch noch Psychiater bist«, rief Bäckström.

Muss irgendwas sein, das er an der Uni in Haparanda gelernt hat, dachte er.

»Beim Amt für Wirtschaftskriminalität, wo sie vorher gearbeitet hat, sind Staatsanwälte und Ökonomen und Buchhalter diejenigen, die das Sagen haben«, erklärte Niemi. »So einfaches Fußvolk wie wir sollen nur das tun, was sie uns sagen.«

»Eine ganz andere Firmenkultur also«, sagte Stigson und grinste.

»Ja, so in etwa«, bestätigte Niemi.

»Ich persönlich werde jetzt wieder in mein Büro gehen.«
Nadja stand auf und sammelte ihre Papiere zusammen.

»Um auf die russische Art Trost zu suchen«, schlug Bäckström vor.

»So ungefähr«, sagte Nadja. »Um an die Birkenwälder in meinem alten Heimatland zu denken. Die so groß sind, dass sie kein Ende nehmen.«

»Weißt du was, Nadja«, sagte Annika Carlsson. »Wir haben eine bescheuerte Staatsanwältin am Hals. Das ist nicht die Welt, und wenn es nicht anders geht, verspreche ich euch, sie persönlich an den Ohren hier herauszuschleppen. Hat sie jemand schon einmal getroffen?«

»Ja, ich«, meldete sich Oleszkiewicz. »Ich hatte sie als Dozentin an der Uni im Jura-Einführungskurs.«

»Wie war sie da?«, fragte Kristin Olsson.

»Ganz o.k., fanden die meisten, die sie als Lehrerin hatten. Pädagogisch, klar und deutlich und all so was.«

»Du hast also Jura studiert... Ole...«

»Sag einfach Ozz, Chef.« Oleszkiewicz grinste breit. »Ozz mit zwei z«.

»Aber was machst du dann hier? Wenn du Jura studiert hast, meine ich?«, fragte Bäckström.

Mein persönlicher Judas Iskariot, obwohl ich nur sieben Jünger habe, dachte er.

»Ich bin hier, weil ich Polizist werden wollte«, erklärte Oleszkiewicz. »Und wenn du auf Scharv hinauswillst, Chef, dann war ich vielleicht nicht ganz so begeistert von ihr wie die meisten meiner Kommilitonen.

»Und warum nicht?«

»Ein Grund war, sie wirkte viel zu selbstgefällig. Sie hatte ganz einfach keinen Respekt vor anderen. Manche Menschen haben irgendwie keine Antennen. Ein anderer, dass sie Problemen aus dem Weg gegangen ist. Manche Dinge können ziemlich schwierig sein, und du kannst sie nicht lösen, indem du sie nur vereinfachst, bis du sie selbst verstehst. Dann verpasst du alles, worum es wirklich geht.«

Bäckström nickte nur.

Vielleicht gibt es ja doch noch Hoffnung, dachte er.

45

Nadja suchte weder in Russlands Birkenwäldern Trost noch in seinem Nationalgetränk. Sobald sie in ihr Büro zurückgekehrt war, rief sie ihren Bekannten vom Reichskriminalamt an, um ihn zu bitten, ihr bei mehreren praktischen Dingen zu helfen, die in Thailand erledigt werden mussten. Dinge, die sie hier in Schweden nicht tun konnte, wie viele Papiere sie auch ansammelte.

»Du weißt schon, diese Art von geschmeidiger Hilfe unter Kollegen«, erklärte sie. »Wenn jemand wie ich den offiziellen Weg ginge, würde das eine Ewigkeit dauern, und leider weiß ich aus Erfahrung, dass das selten die Mühe wert ist. Was Thailand angeht, habe ich außerdem dummerweise keine derartigen informellen Kontakte, die ich nutzen kann.

»Aber ich«, sagte ihr Bekannter. »Du musst dir also keine Sorgen machen. Aber klar, da bin ich deiner Meinung. Es ist verdammt nervig, dass die Mühlen in diesem System so langsam mahlen.«

»Ja, und ich kriege langsam ein ganz schön schlechtes Gewissen, wenn ich an all das denke, wobei du mir schon geholfen hast.«

»Musst du nicht. Wozu hat man denn sonst Freunde.«

Was Nadjas Problem anging, jemanden vor Ort zu finden, der verschiedene Dinge für sie überprüfen konnte, gab es ihrem Bekannten zufolge zwei Möglichkeiten. In der Rechtsabteilung der schwedischen Botschaft gab es seit mehreren Jahren einen schwedischen Polizisten, der als Kontaktperson für die thailändische Polizei und die Kollegen in den Nachbarländern fungierte. Er selbst hatte sechs Jahre lang auf diesem Posten gesessen, bis er vor zwei Jahre nach Schweden zurückgekehrt war. Sein Nachfolger war ein ganz ausgezeichneter Polizist, den er persönlich kannte und für den er sich verbürgte. Es gab jedoch ein Problem.

»Was denn für eins?«, fragte Nadja.

Immer diese Probleme, dachte sie.

»Ich hab gestern mit ihm gesprochen, und er ist gerade mit seiner Frau nach Schweden geflogen, um seinen Urlaub hier zu verbringen. Außerdem stammt er aus Norrland, also ist ihm die Elchjagd im September absolut heilig. Er wird daher einen guten Monat hier in Schweden sein. Wenn ich die Sache recht verstanden habe, ist das ein wenig spät für dich.«

»Ja. Nicht zuletzt im Hinblick auf die Staatsanwältin, die sie uns zugeteilt haben.«

»Ich hab's schon gehört.« Ihr Bekannter kicherte zufrieden. »Hanna Scharv hat wohl nicht den schärfsten Verstand. Trotz ihres Namens, meine ich. Du solltest hören, was die Kollegen beim Amt für Wirtschaftskriminalität von ihr halten. Mehrere von denen kommen ja von uns, deshalb hört man das eine oder andere. Ihr Spitzname dort war Buttermesser, so ein stumpfes aus Holz, weißt du, das die Kinder gern im Werkunterricht machen und ihren Großeltern zu Weihnachten schenken. Als sie sie endlich losgeworden sind, haben sie eine ganze Woche gefeiert.«

»Kann ich mir vorstellen«, seufzte Nadja.

Wie auch immer das nun mein Problem lösen soll, dachte sie.

»Deshalb hab ich also einen anderen Vorschlag.«

»Tja, in dieser Lage bin ich für alles dankbar, wie du sicher verstehst.«

»Akkarat Bunyasarn«, sagte ihr Bekannter. »Bessere Hilfe kann ich dir nicht anbieten.«

»Akkarat«, wiederholte Nadja. »Du musst entschuldigen, aber mein Thailändisch ist vielleicht nicht ganz fließend. Was heißt das?«

Vielleicht viel Glück auf Thailändisch, dachte sie.

»Er heißt so. Akkarat Bunyasarn. Das ist ein Kollege und sehr guter Freund von mir, der bei der königlichen thailändischen Polizei in Bangkok arbeitet. Wir hatten viel miteinander zu tun, als ich als Verbindungsmann da unten war. Er ist Detective Superintendent der Kriminalpolizei auf nationaler Ebene. Dieser Mann ist ein Phänomen. Obwohl er nicht größer als vielleicht eins fünfundsechzig ist und wie ein Halbwüchsiger aussieht.«

»Wie alt ist er denn?«, erkundigte sich Nadja.

Irgendwo muss man ja anfangen, dachte sie.

»Fünfzig plus, wie ich. Wenn du mit ihm sprichst, mach es via Skype, dann kannst du ihn dir anschauen. Ich bin sicher, du wirst mir zustimmen. Sieht aus wie fünfundzwanzig. Höchstens. Ausgezeichnetes Englisch spricht er auch.«

»Also ein guter Kollege.«

»Einen besseren gibt's nicht, wie ich schon sagte. Erstens ist er ja nicht irgendjemand. Er ist so etwas wie bei uns ein leitender Polizeidirektor, und nachdem er in der nationalen Abteilung in Bangkok sitzt, was ungefähr dem hiesigen Reichskriminalamt entspricht, kann er landesweit arbeiten.«

»Na, das klingt ja absolut super, wenn du meinst, er stellt sich zur Verfügung?«

»Das macht er sicher, wenn ich ihn bitte. Außerdem ist er ein

rechtschaffener Typ, was da unten keineswegs selbstverständlich ist. Korruption ist in bestimmten Teilen der thailändischen Polizei leider ziemlich verbreitet. Die Ordnungspolizei und vor allem die lokale Polizei auf dem Land haben wohl die größten Probleme damit. Das zu wissen könnte nützlich sein.«
»Kannst du mir seine Kontaktdaten schicken?«, fragte Nadja.

»Ich schlage vor, wir machen es so: Jetzt ist es in Bangkok ja schon spätabends, ich werde ihn also morgen früh anrufen und mit ihm sprechen, erklären, worum es geht und so weiter. Wenn es keine Probleme gibt, was mich wundern würde, maile ich sie dir rüber.«

»Wie lieb von dir«, sagte Nadja. »Akkarat Bunyasarn, so hieß er doch?«

»Akkarat Bunyasarn, das ist ein Name, den man sich merken sollte. Das kann ich dir versprechen.«

Was mache ich jetzt, dachte Nadja, sobald sie das Gespräch beendet hatte. Nach Hause fahren? Sie nickte. Ich fahre nach Hause und suche auf die russische Art Trost. Außerdem schlage ich zwei Fliegen mit einer Klappe, Birkenwald und Wodka, in Form von *Berjozovyj les wodka*. Und wenn ich dann eingeschlafen bin, kann ich süße Träume von Akkarat Bunyasarn träumen, einem Mann, auf den man sich hundertprozentig verlassen kann, obwohl er nur eins fünfundsechzig groß ist und wie ein Halbwüchsiger aussieht.

46

Am Donnerstagmorgen versammelte Evert Bäckström bereits um acht Uhr seine engsten Mitarbeiter zu einem heimlichen Treffen hinter seiner verschlossenen Bürotür. Hätte er die Wahl gehabt, hätte er es natürlich zu einer menschlicheren Uhrzeit abgehalten, aber leider war die Lage so brisant, dass ihm diese dämliche Staatsanwältin Hanna Scharv keinen anderen Ausweg ließ.

Höchste Zeit, sich den Helm in die Stirn zu ziehen, eine Kugel in Klein-Sigges Lauf zu stecken und sich in das zu versetzen, was man in gewöhnlichem Polizeischwedisch als höchste Alarmbereitschaft bezeichnet, dachte Bäckström, als er in aller Herrgottsfrühe in das Taxi stieg, das ihn ins Polizeigebäude nach Solna bringen sollte.

»Niemi und Hernandez konnten leider beide nicht kommen«, erklärte Ankan Carlsson, sobald sie und die anderen sich hinter seiner geschlossenen Tür in Sicherheit gebracht hatten.

»Traurig zu hören«, sagte Bäckström.

»Ja, aber ich hab mit ihnen gesprochen, und sie sind ganz auf unserer Seite. Laut Peter würde er uns sogar helfen, wenn wir beschlössen, die Alte umzubringen. Also, bei der Beseitigung aller Spuren und so weiter«, verdeutlichte sie.

»Ich glaube nicht, dass das nötig ist«, sagte Bäckström. »Ich schlage vor, wir machen es stattdessen so.«

Alle fünf im Raum nickten. Sofort, unisono und ohne das geringste Zögern.

»Du, Nadja«, begann Bäckström und wandte sich an seine einzige Mitarbeiterin, die diesen Namen verdient hatte. »Es tut mir wirklich leid, aber du musst versuchen, da irgendwie Ordnung reinzubringen. Sorg dafür, dass das Weibsbild kapiert, dass die Person, die wir da draußen auf der Insel gefunden haben, wirklich Jaidee Kunchai ist.«

»Du bist dir da also ganz sicher«, sagte Annika Carlsson.

»Ja«, antwortete Bäckström. »Und sobald du es auch einsiehst, bin ich der glücklichste Mensch der Welt.«

»Ich glaub das auch, Chef«, warf Ozz ein, obwohl er gar nicht gefragt worden war.

»Das ist mir scheißegal«, sagte Bäckström auf seine übliche höfliche Art. »Nadja, finde heraus, was genau sich eigentlich damals in Thailand abgespielt hat, als sie meinten, sie hätten Jaidee Kunchai gefunden. Und sorg in drei Teufels Namen dafür, dass sogar eine absolute Vollidiotin wie unsere Staatsanwältin die Sache kapiert.«

»Was das Erste angeht, ist das kein Problem, falls du wirklich recht haben solltest«, erwiderte Nadja. »Was das Zweite betrifft, kann ich allerdings für nichts garantieren, befürchte ich.«

»Und was machen wir anderen?«, fragte Kristin Olsson.

»Die Leiche, die wir da draußen gefunden haben, ist Jaidee Kunchai«, sagte Bäckström. »Nachdem der Täter immer der Ehemann ist, will ich alles, aber auch wirklich alles über sie und den trauernden Witwer wissen, der ihr in den Schädel geschossen hat. Natürlich auch über alle anderen, die etwas mit dem Ganzen zu tun haben könnten.«

»Du gibst nicht nach«, stellte Annika Carlsson lächelnd fest.

»Nein. Außer, Nadja beweist mir, dass ich unrecht habe. Ich

hasse es, unrecht zu haben, vor allem, wenn das zur Folge hat, dass jemand wie unsere Staatsanwältin, die liebe kleine Frau Scharv, recht bekommt, denn dann gebe ich mir gerne die Kugel. Das Weibsbild irrt natürlich, keine Sorge, aber ich will lieber warten, bis wir was haben, was wir ihr so richtig um die Ohren hauen können. Damit wir diese Irre zum Schweigen bringen können und sie tut, was wir sagen.«

»Mach dir keine Sorgen«, sagte Nadja. »Rein gefühlsmäßig sind wir uns völlig einig, du und ich.«

»Und was ist dann das Problem?«, fragte Bäckström. »Worüber soll ich mir denn Sorgen machen?«

»Tja, dass sie doch recht hat und du unrecht«, antwortete Nadja.

»Was sagen wir denn der Staatsanwältin?«, erkundigte sich Stigson. »Wenn sie wissen will, was zum Teufel wir da eigentlich machen?«, fragte er.

»Dann sagen wir, wir tun genau das, worum sie uns gebeten hat«, erwiderte Bäckström. »Darüber, was wirklich läuft, verlieren wir natürlich kein Wort.«

Dass Stigson nicht der Hellste ist, wusste ich ja schon, dachte Bäckström. Der einzige Vorteil an ihm ist, dass er immer tut, was man ihm sagt.

»Okay.« Stigson wirkte plötzlich genauso gut gelaunt wie sein Chef.

»Gut«, sagte Bäckström. »Schön zu hören, dass zumindest wir beide uns einig sind.«

47

Sobald Bäckström gegangen war, übernahm Annika Carlsson das Ruder und verteilte die Aufgaben. Stigson, Olsson und Oleszkiewicz sollten sich um eine genaue Untersuchung Jaidee Kunchais kümmern, während sie selbst alles ausgraben wollte, was es über Daniel Johnson gab. Wenn jemand sich über diese Arbeitsverteilung wunderte, lag das daran, dass sie das Gefühl hatte, es könnte deutlich schwerer werden, Informationen über Jaidee Kunchai zu bekommen als über Daniel Johnson.

»Was du haben willst, sind also alle biographischen Angaben zu Jaidee Kunchai?«, fragte Kristin Olsson.

»Ja, und alles andere, was irgendwie damit zu tun hat, wer sie eigentlich war. Wie sie als Mensch war. Niemand von uns hat sie ja jemals gesehen. Wir müssen uns ein Bild von ihr machen. Das, was man früher als die große und die kleine Biographie bezeichnet hat«, antwortete Annika Carlsson. »Fangt mit der kleinen an, und wenn ihr noch mehr herausfindet, dann wäre das ganz großartig.«

»Verstehe«, sagte Kristin Olsson. »Plus all das, was etwas mit unserem Fall zu tun haben könnte. Wie zum Beispiel ein Boot und ein altes Kleinkalibergewehr.«

»Ja, oder eine Plastiktüte von Lidl oder die Würstchendose mit diesem fetten Schauspieler auf dem Etikett, die Bäckström so wichtig findet«, ergänzte Stigson.

»Genau«, bestätigte Annika. »Aber ich bitte euch, mit niemandem zu sprechen, der Jaidee gekannt hat, ohne mich vorher um Erlaubnis zu fragen.«

»Keine schlafenden Hunde wecken«, pflichtete Stigson bei.

»Und was sagen wir, wenn die Staatsanwältin wissen will, was wir machen?«, fragte Oleszkiewicz.

»Ihr müsst natürlich ein Alibi haben, um sie bei Laune zu halten, das ist übrigens ein weiterer Grund dafür, dass ihr euch um Jaidee kümmern sollt. Wenn sie fragt, sagt ihr einfach, dass ihr mit Recherche beschäftigt seid, weil irgendein Fehler bezüglich ihrer Identität passiert sein muss. Beschafft euch Kontakte bei der Einwanderungsbehörde. Wenn wir Glück haben, gibt es da genügend Aktenmaterial über sie, die uns bei einer Personenbeschreibungen helfen können, und wenn die Staatsanwältin nachfragt, dann bleibt bei der Version, nach der wir herausfinden wollen, wie das mit ihrer Identität oder ihrer DNA verwechselt worden sein kann. Also, ihr versteht was ich meine.«

»Und du, Annika? Was sagst du, wenn sie fragt, warum du offenbar Nachforschungen über ihren Mann anstellst?«, wollte Kristin Olsson wissen.

»Wie sollte sie darauf kommen?« Annika Carlsson zuckte mit den Schultern.

»Aber angenommen, sie bekommt Wind davon«, beharrte Oleszkiewicz. »So dumm ist sie dann auch wieder nicht.«

»Dann sage ich, dass ich meinen Job mache, und der Rest kann ihr scheißegal sein«, sagte Annika Carlsson.

Doch Informationen über Jaidee Kunchai zu finden, war keine einfache Aufgabe. Die Leute bei der Einwanderungsbehörde, die sie erreichten, konnten keine neuen Erkenntnisse liefern. Viele befanden sich im Urlaub, auf Dienstreise, bei einer Konferenz oder waren aus irgendeinem anderen Grund nicht zu erreichen. Alle Hoffnungen ruhten nun auf einer Archivarin, die am Freitag nächster Woche aus ihrem Sommerurlaub zurückkehren sollte.

»Das soll jemand verstehen.« Stigson schüttelte den Kopf. »Wer zum Geier kommt an einem Freitag aus dem Urlaub zurück? Erst nimmst du dir einen Monat frei, und dann kommst du an einem Freitag wieder in die Arbeit. Was spricht denn dagegen, noch ein paar Tage zu warten und am Montag wieder anzufangen?

»Keinen Schimmer«, sagte Oleszkiewicz. »Frag sie doch einfach in einer Woche, wenn sie wieder da ist.«

»Eine halbe Seite Angaben aus dem Melderegister plus das Übliche, was man immer per Computer herauskriegt«, fuhr Stigson fort, der offenbar nicht zugehört hatte. »Drei fähige Polizisten. Zwei Tage Arbeit. Eine halbe Seite. Ankan wird total sauer werden.«

»Sag das nicht«, wandte Kristin Olsson ein. »Wir wissen immerhin eine ganze Menge über ihren älteren Bruder.«

»Was auch immer uns das bringen soll«, seufzte Stigson. »Was ist das für ein Trottel, der einen halben Roman über sich auf seine Website stellt? Und außerdem, woher wissen wir denn, ob das, was er über sich schreibt, überhaupt wahr ist? Und selbst falls es stimmen sollte, kann es ja trotzdem sein, dass er gar nichts mit unserem Fall zu tun hat. Er war ja nicht einmal bei der Beisetzungszeremonie dabei. Sprecht ihr mit Ankan oder soll ich das machen?«

»Sie ist unten im Fitnessraum«, sagte Kristin. »Ich kann das übernehmen.«

»Ja, oder ihr den Scheiß per Mail schicken.« Stigson stand mit einem Ruck auf. »Ich persönlich werde jetzt das Wochenende einläuten. Kopier doch einen Link zu der Homepage dieses Bruders mit rein, dann hat sie wenigstens ein bisschen was zu lesen.«

»Schon erledigt«, sagte Oleszkiewicz und klappte seinen Laptop zu.

48

Als Annika Carlsson aus dem Fitnessraum in ihr Büro zurückkehrte, war sie die Einzige, die noch da war. Sogar Nadja glänzte durch Abwesenheit, und ihr Chef hatte sie wie üblich schon vor dem Mittagessen verlassen. Sie rief noch einmal ihre Mails ab, bevor sie nach Hause fahren wollte. Das Einzige, was angekommen war, während sie trainiert hatte, war das, was ihre Mitarbeiter über ihr Opfer Jaidee Kunchai herausgefunden hatten. Ihr potentielles Opfer, dachte Annika Carlsson und öffnete Oleszkiewiczs E-Mail.

Alles, was dort über Jaidee zu lesen war, wusste sie bereits, bis auf die Tatsache, dass sie im Frühjahr 1999 in Schweden den Führerschein gemacht hatte. Wahrscheinlich hatte die Einwanderungsbehörde noch mehr Informationen über sie, überlegte Annika Carlsson. Als sie nach Schweden gekommen war und eine Aufenthaltsgenehmigung beantragt hatte, um hier wohnen und einen schwedischen Staatsbürger zu heiraten, war sicher, wie das üblich ist, ihr Hintergrund genauer beleuchtet worden. Falls nach ihrem Tod all diese Angaben nicht gelöscht worden waren, dachte sie.

Jaidee Kunchai wurde am 2. Mai 1973 in Bangkok als Tochter thailändischer Eltern geboren. Im Herbst 1998 reiste sie mit einem Visum nach Schweden ein, das vom schwedischen Generalkonsulat in New York ausgestellt worden war. Der Grund dafür ging aus ihrem Antrag hervor. Sie hatte vorher rund drei Jahre in den USA gelebt, wo sie an der Northwestern University in der Nähe von Chicago Wirtschaft studiert hatte. In den USA besaß sie sowohl Aufenthalts- als auch Arbeitsgenehmigung, und vielleicht war das die einfache Erklärung dafür, dass sie umgehend ein Visum erhielt, mit dem sie nach Schweden einreisen konnte.

Ein paar Monate später, im Januar 1999, beantragte sie eine Aufenthalts- und Arbeitsgenehmigung in Schweden, weil sie einen schwedischen Staatsbürger heiraten wollte. Die Eheschließung fand im August desselben Jahres in der schwedischen Botschaft in Bangkok statt, und im Januar 2000 kamen sie und ihr neuer Mann nach Schweden, um sich dort niederzulassen.

Erst danach beantragte Jaidee Kunchai die schwedische Staatsbürgerschaft. Da sie mit einem Schweden verheiratet war, klappte dies schnell, und bereits im Frühjahr 2004 wurde sie eingebürgert. Offenbar auf dem besten Weg, sich in ihrer neuen Heimat zu etablieren, denn ihr Mann und sie hatten bereits drei Jahre zuvor eine Firma in Schweden gegründet, die sich mit Marketing mit spezieller Ausrichtung auf Südostasien beschäftigte: Johnson & Kunchai, South East Asian Trading and Business Management AG.

Schon etwa einen Monat nachdem Jaidee die schwedische Staatsbürgerschaft angenommen hatte, kehrten ihr Mann und sie nach Thailand zurück. Er hatte einen Job als stellvertretender Handelsattaché an der schwedischen Botschaft angenommen. Was sie in dieser Zeit tat, war unklar. Wahrscheinlich kümmerte sie sich um ihre Firma, bis sie im Tsunami umkam, dachte Annika Carlsson. Die Firma existierte offenbar bis zum Frühjahr 2006. Dann wurde sie von Daniel Johnson an ein größeres Unternehmen verkauft, ebenfalls mit Geschäften in Südostasien befasst. Nach Jaidees Tod war er der alleinige Besitzer. Jaidee wurde im Mai 2005 für tot erklärt. So lautete die offizielle Beschreibung. Annika Carlsson seufzte und legte die Papiere weg, die sie gerade gelesen hatte.

49

Peter Niemi und seine Helfer hatten einen Schädel und etwa dreihundert Knochenreste, ganze Knochen, Stücke von Knochen, Splitter und Fragmente von Knochen gefunden – sowie einige lose Zähne aus dem Unterkiefer und Haare.
Kleidung oder andere Besitztümer des Opfers gab es hingegen keine. Funde, die oft mehr erzählten als die Überreste des Opfers. Irgendwas muss sie doch trotzdem dabeigehabt haben, dachte Niemi. Im schlimmsten Fall zumindest Kleider am Körper, wahrscheinlich auch eine Handtasche mit allem, was eine solche nun beinhalten konnte. Im besten Fall, wenn sie nun ein Gast von weit her gewesen war, sogar noch deutlich mehr.

Vieles sprach für einen rationalen und handlungsfähigen Täter, der mit der Umgebung, in der er ihre Leiche versteckt hatte, sehr vertraut gewesen war. Jemanden, der sowohl die Unheilsinsel als auch die umgebenden Gewässer kannte.
Zuerst wird er die Leiche los, dann die Kleidung und alles andere, dachte Niemi. Den Körper hatte er an Land versteckt, was klug war, nachdem Leichen, die ins Wasser geworfen wurden, die einzigartige Fähigkeit hatten, an die Oberfläche zu treiben, sobald der Verwesungsprozess und die Bildung von Gasen begann, egal, wie viele Steine oder anderes man als Senkgewicht verwendete. Außerdem gab es ja eine Grenze dessen, wie viel ein Mensch heben und tragen konnte, wenn der Körper versenkt werden sollte.

Für ihre Kleidung und ihre Habseligkeiten galt das nicht, einiges sprach also dafür, dass alles andere im Mälarsee versenkt worden war. Zuerst hatte er die Leiche abgeladen und dann ihre Sachen. Und das wahrscheinlich kurz nacheinander. So waren rationale Täter schließlich beschaffen, und oft genug brachte sie genau das zu Fall. Man konnte sich nämlich ausrechnen, wie sie dachten, und somit auch, wie sie gehandelt hatten. Handlungen, die von Gedanken gesteuert waren, erst recht von denen eines normalen, intelligenten Menschen, konnten Leute wie Niemi analysieren und auswerten. Bei völlig Wahnsinnigen war es deutlich schwerer.

Das Problem war ein anderes, dachte Niemi. Und es war nicht zu unterschätzen.

Der Mälarsee ist der flächenmäßig drittgrößte See Schwedens. Über eintausend Quadratkilometer Wasser, die sich über hundertzwanzig Kilometer von Stockholm im Osten nach Örebro im Westen erstrecken. Es gibt dort etwa achttausend Inseln und Schären jeglicher Größe, und eine Küstenlinie, die genauso lang ist wie die des größten Sees des Landes, des Vänern, obwohl letzterer eine fünfmal so große Wasserfläche aufweist. Der einzige Trost war möglicherweise, dass der Mälarsee mit einer Durchschnittstiefe von zehn Metern und einer Maximaltiefe von siebzig Metern im Lambarfjärden bei Hässelby, nordwestlich des Stockholmer Stadtzentrums, relativ flach ist. Aber wie auch immer, dachte Niemi, wenn er dort Taucher hinschicken wollte, ohne in der Arbeit ausgelacht zu werden, musste er mehr wissen als jetzt.

Das hatte er auch seinen Kollegen erklärt, und niemand, nicht einmal Bäckström, äußerte irgendwelche Einwände. Annika Carlsson hatte jedoch eine Frage, und nachdem er selbst schon von Anfang an in dieselbe Richtung gedacht hatte, war die Antwort für ihn kein Problem.

»Ich hab über unseren Täter nachgedacht«, sagte sie. »Es kommt mir so vor, als ob er sich auf der Unheilsinsel ziemlich gut auskannte.«

»Das glaub ich auch«, stimmte Niemi zu.

»Und da musste ich an den kleinen Edvin denken«, fuhr Annika Carlsson fort. »Bäckströms Nachbarn.«

»Aber doch wohl nicht als Täter.« Niemi lächelte.

»Nein. Edvin ist ein supersüßer Kerl, und größer als ein Wurm ist er auch nicht. Ein kleiner Regenwurm mit abstehenden Ohren und sehr dicker Brille. Aber es gab wohl andere Seepfadfinder vor ihm. Dieses Pfadfinderlager draußen bei Ekerö existiert sicher schon seit über fünfzig Jahren.«

»Dieser Gedanke ist mir auch schon gekommen«, erwiderte Niemi. »Wenn du etwas darüber herausfinden kannst, wäre ich der glücklichste Mensch. Dann kann ich mir sogar vorstellen, da draußen Taucher hinzuschicken.«

»Das musst du jetzt erklären«, verlangte Annika Carlsson.

»Nachdem er zuerst einen Menschen getötet und dann die Leiche versteckt hat, will er nach Hause«, sagte Niemi. »Auch wenn es nur eine Stunde gedauert hat, die Leiche loszuwerden, fühlte jede Minute dieser Zeit sich für ihn an wie eine Ewigkeit. Jetzt will er nach Hause, so schnell wie möglich. Keine unnötigen Ausflüge. Alles andere, wie ihre Kleider zum Beispiel, beseitigt er auf dem Weg.«

»Dann zeichnest du also auf der Seekarte eine gerade Linie von der Unheilsinsel zu der Stelle, an der sein Boot liegt, wenn er gerade nicht damit herumschippert.«

»Genau. Und an den besten Stellen auf dem Weg zu seinem Heimathafen schicken wir unsere Taucher runter. Wo es am tiefsten und am einfachsten ist, etwas zu versenken. Und wo keine Strömungen sind, die alles versauen können. Das ist ja der Vorteil an dieser Art von Tätern. Dass sie sich nur mit dem besten Ort zufriedengeben und genau wissen, wo er liegt.«

»Fünf Jahre, vielleicht sogar zehn, sind allerdings eine lange Zeit«, wandte Annika Carlsson ein. »Glaubst du wirklich, es ist noch etwas übrig?«

»Wenn es gut verpackt ist, schon. Nimm die Vasa als Beispiel. Da hat man ja einiges an solchen Dingen gefunden, obwohl sie fast dreihundertfünfzig Jahre lang dort unten lag. Sogar Kleidung.«

»Klingt wie ein kleines Schlitzohr, das wir hoffentlich finden werden. So einer, der etwas zu clever ist, zu seinem eigenen Unglück. Obwohl ich persönlich kaum je einen Fuß in ein Boot gesetzt habe.«

»Warum solltest du das auch tun«, erwiderte Niemi. »Es reicht doch, dass du Polizistin bist.«

50

Am Samstag kehrte Annika Carlsson ins Polizeigebäude von Solna zurück, obwohl sie eigentlich frei hatte. Zuerst verbrachte sie ein paar Stunden im Fitnessraum, doch als sie mit dem Training fertig war, ging sie nicht in die Tiefgarage, setzte sich nicht ins Auto und fuhr nicht nach Hause, um auszuspannen oder irgendetwas anderes zu tun.

In Ermangelung besserer Alternativen, oder vielleicht auch, weil es ihr schwerfiel, Jaidee und all die Fragezeichen, die es um ihre Person gab, loszulassen, nahm sie stattdessen den Aufzug nach oben ins Büro, setzte sich an ihren Schreibtisch, schaltete den Computer ein und klickte auf den Link, den Olsson und Oleszkiewicz ihr geschickt hatten. Vielleicht hatte Jaidees zehn Jahre älterer Bruder etwas hinzuzufügen, das etwas mehr Licht ins Dunkel um die Person seiner Schwester brachte. Er hatte jedenfalls eine Website, die sich gewaschen hatte.

Ned Kunchai war 1963 in Bangkok geboren und schien ein fleißiger, tüchtiger junger Mann gewesen zu sein. Nach Abschluss des Gymnasiums und des Militärdiensts zu Hause in Thailand erhielt er daher ein Stipendium für eine gute amerikanische Universität, die Northwestern University in Evanstone in Illinois, etwas nördlich von Chicago.

Annika Carlsson hatte keine besonderen Kenntnisse über amerikanische Universitäten, aber so viel konnte sie auf Neds Homepage zwischen den Zeilen lesen, dass die Northwestern nicht irgendeine Uni war. Vielleicht nicht in derselben Liga wie Harvard, Princeton und Yale, aber einen Tick darunter, und gerade ihr Wirtschaftsstudiengang genoss einen sehr guten Ruf.

Zuerst der große Bruder, der dann seine kleine Schwester an derselben Institution unterbringt, das ist wohl nicht allzu weit hergeholt, dachte Annika Carlsson.

Ned Kunchai absolvierte seinen Master mit Spezialgebiet in Buchführung und Wirtschaftsprüfung mit Bestnote, und sobald er mit dem Examen fertig war, bekam er sofort eine Stelle bei einer der größten Wirtschaftsprüfungsgesellschaften der Welt. Nach sechs Jahren in der Firma wurde er Partner und Teilhaber mit Büro im Hauptsitz des Unternehmens in New York, und im Zuge dessen auch amerikanischer Staatsbürger. Das war im Jahr 1995, Ned Kunchai war damals nicht älter als zweiunddreißig Jahre.

Es schien für Ned auch weiterhin gut gelaufen zu sein. Die Bilder von ihm selbst und seiner Familie auf seiner Website wirkten wie eine Bestätigung des amerikanischen Traums, dass in den USA jeder seines Glückes Schmied sein konnte, auch wenn er zufällig in Thailand geboren war. Er war mit einer amerikanischen Frau verheiratet, die Teilzeit als Journalistin bei einem der größeren Radiosender in New York arbeitete, sie hatten fünf Kinder.

Der älteste Sohn studierte bereits Wirtschaft in Harvard, die vier jüngeren würden sicher dieselbe Laufbahn einschlagen. Ein eigenes Townhouse in den besseren Gegenden von Brooklyn, ein Ferienhaus in Montauk auf Long Island, mehrere Aufsichtsratsposten, ein siebenstelliges Gehalt in Dollar und die Hoffnung auf einen Ehrendoktor sowie eine Führungsposition in der Rockefeller-Stiftung für wohltätige Zwecke, in die er einige Jahre zuvor als stellvertretender Revisor gewählt worden war.

Ned Kunchai war es gut ergangen, und er hatte keine Schwierigkeiten, davon zu erzählen. Die größte persönliche Katastrophe, die ihn ereilt hatte, war der Tod seiner »geliebten kleinen Schwester« im Tsunami 2004. Zusätzlich litt er darunter, dass er nicht an ihrer Beisetzung teilnehmen konnte, und zwar aus einem sehr banalen Grund. Er war auf einer Konferenz in Boulder, Colorado, und seine Mutter hatte ihn nicht rechtzeitig erreicht.

Er war jedoch zugegen, als man eine Woche später ganz nach buddhistischer Tradition ihre Asche in einem Nationalpark nördlich von Bangkok im Wind verstreute. Jetzt war er der Letzte, der von seiner ursprünglichen Familie noch übrig war. Sein Vater, ein hoher Offizier der thailändischen Armee, war bereits 1983 gestorben, als Ned selbst seinen Wehrdienst leistete, dann seine Schwester, die 2004 verunglückt war, und zuletzt sieben Jahre später seine Mutter, im Alter von achtundsiebzig Jahren, im Frühsommer 2011.

Aber kein Wort über irgendeine unbekannte und zur Adoption freigegebene Zwillingsschwester Jaidees. Auch nichts über Neds schwedischen Schwager. Vielleicht sollte ich mir das notieren, dachte Annika Carlsson. Für den Fall der Fälle.

Annika Carlsson schaltete ihren Computer aus und fragte sich, was sie jetzt tun sollte. Es war Samstagnachmittag und höchste Zeit, sich ein Leben zuzulegen, dachte sie, und als sie in ihren Gedanken so weit gekommen war, fiel ihr auf einmal der kleine Edvin ein. Es war auch höchste Zeit, ihr Versprechen einzulösen, bald wieder nach Gröna Lund zu fahren. Das Problem war nur, dass er nicht an sein Handy ging. Sogar seine Mailbox war abgeschaltet.

51

Am Sonntagvormittag hatte Ankan zunächst einen weiteren vergeblichen Versuch unternommen, Kontakt mit dem kleinen Edvin aufzunehmen. Er war wieder nicht zu erreichen, und weil sie nichts Besseres vorhatte, fuhr sie in die Arbeit, um die Bestandsaufnahme über Daniel Johnson abzuschließen, mit der sie einige Tage zuvor begonnen hatte.

Genau wie bei dem Gespräch mit ihren Mitarbeitern vorhergesehen mangelte es nicht an Informationen über ihn, weder bei offiziellen Stellen noch im Internet. Unter anderem gab es fast vierhundert Treffer auf Google.

Aus reiner Neugierde fing sie mit dem an, was am interessantesten war, aber nichts, was sie herausbekam, ergab etwas. Daniel Johnson war nicht vorbestraft. Er war weder im Waffenregister noch im Bootsregister zu finden. Irgendeinen anderen Bezug zur Seefahrt hatte er auch nicht, und man konnte ihn weder mit Bullens Pilswürstchen noch mit einer Plastiktüte von Lidl in Verbindung bringen. Fürs Erste konnte sie nur die offiziellen Angaben zusammenstellen, die über ihn existierten. Annika Carlsson seufzte. Sie hatte dasselbe bereits mit vielen Personen vor ihm gemacht, obwohl sie – mit dem Fazit in der Hand – letztlich nie Verwendung dafür gehabt hatte.

Daniel Johnson war am 10. September 1970 geboren worden. Sein Vater Sven-Erik Johnson, geboren 1935, war Gymnasiallehrer, inzwischen im Ruhestand. Seine Mutter war ebenfalls Lehrerin, im Herbst 1980 gestorben. Außerdem hatte er zwei Schwestern, die fünf und sieben Jahre älter waren als er.

Daniel Johnson war in Bromma aufgewachsen und machte 1989 im örtlichen Gymnasium das Abitur. Anschließend studierte er Wirtschaft an der Handelshochschule in Stockholm und gleichzeitig Jura an der Universität. 1993 legte er sein Examen als Volkswirt ab, sein Jurastudium schien er hingegen nie abgeschlossen zu haben.

Wen auch immer das interessiert, dachte Annika Carlsson. Verglichen mit ihren eigenen theoretischen Studien schien er fleißig wie eine Biene gewesen zu sein.

Danach erhielt er ein Stipendium und arbeitete ein Jahr lang als Trainee für ein größeres schwedisches Unternehmen in den USA, bevor er beim schwedischen Außenministerium einen Ausbildungsplatz als Diplomatenanwärter bekam, den er im Herbst 1994 antrat. In den folgenden drei Jahren war er mehrmals im Ausland bei schwedischen Botschaften im Mittleren Osten, in Afrika und Südostasien tätig.

Im Herbst übernahm er eine vorübergehende Vertretung am schwedischen Generalkonsulat in Chicago und lernte dort auf einer Veranstaltung Jaidee Kunchai kennen. Zwei Jahre später bat er das Außenministerium um unbezahlten Urlaub, um die Firma zu planen, die er und seine zukünftige Frau gründen wollten. Die Beurlaubung war bewilligt worden.

Nach etwa drei Jahren kehrte er ins Außenministerium zurück und nahm eine Stelle als stellvertretender Handelsattaché an der schwedischen Botschaft in Bangkok an. Ein ausschlaggebender Grund dafür war sicher, dass er inzwischen auch fließend Thai sprach. Er arbeitete schon ein paar Monate an der

Botschaft in Bangkok, als seine Frau und er beschlossen, über Weihnachten und Silvester nach Khao Lak zu fahren und sich dort einen Bungalow am Strand zu mieten. In den vorhergehenden zwei Jahren hatten sie Weihnachten bei Jaidees Bruder und seiner Familie in New York und auf Long Island verbracht, und waren auch dieses Jahr wieder eingeladen.

Sie wären auch bestimmt hingefahren, wenn das Wetter in New York im Dezember nicht so schlecht gewesen wäre, peitschender Regen im Wechsel mit Schneeregen. Diese Information fand Annika Carlsson in einem Memorandum, das der Verbindungsmann der schwedischen Polizei an der Botschaft in Bangkok einen Monat nach dem Tsunami verfasst hatte. Die Habseligkeiten von Daniel Johnson und seiner Frau, die man nach der Katastrophe bei den Aufräumarbeiten in dem gemieteten Haus gefunden hatte, wurden an die Botschaft übergeben. Daniel Johnson schien zu dem Zeitpunkt in sehr schlechter Verfassung zu sein, er machte sich Vorwürfe, weil es sein Vorschlag gewesen war, Weihnachten und Silvester in Khao Lak zu feiern. Carlssons Kollege hatte mit Johnsons direktem Chef an der Botschaft gesprochen und außerdem eine Kopie seiner Dienstnotiz zur Kenntnisnahme an seine Kollegen beim Reichskriminalamt in Schweden geschickt.

Zweieinhalb Jahre später schien Daniel Johnson doch über seinen Verlust hinweggekommen zu sein. Er kehrte nach Schweden zurück und arbeitete bei der Auslandsabteilung des Wirtschaftsministeriums. Dort lernte er eine neue Frau kennen und heiratete ein zweites Mal. Sie hieß Sophie Danielsson und war fünfzehn Jahre jünger als er. Ein kurzes Glück, wie es schien, denn bereits ein Jahr später folgte die Scheidung.

Wenn ich jetzt Bäckström wäre, würde ich vermutlich davon ausgehen, dass er schon etwas mit Sophie hatte, bevor seine

Frau gestorben war, dachte Annika Carlsson. Aber nachdem ich nicht er bin, glaube ich, er hat sich einfach auf eine oberflächliche, falsche Art zu trösten versucht, wie die meisten Typen, und hat dann gemerkt, dass er doch noch nicht über seine erste Frau hinweg war.

Zuletzt, bevor sie die Nachforschungen zu Daniel Johnson zumindest vorübergehend beiseitelegte, sah sie sich Fotos von ihm an. Nicht nur die aus Führerschein und Pass, sondern vor allem andere Bilder, die er und andere ins Netz gestellt oder auf sozialen Medien gepostet hatten. Erst da begann sie wieder zu zweifeln. Die Fotos und Beschreibungen, die in ihr die meisten Zweifel weckten, waren übrigens die, die Daniel Johnson auf zwei verschiedenen Kontaktseiten veröffentlicht hatte. Annika Carlssons Mitarbeiterin Kristin Olsson hatte sie gefunden, wie auch immer.

Es ist wohl am besten, ich rede mal mit dieser Sophie, dachte Annika Carlsson, als sie im Büro in den Aufzug trat, um zu Fuß nach Hause zu gehen und auf dem Weg ein bisschen einzukaufen. Sie wollte ihren Kopf von den Dingen befreien, die sie noch nicht richtig einordnen konnte. Einerseits, andererseits. Warum konnte es nicht ein einziges Mal einfach sein, seufzte sie innerlich.

52

Am Freitag, 5. August, wich Bäckström von seinen gewohnten Routinen ab und aß mit seinem alten Bekannten GeGurra auf der Terrasse des Grand zu Mittag. Es war zwar nur eine recht geringe Abweichung, aber im Hinblick darauf, dass es schlimmstenfalls für lange Zeit sein letzter Freitag in Freiheit sein konnte, bis er die stellvertretende Oberstaatsanwältin Hanna Scharv losgeworden war, war es am besten, die Chancen zu nutzen, die sich auf der Flucht noch boten. Außerdem hatten GeGurra und er sowohl wichtige als auch angenehme Themen auf ihrer gemeinsamen Agenda, die sie so bald wie möglich besprechen mussten.

Es ging um all die Feierlichkeiten, die im Zusammenhang mit dem fünfundzwanzigjährigen Jubiläum des neuen Russland Ende Dezember in Sankt Petersburg stattfinden würden, und bei denen der schwedische Kriminalkommissar Evert Bäckström eine bedeutende Rolle einnehmen sollte. Bereits am ersten Tag der Feier, die sich vom ersten Weihnachtstag bis Neujahr und somit über ganze sieben Tage erstrecken würde – obwohl die Tradition lediglich drei vorsah – wollte der russische Präsident Wladimir Putin vor seinem ganzen russischen Volk bekanntgeben, dass sie einen Kunstgegenstand von unschätzbarem historischen Wert zurückerhalten hatten.

Gestohlen bereits zehn Jahre vor der Revolution, um erst über hundert Jahre später in Mutter Russlands Schoß und zum russischen Volk zurückgebracht zu werden. Dabei hatte Kommissar

Bäckström ihm so unbezahlbare Dienste geleistet, dass er dafür vom Präsidenten eigenhändig die höchste Auszeichnung erhalten sollte, die die Nation einem ausländischen Staatsbürger geben konnte, nämlich die Alexander-Puschkin-Medaille.

Während Bäckström und GeGurra sich an dem überbordenden sommerlichen kalten Buffet bedienten, diskutierten sie unter GeGurras Leitung die Wünsche und Vorschläge, die sein russischer Kontakt ihm überbracht hatte, und ganz nach seiner Gewohnheit hatte er sich die beste Neuigkeit für den Schluss aufgehoben.

Das russische Staatsfernsehen wollte Bäckström vor Ort in Stockholm treffen und ihn am liebsten ein paar Tage lang begleiten, sowohl privat als auch dienstlich, im Zuge der einstündigen Dokumentation, die man gerade produzierte. Eine Vielzahl an anderen russischen Medien, sowohl normale Zeitungen, Radio- und Fernsehsender als auch die Vertreter sozialer Medien im Netz, wollte ihn ebenfalls treffen, um längere und kürzere Interviews mit ihm zu führen.

Der russische Botschafter in Stockholm lud ihn zu einem Abendessen in der russischen Botschaft ein, um sein Programm während seines Besuchs in Russland detailliert mit ihm durchzusprechen, und außerdem wollte der bekannte russische Kunsthandwerker, der für die Verpackung des persönlichen Geschenks des Präsidenten zuständig war, Bäckströms Meinung zu der Geschenkschatulle hören, in der die bereits erwähnte Flasche verwahrt werden sollte.

»Tja, du kennst mich ja, Bäckström, und weißt, dass bei mir das Beste immer zum Schluss kommt«, sagte GeGurra, während er die Zeichnung des Kunsthandwerkers auf dem Tisch ausrollte.

Eine Schatulle aus sorgsam ausgewählter langsam gewachsener russischer Birke. Eine Birke, die man in einem der endlosen Wälder mit weißen Stämmen und blassgrünem Laubwerk geschlagen hatte, die Seele des Guten Russlands. Auf dem Deckel Intarsien aus schwarzem Onyx, das Nationalsymbol des neuen Russlands: den alten russischen Doppeladler aus den Tagen des Zarenreichs, der die historische Parenthese in Form von Hammer und Sichel ersetzte. Die Ecken und Kanten des Kästchens waren mit einem Rahmen aus reinem Gold verstärkt. Das Schloss und der zugehörige Schlüssel waren natürlich aus demselben Material. Innen war die Schatulle mit blauem Samt mit einer exakt eingepassten Mulde für die Flasche ausgekleidet.

Unter dem Doppeladler war im Deckel eine Goldplatte eingearbeitet, auf der ein eingravierter Text kurz gefasst die Geschichte hinter der Entstehung des Geschenkschreins erzählte.

»Er ist auf Russisch, Bäckström, wenn du also erlaubst, übersetze ich es für dich.« GeGurra räusperte sich vorsichtig, bevor er zu lesen begann.

»›Vom russischen Volk für Kriminalkommissar Evert Bäckström. Als Dank für die Dienste, die er uns geleistet hat. In unser aller guten Erinnerungen auf ewig bewahrt.‹ Ja, und dann noch Ort, Datum und Jahr der Übergabe, Sankt Petersburg, den 25. Dezember 2016, unterzeichnet vom russischen Präsidenten Wladimir Putin.«

»Klingt nicht wie eine gewöhnliche Box vom Hersteller«, konstatierte Bäckström, während er den Inhalt des letzten seiner vielen Gläser genoss. Das wievielte es war, hatte er vergessen.

»Russisches Kunsthandwerk in seiner besten Form. Außerdem am Boden des Kästchens vom Künstler signiert, dem großen Gennadij Renko«, sagte GeGurra und seufzte vor Wohlbehagen, während er mit seinen langen Fingern vorsichtig über die Zeichnung auf dem Tisch vor ihm strich.

»Was könnte so was kosten?«, fragte Bäckström, während er mit seiner freien linken Hand einen Kellner heranwinkte, um sein Glas auffüllen zu lassen.

»Kosten!« GeGurra schüttelte den Kopf und rollte mit den Augen. »Das ist ein Kunstgegenstand von unschätzbarem Wert. Mein lieber Bruder. Es ist unbezahlbar.«

»Wenn du entschuldigst«, sagte Bäckström. »Was könnte das denn in Geldform heißen?«

»Tja«, erwiderte GeGurra. »Wenn du es verkaufen wolltest, müsstest du es in diesem Fall mir verkaufen.«

»Und?«

»So etwa in der Größenordnung einer hübschen Villa in einem hübschen Vorort.« GeGurra zuckte mit seinen maßgeschneiderten Schultern.

Jetzt klingt es langsam nach etwas, dachte Bäckström, während er einen Blick auf seine goldene Rolex warf, die er zur Feier des Tages trug.

»Ja, scheint so«, sagte er und nickte. »Aber jetzt musst du mich leider entschuldigen. Ich habe heute noch einiges zu erledigen.« Zum Beispiel Fräulein Freitag, dachte Bäckström. Geld war ja trotz allem nicht das einzig Wichtige im Leben. Auch die Supersalami musste das Ihrige bekommen.

Möglicherweise lag es an ihrem zeitweisen Überfluss in Form von Speis und Trank, dass zwei normalerweise so wachsame Menschen wie GeGurra und Bäckström völlig ihre Fühler zu verlieren schienen. Während ihres ganzen Mittagessens, das ja immerhin rund zwei Stunden dauerte, verschwendeten sie somit keinen Gedanken an das offensichtlich schwer verliebte junge Paar, das am Tisch nebenan saß.

Diese beiden, die sich gegenseitig Dinge zuflüsterten, die Finger ineinander verschränkten, die Füße aneinanderrieben und die den Champagner in den Gläsern vor sich kaum berührten. Und das, obwohl sie sich am selben Morgen an ihrem gemeinsamen Arbeitsplatz zum ersten Mal getroffen hatten, und obwohl es ihr Chef gewesen war, der den Tisch bestellt und sie in das Restaurant geschickt hatte. Obwohl sie nicht einmal wussten, wie der andere mit Vornamen hieß. Mit wirklichem Vornamen.

53

Der Chef der Abteilung für Spionageabwehr bei der schwedischen Sicherheitspolizei hatte dem Paar den Tisch neben Bäckström und GeGurra reserviert. Während zwei seiner Beobachter nur ein paar Meter von ihren Beobachtungsobjekten entfernt zu Mittag aßen, saß er selbst ungefähr sieben Kilometer Luftlinie von der Sommerterrasse des Grand Hotels entfernt bei einer Besprechung mit der Generaldirektorin und höchsten Chefin in dem großen, anonymen Haus in der Ingentingsgatan in Solna, Hauptquartier des schwedischen Geheimdiensts.

Die Chefin der Sicherheitspolizei hieß Lisa Mattei. Sie sollte bald zurücktreten, aber davon ahnten weder der Chef der Spionageabwehr noch alle anderen etwas, die im Haus arbeiteten. Hätte er davon gewusst, er hätte sich wahrscheinlich gegen einen Besuch bei ihr entschieden und die Sache lieber mit ihrem Nachfolger besprochen.

»Also, Sie wollten mich treffen, dann erzählen Sie mal, warum.« Lisa Mattei lächelte ihren Besucher freundlich an.

»Wo soll ich anfangen...« Der Chef der Spionageabwehr schlug den roten Ordner auf, den er vor sich auf Matteis großen Schreibtisch gelegt hatte.

»Fangen Sie von vorne an«, sagte Mattei. »Zuerst hätte ich gern ein paar Hintergrundinformationen. Dann möchte ich wissen, worum es ganz konkret geht. Und dann, was wir dagegen tun sollen. Mit den Details können wir warten.«

Der Hintergrund war einfach. Es ging um Schwedens politische Beziehungen zu Russland, die seit dem Sommer 1952 an einem Tiefpunkt angekommen waren, als die Russen am 13. Juni zuerst eine Douglas DC-3 der schwedischen Luftwaffe abgeschossen hatten, nach einem Radarfahndungsauftrag im östlichen Teil der Ostsee auf dem Heimweg nach Bromma, um dann drei Tage später dasselbe mit der Catalina zu machen, die nach der verschwundenen Besatzung gesucht hatte. Heute sah es genauso schlecht aus wie damals. Russische Verletzungen des schwedischen Luftraums und der schwedischen Hoheitsgewässer waren an der Tagesordnung. Der letzte Vorfall war erst einen Monat her, ein russisches Mini-U-Boot wurde entdeckt, nur ein paar hundert Meter vor Schloss Drottningholm, dem Wohnort seiner Majestät, des Königs. Und es geht um uns selbst, dachte Mattei, die bald ihren Dienst quittieren und von solchen Dingen nicht mehr beeinträchtigt werden würde. Unser eigener sozialdemokratischer Staatsminister, der vor vierzehn Tagen in den sozialen Medien für jedermann sichtbar mitteilt, dass eine schwedische Mitgliedschaft in der Nato inzwischen eine politische Notwendigkeit sei. Jetzt musste nur noch der Reichstag abstimmen, eine reine Formalität. Wer außer der Linkspartei sollte sich denn dem Vorschlag widersetzen?

Politische Selbstverständlichkeiten für jeden intelligenten Menschen, der ein bisschen nachdachte, aber Mattei entschloss sich trotzdem für eine andere Antwort.

»Der Vorteil an rationalen Menschen ist, dass sie so handeln, wie sie es geplant haben«, sagte sie. »Sie und Ihre Kollegen können über Putin und seine Mitarbeiter denken, was Sie wollen, aber eines haben sie gemeinsam. Sie denken und handeln rational, unter ihren Voraussetzungen.«

»Genau«, stimmte der Chef der Spionageabwehr zu. »Also

fragt man sich doch, wie sie auf so etwas Abwegiges kommen, wir und die Nato wollten sie angreifen.«

»Im Hinblick auf den Ausgangspunkt ihrer Analyse, in diesem Fall ihre eigene Geschichte während der letzten sechshundert Jahre, ist das doch gar nicht so sonderbar. Alle um sie herum, nicht zuletzt wir, haben ja ständig versucht, sie zu erledigen. Komplizierter ist es nicht. Egal, wer recht oder unrecht hat, wir agieren vor dem Hintergrund unterschiedlicher Voraussetzungen. Aber jetzt will ich wissen, worum es bei diesem Treffen eigentlich geht, ganz konkret.«

Ganz konkret ging es um einen Kriminalkommissar bei der Stockholmer Polizei namens Evert Bäckström. Beklagenswerterweise war er auch der bekannteste Polizist des Landes, da er immer wieder als Experte in der Fernsehsendung *Tatort Schweden* mitwirkte und außerdem ständig in allen anderen schwedischen Medien auftauchte. Der mit Abstand populärste Polizist des Landes und ein Mann mit sehr starker Verankerung im Volk.

»Ich bin überzeugt davon, dass Sie ihm in Ihrer Zeit im offenen Betrieb schon begegnet sind, Frau Generaldirektorin«, sagte der Chef der Spionageabwehr.

»Ja«, bestätigte Mattei. »Ihm und vielen anderen wie ihm, aber da Bäckström kein Mensch ist, den man so schnell vergisst, erinnere ich mich natürlich an ihn. Was hat er denn diesmal ausgefressen?«

Im Großen und Ganzen genau die Dinge, die ein Polizist nicht tun sollte. Möglicherweise mit Ausnahme von gewöhnlichem Diebstahl, Betrug und Gewaltverbrechen. Wenn der Chef der Spionageabwehr nun ganz von vorne anfangen und sich auf das beschränken sollte, was man seiner Meinung nach beweisen konnte, war Kommissar Bäckström sowohl ein notorischer Sexkäufer als auch höchst korrupt. Er war Stammkunde bei mehreren Prostituierten. Er verkaufte Informationen, die der Geheimhaltung unterlagen, sowohl an Medien als auch an die betroffenen Personen. Und letztens hatte er eine illegale Überwachungskamera vor der Tür seiner Wohnung installieren lassen.

Bäckströms Einkünfte im Polizeidienst beliefen sich auf ungefähr dreißigtausend Kronen netto im Monat. Nach einer sehr vorsichtigen Berechnung entsprach das ungefähr einem Viertel der Summe, die er während derselben Zeit für unterschiedliche private Zwecke ausgab.

Letztes Jahr hatte er außerdem für fünf Millionen Kronen die Nachbarwohnung in seinem Wohnhaus gekauft. Die Wände durchgebrochen und für ein paar weitere Millionen umgebaut. Sowie darüber hinaus eine Million einer Arbeitskollegin geliehen, die in derselben Abteilung der Polizei in Solna arbeitete wie er.

»Sie heißt Annika Carlsson«, sagte der Chef der Spionageabwehr. »Wir glauben außerdem, dass sie ein Verhältnis haben.«

»Okay, aber wenn man bedenkt, was zahlreiche andere unserer Kollegen so treiben, lässt mich das ehrlich gesagt relativ kalt«, erwiderte Mattei. »Sie sprechen über Millionen von Kronen, die haben ihm wohl kaum *Aftonbladet* und *Expressen* zugesteckt, als er seinen Quellenschutz dem Grundgesetz gemäß ausgenutzt hat. Wenn wir's mit dem Recht mal genau nehmen.«

»Dazu wollte ich gerade kommen.«

»Schön. Was Sie bisher erzählt haben, klingt wie eine Beschreibung eines gewöhnlichen korrupten Kollegen, den wir besser unserer speziellen Staatsanwaltschaft für Disziplinarverfahren übergeben sollten. Nichts, womit wir uns beschäftigen müssen.«

»Wie ich gerade sagte, wollte ich noch dazu kommen«, wiederholte der Chef der Spionageabwehr. »Warum Kollege Bäckström ein Fall für uns ist.«

»Ja«, sagte Mattei. »Und warum ist er das?«

»Er ist ein so genannter Einflussagent der Russen«, erklärte der Chef der Spionageabwehr. »Sie haben ihn vor einem Jahr angeworben.«

»Und wie das?«

»Er hat bei einer Ermittlung offenbar einen Kunstgegenstand in die Hände bekommen, der für die Russen von sehr großem finanziellen und historischen Wert ist. Eine Spieldose, die der letzte russische Zar als Geschenk für seinen Sohn hatte anfertigen lassen. Mithilfe seines besten Freundes, einem Kunsthändler namens Gustaf G.son Henning, hat Bäckström diese Dose für eine Viertelmilliarde Kronen den Russen verkauft, und die Provision, die Bäckström selbst eingestrichen hat, soll zirka fünfzig Millionen Kronen betragen haben.«

»Ja, die Geschichte hab ich gehört, in unterschiedlichen Varianten. Wie ich es verstanden habe, geht es um eine normale Beschlagnahme im Zuge einer Verbrechensaufklärung, das Objekt wurde hinterher dem schwedischen Besitzer zurückgegeben, der es wiederum an die Russen verkauft hat. Das Geschäft soll von diesem Kunsthändler vermittelt worden sein, den du erwähnt hast«, sagte Mattei.

Die wahre Geschichte von Pinocchios Nase, dachte sie.

»Fünfzig Millionen Kronen. Schwarzgeld. Ein umfassendes Wirtschaftsverbrechen, das von einem schwedischen Polizisten im Zusammenhang mit einer Dienstausübung begangen wurde.«

»Gerade das klingt wie ein Fall fürs Amt für Wirtschaftskriminalität«, wandte Mattei ein. »Aber wie auch immer, diese Geschichte kenne ich jedenfalls schon. Ich glaube auch nicht, dass er fünfzig Millionen bekommen hat. Vielleicht die Hälfte, was an sich schlimm genug ist, aber ich verstehe immer noch nicht, was das mit uns zu tun hat.«

»Umfassendes wirtschaftliches Verbrechen«, wiederholte der Chef der Spionageabwehr, »und übrigens hilft ihm ein Nachbar, der mit ihm im selben Haus wohnt, bei der Geldwäsche.«

»Und wie heißt der?«

»Slobodan Milosevic. Er ist Serbe, ein Flüchtling, der während des Balkankriegs mit seiner Familie hierherkam.«

»Ja, den kenne ich auch«, sagte Mattei. »Er war wohl um die zehn Jahre alt, als er nach Schweden kam.«

»Inzwischen ein hohes Tier innerhalb der jugoslawischen Mafia. Besitzt und betreibt mehrere Geschäfte. Spielhallen, Kneipen, Autoverleihe, Läden. Alles zwischen Himmel und Erde, sagen die Kollegen, die sich mit organisierter Kriminalität beschäftigen. Aber eigentlich geht es vor allem um Geldwäsche und unterschiedliche Formen von Serviceleistungen für die einfacheren Gemüter, die mit Dingen wie Werttransportüberfällen, Drogendelikten oder gewöhnlichem schwerem Diebstahl zu tun haben.«

»Bäckström«, erinnerte ihn Lisa Mattei. »Wie wäscht Milosevic sein Geld sauber?«

»Unter anderem durch erfolgreiches Spielen. Bäckström scheint eine Unmenge von Geld durch Dinge wie Pokerspiele im Netz oder Pferdewetten zu verdienen. Wenn Sie mich fragen, Chefin, glaube ich nicht einmal, dass er bei einem normalen Gaul unterscheiden kann, wo vorne und hinten ist.«

»Ich höre es«, sagte Mattei. »Abgesehen von gewissen Details und den üblichen Übertreibungen verstehe ich immer noch nicht, warum er ein Fall für uns sein soll. Ein normaler korrupter Kollege. Auch, wenn ich mich nur ungern wiederhole: Überlassen Sie ihn der Abteilung für Disziplinarverfahren.«

»Natürlich, das würden wir ja gern, wenn er nicht auch noch Einflussagent der Russen wäre.«

»An dem, was Sie sagen, merkt man, dass sie ihn noch nie getroffen haben. Kommissar Bäckström ist klein, dick und verschlagen. Er hat drei große Interessen im Leben: Alkohol, Frauen, und dass er sich selbst ein schönes Leben machen und seinen Lohn einstreichen kann, am besten ohne einen Fuß an seinen Arbeitsplatz zu setzen. Außerdem ist er ein politischer Vollidiot, schwedischer Patriot, xenophob, homophob und im Übrigen auch glühender Anhänger von allen anderen Phobien. Warum um alles in der Welt sollten die Russen so jemanden wie ihn rekrutieren? Können Sie mir das erklären?«

»Warum sollten sie ihm sonst fünfzig Millionen geben? Außerdem soll er offenbar im Dezember irgendeine hohe russische Auszeichnung kriegen, wenn sie ihr fünfundzwanzigjähriges Jubiläum feiern. Dafür gibt es nur eine Erklärung. Dass sie ihn als Einflussagenten verwenden wollen. Sie bezahlen ihn für seine Popularität beim schwedischen Volk. Da wollen sie ran.«

»Oder sie wollen ihn nur dafür belohnen, dass er ihnen dabei geholfen hat, eine alte Spieldose zurückzubekommen, die offensichtlich von großem Wert für sie ist.«

»Ganz offensichtlich ist sie auch für Bäckström von großem Wert«, stellte der Chef der Spionageabwehr fest. »Bäckström muss momentan der reichste Polizist Schwedens sein. Und das kraft seiner kriminellen Unterfangen. Ich meine nur ...«

»Eine neugierige Frage«, unterbrach ihn Mattei. »Ich vermute, sie lassen ihn beobachten.«

»Ja, natürlich. In diesem Moment hat er wahrscheinlich sein Mittagessen auf der Terrasse des Grand Hotels mit seinem guten Freund, dem Kunsthändler, beendet, und wenn er seinen üblichen Freitagsgewohnheiten folgt, wird er jetzt direkt zu einer polnischen Prostituierten am Norra Mälarstrand fahren, um seine übliche so genannte Entspannungsmassage zu bekommen.«

»Schön. Dann schlage ich vor, Sie rufen die Kollegen von der Sitte an und sehen zu, dass sie ihn mit heruntergelassenen Hosen erwischen. Dann wird er umgehend seines Dienstes enthoben werden.«

»Soll ich das so interpretieren, dass wir die Beobachtung seiner Person einstellen sollen?«

»Nein«, sagte Mattei. »Sehen Sie es einfach als Empfehlung von meiner Seite. Überlassen Sie ihn denen, die sich mit Leuten wie ihm beschäftigen. Aber ich werde Ihr Vorgehen nicht im Detail anleiten. Was Bäckström angeht, sind wir uns völlig einig. Einer wie er sollte natürlich kein Polizist sein.«

»Ich werde alles noch einmal eingehend prüfen«, antwortete der Chef der Spionageabwehr. »Also, was die taktische Ausführung angeht.«

»In einem Punkt irren Sie sich«, sagte Mattei.

»Woran denken Sie, Frau Generaldirektorin?«

»Dass er der reichste Polizist Schwedens ist. Das stimmt nicht.«

»Und wer ist es dann?«

»Sie sprechen gerade mit ihr.« Lisa Mattei lächelte. »Die Geschichten müssen sie doch in der Kantine gehört haben. Über die Tochter des deutschen Apothekers. Das bin ich.«

III

Ein Fuchsbau hat viele Ausgänge

54

Am Montagnachmittag, 18. August, beim zweiten Treffen mit der neuen Staatsanwältin und Ermittlungsleiterin, gab es von Anfang an ordentliche Reibereien. Hanna Scharv war nicht zufrieden mit der Arbeit des Teams, und ihr besonderes Missfallen weckte der verantwortliche Techniker, Kommissar Peter Niemi. Um den Fall voranzutreiben, hatte sie nach der ersten Besprechung selbst Kontakt mit dem Nationalen Forensischen Zentrum aufgenommen, und bei ihrem Gespräch waren Dinge herausgekommen, die sie hochgradig erstaunt hatten.

Als sie Niemi vorige Woche gebeten hatte, eine neue DNA-Probe von dem Schädel anzufordern, um den einfachsten aller Fehler auszuschließen – dass jemand dort unten ihnen einen falschen Befund geschickt hatte, also eine Verwechslung vorlag – war sie der sicheren Auffassung gewesen, dass eine zweite DNA-Probe gemäß der Vereinbarung vom letzten Treffen bereits in Auftrag gegeben sei.

»Ihr werdet meine Verwunderung verstehen«, sagte Hanna Scharv, die immer noch lächelte, »als der zuständige Forensiker gar nicht begriff, was ich meinte. Zuerst hatte er offenbar auf Anforderung der Ermittler eine DNA aus dem Schädel gesichert und euch den Analysebefund zugeschickt. Mit dieser DNA hatten wir also keine Übereinstimmung in einem der Register gefunden. So weit kann ich alles nachvollziehen.«

»Ja, stimmt genau«, bekräftigte Niemi, der nicht lächelte.

»Ihr werdet also meine Verwunderung verstehen«, wiederholte Scharv, »als ich begriff, dass der Forensiker offenbar gar keine Ahnung davon hatte, dass einer der Ermittler einen Analysebefund in irgendeinem alten verstaubten Arbeitsregister des Reichskriminalamts gefunden hatte, das mit ihrem Profil übereinstimmte. So viel habe ich jedenfalls verstanden, dass niemand vom Forensischen Zentrum zu diesem Ergebnis gekommen war. Sie hatten den Vergleich gar nicht ausgeführt. Sie hatten keinen Schimmer, wovon ich sprach.«

»Ich hatte den Befund von meinem Kontakt beim Reichskriminalamt, und sobald er die Unterlagen rübergeschickt hatte, hab ich sie an Peter weitergegeben, damit er sie sich ansehen konnte«, erklärte Nadja. »Im Vergleich von DNA-Analysen ist er nämlich kompetenter als ich.«

»Danke, Nadja, du bist zu freundlich.« Niemi lächelte Nadja zu. Dann nickte er in Scharvs Richtung, jetzt nicht mehr lächelnd, bevor er fortfuhr.

»Ja, das hat seine Richtigkeit. Es war eine vollständige Übereinstimmung. Eine Plus-Vier, wie man unten in Linköping sagt, höher geht es gar nicht.«

»Ach so, aha«, sagte Scharv. »Sie sind also derjenige, der behauptet, der Schädel, der gefunden wurde, stammt von Jaidee Kunchai, die 2004 im Tsunami umgekommen ist. Nicht das Forensische Zentrum.«

»Ja«, erwiderte Niemi. »Wie ich gerade gesagt habe. Ich habe diesen Schluss gezogen.«

»Aber Sie arbeiten ja wohl nicht beim Zentrum?«

»Nein, Gott bewahre. Die haben mir zwar mehrmals einen Job angeboten, aber ich habe immer dankend abgelehnt. Nachdem ich in Spånga wohne, wäre es ein ziemlich langer Arbeitsweg, um es mal so zu sagen. Aber Sie müssen sich deshalb keine

Sorgen machen. Es ist eine sichere Plus-Vier, und man muss kein Kernphysiker sein, um das zu erkennen. Geben Sie Bescheid, wenn Sie wollen, dann kann ich Ihnen zeigen, wie man das macht.«

Die stellvertretende Oberstaatsanwältin Hanna Scharv ließ Niemis Angebot schweigend auf sich wirken, während sie in ihren Papieren blätterte.

Das Weib lädt nach, dachte Bäckström, jetzt muss der Finnenlümmel sich wahrscheinlich in Acht nehmen.

Oder vielleicht auch Scharv, dachte er dann. Falls Niemi das Messer aus dem Stiefelschaft ziehen und die Diskussion nach alter Tornedal'scher Tradition beenden sollte.

Hanna Scharv war noch lange nicht fertig. Sie hatte gerade erst angefangen.

Als sie die Ermittler bei ihrem ersten Treffen aufgefordert hätte, eine zweite DNA-Analyse des Schädels machen zu lassen, um die Möglichkeit eines Fehlers auszuschließen, sei das kein allgemeiner Wunsch gewesen, sondern eine Order von ihr als Ermittlungsleiterin an den verantwortlichen Ermittler, also Niemi.

»Und ich erinnere ich mich genau daran, dass Sie zu mir gesagt haben, das sei schon im Gange.«

»Ganz richtig«, bestätigte Niemi. »Die Grundlage für die Probennahme habe ich ihnen zusammen mit allen Papieren vor ungefähr einer Woche geschickt.«

»Und laut dem, was die Forensiker sagen, ging es dabei darum, dass sie eine DNA-Probe aus dem Oberschenkelknochen extrahieren sollten, den ihr gefunden habt. Nicht aus dem Schädel.«

»Aus dem Mark des Knochens, im schlimmsten Fall aus dem Knochen selbst«, berichtigte Niemi.

»Ja, aber ich habe keine Markprobe aus einem Oberschenkelknochen angefordert. Ich will eine neue DNA-Probe aus dem Schädel, weil ich definitiv nicht ausschließen kann, dass an dem ersten Befund irgendetwas falsch war.«

»Das mit dem Oberschenkelknochen ist eine reine Routineangelegenheit. Wir wollen selbstverständlich sichergehen, dass die Knochen, die wir im Erdkeller gefunden haben, vom selben Opfer stammen wie der Schädel, der hundert Meter davon entfernt gefunden wurde.«

»Und ich will eine neue Probe aus dem Schädel«, wiederholte Scharv, beugte sich nach vorn und stützte die Ellenbogen auf den Tisch. Nicht einmal mehr der Anflug eines Lächelns.

»Ja, aber das ist doch klar.« Bäckström schüttelte bekümmert den Kopf. »Ich verstehe genau, worauf Sie hinauswollen, Hanna. Sie befürchten, es könnten Reste von mehreren Leichen sein. Der Schädel von einer und die Knochen von einer anderen. Zwei Tote, nicht eine, wie wir zuerst dachten. Schlimmstenfalls sogar noch mehr. Ich meine, wir haben ja Hunderte von Knochenstücken, wenn man's genau nimmt.«

»Nein«, erwiderte Scharv, »Zuerst will ich mir bei der Sache mit dem Schädel ganz sicher sein.«

»Das höre ich.« Niemis Augen waren bedenklich schmal geworden. »Ich persönlich werde wohl warten, bis wir den Befund für unseren Oberschenkelknochen haben. Wenn sich dann zeigt, wovon ich vollkommen überzeugt bin, dass wir dieselbe DNA haben wir bei unserem Schädel, dann reicht das für mich an Proben. Wenn die DNA aus dem Oberschenkelknochen nicht mit der aus dem Schädel übereinstimmt, werde ich dagegen eine neue aus dem Schädel anfordern.«

»Aber für mich reicht es nicht«, sagte Scharv. »Ich will, dass Sie sofort eine Probe anfordern.«

»Nein.« Niemi stand auf, sammelte seine Papiere zusammen und nahm den Ordner unter den Arm. »Wenn Sie das wollen, müssen Sie sie selbst anfordern. Ich habe einen guten Ruf zu verlieren. Ich werde sie also nicht mit solchem Quatsch belästigen.«

»Ihr anderen entschuldigt mich bitte«, sagte er dann und nickte sämtlichen Kollegen freundlich zu. »Ich habe anderes und Wichtigeres zu tun.«

Dann verließ er sie, während Hanna Scharv zuerst auf ihre Armbanduhr blickte und sich dann eine Notiz machte.

Das Ganze endete so, wie es begonnen hatte. An die drei Stunden schlechter Stimmung. Ein Polizist, der ganz nonchalant den Raum verlassen hatte. Seine Kollegen, die still und passiv dasaßen und nur den Mund aufmachten, wenn Scharv eine Frage hatte, auf die sie eine Antwort wollte. Und dann noch Bäckström, der abwechselnd wie ein Honigkuchenpferd strahlte und bekümmert seufzend den Kopf schüttelte. Eine Staatsanwältin, die absolut keine Antennen hatte und die meiste Zeit damit verbrachte, ihre Verwunderung und Enttäuschung über die Art zum Ausdruck zu bringen, wie man »ihre Ermittlung durchführte«. Niemi hatte ihr ja sogar unvollständige oder sogar irreführende Informationen gegeben, etwas, worauf sie noch zurückkommen würde, und was die übrige Kontrollarbeit anbelangte, hatte man keine konkreten Resultate vorzuweisen.

»Nicht das kleinste bisschen, das erwähnenswert wäre«, konstatierte Hanna Scharv.

»Wir haben genau das getan, was Sie wollten«, verteidigte sich Nadja. »Wir waren mit den Verantwortlichen für die Register bei uns, bei der Einwanderungsbehörde und beim Forensischen Zentrum in Kontakt. Sie haben unsere Fragen erhalten und versprochen, sich zu melden, sobald sie etwas Erwähnenswertes haben. Was sollen wir denn noch tun?«

»Vielleicht verdammt noch mal ein bisschen mehr, um es im Polizeijargon zu sagen«, erwiderte Scharv. Ihrer Körpersprache nach zu urteilen war das für diesmal ihr Schlusswort, und ihr Lächeln war wieder zurückgekehrt. »Wir sehen uns am Freitag, und dann hoffe ich, es ist endlich etwas passiert.«

»Ja, wirklich«, sagte Bäckström und lächelte sie fromm an. »Das wollen wir alle inniglich hoffen.«

Annika Carlsson war schon aufgestanden und hatte sich in den Türrahmen gestellt, während die Staatsanwältin immer noch dabei war, ihre Papiere in die Aktentasche zu stopfen. Carlsson lockerte ihre Schultern, verschränkte die Finger ineinander und legte die Hände auf ihren Gürtel, während sie ihren Chef abwartend ansah.

»Gibt es nichts mehr, was ich noch tun soll, Bäckström?«, fragte Annika Carlsson und nickte der Staatsanwältin zu, die immer noch vollauf mit sich und ihren Papieren und Notizen beschäftigt war.

»Ich glaube, wir warten ab«, sagte Bäckström. »Gut Ding will Weile haben«, fügte er mit einem zufriedenen Seufzer hinzu.

55

Nadja hatte ihren thailändischen Kollegen Akkarat Bunyasarn noch nicht erreichen können. Am Montag meldete sich ihr Bekannter aus dem Reichskriminalamt und berichtete, dass Akkarat sich in Burma aufhielt, oder vielleicht auch Kambodscha, und dass seine Sekretärin keine Ahnung hatte, wann er wieder im Büro auftauchen würde, aber dass Nadja natürlich umgehend informiert werden würde, wenn er wieder da war.

Am Dienstag hörte sie nichts, und auch nicht am Mittwoch. Am Donnerstagmorgen hatte sie schon fast die Hoffnung aufgegeben und im Kopf bereits ein offizielles Hilfsgesuch an den schwedischen Verbindungsmann bei der Botschaft in Bangkok formuliert. Den, der gerade in Urlaub in Schweden war und erst nach der norrländischen Elchjagd im September in Bangkok zurückerwartet wurde. Hoffentlich hat er wenigstens eine Vertretung, dachte Nadja und seufzte. Wenn sie richtig informiert war, gab es auch norwegische, dänische und finnische Kollegen vor Ort. Falls die nicht auch zu Hause beim Jagen waren.

Ein paar Stunden später meldete sich ihr schwedischer Bekannter endlich. Sein alter Freund Akkarat sei zurück in Bangkok. Bei bester Gesundheit, so hilfsbereit wie immer, und nachdem es für ihn ohnehin ein langer Abend im Büro werden würde, könnte Nadja ihn gerne schon jetzt anrufen, wenn sie wollte.

Das tat sie per Skype, mehr oder weniger sofort, und zu ihrer Freude konnte sie feststellen, dass er punktgenau mit der Beschreibung übereinstimmte, die sie bekommen hatte. Wären die grauen Schläfen in seinem ansonsten rabenschwarzen dichten Haarschopf nicht gewesen, hätte er gut als normaler Dreißigjähriger mit guter körperlicher Konstitution durchgehen können. Und er sprach wirklich absolut ausgezeichnet Englisch.

Nadja erklärte ihr Anliegen. Außerdem sollte er per Mail alle Unterlagen erhalten, die sie hatte. Erst einmal brauchte sie Hilfe bei vier Dingen, und sollte ihm selbst noch etwas einfallen, das sie vergessen hatte, wäre sie natürlich sehr dankbar.

Erstens brauchte sie alle zugänglichen Informationen über Jaidee Kunchais Bestattung. Vor allem, ob und wenn ja, wie sie kremiert worden war, war von Interesse.

Zweitens wollte sie wissen, ob Jaidee eine ihnen unbekannte Zwillingsschwester gehabt haben könnte. Eine eineiige Zwillingsschwester, die nach der Geburt zur Adoption freigegeben worden war. Und vielleicht in Schweden gewohnt hatte.

Drittens war sie interessiert an thailändischen Frauen, die während des Tsunami in Khao Lak, Phuket und Umgebung verschwunden waren. Frauen, die rein äußerlich mit der Beschreibung von Jaidee Kunchai übereinstimmten, die sie ihm mailen würde.

Und schließlich viertens, ob er mehr Informationen darüber einholen konnte, wie genau die Bergung von Jaidees Leiche in Khao Lak und ihre Identifizierung in Phuket vor sich gegangen war.

»Yes«, sagte Nadja abschließend. »Das war wohl alles, denke ich. Für den Anfang jedenfalls«, fügte sie zur Sicherheit hinzu.

»Ich verstehe, wie Sie und Ihre Kollegen denken.« Akkarat Bunyasarn nickte und lächelte sanft.

»Ja. Wir haben Probleme mit ihrer Identität.«

Und mindestens einer von uns denkt genau das, was du glaubst, dachte Nadja.

»Es gibt immer noch Hunderte von vermissten Frauen seit dem Tsunami, unter denen sicher mehrere auf die Beschreibung von Jaidee Kunchai passen.«

»Das ist sehr traurig zu hören.«

»Thailand ist nicht wie Schweden.« Bunyasarn schüttelte den Kopf. »Was diese Dinge betrifft, leben wir in einer anderen Welt. Die Sache mit der Adoption kann auch schwierig sein«, fügte er hinzu. »Wie Sie sicher wissen, wurde zeitweise im großen Stil illegaler Handel mit thailändischen Kindern betrieben.«

»Ich dachte, Sie könnten vielleicht irgendeine Geburtsurkunde oder Akten zur Entbindung aus einem Krankenhaus finden.«

Auch das war laut Bunyasarn ein Problem. »Die Mehrzahl der Kinder werden zu Hause geboren. Das gilt sowohl für wohlhabende als auch für arme Familien. Aber natürlich, mit etwas Glück finde ich vielleicht Informationen.«

»Das wäre sehr nett von Ihnen«, sagte Nadja. »Wenn es etwas gibt, das ich für Sie tun kann, melden Sie sich einfach.«

»What are friends for«, sagte Akkarat Bunyasarn lächelnd und senkte den Kopf, um seiner Wertschätzung ihres Gesprächs Ausdruck zu verleihen.

Außerdem versprach er, sich zu melden, sobald er etwas zu berichten hatte. Einige Dinge würden länger dauern als andere, aber das wüssten sie ja. Aber in jedem Fall würden seine Mitarbeiter und er sofort die Spur aufnehmen, auf die sie ihn mit ihren Informationen gesetzt hatte.

Endlich ein begabter Mensch, dachte Nadja. Und nett war er auch, im Gegensatz zu gewissen anderen.

56

Der Bedarf an externen Kontakten schien nach dem Montagstreffen der Ermittlungsgruppe dramatisch gestiegen zu sein, doch Bäckström hatte keinerlei Probleme mit dem Kontakt, den er selbst aktivierte. Bereits am Nachmittag nach der Besprechung sprach er mit einer Frau, die beim Nationalen Forensischen Zentrum arbeitete. Sie hatten sich ein halbes Jahr zuvor bei einer Konferenz kennengelernt, und Bäckström ergriff damals die Gelegenheit, sie auf eine Reise an verschiedene Orte mitzunehmen, von deren Existenz sie vorher noch nicht einmal geahnt hatte. Die Antwort auf ihre geheimsten Wünsche.

»Was kann ich denn für dich tun, Bäckström?«, fragte sie.

»Ich rufe in erster Linie an, um zu hören, wie es dir geht«, log Bäckström. »Außerdem haben wir uns ja eine ganze Weile nicht gesehen, wenn du also zufällig mal in Stockholm vorbeikommst, wäre es schön, wenn du dich meldest.«

»Ja, wirklich. Was soll ich denn diesmal machen?«

»Tja, das wären möglicherweise zwei Dinge«, sagte Bäckström. »Wirklich nichts Besonderes.«

Eine schwache Sieben, dachte er. Keine eigene Reise wert, Linköping lag ja außerdem auf dem halben Weg nach Südeuropa, aber falls sie zufällig bei ihm vorbeikommen sollte, würde er sie nicht daran hindern.

Noch eine, und es hört nie auf, dachte er fünf Minuten später, als er das Gespräch beendete.

Ungefähr zur selben Zeit, als Bäckström mit einer Kriminaltechnikerin aus Linköping telefonierte, rief die stellvertretende Oberstaatsanwältin Hanna Scharv Bäckströms höchsten Chef an, den neuen Polizeimeister von Solna, Carl Borgström. Sie wollte ihn so bald wie möglich treffen, am besten sofort, um über wichtige Dinge zu sprechen, die ihre Ermittlung betrafen.

Carl Borgström, der bereits ahnte, worum es ging, war so diplomatisch, wie es die Umstände zuließen. Seine Tür stand natürlich jederzeit offen, und am Essen in der hauseigenen Kantine war ebenfalls nichts auszusetzen.

Die stellvertretende Oberstaatsanwältin Hanna Scharv hatte nicht nachgegeben. Das Problem an Borgströms offener Tür war, dass sie im falschen Haus lag. Das Polizeigebäude in Solna war nun das Hauptquartier des Feindes. Bis alles wieder zu normalen Verhältnissen zurückgekehrt war, gedachte sie sich davon fernzuhalten, soweit nicht ihre Verantwortung als Ermittlungsleiterin ihre Anwesenheit dort erforderte. Deshalb hatte sie einen anderen Vorschlag. Sie selbst saß immer noch im Amt für Wirtschaftskriminalität, weil ihr neuer Arbeitgeber, die Staatsanwaltschaft Stockholm, es noch nicht geschafft hatte, ihr ein Büro zur besorgen. Nachdem sie von Borgströms Sekretärin gehört hatte, dass er am nächsten Tag an einer Konferenz in der Reichspolizeidirektion teilnahm, die ganz in ihrer Nähe war, schlug sie ein kleines Tagescafé auf Kungsholmen vor, das ungefähr in der Mitte zwischen der Reichspolizeidirektion und dem Amt für Wirtschaftskriminalität lag.

»Um zwölf Uhr?«, fragte Hanna Scharv.

»Ja, das passt ganz wunderbar«, sagte Polizeidirektor Borgström. »Ich freue mich«, fügte er hinzu.

Was habe ich für eine Wahl, dachte er, als er auflegte. Und da hatte er plötzlich eine gute Idee: er würde sich mit Bäckström treffen, bevor er sich mit Scharv traf, sodass er sich auf das vorbereiten konnte, worum es sicher ging.

»Wie gut, dass ich dich erreiche, Bäckström«, sagte Borgström, sobald er seinen Kollegen in den Hörer brummen hörte. »Ich werde doch wohl nicht das Glück haben, dich in der Arbeit anzutreffen?«

»Ich bin immer in der Arbeit. Immer im Dienst«, erwiderte Bäckström.

»Ja, das versteht sich. Du hast nicht zufällig gerade Zeit, dich mit mir zu treffen? Es gibt nämlich etwas, worüber ich mit dir reden muss.«

»Nein, leider.« Man konnte förmlich hören, wie Bäckström in der Einsamkeit seines Zimmers den Kopf schüttelte. »Draußen wartet ein Taxi auf mich. Das Umsetzungsprojekt, wie du vielleicht weißt. Wir nähern uns langsam der Endphase.«

»Und morgen?«, fragte Borgström. »Morgen Vormittag«, verdeutlichte er. Im schlimmsten Fall würde er seine eigene Besprechung oben bei der Direktion verschieben müssen. Zuerst Bäckström, damit er gewappnet war, dann Staatsanwältin Scharv. Ausgezeichnet, dachte er.

»Leider nicht machbar, absolut nicht machbar«, seufzte Bäckström. »Morgen bin ich den ganzen Tag ausgebucht.«

»Du hast nicht die geringste kleine Lücke? Die Sache dauert höchstens eine Viertelstunde.«

»Tja, die erste Lücke, die ich sehe, wäre in diesem Fall am Donnerstagvormittag. Um zehn Uhr.« Bäckström hatte nicht vor, sein Mittagessen oder seine Mittagsruhe für Borgström aufs Spiel zu setzen.

»Das klingt doch sehr gut«, sagte Borgström. »Wir sehen uns dann.«

»Du bist herzlich willkommen«, erwiderte Bäckström, und leider hatte Borgström bereits aufgelegt, als er bemerkte, dass er einem Treffen bei Bäckström zugestimmt hatte. Nicht umgekehrt, wie die Rangordnung es eigentlich geboten hätte.

Was für ein elender Tag, dachte Borgström und seufzte tief, als Kommissar Toivonen geradewegs durch seine offene Tür hereinkam und sich ohne Umschweife auf den Stuhl vor seinem Schreibtisch setzte.

»Hast du zwei Minuten Zeit?«, fragte er, nachdem er sich hingesetzt hatte.

»Natürlich«, log Borgström. »Es ist immer schön, dich zu sehen, mein Freund. Kann ich etwas für dich tun?«

»Ja. Dafür sorgen, dass wir diese bescheuerte Hanna Scharv loswerden. Die Frau ist komplett verrückt.«

»Verzeihung, aber was ist das Problem?«

»Sie hat sie nicht alle. Das ist zwar ein kleineres Problem, aber wenn du mir nicht dabei helfen kannst, sie schnellstens aus dem Haus zu kriegen, befürchte ich, wir haben beide bald richtige Probleme am Hals.«

»Ich hab auf dem Flur läuten hören, es gibt irgendeine Kontroverse mit Peter Niemi.«

»Kontroverse«, schnaubte Toivonen. »Dass die Alte völlig dämlich ist, damit können wir umgehen, da ist sie ja nicht die Erste in dieser Stellung. Das Problem ist, dass sie meint, hier schalten und walten zu können, obwohl sie von nichts eine Ahnung hat. Mit Niemi hab ich schon gesprochen. Normalerweise ist er ein sanftmütiger Kerl, aber wenn du es schaffst, ihn auf die Palme zu bringen, dann musst du aufpassen. Vorhin hab ich einen Anruf von unserem Kontakt im Forensischen Zentrum bekommen, der gefragt hat, ob die Polizei von Solna inzwischen der Staatsanwaltschaft Stockholm unterstellt ist. Das Weib hängt ihnen offenbar ständig in der Leitung. Und die eine Forderung ist seltsamer als die andere.«

»Ich werde mit ihr sprechen«, sagte Borgström. »Ich werde sofort mit ihr sprechen.«

Im Hinblick auf den Zusammenhang war das wohl eine Notlüge, dachte er.

»Wunderbar.« Toivonen stand genauso schnell auf, wie er sich hingesetzt hatte.

»Da muss doch irgendwas passiert sein«, sagte der Polizeimeister. »Ich hab doch ihr Zeugnis gelesen, als sie vom Amt für Wirtschaftskriminalität zur Staatsanwaltschaft gewechselt ist. Ich glaube, ich hab noch nie ein so positives Arbeitszeugnis gesehen.«

»Im Fachjargon nennt man das wegbefördern«, sagte Toivonen verächtlich. »Das könnte ja für dich gut zu wissen sein.«

»Wegbefördern?«

»Wenn du einen Mitarbeiter hast, der jeder Beschreibung trotzt, wie löst du die Situation? Tja, indem du mehr oder weniger alles unterschreibst, um den Deppen loszuwerden.«

»Ich glaube, ich verstehe«, sagte Borgström.

»Wie schön«, sagte Toivonen.

Polizeimeister Carl Borgström hatte sich zur vereinbarten Zeit zum Treffen mit der stellvertretenden Oberstaatsanwältin Hanna Scharv eingefunden. Er war sogar eine Minute vor zwölf angekommen, aber sie hatte schon dort gesessen, ihm nur kurz zugenickt und auf die Uhr gesehen.

»Ich schlage vor, wir teilen die Rechnung«, sagte Hanna Scharv. »Ich meine, im Hinblick auf die Umstände, die zu diesem Treffen geführt haben.«

»Ansonsten kann ich sie auch übernehmen«, erwiderte Borgström.

»Ja, Ihre eigene sollten Sie übernehmen«, bekräftigte Scharv und bestellte rasch die Pasta des Tages und ein Glas Wasser. Leitungswasser. »Mit Rücksicht auf die Umwelt.« Sie nickte der Kellnerin kurz zu. Carl Borgström bestellte Hering mit gekochten Kartoffeln und ebenfalls normales Leitungswasser, obwohl er eigentlich Mineralwasser mit Kohlensäure vorzog.

»Mit Rücksicht auf die Umwelt«, sagte Borgström und lächelte die Kellnerin an.

Während sie aufs Essen warteten, erklärte Hanna Scharv ihre Sicht der Dinge. Dass es bei der Ermittlung, die sie leitete, um einen Mord ging, stand für sie außer Frage. Das Einschussloch im Schädel des Opfers in Kombination mit den äußeren Umständen, unter denen man ihre Überreste aufgefunden hatte, sprachen stark dafür, und in dieser Frage war sie sich auch mit ihren Ermittlern einig. Ihre Probleme waren anderer, deutlich schwerwiegenderer Natur.

»Worum geht es denn?«, fragte Borgström, der nicht mehr wusste als das, was auf dem Flur und im Pausenraum gemunkelt wurde.

»Es geht um die Identität des Opfers. Bedauerlicherweise haben sich meine Ermittler offenbar auf Grundlage einer DNA-Probe auf eine bestimmte Person versteift, obwohl es sich meiner festen Überzeugung nach um jemand anderen handeln muss.«

»Das klingt ja schon ziemlich merkwürdig. Ich meine, das mit der DNA-Probe.«

»So etwas passiert leider ständig.« Scharv zuckte vielsagend mit den Schultern. »Irgendjemand hat es ganz einfach vergeigt.

Hatte wohl Chaos in seinen Papieren oder was auch immer. Aber meine Ermittler weigern sich, das zu glauben, weil es bedeuten würde, dass jemand von ihnen oder ihren Kollegen einen Fehler begangen hat. Die juristischen Konsequenzen davon, einfach zu tun, als wäre nichts, und mit der Ermittlung fortzufahren, obwohl es sich eigentlich um eine völlig andere Person handelt, deren Identifizierung ihnen also nicht gelungen ist, werden natürlich katastrophal und unüberschaubar werden.«

»Aber...«

»Sie wollen jetzt sicher fragen, wie es kommt, dass ich so sicher bin, dass ich recht habe und sie unrecht«, unterbrach ihn Hanna Scharv.

»Ja...«

»Diese Frau, von der sie behaupten, sie sei das Mordopfer, ist vor mehr als elf Jahren für tot erklärt worden. Sie ist nämlich im Tsunami umgekommen, als sie und ihr Mann in Khao Lak Weihnachten gefeiert haben. Sie wurde ziemlich schnell in den Trümmern ihres Ferienhauses gefunden. Sie wurde vor Ort sowohl vom Hotelpersonal als auch von ihrem Mann und ihrer Mutter identifiziert. Und ein bis zwei Tage später von den schwedischen Polizisten, die in Phuket für die Identifizierung schwedischer Staatsbürger zuständig waren. Sie haben natürlich auch ihre DNA überprüft. Wie Sie sicher wissen, haben wir damals die Elite der Kriminaltechniker und Ermittler des Landes dorthin geschickt. Für mich ist das also keine Frage.«

»Nein, das scheint ja glasklar zu sein. Wie kann denn jemand wie Bäckström bei so etwas derartig auf dem Holzweg sein? Er ist ja immerhin der Mordermittler mit der mit Abstand höchsten Aufklärungsrate des Landes, wie Sie bestimmt wissen. So nahe an hundert Prozent, wie man bei Mordaufklärungen eben kommen kann.«

»Davon hatte ich keine Ahnung«, antwortete Scharv erstaunt. »Für mich wirkt er ja fast ein bisschen gaga.«

»Gaga?«

»Ja, und außerdem scheint er ja irgend so ein Freikirchler oder Baptist oder so was zu sein. Wer weiß, vielleicht ist er sogar Mitglied dieser Knutby-Sekte, wenn man an die komischen Sachen denkt, die er dauernd sagt. Dass niemand zweimal sterben kann und solche Dinge. Dass nicht einmal Jesus auf die Erde zurückgekehrt ist, nachdem er auferstanden war. Am dritten Tage ... aufgefahren in den Himmel ... bla, bla, bla. So was sagt er also bei einer Mordermittlung. In Schweden, zur heutigen Zeit. Man kann sich ja wirklich wundern.«

»Ja, allerdings.« Carl Borgström schüttelte den Kopf. »Ich hatte wirklich keine Ahnung, dass Bäckström gläubig ist.«

»Ich brauche Ihre Unterstützung«, sagte Hanna Scharv. »Ich weigere mich, mich von jemandem wie Kommissar Niemi verunglimpfen zu lassen. Er soll tun, was ich ihm sage. Schluss, aus. Und wenn er so etwas noch einmal macht, dann werde ich sofort Dienstbeschwerde einlegen. Was den gestrigen Vorfall angeht, werde ich Gnade vor Recht ergehen lassen.«

Carl Borgström nickte nur. Manchmal muss man sich eben mit wenig zufriedengeben, dachte er. Auch diesmal, obwohl es so gut wie überhaupt nichts Erfreuliches gab.

Am Tag danach hätte Polizeidirektor Borgström Kommissar Bäckström treffen sollen. Das Treffen fand jedoch nicht statt, und der Fehler lag bei ihm selbst. Zehn Minuten vor dem vereinbarten Zeitpunkt beschloss Borgström, es wäre höchste Zeit, das Kommando zu übernehmen und eindeutige Zeichen zu setzen. Anstatt Bäckström in seinem Büro aufzusuchen entschied er sich dafür, in seinem eigenen zu bleiben. Früher oder später würde Bäckström kapieren, was Sache war, und zu ihm rüberkommen oder ihn zumindest anrufen und fragen, ob es irgendein Missverständnis gab.

Nach zehn Minuten Einsamkeit und Schweigen begriff er, dass Bäckström das offenbar nicht verstanden hatte. Er rief ihn an und wurde von seinem Anrufbeantworter begrüßt. Bäckström sitze in einem Meeting, und wer mit ihm sprechen wolle, solle später wieder anrufen. Als Carl Borgström schließlich in Bäckströms Büro stürzte, war es schon zwanzig nach zwölf. Kein Bäckström, dagegen seine rechte Hand Annika Carlsson, die gerade den Kopf aus ihrem Zimmer streckte.

»Da bist du ja«, sagte sie und lächelte fröhlich. »Wir haben uns schon fast ein bisschen Sorgen gemacht, weil du nicht zu dem Treffen mit dem Chef aufgetaucht bist. Er hat mich sogar gebeten, rüberzugehen und nachzuschauen, ob etwas passiert ist.«

»Er ist also nicht da?«

»Nein. Er musste zu einer anderen Besprechung.«

»Und er konnte nicht warten?«

»Aber das hat er doch. Fast zwanzig Minuten, um genau zu sein«, erwiderte Annika Carlsson und blickte auf ihre Armbanduhr.

»Ich vermute, es ist eine wichtige Besprechung.«

»Ja, er wollte zum Reichspolizeichef drüben in der Polhemsgatan.« Annika Carlsson zuckte mit den Schultern. »Hoffe nur, er hat es rechtzeitig geschafft. Unser oberster Chef hat den Ruf, nicht so begeistert von unpünktlichen Leuten zu sein.«

»So ist das also«, sagte Borgström.

Als hätte ich nicht schon genug Probleme, dachte er. Jetzt war er auf einmal auf die Diskretion einer seiner eigenen Mitarbeiter angewiesen, auf Gnade und Ungnade. Bäckströms Gnade oder seine eigene Ungnade.

»Aber sonst alles gut bei dir?«, fragte Annika Carlsson.
»Danke der Nachfrage«, antwortete Borgström. »Doch, alles ganz wunderbar.«
Was ist denn nur los, dachte er.

57

Für Bäckströms Mitarbeiter war es eine Woche voller hektischer Arbeit gewesen, doch womit er selbst sich befasst hatte, blieb unklar. Sicher konnte man lediglich sagen, dass er sich zum freitäglichen Treffen mit der Staatsanwältin und der Ermittlungsgruppe frühzeitig einfand, mit Kaffee und einer außerordentlich leckeren Napoleon-Torte, aus der ausgezeichneten Konditorei drüben im Einkaufszentrum von Solna.

Dass er am Tag zuvor den Reichspolizeichef im Polizeipräsidium auf Kungsholmen getroffen haben sollte, wirkte dagegen weniger wahrscheinlich. Einer Reportage der Zeitung *Dagens Nyheter* zufolge hatte dieser sich in Malmö befunden, um vor Ort die Lage in den beiden Vierteln mit der höchsten Verbrechensrate und der größten Ausländerquote der Stadt zu studieren. Nachdem Bäckström nie diese Zeitung las, hatte ihn das nicht im Geringsten bekümmert.

Auch die Tatsache, dass der Fahndungstrupp von acht auf vier Personen geschrumpft war, schien ihn nicht zu stören. Er war ganz im Gegenteil glänzender Laune, jovial und voller Wohlwollen. Die Staatsanwältin hingegen hatte die Verringerung des Personals registriert, und darum ging es auch in ihrer ersten Frage.

»Wo ist denn unsere Jugend?«, fragte Scharv.

»Ja, Sie wundern sich«, antwortete Bäckström, während er ihr ein ansehnliches Stück Torte servierte. »Daran bin ich schuld. Ich hab sie zur Einwanderungsbehörde in Norrköping geschickt, unter der Leitung von Kollege Stigson, damit sie vor Ort zusammen mit den für die Register zuständigen Mitarbeitern der Behörde deren Papiere durchgehen können. Sie erinnern sich vielleicht, was mich zu diesem Schritt veranlasst hat.«

»Wunderbar, dass Sie endlich dafür gesorgt haben, dass das erledigt wird.«

Er tut zumindest, was ich sage, dachte Scharv.

»Ja«, seufzte Bäckström, während er ihr Kaffee einschenkte, »in diesem Punkt bin ich inzwischen genauso beunruhigt, wie Sie offenbar die ganze Zeit über waren. Erst vor ein paar Stunden haben wir nämlich die Ergebnisse der DNA-Proben bekommen, die wir angefordert hatten, und auch das, habe ich den Eindruck, haben wir Ihnen zu verdanken. Normalerweise dauert so etwas ja Monate.«

»Ich hab da schon angerufen«, sagte Scharv. »Aber nachdem es unmöglich zu sein scheint, jemanden zu finden, mit dem man reden kann ...«

»Steter Tropfen höhlt den Stein«, erwiderte Bäckström strahlend. »Was zählt, ist das Resultat, und das ist auch der Grund, der mich veranlasst hat, diese Torte zu kaufen. Zum Wohl, übrigens.« Er erhob seine Tasse.

Staatsanwältin Scharv begnügte sich mit einem Kopfnicken und schob sich dabei ein ordentliches Stück Torte in den Mund. Zum Wohl, dachte sie. Vermutlich sagen sie das bei ihrem Kaffeekränzchen nach dem Bibelkreis immer.

»Erfreuliche Ergebnisse.« Bäckström seufzte zufrieden. »Sehr erfreulich, wenn Sie mich fragen.«

»Inwiefern?«, fragte Scharv.

»Erstens haben wir die Auskunft über die DNA aus diesem

Oberschenkelknochen bekommen, die der Kollege Niemi unbedingt haben wollte.«

»Und was sagen sie?«

»Es ist dieselbe DNA wie die des Schädels, einen Doppelmord oder Schlimmeres können wir demnach also zum Glück ausschließen.«

»Ja, aber das war ja eigentlich nicht meine größte Sorge.«

»Ich weiß, ich weiß«, sagte Bäckström. »Auch das ist klar. Wir haben eine neue Probe genommen. Diesmal aus ihrem linken Eckzahn, bald hat sie wohl gar keine Zähne mehr, die Arme.«

»Und was ist rausgekommen?«

»Dieselbe.«

»Dieselbe?«

»Ja, dieselbe«, wiederholte Bäckström. »Bei allen drei Proben dieselbe DNA. Aus dem Zahnmark des rechten Eckzahns, aus dem Mark ihres linken Oberschenkelknochens und aus dem Zahnmark des linken Eckzahns.«

»Und was sagen die Forensiker dazu? Ich vermute, sie haben unsere Proben auch mit diesem DNA-Auszug verglichen, den die Einwanderungsbehörde ausgegraben hat.«

»Eine Plus-Vier. Die höchstmögliche Stufe auf ihrer neunstufigen Skala, die Sie sicher genauso gut kennen wie ich«, sagte Bäckström. »Und nachdem niemand, zumindest kein vom Menschen Geborener, zweimal sterben kann, habe ich also beschlossen, unsere jungen Kollegen unter der Leitung von Stigson zur Einwanderungsbehörde zu schicken, damit sie vor Ort deren DNA-Register durchgehen und herausfinden können, wo der Fehler liegt.«

»Das ist wie gesagt ganz wunderbar«, wiederholte Scharv.

»Und was glauben Sie selbst?«

»Ich glaube, es wird sich lösen.« Bäckström sah sie erstaunt an. »Natürlich wird es sich lösen. Früher oder später.« Sein Blick schweifte zur Zimmerdecke, und er faltete die Hände über dem Bauch. »Früher oder später wird unser Herr uns die Ratschläge und die Wegweisungen geben, die wir hier unten so dringend brauchen, um die Wahrheit und das Licht sehen zu können.« Nach diesem frommen Wunsch fand das Treffen bald ein Ende. Als die Torte gegessen war – die stellvertretende Oberstaatsanwältin Scharv hatte den Prozess beschleunigt, indem sie sich noch ein Stück nahm – dankte sie sämtlichen Teilnehmern für ihre Anwesenheit, wünschte ihnen ein schönes Wochenende und verließ sie.

»Was halten wir nun davon?«, fragte Bäckström, sobald sie allein waren.

»Über die Tatsache hinaus, das unsere Staatsanwältin offenbar einen Dachschaden hat?« Hernandez grinste. »Danke für die Torte. Eigentlich stehe ich nicht so drauf, aber die hier war richtig lecker.«

»Gern geschehen.« Bäckström sah auf die Uhr. Höchste Zeit für Fräulein Freitag, dachte er.

»Also«, sagte Annika Carlsson. »Dass die Frau einen Dachschaden hat, ist eine Sache. Die andere ist bedeutend schlimmer.«

»Was denn?«, fragte Nadja.

»Sie wird uns nie abkaufen, dass unser Skelett von der Unheilsinsel Jaidee Kunchai ist. In ihrer Welt ist Jaidee im Tsunami in Thailand umgekommen. Darauf hat sie ja das Wort unserer Kollegen. Die haben außerdem irgendeine verdammt besondere Medaille für ihren Einsatz bekommen. Wir hier zu Hause sind diejenigen, die es versaut haben. Dass keiner von uns kapiert, wie das zugegangen ist, ist in diesem Fall allein unser Problem.«

»Du glaubst nicht an Wunder? Daran, dass sogar Frau Scharv irgendwann die Wahrheit und das Licht sehen wird?«, fragte Bäckström.

»Ich auch nicht«, sagte Nadja. »Aber nehmen wir mal an, es würde ein Wunder geschehen, und wir präsentieren ihr Jaidees damaligen Mann und behaupten, er hätte seine Frau auf dem See umgebracht, dann würde sie das auch abschmettern. Was haben wir denn für Beweise? Keine, wenn ihr mich fragt.«

»Das denke ich auch, Nadja«, pflichtete ihr Annika Carlsson bei. »Für unsere Staatsanwältin geht es inzwischen nur noch ums Prestige. Sie würde nie zugeben, dass sie unrecht hatte und ein paar bekloppte Polizisten wie wir richtiglagen. Dass sie vor Gericht gegen einen Anwalt wie Johan Eriksson antreten würde – ich hab in der Zeitung gelesen, dass er das dritte Jahr in Folge zum besten Verteidiger des Jahres gekürt wurde – der dann unsere alten Kollegen, die die Tsunamiopfer identifiziert haben, unter Eid bezeugen lässt, dass Jaidee bei der Katastrophe ums Leben kam. Nie. Vergiss es.«

»Ich verstehe«, sagte Bäckström. »Außerdem bin ich deiner Meinung.«

»Und was machen wir jetzt?«, fragte Hernandez.

»Probleme sind dazu da, gelöst zu werden.« Bäckström zuckte mit den Schultern. »Sagt sie das nicht die ganze Zeit? Diese nervige Tante, die uns als Strafe für unsere Sünden geschickt wurde.«

Als Bäckström sein Büro betrat, um das Notwendigste zusammenzusuchen, bevor er ein Taxi bestellte, das ihn zu Fräulein Freitag bringen sollte, fand er dort einen so unerwarteten wie unwillkommenen Gast vor.

»Wie schön, dass ich dich endlich erwische«, sagte Carl Borgström, der, nachdem er die Zeitung gelesen hatte, beschlossen hatte, dass es jetzt wirklich höchste Zeit war, ein Zeichen zu setzen.

»Was kann ich für dich tun?«, fragte Bäckström.

»Nur ein paar Fragen. Ich habe übrigens heute in der Zeitung gelesen, dass der Reichspolizeichef gestern in Malmö war. Warst du mit ihm da?«

»Nein. Er ist direkt nach unserem Treffen gefahren. Ich hatte keine Ahnung, dass er nach Malmö musste. Er war allerdings ziemlich sauer, dass ich zu spät kam.«

»Ich hoffe, du ...«

»Ich hab gesagt, wie es war. Warum sollte ich lügen? Du hattest ein paar Fragen, sagtest du?«

»Ja, ich hab mit unserer Staatsanwältin gesprochen. Sie macht sich Sorgen um unsere Ermittlung.«

Warum läuft es nur die ganze Zeit so falsch, dachte Borgström. Egal, was ich sage oder mache, es läuft falsch.

»Das wundert mich aber«, erwiderte Bäckström. »Als wir uns vor einer Viertelstunde verabschiedet haben, war sie glänzender Laune.«

»Es gibt also keine Probleme? Bei der Ermittlung, meine ich.«

»Absolut nicht! Ich finde, sie läuft wie am Schnürchen. Hast du sonst noch was auf dem Herzen?«

»Nein«, sagte Borgström und schüttelte den Kopf. »Außer vielleicht einer neugierigen Frage.«

»Und die wäre?«

»Aus dem, was sie gesagt hat, also zwischen den Zeilen, habe ich herausgehört, dass du offenbar gläubig bist.«

»Gläubig, ja. Das sind doch wohl alle, wenn du mich fragst. Meines Wissens nach gibt es wohl niemanden, der an gar nichts glaubt.«

»Na ja, ich meinte, dass du gläubiger Christ bist.«

»Ja, sicher«, sagte Bäckström. »Ist das ein Problem?«

»Nein, natürlich nicht. Ich war nur etwas verwundert. Das ist ja sozusagen eher ungewöhnlich.«

»Ja, leider. Aber in diesem Punkt hege ich große Hoffnung. Die Überzeugung, dass bald andere Zeiten anbrechen werden, in denen mehr Menschen die göttliche Gnade widerfahren wird. Andere Zeiten werden kommen. Man muss nur seine Bibel lesen.«

»Und darf ich fragen, wie du ...«

»Natürlich«, unterbrach ihn Bäckström. »Zuerst war es ein einfacher Kinderglaube, aber vor ein paar Jahren hatte ich eine Offenbarung, und von da an nahm alles eine ganz andere Wendung.«

»Eine Offenbarung?«

»Ja.« Bäckström seufzte tief und wandte den Blick nach innen. »Er hat sich mir offenbart. Vor meinen eigenen Augen.«

»So war das also.«

Er muss völlig verrückt sein, dachte Borgström.

»Ja, so war das«, wiederholte Bäckström mit einer Überzeugung, wie sie nur diejenigen hatten, denen die Gnade widerfahren ist. »Wenn du dich also fragst, wie es kommt, dass ich der erfolgreichste Mordermittler unserer schwedischen Kriminalgeschichte bin, ist das die einfache Erklärung. Er selbst machte mich, als er sich mir offenbart hat, zu seinem Werkzeug hier auf Erden.«

»Ich interpretiere deine Worte so, dass unsere Mordermittlung erfolgreich sein wird.«

Mein Gott, dachte Carl Borgström.

»Unser Herr wird dafür sorgen.«

Ich frage mich, wie viel er verträgt, überlegte Bäckström und beugte sich zu seinem Polizeimeister vor.

»Wenn du versprichst, dass das unter uns bleibt, kann ich es dir erzählen«, sagte er. »Also, wie ich das wissen kann.«

»Klar, das verspreche ich«, antwortete Borgström. Der Typ ist ja komplett wahnsinnig. Ich frage mich, ob er eine Gefahr für andere sein könnte, dachte er und schob zur Sicherheit seinen Stuhl etwas zurück.

»Dann kann ich es ja sagen. Er hat sich schon zweimal gemeldet. Von der anderen Seite.«

»Und was hat er da gesagt?«

»Darauf kann ich wiederum nicht näher eingehen. Wie du sicher verstehst, fällt das unter die Geheimhaltungspflicht, die in dieser Angelegenheit gilt. Aber sorge dich nicht, mein Freund. Bald wird sich alles fügen. Und selbst die törichte Jungfrau, installiert, um unsere Ermittlung zu leiten, wird dann zur Einsicht kommen. Die Wege des Herrn sind unergründlich, wie der Apostel Paulus im Römerbrief elf dreiunddreißig schreibt.«

Was soll ich nur machen, dachte Carl Borgström, als er fünf Minuten später die einsame Wanderung zurück zu seinem Büro antrat. Was habe ich nur getan, dass ich hier plötzlich einen vollkommen verrückten Fundamentalisten am Hals habe? Und erst, als er in sein Zimmer trat, kam ihm ein noch schlimmerer Gedanke. Nehmen wir mal an, das, was er sagt, ist wahr, dachte Borgström. Dann wäre ich ja selbst verloren.

58

Bereits am Montag hatte Akkarat Bunyasarn Nadja zwei der Fragen, bei denen sie ihn um Hilfe gebeten hatte, beantwortet. Die Antwort auf die erste war in einer Mail gekommen, die am Tag zuvor in ihrem Posteingang gelegen hatte. Darin beschrieb er die Zeremonie thailändischer Bestattungen im Allgemeinen und im Detail die von Jaidee Kunchai. Das Bestattungsinstitut hatte diese praktischerweise auf Video dokumentiert. Es handelte sich um zwei Filme. Der eine von der Zeremonie selbst, der andere zeigte, wie ihre Asche eine Woche später im Nationalpark außerhalb von Bangkok in den Wind gestreut wurde. Jaidees Mutter stand in Kontakt mit dem Institut. So auch schon beim Tod ihres Mannes etwa zwanzig Jahre zuvor.

Die Kunchais waren Buddhisten, ohne ihren Glauben sonderlich aktiv auszuüben. Wie im Übrigen bei einem Großteil der thailändischen Bevölkerung. Bunyasarns allgemeiner Beschreibung nach folgte die buddhistische Bestattung keinem detaillierten Zeremoniell. Es war eine Angelegenheit, die Raum für persönliche Wünsche und private Vorlieben ließ. In dieser Hinsicht war sie entsprechenden Verrichtungen innerhalb des protestantischen oder reformierten Teils der christlichen Gemeinschaft ziemlich ähnlich.

Man stellte Buddha-Bilder auf, zündete Räucherstäbchen an, las und sag Verse mit buddhistisch-religiösem Inhalt. Bestimmte Regeln für Kremation oder Sargbestattung gab es weder in der buddhistischen Tradition im Allgemeinen noch in ihrer thailändischen Variante.

Dasselbe galt für die Handhabung der Leiche nach dem Todesfall sowie für die Abschiedszeremonie im Zusammenhang mit der Bestattung, eine Andacht mit Lesung buddhistischer Texte, die von einem religiösen Vertreter wie einem Mönch oder einer Nonne oder auch einem Nahestehenden geleitet wurde. In Jaidees Fall hielt ein Mönch aus einem Kloster in Bangkok die Andacht. Etwa zehn Personen waren anwesend. Ihr Mann, ihre Mutter, andere Verwandten, einer der Arbeitskollegen ihres Mannes von der Botschaft. Jedoch nicht ihr Bruder. Erst, als man ihre Asche verstreute.

Kremation war die üblichste Art der Bestattung, auch wenn Erdbestattungen durchaus vorkamen und in keiner Weise gegen die buddhistische Tradition verstießen, und hinterher konnte die Asche vergraben oder nach individuellen Wünschen auf dem Friedhof oder an einem anderen Ort verstreut werden. Jaidees Mann war sowohl bei der Trauerfeier als auch beim Verstreuen der Asche anwesend. In Bezug auf ihn hatte Akkarat Bunyasarn ein paar Reflexionen darüber einfließen lassen, was er in den beigefügten Filmen beobachtet hatte. Falls Johnson nun tatsächlich seine Frau ermordet hatte, verdiente er Bunyasarn zufolge einen Oscar, oder vielleicht sogar zwei, für seine Rolle als trauernder Ehemann. »Abwesend, völlig am Ende vor Trauer.« Nachdem Nadja sich die Filme angesehen hatte, konnte sie ihm nur zustimmen.

Das war's dann mit der Hypothese von verrückten Satanisten und Grabplünderern, dachte sie. Aber nicht nur das. Im Hinblick darauf, was sie jetzt wusste, begriff sie auch genau, wie ein kompetenter Verteidiger das Ganze angehen würde, falls es ihr und ihren Kollegen gelingen sollte, mit dem Ausgangspunkt des Fundes von der Unheilsinsel mehr als elf Jahre nach dem Tsunami eine Anklage gegen Jaidee Kunchais Ex-Ehemann zu veranlassen. Der Verteidiger würde die Filme als Beweismittel einfordern und sie vor Gericht zeigen. Eine Sequenz aus dem Film, in dem die Asche in den Wind gestreut wurde, war besonders eindringlich. Jaidees trauernder Ehemann sinkt zusammen, setzt sich auf den Boden, wiegt den Kopf in den Händen und weint hemmungslos, mit bebenden Schultern. Sein Arbeitskollege aus der Botschaft legt den Arm um ihn und versucht, ihn zu trösten.

Der Anwalt würde alle legendären Polizisten aus dem Reichskriminalamt einberufen, die in Thailand zugegen waren, als das Ganze passierte. Sie unter Eid aussagen und das Gericht auf Ehr und Gewissen davon überzeugen lassen, dass Daniel Johnson seine Frau nicht ermordet haben konnte, weil sie bereits im Tsunami ums Leben gekommen war. Niemand kann zweimal sterben, und das war's dann mit der Anklage, dachte Nadja.

Mit Akkarat Bunyasarn arbeitete sie wirklich gut zusammen. Er dachte wie sie, sah dieselben Probleme wie sie, entdeckte dieselben Ausgänge und Schlupflöcher wie sie.

Als sie gerade ihren Computer herunterfahren wollte, um zur Besprechung mit der Ermittlungsgruppe zu gehen, kam Bäckström in ihr Büro und berichtete, er habe gerade mit der Staatsanwältin gesprochen, das heutige Treffen sei abgesagt. Sie hatte plötzlich andere und wichtigere Dinge, um die sie sich kümmern musste.

»Was denn?«, fragte Nadja.

»Hat sie nicht gesagt«, sagte Bäckström. »Ich glaube auch nicht, dass sie damit beschäftigt ist, zur Vernunft zu kommen. Aber sie hatte einen Vorschlag.«

»Aha?«
»Im Hinblick auf die Lage der Ermittlung meinte sie, es reicht, dass wir uns bis auf weiteres einmal pro Woche treffen.«
»Und da hast du vorgeschlagen, dass wir uns künftig nur noch am Montag sehen.«
»Genau, Nadja.« Bäckström lächelte. »Du bist eine kluge Frau.«
Eine, vor der man sich wirklich in Acht nehmen muss, dachte er.
»Was, glaubst du, will sie damit bezwecken?«
»Ich glaube, sie sucht eine Möglichkeit, die Voruntersuchung niederzulegen«, sagte Bäckström. »Ich hätte nichts dagegen. Dann können wir das Ganze als gewöhnlichen Fahndungsfall weiterführen und kriegen hoffentlich einen normalen Menschen, der uns alle Papiere unterschreibt.«

In Wirklichkeit war es jedoch genau umgekehrt. Hanna Scharv hatte absolut nicht die Absicht, die Voruntersuchung niederzulegen. Zwei Stunden zuvor war sie zur Abteilung für Spionageabwehr der Sicherheitspolizei beordert worden, und als sie den Eingangsbereich des großen Hauses in der Ingentingsgatan betrat, warteten dort auf sie bereits zwei Ermittler und ein Staatsanwaltskollege von der Einheit für Fälle, die die Sicherheit des Landes betrafen.

Sie sollte ihnen von der Mordermittlung erzählen, die sie zusammen mit Bäckström leitete. Sie wollten einen vollständigen Bericht. Alles, was sie wusste, ohne etwas hinzuzufügen, zu verändern oder zu verschweigen.

Sie begriff sofort, dass sie sich deutlich mehr für Bäckström interessierten als für die Ermittlung, und am allerwenigsten für sie. Sie sollte sie ständig über den Fortgang des Falls unterrichten.

»Am einfachsten ist es wohl, ich maile Ihnen einfach alles«, sagte Hanna Scharv, sobald sie ihren mündlichen Bericht abgeschlossen hatte.

»Das war ohnehin das Nächste, worum wir Sie bitten wollten«, erwiderte der eine ihrer beiden Vernehmungsleiter. »Sie bekommen eine E-Mail-Adresse von uns, bevor wir auseinandergehen«, fügte der andere hinzu.

»Gibt es noch etwas, das ich wissen sollte?«, fragte Scharv. »Dass es um Bäckström geht, hab ich mir ja inzwischen selbst ausgerechnet, wie Sie sich denken können.«

»Kein Kommentar«, sagte der eine der Vernehmungsleiter und milderte das Gesagte gleich mit einem freundlichen Nicken und einem Lächeln wieder ab.

»Bäckström ist nicht der, der er zu sein scheint«, erklärte der andere. »Er ist kein gewöhnlicher jovialer Moppel, der viel zu viel isst und trinkt und ständig Frauen hinterhersteigt. Kaum jemand ist so verschlagen wie er. Verhalten Sie sich ihm gegenüber einfach ganz normal, damit er auf keinen Fall Lunte riecht.«

»Aber ich muss nicht um mein Leben fürchten, oder?«, fragte Hanna Scharv und lächelte ebenfalls.

»Nein.« Der Staatsanwalt schüttelte den Kopf. »Aber falls Sie sich bei der Sache irgendwie unwohl fühlen, sagen Sie es einfach. Wir haben vollstes Verständnis dafür.«

»Nein, kein Problem«, erwiderte Hanna Scharv.

»Nett von Ihnen, dass Sie sich dazu bereit erklären«, sagte der Staatsanwalt. »Wir danken Ihnen sehr.«

Bevor sie ging, musste sie eine Verschwiegenheitserklärung unterschreiben, gegen die derartige Papiere, die sie selbst in ihrer Zeit als Staatsanwältin ausgestellt hatte, eher wie allgemeine Empfehlungen mit freundlichem Schulterklopfen wirkten.

Geheimdienst, dachte Hanna Scharv, als sie sich ins Taxi setzte, um zurück in ihr Büro zu fahren. Ich frage mich, was Bäckström auf dem Kerbholz hat. Vielleicht ein Attentäter? Was Fundamentalisten eben so machen. Wie unliebsame Dinge in die Luft sprengen. Von normalen Abtreibungskliniken über Steuerbehörden bis hin zu Moscheen.

Nadja war vor ihrem Computer sitzen geblieben, und als sie gerade überlegte, ob sie nicht nach Hause gehen sollte, kontaktierte Bunyasarn sie erneut, obwohl es bei ihm bereits nach elf sein musste. Er mailte ihr eine Zusammenfassung mit mehreren Anhängen, alle zu Jaidees Geburt. Dieses eine Mal hatte er auch Glück gehabt. Es stellte sich nämlich heraus, dass Jaidee auf der Entbindungsstation eines der besten Krankenhäuser Bangkoks geboren worden war. Im selben Krankenhaus, in dem zehn Jahre zuvor auch ihr Bruder entbunden worden war.

Als ihr Bruder zur Welt kam, war seine Mutter bereits dreißig gewesen, für eine thailändische Erstgebärende ein hohes Alter. Ihr zweites Kind, Jaidee, bekam sie in dem Jahr, in dem sie vierzig wurde. Der Grund dafür war ebenfalls aus den Krankenhausakten hervorgegangen, die Bunyasarn erhalten hatte. Das Ehepaar Kunchai hatte viele Jahre lang verschiedene Kinderwunsch-Spezialisten konsultiert. In den Aufzeichnungen des Krankenhauses gab es auch keine Anmerkungen über unbekannte und bei der Geburt zur Adoption freigegebene Geschwister. Im Hinblick auf die Biographien der Eltern, betrachtete Bunyasarn etwas Derartiges auch als höchst unwahrscheinlich. Der Vater war ein hoher Offizier der thailändischen Armee. Etwa ein Jahr lang war er ein Adjutant des Königs gewesen. Als Jaidee geboren wurde, war er der oberste Diensthabende des Generalstabs. Dies betrachtet und die Leidensgeschichte des Paares, was das

Kinderkriegen anging, hielt Bunyasarn es für so gut wie ausgeschlossen, dass sie eine Zwillingsschwester von Jaidee zur Adoption freigegeben hätten.

Glaub ich auch nicht, dachte Nadja, obwohl sie selbst keine Kinder hatte.

Und damit war's das mit der Hypothese über eine unbekannte und zur Adoption freigegebene Zwillingsschwester, dachte sie, als sie ihr Büro verließ. Was auch immer das überhaupt für eine Rolle spielte, wenn man die Unwahrscheinlichkeit einer Anklageerhebung betrachtete. Welcher Staatsanwalt würde sich schon auf so etwas einlassen?

59

Annika Carlsson verspürte eine wachsende Unlust, Tag für Tag in ihrem Büro zu sitzen und auf ihrem Computer herumzutippen, und das jetzt auch noch heimlich, während eine verrückte Staatsanwältin ihr wie ein nasser Sack auf den Schultern lag. Annika Carlsson wollte mit Leuten sprechen, Verhöre führen, wenn nötig nach ihnen fahnden und am liebsten bei ihrer Festnahme dabei sein, wenn es an der Zeit war. Vor allem wollte sie nach draußen und sich bewegen, aus dem Polizeipräsidium herauskommen, dafür sorgen, dass endlich etwas passierte, und sollte sich dann zeigen, dass man auf dem Holzweg war, dann legten sie und die anderen den Fall eben nieder und das Leben ging weiter. Höchste Zeit, mal einen kleinen Schwatz mit Johnsons zweiter Frau zu halten, dachte sie. Doch vorher sprach sie mit Bäckström über die Sache.

»Wecken wir dann nicht zu früh schlafende Hunde?«, fragte Bäckström.

»Glaub ich nicht«, sagte Annika Carlsson. »Sie sind seit acht Jahren geschieden. Seitdem scheinen sie überhaupt keinen Kontakt mehr zu haben. Inzwischen wohnt sie mit einem neuen Mann zusammen, mit dem sie zwei Kinder hat. Ein fünfjähriges Mädchen und einen kleinen Jungen, der erst vor ein paar Monaten geboren wurde.«

»Ja, dann fahr hin und rede mit ihr, damit wir hier endlich mal den Arsch hochkriegen.«

Sophie Danielsson war dreiunddreißig Jahre alt. Als sie mit Daniel Johnson zusammengekommen war, war sie zweiundzwanzig gewesen, fünfzehn Jahre jünger als er. Sie lernten sich im Frühjahr 2007 kennen, zogen zusammen und heirateten im Sommer desselben Jahres. Ein Jahr später trennten sie sich und ließen sich anschließend scheiden.

Als Annika Carlsson sie angerufen, sich vorgestellt und gefragt hatte, ob sie sich zu einem Gespräch treffen könnten, hatte sie so reagiert, wie die meisten Menschen das in einer derartigen Situation tun würden. Warum wollte die Polizei mit ihr sprechen? Sie hatte nichts getan.

»Ich will mit Ihnen über Ihren Ex-Mann reden«, erklärte Annika Carlsson.

»Ach so, ja. Das kann ich mir vorstellen«, sagte Sophie. »Was hat er denn diesmal ausgefressen?«

»Das besprechen wir, wenn wir uns sehen«, schlug Annika vor, und eine Stunde später saß sie in der Küche von Sophies Wohnung in Hägersten, in der sie zusammen mit ihrem Freund und ihren beiden Kindern wohnte. Ihr Freund war bei der Arbeit. Die Tochter war im Kindergarten. Der Jüngste schlief. Sie selbst fühlte sich ziemlich ausgepowert.

»Gösta ist dieser nachtaktive Typ.« Sophie lächelte, während sie ihrem Gast Kaffee einschenkte. »Jetzt schläft er, aber wenn ich selbst versuchen würde zu schlafen, würde er sofort aufwachen und mich auf Trab halten.«

»Gösta, was für ein süßer Name. Ich selbst habe keine Kinder«, sagte Annika Carlsson.

Nettes Mädchen, dachte sie. Hübsch war sie auch. Daniel Johnson war offenbar ein Mann mit gutem Geschmack. Zuerst Jaidee, die man den Bildern nach zu urteilen beinahe als klassische orientalische Schönheit bezeichnen konnte, und dann

Sophie, rothaarig und mit Sommersprossen, wachen Augen, hübschen Gesichtszügen und durchtrainiertem Körper, obwohl sie erst kürzlich ein Kind geboren hatte.

»Geben Sie Bescheid, wenn Sie Babysitten wollen.« Sophie grinste. »Sie können sich Gösta gerne nachts ausleihen.«

»Sie hatten etwas erwähnt, als ich angerufen habe«, sagte Annika Carlsson. »Als ich sagte, dass ich mit Ihnen über Daniel Johnson sprechen will«

»Weil ich gefragt habe, was er diesmal ausgefressen hat?«

»Genau. Wenn Sie raten müssten. Was glauben Sie, worum es geht?«

»Sex.« Sophie nickte. »Worum sollte es sonst gehen? Wenn Sie über Daniel reden wollen?«

Manche Verhöre waren einfacher als andere, und das waren die, die sich wie ungezwungene und aufrichtige Gespräche anfühlten, ohne dass man überhaupt darüber nachdachte. Annikas Verhör mit Sophie war so eines. Sie saßen in Sophies Küche und tranken Kaffee, während Sophie von ihrem ersten Mann erzählte, und Annika musste kaum Fragen stellen.

Sophie hatte Daniel an ihrem gemeinsamen Arbeitsplatz kennengelernt. Er war fünfzehn Jahre älter als sie, Witwer und »so ein Typ, der absolut alle und jede aufreißen will«. Das bemerkte sie leider erst, als sie schon verheiratet waren. Und als sie es begriff, verließ sie ihn.

»Ich gehe davon aus, dass Sie wissen, wie er aussieht«, sagte Sophie.

»Ich habe Fotos von ihm gesehen. Hab ihn aber nie getroffen.«

»Genauso sieht er aus. Ein attraktiver Typ, gut gebaut, charmant, ich hab mich Hals über Kopf in ihn verliebt. Komplizierter war's nicht.«

»Und wann haben Sie herausgefunden, dass er Affären hat?«, fragte Annika.

»Als er es mir erzählt hat. Das hat er getan, sobald wir verheiratet waren.«

»Untreu und ehrlich.«

»Nein. Das war einfach sein Ding. Daniel wollte viele Frauen. Am besten gleichzeitig, also, im Bett.«

»Aber das wollten Sie nicht.«

»Einmal hab ich mich sogar darauf eingelassen«, erzählte Sophie. »Und das auch noch mit einer Freundin von mir. Danach ging es mir mehrere Monate lang scheiße. Es war sein Ding, nicht meins, aber er hat es trotzdem gemacht. Aber klar, er war nicht gewalttätig oder so. Dafür ein Kontrollfreak. Er hat meinen Computer gehackt, und als ich ihn verlassen habe, hat er mich gestalkt.«

»Haben Sie ihn angezeigt?«

»Nein.« Sophie lächelte. »Warum hätte ich das tun sollen? Bei der Polizei anzeigen? Man muss ja nur den Fernseher einschalten oder eine normale Zeitung lesen, um zu kapieren, wie gut das funktioniert. Ich hab mit meinem älteren Bruder gesprochen. Das hat funktioniert.«

»Was macht er denn?«, wollte Annika Carlsson wissen.

»Mein Bruderherz ist ein alter Fußball-Hooligan«, erklärte Sophie. »Und er ist ein bisschen wie das Phantom. Nett zu den Netten und hart zu den Harten.«

»Also hat er sich mit Daniel unterhalten.«

»Ja. Und dann war Schluss mit dem Stalking. Nicht, dass er ihn verprügelt hätte, mein Bruder ist eigentlich ein total netter Typ, aber wenn Sie wüssten, wie er aussieht, würden Sie verstehen, warum er jemanden wie Daniel nicht vermöbeln musste.«

»Ich glaub, ich kapier es schon«, sagte Annika Carlsson. »Etwas ganz anderes: Hat er oft von seiner ersten Frau gesprochen?«

»Die im Tsunami gestorben ist?«

»Ja.«

»Nein, nie«, antwortete Sophie. »Nicht einmal, wenn ich über sie reden wollte. Er hat sie nur dann erwähnt, wenn wir uns gestritten haben.«

»Was hat er dann gesagt?«

»Dass es so verdammt viel einfacher gewesen war, mit ihr zusammenzuleben. Ich meine, was soll man da antworten? Man kann ja kaum sagen, er soll doch zu ihr zurückgehen.«

Eine halbe Stunde später hatte Annika Carlsson sich ein erstes Bild gemacht. Daniel Johnson war charmant, gutaussehend, talentiert, riss alles auf, was nicht bei drei auf den Bäumen war, nicht gewalttätig, aber sowohl Kontrollfreak als auch Stalker, sprach nie von seiner ersten Frau, wenn er sie nicht als Waffe gegen Sophie brauchte. Wenn das ein trauernder Witwer war, war es ihm offenbar gelungen, das gut zu verbergen. Hatte es noch mehr gegeben?

»Sie fragen sich, ob er auch komplett unzuverlässig war?« Sophie lächelte.

»Ja, so ungefähr.«

»Klar«, sagte Sophie, »aber als er mich eingefangen hatte, schien ihn das nicht mehr zu kümmern. Da war er einfach, wie er eben war. Nachdem er so nett und umgänglich war, gab es wohl keinen, dem es überhaupt aufgefallen wäre. Ich meine, unter seinen Chefs und solchen Leuten.«

»Klingt für mich wie ein richtig charmanter Psychopath«, fasste Annika Carlsson zusammen.

»Sie machen Witze.« Sophie verdrehte die Augen. »Das ist nur die eine Seite der Medaille, wenn wir von Daniel sprechen.«

»Du sagst Daniel, nicht Danne oder Dan.«

»Ja, da war er sehr genau. Daniel Johnson. Wedelte oft mit Visitenkarten und so was, wenn wir neue Leute trafen. Er mochte es, über seinen Job als Diplomat zu reden. Auch als er als normaler Verwaltungssekretär im Wirtschaftsministerium saß und Papiere auf unterschiedliche Stapel sortierte. Was er ja gemacht hat, als wir zusammen waren. Und dann war da noch eine Sache.«

»Was?«

»Daniel war ganz groß im Geldausgeben. Er liebte, in Kneipen zu gehen. Anfangs, als wir gerade zusammengekommen waren, gingen wir manchmal fünfmal die Woche feiern. Zur Hochzeit habe ich von ihm ein eigenes Auto bekommen. Und zwar kein billiges.«

»Das war doch großzügig von ihm.«

»Ja, aber das war es ja gerade. Daniel war kein bisschen großzügig. Hinter allem, was er tat, steckte eine Absicht. Das Auto hat er am selben Tag zurückgefordert, an dem ich ihn verlassen habe. Das war damals ziemlich emotional. Ich hatte meine Taschen gepackt, und als ich in die Garage kam, war das Auto weg. Dann stellte sich heraus, es war nur geleast. Die Leasingfirma hat es zurückgenommen. Ich konnte es mir nicht leisten, ein Auto für mehrere tausend im Monat zu mieten. Ich war ja noch Studentin und büffelte die ganze Zeit. Zweiundzwanzig Jahre alt. Ich hab nichts kapiert. Das war alles echt nicht lustig. Meinen Mann verlassen. Zur U-Bahn latschen, nichts als zwei große Taschen dabei, nach Hause zu Mama und Papa nach Farsta fahren und wieder in mein altes Kinderzimmer einziehen. Die Wohnung hat ihm ja auch gehört. Eine Dreizimmerwohnung, ziemlich schick.«

»Woher hatte er das Geld?«, fragte Annika Carlsson. »Irgendeine Lebensversicherung seiner ersten Frau?«

»Nein. Glaub ich nicht. Zumindest hat er nichts erzählt. Er und seine Frau hatten wohl irgendeine Firma zusammen, die er verkauft hat, als sie gestorben ist. Er meinte, er hätte mehrere Millionen dafür bekommen.«

»Aha. Ja, Johnson & Kunchai hieß die Firma. Irgendeine Aktiengesellschaft, die sich mit Business-Management beschäftigte. Was auch immer das ist.«

»Genau. Daniel ist ja Volkswirt, und seine erste Frau offenbar auch. Ihnen gehörte jeweils die Hälfte. Sie haben Leuten bei deren Geschäften in Asien geholfen.«

»Sollte man überprüfen können«, sagte Annika. »Wie viel er beim Verkauf bekommen hat, meine ich.«

Könnte es so einfach sein, dachte sie.

»Im Moment habe ich keine weiteren Fragen. Ist es okay, wenn ich mich wieder melde, falls mir noch etwas einfallen sollte?«

»Klar, das ist völlig okay. Aber erzählen Sie mir, was er getan hat«, sagte Sophie und sah sie neugierig an.

»Jetzt wird es schwierig«, sagte Annika Carlsson lächelnd.

»Sagen Sie es einfach, wie es ist. Es geht irgendwie um Sex, oder? Natürlich geht es um Sex.«

»Nein.« Annika Carlsson schüttelte den Kopf. »Nicht um Sex.«

»Worum dann?«

»Ich weiß es ehrlich gesagt nicht. Es kann sogar sein, dass er überhaupt nichts getan hat. Worin jemand wie ich herumschnüffeln sollte, meine ich.«

»Hören Sie auf«, sagte Sophie. »Nicht Daniel. Natürlich hat er was ausgefressen.«

Als Annika Carlsson ins Polizeigebäude zurückgekehrt war, stattete sie Nadja einen Besuch ab.

»Diese Firma, die Johnson zusammen mit seiner Frau gehörte, du weißt schon.«

»Johnson & Kunchai, South East Asian Trading and Business Management AG«, sagte Nadja.

»Ja.«

Die Frau ist das personifizierte Gedächtnis, dachte Annika.

»Was ist denn damit?«

»Ich hab mit seiner zweiten Frau gesprochen. Sie meint, er hätte einige Millionen bekommen, als sie verkauft wurde.«

»Kann ich mir nicht vorstellen«, erwiderte Nadja. »Aber klar, das steht auf der Liste der Dinge, die überprüft werden müssen.«

»Wie schön, dass ich das nicht machen muss. Zahlen sind nicht meine Stärke.«

»Ich glaube nicht, dass es so einfach ist.« Nadja schüttelte den Kopf.

»Einen Tsunami zu planen, um seine Frau umzubringen und an ihr Geld zu kommen, meinst du?«

»Ja, so ungefähr.«

Sobald Annika Carlsson zurück in ihrem Büro war, suchte sie im Netz nach Fotos von Sophie Danielssons älterem Bruder. Axel Danielsson, sechsunddreißig Jahre alt. Sie wurde auf einer Fan-Website des Fußballvereins Hammarby IF fündig. Ein Ganzkörperfoto des ehemaligen Spielers aus der Jugendmannschaft und jetzigen Vorsitzenden des Fanclubs, hundert Kilo Muskeln und Knochen verteilt auf zwei Meter Größe.

Ich verstehe genau, was du meinst, Sophie, dachte sie.

60

Bevor Annika Carlsson nach Hause ging, kam Nadja zu ihr ins Zimmer. Sie hatte bereits alles Wissenswerte über die Johnson & Kunchai AG und ihre Geschäfte herausgefunden.

»Das mit den Millionen, die er angeblich beim Verkauf bekommen hat, können wir vergessen«, sagte Nadja.

»Wie viel hat er denn gekriegt?«

»Eine Krone. Der Käufer musste im Gegenzug die Schulden der Firma über einige hunderttausend Kronen übernehmen und bezahlen. Das Geschäft wurde im September 2006 abgewickelt. Der Wert der Firma lag eigentlich nur in den Kundenkontakten. Wenn du willst, kann ich dir die Unterlagen dazu mailen. Die Jahresabschlussberichte der Firma, die Verkaufsvereinbarung und so weiter.«

»Um Gottes willen, bloß nicht.« Annika Carlsson winkte ab. »Ich glaub's dir auch so. Ich hasse solchen Finanzkram. Wenn er nur eine Krone gekriegt hat, dann verstehe ich nicht, wie er es sich leisten konnte, den großen Macker zu markieren. Laut seiner zweiten Frau war er ja ein Snob mit Statussymbolen, der sich's gut gehen ließ. Sein Revier scheinen die Bars am Stureplan gewesen zu sein.«

»Die Lebensversicherung der Frau könnte ein Teil der Erklärung sein. Sein Arbeitgeber hat eine für ihn abgeschlossen, die auch Jaidee umfasste, weil sie seine Frau war und weil sie mit ihm in Bangkok lebte, als er bei der Botschaft angestellt war.«

»Über wie viel?«

»Zwei Millionen.«

»Na, das erklärt doch die Sache«, sagte Annika Carlsson.

»Nein«, erwiderte Nadja. »Ich wüsste nicht, wie. Als er im Sommer in Schweden auftaucht – er war da wegen Trauer schon seit einem halben Jahr krankgeschrieben – kauft er sich eine Wohnung in Gärdet, eine Dreizimmerwohnung in der Öregrundsgatan, für zirka vier Millionen. Bezahlt eine Million selbst und leiht sich den Rest von der Bank.«

»Vielleicht hat er verdammt gut verdient? Solche Diplomaten verdienen doch eine Unmenge.«

»Einigermaßen, wenn sie im Ausland stationiert sind. Aber sonst nicht so übermäßig. 2005 war er außerdem fast das ganze Jahr krankgeschrieben. Dann hat man ihn ins Wirtschaftsministerium in Stockholm versetzt. Er arbeitet da als normaler Sachbearbeiter.«

»Und was kriegt so jemand?«

»Unwesentlich mehr als eine Kriminalkommissarin wie du.« Nadja grinste.

»Dann kann er es nicht so dicke gehabt haben.«

»Nein. Aber für seine Lebenshaltungskosten sollte es reichen.«

»Aber laut Sophie hat er massenhaft Geld ausgegeben. Wo kam das denn her?«

»Ich weiß nicht.« Nadja zuckte mit den Schultern. »Ich suche danach. Bis jetzt habe ich keins gefunden.«

»Vielleicht gibt es gar keins.«

»Doch, ich denke schon. Die Wohnung hatte er zwei Jahre später bei der Hochzeit mit Sophie schon abbezahlt.«

»Vielleicht hatte Jaidee noch mehr Lebensversicherungen«, sagte Annika Carlsson.

»Zumindest keine, die ich gefunden habe«, sagte Nadja.

61

Ungefähr zum selben Zeitpunkt, als Annika Carlsson mit Sophie Danielsson sprach, flogen zwei thailändische Polizisten von Bangkok nach Phuket. Inspector Surat Kongpaisarn und sein jüngerer Kollege Sub Inspector Chuan Jetjirawat arbeiteten bei der thailändischen Kriminalpolizei auf nationaler Ebene, und ihr Chef, Superintendent Akkarat Bunyasarn, hatte sie dorthin geschickt, um eine Frau namens Amporn Meesang zu vernehmen, die inzwischen als Rezeptionschefin bei einem der größeren Hotels in Khao Lak arbeitete. Vor Ort hatte sich gezeigt, dass sie auch noch ein Verhör mit einem Arbeitskollegen von ihr halten mussten. Einem ehemaligen Hotelhausmeister namens Winai Paowsong.

Als die Katastrophe fast zwölf Jahre zuvor über das Gebiet hereingebrochen war, war Amporn Rezeptionistin der Hotelanlage gewesen, in der Jaidee und ihr Mann ihren Bungalow gemietet hatten. Die beiden checkten am Mittwoch, den 22. Dezember ein und wollten bis zum Neujahrstag bleiben. Der Tsunami machte ihre Pläne zunichte, und am 27. Dezember halfen Amporn Meesang und der jüngere Hausmeister Winai Paowsong, der ebenfalls in der Anlage arbeitete, Daniel Johnson, Jaidee Kunchais Leiche aus den Trümmern ihres Hauses zu bergen. Die Erinnerung daran sollte sie für den Rest ihres Lebens begleiten.

Das Verhör, das Kongpaisarn und Jetjirawat am Dienstag,

16. August, mit ihr führten, dauerte fast zwei Stunden. Surat Kongpaisarn leitete es und Chuan Jetjirawat diente als Beisitzer. An zwei Stellen mussten sie es unterbrechen, weil Amporn Meesang von ihren Gefühlen übermannt wurde und eine Pause brauchte, um sich wieder zu sammeln. Ein Dialogverhör, das zuerst aufgenommen und dann ins Englische übersetzt und transkribiert wurde. Drei Tage später lag die Abschrift zusammen mit einem Link zu dem Audiofile in Nadjas Mailbox.

Dazu ein herzlicher Gruß des Absenders Bunyasarn, der mitteilte, es sei ihm sehr wohl bewusst, dass Nadja – aus völlig verständlichen Gründen – des Thailändischen nicht mächtig war, er habe jedoch trotzdem das Soundfile beigefügt, »aus diesen üblichen juristischen Gründen, die all die Anwälte bei Laune zu halten pflegen«. Außerdem wisse er ja, dass es im schwedischen Reichskriminalamt Zugang zu mehreren ausgezeichneten Übersetzern für Thailändisch gab. Den Teil des Verhörs, in dem es darum ging, wie die drei Jaidees Leiche gemeinsam aus dem eingestürzten Haus getragen hatten, hatte er markiert. Bunyasarn selbst hatte die englische Übersetzung angefertigt, die Nadja anschließend ins Schwedische übersetzte, während sie den Text las.

»Habe ich richtig verstanden, dass Sie nicht mit ins Haus gegangen sind, sondern draußen standen und warteten, während Johnson und Winai drinnen nach Frau Kunchai suchten?«

»Ja. Ihr Mann, also Herr Johnson, hatte mich gebeten, draußen zu warten. Das Haus sah ja aus, als könnte es jeden Moment ganz zusammenstürzen. Außerdem war ich froh, dass mir das erspart blieb. Es war schrecklich. Ich war damals erst zwanzig.«

»Erinnern Sie sich noch, wie lange Johnson und Winai im Haus waren?«

»Nein, vielleicht zehn Minuten, oder fünfzehn, es fühlte sich an wie eine Ewigkeit.«

»Konnten Sie sie sehen, während sie im Haus waren?«

»Nein. Aber ich hab sie ja gehört. Wie sie versucht haben, Dinge zu verrücken und so. Dann fing Herr Johnson irgendwann zu schreien an. Er klang völlig verzweifelt. Das war, als er seine Frau fand. Sie war unter dem Bett festgeklemmt. Er hat ihren Namen gerufen, Jaidee, Jaidee. sie sahen einen Fuß, der unter dem Bett herausragte.«

»Aber Sie selbst haben das nicht gesehen? Dass er zu schreien anfing, als er sie gefunden hat. Oder dass sie unter dem Bett lag.«

»Nein. Das hat Winai mir erzählt.«

»Und was ist dann passiert?«

»Dann kam Winai heraus und sagte, ich soll zum Hotel laufen und eine Bahre und ein Laken holen. Ich weiß noch, dass ich da dachte, sie würde noch leben.«

»Wie lange hat das gedauert? Bis Sie wieder zurück waren?«

»Ich erinnere mich, dass ich rannte, so schnell ich konnte, in der Rezeption standen Bahren und große Haufen mit Handtüchern und Laken, ich hab also eine Bahre und ein paar Laken genommen und bin zurückgerannt.«

»Wie lange hat das gedauert? Fünf Minuten? Zehn Minuten?«

»Nein, höchstens fünf. Ich glaube, noch weniger. Sie waren immer noch im Haus, als ich zurückkam. Ihr Haus unten am Strand, also das, in dem sie gewohnt haben, lag nur fünfzig Meter vom Hauptgebäude entfernt.«

»Sie haben weniger als fünf Minuten gebraucht, um eine Bahre und Laken zu holen?«

»Zwei, drei vielleicht. Höchstens. Ich glaube, ich bin noch nie so schnell gerannt. Ich hab ja gedacht, sie lebt noch.«

»Was ist dann passiert?«

»Ja, dann kam Herr Johnson aus dem Haus, mit seiner Frau in den Armen. Winai kam hinter ihm. Das weiß ich noch ganz genau. Zuerst Herr Johnson, der seine Frau trägt, in den Armen, also ungefähr, wie man ein Kind trägt, ich erinnere mich, dass er völlig verzweifelt war … Entschuldigen Sie, aber …« (schluchzt)

Die erste Unterbrechung dauerte fünf Minuten, und als Kongpaisarn das Verhör wieder aufnahm, ging er sehr vorsichtig vor.

»Können Sie erzählen, was Sie gesehen haben? Schaffen Sie das?«

»Ja … ich glaube schon …« (schluchzt)

»Wir haben keine Eile, Amporn. Nehmen Sie sich ruhig Zeit.«

»Zuerst haben wir sie zusammen auf die Bahre gelegt. Und da sah ich, dass sie tot war. Ich hab es auch gespürt. Ihr Körper war ganz steif. Ein Arm war nach außen abgespreizt, und sie war blutüberströmt. Also, am Kopf. Winai hat später erzählt, dass die Decke des Schlafzimmers eingestürzt war und sie wohl irgendeinen dicken Balken auf den Kopf bekommen hatte.«

»Aber Sie haben sie trotzdem wiedererkannt? Es war Herrn Johnsons Ehefrau?«

»Ja, sie war es. Ich hatte sie ja fast eine Woche lang jeden Tag gesehen. Mehrmals am Tag. Ich weiß noch, dass sie diese Halskette aus Jade und Gold trug. Die hatte sie immer an. Sie war sehr besonders, und auch sehr schön. Muss richtig viel Geld gekostet haben. Und sie hatte ihr Nachthemd an. Das hab ich auch erkannt. Es war sehr fein, aus blauer Seide. Dunkelblau.«

»Woher wussten Sie, dass es ihr Nachthemd war? Hatten Sie sie schon einmal im Nachthemd gesehen?«

»Ja, am Morgen des Heiligabends. Ihr Mann, Herr Johnson,

hatte eine lange E-Mail bekommen, die zur Hotelrezeption geschickt worden war. Sie war von der schwedischen Botschaft in Bangkok, und sie war auf Schwedisch, deshalb konnte ich sie nicht lesen, und mein Chef sagte, ich solle zu ihnen gehen und sie abgeben, falls es etwas Wichtiges war. Herr Johnson hat ja bei der schwedischen Botschaft gearbeitet. Er war Diplomat. Und als ich angeklopft habe, hat sie aufgemacht. Sie hatte ein Nachthemd an. Sie war… Sie war…« (schluchzt)

»Wissen Sie was, Amporn. Ich glaube, wir machen hier eine Pause. Möchten Sie etwas zu trinken?«

(schluchzt, unverständlich)

Die zweite Unterbrechung dauerte eine Viertelstunde, und als Kongpaisarn das Verhör wieder aufnahm, versuchte er offenbar, Amporns Qualen abzumildern, indem er mit einer völlig anderen Frage begann.

»Ich bin etwas neugierig, Amporn. Diese E-Mail, mit der Sie zu den Johnsons gelaufen sind. War sie so wichtig, wie Ihr Chef dachte?«

»Nein, ich hab sogar nachgefragt, weil Frau Johnson, also Jaidee Kunchai, anfing zu lachen, als sie sie las. Sie sprach ja fließend Schwedisch. Sie hat mit ihrem Mann immer Schwedisch gesprochen. Es war ein Weihnachtsgruß des Botschafters. Er wünschte allen Mitarbeitern der Botschaft frohe Weihnachten. Ich weiß noch, dass sie sagte, das sei nichts, weswegen sie ihren Mann wecken würde. Nicht mit diesem Kat… ja also, sie waren die Nacht davor aus gewesen.«

»Ich verstehe. Kehren wir nun zu dem zurück, was sie vorher erzählt haben. Als Sie Frau Johnson gemeinsam auf die Bahre gelegt hatten. Was haben Sie dann gemacht?«

»Wir haben sie in die Laken eingehüllt, die ich mitgebracht

hatte. Dann haben wir sie ins Hotel getragen. Und dann in den Keller. Dort war es am kühlsten. Deshalb wurden dort alle Toten hingelegt, die wir gefunden haben.«

Nach einer weiteren Viertelstunde war das Verhör beendet, und aus dem, was im abschließenden Teil gesagt wurde, ging hervor, dass Inspector Surat Kongpaisarn offensichtlich bereits beschlossen hatte, seinen ursprünglichen Auftrag auszuweiten.

»Sie haben von Ihrem Kollegen Winai erzählt. Sie wissen nicht zufällig, wo wir ihn finden können?«

»Doch. Ich kann ihn anrufen.«

»Sie können ihn anrufen?«

»Ja, er hat nach dem Tsunami aufgehört, im Hotel zu arbeiten. Er war damals erst sechzehn, und ich verstehe ihn, wirklich. Jetzt fährt er Taxi. Er hat eine eigene Firma, zusammen mit seinem Cousin. Sie haben sogar Angestellte. Drei Autos, glaube ich. Sie haben oft Fahrten hierher.«

»Gut. Kann ich seine Nummer haben?«

»Ich glaube, es ist besser, wenn ich anrufe. Wir kennen uns.«

»Dann machen wir es so.«

Der Anruf hatte offenbar Erfolg, denn das Verhör mit Winai Paowsong begann bereits eine Stunde später.

62

Am Freitag der Woche zuvor waren Stigson, Olsson und Oleszkiewicz bei der Einwanderungsbehörde in Norrköping gewesen, um endlich die Archivarin zu treffen, die ihren Arbeitskollegen zufolge diejenige in der Behörde war, die ihre Ermittlungen eventuell weiterbringen könnte. Im Auto auf dem Weg nach Norrköping dachte Stigson darüber nach, ob er nicht von Anfang an einen lockereren Ton anschlagen sollte, um eine angenehme informelle Stimmung zu schaffen, die meistens die Zusammenarbeit erleichterte, wenn man Leute aus anderen Behörden traf. Vielleicht mit einem Scherz darüber beginnen, was es für einen Grund gab, an einem Freitag aus seinem Urlaub zurückzukehren. Sobald er sie sah, verwarf er diese Pläne jedoch wieder, und etwas Besonderes zu berichten hatte sie auch nicht.

Zu der Zeit, als Jaidee nach Schweden einreiste und eine Aufenthaltsgenehmigung, eine Arbeitserlaubnis und schließlich die schwedische Staatsbürgerschaft beantragte, da sie vorhatte einen schwedischen Mann zu heiraten, wurde natürlich eine Unmenge von Informationen über sie und ihr bisheriges Leben zusammengetragen. Und auch darüber, wie sie die Zukunft plante, vor allem die Teile davon, die sich auf Schweden bezogen.

Vor fast zwanzig Jahren wäre es für die Einwanderungsbehörde also ein Kinderspiel gewesen, alle ihre Fragen zu beantworten. Vielleicht sogar mehr als die, die sie selbst bereits gelöst hatten. Heute war die Situation genau umgekehrt. Als Jaidee allmählich alles erreichte, was sie gewollt hatte, hatte man nach und nach Informationen über sie gelöscht, und als sie schließlich für tot erklärt worden war, hatte sich die Behörde der letzten Dinge über sie entledigt, die sich in ihrem Archiv befanden. Ein sowohl selbstverständlicher als auch notwendiger Prozess für eine Behörde mit ihrer Aufgabe, wenn sie nicht in ihren eigenen Papieren ertrinken wollten, schloss die Archivarin, während sie ihre Besucher mit dem Blick fixierte.

Alles, was sie beitragen konnte, waren ein paar allgemeine Ratschläge und alternative Wege, auf denen sie sich vorantasten konnten. Manchmal landete Material aus der Einwanderungsbehörde im Reichsarchiv oder sogar in einem der Landesarchive der verschiedenen Regierungsbezirke. Vielleicht waren diese Stellen einen Versuch wert.

Was die DNA-Proben betraf, so nahmen sie diese natürlich nicht selbst. Die Polizei kümmerte sich für die Einwanderungsbehörde darum. Diese Analysen blieben nicht bei der Polizei, denn die Proben wurden ja nicht aufgrund eines Verbrechens genommen, sondern um die Identität einer Person sicherzustellen, die in Schweden einwandern wollte.

Zum Schluss gab sie ihnen jedoch einen kleinen Tipp. Vielleicht konnte die Forschung etwas beitragen? Die Migrationsforschung war umfassend, und sie selbst kannte eine Forscherin, die in der Behörde gearbeitet und ausgerechnet Material für eine Arbeit über thailändische Frauen gesammelt hatte, die nach Schweden kamen, um zu heiraten. Ungefähr zu der Zeit, in der Jaidee Kunchai ein aktueller Fall bei der Behörde gewesen war.

»Diese Veröffentlichung – Sie wissen nicht zufällig den Titel?«, fragte Oleszkiewicz, der ja immerhin der akademisch am meisten Bewanderte von ihnen war.

Mit dieser Frau ist nicht zu scherzen, dachte er.

»Natürlich weiß ich den Titel.« Die Archivarin starrte aus irgendeinem Grund Stigson an. »Sie ist auf Englisch«, verdeutlichte sie und warf dem Fragesteller einen auffordernden Blick zu.

»Ich höre.« Oleszkiewicz wedelte mit dem Stift, den er in der Hand hielt.

»A New Life, a New Country and a New Husband«, antwortete die Archivarin. »Dann hat sie noch einen Untertitel, aber den habe ich vergessen. Es geht darum, wie man sich Macht über Frauen verschafft.«

»Aber Sie kennen den Namen der Autorin«, erinnerte sie Oleszkiewicz.

»Ja, Åsa Lejonborg. Sie haben sicher von ihr gehört. Bekannte Soziologin und Genderforscherin. Sie ist Professorin hier an der Universität Linköping. Sie können ihr übrigens gerne Grüße von mir ausrichten. Wir haben uns in der Zeit, in der sie hier Material für die Abhandlung gesammelt hat, auch privat kennengelernt.«

»Wie schön«, sagte Stigson.

Was zum Teufel soll ich sagen, dachte er.

»Ja, das ist wirklich eine schreckliche Geschichte«, sagte die Archivarin.

»Wie meinen Sie das?«, fragte Kristin Olsson.

»Wie die schwedischen Männer diese armen Frauen behandeln, die sie hierherschleppen. Der reinste Sklavenhandel. Und was tut ihr Polizisten dagegen? Nichts, hab ich den Eindruck.«

»Was haltet ihr davon, dass wir Bäckström bitten, mit dieser Lejonborg zu sprechen«, schlug Kristin Olsson im Auto auf dem Rückweg nach Stockholm vor.

»Was hältst du davon, ihn selbst zu fragen«, erwiderte Stigson. »Ich werde es jedenfalls nicht tun. Ich hab eine Familie, um die ich mich kümmern muss.«

Am Montag fuhren sie nach Linköping, um Åsa Lejonborg, Professorin für Gender Studies an der Universität Linköping zu treffen. Diesmal mit reduzierter Mannschaft, da Stigson in Stockholm bleiben und sich um dringendere Arbeitsaufgaben kümmern musste. Im Hinblick darauf, dass ihre Staatsanwältin beschlossen hatte, die Montagsbesprechungen einzustellen, war das wohl in Ordnung.

Eine der Grundlagen von Lejonborgs Abhandlung waren lange Interviews mit neunzehn thailändischen Frauen, die nach Schweden gekommen waren, um schwedische Männer zu heiraten. Jaidee war eine von ihnen, und es verstieß nicht gegen die Schweigepflicht, ihnen das zu berichten.

»Jaidee war diese Frau, die im Tsunami ums Leben gekommen ist«, sagte Lejonborg, und es war eher eine Feststellung als eine Frage.

»Ja«, bestätigte Kristin Olsson und nickte.

Sie könnte fast mit dieser Archivarin verwandt sein, dachte sie.

»Im Vergleich dazu, was viele ihrer Mitschwestern erlebt haben, ist sie wahrscheinlich noch gut davongekommen«, seufzte Lejonborg und heftete ihren Blick auf Oleszkiewicz.

»Sie haben nicht zufällig noch Informationen über sie?«, erkundigte sich Kristin Olsson.

Lejonborg besaß nach eigener Aussage jede Menge Informationen über Jaidee Kunchai. Sie verfügte über alle Angaben, die die Einwanderungsbehörde gesammelt und mittlerweile gelöscht hatte, sowie über äußerst umfassendes Interviewmaterial, das sie selbst zusammengestellt hatte.

»Könnten wir die Sachen vielleicht durchgehen?«, fragte Kristin Olsson. »Wir arbeiten an einer Ermittlung, in der wir sie dringend brauchen würden. Das könnte uns sehr helfen.«

»Nein. Das können Sie vergessen. Wenn das der Grund ist, weshalb sie hergekommen sind, dann sind sie umsonst gefahren«, konstatierte Lejonborg mit einem Blick auf ihre Armbanduhr.

»Was halten Sie dann davon, wenn wir Ihnen ein paar Fragen stellen?«, versuchte es Kristin.

»Überhaupt nichts«, sagte Lejonborg.

»Ich weiß nicht, ob es ihnen bewusst ist, aber im Hinblick auf die Ermittlung, mit der wir uns beschäftigen, könnte die Alternative sein, dass wir das Material offiziell anfordern, und dann müssen Sie es sowieso herausgeben«, schaltete sich Oleszkiewicz ein.

Nimm dich zusammen, Junge, du bist immerhin Jurist, dachte er.

»Viel Glück.« Lejonborg lächelte sie mit all ihren weißen, scharfen Zähnen an. Ihre Augen waren sehr schmal »Jetzt habe ich leider Wichtigeres zu tun, daher erkläre ich dieses Treffen für beendet.«

»Und, was meinst du?«, fragte Kristin Olsson, als sie auf dem Heimweg im Auto saßen. »Glaubst du, wir bekommen die Papiere?«

»Nein«, sagte Oleszkiewicz. »Was glaubst du selbst?«

»Dasselbe wie du.«

»Wir hätten Bäckström schicken sollen.«

63

Das Verhör mit dem Hotelhausmeister aus Khao Lak, der Daniel Johnson geholfen hatte, seine tote Frau herauszutragen, bestätigte in allem Wesentlichen Amporn Meesangs Angaben. Das, was sie zusammen gesehen und erlebt hatten, schien dieselben Bilder in ihrem Gedächtnis hinterlassen zu haben. Jetzt mussten sie nur noch im Detail klären, was sich im Haus abgespielt hatte, über dessen Schwelle Meesang nicht getreten war.

Das Schlafzimmer lag von der Tür aus gesehen ganz hinten im Haus, und Daniel Johnson war die ganze Zeit vor Winai Paowsong hergegangen. Überall lag Schutt, der von den Decken und Wänden gefallen war, eine Unmenge von Glasscherben von den eingeschlagenen Fenstern, umgestürzte Möbel, heruntergefallene Lampen. Das Erste, was sie sahen, als es ihnen gelungen war, ins Schlafzimmer zu gelangen, war das große, umgekippte Bett und ein nacktes Bein, das darunter hervorragte. Das war der Moment, in dem Johnson begann, den Namen seiner Frau zu schreien, und er hatte auch versucht, unters Bett zu kriechen, um sie herauszuziehen.

»Und was haben Sie gemacht?«, fragte Kongpaisarn.

»Ich hab versucht, das Bett anzuheben, sodass er sie loskriegen konnte«, antwortete Winai Paowsong. »Sie klemmte ja fest, wie ich schon sagte.«

Irgendwann wären sie erfolgreich gewesen, mit vereinten Kräften. Jaidess Gesicht war vollkommen blutig. Ein Dachbalken war heruntergefallen und hatte sie im Gesicht getroffen. Sie hatte ein blaues Nachthemd an, mehr trug sie nicht.

»Keinen Slip, keinen BH, nichts an den Füßen?«

»Nein. Ich erinnere mich noch daran, wie ihr Mann ihr Nachthemd heruntergezogen hat. Es war zur Hüfte heraufgerutscht.«

»Warum hat er das getan?«, fragte Kongpaisarn.

»Das ist doch verständlich«, erwiderte Winai. »Da draußen stand ja nicht nur Amporn. Überall rannten Leute herum. Er wollte wohl ihren Körper verhüllen.«

»Das klingt absolut logisch«, stimmte Kongpaisarn zu. »Wissen Sie noch, ob Blut auf dem Nachthemd war?«

»Soweit ich mich erinnere nicht. Ich glaub nicht. Ich weiß nur noch, dass sie Blut im Gesicht hatte. Ja, und in den Haaren.«

»Diese Halskette, die sie immer trug…«

»Ja, die hatte sie an, das hab ich gesehen. Als ich Herrn Johnson geholfen habe, sie herauszuziehen. Sie hatte immer diese Kette an. Beim Essen, beim Baden. Ich habe sie immer an ihr gesehen.«

»Und Sie sind sich ganz sicher, dass es Jaidee Kunchai war, die ihr zusammen herausgetragen habt.«

»Ja, ganz sicher. Wer sollte es denn sonst gewesen sein?«

»Gibt es noch etwas anderes, woran sie sich erinnern?«

»Dass es schrecklich war«, sagte Winai. »Ich war sechzehn. Ich weiß noch, wie Herr Johnson die ganze Zeit weinte und schluchzte. Wie er mit sich selbst redete. Muss auf Schwedisch gewesen sein, ich hab jedenfalls nichts verstanden.«

Jaidee Kunchai und ihr Mann hatten für den Aufenthalt in Khao Lak nichts bezahlen müssen. Das hatte die Versicherung des Hotels übernommen. Ihr Mann erhielt sogar den Vorschuss zurück, den er bei der Buchung per Kreditkarte gezahlt hatte. Die Unterlagen von ihrem Besuch waren noch da, unter anderem die Rechnung, die sie nie bekommen hatten. Diese Buchführungsunterlagen wurden deutlich länger aufbewahrt als gesetzlich vorgeschrieben, falls die Polizei und andere Behörden sich melden sollten. Als Grundlage bei eventuellen Schadenersatzprozessen gegen das Hotel. Solche Dinge. Auf die Erinnerungen, die diese Dokumente am Leben erhielten, hätte man lieber verzichtet.

Bevor Kongpaisarn und Jetjirawat den letzten Flug von Phuket zurück nach Bangkok nahmen, fuhren sie zu besagtem Hotel, in dem Jaidee Kunchai und ihr Mann Daniel Johnson damals gewohnt hatten. Sie gingen in der Anlage herum, die so aussah wie vor der Katastrophe. Die Strandvillen lagen immer noch direkt am Wasser, und das Einzige, das neu zu sein schien, waren die Sirenen am Strand, die die Bewohner rechtzeitig warnen sollten, falls es noch einmal passierte.

Bevor sie die Anlage verließen, nahmen sie alles zugängliche Material mit, das es über Jaidee Kunchais und Daniel Johnsons Aufenthalt dort noch gab. Die Rechnung, die von der Versicherung bezahlt worden war. Kopien von allen Posten, die das Hotel außer der Miete für die Strandvilla noch auf ihre Rechnung gesetzt hatte – was sie im Hotelrestaurant gegessen und getrunken oder in einem der Geschäfte im Hauptgebäude des Hotels gekauft hatten. Die komplette Rechnung, die sie nie bekommen hatten. Darunter auch eine Kopie von Daniel Johnsons Kreditkarte. Eine Platinkarte von American Express.

Zwei neue Verhöre, Aufzeichnungen in einem Fahrtenbuch, Hinweise, dass jemand ein Taxi bestellt hatte, das nie gekommen zu sein schien, eine Kopie einer Platinkarte von American

Express, Notizen auf einer Hotelrechnung, die nie bezahlt werden würde...

All das, was jemand wie er brauchte, um einen Mörder fassen zu können, dachte Akkarat Bunyasarn, der diesen Entschluss fasste, als er am Tag darauf die Arbeit auswertete, die seine beiden Mitarbeiter in Phuket durchgeführt hatten. So musste es natürlich gewesen sein. Warum die Sache unnötig verkomplizieren, dachte er.

64

Der Chef der schwedischen Spionageabwehr hatte inzwischen um ein neues Treffen mit seiner höchsten Chefin, Lisa Mattei, gebeten. So bald wie möglich, am liebsten sofort, da die Unternehmungen des schwedischen Einflussagenten Evert Bäckström für die Russen eine sowohl unerwartete als auch sehr beunruhigende Wendung genommen hatten.

Als Mattei den Chef der Spionageabwehr bereits einige Stunden später empfing, befand er sich zudem in Gesellschaft eines Ministerialrats des Außenministeriums, der verantwortlich für die Sicherheit und der Kontaktmann der Sicherheitspolizei war.

»Also, dann erzählen Sie mal. Was hat er denn jetzt wieder am Laufen?« Mattei rührte in ihrer Teetasse und deutete mit einem Kopfnicken auf die Thermoskanne mit Kaffee, die auf dem Tisch stand.

»Er versucht, einen schwedischen Diplomaten einzulochen, weil er angeblich seine Ehefrau ermordet hat«, sagte der Chef der Spionageabwehr.

»Ja«, assistierte der Ministerialrat. »Einen Mann, den wir in einem Monat als schwedischen Botschafter nach Vilnius schicken wollen. In Anbetracht der politischen Lage wohl kaum ein Zufall.«

»Und, hat er es getan?«, fragte Mattei und sah ihren Besucher vom Außenministerium neugierig an.

»Wie bitte?«

»Ja, der zukünftige Botschafter«, sagte Mattei. »Hat er seine Frau umgebracht?«

»Nein, absolut nicht!«

»Wie können Sie sich da so sicher sein?« Man kann von Bäckström halten, was man will, aber er ist kein schlechter Mordermittler.«

»Das ist eine sehr tragische Geschichte«, seufzte der Ministerialrat. »Die Frau, von der wir sprechen, ist vor fast zwölf Jahren im Tsunami in Thailand umgekommen. Ihr Mann hat zu der Zeit in unserer Botschaft in Bangkok gearbeitet. Sie waren über Weihnachten in Khao Lak, als das Ganze passiert ist. Seine Ehefrau wurde durch schwedische Polizisten vom Reichskriminalsamt identifiziert. Die Identifizierung ist völlig sicher. Es ist absolut nicht möglich, dass ihr Mann sie mehrere Jahre später umgebracht haben könnte. Und das auch noch hier in Schweden.«

»Nein, das klingt ja bestechend genug. Niemand stirbt wohl zweimal«, erwiderte Mattei. »Haben Sie mit den Leuten vom Reichskriminalamt gesprochen?«

»Ja«, bestätigte der Chef der Spionageabwehr. »Sie sind sich ihrer Sache völlig sicher. Die Frau ist 2004 im Tsunami gestorben.«

»Wie erklären sie dann Bäckströms Verhalten?«

»Damit, dass er völlig verrückt geworden sein muss! Was im Hinblick auf seinen Lebenswandel nicht ausgeschlossen ist ...«

»Wir glauben aber, dass es eine andere, wesentlich rationalere Erklärung gibt«, warf der Mann vom Außenministerium ein.

»Ich verstehe«, sagte Mattei. »Schweden hat einen Frauenmörder zu seinem Repräsentanten in Litauen gemacht. Was wohl einiges über dieses Land sagt.«

»Ja, es wird das reinste Festessen für den russischen Propagandaapparat werden«, pflichtete ihr der Chef der Spionageabwehr bei. »Vor allem, wenn sie auf schwedische Medien als Quelle verweisen können. Wir wissen ja alle, wie Bäckström seine Ermittlungen betreibt. Jedermann kann sie ja unschwer in den Schlagzeilen verfolgen.«

»Wir haben Kontakt mit der Staatsanwältin aufgenommen, die Bäckströms Ermittlung leitet«, fuhr er fort. »Sie hat ihre Verwunderung über die Richtung seiner Arbeit ausgedrückt, aber ihr zufolge scheinen ihre Ermittler nicht auf sie gehört zu haben.«

»An sich ist es natürlich nicht das erste Mal, dass zwischen Staatsanwalt und Polizei die Meinungen auseinandergehen.«

»Nein. Aber wenn wir das ganze Bild betrachten, das hier entsteht, beunruhigt uns das. Sehr sogar.«

»Aha, ich verstehe«, sagte Mattei, »aber Sie müssen mir mindestens ein paar Tage geben. Was Sie mir hier erzählen, ist völlig neu für mich. Wenn ich eine Entscheidung treffen soll, brauche ich Zeit, um mich in die Sache einzuarbeiten.«

Richtig oder falsch, dachte Mattei, wie auch immer, es war höchste Zeit, dass sie etwas unternahm.

Deshalb ging sie zu ihrer Sekretärin ins Vorzimmer.

»Keine fröhlichen Gesichter, die da gerade gegangen sind«, konstatierte die Sekretärin und lächelte freundlich.

»Nein«, sagte Mattei. »Falls es wirklich so sein sollte, wie sie denken, verstehe ich das.«

»Womit kann ich helfen?«

»Martinez und Motoele. In mein Büro, am besten sofort.«

»Ich hab zwei Fragen an euch«, begann Mattei. »Die erste betrifft unseren persönlichen 11. September. Die Terroraktion unten in Harpsund, bei der der Bombenbauer Abbdo Khalid und seine Frau Helena Palmgren, unser Maulwurf hier im eigenen Haus, zehn Menschen ums Leben gebracht haben, von denen mehrere in der Regierung saßen und einer mein Vorgänger auf dieser Stelle war. Wie viel weiß Evert Bäckström über diesen Fall?«

»Er hat uns ja geholfen«, antwortete Motoele. »Er hat uns die ersten Fotos gegeben, die gezeigt haben, dass unser damaliger Chef ein sexuelles Verhältnis mit Palmgren hatte. Ich war übrigens derjenige, der die Bilder von ihm bekommen hat.«

»Aber die Originale hat er noch?«

»Ja«, bestätigte Martinez. »Wir haben die Sache angesprochen, als das Ganze aktuell war, aber wenn man bedenkt, über wen wir hier reden, hätte es überhaupt keinen Sinn gehabt, auch nur den Versuch zu unternehmen, sie zu beschlagnahmen oder ihm Schweigepflicht aufzuerlegen. Dann hätte er wahrscheinlich unseren damaligen Chef in sämtlichen Medien verpfiffen, und zwar weltweit. Nur, um uns das Leben schwer zu machen. So ist er eben. Wie ein großes Kind.«

»Und die andere Sache«, sagte Mattei, »dass unser früherer Chef vor Palmgren nicht nur die Hose runtergelassen hat? Das hat er doch sicher gleich kapiert. Warum hat er das nicht der Zeitung verkauft?«

»Er ist ein Patriot«, sagte Motoele. »Im Hinblick auf die politische Lage würde er das nie tun. Die Russen würden es gegen uns verwenden.«

»Bäckström wird bald eine sehr angesehene russische Auszeichnung für irgendwas bekommen, womit er ihnen geholfen hat. Das hat übrigens nicht das Geringste mit dem Attentat von Harpsund zu tun, aber... könnte es sein, dass er denen zum Dank doch noch die Bilder gibt?«

»Niemals.« Motoele schüttelte den Kopf. »Nicht den Russen.«

»Glaub ich auch nicht.« Martinez grinste. »Der Mann hat eine schwedische Flagge im Kopf, wo wir anderen ein normales Gehirn haben, und er lässt keine Gelegenheit aus, sie zu hissen. Ich frag mich, ob die Russen das kapiert haben. Ansonsten könnte das richtig lustig werden.«

»Na ja«, sagte Mattei. »Die meisten könnten sich das Lachen vermutlich verkneifen. Aber nehmen wir mal an, wir würden anfangen, ihn zu ärgern? So, dass es richtig anstrengend für ihn wird? Wie würde er dann reagieren?«

»Warum sollten wir das tun?«, erwiderte Motoele. »Einen besseren Polizisten als Bäckström gibt es nicht.«

Hoppla, dachte Mattei. Von allen Kollegen ausgerechnet Frank Motoele.

»Aber klar«, fuhr er fort. »Ich glaub nicht, dass er das einfach still ertragen würde. Wenn ihm seine eigenen Leute in den Rücken fallen. Wer würde das schon?«

»Was mich natürlich zur nächsten Frage führt.«

»Und die wäre?«, fragte Martinez.

»Bäckström arbeitet offenbar gerade an einem Mordfall, bei dem er die fixe Idee hat, der Ehemann der ermordeten Frau wäre der Täter. Dass das Ganze hier im Haus gelandet ist, liegt daran, dass dieser Mann ein schwedischer Diplomat ist. Und der zukünftige Botschafter bei einem unserer baltischen Nachbarn.«

»Wenn Bäckström das glaubt, dann ist es so«, sagte Motoele.

»Auch die Sonne hat ihre Flecken, Frank. Ich meinerseits will es sicher wissen, bevor ich handle. Finde heraus, wie es sich verhält. Mach das über unsere Kontaktperson bei der Solnaer Polizei. Ihr vertraue ich nämlich völlig.«

»Und wann willst du es wissen?«, fragte Martinez.

»Jetzt«, sagte Mattei.

»Lisa, hör auf!« Martinez runzelte die Stirn. »So läuft das nicht. Das hier ist die Wirklichkeit. Du redest wie in einer Fernsehserie.«

»Okay«, erwiderte Mattei. »Dann eben morgen. Oder vielleicht übermorgen. Weil ihr es seid.«

65

Kristin Olsson war auf eine Idee gekommen. Außerdem fand sie, dass bei den Ermittlungen zu wenig vorwärtsging. Deshalb hatte sie beschlossen, nicht mit Jan Stigson, sondern mit Annika Carlsson zu sprechen.

»Erinnerst du dich noch an dieses alte Verhör mit der Arbeitskollegin von Jaidee, die über Jaidees perfekte Zähne gesprochen hat?«

»Caroline Holmgren«, sagte Annika Carlsson. »Du willst mit ihr über Jaidee und ihren damaligen Kerl reden.«

»Ja«, antwortete Kristin Olsson. »Sie scheint keinen Kontakt zu ihm zu haben. Sie arbeitet in einem Unternehmen, das Rechnungen von Firmen kauft und Geld an Leute verleiht. Macht Kreditprüfungen und solche Sachen. Scheint mit einem Kollegen von uns zusammen zu sein, der in Södertälje arbeitet. Diese Info hab ich im Netz gefunden. Ich glaube, du denkst in ähnlichen Bahnen, oder?«

»Ja, klar. Ich würde gerne mitfahren, aber ich hab gerade so viel anderes auf dem Schreibtisch.«

»Meinst du, ich soll Stigson mitnehmen?«

»Nein«, sagte Annika Carlsson. »Warum denn?«

Caroline Holmgren zeigte nicht die übliche Reaktion, als die Polizei sie anrief und mit ihr sprechen wollte. Sie war weder neugierig noch erstaunt. Sie fragte nur, wie lange es dauern würde, ob es eilig war, und wo sie sich treffen sollten. Die Antworten: Höchstens eine Stunde, gerne so bald wie möglich, und sie hatte kein Problem damit, dass Kristin zu ihr ins Büro kam. Vermutlich eine Kombination aus ihrem Job und ihrem Freund, dachte Kristin.

»Okay«, sagte Caroline. »Dann sehen wir uns um eins bei mir. Sagen Sie am Empfang Bescheid, dann komm ich runter und hole Sie ab. Ich kümmere mich um einen Raum, in dem wir uns in Ruhe unterhalten können.«

Es wurde ein angenehmes Treffen, und die Krücke, mit deren Hilfe Kristin hergekommen war, war ein guter Aufhänger für ihr Gespräch.

»Mein Freund ist Polizist«, erklärte Caroline. »Also weiß ich ja, dass ihr mehr oder weniger am Stock geht. Viel Gejammer, aber Sie wirken glaubwürdig.«

»Fußball«, sagte Kristin. »Mein eigener Fehler, eine Grätsche, die etwas aus dem Ruder gelaufen ist.«

»Verstehe.« Caroline lächelte freundlich. »So was passiert. Über welchen unserer Kunden braucht die Polizei denn diesmal Informationen?«

»Nichts dergleichen. Ich würde gern mit Ihnen über Ihre frühere Arbeitskollegin Jaidee Kunchai und ihren damaligen Mann Daniel Johnson sprechen. Wenn ich es recht verstehe, waren Sie in ihrer Firma für die Finanzen zuständig.«

»Ja«, sagte Caroline. »Sie wollen also über Jaidee und Daniel sprechen? Das macht mich neugierig.«

»Ja, und über die Firma, die sie zusammen betrieben haben.«

»Okay.« Caroline sah aus, als hätte sie sich entschieden. »Ich hab kein Problem damit. Inzwischen scheint sie ja verkauft und niedergelegt zu sein.«

»Seit 2006«, bestätigte Kristin.

»Es gab keine Probleme, während ich dort gearbeitet habe. Ich war von Anfang an dabei, und es lief sofort hervorragend. Das war 2002. Dann war ich noch etwa zwei Jahre dort, bis die beiden 2004 nach Thailand gezogen sind. Daniel hatte ja eine Stelle an der Botschaft in Bangkok angenommen, und im Zuge dessen wurde das Stockholmer Büro geschlossen. Aber das wissen Sie ja sicher.«

»Ja. Aber wie haben Sie den Job bekommen?«

»Durch eine gemeinsame Bekannte. Sie ging ins selbe Fitnessstudio wie Jaidee. Wir hatten zusammen an der Uni Wirtschaft studiert und waren gerade mit dem Examen fertig. Jaidee hat zuerst sie gefragt, aber da sie schon eine Arbeit hatte, empfahl sie stattdessen mich.«

»Sie waren also von Anfang an dabei.«

»Genau. Ein kleines Büro in Södermalm. Jaidee und ich haben es gemeinsam renoviert. Gestrichen, tapeziert, all diese Dinge, Sie wissen schon. Wir waren nicht viele Mitarbeiter. Meistens waren wir wohl sechs Personen.«

»Klingt wie eine praktisch veranlagte Frau? Jaidee, meine ich.«

»Nicht nur praktisch«, sagte Caroline. »Jaidee war Geschäftsfrau bis in die Fingerspitzen. Außerdem hatte sie jede Menge Kontakte, nicht nur in Thailand, sondern auch in der ganzen dortigen Region. Vietnam, Burma, Laos, Kambodscha.«

»Wie kam das denn? Sie war doch noch ziemlich jung.«

»Durch ihren Vater. Er war zwar schon seit langem tot, aber zu Lebzeiten ist er ein richtig hohes Tier gewesen. Er war beim Militär, ein General, glaube ich, und Jaidee kannte alle seine alten Freunde schon seit ihrer Kindheit. Sie hat mir viele alte Bilder gezeigt, auf denen sie auf dem Schoß des Oberbefehlshabers sitzt und solche Sachen. Das Militär hat ja in Thailand das Sagen, wie Sie vielleicht wissen. Ihr König ist nur eine Fassade, die man nach außen hin zeigt. Thailand ist eine Militärdiktatur.«

»Jaidee kannte alle alten Männer durch ihren Vater?«

»Ja, sicher. Ich habe mehrere von ihnen kennengelernt und ich kann mir vorstellen, dass Papas alte Freunde begeistert waren. Jaidee war richtig, richtig hübsch. So eine klassische orientalische Schönheit. Ihre Mutter Rajini hab ich auch mal getroffen. Sie sah genauso aus. Sie war fast siebzig, aber wenn man sie gesehen hat, hätte man sie auf höchstens vierzig geschätzt. Ich weiß nicht, ob sie noch lebt. Aber Sie vielleicht?«

»Sie ist vor ein paar Jahren gestorben«, antwortete Kristin Olsson. »Ich glaube, es war 2011.«

»Eine interessante Frau. Eine feine Dame, Witwe eines sehr hohen Offiziers. Nicht irgendjemand, und das wusste sie auch.«

»Sie waren also dort? In Thailand?«

»Bestimmt zwanzig Mal in den zwei Jahren, in denen ich mit Jaidee zusammengearbeitet habe. Immer geschäftlich. Keine Vergnügungsreisen.«

»Und Daniel? Ist er auch mitgekommen?«

»Manchmal war er dabei. Meistens ist er zu Hause geblieben.«

»Wie ist er?«

»Wie er jetzt ist, kann ich nicht sagen. Ich hab ihn nicht mehr gesehen, seit ich dort aufgehört habe. Das war vor zwölf Jahren. Als Jaidee im Tsunami umgekommen ist, hab ich ihn natürlich zu erreichen versucht. Ich hab geschrieben, gemailt und angerufen. Mit Leuten von der Botschaft gesprochen. Offenbar ging es ihm sehr schlecht. Was wohl nicht sehr verwunderlich war, wenn man bedenkt, was passiert ist.«

»Und wie war er, als Sie ihn kannten?«

»Daniel«, sagte Caroline mit einem indifferenten Schulterzucken. »Er war attraktiv, charmant und all das. Aber ein ziemlicher Taugenichts, wenn Sie mich fragen. Jaidee war diejenige, die alle Fäden in der Hand hatte und alles regelte, auch wenn Daniel das nicht wusste. Als sie starb, soll er komplett am Boden gewesen sein. Vielleicht hat er erst da verstanden, was sie ihm bedeutet hat.«

»Aber die Geschäfte liefen gut? Obwohl er ein Taugenichts war?«

Carolin zufolge liefen die Geschäfte hervorragend, was ganz und gar Jaidee und ihren Kontakten zu verdanken war. Es ging um die Vermittlung von Geschäften, und in Thailand drehte sich alles darum, dass man die richtigen Kontakte hatte. Die hatte Jaidee. Die alten Freunde ihres Vaters lebten noch, und sie bekleideten hohe Positionen.

»Wir haben also auf Provisionsbasis sowohl Geschäfte als auch Geschäftskontakte vermittelt. In beide Richtungen, aber meistens ging es darum, Schweden und anderen Skandinaviern zu helfen. Vieles von dem, was wir taten, spielte sich in der Tourismusbranche ab. Ein schwedischer Investor, der in Thailand ein Hotel bauen wollte und Hilfe bei den praktischen Dingen brauchte, vom Kauf des Grundes über die Beauftragung von Bauunternehmern, Anwälten und der Einstellung von gutem Personal bis hin zu Dolmetschern, wenn zum Beispiel zehn schwedische Typen dorthin fahren wollten, um zu sehen, was mit ihrem Geld gemacht wurde.«

»Und Frauen?«, fragte Kristin Olsson. »Wollten sie, dass ihr ihnen auch Frauen besorgt?«

»Ich höre, dass Sie nie in Thailand waren«, sagte Caroline, schien es ihr aber nicht krummzunehmen.

»Nein, tatsächlich nicht«, gab Kristin zu. »Ich hab eine Freundin, die immer mit mir hinwill, aber bis jetzt ist nichts draus geworden.«

»Sex ist der überlaufenste Markt, den es in diesem Land gibt. Um sich Derartiges zu besorgen, braucht man keine Kontakte. Wir haben uns um richtige Geschäfte gekümmert, und angefangen haben wir mit einem richtig großen Ding.«

»Und was war das?«

»Wir haben einem Norweger geholfen, Grund zu kaufen, auf dem er eine große Touristenanlage bauen wollte. Dabei haben wir auf einen Schlag zwanzig Millionen Provision verdient. Vor Steuerabzug zwar, aber trotzdem.«

Kristin Olsson nickte. Irgendetwas stimmt hier nicht, dachte sie. Zwanzig Millionen auf einen Schlag. Als Daniel Johnson das Unternehmen nach dem Tod seiner Frau vier Jahre später verkaufte, hatte er laut Nadja nicht eine Krone an dem Geschäft verdient. Er muss wirklich ein außerordentlicher Taugenichts gewesen sein, dachte sie.

Die Vernehmung dauerte keine Stunde und hatte aufschlussreiche Fakten zutage gefördert. Ich muss mit Annika reden, dachte Kristin Olsson, als sie auf dem Weg zurück ins Büro in der U-Bahn saß.

Annika Carlsson saß an ihrem Schreibtisch vor ihrem Computer und Stapeln von Papier. Sonderlich fröhlich sah sie nicht aus.

»Hast du Zeit, dir anzuhören, was Caroline Holmgren erzählt hat?«

»Willst du mich verarschen?«, sagte Annika. »Ich mache alles, um dem hier zu entgehen!« Sie schaltete ihren Computer aus.

»Okay«, fuhr sie fort und beugte sich zu ihrer Besucherin vor. »So wie du aussiehst, hatte sie wohl ein paar interessante Dinge zu berichten.«

»Ich denke, du solltest dir das anhören.« Kristin legte einen kleinen Rekorder auf ihren Schreibtisch. »Es sind nur vierzig Minuten, aber die haben es in sich, um es mal so auszudrücken.«

»Kannst du für mich nicht das Wesentliche zusammenfassen?« Annika Carlsson nickte vielsagend in Richtung des Papierstapels auf ihrem Schreibtisch.

»Wenn du mir versprichst, es trotzdem anzuhören, damit wir hinterher darüber reden können.«

»Wenn du mir den Knackpunkt verrätst, verspreche ich es.«

»Okay«, sagte Kristin. »Jaidee scheint eine hervorragende Geschäftsfrau gewesen zu sein. Sie hat für sich und ihren Mann eine ganze Menge Geld verdient. Sie verfügte über die besten Kontakte, die du dir vorstellen kannst. Ihr Mann war schon damals ein attraktiver und charmanter Taugenichts, der andere für sich arbeiten ließ. Er scheint sich trotzdem wie der größte Rechthaber benommen zu haben. Aber Jaidee hatte das Heft in der Hand, ohne dass er es überhaupt gemerkt hat.«

»Okay, das glaub ich dir. Aber laut seiner zweiten Frau scheint er außerdem ein ganz schöner Weiberheld gewesen zu sein. Das müsste Jaidee doch trotz allem gestört haben?«

»Nein.« Kristin Olsson schüttelte den Kopf. »Überhaupt nicht. Im Gegenteil.«

Eine Stunde später hatte Annika Carlsson sich offenbar das Gespräch angehört, das Kristin Olsson mit Caroline Holmgren geführt hatte.

»Ich glaube, ich verstehe«, sagte sie. »Jaidee war nicht nur eine gute Geschäftsfrau. Sie war auch sehr freisinnig.«

»Ja. Jaidee hat zwar nie eine große Nummer daraus gemacht, aber Caroline war sich ganz sicher.«

»Jaidee hat nie versucht, Caroline anzubaggern?«

»Nein. Ich hab sie danach gefragt, wenn es nicht mit auf der Aufnahme ist, muss es irgendwie durchgerutscht sein.«

»Und warum hat sie das nicht gemacht?«

»Laut Caroline lag es nicht daran, dass sie nicht Jaidees Typ gewesen wäre. Caroline war nicht interessiert an so etwas. Also hat sie sie nicht bedrängt, wenn man das so sagen kann.«

»Verstehe. Und die andere Sache? Was machen wir damit?«

»Wenn du damit auf den Haufen Geld anspielst, das Jaidee verdient haben soll, dann klingt das nach einem Fall für Nadja«, meinte Kristin.

»Du gefällst mir, Olsson. Ich spreche mit Nadja, das ist wohl am besten. Sie war in letzter Zeit etwas störrisch.«

»Super«, sagte Kristin Olsson. »Gibt es sonst noch was?«

»Sag Bescheid, wenn du darüber nachdenkst, Polizistin zu werden. Richtige Polizistin, meine ich, denn dann würde ich gerne das Zimmer mit dir teilen.«

66

Ein paar Tage nach ihrer Besprechung mit Martinez und Motoele traf sich Lisa Mattei erneut mit den beiden. Allerdings konnten sie ihr keine sichere Antwort auf die Frage geben, ob der zukünftige Botschafter wirklich seine Frau ermordet hatte.

»Irgendjemand hat es ganz einfach vergeigt«, fasste Martinez zusammen. »Entweder bei der Identifizierung, die drüben in Thailand stattgefunden hat, oder hier, bei der Leiche, die auf dieser Insel gefunden wurde.«

»Jetzt wartet mal«, sagte Mattei. »Korrigiert mich, wenn ich falschliege, aber wir haben also zwei Leichen, die Überreste zweier unterschiedlicher Frauen, die aber dieselbe DNA haben?«

»Ja«, antwortete Motoele. »Scheint so. Die Frau, die im Tsunami umgekommen ist, Jaidee Kunchai, ist kurz darauf in Thailand kremiert worden. Trotzdem taucht jetzt eine Leiche auf einer Insel im Mälarsee auf, Überreste in Form von Skelettteilen, Zähnen, Haaren. Eine Person, die wahrscheinlich mehrere Jahre später ermordet worden ist, die aber dieselbe DNA hat wie Jaidee Kunchai.«

»Und wir können ausschließen, dass es sich um eineiige Zwillinge handelt.«

»Ja. Ich habe mit unserer Expertin hier im Haus gesprochen, und laut ihr liegt die Wahrscheinlichkeit, dass eine Frau eineiige Zwillinge bekommt, ungefähr bei eins zu zweihundertfünfzig.

Bei Zwillingsmädchen ist sie sogar noch etwas geringer, eins zu zweihundertfünfzigeinhalb ungefähr.«

»Wie bedauerlich«, sagte Mattei.

»Tja«, erwiderte Martinez. »Aber es kommt noch besser. Die Informationen über Jaidees Geburt zeugen davon, dass sie als Einling zur Welt kam. Die allerneueste Forschung verweist außerdem, laut einer Kollegin im Haus, darauf, dass sogar eineiige Zwillinge unterschiedliche DNA haben.«

»Diese Möglichkeit können wir dann wohl ad acta legen«, sagte Mattei.

»Dann bleiben also zwei Möglichkeiten und falls du dich fragst, ich bin nicht selbst darauf gekommen, sondern unser persönlicher Hausnerd. Willst du sie hören?«

»Klar! Ich finde, die Sache wird immer besser.«

»Unserem Hausnerd zufolge wäre die erste Erklärung, dass Jaidees Leiche nie kremiert wurde, sondern stattdessen auf einer Insel auf dem Mälarsee versteckt. Im Hinblick auf die Umstände wirkt das nicht besonders wahrscheinlich. Meiner Meinung nach jedenfalls, aber ich habe zur Sicherheit auch den Hausnerd gefragt, und sie sieht es auch so.«

»Bleibt also nur eine Erklärung. Nämlich, dass diese Leiche, die man in Bangkok verbrannt hat, nicht Jaidee Kunchai war. Das Material aus der Ermittlung spricht zwar stark dafür, dass jemand kremiert wurde, aber dann muss es jemand anders gewesen sein. Obwohl sie offenbar Jaidees DNA-Profil hatte und auch auf andere Arten identifiziert wurde. Unter anderem von den Angehörigen, die sie erkannt haben.«

»Und was zieht unsere Expertin hier im Haus für einen Schluss daraus?«

»Dass man trotz allem einen Fehler bei der Identifizierung unten in Thailand gemacht hat. Es war nicht Jaidees Leiche. Es war die Leiche einer anderen. Das ist auch die einzige Erklärung dafür, warum sie dann in Schweden ermordet werden konnte. Letzteres glaube ich nämlich sicher. Jaidee wurde ermordet. Kein Selbstmord oder anderer Unfug.«

»Glaub ich auch«, sagte Mattei. »Damit ist das Problem ja gelöst.«

»Ja, für dich vielleicht«, erwiderte Martinez. »Genau wegen so was mache ich mir ein bisschen Sorgen um dich.«

»Wie nett von dir.« Mattei lächelte. »Ja, sehr umsichtig. Dass du dir Sorgen machst, meine ich.«

»Klar mache ich mir Sorgen«, wiederholte Martinez. »Um Menschen wie dich, die glauben, ein Problem wäre gelöst, sobald sie es auf intellektueller Ebene durchdrungen haben. Und wir anderen? Gewöhnliche, angenehme, normale Menschen, die zwar kapieren, dass irgendwo ein Fehler passiert sein muss, aber keinen blassen Schimmer haben, welcher es gewesen ist. Irgendjemand hat es verkackt. That's it.«

»Was meint denn Bäckström?«, fragte Mattei.

»Dasselbe wie du. Aber für ihn war es nie ein Problem. Jaidee Kunchai ist nie im Tsunami gestorben. Sie wurde hier in Schweden umgebracht, und natürlich war ihr Macker, der trauernde Ehemann, der Mörder. Überhaupt kein Problem für jemanden wie Bäckström, aber wir sind uns wohl einig, sogar du, Frank, obwohl ich weiß, dass du diesen kleinen Fettkloß magst, dass Bäckström wohl kaum durch qualifizierte intellektuelle Anstrengungen zu dieser Einsicht gekommen ist.«

»Ich bin trotzdem seiner Meinung.« Mattei lächelte.

»Ich auch«, sagte Frank Motoele. »Bäckström hat diese Gabe. Die sonst fast keiner von uns hier hat.«

»Und du, Linda?«, fragte Mattei. »Was glaubst du?«

»Dasselbe wie ihr«, antwortete Martinez. »Meine Sorge ist

eine ganz andere. Ich sehe ein praktisches Problem auf uns zukommen, gegen das alles andere verblassen wird. Von Lisas intellektuellen Analysen bis zu Bäckströms tierischen Instinkten. Dein alter Chef, dein Leitstern im Leben, Lars Martin Johansson, der Mann, der um die Ecke sehen konnte, was, denkst du, hätte er über dieses rein praktische Problem gesagt?«

»Morgen ist auch noch ein Tag«, sagte Mattei. Denn das hätte er ja gesagt, dachte sie.

Sobald Martinez und Motoele den Raum verlassen hatten, bat sie ihre Sekretärin, den Chef der Spionageabwehr anzurufen. Sie wollte ihn so bald wie möglich treffen. Allerdings nicht sofort, weil sie davor noch ein anderes Gespräch führen musste.

»Sie haben eine Entscheidung getroffen, Frau Generaldirektorin?«, sagte der Chef der Spionageabwehr, als er sich eine Stunde später auf den Stuhl vor ihrem großen Schreibtisch setzte.

»Sogar mehrere«, erwiderte Mattei.

»Ich höre.«

»Erstens soll diese Ermittlung, die wir hier im Haus gegen Kommissar Evert Bäckström führen, mit sofortiger Wirkung eingestellt werden, und falls Sie sich fragen, weshalb, bin ich leider nicht befugt, Ihnen das zu sagen.«

»Das ist sehr schade. Es ist ja immer ein etwas besseres Gefühl, zu wissen, warum, wenn ich das sagen darf.«

»Glauben Sie mir«, sagte Lisa Mattei. »Diesmal denke ich nicht, dass es besser wäre.«

»Soll ich das so interpretieren, dass wir unsere Unterlagen der Sondereinheit für Disziplinarverfahren übergeben sollen?«

»Nein. Wenn jemand aus dieser Richtung uns Fragen stellt, haben wir keine Ahnung. Unsere Ermittlung über Bäckström hat nie existiert.«

»Was soll ich unserem Kontakt vom Außenministerium sagen?«

»Dass wir es für ratsam halten, mit der aktuellen Ernennung dieses Daniel Johnson zu warten. Sie sollen sie nicht gleich in den Papierkorb werfen, aber sie sollen warten, bis sie einen sicheren Bescheid bekommen.«

»Entschuldigen Sie, vielleicht ist das eine dumme Frage, aber wie sollen wir ihnen einen solchen geben können, wenn wir unsere Ermittlungen jetzt einstellen?«

»An dieser Frage ist nichts verkehrt. Ich hätte dasselbe gefragt«, sagte Mattei. »Lassen Sie es mich so ausdrücken: Ich glaube, es wird sich trotzdem lösen.«

»Ach so, ja. Das klingt ja beruhigend.«

»Nein. Aber es bedeutet nicht, dass die Sache schlecht ausgehen muss. Ich glaube, es wird sich auf jeden Fall lösen. Für uns hier im Haus zumindest.«

»Ja, dann.« Der Chef der Spionageabwehr machte einen Ansatz aufzustehen. »Dann ...«

»Noch eine Sache, die Sie vielleicht wissen sollten. Morgen wird die Regierung mitteilen, dass ich zum Monatswechsel aufhören werde. Mein Nachfolger ist schon ernannt, aber ich weiß nicht, wann diese Neuigkeit offiziell wird. Ziemlich bald, glaube ich.«

»Das ist aber traurig zu hören, dass Sie aufhören, Frau Generaldirektorin. Und ich bin sicher nicht der Einzige, der ...«

»Noch etwas«, unterbrach ihn Mattei. »Ich habe diese Frage mit meinem Nachfolger diskutiert, und in der jetzigen Situation teilt er meine Auffassung. Das zu wissen könnte für Sie gut sein. Falls Sie die Frage von neuem aufwerfen wollen, meine ich.«

»Vielen Dank für diese Information. Die Maßnahmen, die Sie angeordnet haben, werden wir natürlich umgehend in die Wege leiten. Nur noch eine neugierige Frage.«

»Ja?«

»Was werden Sie denn stattdessen tun, Frau Generaldirektorin, wenn Ihre Zeit hier im Haus offenbar vorbei ist?«

»Ich werde mich um meine Tochter kümmern«, antwortete Mattei. »Sie kommt bald in die Schule, es ist also höchste Zeit. Ansonsten habe ich keine Pläne.«

67

Sonntag. Der siebte Tag. Der Ruhetag. Der Tag, an dem wir allen Mühen des Alltags entsagen sollen. So auch die wenigen unter uns, deren Aufgabe es ist, einen Mörder zu fassen. So auch in dieser Geschichte, mit einer Ausnahme: Nadja Högberg. Zu ihrer Verteidigung kann allerdings angeführt werden, dass der Grund dafür, dass sie den Sonntag nicht ehrte, nur darin lag, dass sie nichts Besseres zu tun hatte. Die vielleicht üblichste Erklärung in dieser Zeit, in der wir alle leben.

Ihr Chef, Kriminalkommissar Evert Bäckström, hatte es natürlich getan. Nicht wegen seines neu entdeckten christlichen Glaubens, sondern deshalb, weil seine Samstagnacht ihm ganz einfach keine andere Wahl gelassen hatte. Bäckström war erst um zwölf Uhr mittags aus dem Bett gestiegen. Einen ordentlichen Kater hatte er auch, was völlig unbegreiflich schien, nachdem er in keiner Weise von seinen Routinen abgewichen war. Zuerst ein ruhiges Abendessen in seiner Stammkneipe, wo er übrigens seinen Weißen Tornado getroffen hatte, die Frau, die für die Reinigung seines Heims zuständig war, ein Einsatz, für den sie stets reichlich belohnt wurde. Er hatte längst den Überblick darüber verloren, wie oft sie schon die Salami hatte reiten dürfen, obwohl sie die vierzig schon seit geraumer Zeit überschritten haben musste.

Gerade war sie von einem vierwöchigen Spanienurlaub mit ihrem Mann zurückgekommen. Zurück zum Alltag und dem

Job in der Kneipe, und falls Bäckström wollte, dass sie bei ihm putzte, sollte er es nur sagen. Oder falls er andere Wünsche habe, die sie ihm erfüllen konnte. Einfach nur sagen.

Die sind alle verrückt nach dir, dachte Bäckström, besser konnte der Abend wohl kaum beginnen. Irgendwann nahm er dann ein Taxi zum Stureplan, sah sich all die Landeier an, die im Sturehof saßen und zu viel tranken, und wie immer schloss er seine Runde in der Bar des Riche ab. Dort ging es heiß her, und Bäckström musste sogar Drinks ablehnen, weil er sie nicht mehr schaffte. Kurz vor der Sperrstunde erreichte ihn außerdem der Anruf einer Frau, die er einen Monat zuvor am selben Ort kennengelernt hatte.

Sie hätte sich leider eine Erkältung zugezogen. Jetzt liege sie zu Hause, um sich auszukurieren. Wenn er nichts Besseres vorhabe, könne er gerne vorbeischauen.

Vielleicht gar keine so dumme Idee, dachte Bäckström. Schließlich war sie immerhin eine Acht auf der zehnstufigen Skala – sogar eine starke Acht –, und nachdem sie am Söder Mälarstrand wohnte, konnte er das ja auf dem Heimweg erledigen. Das mit der Erkältung kümmerte ihn sowieso nicht. Bäckström war nicht der Typ, der sich erkältete. Mit so was konnten sich andere herumschlagen, Schwuchteln und Allergiker und alle, die nur etwas erfinden wollten, um sich vor der Arbeit zu drücken.

Irgendwas muss aber doch passiert sein, dachte er jetzt. Mit irgendeinem Scheiß musste sie ihn doch angesteckt haben. Trotz doppelten Fernets und Kopfschmerztabletten taten ihm immer noch Kopf und Magen weh. In Ermangelung von Alternativen öffnete er seine Feldapotheke, in dieser Lage hatte er keine andere Wahl. Bäckström nahm eine Rote und eine Blaue und kehrte in sein Bett zurück.

Acht Stunden später öffnete er wieder die Augen. Jetzt ging es ihm ganz ausgezeichnet, wie gewöhnlich. Hungrig wie ein Wolf war er ebenfalls. Höchste Zeit, dass ich was in den Magen kriege, dachte Bäckström, als er in die Dusche stieg, um sich von den Erinnerungen und Mühen der gestrigen Nacht reinzuwaschen.

Kristin Olsson war mit einer Freundin auf einem Rockkonzert gewesen, die selbst in einer Frauenband Bass spielte. Danach waren sie auf einen Absacker zu einer gemeinsamen Freundin gegangen. Oleszkiewicz hatte sich zusammen mit drei Freunden ein Fußballspiel angesehen (die übrigens alle Polizisten waren). Nach dem Spiel waren sie in den üblichen Pub weitergezogen und hatten die übliche Menge Bier vernichtet. Bei Stigson war es gelaufen wie immer. Er war zusammen mit seiner Frau und ihren zwei Kindern heim nach Dalarna gefahren und hatte dort sowohl seine als auch ihre Eltern getroffen. Pilze und Beeren gesammelt, lange Waldspaziergänge gemacht, die gemeinsame Zeit so verbracht, wie man es nur mit denen tun konnte, die einem am nächsten standen. Die aus Dalarna kamen wie seine Frau und er und verstanden, worauf es im Leben ankam.

Ankan Carlsson und Edvin waren nach Gröna Lund gefahren. Am Samstag hatte sie ihn endlich auf seinem Handy erreicht. Er hatte mit seinen Eltern »die ganze Verwandtschaft« besucht, von Luleå im Norden bis nach Helsingborg im Süden, und dass er nicht ans Telefon gegangen war, lag daran, dass es meistens ausgeschaltet war, damit nicht alle seine Cousinen und Cousins ersten und zweiten Grades dauernd anriefen. Jetzt war er wieder in der Stadt. Am Montag sollte die Schule beginnen.

»Aber du hattest jedenfalls eine schöne Zeit«, sagte Annika Carlsson.

»Geht so«, antwortete Edvin. »Aber es ist schön, dass die Schule jetzt wieder anfängt. Darauf freu ich mich schon. Wir haben einen Detektivclub in der Klasse.«

»Toll«, sagte Annika. »Wie heißt er denn?«

»Meisterdetektiv Kalle Blomkvist Aktiengesellschaft.«

»Er ist eine Aktiengesellschaft?«

»Ja«, erklärte Edvin. »Das hab ich von Papa gelernt. Wenn man etwas aufzieht, ist wichtig, dass es eine Aktiengesellschaft ist.«

»Dein Papa scheint ein kluger Mann zu sein.«

»Ja. Er ist sehr geschickt im Geschäftemachen.«

»Und wie lief es noch mit den Seepfadfindern? Hast du ein Zeugnis bekommen?«

Ja, das hatte Edvin. Vielleicht nicht mit den allerbesten Bewertungen in Segeln und Seemannskunst, aber ansonsten recht gut, in den theoretischen Fächern war er der Jahresbeste. Und da er einer so genannten Entdeckerpatrouille namens »Die Trissjollen« angehörte und nicht so einer Abenteurerpatrouille wie »Die Seehalunken« oder »Die Mälarpiraten«, war er zufrieden.

»Ich kann nicht klagen«, fasste Edvin zusammen.

»Und deine Eltern haben nichts dagegen, dass wir beide heute zusammen nach Gröna Lund fahren?«

»Nein. Sie wollen heute in diesem chinesischen Restaurant in der Hantverkargatan zu Abend essen. Danach gehen sie wahrscheinlich nach Hause und machen sich's auf dem Sofa gemütlich.«

»Klingt gut«, sagte Annika Carlsson. »Und was wollen wir jetzt machen? Womit willst du anfangen?«

»Achterbahn. Die ist nicht schlecht.«

»Ich hätte vorgeschlagen, das als Letztes zu machen«, entgegnete Annika Carlsson, die wenn möglich gerne um gerade dieses Fahrgeschäft herumgekommen wäre.«Das Beste zum Schluss, sozusagen.«

»Das sagt der Herr Kommissar auch immer. Das man sich das Beste für den Schluss aufheben soll.«

»Ja, dann machen wir's doch so. Er ist ja schließlich der Chef.«

»Genau«, bestätigte Edvin.

Als sie ihn wieder seinen Eltern übergab, war es bereits neun Uhr abends. Edvin war auf dem Heimweg in ihrem Auto eingeschlafen. Annika Carlsson legte ihn über ihre Schulter und stieg die Treppe zu der Wohnung hinauf, in der er mit seinen Eltern wohnte.

»Papas Junge«, sagte Slobodan und hob ihn zu sich herüber, und die Art, auf die er es tat, sprach für sich.

»Und Mamas Augenstern«, sagte Annika Carlsson.

»Geben Sie Bescheid, wenn ich irgendetwas für Sie tun kann.«

»Versprochen.«

»Wollen Sie noch hereinkommen?«

»Nein, alles gut. Ich muss nach Hause fahren und schlafen. Morgen ist ja ein normaler Arbeitstag.«

Außerdem habe ich einen Kloß im Hals, den ich wieder loswerden muss, dachte sie.

Hanna Scharv hatte mit ihrer besten Freundin zu Mittag gegessen, die als Reporterin in der Nachrichtenredaktion von TV4 arbeitete. Ein richtig schönes, langes Sonntagsessen draußen auf Djurgården. Der Sommer neigte sich dem Ende zu, aber offenbar sparte er sich das Beste fürs Finale auf. Sie hatten zuerst zu viel Wein getrunken und sich dann vertraulich unterhalten. Hanna Scharv redete viel zu viel, und es begann genauso unschuldig wie immer, wenn man in einer solchen Situation landete.

»Wie geht's dir denn in deinem neuen Job?«, fragte ihre Freundin.

»Eine interessante Erfahrung«, sagte Hanna Scharv. »Bevor ich beim Amt für Wirtschaftskriminalität aufgehört habe, nahm ich an so einem Chefseminar teil, bei dem es darum ging, wie man seine Angestellten in Schach hält. Na ja, so hieß es im Programm natürlich nicht, aber darauf ist es hinausgelaufen.«

»Ah ja.«

»Und was soll ich da über meine neuen Mitarbeiter sagen?«

»Eine professionelle Herausforderung«, schlug ihre Freundin vor und kicherte entzückt

»Ja, aber wie!«

»Ich hab von Lotta gehört, dass du dich um irgendeine Mordermittlung kümmerst.« Die Freundin erhob ihr Glas, beugte sich vor und senkte die Stimme.

»Ja«, bestätigte Hanna Scharv. »Aber ich hatte keine Ahnung, dass Mordermittler so extrem bescheuerte Menschen sind. Die Bullen, die beim Amt für Wirtschaftskriminalität arbeiten, sind ja auch nicht gerade die Hellsten, aber sie tun zumindest, was man ihnen sagt.«

»Lotta hat auch erzählt, dass dieser Kommissar Bäckström, der Fettwanst, der immer als Experte in der Kriminalsendung unseres Kanals auftritt, offenbar unter dir arbeitet.«

»Ja, das stimmt.«

»Und wie ist er so?«

»Also gut. Das hier bleibt unter uns, das meine ich ernst.«

»Habe ich schon jemals dein Vertrauen ...«

»Nein, nein«, sagte Hanna Scharv. »Ich vertraue dir. Hundertprozentig.«

»Und, wie ist er?«, wiederholte die Freundin.

»Bäckström? Wie er ist? Der Mann ist nicht ganz richtig im Kopf, wenn du mich fragst.«

Dann erzählte sie die ganze Geschichte über Bäckström und die Ermittlung, die er leitete. Zum Abschluss konstatierte sie noch, dass er offenbar nicht nur irgendein normaler verrückter Freikirchler oder noch Schlimmeres war.

»Noch Schlimmeres? Das musst du mir jetzt erklären. Ein Kommissar, der glaubt, dass Gott die Dinge schon richten wird, klingt schlimm genug.«

»Okay«, sagte Hanna Scharv. »Was ich dir jetzt erzähle, musst du wirklich für dich behalten. Sonst komme ich in Teufels Küche. Streng vertraulich.«

»Versprochen, hundertprozentig.«

»Zuerst muss ich mir noch die Nase pudern. Sonst schaffe ich das nicht. Dann besteht das Risiko, dass ich mir beim Erzählen in die Hose mache.«

»Ja, tu das, dann bestelle ich inzwischen noch Wein. Willst du auch noch einen?«

»Ja, noch mal denselben«

»Ich auch«, sagte ihre Freundin, und sobald Hanna Scharv verschwunden war, schaltete sie die Diktierfunktion ihres Handys ein, das neben ihr in ihrer Handtasche lag.

Als Hanna fünf Minuten später zurückkam, hatten sie eine weitere Flasche Wein auf dem Tisch stehen.

»Okay«, begann die Freundin. »Jetzt musst du es aber erzählen, bevor ich vor Neugier platze.«

»Bäckström ist offenbar irgend so ein christlich fundamentalistischer Terrorist«, flüsterte Scharv und beugte sich zur Sicherheit zu ihrer Freundin vor.

»Terrorist?«

»Ja, der Abtreibungskliniken und Moscheen und solche Sachen in die Luft sprengt.«

»Das klingt ja komplett wahnsinnig.«

»Ja, oder? Außerdem ist er wohl russischer Agent. Das wurde aus den Fragen klar, die mir gestellt wurden.«

»Welche Fragen? Von wem denn?«

»Vom Geheimdienst. Ob du's glaubst oder nicht, es ist wirklich wahr. Ich hab von der Sicherheitspolizei den heimlichen Auftrag bekommen, Kommissar Bäckström im Auge zu behalten. Meinen eigenen Fahndungsleiter. Ich habe versprochen, über alles Bericht zu erstatten, was er tut.«

»Weißt du, in welcher Abteilung der Sicherheitspolizei dein Auftraggeber arbeitet?«

»Spionageabwehr«, antwortete Hanna Scharv.

Das war ja wohl klar, wenn man die Fragen betrachtete, die man ihr gestellt hatte, dachte sie.

»Was für eine krasse Geschichte«, sagte ihre beste Freundin.

Was zum Henker mache ich denn jetzt, dachte sie. Ich muss mit irgendjemandem in der Programmleitung sprechen.

Wenn diese Geschichte in ihrer eigenen Nachrichtenredaktion gebracht wurde, folgte der reinste Spießrutenlauf. Ganz zu schweigen von dem, was der Moderator der Morgensendung von der Sache halten würde. Er hatte Bäckström schließlich als Beisitzer in seiner Kriminalsendung.

Sie saßen noch etwa eine Stunde in der Sommersonne in dem Wirtshaus auf Djurgården, während Hanna Scharv selbst die Schlinge band, die andere zuziehen würden.

Bevor sie sich verabschiedeten, gab ihre Freundin ihr noch einen Rat mit auf den Weg. Ein Wort der Warnung, sicher mit den besten Absichten, aber es hatte Hanna Scharv nicht gerade ruhiger gemacht.

»Wenn ich du wäre, wäre ich mit diesem Bäckström höllisch vorsichtig«, sagte die Freundin.

»Wie meinst du das? Ist er gefährlich, oder wie? Er ist zwar verrückt, du solltest mal hören, was er so von sich gibt, aber dass er auch gefährlich sein sollte, wüsste ich nicht. Sieh ihn dir doch mal an. Ein kleiner Fettmops.«

»Bäckström soll sogar extrem gefährlich sein«, erwiderte die Freundin. »Du hast wohl noch nicht gehört, was vor ein paar Jahren passiert ist?«

»Nein, was denn?«

»Wahrscheinlich kein Wunder. Die Bullen haben den Deckel draufgelegt. Wir in der Redaktion haben auch den Deckel draufgelegt. Von oberster Stelle angeordnet. Kein Mucks von dem, was wir gehört hatten.«

»Was ist denn da passiert?«

»Tja, Bäckström hat sich offenbar mit einigen der schlimmsten Verbrecher in Stockholm eingelassen. Eines Abends gab es Streit, als sie bei Bäckström zu Hause waren, um über ihre Geschäfte zu reden, und das Ende vom Lied war, dass er einen von denen mit seinen eigenen Händen erschlagen hat. Den anderen hat er erschossen. Der Typ ist im Krankenhaus gestorben, im Karolinska, ein paar Tage später.«

»Mit seinen eigenen Händen?«

»Ja, und es war einer von Stockholms gefürchtetsten Kriminellen. Bäckström hat ihm den Schädel gespalten. Einfach zack, und dann hat er den anderen vorsätzlich erschossen.«

»Aber das ist ja schrecklich!«

»Ja, keine schöne Geschichte, und wie sie es geschafft haben, die Sache totzuschweigen, ist mir unbegreiflich. Wenn ich also du wäre, meine Süße, wäre ich mit diesem Mann verdammt vorsichtig.«

Nadja hatte ihren Sonntagvormittag damit verbracht, russischen Hering einzulegen, Borschtsch zu kochen und Piroggen zu backen. In Ermangelung von Gästen landete das meiste im Kühlschrank, denn die sollten erst später in der Woche kommen und diese Gerichte profitierten nur davon, ein paar Tage lang durchzuziehen. Nadja hatte ein bisschen davon zum Mittagessen probiert und danach beschlossen, einen langen Spaziergang am Büro vorbei zu machen und ihre Mails und alles andere durchzugehen, das sich auf ihrem Schreibtisch angesammelt hatte, seit sie am Freitag nach Hause gegangen war.

Sie fand dort eine Sichthülle mit gemischten Papieren und Wünschen von Annika Carlsson vor. Eine merkwürdige Kollegin, dachte Nadja. Sicher stärker und körperlich leistungsfähiger als fast alle Männer, aber wenn es um Zahlen ging, war sie offensichtlich nicht so gut gerüstet. Das muss warten, dachte sie. Teilweise unverständlich, aber hoffentlich einfach zu klären, wenn sie mit ihr sprach.

In ihrem E-Mail-Posteingang wartete auch eine Nachricht von Akkarat Bunyasarn. Die wiederum war genauso klar und deutlich wie alles andere, was bisher von ihm kam, auch wenn er selbst unsicher war, ob gerade diese Mail etwas von Wert enthielt. Nachdem seine Mitarbeiter die Informationen jedoch nun einmal eingeholt hatten, hatte er sie ihr trotzdem geschickt. Dies verlangte schließlich das Prozedere.

Auf einer halben A4-Seite stellte Bunyasarn dar, wie Jaidee Kunchais Mutter Rajini Kunchai ihr restliches Leben verbracht hatte. Von der Bestattung der Tochter am Neujahrstag 2005 bis zu ihrem eigenen Tod im Juni 2011 mit achtundsiebzig Jahren.

Die Mutter behielt die Familienvilla, die in einer der besseren Gegenden von Bangkok lag, einem streng bewachten Wohngebiet, in dem viele hohe Militärs und andere höhere Beamte der thailändischen Bürokratie lebten.

Im Sommer nach dem Tod der Tochter zog Rajini Kunchai in die USA, um bei ihrem Sohn und seiner Familie in New York zu leben. Offenbar hatte sie sich dort nicht wohlgefühlt, denn sie kehrte bereits im Winter des darauffolgenden Jahres nach Bangkok zurück. Laut ihrer Haushälterin, mit der die Polizei gesprochen hatte, hatte sie das Klima nicht vertragen.

In den folgenden Jahren wohnte sie in der Villa in Bangkok. Ihr Sohn und seine Familie besuchten sie mehrmals im Jahr, und trotz der Trauer um ihre Tochter schien sie sich mit dem Dasein versöhnt zu haben. In Anbetracht ihres Alters war sie bei guter Gesundheit gewesen, bis sie im Juni 2011 eine Hirnblutung erlitt und ein paar Tage später im Krankenhaus starb. Ihr Sohn kümmerte sich nach ihrem Tod um alle praktischen Dinge. Zunächst um die Bestattung, dann den Verkauf des Hauses.

Ihre Bestattung hatte Bunyasarn ins Grübeln gebracht. Rajinis Leiche wurde kremiert. Die Urne mit ihrer Asche danach im Familiengrab auf dem Militärfriedhof in Bangkok beigesetzt, genau wie achtundzwanzig Jahre zuvor bei ihrem Mann. Ganz nach buddhistischer Tradition, so weit war alles in Ordnung.

Offensichtlich war hingegen von der Familientradition abgewichen worden, als die Asche ihrer Tochter in den Wind gestreut worden war. Einer von Bunyasarns Mitarbeitern hatte das Bestattungsinstitut der Familie dazu befragt. Ihnen zufolge sei es der Wunsch der Tochter gewesen, und auch wenn es eine Ausnahme der Gewohnheiten innerhalb der Familie bedeutete, wollte die Mutter sich dem nicht entgegenstellen.

»Was glauben Sie, Nadja«, schrieb Bunyasarn als Schlusswort in der Mail an sie. »Ist es nur meine Berufskrankheit oder ist hier was faul?«

Das Testament, das Jaidee Kunchai hinterlassen hatte, gab keine Antwort auf die Frage. Es war sehr kurz gefasst und von ihr und ihrem Mann Daniel Johnson aufgesetzt worden, als er seine Stelle bei der Botschaft in Bangkok angetreten hatte. Im Falle, dass jemand von ihnen starb, sollte der Hinterbliebene alles erben. Falls beide gleichzeitig starben, sollten ihre und seine Familie jeweils die Hälfte erben. Jedoch kein Wort darüber, wie sie begraben werden wollte.

Ich denke dasselbe wie du, dachte Nadja, die inzwischen eine bestimmte Ahnung hatte, was hier gespielt wurde. Ohne richtig zu verstehen, warum.

68

Am Montagmorgen erreichte Hanna Scharv endlich – sie hatte es sicher ein halbes Dutzend Mal versucht – den Staatsanwalt der Sicherheitspolizei, der ihr den Auftrag erteilt hatte, Bäckström zu beobachten.

»Ich verstehe, dass Sie aufgebracht sind, Hanna«, sagte er. »Aber nachdem man ein derartiges Gespräch nicht am Telefon führen sollte, schlage ich vor, wir treffen uns und reden in aller Ruhe darüber.«

»Das muss dann aber bei mir passieren«, erwiderte Hanna Scharv. »In meinem Büro.«

»Selbstverständlich«, antwortete der Staatsanwalt. »Wie wäre es in einer Stunde? Ich glaube, wir beide wollen diese Sache so schnell wie möglich aus der Welt schaffen.«

So war es auch gekommen. Ein ungewöhnlich fügsamer Staatsanwalt der Sicherheitspolizei hatte ihr Treffen mit den Worten eröffnet, dass sie ihre Dienste nicht länger benötigten.

»Ihr wollt die Ermittlung gegen diesen Verrückten doch nicht etwa einstellen?«

»Lassen Sie es mich so ausdrücken«, sagte der Staatsanwalt. »Wir disponieren gerade etwas um. Und wenn Sie sich von der Mordermittlung zurückziehen wollen, kein Problem. Wir finden einen Ersatz für Sie, und es wird nicht im Geringsten ein schlechtes Licht auf Sie werfen.«

»Das könnt ihr gleich vergessen«, erwiderte Hanna Scharv.

»Ich werde auf keinen Fall zulassen, dass dieser Wahnsinnige Bäckström und seine Anhänger unschuldigen Menschen schaden. Ich weiß, dass sie hinter diesem armen Witwer Daniel Johnson her sind.«

»Ja, wenn Sie wollen – ich werde Sie nicht daran hindern, zu bleiben. Wie könnte ich?«

»Allerdings fordere ich Personenschutz. Dieser Bäckström ist offenbar gemeingefährlich. Und ich bin überzeugt davon, dass Sie mir diese Tatsache bewusst verschwiegen haben, als sie mich zu diesem Auftrag verleitet haben.«

»Inwiefern sollte Bäckström gefährlich sein?«

»Unter anderem scheint er ja zwei Personen ermordet zu haben.«

»Ich weiß, worauf Sie anspielen. Ich denke jedoch, da kann ich Sie beruhigen. Es hat sich nicht ganz so abgespielt, wie die Gerüchte es verbreiten.«

»Und wie hat es sich abgespielt?«

»Zwei ihm unbekannte Personen, sehr schwere Verbrecher, hatten sich Zugang zu seiner Wohnung verschafft. Sicher in der Absicht, ihm Schaden zuzufügen oder ihn vielleicht sogar zu töten. Bäckström hat von seinem Recht auf Notwehr Gebrauch gemacht. Er konnte den einen mit seinen Händen überwältigen, und dann schoss er dem anderen ins Bein, als dieser ihn mit einem Messer zu attackieren versuchte. Der, dem ins Bein geschossen wurde, ist nur deshalb gestorben, weil er ein paar Tage später versucht hat, aus dem Krankenhaus zu fliehen. Er ist aus einem Fenster geklettert und dabei tödlich abgestürzt. Derjenige, den Bäckström übermannt und mit Handschellen fixiert hat, ist wiederum etwas unglücklich gestolpert und mit dem Kopf gegen eine Tischplatte gefallen. Das hat eine Gehirnblutung ausgelöst, sodass auch er im Krankenhaus gestorben ist.«

»Was Sie nicht sagen. Das ist ja fantastisch. Ähnelt der Geschichte, die ich gehört habe, nicht im Geringsten.«

»Es wurden sehr umfassende Ermittlungen betrieben. Sie haben Bäckström in sämtlichen Punkten freigesprochen. Ich meine mich sogar zu erinnern, dass der damalige Polizeimeister sich persönlich bei ihm bedankt hat. Ich glaube, er bekam zum Andenken auch irgendein Geschenk.«

»Das ist mir egal. Ich fordere Personenschutz.«

»Sie meinen einen Bodyguard«, sagte der Staatsanwalt der Sicherheitspolizei.

»Ja, zumindest, bis ich diesen Bäckström losgeworden bin.«

»Ich verspreche, mein Bestes zu tun. Aber es wird mindestens einen Tag dauern, die praktischen Dinge zu regeln.«

»Ich werde ihn in ein paar Stunden treffen«, erwiderte Hanna Scharv. »Da hab ich eine Besprechung mit dem Fahndungsteam draußen in Solna.«

»Ja, aber das findet ja im Polizeigebäude statt«, wandte der Staatsanwalt ein. »Da kann er doch kaum etwas anstellen.«

»Bei diesem Mann ist absolut alles denkbar.«

»In diesem Fall müssen Sie wohl die Notrufnummer wählen. Ich verspreche, mich zu melden.«

Sobald der Staatsanwalt sich in sicherem Abstand zu Hanna Scharv befand, rief er sofort seinen alten Freund, den Chef der Spionageabwehr an.

»Wie gut, dass ich dich erreiche«, sagte der Staatsanwalt. »Ich glaube, wir haben leider ein Problem. Hanna Scharv scheint gerade einen nervösen Zusammenbruch zu erleiden.«

»Ich bin froh, dass du anrufst«, antwortete der Chef der Spionageabwehr. Ich glaube leider, es ist sogar noch viel schlimmer. Wann kannst du hier sein?«

»Gib mir eine Viertelstunde.«

Noch schlimmer, dachte der Staatsanwalt, als er sich ins Taxi setzte, um zu dem großen Gebäude in der Ingentingsgatan zu fahren. Was kann sie denn getan haben?

Es dauerte zwanzig Minuten, im Hinblick auf die überfüllten Straßen ein guter Schnitt.

»Nervenzusammenbruch, wenn du mich fragst. Aber es wird noch schlimmer?«

»Ja, leider. Unser Kontakt bei TV4 hat sich heute früh gemeldet. Hanna Scharv hat wohl gestern mit einer ihrer besten Freundinnen zu Mittag gegessen, die als Reporterin in deren Nachrichtenredaktion arbeitet. Kein schlechtes Mittagessen, wenn man sich die Rechnung ansieht, die ich gerade reinbekommen habe.«

»Sie hat sich doch wohl nicht dazu hinreißen lassen, ihrer Freundin ihr Herz auszuschütten?«

»Doch, leider.«

»Das war dumm von ihr«, sagte der Staatsanwalt. »Wenn man bedenkt, was sie unterschrieben hat.«

»Leider ist das noch nicht alles«, erwiderte der Chef der Spionageabwehr. »Die Freundin scheint ihre Bekenntnisse aufgenommen zu haben.«

»In diesem Fall könnte ich sie sofort festnehmen und an einen Ort bringen lassen, an dem es keinen Menschen gibt, mit dem sie sprechen kann.«

»Dieser Gedanke ist mir auch schon gekommen.«

»Sie wiederum verlangt Personenschutz«, sagte der Staatsanwalt.

»Na wunderbar! Das war nämlich meine Alternative. Wir setzen ein paar verlässliche Kräfte auf sie an, die sie unter Kontrolle halten. Im besten Fall wird sie sich beruhigen, im schlimmsten Fall lassen wir sie in die Psychiatrie einweisen und sorgen dafür, dass sie alle Stempel bekommt, die eine richtig Verrückte braucht. Dann wird TV4 die Aufnahmen in den Müll werfen.«

»Gar nicht so dumm. Was hältst du davon, ihr auch noch eine geschützte Adresse zuzuweisen? Sodass niemand sie mehr erreichen kann?«

»Ein ausgezeichneter Vorschlag«, stimmte der Chef der Spionageabwehr zu. »Wir haben aus Sorge um ihr Wohlergehen eine Analyse der Bedrohung durchgeführt, die zeigt, dass es absolut notwendig ist, sie an einem sicheren Ort unterzubringen.«

»Bleibt eigentlich nur noch ein Problem«, sagte der Staatsanwalt.

»Du denkst an unsere liebe Generaldirektorin, die am Freitag das Haus verlassen wird.«

»Genau. Was sagen wir ihr?«

»Gar nichts«, antwortete der Chef der Spionageabwehr. »Aus Rücksicht auf ihren Seelenfrieden haben wir beschlossen, zu schweigen. Genau wie sie es zu tun pflegt, wenn sie etwas nicht preisgeben will.«

»Mein Freund.« Der Staatsanwalt erhob ein nicht vorhandenes Glas. »Es ist kein Zufall, dass wir uns so gut verstehen, du und ich.«

»Seelenverwandtschaft. Der einzige Grund für wirkliche Freundschaft.«

»Gerade wenn man an einem Ort wie diesem arbeitet und dabei nicht verrückt werden will.«

69

Am Montagmorgen hatte Ankan Carlsson bereits vor dem Duschen, als sie noch im Bett lag und ein paar Stretching-Übungen machte, eine glänzende Idee. Zwei Umstände hatten den Gedanken in ihr aufkeimen lassen, während sie schlief, und als sie erwachte und ihre blauen Augen aufschlug, fing er sofort an zu wachsen und zu gedeihen.

Einmal das Gespräch mit Edvin und was er über seinen Aufenthalt im Pfadfinderlager erzählt hatte. Und dann noch das, was Peter Niemi ihr vor einiger Zeit gesagt hatte, als sie darüber diskutiert hatten, wo ihr unbekannter Täter wohl eine Leiche verstecken würde: An einem Ort, den nur er kennt. Vielleicht ein Ort seiner Kindheit, dachte Annika Carlsson.

Im Lager draußen auf Ekerö gab es seit mehr als fünfzig Jahren Seepfadfinder. Sicher kannten so gut wie alle das klassische Ausflugsziel Unheilsinsel, und sicher hatte in all den Jahren zumindest irgendeiner von ihnen einen eingestürzten und zugewachsenen Erdkeller gefunden.

Viel später in seinem Leben nahm dieser eine Frau mit auf einen Segeltörn auf dem Mälarsee. Vielleicht sogar, um ihr einen Ort zu zeigen, der in seiner Kindheit viel für ihn bedeutet hatte. Dann kam es zu einem Streit, der aus den Fugen geriet und schließlich das schlimmste vorstellbare Ende nahm. Doch wenigstens kannte er einen sicheren Ort, an dem er ihre Leiche beiseiteschaffen konnte.

Natürlich muss es so sein. Irgendeiner von all diesen Allzeitbereit-Typen hat es getan, dachte sie. Außerdem war da ja praktischerweise auch noch ein Informant, der einiges zu erzählen hatte, obwohl er nicht im Geringsten in die ganze Sache verwickelt war. Das sagte ihr nämlich ihr Bauchgefühl. Gustav Haqvin Furuhjelm war über jeden Zweifel erhaben.

Dieses Mal trafen sie sich in seinem Büro in der Storgatan in Östermalm, nur ein paar Blöcke von seiner Wohnung entfernt. Der kleine Haqvin scheint keine Not zu leiden, dachte Annika, als sie den Flur der Parade-Altbauwohnung betrat, die man offenbar zu einem Büro umfunktioniert hatte.

»Schön, Sie zu sehen, Annika«, begrüßte sie Haqvin. »Wir setzen uns am besten in mein Zimmer, da sind wir ungestört.«

»Ich bin froh, dass Sie so kurzfristig Zeit für mich haben. Ich dachte schon, Sie haben vielleicht mal wieder die Segel gesetzt.«

»Diese Woche ist arbeiten angesagt. Aber am Wochenende, da will ich wieder aufs Wasser«, sagte Haqvin. »Übrigens, setzen Sie sich doch.« Er deutete mit einem Nicken auf den Lehnstuhl, der vor seinem Schreibtisch stand. »Womit kann ich helfen?«

»Ich sehe, dass Ihr Stuhl größer ist als meiner«, nahm Annika Carlsson schmunzelnd zur Kenntnis.

»Das habe ich meinem Vater zu verdanken. In solchen Dingen war er sehr genau. Gleichzeitig war es ihm aber wichtig, dass der Unterschied nicht zu groß ist. Also so, dass sein Besucher es ihm übel nehmen würde.«

»Es gibt ein paar Sachen, die ich Sie fragen möchte«, begann Annika Carlsson. »Um das tun zu können, muss ich Ihnen aber ein paar Geheimnisse verraten.«

»Die ich für mich behalten soll.«

»Ja.«

»Keine Sorge«, sagte Haqvin. »Ich dachte, das hätte ich schon erwähnt. Ich bin nicht der Typ für Klatsch und Tratsch.«

Nein, das bist du wohl nicht, dachte Annika Carlsson. Dann erzählte sie ihm, wie sie draußen auf der Unheilsinsel die Überreste einer toten Frau gefunden hatten. Dass vieles dafür sprach, dass sie ermordet wurde, auf Details konnte sie jedoch nicht eingehen. Ob sie auf der Unheilsinsel getötet worden war, war nicht klar, aber dort hatte der Mörder die Leiche versteckt. Wann das geschehen war, wussten sie auch nicht, aber einiges deutete darauf hin, dass es in den letzten fünf bis zehn Jahren passiert sein musste.

»In dieser Zeit war ich nur einmal dort an Land«, stellte Haqvin fest. »Das war vor einem Monat, als ich den kleinen Edvin abgeholt habe.«

»Am Dienstag, den 19. Juli.«

»Das stimmt sicher.«

»Und davor?«

»Ja, als ich als Junge im Lager auf Ekerö war, waren wir natürlich ständig dort. Meine Freunde und ich.«

»Aber später? Im Erwachsenenalter?«

»Irgendwann bestimmt, in der Zeit, in der ich Leiter war. Vielleicht auch danach. Aber nicht in den letzten zehn Jahren.«

»Keine Grillpartys, Badeausflüge oder andere Frischluftaktivitäten?«

»Nein«, antwortete Haqvin. »Für so etwas gibt es deutlich bessere Stellen.«

»Und wenn Sie eine Leiche verstecken wollten?«

»Ja, dafür gibt es keinen besseren Ort. Die Unheilsinsel muss die beste Stelle im ganzen Mälarsee sein, um eine Leiche zu verstecken. Außerdem befinden sich ja seit fünfzehn oder zwanzig Jahren Wildschweine dort. Sie wissen sicher, dass Wildschweine auch Aas fressen.«

»Sie haben recht«, fuhr er nach einer kurzen Pause fort. »Derjenige, der diese tote Frau auf der Unheilsinsel versteckt hat, muss schon einmal dort gewesen sein. Es ist jemand, der den Ort kennt.«

»Wie viele tun das denn?«

»Tja, alle, die in der Gegend wohnen, natürlich. Sicher ein paar hundert. Und Leute, die auf dem Mälarsee segeln und einen Grund hatten, dort an Land zu gehen, bestimmt noch ein paar hundert, obwohl es keine sehr beliebte Anlegestelle ist.«

»Und Leute wie Sie? Alte Seepfadfinder? Aber nicht zu alt. Eher etwa in Ihrem Alter.«

»Jetzt wird es brenzlig.« Haqvin lächelte und schüttelte den Kopf. »Das müssen Hunderte sein. Oder vielleicht sogar Tausende, wenn wir dreißig bis vierzig Jahre zurückgehen. Ich habe übrigens eine Frage, wenn das okay ist.«

»Das wird sich zeigen«, erwiderte Annika Carlsson.

»Ich finde, es ist ein wahres Wunder, dass ihr sie gefunden habt. Wenn sie wirklich zehn Jahre dort lag, wie Sie sagen, bei all den Schweinen und Füchsen. Inzwischen ist das ja der reinste Dschungel. Das war auch schon so, als ich klein war, aber damals gab es dort noch keine Wildschweine. Aber Füchse und Dachse, und jede Menge Raubvögel, die auch an Leichen gehen. Seeadler zum Beispiel. Aber auch Raben, Krähen, Elstern und Möwen fressen Kadaver.«

»Sie sind ja ein richtiger Naturkenner, Haqvin.«

»Na ja, ich weiß nicht, aber ich habe tatsächlich mal mitgeholfen, eine Wasserleiche zu bergen. Allerdings in der Ostsee. Draußen vor den Schären bei Trosa. Die Leiche trieb auf dem Wasser, und der Grund dafür, dass wir sie gefunden haben, waren all die Möwen, die daraufsaßen und an ihr gepickt haben.«

»Das hört sich nicht sehr schön an.«

»Nein«, sagte Haqvin. »Aber bergen mussten wir sie. Obwohl es vielleicht nicht sehr schön war.«

Ja, so bist du sicher auch, dachte Annika Carlsson. Höflich, gut erzogen, verlässlich, pflichtbewusst, nicht klatschsüchtig, allzeit bereit.

»Aber jetzt zurück zur Unheilsinsel.« Annika holte eine Karte der Insel heraus, die sie zwischen ihnen auf den Schreibtisch legte.

»Okay.« Haqvin beugte sich über die Karte, um besser sehen zu können.

»Wenn man an diesem Anlegeplatz ankommt.« Annika Carlsson zeigte auf die Karte.

»Ja.«

»Ungefähr fünfzig Meter vom Strand entfernt, oben auf diesem Hügel rechts liegt ein altes Baumhaus.«

»Ja«, bestätigte Haqvin lächelnd. »Das haben meine Freunde und ich gebaut. Das war unser Aussichtsturm. Wir haben noch eines gebaut, aber das liegt ein paar hundert Meter weiter auf der anderen Seite der Landzunge.«

»Ich weiß. Wir haben beide gefunden.«

»Sie waren ziemlich solide.« Haqvin grinste. »Mein Vater war ja Architekt und Baumeister, und der Apfel ist wohl nicht weit vom Stamm gefallen.«

»Fünfzig, vielleicht sechzig Meter unter eurem Baumhaus, also unten am Anlegeplatz, direkt dort, wo der Hügel beginnt, liegt ein alter Erdkeller.« Annika machte ein Kreuz auf die Karte, um zu zeigen, welche Stelle sie meinte.

»Nein«, sagte Haqvin. »Da gibt es keinen alten Erdkeller. Ich weiß, dass sich weiter im Inneren der Insel das Fundament eines alten Hauses befindet. Möglicherweise liegt dort auch ein Erdkeller, aber nicht unten am Anlageplatz.«

»Doch. Genau da, wo ich das Kreuz gemacht habe, liegt ein alter Erdkeller.«

»Das kann ich mir kaum vorstellen.« Haqvin schüttelte den Kopf. »Meine Freunde und ich müssen ungefähr hundert Mal dort gewesen sein. Wir haben da gewohnt und geschlafen. Wenn es dort einen Erdkeller gäbe, hätten wir ihn gefunden.«

»Ich werde Ihnen gleich Fotos davon zeigen.« Annika Carlsson wies mit einem Kopfnicken auf ihren Ordner, den sie auf den Schreibtisch gelegt hatte. »Er wurde wohl irgendwann Mitte des neunzehnten Jahrhunderts gebaut. Als meine Kollegen ihn gefunden haben, war er zusammengestürzt und mit Büschen und Beerensträuchern zugewachsen.«

»Lassen Sie mich raten. Dort haben Sie die Leiche dieser Frau gefunden.«

»Ja, besser gesagt meine Kollegen. Mithilfe eines Leichenhundes.«

»Völlig zugewachsen, sagen Sie.«

»Ja, oder was würden Sie sagen?« Annika Carlsson zeigte ihm ein Foto des Erdkellers, wie er ausgesehen hatte, bevor ihre Kollegen mit dem Ausgraben begonnen hatten.

»Und so sah er also aus, als sie ihn ausgegraben hatten«, sagte sie und gab ihm das nächste Bild.

»Merkwürdig.« Haqvin runzelte die Stirn und ließ den Blick zwischen den beiden Fotos hin- und herwandern. »Wir haben da unten immer unsere Grillpartys veranstaltet. Und vieles andere auch. Wenn wir gebadet oder Seeschlachten geschlagen haben, dann immer in dieser Anlegebucht. Unsere Zelte standen auch dort. Und dieses Seil, von dem ich erzählt habe, mit dem wir uns immer ins Wasser geschwungen haben. Es muss an dieser Kiefer da gehangen haben, genau darüber. Aber jetzt, wo ich die Bilder sehe, weiß ich auch, warum wir ihn nie gefunden haben.«

»Unseren Technikern zufolge ist die Tatsache, dass sie in dem Erdkeller lag, auch der Grund dafür, dass wir ihre Überreste überhaupt gefunden haben. Vor allem Teile des Skeletts, wie Sie sich vorstellen können. Sie war wohl ganz einfach zu gut versteckt, Wildschweine und Seeadler kamen gar nicht an sie heran.«

»Dann können Sie mich von der Liste der Verdächtigen streichen«, sagte Haqvin lachend. »Ich hatte keine Ahnung, dass es dort einen Erdkeller gab.«

»Und Ihre Freunde auch nicht?«

»Nein, natürlich nicht! Wenn einer von uns ihn gefunden hätte, hätten es ja alle anderen mitbekommen. Sie können uns von der Liste der Tatverdächtigen streichen.«

»Sie habe ich bereits gestrichen«, sagte Annika Carlsson. »Sonst würde ich nicht hiersitzen.«

»Ja, dann können Sie meine Freunde auch streichen«, wiederholte Haqvin. »Was einer von uns wusste, wussten alle.«

»Sie haben mir erzählt, dass Sie immer eine ganze Menge Vorräte dabeihatten, wenn Sie auf die Insel gefahren sind.«

»Ja. Wir waren ja immer hungrig wie die Wölfe. Essen und Limo und Grillkohle und Grills, zwei Stück. Plus ein Zelt zum Schlafen und Luftmatratzen, wenn wir über Nacht bleiben durften.«

»Können Sie mir ein paar Beispiele geben, was Sie für Essen mitgenommen haben?«

»Tja, alles, was man in diesem Alter so isst, Grillwürstchen und tiefgefrorene Hamburger, Brot, oft gesüßtes, Kalles Kaviar aus der Tube natürlich. Und diesen Tubenkäse. Nicht das gesündeste Essen, aber Dinge, die man als Kind einfach liebt. Und die man leicht zubereiten kann.«

»Und die hier?« Annika Carlsson zog das Foto einer alten, ziemlich rostigen Dose Bullens Pilswürstchen heraus.

»*Bullens Pilsnerkorv*«, rief Haqvin lächelnd, gleichzeitig entzückt und erstaunt.

»Ja. Kennen Sie sie?«

»Natürlich! Das ist ein Klassiker. Ich weiß nicht, wie oft ich schon Bullens direkt in der Dose aufgewärmt habe. Man kann sie am Lagerfeuer einfach in die Glut stellen. Nicht mal ein Topf ist nötig. Wenn sie warm waren, haben wir einfach mit einem Stöckchen eine Wurst herausgefischt. Ein bisschen Senf und Ketchup drauf, und fertig!«

»Bullens war also eine Art Lieblingsessen?«

»Ja«, bestätigte Haqvin. »Auch wenn das Risiko besteht, dass Sie mir jetzt Handschellen anlegen, muss ich gestehen, die Chancen stehen ziemlich gut, dass der kleine Haqvin diese Dose aus dem Küchenschrank seiner lieben Mutter stibitzt hat. So haben wir ja unseren Proviant zusammengestellt. Wir sind zum Hof draußen auf Stallarholmen rübergesegelt. Dem Hof meiner Familie. Da hat uns meine Mutter erst mit Kuchen und Saft bewirtet, und dann haben wir den Küchenschrank geplündert, bevor wir zurück nach Ekerö gefahren sind.«

»Genau diese Dose lag in dem Erdkeller, in dem wir die Überreste unseres Mordopfers gefunden haben.«

»Aber das ist unmöglich. Wie soll sie denn dort gelandet sein?«

»Das weiß ich nicht. Ich hatte gehofft, Sie könnten mir da weiterhelfen.«

»Nein, ich verstehe gar nichts. Keinen Schimmer.«

»Wir wissen allerdings, dass sie weit vor der Leiche dort gelandet sein muss. Irgendwann in den Achtzigern. Wahrscheinlich 1982 oder 1983. Nicht früher, vielleicht später.«

»Aber genau zu der Zeit waren meine Freunde und ich ja immer dort.«

»Dann können wir vielleicht nicht ausschließen, dass sie tatsächlich aus dem Schrank Ihrer Mutter stammt.«

»Nein, natürlich, aber ich verstehe immer noch nicht, wie sie in diesem Erdkeller gelandet sein kann.«

»Sie war übrigens in diese Plastiktüte gewickelt.« Annika Carlsson reichte ihm das nächste Foto. »Das ist so ein normaler Zehn-Liter-Gefrierbeutel, falls Sie sich fragen.«

»Na klar!« Haqvin schlug sich mit der rechten Handfläche auf die Stirn.

»Jetzt ist der Groschen gefallen«, sagte Annika Carlsson lächelnd.

»Ja«, seufzte Haqvin kopfschüttelnd. »Sie haben sicher gehört, wie es in meinem leeren Kopf geklirrt hat. Rund dreißig Jahre später. Dank Ihnen, Annika.«

»Schön zu hören. Aber erzählen Sie!«

»Räuber und Gendarm«.

»Wie bitte?«

»Räuber und Gendarm«, wiederholte Haqvin. »Und das kann sehr gut im Sommer 1982 oder 1983 gewesen sein. Vor ungefähr dreißig Jahren. Jetzt habe ich endlich kapiert, wie er das gemacht hat.«

»Wer denn?«, fragte Annika Carlsson. »Wer hat was wie gemacht?«

»Der Fuchs«, antwortete Haqvin, der plötzlich sehr selbstzufrieden aussah.

70

Am Montagmorgen fand Nadja zwei weitere Millionen. Sie musste sich dafür nicht einmal anstrengen. Zu Beginn ihrer Recherchen zu Jaidee Kunchai und Daniel Johnson hatte sie sämtliche schwedischen Versicherungen per Mail abgefragt, ob Jaidee Kunchai eine Lebensversicherung bei ihnen besaß. Von derjenigen, die der Arbeitgeber ihres Mannes für Daniel Johnson und seine Frau abgeschlossen hatte, wussten sie bereits. Jetzt bekam sie Gesellschaft von einer zweiten. Eine Gruppenlebensversicherung, die Jaidee durch ihre Gewerkschaft abgeschlossen hatte, Jusek, in der sie ein halbes Jahr gewesen war, bevor sie und ihr Mann 2002 die Firma gegründet hatten. Die Prämie belief sich auf zwei Millionen Kronen. Der Begünstigte war ihr Mann. Das Geld wurde im Sommer 2005 ausbezahlt, ein paar Monate nachdem Jaidee Kunchai für tot erklärt worden war.

Insgesamt vier Millionen, jetzt hast du zumindest so viel, dass du diese Wohnung in Gärdet bezahlen kannst, dachte Nadja.

Auch Oleszkiewicz hatte eine Entdeckung gemacht, die möglicherweise zu ihren Ermittlungen, aber in jedem Fall zu einem besseren Arbeitsklima beitragen konnte. Deshalb suchte er seinen Chef Evert Bäckström auf und bat um ein kurzes Gespräch unter vier Augen.

»Wie lang dauert es?«, fragte Bäckström.

»Zwei Minuten«, antwortete Oleszkiewicz.

»Ich höre.«

»Es gibt da etwas, worüber ich nachgedacht habe. Warum stellt sich Scharv quer, sobald wir einen näheren Blick auf Daniel Johnson werfen wollen. Ich meine, das ist in solchen Fällen doch eigentlich Routine. Also, dass man den Ehemann überprüft. Ich zumindest hab das auf der Hochschule so gelernt.«

»Und da bist du auf den Gedanken gekommen, dass Scharv vielleicht andere Motive hat«, sagte Bäckström. »Dass sie sich kennen. Dass sie vielleicht sogar etwas miteinander hatten.«

Der Kerl ist zumindest nicht ganz blöd, dachte Bäckström.

»Ja«, erwiderte Oleszkiewicz. »Sie sind immerhin im selben Alter und wohnen in derselben Stadt.«

»Und, hatten sie was?«

»Das kann man jedenfalls nicht ausschließen. Sie haben nämlich zusammen Strafrecht studiert. Belegten im Wintersemester 1992 an der Uni hier in Stockholm denselben Kurs. Obwohl Johnson das Examen nie abgelegt hat. Wurde ihm vielleicht zu viel. Er hat ja gleichzeitig noch Wirtschaft studiert. Und das hat er ja hingekriegt. Er wurde Volkswirt an der Wirtschaftshochschule.

»Was du nicht sagst! Sie haben zusammen Jura studiert.«

»Natürlich studieren viele gleichzeitig. In meinem Semester waren wir mehr als hundert im Kurs. Aber wenn man Seminare und Gruppenarbeiten hat, wird man in deutlich kleinere Gruppen eingeteilt. Vielleicht zwanzig Personen, höchstens dreißig.«

»Dann finde es heraus. Wenn wir Glück haben, werden wir die Alte endlich los.«

Bäckström selbst hatte an diesem Morgen Wichtigeres zu tun. Er hatte beschlossen, eine Rekonstruktion des Gesichts ihres Opfers anfertigen zu lassen. Ausgehend von dem Schädel wollte er versuchen, eine Porträtskulptur herzustellen. Er hatte deshalb sogar Niemi angerufen.

»Eher keine gute Idee«, sagte Niemi. »Erstens glaub ich nicht, dass das geht, wenn man bedenkt, dass wir gar keinen vollständigen Schädel haben, mit dem wir arbeiten können. Und zweitens dauert so was Monate und kostet ein Vermögen. Wir haben es zwar hin und wieder versucht, aber es hat nie etwas ergeben, das wir nicht schon wussten.«

»Niemi«, erwiderte Bäckström. »Ich bin doch nicht bescheuert. Ich hatte gedacht, wir machen es mit einer etwas anderen Methode. Du weißt schon, dieses rothaarige Künstlermädel, das uns manchmal bei den Phantombildern hilft. Diese...«

»Ich weiß schon«, unterbrach ihn Niemi. »Du meinst Nora Wiström.«

»Genau. Sie ist doch Zeichnerin und Bildhauerin?«

»Ja. Sie malt auch. Sie ist eine sehr begabte Künstlerin. Arbeitet viel mit Computertechnik, wenn sie ihre Phantombilder für uns macht, zum Beispiel.«

»Nehmen wir mal an, wir geben ihr ein paar Porträtfotos von Jaidee Kunchai. Da haben wir ja einige. Plus Fotos von den Teilen des Schädels. Dann bitten wir sie, eine Skulptur von ihr zu machen. Ausgehend von den Bildern und dem Schädel.«

»Klingt wie ein waschechter Fall von Beweisverfälschung«, sagte Niemi. »Also, falls du nicht glaubst, dass Nora Jaidee begegnet sein sollte, sodass wir es als normales Phantombild betrachten können, bei dem sie die Zeugin ist, die die Person gesehen und sie außerdem abgezeichnet hat.«

»Natürlich nicht. Nora hat Jaidee sicher nie getroffen. Aber es wäre doch lustig, Scharv einen ordentlichen Schreck einzujagen. Sie hat nämlich keinen blassen Dunst, wie so was funktioniert. Sie glaubt sicher, du kannst solche Dinge in höchstens einer Stunde an deinem Computer machen. Und dann schlage ich vor, wir gehen mit dem Bild ins Fernsehen und sehen, ob wir irgendwelche Tipps von den Zuschauern bekommen.«

»Warum erzählst du mir das«, seufzte Niemi.

»Damit du das Maul hältst, wenn ich unserer lieben Staatsanwältin das kleine Kunstwerk zeige.«

»Aha, jetzt verstehe ich.«

»Schön«, sagte Bäckström.

»Wie, schön?«, entgegnete Niemi. »Ich zweifle immer noch an der Sache.«

»Dass wir uns trotzdem einig sind«, erwiderte Bäckström.

Er ist zwar ein Finne, aber man kann sich's ja nicht immer aussuchen, dachte Bäckström, sobald er aufgelegt hatte.

71

Mithilfe seiner Kontakte bei der Polizei in Phuket hatte Bunyasarn versucht, im Detail nachzuverfolgen, wie genau sich die Feststellung von Jaidees Identität in Thailand abgespielt hatte. Bereits am Nachmittag des 26. Dezember wussten die Polizei in Thailand und die Polizei in Schweden, dass Jaidee Johnson Kunchai unter den Vermissten war. Die Polizei in Schweden hatte so gut wie umgehend begonnen, Unterlagen über vermissten Schweden zu sammeln.

Die Maßnahmen, die danach bezüglich Jaidees Identifizierung ergriffen wurden, liefen dagegen nicht nach den Routinen ab, die für so gut wie alle anderen schwedischen Staatsbürger galten, die im Zusammenhang mit dem Tsunami verschwunden waren. Fast alle schwedischen Opfer aus Khao Lak wurden in zwei nahe gelegene buddhistische Kloster überführt. Nur sehr wenige von ihnen landeten in Phuket in dem großen Sammel- und Identifizierungszentrum, das man dort eingerichtet hatte.

Die wahrscheinliche Erklärung dafür war laut Bunyasarn, dass man Jaidee als Thailänderin betrachtete und nicht als Schwedin, und dass ihr Mann den Transport von Jaidees Leiche organisiert hatte und dabei war, als sie vom Hotel in Khao Lak zum Identifizierungszentrum in Phuket gebracht wurde. Jaidees Leiche und ihr Ehemann befanden sich im selben Auto, konstatierte Bunyasarn, und sie trafen am Mittag des 29. Dezember ein. Jaidees Mutter war bereits seit mehreren Stunden vor Ort.

Am Tag darauf, nach der einleitenden Identifizierung in Phuket, übernahm das Bestattungsinstitut die Sache und überführte sie nach Bangkok, wo sie am späten Abend desselben Tages ankam. Am Neujahrstag wurde ihre Leiche kremiert.

Zu all dem existierten Papiere. Bei der Polizei in Phuket, bei ihren Kollegen von der nationalen Polizei in Bangkok und bei der Polizei in Schweden. Wie so oft, wenn Unterlagen über dieselbe Sache von unterschiedlichen Personen angelegt wurden, zog das Unklarheiten darüber nach sich, wer eigentlich was getan hatte. Bunyasarn hatte versucht, Ordnung in die teils widersprüchlichen Angaben zu bringen.

Die ersten schwedischen Polizisten, Kriminaltechniker und Ermittler, waren am Silvesterabend in Thailand angekommen, aber sie hatten erst am Nachmittag des Neujahrstags vor Ort – in den beiden Klostern östlich von Khao Lak und im Identifizierungszentrum in Phuket – zu arbeiten begonnen. Ungefähr zu dem Zeitpunkt, als Jaidee im Bestattungsinstitut in Bangkok kremiert wurde. Die schwedische Polizei konnte ihre erste Identifizierung also nicht vorgenommen haben.

Es gab auch Dokumente, die das bestätigten. Ein Bericht der Polizei in Phuket beschrieb, wo und wann man Jaidee gefunden hatte, und dass sie von Angestellten des Hotels, ihrem Ehemann und ihrer Mutter identifiziert worden war. Der Polizeibericht enthielt auch eine kurz gefasste Beschreibung davon, wie dies zugegangen war. Außerdem existierte ein Formular, ausgestellt von der Polizei in Phuket am zweiten Januar 2005, das zeigte, dass der schwedischen Polizei vor Ort eine Halskette und ein Necessaire übergeben worden war, das Jaidee Kunchai gehört hatte, sowie darüber hinaus »DNA Evidence Material«, das von ihr stammte, und das »besonders verpackt« gewesen war.

Die Halskette und das Necessaire erhielt ihr Mann später an

seinem Arbeitsplatz bei der Botschaft in Bangkok zurück. Bereits vierzehn Tage nach dem Tsunami durch einen Verbindungsmann der schwedischen Polizei. Daniel Johnson musste dies quittieren. Die Halskette, das Necessaire samt Inhalt. Dinge, die sich im Necessaire jeder durchschnittlichen Frau befanden: Mascara, Lippenstift, Lidschatten, Nagellack, sogar eine Tube Zahnpasta. Eine Zahnbürste und eine Haarbürste hingegen nicht, nicht einmal einen Kamm. Das Fehlen dieser Dinge störte sowohl Akkarat Bunyasarn als auch Nadja Högberg.

»DNA Evidence Material«, sagte Bunyasarn mit einem vielsagenden Achselzucken, das Skype von der anderen Seite des Erdballs an Nadja übermittelte. »War das Blut, Gewebe oder Knochenmark, das man ihrer Leiche entnommen hatte? Oder etwas anderes? Oder sowohl als auch?«

»Haben Sie mit dem thailändischen Kollegen gesprochen, der in Phuket vor Ort war?«, fragte Nadja.

»Ja. Es ist ein guter Kollege, das ist also nicht das Problem.«

»Und was sagt er?«

»Dass er es nicht mehr weiß«, antwortete Bunyasarn. »Was vielleicht nicht so merkwürdig ist, wenn man bedenkt, dass er innerhalb rund eines Monats Hunderte seiner Landsleute identifiziert hat. Jaidee war nur eine von vielen.«

»Ich werde sehen, ob ich hier in Schweden etwas herausbekomme«, sagte Nadja. »Wir wissen ja immerhin so viel, dass dieses DNA-Material, das den schwedischen Polizisten in Phuket übergeben wurde, in Schweden analysiert wurde. Die Kollegen waren es auch, die ihr DNA-Profil erstellt und dann dasselbe Profil in unseren DNA-Registern gefunden haben.«

»Viel Glück, Nadja.« Bunyasarn lächelte wieder. »Lassen Sie uns hoffen, dass sie es mithilfe einer gewöhnlichen Zahnbürste gemacht haben.«

72

Das vierte Treffen zwischen Staatsanwältin und Ermittlerteam begann am Montag, 22. August um 13 Uhr. Hanna Scharvs Fahndungstrupp war nun auf vier Polizisten und eine zivile Angestellte zusammengeschrumpft. Bäckström, Stigson, Olsson und Oleszkiewicz sowie Nadja Högberg.

Scharv erschien zehn Minuten zu spät und wirkte sichtlich gestresst. Aus unbekannten Gründen setzte sie sich ans andere Ende des Tisches, so weit von Bäckström entfernt wie möglich. Eine Entschuldigung für ihre späte Ankunft hatte sie nicht. Sie bemerkte hingegen Annika Carlssons Abwesenheit.

»Ich vermisse Kommissarin Carlsson«, sagte Scharv. »Wo ist sie denn?«

»Sie wollte wohl im Zusammenhang mit diesen merkwürdigen Funden draußen auf der Insel irgendjemanden verhören. Ich glaube, irgendeine Größe in der Pfadfinderbewegung. Aber es dauert offensichtlich länger als erwartet«, antwortete Bäckström.

»Geht es nicht etwas konkreter? Was haben die Pfadfinder damit zu tun?«

»Ich weiß es nicht«, seufzte Bäckström. »Am einfachsten ist es wohl, Sie fragen sie selbst, wenn sie wieder auftaucht.«

»Haben wir irgendwas anderes herausgefunden?«, fragte Scharv.

Laut Bäckström leider nicht sonderlich viel. Der Besuch bei der Einwanderungsbehörde hatte nichts ergeben. Falls einmal Papiere über Jaidee existierten, waren sie inzwischen jedenfalls nicht mehr dort. Hingegen lagen offenbar eine ganze Menge Informationen über sie in einer wissenschaftlichen Arbeit vor, bei der sie Teil des Materials gewesen war. Das Problem dabei war, dass die Uni dies nicht herausrücken wollte.

»Der Professor weigert sich also, sein Material herauszugeben«, sagte Scharv. »Mit welchen Argumenten, wenn ich fragen darf?«

»Es ist eine Sie«, erklärte Kristin Olsson. »Sie heißt Åsa Lejonborg und ist Professorin für Gender Studies an der Universität Linköping. In der Studie geht es um thailändische Frauen, die schwedische Männer geheiratet haben. Es ist ihre Habilitationsschrift. Ich habe ein Exemplar davon, das ich Ihnen ausleihen kann. Es ist allerdings auf Englisch.«

»Nein danke.« Hanna Scharv verzog den Mund. »Und warum weigert sie sich, ihr Material herauszurücken?«

»Es geht wohl um die übliche wissenschaftliche Schweigepflicht mit Anonymität und so was«, antwortete Stigson und sah genauso schwammig aus, wie das, was er gerade gesagt hatte.

»Habt ihr das mit der Universitätsverwaltung in Linköping abgeklärt?«, fragte Scharv.

»Nein«, sagte Stigson, während Olsson und Oleszkiewicz nur die Köpfe schüttelten.

»Dann müsst ihr das wohl tun«, sagte Scharv. »Sollten sie sich immer noch weigern, muss ich wohl eine Verfügung schreiben, und wir müssen den formellen Weg nehmen.«

»Das würden Sie tun?«, lächelte Bäckström.

Das wird ja immer besser, dachte er.

»Sprecht erst mal mit der Verwaltung«, erwiderte Scharv.

»Macht ihnen klar, dass es um eine Mordermittlung geht. Haben wir noch was anderes?«

Leider, leider nein, laut Bäckström. Das Durchsuchen ihrer eigenen Register hatte nichts ergeben. Nicht der geringste Hinweis darauf, wie es zugegangen sein konnte, dass gerade Jaidee Kunchai zweimal gestorben zu sein schien. Genauso war es beim Forensischen Zentrum in Linköping. Auch hier gab es keine Angaben. Außerdem war es schwer, die Zuständigen dort zu erreichen.

»Kurse, Konferenzen, interne Weiterbildungen«, seufzte Bäckström. »Aber wem sage ich das«, fügte er hinzu und nickte Scharv zu. »Ich meine mich zu erinnern, Sie hätten erzählt, es wäre das reinste Elend gewesen, als Sie versucht haben, mit ihnen zu sprechen.«

»Mehr als das«, sagte Scharv. »Aber es muss doch eine Unmenge von schwedischen Polizisten geben, die im Zuge des Tsunami in Thailand vor Ort waren. Habt ihr versucht, mit irgendjemandem von denen zu reden?«

»Ja, allerdings sind viele von ihnen ja inzwischen pensioniert, einige sogar tot. Und einer von ihnen ist leider etwas verkalkt, bei dem bringt es also nichts.«

»Und der ist auch pensioniert«, erwiderte Scharv. Es war eher eine Feststellung als eine Frage.

»Nein«, sagte Bäckström. »Er arbeitet noch. Teilzeit. Sitzt hier in Stockholm unten bei den Fundsachen.«

»Meinen Sie das Dezernat für Güterermittlung?«, fragte Scharv.

»Ja, oder Fundsachen, wie wir Wachtmeister sagen. Er heißt Wijnbladh, ein Kriminaltechniker. So ein richtiges altes Urgestein. Wir kennen uns schon seit den Achtzigern.«

»Aber jetzt ist er verkalkt?«

»Ja, leider.« Bäckström seufzte.

»Wartet mal.« Scharv versuchte inzwischen nicht mehr, ihre Irritation zu verbergen. »Irgendjemanden muss es doch geben, der damals in Thailand mit dabei war, und mit dem ihr reden könnt!«

»Sicher«, sagte Bäckström. »Ich habe Stigson gebeten zu versuchen, eine Liste aller Kollegen zu bekommen, die dort waren, also werden wir schon irgendjemanden finden.«

»Das wollen wir wirklich hoffen.« Hanna Scharv blickte auf ihre Armbanduhr. »Zum nächsten Treffen sollten bitte alle hier sein, damit wir wenigstens ausloten können, wo wir stehen. Wenn niemand etwas hinzuzufügen hat, möchte ich dieses Treffen nun beenden.«

»Ich möchte Sie gern noch etwas fragen, aber das würde ich gern unter vier Augen tun«, sagte Bäckström.

»Ich habe für diese Art von Heimlichtuerei nicht das Geringste übrig. Wenn Sie es nicht hier und jetzt sagen können, ist es sicher nicht so wichtig.«

»Ich wollte nur Rücksicht nehmen«, erwiderte Bäckström seufzend. »Aber gut.«

»Rücksicht«, schnaubte Hanna Scharv und stand auf, während sie ihre Papiere in die Aktentasche stopfte. »Das ist wohl das Dümmste, das ich je gehört habe. Sogar in dieser Truppe.«

Bäckström war kaum zurück in seinem Zimmer, als auch schon sein Telefon klingelte, und nachdem er bereits wusste, wer es war, hob er sofort ab.

»Bäckström«, sagte er mit der sanftesten Stimme, die man von jemandem wie ihm erwarten konnte.

»Gut, dass ich dich erreiche, Bäckström«, antwortete sein neuer Polizeimeister. »Du musst entschuldigen, aber ich mache mir ein bisschen Sorgen.«

»Wenn ich dir irgendwie helfen kann, stehe ich natürlich zur Verfügung«, erwiderte Bäckström. »Wer wäre ich, wenn ich einem Freund in Not nicht zur Seite stünde?«

»Danke, Bäckström«, sagte Carl Borgström. »Vielen Dank. Aber ich habe den Eindruck, es herrscht ein offener Krieg zwischen dir und deinen Ermittlern und unserer Staatsanwältin.«

»Jetzt verstehe ich gar nichts mehr. Wir haben gerade unser wöchentliches Treffen beendet und uns über die Lage der Ermittlungen abgestimmt, und es gab überhaupt keine Probleme. Das Ganze geht voran, und was unsere Staatsanwältin betrifft, finde ich, sie war genau wie immer. Korrekt und interessiert, meiner Ansicht nach.«

»Sie wirkte also nicht aggressiv oder so?«

»Nein. Sie war genau wie immer.«

»Na, das ist ja schön zu hören. Sie hat sich beschwert. Mehrmals sogar, und beim letzten Mal, das war, kurz bevor ich dich angerufen habe, habe ich angefangen mir Sorgen zu machen.«

»Ich habe nichts Derartiges bemerkt. Was ich schön finde. ›Warum müssen Menschen streiten, warum fließt so viel Blut, warum nur so viele Leiden, aus bloßem Übermut?‹ Bedenkenswerte Worte, Borgström. Bedenkenswerte Worte aus unserem geistlichen Liederschatz«, sagte Bäckström.

»Ja, wirklich. Aber bevor sie sich beschwert hat, und sie klang absolut durchgedreht, hat unser Empfangschef von unten angerufen und erzählt, dass Scharv offenbar ein paar Bodyguards von der Sicherheitspolizei da unten stehen hatte.«

»Das könnte die Sache erklären. Dann ist es sicher etwas anderes, was sie bedrückt. Irgendein verrückter Bankdirektor, mit dem sie sich angelegt hat, als sie noch beim Amt für Wirtschaftskriminalität war.«

»Glaubst du?«, fragte Borgström.

»Was sollte es denn sonst sein? Hier bei uns ist alles Friede, Freude, Eierkuchen.«

Jetzt hast du ein bisschen was zum Herumkniffeln, dachte Bäckström, sobald er das Gespräch beendet hatte.

Auch das noch, dachte Carl Borgström. Einerseits ein Weibsbild, das einfach ganz im Allgemeinen bekloppt zu sein schien, das schrie und tobte und sich offenbar auch noch bedroht fühlte. Andererseits ein enger Mitarbeiter, dessen Verrücktheit auf einem soliden christlichen Fundament zu ruhen schien.

73

In den Sommern auf der Unheilsinsel vor über dreißig Jahren hatten Haqvin und seine Freunde oft Räuber und Gendarm gespielt, und um die Spannung zu erhöhen, erfanden sie eine spezielle Variante des Spiels. Ein paar Stunden, bevor es Zeit fürs Abendessen war, musste einer mit ihrem gemeinsamen Proviant abhauen. Wenn er es schaffte, sich mehr als zwei Stunden versteckt zu halten, gehörte der Proviant ihm. Wenn die anderen etwas zu essen wollten, mussten sie ihm Geld dafür zahlen. Nachdem es keine Kunst war, sich auf der Unheilsinsel zu verstecken, hatten sie ein kleineres Gebiet um ihren Aussichtsturm abgesteckt. Derjenige, der Räuber war, durfte sich nicht außerhalb dieses Umkreises bewegen, er hatte nur fünf Minuten Zeit, sich zu verstecken, und er durfte das Versteck nicht wechseln, während nach ihm gesucht wurde. Nach zwei Stunden wurde die Suche abgebrochen. Die Gendarme mussten zum Baumhaus zurück und dort darauf warten, dass der Räuber zu ihnen zurückkehrte. So blieb das Geheimnis seines Verstecks gewahrt.

Doch die Räuber wurden fast immer entdeckt und verhaftet. Sogar als Haqvin sich einmal unten in der Bucht ins Wasser gelegt und versucht hatte, durch ein Schilfrohr zu atmen.

»Ungewöhnlich bescheuert von mir«, konstatierte Haqvin zirka dreißig Jahre später.

»Die anderen haben Sie also gefunden«, sagte Annika Carlsson.

»Ja, ich wäre ja fast ertrunken, und als ich auftauchte, um Luft zu holen, haben sie mich entdeckt.«

»Der Räuber wurde also immer gefasst?«

»Ja, fast immer.«

»Und niemand hat versucht zu schummeln?«

»Nein. Pfadfinderehre. Wenn du dagegen verstießt, hatte das Konsequenzen.«

»Und alle wurden gefasst?«

»Ja, alle außer einem. Der wurde nie gefasst.«

»Und der besagte hat nicht geschummelt?«

»Nein«, antwortete Haqvin. »Das hab ich nicht mal damals geglaubt. Und jetzt weiß ich auch, wo er sich versteckt hielt. Er war allerdings auch ein besonders listiger Typ. Sein Spitzname war übrigens Fuchs, der ja listig sein soll, wie Sie sicher wissen.«

»Wissen Sie noch, wie er richtig hieß?«, fragte Annika Carlsson.

»Wir haben uns alle solche Spitznamen gegeben«, erklärte Haqvin. »Ich wurde Hacke genannt, oder Hacke Hackspecht. Der Fuchs wurde Fuchs genannt oder Jerka Fuchs.«

»Jerka?«

»Ja, also Erik. Erik wird ja im Slang zu Jerka. Niemand hat mich Haqvin genannt, außer meinen Eltern natürlich. Alle anderen haben Hacke gesagt.«

»Wie hieß er denn noch außer Erik?«

»Lassen Sie mich nachdenken.« Haqvin Furuhjelm kratzte sich zur Sicherheit an seinem blonden Haarschopf. »Ich glaube, eigentlich hieß er gar nicht Erik...«

»Erik hieß nicht Erik«, wiederholte Annika Carlsson.

»Ja, wie bei mir. Ich heiße ja Gustav Haqvin. Haqvin ist zwar mein zweiter Name, aber auch mein Rufname.«

»Und wie hieß er dann noch?«

»Daniel«, sagte Haqvin. »Erik Daniel Johnson, so hieß er.«
»Erik Daniel Johnson, Rufname Daniel«, sagte Annika Carlsson.
Die Welt ist klein, dachte sie.
»Genau«, bestätigte Haqvin. »Er hatte nichts dagegen, dass wir ihn Fuchs nannten. Wenn man ihn Danne nannte, wurde er allerdings sauer.«
»Dieser Erik Daniel Johnson. Haben Sie später noch mit ihm Kontakt gehabt?«
»Nein, nie. Ich glaube, ich habe ihn außer in diesen Sommern im Pfadfinderlager nie wieder getroffen. Drei Sommer waren es, würde ich vermuten, 1981, 1982 und 1983. Aber das kann ich herausfinden, wenn Sie wollen.«
»Danach haben Sie ihn nie mehr gesehen?«
»Nein.«
»Warum denn nicht?«, fragte Annika Carlsson. »Sie waren beide Seepfadfinder, gleich alt, an Booten und Segeln interessiert. Sie haben sich aber nicht zerstritten oder so was?«
»Nein. Wir haben wohl einfach in unterschiedlichen Welten gelebt.«
»Und in welcher Welt hat er gelebt?«
»Ich weiß noch, dass sein Vater irgendein Lehrer war. Ein ziemlich korrekter Typ, soweit ich mich erinnern kann.«
»Sie haben ihn kennengelernt?«
»Ja«, sagte Haqvin. »In einem der Sommer ist er mal ins Pfadfinderlager gekommen. Mit seinem Segelboot. Ich war sogar mal dort an Bord.«
»Daniels Vater hatte ein Boot?«
»Ja, eine Vega, glaube ich. Nichts Besonderes, aber auch nicht schlecht. Ein schwedisches Boot, ungefähr acht Meter, ich meine mich zu erinnern, dass es damals ganz neu war.«

»Wissen Sie was, Haqvin?«

»Nein?«

»Ich danke Ihnen«, sagte Annika Carlsson. »Eigentlich sollte ich Ihnen eine kleine Medaille geben, aber ich hab gerade keine dabei, das müssen wir also nachholen.«

»Kein Problem«, erwiderte Haqvin. »Denken Sie über das mit dem Segeln nach!«

74

Sobald Annika Carlsson ins Polizeipräsidium zurückgekehrt war, ging sie direkt in Bäckströms Büro.
»Wie lief das Treffen mit unserer Staatsanwältin?«, fragte sie.
»Ganz ausgezeichnet«, sagte Bäckström. »Die Alte hängt schon am Seil, aber ich dachte, ich lasse sie noch eine Woche leben. Was kann ich für dich tun?«
»Daniel Johnson hat es getan.«
»Ja, wer sonst?« Bäckström zuckte mit den Schultern. »Das ist doch wohl allen klar.«
»War bei mir nicht so. Aber jetzt schon.«
»Was hat dich denn dazu gebracht, deine Meinung zu ändern?«
»Ich konnte eine Verbindung zu unserem Fundort herstellen«, sagte Annika Carlsson.
»Wie hast du denn das geschafft?«
»Dank dir und dieser Dose Würstchen, die dir so am Herzen lag.«
»Das hätte ich mir ja denken können«, sagte Bäckström.

»Die Welt ist klein«, konstatierte Bäckström, sobald Annika von ihrem Verhör mit Furuhjelm erzählt hatte.
»Sie ist sogar noch kleiner«, erwiderte Annika. »Kurz bevor ich gehen wollte, hat Furuhjelm ein altes Fotoalbum von diesen Sommern im Pfadfinderlager rausgezogen.«
»Hast er es dir mitgegeben?«, fragte Bäckström.

»Ja, und keine Sorge, ich habe sicher zehn gute Bilder von Daniel Johnson. In kurzen Hosen und Uniform. Er war übrigens schon damals ein ganz Süßer. Es geht mir allerdings um ein anderes Foto. Das hier nämlich.« Annika Carlsson reichte es Bäckström.

»Drei kleine Pfadfinder«, sagte Bäckström. »Von denen einer sich offenbar das Bein gebrochen hat. Salutieren tun sie auch noch.«

Genau wie zu meiner Zeit bei den Pfadfindern, dachte Bäckström. Die war zwar kurz, aber ein paarmal hatte er wohl auch salutiert.

»Wer, glaubst du, sind die drei?«, fragte Annika.

»Dieses blonde Kerlchen rechts ist wahrscheinlich Furuhjelm. Der links, der Dunkle, muss wohl Daniel Johnson sein. Und der in der Mitte, mit dem Gipsbein? Keine Ahnung.«

»Ein kleiner Hinweis. Alle drei Jungs hatten offenbar Spitznamen füreinander. Haqvin Furuhjelm wurde Hacke oder Hacke Hackspecht genannt, Johnson hatte den Namen Fuchs, weil er so listig war, und den in der Mitte nannten sie Karl-Bertil Jonsson, weil er so nett war.«

»Karl-Bertil Jonsson?«

»Ja, du weißt schon, aus dieser Zeichentrick-Weihnachtsgeschichte von Tage Danielsson. Da geht es um den netten Karl-Bertil Jonsson, der an Weihnachten bei der Post Überstunden macht und so nett ist, dass er Weihnachtsgeschenke klaut, die er dann an die Armen verteilt.«

»Nein«, sagte Bäckström. »Hab ich nie gesehen.«

Das muss ein richtiger Volltrottel gewesen sein, dachte Bäckström. Was sollen Arme denn mit Weihnachtsgeschenken?

»Er hieß eigentlich Carl Bertil, Carl mit C und ohne Bindestrich zwischen Carl und Bertil.«

»Und weiter? Mit Nachnamen?«
»Borgström. Carl Bertil Borgström.«
»Wie unser liebster Polizeimeister.«
»Genau der«, erwiderte Annika Carlsson.
»Ein ziemlich redseliges Kerlchen«, sagte Bäckström. »Du meinst doch wohl nicht, dass er noch Kontakt zu Daniel Johnson hat?«
»Keine Ahnung. Genau das werde ich überprüfen.«
»Warum hat er das Bein im Gips? Wurde er vermöbelt, oder was?«
»Nein, er war offenbar von irgendeinem Baum gefallen, als sie ein Baumhaus gebaut haben.«
»Ja, dann muss es Borgström gewesen sein«, sagte Bäckström. »Nur Typen wie der fallen von Bäumen.«

75

Der Tag nach der vierten Besprechung mit dem Ermittlerteam war ein Dienstag, und in Nadjas Fall war es ein guter Tag, an dem sie viel erledigen konnte. Sie hatte sogar ein glaubwürdiges Motiv für den Hergang der Geschichte gefunden, von dem sie inzwischen überzeugt war. Das zweithäufigste der beiden Motive, die fast immer den Hintergrund bildeten.

Bereits am Morgen hatte sie auf Annika Carlssons Wunsch hin weitere Nachforschungen über Jaidee Kunchais und Daniel Johnsons gemeinsame Geschäfte betrieben. Einem Verhör zufolge, das Annika Carlsson mit deren Finanzfrau gehalten hatte, sollte der Betrieb einiges auf dem Konto gehabt haben, was aber nicht aus den Unterlagen hervorging, die erstellt worden waren, als die Firma nach dem Verkauf abgewickelt wurde. Nadja hatte also weitere Unterlagen angefordert und fand eine Kapitalversicherung, die die Firma bereits in ihrem ersten Jahr abgeschlossen hatte, nämlich 2002.

Eine interessante Konstruktion, die den Besitzern zum einen die Möglichkeit bot, unversteuerte Gewinne der Firma mit Rendite in die Versicherung einzuzahlen, gekoppelt an eine Lebensversicherung, die die Besitzer der Firma schützen sollte, falls einer von ihnen ums Leben kam. Begünstigter war der hinterbliebene Besitzer, und das war auch der Grund dafür, dass das Geld bereits ein Jahr vor dem Verkauf der Firma aus der Bilanz genommen worden war. Aus steuerlicher Sicht war das völlig in

Ordnung, Daniel Johnson konnte bereits versteuertes Geld aus der Firma abziehen. Danach blieb nichts mehr als Schulden von ein paar hunderttausend Kronen, die man beim Käufer durch die Übernahme des Mobiliars sowie der Kunden und Kundenkontakte ausgeglichen hatte.

Dem Kaufvertrag entsprechend hatte Daniel Johnson eine Krone für den Verkauf seiner Aktiengesellschaft bekommen, und ob er sie wirklich entgegengenommen hatte oder nicht, war im Hinblick auf die Versicherung uninteressant, dachte Nadja, als sie Bäckström anrief, um ihn über ihre Entdeckung zu informieren.

»Geld.« Es klang, als ließe Bäckström sich das Wort auf der Zunge zergehen. »Das versteht wohl jeder. Er und seine liebe Ehefrau haben offenbar ganz einfach die erstbeste Gelegenheit zur Flucht genutzt.«

»Ja«, pflichtete Nadja ihm bei. »Einen Tsunami kann man schlecht planen.«

»Und dann nimmt die Sache ihren Lauf. Sie streiten über Geld. Er jagt ihr eine Kugel in den Kopf und vergräbt sie auf einer Insel im Mälarsee, auf der er als Kind immer die Sommer verbrachte. Seepfadfinder war er auch noch, dieser Irre.«

»Allzeit bereit«, sagte Nadja.

»Von wie viel Geld sprechen wir hier insgesamt?«

»Die ersten beiden Lebensversicherungen eingerechnet, die er schon 2004 ausbezahlt bekommen hat, sind es insgesamt fünfundzwanzig Millionen, sogar etwas mehr.«

»Fünfundzwanzig Millionen«, wiederholte Bäckström. »Das ist doch mal was.«

»Ja«, sagte Nadja. »Ehrlich gesagt finde ich, das hätte für beide gereicht.«

»Je mehr die Menschen haben, desto mehr begehren sie«,

sagte Bäckström und klang dabei, als wisse er genau, wovon er spreche.

Nach dem Gespräch mit Bäckström aß Nadja zu Mittag. Nicht in einer der beiden Kantinen des Hauses, sondern im Pausenraum des Dezernats für Gewaltverbrechen. Ihre eigene Rote-Bete-Suppe und selbstgebackene Piroggen mit grob gehacktem Schweinefleisch und vielen Zwiebeln, die sie sich in der Mikrowelle aufwärmte. Wenn Bäckström da gewesen wäre, hätten wir uns sicher auch noch ein Schnäpschen gegönnt, dachte Nadja. Genau wie in jeder beliebigen Polizeiwache ihres alten Heimatlands.

Nach dem Mittagessen startete sie einen neuen Versuch, eine Antwort auf die Frage zu bekommen, welche Grundlagen man im Staatlichen Kriminaltechnischen Labor, der früheren Entsprechung des Nationalen Forensischen Zentrums, für die Erstellung von Jaidee Kunchais DNA-Profil nach dem Tsunami verwendet hatte. Es war zwar fast zwölf Jahre her, aber im Hinblick auf all die Register, die Leute wie sie die ganze Zeit führen mussten, sollte es doch wohl trotzdem noch eine Notiz über die Sache geben. Oder sie hatte sogar das Glück, dort jemanden zu finden, der so tickte wie sie und es ganz einfach noch wusste.

Genau dieses Glück hatte sie diesmal tatsächlich, auch wenn alles so begann wie immer. Zuerst wurde sie zwischen unterschiedlichen Leuten hin und her verbunden, die nichts wussten, aber im besten Fall auf jemand anderen verweisen konnten, und nach einem halben Dutzend Versuchen bekam sie schließlich eine DNA-Expertin an den Hörer, die ihr mehr oder weniger sofort erklärte, dass Nadja hier leider an der völlig falschen Adresse war.

»Es klingt, als sollten Sie mit irgend so einem Archiv-Menschen sprechen. Ich bin Biologin. Sitze den ganzen Tag im Keller und fummele mit meinen Probenröhrchen herum.«
»Ich weiß«, sagte Nadja. »Geht mir genauso, allerdings eher mit Papier und Bleistift. Mathematik und angewandte Physik.«
»Ich bin sicher, Ihre Arbeitskollegen lieben das, was Sie tun«, antwortete die Biologin und kicherte entzückt.
»Na klar«, erwiderte Nadja. »Dann müssen sie den Kram schließlich nicht selbst ausrechnen.«
Zum Glück, dachte sie.
»Zwölf Jahre alt, sagten Sie? 2004 für tot erklärt. Kein Verbrechen.«
»Ja.«
»Das klingt fast wie der Tsunami unten in Thailand«, stellte die Biologin fest. »Wir hatten hier damals einiges zu tun.«
»Sie ist im Tsunami ums Leben gekommen«, bestätigte Nadja. »Und sie war Thailänderin. Aber sie war mit einem schwedischen Mann verheiratet und hat mehrere Jahre hier gewohnt, also war sie auch schwedische Staatsbürgerin. Zum Todeszeitpunkt war sie einunddreißig.«
»Lassen Sie mich raten. Sie hieß nicht zufällig Jaidee Kunchai? Verheiratet mit irgendeinem Johnson? Ich meine mich zu erinnern, dass er überlebt hat.«
»Doch. Stimmt genau!«
Es geschehen immer noch Zeichen und Wunder, dachte Nadja.
»Über sie weiß ich alles. Ich war diejenige, die ihr Profil erstellt hat. Ein vollständiges Profil, wenn ich mich recht entsinne, besser geht es ja kaum. Nach ihr brauchen Sie in unseren Registern gar nicht zu suchen. Ich bin ziemlich sicher, dass sie daraus entfernt wurde, sobald sie für tot erklärt wurde. Alles andere

wäre gesetzeswidrig gewesen, und der Verantwortliche für die Register, den wir damals hatten, war ein sehr strenger Mann. Jurist.«

»Also sind all ihre Papiere vernichtet?«

Typisch, dachte Nadja. Wer kann sich in dieser Zeit, in der wir leben, noch auf Wunder verlassen.

»Da bin ich mir absolut sicher«, sagte die Biologin. »Die Einzige, die in diesem Haus noch etwas über sie weiß, bin ich. Sie ist nämlich Teil meiner Doktorarbeit, und ich erinnere mich deshalb so gut an sie, weil sie die einzige Thailänderin war. Wenn man bedenkt, wo das Ganze passiert ist, hätte ich gedacht, es müssten mehr sein, ich meine, es gab ja damals mehr als tausend thailändische Frauen in Schweden, die mit schwedischen Männern zusammen waren, es wäre also nicht verwunderlich gewesen.«

»Vielleicht keine, die nach Khao Lak fahren«, mutmaßte Nadja.

»Genau das habe ich auch gedacht.«

»Aber alle Papiere über sie wurden vernichtet?«

»Die, die im Archiv lagen, ja. Die sind wohl im Reißwolf gelandet, als man sie aus dem Register gelöscht hat. Aber meine Papiere gibt es natürlich noch. Es ist ja das Material, das meiner Doktorarbeit zugrunde liegt, und so was wirft man nicht einfach weg. Wir haben hier außerdem Regeln, die besagen, das man sein Forschungsmaterial aufbewahren soll.«

»Ich könnte nicht zufällig einen Blick daraufwerfen?«

»Doch, natürlich«, antwortete die Biologin. »Was sollten wir denn sonst tun, Leute wie Sie und ich, wenn wir einander nicht hätten. Geben Sie mir eine halbe Stunde, dann habe ich die richtige Schublade gefunden.«

»Ich gebe Ihnen meine Nummer«, sagte Nadja.

Was sollten wir denn sonst tun, Leute wie Sie und ich, dachte sie.

Nadjas neue Seelenverwandte meldete sich bereits zwanzig Minuten später, und jetzt hatte sie die Angaben über Jaidee vor sich auf dem Schreibtisch. Als der Tsunami passierte, war sie in Teilzeit im Kriminaltechnischen Labor angestellt, während sie ihre Doktorarbeit zum Thema DNA fertig schrieb. Sie hatte eine spezielle Ausrichtung, das Thema: Probleme bei der Erstellung eines DNA-Profils mithilfe ungewöhnlicherer Materialien. Alles von Apfelkerngehäusen, Speichelklumpen, Kleidung, verrotzten Taschentüchern, Zigarettenstummeln und Ohrringen bis zu Zahnbürsten, Kämmen und Haarbürsten.

»Das ist unglaublich interessant«, sagte die Biologin. »Wissen Sie übrigens, was ich momentan untersuche?«

»Nein«, antwortete Nadja. »Aber Sie dürfen es mir gern erzählen.«

»Die Luft, die wir ausatmen. Vorausgesetzt, sie landet auf einer geeigneten Oberfläche, könnten wir bald auch damit arbeiten. Das Schwierige daran ist die Zeit. Ausgeatmete Luft ist sehr flüchtig. Das hat teilweise mit der umgebenden Temperatur zu tun.«

»Das klingt ja fantastisch.« Nadja meinte wirklich, was sie sagte.

»In Jaidees Fall hatte ich drei unterschiedliche Materialien. Ihre Haarbürste, ihren Kamm und ihre Zahnbürste. Das steht in meinen Papieren, und jetzt, wo ich es sehe, erinnere ich mich sogar, wie die Bürste und der Kamm aussahen.«

»Wirklich?«

»Ja, die Haarbürste war richtig edel. Aus schwarzem Holz, vermutlich Ebenholz, mit silbernen Einfassungen, und der Kamm war aus Elfenbein. Das ist inzwischen verboten, wie Sie wissen. Solche typisch orientalischen Gegenstände. Sicher auch alt. Dass ich mich nicht mehr an die Zahnbürste erinnern kann, ist vielleicht nicht so verwunderlich. Es war wohl eine gewöhnliche Zahnbürste aus Plastik. Die Haarbürste und den Kamm haben wir dem Reichskriminalamt zurückgeschickt, sobald wir damit fertig waren. Ich denke, sie haben Sie ihrem Mann wiedergegeben. Es ging ja nicht um ein Verbrechen, und die Gegenstände waren von finanziellem Wert.«

»Und die Zahnbürste? Habt ihr die zurückgeschickt?«

»Wenn es so eine ganz normale Zahnbürste war, bin ich mir ziemlich sicher, dass wir das nicht getan haben. Nach solchen Dingen fragen die Hinterbliebenen meist nicht. Wer will so etwas schon zurückhaben? Aber diese Haarbürste und den Kamm sicher.«

»Glaub ich auch«, pflichtete Nadja ihr bei.

Und ich werde mich wohl einfach ins Kriminaltechnische Labor begeben und dort deren alte Ordner und Schubladen durchforsten, dachte sie.

»Laut meinen Notizen hatte ich ein paar Haare, manche mit Haarwurzel und manche ohne. Sie stammten aus dem Kamm und der Haarbürste. Außerdem habe ich Zellen von ihrem Körper gesichert, vom Kopf und aus der Mundhöhle, die kamen also jeweils von Kamm und Zahnbürste. Nach der Analyse hab ich mein Profil mit dem verglichen, das das Reichskriminalamt uns geschickt hatte, und das offensichtlich von der Einwanderungsbehörde stammte.«

»Und es kam eine Plus-Vier heraus«, konstatierte Nadja.

»Ja«, sagte die Biologin mit Nachdruck. »Die Haare und die Zellen von Kopfhaut und Gaumen waren die von Jaidee Kunchai. Die Wahrscheinlichkeit, dass sie von jemand anders kamen, kann ich ausschließen.«

»Sie fragen sich vielleicht, warum mich das alles so interessiert«, sagte Nadja.

»Nein. Ich verstehe, warum Sie das so interessiert. Am liebsten hätten Sie Material gehabt, das wir unter kontrollierten Umständen direkt von ihrem Körper genommen hätten. Wie ein normaler Abstrich aus der Mundhöhle oder eine Blutprobe, körpereigenes Material aus dem Knochenmark oder dem Zahnmark, ihrem Gewebe, ihren Eingeweiden. Ich weiß genau, was Sie stört.«

»Ich hab es schon geahnt.«

»Genau, und das wollte ich gerade sagen. Das ist nämlich ein wichtiger Vorbehalt. Es kann sehr gut sein, dass einer meiner Kollegen solches Material von Jaidees Leiche bekommen hat. Nachdem ihre Leiche gefunden wurde, halte ich es sogar für wahrscheinlich. Die Leichen waren dort unten meist einer hohen Außentemperatur, starkem Sonnenlicht und Salzwasser ausgesetzt, und das ist nicht gut, wenn man DNA sichern will. Die Techniker, die dort arbeiteten, waren sich dessen natürlich bewusst, und darum haben sie auch versucht, alles denkbare Material zu sammeln, das sie kriegen konnten.«

»Es gibt nicht zufällig ...«

»Nein«, unterbrach sie die Biologin. »Es ist nicht zufällig so, dass einer meiner Kollegen auch eine Doktorarbeit geschrieben hat, als Jaidee hier gelandet ist. Hier liegen keine Aufzeichnungen zu DNA-Material, das direkt von ihr stammt. Aber vielleicht liegen noch welche bei der Polizei. Die haben sie ja bestellt und die Unterlagen zu uns rübergeschickt.«

»Wollen wir das Beste hoffen«, stimmte Nadja zu, obwohl sie das Schlimmste befürchtete. »Übrigens, eine ganz andere Sache.«

»Ja?«

»Sie mögen nicht zufällig russisches Essen? Piroggen, Borschtsch, kalten eingekochten Stör mit Salzgurken und saurer Sahne und solche Sachen?«

»Doch. Außerdem liebe ich richtigen russischen Wodka. Ich war erst vor einem Monat in Sankt Petersburg im Urlaub. Eine absolut fantastische Stadt.«

»Wie schön! Dann gebe ich Ihnen meine Privatnummer. Rufen Sie mich an, falls Sie zufällig mal nach Stockholm kommen.«

»Oh, das ist ja toll! Aber sie haben nicht auch noch eine Balalaika, oder?«

»Doch. Ich habe sogar zwei. Können Sie Balalaika spielen?«

»Nein«, erwiderte die Biologin. »Aber Sie können es mir vielleicht beibringen. Dann können wir Kalinka singen und ... miteinander anstoßen.«

»Ich werde mein Bestes tun«, sagte Nadja.

Du liebe Herzbeere mein, dachte sie.

Bevor sie nach Hause ging, meldete sich noch ihr Bekannter vom Reichskriminalamt. Er hatte schon erledigt, worum sie ihn in ihrer Mail von vor ein paar Stunden gebeten hatte. Im Herbst 2005 händigte man Daniel Johnson eine Haarbürste und einen Kamm aus. Eine Zahnbürste hingegen nicht. Johnson holte die Sachen persönlich bei der Polizei in Stockholm ab.

»Ich maile dir die Quittung, die er unterschrieben hat«, sagte ihr Bekannter. »Ich muss sie nur erst einscannen. Das mit der Zahnbürste scheint mir nicht ungewöhnlich zu sein. Wer will so was schon zurückhaben? Ich würde tippen, sie ist im Kriminaltechnischen Labor geblieben und sie haben sie vernichtet, sobald sie die DNA entnommen hatten.«

»Aber du findest keine Angaben über irgendwelches andere DNA-Material? Irgendwas, das sie von der Leiche selbst gesichert haben?«

»Nein. Was wohl bedeutet, dass es keine Angaben dazu gibt.

Aber ich kann dir die Namen der Kollegen geben, die sich damals um die Sache gekümmert haben. Vielleicht erinnert sich jemand an etwas.«

»Ja, wie lieb von dir«, sagte Nadja. »Das wird wohl das Beste sein.«

76

Am selben Tag waren knapp zehntausend Meilen weiter südöstlich Bunyasarns zwei Mitarbeiter, Surat Kongpaisarn und Chuan Jetjirawat, von Bangkok nach Phuket geflogen, um die Spuren weiterzuverfolgen, auf die sie bei ihrem ersten Besuch in Khao Lak gestoßen waren. Wenn man nach jemandem oder etwas suchte, war es leichter, es zu finden, wenn man vor Ort war. Das wusste jeder gute Polizist.

Der Rechnung zufolge, die sie aus dem Hotel mitgenommen hatten, aß das Ehepaar Johnson-Kunchai am Abend vor dem Tsunami zuerst im Hotel zu Abend. Danach bestellten sie beim Limousinenservice des Hotels ein Auto, das sie zu einem Nachtclub in Phuket fuhr, The Golden Flamingo, einem der besseren Etablissements der Stadt, das mitten im Vergnügungsviertel lag.

Laut dem Fahrtenbuch, das ihr Chauffeur geschrieben hatte, holte er sie um halb elf Uhr abends vom Hotel und setzte sie um etwa elf Uhr vor dem Goldenen Flamingo ab.

Ein paar Stunden später, um kurz nach drei Uhr morgens, gabelte derselbe Chauffeur sie vor dem Nachtclub auf und brachte sie zurück zum Hotel. Daniel Johnson hatte die Fahrt bestellt, vermutlich über sein Handy, und diesmal saßen insgesamt sieben Personen im Auto. Wer die anderen waren, ging nicht aus den Unterlagen hervor, da Johnson die Bestellung abgegeben und auf seine Hotelrechnung hatte setzen lassen. Einer der Passagiere war vermutlich seine Ehefrau, doch über die Identität der übrigen fünf wusste man nichts.

Der Einzige, der möglicherweise eine Antwort auf diese Frage hätte geben können, war der Chauffeur selbst. Das Problem war nur, dass dieser beim Tsunami ums Leben gekommen war. Es war sein freier Tag gewesen, und er war morgens zum Strand unterhalb der Personalwohnungen des Hotels gegangen, um ein Morgenbad zu nehmen. Der Tsunami hatte ihn ertränkt und fünfzig Meter weiter oben an Land gespült. Blieb sein Auto und das zugehörige Fahrtenbuch.

»Was meinst du zu der Sache?«, fragte Jetjirawat. »Daniel Johnson und sechs andere fahren zurück zum Hotel. Wer waren die wohl?«

»Seine Frau«, sagte Kongpaisarn. »Du hast ja die Fotos von ihr gesehen. Keine Frau, die ich an einem Ort wie dem Goldenen Flamingo allein lassen würde.«

»Ich auch nicht«, pflichtete ihm Jetjirawat bei. »Und die anderen fünf?«

»Andere Leute, die im selben Hotel gewohnt haben«, schlug Kongpaisarn vor. »Was sollten sie sonst mitten in der Nacht dort? Es war ja vier Uhr morgens, als sie ankamen. Die Bars im Hotel waren schon zu. Sie sind nach Hause gefahren, um zu schlafen.«

»Glaub ich auch. Aber die Zahl stört mich. Meiner Meinung nach ist es einer zu viel.«

»Sehe ich auch so. In dem Hotel wohnten ja fast nur Paare. Manche hatten zwar ihre Kinder dabei, aber das scheinen ja vor allem Kleinkinder gewesen zu sein. Die nimmst du sicher nicht in so einen Club mit. Sie wären ja nicht mal reingelassen worden.«

»Einige hatten schon Kinder im Teenageralter«, wandte Jetjirawat ein. »Aber das kommt mir auch komisch vor. Wenn du mich fragst, dann hat da einer oder mehrere im Club jemanden aufgerissen und mit ins Hotel genommen.«

»Um eine kleine Swingerparty zu feiern.« Kongpaisarn grinste.

»Ja, dafür werden wir ja gern genommen. Von viel zu vielen jedenfalls.«

Der Tsunami hatte allein im Umkreis von Khao Lak mehr als fünftausend Menschen getötet. Die Mehrzahl von ihnen waren Thailänder. Hunderte wurden noch immer vermisst, und nachdem alle wussten, dass das Meer sie genommen hatte, suchte man schon lange nicht mehr nach ihnen. Übrig waren die Akten, die die Polizei im Zuge ihres Verschwindens erstellt hatte, und in Phuket ging es dabei auch um eine Person, die das Interesse Bunyasarns und seiner Kollegen geweckt hatte.

Konkret ging es um eine junge Frau ungefähr im Alter von Jaidee Kunchai, die ihr darüber hinaus der Personenbeschreibung zufolge, die aus den Papieren der thailändischen Polizei hervorging, vom Aussehen her ähnelte. Sie war ein paar Tage nach dem Tsunami von ihrem Arbeitgeber als vermisst gemeldet worden. Was die Polizei danach herausgefunden hatte, sprach stark dafür, dass sie sich nicht freiwillig fernhielt. All ihre persönlichen Habseligkeiten befanden sich noch in ihrer kleinen Mietwohnung in Phuket. Ihr Handy hatte sie zuletzt zehn Stunden vor dem Eintreffen des Tsunami benutzt.

Ansonsten wusste man nicht sehr viel über sie. Kongpaisarn und Jetjirawat waren hauptsächlich deshalb nach Phuket zurückgekehrt, weil sie mit ihrem früheren Arbeitgeber sprechen wollten, der hoffentlich mehr über sie sagen konnte. Er war inzwischen Rentner, und sein hauptsächlicher Zeitvertreib bestand darin, zusammen mit seinen alten Freunden, die das gleiche Leben führten wie er, in der Umgebung von Phuket im Meer zu fischen. Zur Zeit des Tsunami war er der Chef des Goldenen Flamingo gewesen. Die Frau, die er als vermisst gemeldet hatte, hatte als Hostess in seinem Club gearbeitet. Eine Frau, die den Fotos nach zu urteilen, die sie von ihren Kollegen in Phuket bekommen hatten, sehr gut als Jaidee Kunchais Schwester hätte durchgehen können.

»Yada Ying Song«. Kongpaisarn lächelte den ehemaligen Nachtclubchef ironisch an. »Klingt wie ein typisch thailändischer Name. So heißt sie in Ihrer Anzeige. Können Sie mir nicht sagen, wie sie eigentlich hieß?«

»Das war ihr Künstlername«, sagte der Nachtclubchef. »Yada oder Ying, Ying Song, Yada Song. Das hat mir gereicht. Für sie war es auch gut. Hat das Risiko verringert, dass Leute wie Sie und Ihre Kollegen sie in die Finger kriegen. Diskretion ist wichtig in der Branche, in der ich gearbeitet habe. Das gilt sowohl für Gäste als auch für Angestellte.«

»Sie wissen also nicht, wie sie wirklich hieß«, wiederholte Kongpaisarn.

»Dann hätte ich es gesagt, als sie verschwunden ist. Ich habe sie immer Yada genannt. Eine entzückende junge Frau. Hübsch, nett, unsere Gäste haben sie sehr gemocht. Keine Probleme mit Drogen oder so was. Ich vermisse sie.«

»Natürlich tun Sie das. Vermutlich hat sie als Prostituierte bei Ihnen gearbeitet, und Sie mussten nichts bezahlen. Ist es denn so schwer auszuspucken, wie sie hieß?«

»Ja. Wie ich bereits gesagt habe, hat sie als Hostess bei uns gearbeitet. Sie hat dafür gesorgt, dass die Gäste sich wohlfühlten, wenn nötig beim Servieren geholfen, sich um die Gäste gekümmert, die besonders wichtig für uns waren. Was sie nach Dienstschluss gemacht hat, da habe ich mich nie eingemischt.«

»Nein, warum auch, solange sie mit Ihren Gästen aufs Hotelzimmer ging?«

»In diesem Fall wissen Sie mehr als ich«, seufzte der Chef des Nachtclubs. »Sie fragen, ob ich mit ihr geschlafen habe? Nein, hab ich nicht. Ob sie mit jemand anderem geschlafen hat? Weiß ich nicht. Ob sie mit einem der Herren nach Hause gegangen wäre, wenn Sie beide im Flamingo gewesen wären? Kann ich mir kaum vorstellen. Die einzigen Ihrer Kollegen, die da rein durften, waren die, die ihre Bestechungsgelder abholen wollten.«

»Kennen Sie diesen Mann«, fragte Jetjirawat und reichte dem ehemaligen Nachtclubchef eine Vergrößerung von Daniel Johnsons Passfoto.

»Nein.« Er schüttelte den Kopf. »Sieht aus wie ein netter junger Mann. Aber warum sollte ich ihn kennen?«

»Wir haben Grund zu der Annahme, dass er in der Nacht vor dem Tsunami in Ihrem Club war«, antwortete Kongpaisarn.

»Er und tausend andere.« Der Nachtclubchef lächelte. »Jetzt mache ich mir allmählich fast Sorgen um Sie.«

»Dann fahren wir doch am besten hin und nehmen alle alten Quittungen mit, bei denen die Gäste mit Kreditkarte bezahlt haben«, warf Jetjirawat ein.

»Viel Spaß«, sagte der alte Wirt. »Im Flamingo hat man immer bar bezahlt. Deshalb habe ich auch dafür gesorgt, dass es um die Ecke zwei Geldautomaten gab.«

»Sie sind nicht sonderlich hilfsbereit«, stellte Kongpaisarn fest. »Was halten Sie davon, wenn mein Kollege und ich Sie mit in den Knast nehmen und Sie sich die Sache dort noch mal überlegen?«

»Ich wollte morgen eigentlich einen Ausflug mit einem meiner besten Freunde machen. Der, mit dem ich am häufigsten zusammen fische. Er ist der Chef der Kriminalpolizei hier in Phuket. Nein, ich glaube nicht, dass mir das zu einem besseren Gedächtnis verhelfen würde. Ich glaube sogar, die Chance ist größer, dass Sie im Knast übernachten müssen, nicht ich. Zumindest falls Sie sich einbilden, mich dorthin zu schleifen.«

»Okay«, sagte Kongpaisarn. »Ich habe verstanden. Aber der Grund, warum wir hiersitzen, ist doch, dass wir versuchen, Ihre frühere Hostess zu finden. Yada, Yada Ying, nennen Sie sie, wie sie wollen.«

»Schön. Falls Sie sie finden, verspreche ich Ihnen sogar, Sie mal mit zum Fischen zu nehmen.«

»Was glauben Sie denn selbst?«, fragte Jetjirawat.

»Dass das Meer sie sich geholt hat«, antwortete der alte Nachtclubchef. »Und ich kann mir nur sehr schwer vorstellen, dass zwei kleine Bullen aus Bangkok daran etwas ändern können.«

Nur eine halbe Stunde bevor die Wellen des Tsunami über den Strand des Hotels hereinbrachen, in dem Daniel Johnson und Jaidee Kunchai wohnten, hatte einer der Rezeptionisten auf Daniel Johnsons Namen ein Taxi zum Hotel bestellt. Ein gutes Beispiel für die üblichste Art von Spur in einem Fall wie diesem. Eine, die im Sande verlief. Kongpaisarn und sein Kollege Jetjirawat hatten weder den Rezeptionisten gefunden, der die Bestellung aufgegeben hatte, noch den Taxifahrer, der sie angenommen hatte. Nicht einmal sein Auto. Blieb nur noch, mit Johnson selbst zu sprechen.

»Was denkst du, Surat«, sagte Chuan Jetjirawat, als sie im Flugzeug zurück nach Bangkok saßen. »Sollen wir nicht den

Chef bitten, dass wir nach Schweden fliegen und ihn verhören dürfen? Ich hab gehört, die schwedischen Frauen sollen sehr hübsch sein.«

»Nicht so wie unsere«, entgegnete Kongpaisarn. »Dort soll schon Schnee liegen, also ich weiß nicht. Darum muss sich diese schwedische Kollegin kümmern. Außerdem ist sie uns jetzt ja wohl auch mal einen Gefallen schuldig.«

Ihre schwedische Kollegin Nadja Högberg, geborene Ivanova, saß derweil zehntausend Kilometer entfernt im Polizeipräsidium Solna.

Sie könnte ja Jaidees Schwester sein, dachte Nadja, als sie sich etwa einen Tag später die Fotos von »Yada Ying Song« ansah, die Bunyasarn ihr gerade gemailt hatte. Wollen wir mal ganz fest hoffen, dass sie das nicht ist. Jedenfalls keine unbekannte eineiige Zwillingsschwester.

77

Bäckström war gerade von seinem Mittagsschläfchen erwacht, dieser gesunden Wohltat, der sich außer ihm noch mehr kluge Menschen widmen sollten, anstatt ständig dem Wind nachzujagen. Er lag noch im Bett und streckte sich – genau das richtige Maß an Bewegung – während er darüber nachdachte, ob er den restlichen Tag mit einem kühlen Bier oder vielleicht einem leichten Gin Tonic mit viel Eis und einer kleinen Zitronenscheibe einleiten sollte.

Immer diese Entscheidungen, dachte Bäckström, als er sich seinen Bademantel anzog, und im selben Augenblick klingelte es an der Tür. Ein diskretes, aber gleichzeitig auffordernes Klingeln, und da er wusste, dass der kleine Edvin zurück in der Stadt war, hielt er es nicht für nötig, die Identität des Besuchers auf seiner Überwachungskamera zu überprüfen. Er öffnete ganz einfach die Tür, und da stand er, der liebe Junge. Er wirkte wachsam, alert und vielleicht eine Spur unruhig.

»Wie schön, dich zu sehen, Edvin«, begrüßte ihn Bäckström. »Womit kann ich dir denn helfen?«

»Ich glaube, die Lage ist ernst, Herr Kommissar«, sagte Edvin und nickte, um seine Worte zu bekräftigen. »Ist es okay, wenn ich reinkomme?«

»Natürlich! Meisterdetektiv Edvin Milosevic. Nur hereinspaziert.«

Fünf Minuten später saßen sie auf seinem Sofa. Bäckström hatte sich ein kaltes Pils eingeschenkt und Edvin noch eine von der Limonaden gegeben, die die Mutter des Burschen ihm verboten hatte, ihrem Sohn anzubieten. Diesmal eine Fanta. Schmeckte im Übrigen ganz ausgezeichnet mit viel Eis und einem Schluck Wodka, auch wenn er vielleicht noch ein paar Jahre warten sollte, bevor er Edvin diesen Tipp gab, dachte Bäckström.

»Womit kann ich dir helfen, Edvin?« Bäckström erhob sein Glas.

»Mit dem Totenschädelmörder«, sagte Edvin. »Ich glaube, er will mich auch umbringen.«

»Weißt du was, Edvin«, erwiderte Bäckström. »In einer Lage wie der, die du hier beschreibst, ist es wichtig, dass man nicht die Pferde durchgehen lässt. Wenn man ein richtiger Detektiv ist, so wie du und ich. Deshalb erzähl mir doch erst mal, warum du glaubst, dass der Totenschädelmörder dich auch umbringen will.«

»Wie soll ich denn anfangen, Herr Kommissar?«, fragte Edvin.

»Fang am Anfang an. Was war denn das Erste, das deinen Verdacht geweckt hat?«

»Das war heute früh, als ich zu Schule gegangen bin.«

»Ich höre.«

Die Schule begann um halb neun. Sie lag in der Pipersgatan, hundert Meter vom Stockholmer Rathaus entfernt, in dem das Amtsgericht seinen Sitz hatte. Vom Haus, in dem Edvin wohnte, war es ein knapper Kilometer bis zur Schule, wenn man den schnellsten Weg nahm. Edvin zufolge dauerte es zwischen zehn Minuten und einer Viertelstunde, je nachdem, ob auf dem Weg etwas Interessantes passierte. Außerdem war er gern rechtzeitig in der Schule, sodass er sich noch mit seinen Freunden unterhalten konnte, bevor die Lehrer das Ruder übernahmen.

Als er seine Wohnung verließ, war es eine Minute nach acht. Bevor er auf die Straße trat, hatte er die übliche Kontrolle durchgeführt, wie Bäckström es ihm beigebracht hatte. Welche Personen und Fahrzeuge sich in der Nähe aufhielten, dass alles wie immer war und nichts von der Norm abwich.

Er hatte ein Auto bemerkt, das er noch nie zuvor gesehen hatte. Ein kleiner roter Audi. Am Steuer saß ein Mann, aber Genaueres hatte er aufgrund der getönten Scheiben des Autos nicht sehen können. Edvin hatte angenommen, es sei jemand, der jemanden abholen wollte, der dort wohnte. Als Edvin zur Kreuzung an der Fleminggatan kam, führte er trotzdem, zur Sicherheit, eine weitere Kontrolle durch, wie Bäckström es ihm ebenfalls geraten hatte. Er blieb stehen, nahm sein Handy heraus und tat so, als würde er telefonieren, während er versuchte, zu erkennen, was der Fahrer des roten Audi vorhatte.

Der hatte inzwischen den Parkplatz verlassen. Der Fahrer war noch immer allein im Auto, auch wenn er zu telefonieren schien, während er im Schneckentempo die Straße herunterfuhr. Edvin steckte sein Handy ein, bog nach links in die Fleminggatan ein, nach rechts in die Polhemsgatan, spazierte am großen Polizeigebäude vorbei und nahm dann einen ziemlichen Umweg zur Schule. Das hatte ihn zehn Minuten extra gekostet, und der rote Audi war ihm die ganze Zeit gefolgt. Als er durchs Schultor ging, um zwanzig nach acht, fuhr er zirka zwanzig Sekunden später draußen auf der Straße vorbei. Danach hatte er ihn nicht mehr gesehen, weder während des Schultags noch als er vor einer Stunde nach Hause gegangen war.

Edvins »zusammenfassende Beurteilung« lautete, der Fahrer des roten Audis hätte ihn morgens auf dem Schulweg verfolgt. Warum sollte er ihm sonst die ganze Zeit gefolgt sein, obwohl er sogar einen Umweg gegangen war?

»Ausgezeichnet, Edvin.« Bäckström nickte wohlwollend. »Das hast du absolut mustergültig gemacht. Deine Zeitangaben waren präzise, und ich weiß besonders das kleine Detail zu schätzen, dass du ihn an allen Überwachungskameras des Polizeipräsidiums vorbeigelockt hast.«

»Danke, Herr Kommissar«, sagte Edvin und nickte. Ebenfalls ziemlich zufrieden, wie es schien.

»Als unser Verdächtiger an den Kameras des Polizeigebäudes vorbeifuhr, war es acht Uhr acht. Ich hab mir alles genau notiert.« Edvin hielt das kleine schwarze Notizbuch hoch, das Bäckström ihm im Jahr zuvor zu Weihnachten geschenkt hatte.

»Du konntest nicht zufällig mit deiner Handykamera ein Foto von dem Mistkerl machen?«, fragte Bäckström.

»Leider nicht.« Edvin schüttelte den Kopf. »Ich hab mich nicht getraut, unnötig sein Misstrauen zu wecken.«

»Klug«, pflichtete Bäckström ihm bei.

»Aber die Autonummer habe ich natürlich. Die habe ich mir eingeprägt, bevor ich auf die Straße gegangen bin. XPW 302, und es ist ein roter Audi RS Q3. Das ist ihr kleinstes Sportmodell. Es kostet eine ganze Menge. Ungefähr Sechshunderttausend, und das ist ja nicht gerade wenig.«

»Ausgezeichnet, Edvin«, wiederholte Bäckström. »Ich merke, du hast recherchiert.«

»Ja«, sagte Edvin. »Ich habe es im Autoregister gegoogelt.«

»Und was hast du über den Fahrer erfahren?«

»Nicht sehr viel. Er wohnt hier in Stockholm. In der Öregrundsgatan in Gärdet. Er ist 1970 geboren, unverheiratet, keine

Kinder, und arbeitet wohl in der Staatskanzlei. Letzteres ist doch sehr zwielichtig. Das hat mein Vater erzählt.«
»Soso. Was erzählt dein Vater denn?«
»Dass alle, die da arbeiten, Schurken sind, die auf Kosten der Bevölkerung leben und ihnen das Geld wegnehmen.«
»Dein Vater ist ein kluger Mann«, stimmte Bäckström zu.
»Der Besitzer dieses Fahrzeugs. Hat er auch einen Namen?«
»Er heißt Daniel Johnson.«
Ich werde diesen Mistkerl umbringen, dachte Bäckström, doch er nickte nur.
»Was denkst du über ihn?«, fragte er.
»Dass er der Totenschädelmörder ist«, sagte Edvin, der seine Verwunderung plötzlich nur noch schwer verbergen konnte.
»Warum sollte er mich sonst verfolgen? Und dann arbeitet er ja noch an diesem Ort.«

Als Edvin Bäckström eine Viertelstunde später verließ, hatte er ein paar gute Ratschläge mit auf den Weg bekommen. Seinen Eltern nichts zu sagen. Stattdessen aber bei Bäckström zu klingeln, bevor er am nächsten Tag zur Schule ging. Wenn sie Glück hatten, konnten sie den Totenschädelmörder vielleicht auf frischer Tat ertappen, erklärte Bäckström. Und wenn Edvin sich auch nur im Geringsten unruhig fühlte, musste er versprechen, Bäckström anzurufen.

Danach hatte Bäckström Ankan Carlsson angerufen.
»Ich höre, Chef«, sagte sie. »Was kann ich für dich tun?«
Nicht das, was du glaubst, dachte Bäckström.
»Nimm diese beiden Olssons mit s und z und diesen Bauerntrampel aus Dalarna mit und komm zu mir nach Hause, jetzt sofort.«

»Bewegt sich jetzt endlich mal was?«
Verdammt noch mal, dachte Annika Carlsson.
»Erklär ich dir später«, sagte Bäckström.

78

Bäckström hatte seinen Bademantel durch Bermudashorts und ein Hawaiihemd ersetzt, um seine Besucher nicht unnötig in Verlegenheit zu bringen. Seinem Anrufbeantworter zufolge arbeitete er ja zu Hause, und dass er das nicht in Uniform tat, sollte wohl kaum jemanden erstaunen. Was auch immer das für eine Rolle spielte, dachte Bäckström. Er war ja ohnehin der Chef.

Nachdem er noch ein Bier brauchte, um klar denken zu können, war er leider gezwungen, auch seinen Mitarbeitern eines anzubieten, und sämtliche waren so schlecht erzogen, das Angebot anzunehmen. Sogar Ankan Carlsson, obwohl sie sicher wie üblich die Fahrerin war.

»Ich glaube, es stehen ein paar im Kühlschrank. Bringt mir auch eins mit«, sagte Bäckström. »Übrigens, musst du nicht fahren?«, fügte er hinzu und nickte in Ankan Carlssons Richtung.

»Ein kleines Bier macht doch nichts aus.« Annika Carlsson dehnte ihre Schultern. »Falls du noch mehr spendierst, muss ich das Auto eben über Nacht hier stehen lassen.«

Ankan Carlsson hatte allen ein Pils geholt. Fünf Bier und ein Glas für Bäckström, aber sie hatte zumindest den Anstand gehabt, die Finger von all seinen kleinen Appetizern zu lassen.

Bäckström leitete das Ganze damit ein, in seiner üblichen konzentrierten und effektiven Art zu berichten, was Edvin ihm erzählt hatte. Währenddessen konnte er beobachten, wie sich Ankan Carlssons Augen beträchtlich verschmälerten.

»Ich bringe den Mistkerl um«, zischte Ankan, sobald Bäckström fertig war.

»Lass uns damit warten«, sagte Bäckström. »Daniel Johnson läuft uns schon nicht weg. Andere Vorschläge?«

»Oder hat der Bursche sich unnötig verrückt gemacht?«, gab Stigson zu bedenken. »Wenn ich dich richtig verstanden habe, können wir ja nicht hundertprozentig sicher sein, dass Johnson im Wagen saß. Ich meine, er kann sein Auto ja jemandem geliehen haben.«

»Der einfach rumfährt und kleine Jungs verfolgt«, schnaubte Kristin Olsson. »Klar. Und wie wahrscheinlich ist das?«

»Ich glaube auch nicht an Zufälle.« Bäckström schüttelte den Kopf.

»Geht mir genauso«, sagte Ankan Carlsson. Olsson und Oleszkiewicz nickten zustimmend.

»Ich bin mir allerdings ziemlich sicher, dass Daniel Johnson ein typischer Kontrollfreak ist«, fuhr sie fort. »Er kann es einfach nicht sein lassen. Auch wenn er im tiefsten Inneren kapiert, dass er sich eigentlich zurückhalten sollte.«

»Glaub ich auch«, pflichtete ihr Kristin Olsson bei. »Zumindest war das mein Eindruck, als ich diese Caroline verhört habe, die bei ihm in der Firma gearbeitet hat. Dass er selbst ein ziemlicher Faulenzer war, aber sich gleichzeitig an allen möglichen komischen Details aufhängen konnte, was andere betraf. Dinge, die er einfach nicht loslassen wollte.«

»Seine zweite Frau«, sagte Annika Carlsson, »die, mit der ich gesprochen habe, die hat er ja gestalkt. Sie musste ihm damals ihren Bruder auf den Hals hetzen, damit er aufhörte.«

»Okay«, sagte Bäckström. »Bleibt die interessante Frage, wer von uns sein Maul aufgerissen hat, ohne vorher sein mickriges Hirn einzuschalten. Wie kommt es, dass Daniel Johnson überhaupt eine Ahnung hat, was wir hier machen? Es stand keine Zeile davon in der Zeitung, kein Wort im Netz. Letzteres hab ich nämlich gerade überprüft. Trotzdem scheint er zu wissen, was wir tun.«

»Wie kommt er auf den kleinen Edvin?«, fügte Annika Carlsson hinzu. »Sein Name steht nicht mal in unseren Papieren. Er ist ja noch minderjährig. Steht als Zeuge unter besonderer Geheimhaltungspflicht. Dafür hab ich gesorgt, da ist also alles klar.«

»Okay«, wiederholte Bäckström. »Wer hat sich verplappert?«

»Niemand, der hiersitzt«, meinte Annika Carlsson. »Nadja, Niemi und Hernandez kannst du auch vergessen. Die Seepolizei, der Hundeführer? Klar, die haben ihn gesehen, aber sie wissen wohl kaum, wie er heißt und wo er wohnt, und sie haben keinen Schimmer von Daniel Johnson.«

»Hat irgendwer einen guten Vorschlag?«, fragte Bäckström.

»Ich hab die Sache weiterverfolgt, die ich dir erzählt habe, Chef«, sagte Oleszkiewicz. »Dass Scharv und Johnson an der Uni Stockholm zusammen Strafrecht studiert haben. Im Herbst 1992. Ist vielleicht nicht die Welt, aber ein bisschen was hab ich schon herausgefunden.«

»Was denn?«, wollte Bäckström wissen.

»Erstens haben sie am selben Tag Prüfung gemacht. Auch das ist etwas dünn, aber oft wird ja hinterher gefeiert, und dabei kann doch einiges passieren. Manche wollen feiern, manche ihre Sorgen ertränken.«

»Was hatten sie denn für Ergebnisse?«

»Scharv hat einfach nur bestanden, was in diesem Kurs nicht gerade der Hit ist, aber Johnson hatte die Bestnote.«

War ja klar, dachte Bäckström.

»Hast du noch mehr rausgefunden?«, fragte er.

»Ja, tatsächlich«, antwortete Oleszkiewicz. »Bei diesen etwas längeren Kursen muss man ja oft kleinere Arbeiten schreiben, Rechtsfälle analysieren und so was. Dann stellt man die Arbeit in einem Seminar vor, und jemand anders aus der Gruppe fungiert als Opponent.«

»Und Scharv war in derselben Seminargruppe wie Johnson«, mutmaßte Bäckström.

»Ja, aber das wirklich Interessante ist, dass sie die Opponentin war, als er seine Arbeit vorgestellt hat.«

»Was du nicht sagst! Du könntest nicht zufällig eine Kopie dieses Aufsatzes organisieren, den er geschrieben hat?«

»Liegt schon in deiner Mail, Chef. Es geht um ein Urteil des Obersten Gerichtshofs. Ein alter Mord in Hälsingland in den Dreißigern, bei dem der Angeklagte zum Schluss vom Gericht freigesprochen wurde, weil sie der Meinung waren, dass der Staatsanwalt die Identität des Opfers nicht mit ausreichender Sicherheit bestätigen konnte. Er soll seine Frau ermordet haben, und sowohl das Amtsgericht als auch das Oberlandesgericht hatten die Anklage gebilligt, beim Oberlandesgericht allerdings mit einer Gegenstimme, also ist der Fall seltsamerweise beim Obersten Gerichtshof gelandet, obwohl es ja um Beweise ging. Und dort wurde er dann freigesprochen. Man war der Ansicht, dass die Leiche, die gefunden wurde, nicht mit Sicherheit seine Frau sein musste. Sie hatte ein gutes Jahr lang draußen gelegen, und zu dieser Zeit hatte man ja noch keine DNA-Profile und solchen Kram.«

»Was du nicht sagst«, wiederholte Bäckström. »Was du nicht sagst.«

Das wird ja immer besser, dachte er.

»Korrigiere mich, wenn ich falschliege«, sagte Stigson, »aber wenn die olle Scharv Johnson wirklich kannte, oder noch schlimmer, was mit ihm hatte, wäre das ja wohl ein Grund gewesen, wegen Befangenheit abzulehnen! Sobald ihr klar war, um wen es ging, hätte sie doch den Fall abgeben müssen!«

»Wenn sie es glaubt«, erwiderte Oleszkiewicz. »Erstens scheint sie ja nicht kapieren zu wollen, dass es überhaupt um Daniel Johnson geht. Seine erste Frau Jaidee Kunchai ist doch beim Tsunami verunglückt, so what? Also kann sie nicht viele Jahre später ermordet und auf einer Insel im Mälarsee versteckt worden sein.«

»Und zweitens?«, fragte Stigson.

»Ja, zweitens könnte sie ihn auch einfach vergessen haben. Es ist ja immerhin zwanzig Jahre her, dass sie zusammen studiert haben.«

»Einfache Frage«, warf Bäckström ein. »Was weiß unsere liebe Staatsanwältin vom kleinen Edvin?«

»Sie weiß, dass ein Seepfadfinder draußen im Ekerölager den Schädel gefunden hat, und zwar auf der Unheilsinsel beim Pilzesuchen«, sagte Annika Carlsson.

»Aber sie weiß nicht, wie er heißt, und sie hat keine Ahnung von Edvins Verbindung zu mir?«

»Nein.« Annika schüttelte den Kopf. »Das kann ich mir nicht vorstellen. Sie wollte auch nicht wissen, wie unser Zeuge hieß oder wo er wohnte. Wenn sie gefragt hätte, hätte sie es natürlich erfahren. Wie hätte ich sie daran hindern können?«

»Dann gibt es ja noch eine andere Möglichkeit«, begann Bäckström.

»Du denkst an unseren neuen Polizeimeister«, erwiderte Annika Carlsson. »Die Frage treibt mich auch um.«

»Aber wartet mal«, sagte Stigson. »Die waren vor dreißig Jahren zusammen bei den Seepfadfindern. Mit wie vielen Freunden aus der Kindheit habt ihr denn noch so Kontakt? Außerdem, was weiß Borgström über unseren Fall? Dass wir einen Schädel auf einer Insel im Mälarsee gefunden haben. Wenn er gewusst hätte, dass es ein anderer Seepfadfinder war, und dieselbe Insel, auf der er offenbar vom Baum gefallen ist und sich das Bein gebrochen hat, wüsste das wohl zu diesem Zeitpunkt die ganze Polizei Solna.«

»Ja, da hast du wohl recht.« Bäckström nickte. »Borgström ist zwar ein geschwätziger Idiot, in seinem kleinen Kopf hat wohl nur die Zunge Platz, aber hierüber weiß er nicht sehr viel.«

Wie viele trafen sich nach dreißig Jahren noch mit ihren Kindheitsfreunden, dachte Bäckström. Er selbst hatte nie welche gehabt, weder damals noch später. Es musste jemand anders sein.

Es blieben noch ein paar praktische Probleme, die sie über einem weiteren Pils diskutierten, das Bäckström ausgeben musste.

Stigson hatte sich bereit erklärt, die Überwachungsbilder von Johnsons Auto herauszusuchen, die entstanden sein mussten, als es an den Überwachungskameras vor dem Polizeihauptquartier in der Polhemsgatan vorbeigefahren war. Wenn die Zeitangaben des kleinen Edvin stimmten, sollte das ein Leichtes sein, und er hatte einen alten Studienfreund von der Polizeihochschule, der inzwischen bei der dort ansässigen Schutzpolizei arbeitete.

»Und was machen wir mit Edvin?«, fragte Annika Carlsson. »Mit seinen Eltern sprechen? Personenschutz anordnen? Ansonsten kann ich ihn auch zur Schule fahren.«

»Ich glaub, das lassen wir lieber«, sagte Bäckström. »Wollen wir ihn und seine Eltern mal lieber nicht unnötig erschrecken. Außerdem kann ich mir nicht vorstellen, dass Johnson ihm etwas antun würde.«

»Na gut, einverstanden. Was hältst du dann von der Alternative: Ich fahre zum lieben Johnson nach Hause und lehre ihn so richtig das Fürchten? Frage, was er und sein Auto heute früh hier zu suchen hatten, außer einem kleinen Jungen auf seinem Schulweg nachzuspionieren. Diese übliche Pädophilennummer, in der sie plötzlich unter Verdacht stehen, und bei der sie sich normalerweise in die Hosen scheißen. Besonders, wenn sie erfahren, dass ihr Alibi bei ihren Arbeitskollegen überprüft wird.«

»Ich kann deinen Gedankengang nachvollziehen«, erwiderte Bäckström. »An und für sich habe ich damit kein Problem.«

»Und womit hast du dann eins?«

»Wenn du so was machst, willst du ja auch eine Chance haben, hinterher zu sehen, wie er reagiert. Die haben wir aber nicht. In der jetzigen Situation haben wir null Kontrolle darüber, was Daniel Johnson macht. Wenn wir endlich einen normalen Staatsanwalt kriegen würden, wäre die Sache bald gelöst, denke ich. Dann könnten wir sogar ein Mikrophon in seine Kloschüssel schrauben, um zu überprüfen, wie oft er pissen muss.«

»Ich hab eine Idee«, warf Kristin Olsson ein.

»Ich höre.« Bäckström füllte sein leeres Glas mit dem dritten Pils, das er sich geholt hatte, denn mehr als zwei wollte er den anderen nicht ausgeben.

»Ich hatte keine Ahnung, wer Edvin war«, erklärte Kristin Olsson. »Ich wusste nur, dass derjenige, der den Schädel gefunden hatte, ein Seepfadfinder war, der im selben Haus wohnt wie du.«

»Und?«

»Ich hab nur fünf Minuten gebraucht, um ihn zu finden. Edvin ist offenbar das einzige Kind in diesem Haus. Seinen Namen, seine Eltern, Freunde, auf welche Schule er geht. Fotos von ihm. Seine Interessen. All das, was man im Netz so findet.«

»Und du denkst, Johnson hat dasselbe getan«, konstatierte Bäckström.

»Ja. Ich glaube sogar, dass ich es herausfinden kann. Ohne die Staatsanwältin um Erlaubnis zu bitten.«

»Wisst ihr was«, sagte Bäckström. »Wir sehen uns morgen in der Arbeit. Und zwar früh. Acht Uhr Kriegsrat in meinem Büro.«

»Was hältst du von zehn Uhr«, schlug Annika Carlsson mit unschuldiger Miene vor. »Ich bin nämlich bis zehn Uhr beschäftigt.«

»Okay«, erwiderte Bäckström. »Aber jetzt müsst ihr mich entschuldigen. Ich hab noch ein wichtiges Meeting.«

Dann hatte er sie zur Tür begleitet. Annika Carlsson war die Letzte, die hinausging. Kurz bevor sie das tat, beugte sie sich zu Bäckström vor, steckte ihm ihre feuchte Zunge ins Ohr und flüsterte ihm zu:

»Ruf an, falls du's dir anders überlegst, Bäckström!«

Glücklicherweise konnte er sie hinausmanövrieren, ohne dass jemand der anderen bemerkte, was sie gerade getan hatte. Dann schloss er die Tür fest zu und schenkte sich einen ordentlichen Cognac ein, um sein klopfendes Herz zu beruhigen.

79

Annika Carlsson hatte nie vorgehabt, Edvin allein zur Schule gehen zu lassen. Dass Bäckström ihn um acht Uhr morgens begleiten würde, hielt sie auch für unwahrscheinlich. Außerdem musste sie ihr Auto abholen, das sie am Abend zuvor dort stehen gelassen hatte. Sie hatte ganz hinten in der Straße geparkt, hundert Meter von der Eingangstür des Hauses entfernt, in dem Bäckström und Edvin wohnten.

Um eine Minute nach acht blickte Bäckström auf die Straße hinaus. In einem knöchellangen Morgenrock aus roter Seide und schwarzen Pantoffeln stellte er sich auf den Gehweg und kontrollierte mit Feldherrenmiene, ob alles in Ordnung war. Dann kam Edvin aus der Tür. Bäckström tätschelte ihm den Kopf und sagte irgendetwas zu ihm, bevor er wieder im Haus verschwand.

Edvin war so wachsam wie ein sehr kleiner Indianer, als er die Straße hinunterging, vollauf damit beschäftigt, in alle Richtungen gleichzeitig zu sehen, und um ihn nicht zu erschrecken, kurbelte Annika die Scheibe herunter und rief ihn.

»Hallo, Edvin! Bist du auf dem Weg zur Schule?« Sie winkte ihm zu. Kleiner Mann, dachte sie, und wenn sie nicht plötzlich einen Kloß ihm Hals gehabt hätte, hätte sie ihn fest umarmt.

Edvin schien sowohl erfreut als auch erleichtert, sie zu sehen.

»Annika! Was machst du denn hier?«

»Ich wollte mein Auto holen«, antwortete Annika, die ihn

nicht unnötig in Verlegenheit bringen wollte.«Soll ich dich zur Schule fahren?«

»Ja«, sagte Edvin. »Dann kann ich dir zeigen, welchen Weg ich gegangen bin, als der Totenschädelmörder mich gestern verfolgt hat.«

Ungefähr zu dem Zeitpunkt, als Annika Carlsson Edvin zur Schule fuhr, sahen sich Jan Stigson und sein Kollege und ehemaliger Mitstudent die Aufnahmen der insgesamt acht Überwachungskameras an, die am Eingang zum Polizeihauptquartier in der Polhemsgatan angebracht waren.

Edvin war auf sämtlichen zu sehen, wie er auf dem Gehweg vorbeispazierte. Zehn Sekunden später war der rote Audi vorbeigefahren, so langsam, als suche der Fahrer eigentlich nach einem Parkplatz. Trotz der getönten Scheiben und der Sonnenbrille, die der Fahrer trug, gab es einige gute Bilder des Mannes hinter dem Steuer.

»Gib Bescheid, wenn ihr Hilfe bei der Analyse der Bilder braucht«, sagte Stigsons Kollege.

»Ich melde mich auf jeden Fall«, sagte Stigson. »Vielen Dank für die Hilfe!«

»Gern geschehen. Sag diesem Mistkerl einen Gruß von mir, wenn ihr ihn einlocht.«

Nachdem Annika Carlsson Edvin vor der Schule abgesetzt hatte, fuhr sie sofort zurück zum Polizeipräsidium Solna. Inzwischen hegte sie keinerlei Zweifel mehr daran, dass das rote Auto Edvin von seiner Wohnung bis zur Schule verfolgt hatte. Genauso sicher war sie sich, dass Daniel Johnson am Steuer gesessen hatte. Blieb eigentlich nur noch ein Problem: Wie Johnson von Edvin wissen konnte. Weder ihre Staatsanwältin noch der neue Polizeimeister sollten von ihm wissen. Ganz egal, ob sie Johnson kannten und noch mit ihm Kontakt hatten oder nicht.

Irgendjemand hatte irgendjemandem irgendetwas gesagt, der dann mit der falschen Person gesprochen hatte. Irgendjemand von den Hunderten von Polizisten, die jeden Tag durch das Polizeipräsidium in Solna liefen, dachte Annika Carlsson.

Höchste Zeit, mit Toivonen zu sprechen, dem Chef der dortigen Kriminalpolizei, der außerdem am meisten darüber wusste, was sich in den Köpfen all seiner Kollegen abspielte.

»Was glaubst du?«, fragte Annika Carlsson eine halbe Stunde später, als sie in Toivonens Büro saß und ihm gerade ihr Herz ausgeschüttet hatte.

»Ich glaube, der, nach dem du suchst, sitzt vor dir.« Toivonen seufzte und schüttelte den Kopf.

»Was?«, sagte Annika.

Was sagt er da, dachte sie. Toivonen, der kaum mit sich selbst sprach.

»Weißt du noch, wann wir diesen Fall bekommen haben?«, fragte Toivonen. »Ich erinnere mich, dass du mir am selben Abend eine Mail geschickt hast.«

»Das war am 19. Juli, ein Dienstag.«

»Okay. Am Tag danach, das glaube ich jedenfalls, hat Borgström mich genervt und gefragt, ob etwas passiert war. Da habe ich erwähnt, dass wir am Tag vorher einen Schädel mit einem Einschussloch gefunden hatten. Auf einer Insel im Mälarsee, das hab ich, glaub ich, auch erwähnt.«

»Und das hat ihn total vom Hocker gerissen.«

»Ja, klar. Er wollte uns einen Staatsanwalt andrehen, aber das konnte ich da noch mit den üblichen Argumenten abwenden.«

»Schade, dass es nicht so weiterging.« Annika Carlsson grinste.

»Ich weiß, was du meinst.« Toivonen seufzte noch einmal.

»Kurze Zeit später, es muss Ende der Woche gewesen sein, bin ich Borgström im Solna Centrum in die Arme gelaufen. Er musste mich natürlich sofort zum Kaffee einladen, und dann hat er wieder damit angefangen. Wie es mit diesem Schädel lief, ob wir ihn selbst gefunden hätten, du weißt schon. Da hab ich ihm erzählt, dass es ein kleiner Junge war. Und dass der Fall deswegen bei uns gelandet war, weil der Bursche im selben Haus wohnte wie Bäckström.«

»Aber er hat nie nach seinem Namen gefragt?«

»Nein, aber im Hinblick auf das, was ich leider gesagt habe, kann es nicht so schwer gewesen sein, ihn rauszukriegen. Ein kleiner Junge, der im selben Haus wohnt wie Bäckström. Ich glaube kaum, dass es in der Bude vor Kindern wimmelt.«

»Was machen wir jetzt?«

»Das Einfachste ist wohl, wir fragen Borgström«, schlug Toivonen vor. »Ob er noch Kontakt mit Johnson hat.«

»Und wann?«

»Jetzt«, antwortete Toivonen. »Ich wollte mich sowieso mit ihm treffen, um über das ganze andere Elend zu sprechen. Hast du ein gutes Foto von Johnson?«

»Mehrere«, sagte Annika. »Wenn ich mal kurz an deinen Computer dürfte.«

»Wie schön, euch zu sehen«, sagte ihr neuer Polizeimeister fünf Minuten später, als Toivonen und Annika Carlsson es sich in seinem Büro bequem gemacht hatten. Womit kann ich euch helfen?«

»Kennst du den hier?«, fragte Toivonen und reichte ihm das Foto eines lächelnden Daniel Johnson.

»Ja, auf jeden Fall«. Borgström lächelte. »Das ist einer meiner alten Freunde aus der Kindheit. Er arbeitet inzwischen beim Außenministerium. Ein sehr erfolgreicher Mann. Auf den Fluren des Erbfürstenpalais munkelt man, dass er Botschafter in einem unserer Nachbarländer werden soll.«

»Ihr habt immer noch Kontakt«, warf Annika Carlsson ein.

»Ja. Nicht jeden Tag natürlich, aber wir sehen uns hin und wieder. Zuletzt wohl vor ungefähr einem Monat bei einem Abendessen des Gastro-Clubs. Da sind wir beide Mitglied, und diesmal war ein gemeinsamer Bekannter der Gastgeber, er ist gerade wieder zurück nach Schweden gekommen, nachdem er viele Jahre im Ausland gearbeitet hatte. Übrigens, warum fragt ihr?«

»Es könnte nicht zufällig sein, dass du ihm erzählt hast, dass wir einen Schädel auf einer Insel im Mälarsee gefunden haben?«, erkundigte sich Toivonen.

»Aber das sind doch die üblichen Dinge, über die man spricht. Was in der Arbeit passiert, ihr wisst schon. Doch, ich bin ziemlich sicher, dass ich das gesagt habe. Warum ich das getan habe? Vermutlich, weil wir beide früher unsere Sommer da draußen auf dem Mälarsee verbracht haben. Ich weiß nicht, ob ich es schon erwähnt habe, aber Daniel und ich waren beide bei den Seepfadfindern. Unser Lager war draußen auf Ekerö.«

»Und du hast nicht vielleicht noch mehr erzählt?«

»Jetzt verstehe ich nicht ganz, was du meinst.« Borgström hatte plötzlich aufgehört zu lächeln.

»Du hast ihm nicht zufällig erzählt, dass ein kleiner Junge den Schädel gefunden hat, der im selben Haus wohnt wie Kollege Bäckström?«

»Na ja, er hat ja gefragt, ob wir ihn gefunden hätten, und da hab ich das wohl gesagt. Dass er deswegen bei uns gelandet ist, weil der Finder, ein kleiner Junge, der Nachbar des bekanntesten Polizisten von Schweden ist.«

»Das war dumm von dir.«
»Wie bitte?«
»Das war verdammt dumm von dir«, wiederholte Toivonen.
»Wenn man bedenkt, was ich gesagt habe, finde ich, es war nichtssagend und außerdem ziemlich harmlos.«
»Dann will ich dir mal erklären, warum das nicht stimmt. Dass es nichtssagend oder harmlos war«, sagte Toivonen.

»Oh mein Gott«, rief Borgström fünf Minuten später. »Was hab ich nur angestellt? Das ist ja schrecklich! Was machen wir denn jetzt?«

»Für den Anfang fände ich es schon mal gut, wenn alle die Klappe halten würden«, antwortete Toivonen.

»Ja, aber wir müssen wohl Anzeige gegen mich erstatten. Ich hab ja meine Geheimhaltungspflicht gebrochen.«

Karl-Bertil Jonsson geht es nicht gut, dachte Annika Carlsson, die nur nickte. Und ein schlechter Mensch ist er nicht.

»Wie gesagt«, wiederholte Toivonen. »Wenn wir jetzt einfach die Klappe halten, wird es sich hoffentlich auch so regeln. Ich hab schon Schlimmeres erlebt.«

»Ihr seid viel zu gut zu mir«, sagte Borgström. »Bei dem, was ich getan habe.«

Um zehn Uhr hielten sie Kriegsrat in Bäckströms Büro. Annika Carlsson erzählte, dass sie die undichte Stelle gefunden hatten.

»Das übliche Gerede, ohne böse Absicht«, erklärte sie. »Wenn ich etwas zu seiner Verteidigung sagen darf, wirkte er beinahe verzweifelt, als er kapiert hat, worum es geht.«

»Heißt das, dass wir das mit der Scharv nicht mehr weiterverfolgen?«, fragte Oleszkiewicz.

»Nein, warum?«, erwiderte Bäckström. »Falls sie sich auch

verplappert haben sollte, werde ich sie nicht so einfach davonkommen lassen. Ich werde sie einfach direkt fragen.«

»Dann hab ich einen Vorschlag«, sagte Annika Carlsson.

»Welchen denn?«

»Dass Toivonen sie damit konfrontieren soll. Dann kapiert sie gleich, dass das nicht nur uns beschäftigt.«

»Ja, warum nicht.« Bäckströms Miene hellte sich auf. Dieses liederliche Weibsstück ist nicht ganz auf den Kopf gefallen, dachte er.

»Wegen der Überwachungsbilder von Johnson und seinem Auto – die hab ich Niemi gegeben«, sagte Stigson. »Er hat versprochen, sie sich sofort anzuschauen.«

»Gut«, sagte Bäckström.

»Und was machen wir jetzt?«, fragte Kristin Olsson.

»Wir berufen ein Treffen ein, mit allen«, antwortete Bäckström. »Damit wir die Lage sondieren können.«

»Und was machen wir mit der Staatsanwältin?«, wollte Nadja wissen.

»Die muss natürlich dabei sein«, sagte Bäckström. »Ich werde selbst mit ihr sprechen. Wir sehen uns um eins.«

Sobald er allein in seinem Zimmer war, rief Bäckström Hanna Scharv an und erklärte ihr, dass er leider ein außerordentliches Treffen mit dem Ermittlerteam hatte einberufen müssen.

»Ohne mich vorab zu informieren?«, sagte Scharv. »Das war dumm von dir, Bäckström. Ich bin nämlich diejenige, die diese Ermittlung leitet.«

»Deswegen rufe ich ja jetzt an«, antwortete Bäckström. »Wir müssen uns treffen, um eins im üblichen Raum.«

»Ich bin leider heute Nachmittag verhindert. Ich könnte aber am Montag. Deshalb...«

»Es sind Dinge passiert«, unterbrach sie Bäckström. »Und es kann nicht bis Montag warten. Schade, dass Sie nicht kommen können, aber dann müssen wir es eben ohne Sie machen.«

»Und was ist es, das da so wichtig ist?«

»Nichts, worüber wir am Telefon sprechen können.«

»Ich melde mich«, blaffte Scharv, und dann legte sie einfach auf.

»Die Alte weigert sich also, herzukommen«, sagte Annika Carlsson.

»Klar kommt sie«, erwiderte Bäckström. »Nicht, weil sie kommen will, sondern, weil sie noch mehr Angst vor dem hat, was passieren kann, wenn sie nicht kommt. Sie ist genauso ein Kontrollfreak wie dieser Außenministeriums-Hampelmann Johnson.«

»Ich glaube, der Punkt geht an dich.« Annika Carlsson nickte.

»Und dann wollte ich dich noch um etwas bitten«, sagte Bäckström.

»Na endlich.« Annika lächelte breit. »Aber mach zuerst die Tür zu, dann können wir das in Ruhe besprechen.«

80

Genau wie Bäckström vorhergesehen hatte, erschien Hanna Scharv zu ihrem Treffen. Sogar fünf Minuten vor der vereinbarten Zeit. Toivonen hatte sie kontaktiert, um ihr mitzuteilen, er wäre auch dabei, um sich über den Stand der Dinge zu informieren. Außerdem gab es etwas, worüber er mit ihr sprechen wollte. Unter vier Augen.

»Worum geht es denn?«, fragte Hanna Scharv.

»Hier im Haus geht das Gerücht, dass Daniel Johnson und Sie einander kennen«, sagte Toivonen. »Dass Sie zusammen Jura studiert haben und dass Sie unter anderem Opponentin bei einer Arbeit waren, die er geschrieben hat.«

Hanna Scharv war nicht einmal verwundert über diese beinahe ehrenrührigen Gerüchte, auch wenn gerade das vielleicht die größte aller Dummheiten war, die sie sich von ihren Ermittlern hatte anhören müssen. Selbstverständlich kannte sie Johnson nicht. Wenn sie das tun würde, hätte sie die Leitung der Ermittlung nicht angenommen. Sie wusste nicht einmal, wer er war. Dass sie Opponentin bei einer Arbeit gewesen war, die er vor fünfundzwanzig Jahren geschrieben hatte, war eine andere Sache. Sie wäre damals oft Opponentin gewesen, ohne sich den Verfasser der Arbeit zu merken.

»Das können Sie so weitergeben«, erklärte Hanna Scharv.

»Das können Sie gern selbst machen.« Toivonen zuckte vielsagend mit den Schultern.

»Das Einfachste wäre ja, sie würden tun, was ich ihnen sage«, sagte Scharv. »Anstatt ihre Zeit damit zu verschwenden, ihrer Voruntersuchungsleiterin nachzuspionieren.«

»Ich glaube nachspionieren kann man das nicht nennen«, entgegnete Toivonen. »Ihre Berührungspunkte mit Daniel Johnson sind kein Geheimis.«

»Kann schon sein.« Scharv blickte aus irgendeinem Grund auf die Uhr.

»Ich hab gehört, es gibt Probleme bei der Ermittlung«, sagte Toivonen.

»Ich habe keine Probleme. Außer mit Ihren Kollegen, die nicht tun, worum ich sie bitte.«

»Und meine Kollegen sind der Ansicht, Sie mischen sich in Dinge ein, die Sie nichts angehen.«

»Dann sollten sie für eine Gesetzesänderung plädieren und ihre Voruntersuchungen selbst leiten. Bis dahin werde ich tun, wozu ich verpflichtet bin. Am Montag fängt meine neue Chefin an. Im Hinblick auf all das, was Ihre Ermittler angestellt haben, sehe ich mich leider gezwungen, ein Gespräch mit ihr zu führen.«

»Natürlich«, sagte Toivonen. »Und falls Sie sich fragen, ich habe bereits mit unserem Polizeimeister gesprochen.«

»Schön.« Scharv stand mit einem Ruck auf. »Dann können wir dieses Gespräch ja beenden.«

Das Spiel kann beginnen, dachte Bäckström. Alle waren da. Auch Niemi und Hernandez hatten sich eingefunden. Plus Toivonen. Und Hanna Scharv, die Hauptperson des Dramas, wovon sie wohl kaum eine Ahnung hatte. Zur Sicherheit hatte sie sich so weit weg von Bäckström gesetzt, wie es nur ging. Ihrem Gesichtsausdruck nach zu urteilen hatte sie nicht vor, sich kampflos zu ergeben.

»Stillen Sie doch meine Neugier, Bäckström«, sagte Scharv. »Was ist denn so unglaublich Wichtiges passiert, dass ich meine ganze Planung umwerfen muss, um zu diesem Treffen zu eilen?«

»Großartig, dass Sie es einrichten konnten«, sagte Bäckström. »Damit wir Sie über die neuesten Entwicklungen informieren können.«

»Und was sind das für welche?«

»Wir sind uns inzwischen sicher, dass unser Mordopfer von der Unheilsinsel Jaidee Kunchai ist.«

»Interessant.« Scharvs Stimme triefte vor Ironie. »Ich meinerseits bin nämlich sicher, dass Jaidee Kunchai vor zwölf Jahren beim Tsunami in Thailand verunglückt ist. Bis jetzt habe ich auch nichts gesehen, das mir einen Grund gibt, meine Meinung zu ändern.«

»Was die DNA anbelangt, die man dort unten gesichert hat, scheint da ein schwerwiegender Fehler passiert zu sein. Die DNA, die man den schwedischen Kollegen geschickt hat, stammt von Jaidees Habseligkeiten, unter anderem ihrer Zahnbürste. Sie stammt nicht von ihrer Leiche.«

»Sie wollen also sagen, man hat eine unbekannte Frau identifiziert, die offenbar Jaidees Zahnbürste verwendet hat?«

»Nein«, erwiderte Bäckström. »Sie war ja schon tot, sie musste sich also nicht mehr die Zähne putzen. Erst recht nicht mit der Zahnbürste von jemand anderem. Das hat ihr Mann nur der Polizei in Phuket verkauft, als er ihnen das Necessaire seiner Frau gegeben und behauptet hat, es gehöre zu der Leiche, die dort lag. Die aber nicht seine Frau war.«

»Aha. Und er selbst und die Angestellten des Hotels sollten also Jaidee mit einer völlig unbekannten Frau verwechselt haben, die außerdem noch in dem Haus gefunden wurde, in dem Kunchai und Johnson wohnten.«

»Johnson nicht«, sagte Bäckström. »Er wusste, dass es nicht seine Frau war. Die beiden Angestellten dagegen haben wohl in gutem Glauben gehandelt. Die Leiche dieser Frau, vor allem der Kopf, war übel zugerichtet, und ich glaube nicht, dass sie besonders genau hingesehen haben. Außerdem trug sie ja Kunchais Nachthemd und Schmuck. Dafür hatte er gesorgt.«

»Diese unbekannte Frau … Woher kam sie denn?«

»Wir glauben, dass sie sie in der Nacht vor dem Tsunami in einem Nachtclub in Phuket aufgelesen hatten. Eine Prostituierte. Und dann mit in ihr Hotel genommen.«

»Sie«, sagte Scharv. »Du sagst sie. Ich interpretiere das so, dass auch Jaidee Kunchai in die Sache verwickelt gewesen sein soll.«

»Ja«, antwortete Nadja. »Daniel Johnson und seine Frau haben zusammen einen Versicherungsbetrug durchgeführt. Die Summe beläuft sich insgesamt auf gut fünfundzwanzig Millionen Kronen.«

»Aber es ist ja schön zu hören, dass sie diese unbekannte Prostituierte nicht umbringen mussten. Denn das hat ja der Tsunami übernommen. Wie haben sie den denn geplant, übrigens?«

»So was fruchtet bei mir nicht«, sagte Nadja. »Das können Sie mir und allen, die hiersitzen, also ersparen. Sie haben die Gelegenheit beim Schopf gepackt. Die Frau, die sie mit ins Hotel genommen hatten, ist im Tsunami umgekommen. Daniel Johnson und Jaidee Kunchai haben überlebt. Einer von ihnen, oder beide, hatte da die gute Idee, diesen Betrug durchzuziehen.«

»Diese zuvor völlig unbekannte Frau«, fragte Scharv. »Wissen wir, wer sie war?«

»Unsere thailändischen Kollegen arbeiten daran«, antwortete Nadja. »Ich glaube, es wird sich lösen. Bisher haben wir noch niemanden gefunden, der sie im Hotel gesehen hat. Der

Chauffeur, der Johnson, Jaidee, sie und ein paar andere Gäste zum Hotel gefahren hat, ist im Tsunami verunglückt. Ich glaube trotzdem, auch dieser Teil der Geschichte wird sich lösen.«
»Aber Jaidee Kunchai lebt also?«
»Na ja, bis ihr Mann sie erschießt«, sagte Bäckström. »Irgendwann vor fünf bis zehn Jahren. Aber auf jeden Fall ein paar Jahre nach dem Tsunami.«
»Und warum hat er das getan?«, wollte Scharv wissen.
»Das Übliche.« Bäckström zuckte mit den Schultern. »Sie stritten ums Geld.«
»Ja, aber das ist ja eine ganz fantastische Geschichte«, sagte Hanna Scharv. »Habt ihr noch mehr? Konkretere Dinge, sozusagen?«
»Zwei ziemlich schwerwiegende Dinge sogar.« Bäckström klappte seinen Laptop auf. »Unter anderem haben wir rekonstruiert, wie unser Opfer von der Unheilsinsel zu Lebzeiten ausgesehen hat. Wir haben eine spezielle Expertin, die solche Sachen macht, und sie hat dafür unter anderem den Schädel verwendet, den wir auf dieser Insel gefunden haben. Wenn Sie sich das Bild hier ansehen...« Bäckström tippte auf seinem Computer herum, bis das Bild einer Gesichtskontur in Frontalansicht erschien, in die man einen Schädel und Teile eines Unterkiefers gelegt hatte.
»Aha.« Scharv runzelte die Stirn. »Und wie soll ich das deuten?«
»Das werden Sie gleich sehen.« Bäckström präsentierte das nächste Bild. Ein Foto von Jaidee Kunchais Gesicht, frontal von vorne aufgenommen.
»Ich verstehe den Punkt immer noch nicht.«
»Aber jetzt sicher.« Bäckström legte des Bild von Jaidee Kunchai über die Gesichtskontur mit dem Schädel.

»Ich sehe ein Foto von Jaidee Kunchai«, sagte Scharv.

»Wir anderen sehen wohl mehr als nur das«, entgegnete Bäckström. »Wir sehen eine perfekte Übereinstimmung zwischen dem Foto von ihr und dem Schädel. Nicht zuletzt, was ihre Zähne betrifft. Die Wahrscheinlichkeit, dass es ein anderer Schädel ist als der Jaidee Kunchais, ist sehr gering. Unsere Expertin hat bereits eine ganze Menge Vergleiche mit entsprechenden Fotos von anderen thailändischen Frauen unternommen. Keine von ihnen ist auch nur nahe dran.«

»Das sind doch reine Spekulationen mithilfe solcher Computer-Bildtechnik. Ihr habt doch sicher mehr.« Scharv schüttelte den Kopf.

»Ja, ich hab was«, rief Annika Carlsson. »Entschuldigt bitte, dass ich esse, während ich spreche. Ich hab den ganzen Tag noch keinen Bissen reingekriegt.«

»Sicher, sicher«, antwortete Scharv. »Was haben Sie denn so Wichtiges herausgefunden?«

»Es ist offenbar so, dass Daniel Johnson den jungen Mann verfolgt, der unseren Schädel gefunden hat«, erklärte Annika Carlsson. »Bäckström, kannst du die Überwachungsfilme zeigen, die wir von ihm und Johnson haben?«

»Klar.« Bäckström tippte auf seinem Computer herum, während Annika Carlsson mithilfe eines gewöhnlichen Buttermessers aus Holz eine dicke Schicht Kräuterquark auf eine Scheibe Vollkornbrot zu streichen begann.

»Hier kommt also unser kleiner Zeuge.« Bäckström zeigte die Filmsequenz, in der Edvin an dem großen Polizeigebäude vorbeiging, doch Staatsanwältin Scharv schien eher an Annika Carlssons Beschäftigung mit ihrem Brot interessiert zu sein als an den Bildern von Edvin.

»Mann, tut das gut.« Annika Carlsson verschlang einen ordentlichen Bissen. »Entschuldigung. Aber wer kommt hier, glaubt ihr? Hinter unserem kleinen Zeugen hergefahren?«

»Aha, ja. Dieser rote Audi«, erklärte Bäckström. »Das ist Johnsons Auto.«

»Ja«, pflichtete ihm Stigson bei. »Das Auto und der Fahrer sind auf Bildern von insgesamt acht Überwachungskameras zu sehen, die sich in der Polhemsgatan an der Vorderseite des Polizeigebäudes befinden. Die Bilder wurden gestern früh um acht Minuten nach acht aufgenommen. Daniel Johnsons Auto. Daran besteht kein Zweifel. Die Autonummer haben wir. Er ist auf sämtlichen Kameras. Außerdem haben wir die Hoffnung, dass er auch auf Kameras in den umgebenden Vierteln zu sehen ist.«

»Und der Fahrer? Was wissen wir über ihn?«, fragte Bäckström mit Unschuldsmiene.

»Daniel Johnson«, sagte Stigson. »Das ist schon ziemlich sicher. Bald haben wir auch noch bessere Bilder von ihm.«

»Aber meine Güte«, rief Scharv. »Das muss doch wohl reiner Zufall sein!«

»Das glaube ich kaum.« Annika Carlsson sah Scharv mit sehr schmalen Augen an. »Als der Junge zu Hause losging, stand Johnson schon vor seiner Haustür und hat auf ihn gewartet. Als er endlich an der Schule ankam, war er völlig durch den Wind. Was denken Sie, Frau Staatsanwältin? Das ist ja wohl ein sehr merkwürdiges Zusammentreffen«, schloss sie und tauchte das Buttermesser tief in die Packung mit Quark.

»Das muss reiner Zufall …«

»Hoppla.« Annika Carlsson brach das Buttermesser, das sie in der Hand hielt, in der Mitte durch. »Ich hab es von meinen Bruder, er hat es damals im Werkunterricht gemacht, aber jetzt muss ich ihn wohl um ein neues bitten«, sagte sie und legte die beiden Teile vor sich auf den Tisch.

»Entschuldigung«, fuhr sie fort, »ich glaub, ich hab Sie unterbrochen?«

»Ja, was ich sagen wollte, war, dass ich trotzdem glaube, es war reiner Zufall. In der Gegend ist ja morgens um diese Zeit sehr viel Verkehr.«

»Ich hab Sie verstanden.« Annika Carlsson wickelte die Reste ihrer Mahlzeit in eine Plastiktüte. »Ich bin nicht Ihrer Meinung. Ich glaube, er verfolgt unser Opfer. Vermutlich, um dem Jungen Angst einzujagen. Warum Daniel Johnson das tun sollte, meinen Sie? Er dürfte ja weder wissen, woran wir hier arbeiten, noch, wer unser Zeuge ist. Seine Frau ist schließlich im Tsunami umgekommen. Was sollte ihn denn beunruhigen? Oder was meinen Sie, Frau Scharv?«

»Entschuldigen Sie mich.« Hanna Scharv schüttelte abwehrend den Kopf und hielt sich die Hand vor den Mund. Dann stand sie auf, stopfte die Papiere in ihre Aktentasche und verließ eilig den Raum.

81

»Okay«, sagte Annika Carlsson, als sie eine halbe Stunde später in Bäckströms Büro kam. »Ich bin Polizistin, keine Schauspielerin. Das mit dem Buttermesser, das du mir gegeben hast und das ich abbrechen sollte. Was war das?«

»Es sollte das Weib dazu bringen, ihren Verstand in Frage zu stellen«, antwortete Bäckström. »Danke übrigens. So musste ich ihr nicht die Dienstwaffe ans Hirn halten und probeklicken.«

»Verstehe. Vielleicht kein so messerscharfer Verstand.« Annika Carlsson nickte.

»Nein«, sagte Bäckström. »Buttermesser aus Holz sind ja nicht so scharf. Dass das zufällig Scharvs Spitzname ist, kann man dir ja nicht zur Last legen. Davon hattest du schließlich keine Ahnung.«

»Aber sie selbst schien es zu wissen«, stellte Annika Carlsson fest.

»Ja, es sah zweifellos so aus.« Bäckström grinste zufrieden.

»Weißt du was, Bäckström?«

»Nein.«

»Erstens mag ich es nicht, wenn man mich ausnutzt. Und zweitens hab ich manchmal den Eindruck, dass du ein verdammt schlechter Mensch bist.«

»Danke für deinen glänzenden Einsatz«, erwiderte Bäckström. »Aber jetzt musst du mich entschuldigen.«

»Du musst mich nicht einmal darum bitten«, sagte Annika

Carlsson. »Momentan hab ich wirklich die Schnauze voll von dir.«

Fünf Minuten später stand Nadja in der Tür zu Bäckströms Zimmer. Sie kam nicht einmal herein und setzte sich, obwohl er mit einem Kopfnicken auf seinen Besucherstuhl gedeutet hatte.
»Ich bereue, dass ich dir von dem Spitznamen der Staatsanwältin erzählt habe«, sagte Nadja. »Ich hab mit Annika gesprochen. Sie hast du offenbar auch ausgenutzt.«
»Hätte ich mir denken können«, seufzte Bäckström. »Ihr habt euch schon abgesprochen. Ich meinerseits finde, es hat ganz ausgezeichnet funktioniert.«
»Manchmal mach ich mir ernsthafte Sorgen um dich«, erwiderte Nadja. Dann ging auch sie.

Hanna Scharv war nach dem Treffen zur Rezeption hinuntergestürzt, und ihre beiden Leibwächter hatten sofort begriffen, dass etwas Schwerwiegendes passiert sein musste. So war es laut Scharv auch. Sie hatte gerade bei der Besprechung mit ihrem Ermittlerteam eine Morddrohung erhalten.
»Bei der Besprechung?«, sagte der eine von ihnen. »Wie das denn?«
»Sie hat ein Buttermesser zerbrochen«, antwortete Hanna Scharv. »Direkt vor meinen Augen. Es war diese grässliche Frau, die aussieht wie ein Bodybuilder.«
»Annika Carlsson?«
»Ja, genau die. Sie scheint absolut lebensgefährlich zu sein. Ich will, dass ihr sie wegen schwerer Bedrohung festnehmt. Jetzt sofort. Das ist ein Befehl.«
»Jetzt warte mal, Hanna. Immer mit der Ruhe. Jan holt jetzt erst mal das Auto, dann kannst du mir alles in Ruhe erzählen«,

sagte der andere und wechselte einen vielsagenden Blick mit seinem Kollegen.

Sobald Kriminalinspektor Jan Persson beim Dezernat für Personenschutz der Sicherheitspolizei auf die Straße gekommen war, rief er seinen Chef an.

»Ich befürchte, Scharv ist verrückt geworden«, sagte Persson.
»Wie verrückt?«
»Komplett verrückt.«
»Kannst du mir vielleicht ein Beispiel geben?«
»Sie behauptet, Ankan Carlsson, du weißt schon... Ankan hätte sie bedroht.«
»Ja, ich weiß«, antwortete sein Chef. »Aha, ja. Na ja, Ankan kann ja schon furchteinflößend sein.«
»Ja«, sagte Persson. »Aber sie sieht auch ziemlich gut aus.«
»Das weiß ich. Aber was hat sie denn angestellt?«
»Sie hat sich offenbar ein Brot geschmiert und dabei das Buttermesser zerbrochen.«
»Interessant. Und was sollen wir laut unserem Schutzobjekt Scherv dagegen tun?«
»Ankan Carlsson umgehend festnehmen. Was Gustav und ich gerne den Kollegen vom Einsatzkommando überlassen. Sie wünscht außerdem, dass wir sie sofort nach Hause fahren. Sie will nicht zurück an den Ort, den wir für sie organisiert haben. Sie riecht, dass das eher ein Gefängnis ist. Sie sagt, wenn wir nicht spuren, ruft sie irgendeine Freundin bei TV4 an und erzählt ihr alles.«
»Du und Gustav... Gustav Åkerman... seid für sie zuständig?«
»Ja.«
»Und was sagt er?«

»Er ist meiner Meinung. Scharv ist komplett durchgeknallt. Genau wie wir schon vor ein paar Tagen befürchtet haben.«

»Okay«, sagte sein Chef. »Fahr sie nach Huddinge in die Psychiatrie. Dann rufe ich den Staatsanwalt an, damit er sich um das Praktische kümmert.«

82

»Bist du jetzt zufrieden, Bäckström?«, fragte Annika Carlsson, sobald Bäckström am Freitagmorgen ins Büro gekommen war.

»Kommt drauf an«, sagte Bäckström. »Aber sicher, ich hatte schon schlechtere Tage. Erzähl.«

»Unsere liebe Staatsanwältin ist krankgeschrieben. Sie hatte wohl einen Nervenzusammenbruch. Zur Zeit ist sie in dieser speziellen Abteilung der Psychiatrie draußen in Huddinge.«

»Schlimm.« Bäckström sprach aus eigener Erfahrung. »Das ist kein besonders lustiger Ort.«

»Nein, das ist mir klar.«

»Und jetzt willst du Geld einsammeln, um ihr ein paar Blumen und eine Schachtel Pralinen zu schicken«, stichelte Bäckström.

»Nein. Aber Scharvs neue Chefin hat angerufen und gesagt, sie wolle den Fall übernehmen und deshalb am Montagmorgen um neun Uhr sämtliche Beteiligten zu einer Besprechung treffen.«

»Wer ist es denn?«

»Eine deiner Lieblinge. Die auch für diesen Ganovenanwalt zuständig war, der an einem Herzinfarkt gestorben ist, als er sich mit unserem alten Kollegen Rolle Stålhammar gestritten hat.«

»Lisa Lamm«, sagte Bäckström.

»Lisa Lamm«, bestätigte Annika Carlsson.

»Besser konnte es ja nicht kommen«, erwiderte Bäckström. Endlich jemand, der tut, was man ihm sagt, dachte er.

»Gibt es sonst noch was?«, fügte er hinzu.

»Noch eine Sache«, sagte Annika. »Ich bin mir ganz sicher, wenn du dich nicht zusammenreißt und dich benimmst wie ein normaler Mensch, wirst du irgendwann vor die Hunde gehen. Es ist nur eine Frage der Zeit.«

»Ich danke dir für dein Mitgefühl«, antwortete Bäckström. »Es ist schön, jemanden zu haben, dem man wirklich am Herzen liegt.«

Glänzende Zeiten, herrliche Zeiten, dachte Bäckström, als er endlich im Taxi auf dem Weg zu seiner üblichen Freitagskneipe saß.

Dann aß er zu Mittag, besuchte seine Physiotherapeutin, und als er schließlich seine Wohnung betrat, um seinen kleinen Mittagsschlummer zu genießen – bevor es Zeit war, sich mit der Abendplanung zu beschäftigen – klingelte sein Telefon.

Es war der Arzt im Krankenhaus Huddinge, der Staatsanwältin Scharv unter seiner Obhut hatte. Er rief an, weil er gehört hatte, dass Bäckström derjenige war, der in den Wochen, bevor sie von einer »plötzlich eingetretenen psychischen Insuffizienz« befallen worden war, am engsten mit ihr zusammengearbeitet hatte.

»Ja, ich hab es schon gehört«, sagte Bäckström. »Das ist ja eine schreckliche Geschichte. Sie müssen sie wirklich von uns allen aus der Arbeit grüßen und ihr gute Besserung wünschen.«

»Versprochen«, antwortete der Arzt. »Sie wird sich sicher freuen, das zu hören. Der Grund meines Anrufs war jedoch, zu fragen, ob Sie oder einer Ihrer Kollegen in letzter Zeit etwas bemerkt haben. Ob sich ihr Verhalten verändert hat oder so, meine ich.«

»Jetzt, wo sie es sagen – in den letzten Tagen, oder vielleicht Wochen, wirkte sie manchmal ziemlich abwesend. Für kurze Momente. Es kommt und geht irgendwie.«

»Wie meinen Sie das?«

»Na ja, manchmal schien es plötzlich, als wäre sie gar nicht mehr bei uns. Aber ansonsten war sie ganz normal, finde ich.«

»Sonst gibt es nichts, das sie mir erzählen wollen?« Der Arzt wirkte plötzlich merklich interessiert.

»Ich weiß nicht«, gab Bäckström zu bedenken. »Das sind keine Dinge, über die man gerne spricht.«

»Keine Sorge«, versicherte der Arzt. »Ich unterliege ja der Schweigepflicht, und außerdem liegt es in ihrem Interesse, dass wir uns über ihre Krankengeschichte klar werden.«

»Ja, dann«, sagte Bäckström. »Vor ein paar Tagen ist tatsächlich etwas passiert, das mich ein bisschen beunruhigt hat.«

»Was denn?«

»Das war, als ich in der Arbeit auf den Aufzug gewartet habe. Da hat sie mir plötzlich ans Jackett gegriffen und irgendetwas gezischt, und sie sah völlig wahnsinnig aus. Das war ein bisschen schockierend, ehrlich gesagt.«

»Erinnern Sie sich daran, was sie gesagt hat?«

»Ja, irgendwas wie, sie wüsste wohl, dass ich hinter ihrem Rücken über sie redete und sagte, sie sei paranoid.«

»Und was ist dann passiert?«

»Das war ja das Seltsame. Im nächsten Moment war sie wieder so abwesend. Sie hat mein Jackett losgelassen und ist einfach davongegangen.«

»Das muss ein unangenehmes Erlebnis gewesen sein.«

»Ja«, sagte Bäckström. »Aber ich hoffe wirklich, dass es nichts Ernsteres ist. Dass sie nur so ein normales Burnout hat.«

»Ja, das wollen wir wirklich hoffen«, seufzte der Arzt. »Vielen

Dank für Ihre Hilfe. Was Sie mir erzählt haben, ist sehr wichtig.«

»Grüßen Sie sie schön.«

Da hat der Seelenklempner ein bisschen was zum Herumschrauben, dachte Bäckström.

IV

Ein Fuchsbau mag zwar viele Ausgänge haben, aber manche kann man auch zustopfen

83

Am Montag, den 29. August hatte die frisch ernannte Oberstaatsanwältin Lisa Lamm ihr erstes Treffen mit dem Ermittlerteam. Sie hatte das ganze Wochenende damit verbracht, das Material zu dem Fall durchzulesen, und auch mit Annika Carlsson und Nadja Högberg gesprochen. Aufgrund der schwierigen Vorgeschichte beabsichtigte sie, sich selbst darum zu kümmern, trotz ihrer Beförderung zur Oberstaatsanwältin und der administrativen Arbeit, die der Posten mit sich brachte. Außerdem freute sie sich, sie alle wieder zu treffen, abgesehen von ein paar neuen Gesichtern kannten sie einander ja bereits.

»Ja.« Lisa Lamm lächelte und sah aus irgendeinem Grund Bäckström an. »Ich bin absolut Ihrer Meinung. Hier liegt ein Versicherungsbetrug vor, den Jaidee Kunchai und Daniel Johnson zusammen geplant und durchgeführt haben. Später sind sie über Kreuz geraten, wahrscheinlich über die Aufteilung des Geldes. Daniel Johnson hat seine Frau erschossen und die Leiche auf der Unheilsinsel versteckt. Das müssen wir jetzt nur noch beweisen. Und gerade diesmal wohl leider bis ins letzte Detail.«

Bäckström nickte zustimmend.

Einfach direkt zur Sache, dachte er. Plötzlich eine voll funktionierende Staatsanwältin, obwohl sie ein Weibsbild war. Ziemlich hübsch war sie auch, nur vielleicht etwas mager.

Was Lisa Lamm letztlich überzeugt hatte, war der Umstand, dass Daniel Johnson offenbar ihrem kleinen Zeugen nachspioniert hatte. Der einzig denkbare Grund dafür war, dass Johnson in die Ereignisse auf der Unheilsinsel verwickelt war, und das höchstwahrscheinlich als Täter, wenn man die übrigen Umstände in Betracht zog. Eine andere logische Erklärung gab es nicht. Außerdem gab es sowohl praktische als auch juristische Gründe, die stark dafür sprachen, dass die Bedrohung eines Zeugen und somit der Eingriff in ein laufendes Verfahren, derer er sich in diesem Fall Edvin gegenüber schuldig gemacht hatte, als Brechstange dienen konnte, wenn sie versuchten, an den Kern ihres Falles zu gelangen.

»Das einzige Problem ist, dass ich eigentlich schon eine wasserdichte Anklage wegen Mordes in der Hinterhand haben sollte, um ihn in diesem Punkt dranzukriegen«, erklärte Lisa Lamm. »Wie ihr sicher wisst, kann man allein für Nachstellung eines Zeugen bis zu acht Jahre Gefängnis bekommen. Meines Wissens hat das zwar noch nie jemand gekriegt, aber im Hinblick darauf, dass es sich um einen Mord handelt und unser Zeuge ein zehnjähriger Junge ist, will ich es auf jeden Fall versuchen.«

»Ich bin ganz Ihrer Meinung«, sagte Annika Carlsson. »Stigson arbeitet gerade daran. Ab Morgen hilft ihm auch noch Felicia Pettersson hier aus dem Dezernat, wenn sie aus dem Urlaub zurück ist.«

»Und Sie, Nadja?«, fragte Lisa Lamm.

»Ich schlage mich mit der alten Frage herum, ob man wirklich zweimal sterben kann.«

»Und wie denken Sie, können Sie sie lösen?«

»Indem ich versuche, die Identität der Frau zu klären, die dort unten in Khao Lak wirklich gestorben ist. Momentan hab ich nur einen Künstlernamen von ihr. Und natürlich meine Überzeugung, dass sie diejenige ist.«

»Hier in Schweden müssen wohl auch noch einige Löcher gestopft werden«, fuhr Lisa Lamm fort. »Ich meinerseits vermisse Verhöre mit Ihren Kollegen, die sich damals in Thailand um die Identifizierung gekümmert haben.«

»Ich auch«, stimmte Nadja ihr zu. »Aber inzwischen ist das Ganze im Gange. Toivonen hat außerdem versprochen, uns mit mindestens noch einem weiteren Vernehmungsleiter auszuhelfen.«

»Das klingt doch ziemlich gut«, sagte Lisa Lamm.

Was zum Teufel machen die da, dachte Bäckström. Höchste Zeit, mal klare Anweisungen zu geben. Er war ja schließlich immer noch der Chef.

»Was die übergreifende Arbeit betrifft, sollten wir es folgendermaßen angehen«, unterbrach er sie. »Wir haben ja sechs Fragen, auf die wir eine Antwort wollen. Erstens: Wer ist unser Opfer. Normalerweise ist das kein Problem, aber diesmal leider schon. Dass es Jaidee Kunchai ist, wissen wir hier alle. Jetzt müssen wir nur noch alle anderen dazu bringen, diese Selbstverständlichkeit anzuerkennen. Dann haben wir die alten Klassiker, wo, wann, wie und warum wurde sie ermordet. Wenn wir da ein bisschen Licht reinbringen, sollte die sechste sich von selbst beantworten. Nämlich, dass ihr Typ es getan hat.«

»Keine Sorge, Bäckström. Ich verspreche dir, wer werden uns nach bestem Wissen und Gewissen um die praktischen Dinge kümmern«, versicherte Annika Carlsson.

»Was uns natürlich nicht daran hindern sollte, alle denkbaren erschwerenden Fakten über Daniel Johnson zu sammeln. Nach Priorität und zeitlicher Abfolge geordnet. Natürlich ohne dabei unnötigerweise den Hund zu wecken, um den es geht.«

»Ist bereits notiert.«

»Brauchen Sie irgendwelche Beschlüsse?«, fragte Lisa Lamm.

»Einen für die Durchsuchung von Johnsons Computer«, sagte Bäckström. »Um zu sehen, wie er mich und unseren Zeugen gefunden hat.«

»Das sollte machbar sein. Allein wegen der Nachstellung.«

»Gut. Also, worauf wartet ihr noch? Abmarsch, an die Arbeit. Spätestens am Freitag will ich den lieben Johnson im Knast sehen. Er ist schon viel zu lange davongekommen.«

84

Der schlafende Hund sollte nicht geweckt werden, und von Daniel Johnsons Schwester Sara Johnson, geboren 1963 und damit sieben Jahre älter als er, hatten sie vermutlich nichts zu befürchten.

Das war zumindest Kristin Olssons sichere Auffassung, nachdem sie den gemeinsamen Hintergrund der Geschwister recherchiert hatte, bevor Annika Carlsson die Entscheidung traf, ob man die Schwester verhören sollte oder nicht.

»Du hast alles im Posteingang«, sagte Kristin Olsson.

»Was hältst du von einem sehr kurzen so genannten mündlichen Vortrag?«, seufzte Annika Carlsson und nickte müde in Richtung ihres Computers, den sie gerade ausgeschaltet hatte.

»Okay, ich versteh schon.«

»Na dann mal los.« Annika lächelte und lehnte sich im Stuhl zurück.

Sara Johnsons Vater hieß Sven-Erik Johnson. Er war 1935 geboren und hatte am Bromma-Gymnasium als Lehrer in verschiedenen naturwissenschaftlichen Fächern gearbeitet. Ihre Mutter hieß Margareta, geboren 1936, die Eltern heirateten 1962. Im Jahr darauf wurde Sara und zwei Jahre später ihre Schwester Eva geboren. Die Mutter starb 1970 an Krebs, da war Sara sieben und ihre Schwester Eva fünf Jahre alt. Ein paar Jahre später begann ihr Vater eine Beziehung mit einer alleinstehenden Kollegin, Maria Swedin, geboren 1940, die einen Sohn aus einer früheren Beziehung mit einem »unbekannten Vater« hatte, Daniel Swedin, geboren 1970.

Sven Erik Johnson und Maria Swedin heirateten 1975, und kurz darauf adoptierte Sven-Erik Johnson den damals fünf Jahre alten Daniel. Im Zuge der Heirat und der Adoption nahmen Maria Swedin und ihr Sohn Sven-Eriks Nachnamen an. Die Familie Johnson – Vater Sven-Erik, die neue Mutter Maria, die Schwestern Sara und Eva sowie ihr Adoptivbruder Daniel – war im Jahr zuvor in ein Reihenhaus in Ålsten gezogen.

Fünf Jahre später, 1980, starb auch Sven-Erik Johnsons zweite Frau an Krebs. Sara war damals siebzehn, ihre Schwester Eva fünfzehn und ihr adoptierter kleiner Bruder gerade zehn.

»So weit alles klar?«, fragte Kristin.

»Kristallklar«, sagte Annika. »Ein vorbildlicher Vortag. Was ist dann passiert?«

»Sie wohnten weiter in diesem Reihenhaus in Ålsten. Sven-Erik hat nicht noch mal geheiratet. Die Erste, die ausgezogen ist, war Eva. Offenbar gleich nach dem Abitur. Das war 1983, da war sie achtzehn.«

»Was hat sie dann gemacht?«

»Ist nach London gegangen. Hat eine Ausbildung zur Therapeutin absolviert und scheint jetzt schon viele Jahre als Yogalehrerin zu arbeiten. Sie wohnt immer noch dort. Ist inzwischen englische Staatsbürgerin. Mit einem Engländer verheiratet und von einem anderen geschieden, zwei erwachsene Söhne. Bei ihr scheint alles gut zu laufen. Im Netz findet man eine Unmenge über sie. Eigenes Yogainstitut, schreibt Bücher über Yoga, hält Kurse und Vorlesungen. Jetzt ist sie offenbar gerade in Nordindien. Sie fliegt dort wohl regelmäßig hin, mehrmals im Jahr.«

»Was macht sie da?«, fragte Annika.
»Keine Ahnung. Yoga ist nicht so mein Ding. Inneren Frieden finden vielleicht.«
»Hat sie Kontakt mit ihrem jüngeren Bruder?«
»Davon steht jedenfalls nichts im Netz.«
»Und die große Schwester, Sara – was wissen wir über sie?«
»Eine interessante Person«, sagte Kristin. »Als die zweite Frau ihres Vaters stirbt, ist sie siebzehn. Aber sie ist noch weitere zehn Jahre mit derselben Adresse gemeldet. Bis 1990. Dasselbe Jahr, in dem ihr kleiner Adoptivbruder auszieht. Da besucht er das erste Jahr die Wirtschaftshochschule und wohnt in einer Studentenwohnung in Södermalm. Anscheinend blieb sie so lange, bis Daniel ausgezogen ist.«
»Wie eine Art Ersatzmutter?«
»Ja, oder um ihrem Vater zu helfen. Ich hab den Eindruck, sie ist vielleicht Papas tüchtiges Mädchen.«
»Aber nichts in diese Richtung?«, fragte Annika und machte eine anzügliche Geste.
»Nein.« Kerstin schüttelte den Kopf. »Glaub ich nicht. Ich denke eher, sie bewundert ihn. Liebt ihn wirklich. Er scheint ein richtiger Ehrenmann zu sein. Ich hab ein bisschen was im Netz gefunden, das seine alten Schüler über ihn geschrieben haben. War wohl ein wirklich guter Lehrer.«
»Und dass seine Tochter ihn liebt, hast du das auch im Netz gefunden?«
»Nein, im Vorwort zu ihrer Doktorarbeit.«
»Doktorarbeit? Wow! Was macht sie?«
»Sie ist Krebsspezialistin. Professorin, arbeitet als Forscherin am Karolinska-Krankenhaus. Alleinstehend, keine Kinder, gute finanzielle Situation, keine Einträge bei uns. Fleißig wie eine Biene scheint sie auch noch zu sein. Hat eine Unmenge von Ar-

tikeln in verschiedenen medizinischen Zeitschriften veröffentlicht.«

»Ich verstehe, in welche Richtung das geht.« Annika Carlsson nickte. »Die abenteuerlustige kleine Schwester, die die erste Gelegenheit ergreift wegzugehen. Ihre tüchtige große Schwester, die bleibt, um ihrem Vater dabei zu helfen, sich um den kleinen Bruder und alle anderen praktischen Dinge zu kümmern.«

»So ungefähr. Und ich finde auch keine aktuellen Kontakte zwischen ihr und ihrem Adoptivbruder, falls du dich das fragst.«

»Und Papa Sven-Erik? Er lebt noch?«

»Ja, aber ich hab den Eindruck, seine Zeit ist bald um. Seit einem halben Jahr ist er in einem Pflegeheim draußen in Bromma. Es scheint ein Ort zu sein, an den man kommt, um zu sterben. Das Reihenhaus in Ålsten wurde übrigens vor einem knappen Jahr verkauft. Bis dahin war der Vater dort gemeldet.«

»Wie alt ist er? Was sagtest du vorhin, geboren...?«

»Geboren 1932, er wird in ein paar Monaten einundachtzig.«

»Und was machen wir mit Sara? Papas tüchtigem Mädchen?«

»Wir sollten mit ihr sprechen. Ich hab das Gefühl, sie ist ein guter Mensch. Ich hab mir ein paar Fotos von ihr angeschaut. Sie sieht zumindest wie ein guter Mensch aus. Kluge Augen.«

»Und einen weißen Kittel hat sie auch.« Annika Carlsson lächelte.

»Auch das. Auf manchen jedenfalls. Ich hab ein Interview mit ihr in einer Zeitschrift gefunden, in dem sie über ihre Arbeit spricht. Wirklich ganz Papas tüchtiges Mädchen, und ich hab den Eindruck, Papa ist wohl recht stolz.«

»Okay.« Annika Carlsson nickte zustimmend. »Dann machen wir das.«

»Wer ist wir?«, fragte Kristin Olsson.

»Du und ich«, sagte Annika Carlsson und grinste. »Was dachtest du? Dass ich Bäckström bitten wollte, oder was?«

»Nein. Ich kann sie anrufen. Bei ihr oder bei uns?«

»Lass sie entscheiden. Sie ist ja immerhin Professorin. Außerdem sind es bis zum Karolinska-Krankenhaus nur ein paar Minuten zu Fuß.«

85

Am Tag darauf vernahmen Annika Carlsson und Kristin Olsson Sara Johnson an ihrem Arbeitsplatz im Karolinska-Institut. Sara Johnson hatte sowohl einen weißen Kittel als auch kluge Augen, und sie drückte gleich zu Beginn ihre Wertschätzung aus.

»Sie wollen über meinen kleinen Bruder, meinen Adoptivbruder Daniel, sprechen.«

»Ja.« Annika Carlsson nickte.

»Ich freue mich, dass Sie dieses Gespräch mit mir führen und nicht mit meinem Vater«, sagte Sara Johnson.

»Wir wissen, dass er krank ist«, erwiderte Annika. »Wir haben gesehen, dass er in einem Pflegeheim in Bromma liegt.«

»Ja, er liegt leider im Sterben. Wegen derselben Krankheit, die meiner Mutter das Leben genommen hat. Aber ansonsten ist er, wie er immer war. Genauso klar im Kopf. Was ihm leider auch nicht hilft.«

»Das tut uns wirklich leid«, sagte Annika Carlsson.

»Es ist, wie es ist«, konstatierte Sara Johnson. »Mein Vater gehört zu einer Sorte Mensch, die es kaum mehr gibt. Er ist ehrenhaft, freundlich, hat immer nur Gutes getan und anderen geholfen. Außerdem ist er ein talentierter Mann. Ich werde ihn sehr vermissen. Aber jetzt wollen wir nicht über ihn reden, sondern über Daniel.«

»Ja.«

»Was hat er denn diesmal angestellt?«

»Es geht um einen Fall, an dem wir gerade arbeiten. Momentan können wir nicht ausschließen, dass wir falschliegen, und das das Ganze niedergelegt wird.«

»Aber mehr wollen Sie nicht sagen?«

»Nein«, antwortete Annika Carlsson. »Einerseits darf ich nicht, andererseits wäre es auch zu früh, wenn man bedenkt, wie wenig wir wissen.«

»Nehmen wir mal an, Sie haben recht«, sagte Sara Johnson. »Dann ist es wohl leider ziemlich ernst.«

»Mein Adoptivbruder ist meinem Vater leider nicht besonders ähnlich.« Sara Johnson nickte. »Seiner Mutter Maria aber seltsamerweise auch nicht. Sie war ein fröhlicher und charmanter Mensch, der in mein Leben trat, als ich erst zehn oder elf war. Definitiv keine böse Stiefmutter. Maria war ein ganz anderer Typ als meine richtige Mutter, aber als sie starb, glaube ich, hat das meinen Vater genauso hart getroffen wie der Tod meiner Mutter. Papa hat es nicht leicht gehabt. Aber er hat das seine Kinder nie spüren lassen. So ist er eben.«

»Und Daniel?«, sagte Kristin. »Was können Sie über ihn sagen?«

»Daniel war immer ein Schlamper. Als er klein war, war er ein süßer Schlamper. Als er zu Hause ausgezogen und auf die Wirtschaftshochschule gegangen ist, war er ein charmanter Schlamper.«

»Aber Sie haben immer noch Kontakt mit ihm?«

»Seit seine erste Frau im Tsunami umgekommen ist – ich vermute, das wissen Sie?«

»Ja.« Annika und Kristin nickten.

»Also, seitdem habe ich vielleicht zehn Mal mit ihm gesprochen. Ihm ein paarmal gemailt. Das letzte Mal, als wir uns getroffen haben, muss fünf, sechs Jahre her sein. Das war am Tag vor Mittsommer. Er kam, um die Schlüssel für Papas Segelboot abzuholen, das er sich ausleihen wollte. Papa lag im Krankenhaus. Seine erste Krebsoperation. Das war übrigens hier im Karolinska. Es ging ihm ziemlich schlecht.«

»Ihr Vater, hat er Kontakt zu Daniel?«

»Nein«, sagte Sara Johnson. »Daniel möchte wohl keinen Kontakt mit Papa. Das stört mich am meisten. Nicht zuletzt im Hinblick darauf, was mein Vater für ihn getan hat, als er in der Pubertät war. Ständig gab es Ärger. An sich keine besonderen Sachen, Schule schwänzen, Mädchen, Alkohol, ein paarmal auch Hasch, aber Papa war nicht sehr glücklich. Und Daniel hat es immer geschafft, sich aus allem herauszulavieren, ohne dass irgendjemand kapiert hat, wie er das eigentlich gemacht hat.«

»Ich denke, wir können uns ein Bild machen«, erwiderte Annika Carlsson.

»Daniel ist leider ganz einfach ein Mensch, der sich selbst am nächsten steht. Ja, und seine erste Frau. Jaidee. Sie und mein Adoptivbruder haben sich geliebt. Davon bin ich überzeugt. Leider denke ich, weil sie sich sehr ähnlich waren.«

»Sie haben sie getroffen?«

»Ein paarmal. Unter anderem, als sie mit dieser Firma beschäftigt waren, die sie gegründet hatten. Da hat Jaidee mich quasi bedrängt, weil sie Hilfe bei einem Krankenhausprojekt in Thailand brauchte. Eine Art Gratis-Beratung. Aber als sie geheiratet haben, waren wir nicht eingeladen. Weder Eva und ich noch unser Vater. Daniel und seine erste Frau waren keine Menschen, die viel gegeben haben. Sie waren Menschen, die viel haben wollten.«

»Aber mit ihrer Schwester haben Sie Kontakt?«

»Ja, wir mögen uns sehr. Eva ist ein bisschen speziell, aber sie ist ein guter Mensch. Sie hat zwei Jungs. Inzwischen erwachsene

Männer. Verheiratet, mit eigenen Kindern. Beide haben sich toll entwickelt. Ich bin eine sehr stolze Tante.«

»Und Eva und Ihre Neffen sehen Ihren Vater noch regelmäßig?«

»Ja, sobald sie Gelegenheit dazu haben. Das letzte Mal war Eva vor ein paar Monaten bei ihm im Heim. Bevor sie zu ihrem jährlichen Ausflug nach Indien verschwunden ist.«

»Sie sind doch Ärztin«, warf Kristin Olsson ein. »Das mit Ihrem Adoptivbruder klingt ja nicht so gut. Haben Sie irgendeine Ahnung, woran es liegen könnte?«

»Ich bin Onkologin. Keine Psychiaterin«, sagte Sara Johnson. »Meine kleine Schwester ist ausgebildete Therapeutin und außerdem ein scharfsinniger Mensch. Sie hat auch nicht so viele Hemmungen wie ich, Dinge über andere Menschen zu sagen. Nicht einmal über ihren Bruder.«

»Und was sagt sie?«, fragte Annika Carlsson. »Ich meine, über Daniel?«

»Dass er ein waschechter Psychopath ist. Ihr zufolge werden manche Menschen einfach so, ohne dass man eine genaue Ursache feststellen kann. Aber es sei weder Papas noch mein oder ihr Fehler. Auch nicht der seiner Mutter Maria.«

»Und Jaidee? Hat Ihre Schwester sie kennengelernt?«

»Ja, hat sie. Sie hat sie nicht oft gesehen, aber oft genug, um sich ein Urteil bilden zu können. Sie beschrieb Daniels und Jaidees Beziehung immer als ›a match made in hell‹. Das klingt vielleicht nicht sehr nett, aber was sie damit meinte, war, dass sich eigentlich immer alles nur um sie gedreht hat. Leider denke ich, sie hat recht, auch wenn es mir widerstrebt, schlecht über Tote zu sprechen.«

»Sie haben etwas von einem Segelboot erwähnt, das Ihrem Vater gehört. Segeln ist sein großes Hobby, oder?«

»Ja, natürlich nicht mehr, seit er krank wurde. Aber davor hatte er ein paar wirklich gute Jahre. Zwischen seiner Pensionierung und dem Ausbruch seiner Krankheit war er eigentlich fast die ganze Zeit segeln. Ich glaube, das war Papas beste Zeit im Leben. Obwohl er immer für andere da war und sie ihm sehr am Herzen liegen, ist er auch gern allein. Wir haben einmal darüber gesprochen.«

»Was hat er da gesagt?«

»Dass er dann besser denken könne. Dinge zu Ende denken. Ich glaube, ich bin auch ein bisschen wie er.«

»Segeln Sie dann auch gern?«, wollte Kristin wissen.

»Darauf können Sie Gift nehmen.« Sara Johnson lächelte zum ersten Mal in ihrem Gespräch. »Meine Schwester und ich segeln, seit wir so klein waren, dass uns kaum Schwimmwesten passten. Außerdem ist es inzwischen mein Boot. Ich habe es von Papa bekommen, als er das Haus in Ålsten verkauft hat.«

»Und Ihr Bruder? Ist er auch Segler?«

»Ja, segeln kann er. Als kleiner Junge war er im Sommer immer im Seepfadfinderlager. Aber er ist auch später noch gesegelt. Als er im Gymnasium war und auch noch während der Zeit auf der Wirtschaftshochschule. Es war für ihn wohl eine Art, seine Freunde zu treffen, und nicht zuletzt auch Mädchen. Letzteres war immer sein großes Interesse.«

»Vor fünf, sechs Jahren«, sagte Annika Carlsson. »Als er zu Ihnen gekommen ist, um den Schlüssel zum Boot zu holen. Mit wem wollte er da segeln gehen?«

»Ich weiß es nicht. Ich hab nicht mal gefragt. Einerseits hab ich wohl vorausgesetzt, es ist wieder irgendeine Frau in seinem Leben. Andererseits hab ich damals wohl nur an Papa gedacht.«

»Er war frisch operiert und lag im Krankenhaus, es ging ihm nicht gut«, fasste Annika Carlsson zusammen.

»Ja, ich erinnere mich noch, dass ich Daniel gefragt habe, wann er Papa besuchen würde.«

»Und was hat er gesagt?«

»Er hat versprochen, es zu tun, sobald er von seinem Wochenendtrip zurück sein würde.«

»Und hat er es getan?«

»Nein.« Sara Johnson senkte den Kopf. »Aber ich weiß noch, dass ich den Schlüssel zum Boot in meinem Postfach in der Arbeit gefunden habe, als ich am Montag hinkam.«

»Ihr Adoptivbruder scheint kein besonders netter Mensch zu sein«, sagte Kristin Olsson.

»Nein. Aber deshalb sind Sie ja wohl hier. Oder?«

»Dieses Boot«, warf Annika Carlsson ein. »Könnten wir uns das mal ansehen?«

»Ich wäre sogar sehr froh«, antwortete Sara Johnson. »Vor ein paar Wochen wurde nämlich dort eingebrochen. Eines der Mitglieder des Bootsclubs hat es entdeckt. Ich bin natürlich rausgefahren und hab mir die Sache angeschaut. Die Tür zur Kajüte war aufgebrochen, aber sonst hab ich nichts vermisst.«

»Haben Sie Anzeige erstattet?«

»Ja, und den Einbruch der Versicherung gemeldet. Von der habe ich noch nichts gehört, aber Ihre Kollegen haben schon geantwortet. Es hat nur eine Woche gedauert. Ist schnell gegangen.«

»Aha, und was haben die Kollegen gesagt?« fragte Annika Carlsson.

»Dass die Ermittlung niedergelegt wurde. Kein Fahndungsergebnis stand dort, meine ich.«

»Ja, manchmal geht es schnell«, sagte Annika Carlsson.

»Ja.« Sara Johnson lächelte. »Aber natürlich können Sie sich mein Boot ansehen. Sie können gleich den Schlüssel mitnehmen. Ich hab ihn an meinem Schlüsselbund.«

»Super. Zum Dank verspreche ich, dass wir unser Bestes geben. Fingerabdrücke und alles, Sie wissen schon.«

»Es ist eine alte Vega. Papa hat sie schon Ende der Siebziger gekauft, aber sie ist immer noch fast wie neu.«

»Hat sie einen Namen?«

»Sicher. Sie heißt *Anniara*, mit zwei n. Das ist eine alte Tradition. Dass Segelboote Frauennamen haben, am besten mit einem A beginnen und enden und aus sieben Buchstaben bestehen. Mein Papa war bei solchen Dingen immer sehr genau.«

»Wo liegt das Boot denn?«, fragte Kristin Johnson.

»Ich drucke Ihnen eine Wegbeschreibung aus Google Maps aus.« Sara Johnson deutete mit einem Kopfnicken auf den Computer, der auf ihrem Schreibtisch stand. »Dort, wo es immer lag. Bei einem Bootsclub draußen bei Hässelby Strand. Am Lambarfjärden, das ist ein Teil des Mälarsees, wie Sie sicher wissen.«

»Was ganz anderes«, sagte Annika Carlsson. »Haben Ihr Vater oder Sie manchmal bei Lidl eingekauft, bevor Sie mit dem Boot rausgefahren sind?«

»Ja«, antwortete Sara Johnson. »Draußen in Bromma gibt es einen großen Lidl. Warum fragen Sie?«

»Wir haben eine Plastiktüte gefunden.«

»Ja, die kann sehr gut vom Boot stammen.«

»Es ist sehr nett, dass Sie uns so weiterhelfen«, sagte Kristin Olsson.«

»Klar«, erwiderte Sara Johnson. »Aber ich muss Sie um etwas bitten.«

»Dass wir nicht ohne Ihr Einverständnis mit Ihrem Vater sprechen«, sagte Annika Carlsson.

»Ja. Genau darum wollte ich Sie bitten.«

»Versprochen. Wenn wir mit ihm reden müssen, werde ich Sie auf jeden Fall vorher fragen.«

»Dann sind wir uns ja einig.« Sara Johnson nickte. »Sie bekommen meine Karte mit allen Angaben. Durch meine Arbeit bin ich ja ein Mensch, der immer erreichbar ist. Egal, um welche Tageszeit.«

»Du hast gar nicht gefragt, ob sie ein Kleinkalibergewehr haben«, bemerkte Kristin Olsson auf dem Rückweg zum Polizeipräsidium Solna.

»Nein«, sagte Annika Carlsson. »Damit wollte ich noch warten.«

»Als sie von dem Einbruch erzählt hat, hast du beschlossen, diesen Teil auszusparen.«

»So in etwa. Zumindest bis auf weiteres.«

»Dieser Mittsommerabend vor fünf, sechs Jahren. Als ihr Vater seine erste Krebs-OP hatte, offenbar im Karolinska. Wir sollten herausfinden, in welchem Jahr das war.«

»Klar. Darum wollte ich dich bitten, aber sprich vorher mit Lisa, damit sie die Formalitäten regeln kann. Krankenhäuser nehmen es da immer ziemlich genau.«

»Krieg ich hin«, sagte Kristin. »Mann, das ist megaspannend. Also für mich. Meine erste Mordermittlung, und plötzlich läuft es wie am Schnürchen. Was sagst du zu den anderen Dingen, die sie erzählt hat? Was hast du für ein Gefühl?«

»Ich glaube, sie kann sich denken, worum es geht.«

»Meinst du, ihr Bruder hat sich verplappert?«

»Nein.« Annika Carlsson schüttelte den Kopf. »Das kann ich mir absolut nicht vorstellen.«

»Aber du meinst, sie denkt es sich trotzdem?«

»Ja. Den Eindruck hatte ich, als sie gesagt hat, wir sollen nicht mit ihrem Vater sprechen.«

»Das glaub ich auch«, sagte Kristin Olsson.

86

Die *Anniara* lag dort, wo sie immer lag, wenn sie nicht draußen auf dem See war. An einem Steg, der zu einem Bootsclub bei Hässelby Strand gehörte, gute zehn Kilometer westlich von Stockholm. Niemi und Hernandez kamen am frühen Morgen dort an. Sie hatten alles dabei, was sie für ihre Arbeit brauchten, und die Schlüssel zum Gelände und zum Boot hatten sie tags zuvor von Annika Carlsson bekommen.

Die ersten Überlegungen zu ihrem neuesten Auftrag stellte Niemi bereits an, als sie auf den Steg traten. Achtzehn Boote lagen daran, zehn Motorboote und acht Segelboote. Am zweitäußersten Platz die Vega. Gut gepflegt, wie es schien, aber sowohl älter als auch kleiner als die Boote, die sie umgaben.

»Wenn ich hierherkäme, um etwas zu stehlen, würde meine Wahl wahrscheinlich nicht auf die *Anniara* fallen.«

»Ja«, sagte Hernandez. »In den anderen Booten gäbe es wohl mehr zu holen.«

»Glaub ich auch«, pflichtete ihm Niemi bei. »Wenn ich nicht auf etwas ganz Spezielles aus wäre.«

»Wie ein altes Kleinkalibergewehr.«

»Oder um zu überprüfen, ob ich irgendetwas anderes übersehen habe.«

»Wann hat dieser andere Bootsbesitzer entdeckt, dass jemand die Tür zur Kajüte der *Anniara* aufgebrochen hatte?«

»Laut Anzeige frühmorgens am Montag, den 25. Juli. Es war

offenbar der Besitzer des Bootes daneben. Er und seine Frau waren am Wochenende mit dem Boot unterwegs, und als sie morgens hier anlegten, hat er es bemerkt. Als sie am Freitagnachmittag losgefahren waren, hatte er noch nichts gesehen. Es muss also irgendwann am Wochenende passiert sein.«

»Warte mal«, sagte Hernandez. »Dieses Abendessen, von dem Toivonen erzählt hat, bei dem unser neuer Polizeimeister seinen alten Kumpel Johnson getroffen und sich offenbar verplappert hat.«

»Das war am Freitag, den 22. Juli«, antwortete Niemi.

»Überwachungskameras? Hast du welche gesehen?«

»Nein. Das liegt daran, dass es keine gibt. Ich hab nämlich diesen anderen Bootsbesitzer gefragt. Wir müssen uns mit den kleinen Dingen begnügen.«

»Wie meinst du das?«

»Johnson scheint ja ein richtiger Kontrollfreak zu sein«, erwiderte Niemi. »Ich mag solche Menschen. Die ständig herumrennen und an den falschen Stellen aufräumen.«

Niemis und Hernandez' Untersuchung der *Anniara* dauerte den ganzen Tag. Ein hübsches, gut erhaltenes Boot. Sie waren es vom Achter bis zum Bug durchgegangen und hatten natürlich den Boden zum Kielschwein hin aufgeschraubt. Alle Stauräume, Schubladen und Schränke gründlich durchsucht. An Bord fanden sie all das, was auf einem Segelboot zu erwarten war. Von der Spiritusflasche unter dem Herd über Schwimmwesten, Fender und Seile bis hin zu zwei Signalraketen, einem Bootshaken, einer Werkzeugkiste und einer Rolle mit blauem Segelgarn. In der kleinen Toilettenkabine eine Hausapotheke und ein paar Rollen Toilettenpapier. Diverse Nahrungsmittel, eine ungeöffnete Flasche Whisky, eine Paket mit sechs Flaschen Mineralwasser und zwei Dosen leichtes Bier, in dem kleinen Kühlschrank.

In einem Kleiderschrank hatten sie Ölzeug und zwei Paar Gummistiefel gefunden. Außerdem verschiedene Angeln, ein Kästchen mit Blinkern und einen Kescher. Jedoch weder ein Kleinkalibergewehr noch Munition für ein solches.

Dafür ein Bündel mit alten Zeitungen, Seekarten und ein Fotoalbum aus braunem Plastik mit Bildern, die auf unterschiedlichen Fahrten mit der *Anniara* entstanden waren. Vor allem Fotos von Sven-Erik Johnson und seinen beiden Töchtern in variierendem Alter und nur ein paar von seinem Adoptivsohn Daniel.

Sie sicherten an diversen Stellen Dutzende von Fingerabdrücken. Als sie den Boden der Kajüte abschraubten, traten Spuren von Blut zutage, das auf der Backbordseite innen am Schiffsrumpf heruntergelaufen war. Spuren, die nur Leute wie sie zu finden pflegten, wie gründlich sie ein anderer auch zu verwischen versucht hatte.

»Wenn wir jetzt mal annehmen, jemand hat sich auf die Pritsche da schlafen gelegt. Das ist jedenfalls der Kojenplatz, den ich nehmen würde, wenn ich an Bord schlafen würde. Mit dem Kopf in der Höhe der Stelle, an der das Blut heruntergelaufen ist«, sagte Hernandez.

»Auf der Backbordseite, mit dem Kopf zum Bug«, konstatierte Niemi. »So liegen du und deine Freundin zu Hause auch immer.«

»Ja«, gab Hernandez zu. »Wir haben allerdings ein Doppelbett, da wäre es also stattdessen in der Matratze gelandet. Was ja für uns jetzt besser gewesen wäre.«

»Ja.« Niemi seufzte. »Irgendwelche DNA werden wir hier wohl nicht finden.«

Als Niemi und Hernandez abends zurück nach Solna fuhren, hatten sie einerseits eine größere Anzahl an Fotos dabei, die ihre Untersuchung der *Anniara* dokumentierten, andererseits Hunderte von Fotografien des Bootsbesitzers Sven-Erik Johnson oder anderer Personen, die an Bord gewesen waren. Darüber hinaus eine Rolle blaues Segelgarn sowie verschiedene Verpackungen mit den Spuren von Fingern und Blut, die sie an Bord gefunden hatten.

»Aber kein Kleinkalibergewehr«, seufzte Hernandez, als sie in die Garage einbogen.

»Man kann nicht alles haben«, sagte Niemi. »Momentan sehne ich mich eigentlich eher nach einer Tasse starkem Kaffee.«

87

Um eine wasserdichte Anklage zuwege zu bringen, mussten sie vor allem eine Beschreibung des Tathergangs liefern, der nicht genügend Schlupflöcher für einen Freispruch bot. Seit Lisa Lamm die Leitung der Voruntersuchung übernommen hatte, war das Fahndungsteam kräftig verstärkt worden. Bereits während der ersten Septemberwoche wuchs es auf fünfzehn Personen an. Kriminalinspektorin Felicia Pettersson aus dem Dezernat für Gewaltverbrechen, die aus ihrem vierwöchigen Urlaub zurückgekehrt war, plus das halbe Dutzend Ermittler und Fahnder, die Toivonen für ihren Fall organisiert hatte. Alle arbeiteten jetzt an derselben Sache: einer hieb- und stichfesten Anklage gegen Daniel Johnson. Womit ihr Ermittlungsleiter, Kriminalkommissar Evert Bäckström, seine Zeit verbrachte, war dagegen unklarer. Wenn man ihn selbst gefragt hätte, wahrscheinlich damit, die Arbeit zu leiten und zu verteilen und dafür zu sorgen, dass sie tadellos erledigt wurde.

Felicia Pettersson und Jan Stigson hatten auf dem Weg, den Daniel Johnson gefahren war, als er dem kleinen Edvin von seinem Wohnhaus bis zur Schule gefolgt war, nach Überwachungskameras gesucht. Dabei fanden sie drei weitere Kameras mit Aufnahmen von Auto und Fahrer. Inzwischen war mehr oder weniger Johnsons ganze Autofahrt an diesem Morgen dokumentiert. Felicia Pettersson war noch nicht zufrieden.

»Aber warte mal«, sagte Felicia. »Was macht er denn hinterher?«

»Wahrscheinlich in die Arbeit fahren.« Stigson sah aus, als verstünde er die Frage nicht.

»Und er arbeitet im Außenministerium, unten am Gustav Adolfs Torg.«

»Genau.«

»Dann hätte er ja um kurz nach halb neun in der Arbeit auftauchen müssen.«

»Das denke ich auch.«

»Und was macht er mit dem Auto?«, fragte Felicia. »In dem Viertel wimmelt es ja nicht gerade vor freien Parkplätzen. Er kann es ja wohl kaum mit hoch ins Büro genommen haben.«

»Gut, Felicia«, sagte Stigson. »Gut! Jetzt verstehe ich, was du meinst.«

Schon am Tag darauf fanden sie das bis dahin brauchbarste Bildmaterial von Daniel Johnson und seinem Auto. Es stammte von der Überwachungskamera eines Parkhauses in der Malmskillnadsgatan, ganz in der Nähe von Johnsons Arbeitsplatz. Dort hatte Johnson seit etwa zwei Jahren einen Parkplatz gemietet. Fünfzehn Minuten, nachdem er Edvins Schule in der Pipersgatan auf Kungsholmen passiert hatte, stellte er sein Auto dort ab, stieg aus und verschwand in Richtung Ausgang. Die Aufnahmen waren zwischen 08:36 und 08:37 Uhr gemacht worden, perfektere Fotos konnte man sich nicht wünschen.

Annika Carlsson vermisste ein altes Kleinkalibergewehr. Weder Sven-Erik Johnson noch eine seiner beiden Töchter oder sein Adoptivsohn hatten eine Waffenlizenz. Die Frage war, woher Daniel Johnson die Waffe hatte. Sie musste erst einmal warten, bis Johnson sich in sicherer Verwahrung im Polizeipräsidium Solna befand.

Da es sich um eine alte Waffe handelte, bestand die Möglichkeit, dass sie sich schon seit langem im Besitz der Familie befand und letztendlich an Bord von Sven-Erik Johnsons Boot gelandet war. Vielleicht um damit die Möwen zu vertreiben, damit sie nicht das Boot vollschissen, wie Peter Niemi gemutmaßt hatte. Dann hätte Daniel Johnson ja gute Gründe gehabt, in das Boot des Adoptivvaters einzubrechen und sie loszuwerden.

Annika Carlsson hatte ihre Suche fortgesetzt, indem sie das Fotoalbum durchging, das Niemi und Hernandez aus dem Boot mitgebracht hatten. Sie selbst hatten wichtigere Dinge zu erledigen, und alte Urlaubsbilder in einem Album liefen ja nicht weg. Ungefähr in der Mitte des Albums, stieß sie auf das Gewehr. In den Händen einer zirka fünfzehn Jahre alten, fröhlichen und braungebrannten Eva. Worauf sie zielte, war unklar. Auf jeden Fall nicht auf den Fotografen. Vermutlich hatte ihr Vater Sven-Erik das Bild gemacht, überlegte Annika Carlsson. Ganz sicher ein Vater, der seine Kinder ermahnte, absolut niemals auf einen anderen Menschen zu zielen, dachte sie, während sie die Nummer von Evas älterer Schwester Sara wählte.

»Ich hab noch eine Frage an Sie«, sagte Annika Carlsson.
»Was wollen Sie denn wissen?«
»Also, Ihr Vater hat ja anscheinend ein altes Kleinkalibergewehr an Bord seines Segelboots aufbewahrt.«
»Ach so, Sie haben sich das alte Fotoalbum angesehen, das im Boot lag.«
»Ja, genau. Aber als meine Kollegen gestern dort draußen waren, haben sie keine Waffe gefunden. Sie haben nicht zufällig eine Ahnung wo das Gewehr hingekommen ist?«

»Doch«, antwortete Sara Johnson. »Das war das Erste, was ich aus dem Boot genommen habe, als Papa vor einem Jahr richtig krank geworden ist. Das alte Gewehr, das er, glaube ich, von seinem Vater bekommen hat, und ein paar kleine Schachteln Munition. So was sollte ja nicht in einem Boot verrotten, das fast nie verwendet wird.«

»Wissen Sie, wo es jetzt ist?«

»Tja. Als ich es zuletzt gesehen habe, stand es in der Garderobe in meinem Flur. Momentan liege ich in derselben Wohnung im Bett, und in einer Stunde fahre ich zur Arbeit, also wäre es wohl am einfachsten, Sie schauen vorbei und holen es ab. Sie wissen, wo ich wohne?«

»Ja. Wir sehen uns in einer halben Stunde.«

Nachdem Jaidee Kunchai für tot erklärt worden war, hatte Daniel Johnson fünfundzwanzig Millionen Kronen bekommen. Vier Millionen verwendete er dazu, eine Wohnung zu kaufen. Gut sechshunderttausend flossen in ein neues Auto, und nachdem der Lohn seinen Lebensstandard zweifellos nicht deckte, hatte er wohl in den letzten zwölf Jahren ein paar weitere Millionen ausgegeben, dachte Nadja Högberg.

Blieben ungefähr zwanzig Millionen, und die interessante Frage war, wo das Geld sich inzwischen befand. Nadja hatte bereits eine Theorie, aber um sie beweisen zu können, brauchte sie die Hilfe von Lisa Lamm, um Einblick in Daniel Johnsons private Finanzen zu bekommen.

Kristin Olsson hatte vom Karolinska-Krankenhaus die Informationen darüber erhalten, wann Sven-Erik Johnson zum ersten Mal wegen Krebs operiert worden war. Am Mittwoch, den 22. Juni 2011, zwei Tage vor dem Mittsommerfest. Am Tag darauf kam Daniel Johnson zu seiner Schwester und holte die Schlüssel zum Boot. Schlüssel, die er nach dem Wochenende in ihr Postfach in der Arbeit geworfen hatte. Frühestens am Montag, den 27. Juni, dachte Kristin Olsson.

Ich frage mich, wann sie gestorben ist, überlegte sie weiter. »Vermutlich irgendwann zwischen Freitag, den 24. Juni und der Nacht zum Sonntag, den 26. Juni«, schrieb sie in der Mail, die sie ihrer Chefin Annika Carlsson schickte.

Annika Carlsson hatte Kristins Mail so gut wie sofort gelesen. Etwas störte sie. Weder Daniel Johnson noch Jaidee Kunchai schienen der Typ zu sein, der Mittsommer an Bord eines alten Segelboots feierte, wo man sich selbst Essen kochte und jeder in seiner engen Koje in der kleinen Kajüte schlief. Erst recht nicht, wenn sie das Wetter in der Stockholmer Gegend am Mittsommerwochenende 2011 in Betracht zog. Auch davon war natürlich in Kristin Olssons Mail die Rede gewesen. An besagtem Donnerstag hatte es mehr oder weniger den ganzen Tag bis weit in den Abend hinein geregnet. Am Freitagmorgen klarte es auf, und als es Zeit gewesen war, um den Mittsommerbaum zu tanzen, Lieder zu singen und Sackhüpfen zu spielen, schien sogar kurz die Sonne. Gegen Abend zog es wieder zu, und der Samstag war wechselhaft. Erst am Sonntag zeigte sich die Sonne, bei wolkenlosem Himmel und fast fünfundzwanzig Grad.

Klingt nicht wirklich wie ein Wochenende, das man unbedingt an Bord eines Segelboots verbringen will, dachte Annika.

Das Ehepaar Johnson-Kunchai hatte höhere Ansprüche ans Leben. Ein diskreter, romantischer Gasthof auf dem Land. Ein gutes Abendessen, das andere für sie zubereiteten und servierten. Eine Auswahl an guten Weinen und ein breites Bett mit gemangelten Laken zum Schlafen. Und all das an einem Ort, an dem das Risiko, dass jemand Daniel Johnson und seine seit sechseinhalb Jahren verstorbene Frau kannte, so gering wie möglich war. Wer könnte eine Antwort darauf haben?, dachte Annika Carlsson. Haqvin, wer sonst.

»Wann setzen wir die Segel?«, fragte Haqvin, sobald er gehört hatte, wer am Apparat war. »Die *Cio-Cio San* liegt am Steg vor Djurgården, wir könnten also in einer Stunde los. Wenn Sie wollen.«

»Ich rufe an, um Sie noch ein paar Dinge zu fragen, die mit meinem Fall zu tun haben. Manchmal sind sie ziemlich kindisch, Haqvin. Ich hoffe, das ist Ihnen bewusst.«

Warum zum Geier hab ich das jetzt gesagt, dachte Annika Carlsson.

»Ja, ich weiß«, sagte Haqvin. »Ich bitte um Entschuldigung. Was wollen Sie wissen?«

»Nehmen wir mal an, Sie und jemand, den sie mögen, wollen über Mittsommer auf dem Mälarsee segeln. Jetzt ist aber schlechtes Wetter. Regen und alles. Sie beschließen, an Land zu gehen. Sich irgendwo für die Nacht einzumieten, ein gutes Abendessen zu genießen und all so was.«

»Von welcher Preisklasse reden wir?«

»Nur das Beste. Geld ist kein Problem. Sie wollen nicht zusammen gesehen werden. Es muss ein diskreter Ort sein.«

»Wir sprechen also von einem Techtelmechtel.«

»Ja«, sagte Annika Carlsson.

Mit einer Toten, dachte sie.

»Woher kommen wir denn?«, fragte Haqvin.

»Aus Stockholm.«

»Ja, davon bin ich schon ausgegangen. Aber wo liegt das Boot, mit dem wir segeln? Also, von wo aus starten wir?«

»Hässelby Strand, am Lambarfjärden. Wir segeln irgendwann am Freitagmorgen los und wollen an dem Ort, von dem ich spreche, zu Mittag essen.«

»Und wann spielt sich das Ganze ab? Ich meine, in welchem Jahr?«

»Mittsommer 2011. Vor fünf Jahren.«

»Ja, ich weiß schon, wo wir gelandet wären, also nicht ich natürlich. Ich bin nämlich so was wie ein Prominenter da draußen, meine Familie besitzt ja diesen Hof auf Stallarholmen.«

»Und wo wären Sie gelandet, wenn Sie nicht Sie gewesen wären?

»Beim besten Gasthof, den es zu dieser Zeit am gesamten Mälarsee gab. Der einzig sinnvolle Ort, wenn du morgens von Hässelby losfährst und zu einer vernünftigen Zeit zu Mittag essen willst. Gripsholms Värdshus. Fünf Sterne. Liegt in Mariefred. Der allerbeste Ort für Stockholmer mit dickem Geldbeutel, die über Mittsommer in Ruhe fremdgehen wollen.«

»Danke, Haqvin.«

Cio-Cio San, dachte Annika Carlsson, sobald sie aufgelegt hatte. Offenbar hieß sein Boot so. Klingt fast thailändisch, dachte sie, während sie es in Google eingab.

Cio-Cio San, las sie. *Wörtlich ›kleiner Schmetterling‹ auf Japanisch, im übertragenen Sinn Madame Butterfly, die weibliche Hauptfigur in Puccinis gleichnamiger Oper.*

Ist doch klar, dachte sie. Wie dumm kann man eigentlich sein. Haqvin ist ja genau wie der kleine Edvin. Ein Segelnerd und ein Kalle-Blomkvist-Nerd, ungeachtet aller äußeren Unterschiede, die nicht das Geringste damit zu tun haben, worum es tief drinnen eigentlich geht. Zwei kleine Romantiker, die dich beide mögen, dachte Annika.

Erst danach rief sie bei Gripsholms Värdshus an. Sie erklärte der freundlichen Rezeptionistin, wer sie war, dass es um polizeiliche Ermittlungen ging und dass sie gerne zur Kontrolle zurückrufen konnte.

»Ja, dann mach ich das gerne«, erwiderte die Rezeptionistin. »Manchmal kann es wirklich passieren, dass Leute nicht die sind, für die sie sich ausgeben.«

Eine Minute später rief sie Annika Carlsson über die Telefonzentrale der Polizei an.

»Wie gut, dass Sie anrufen«, sagte Annika Carlsson.

»Wie kann ich ihnen helfen?«, fragte die Rezeptionistin.

»Ich suche nach jemandem, der vielleicht am Mittsommerwochenende 2011 bei Ihnen gewohnt hat. Wahrscheinlich hat er am Freitag eingecheckt, wann er ausgecheckt hat, weiß ich nicht, aber er heißt jedenfalls Daniel Johnson. Schwedischer Staatsbürger, geboren 1970.«

»Das dürfte kein Problem sein. Wir sind hier etwas altmodisch, wir haben nicht nur diese Formulare, die die Gäste ausfüllen müssen, sondern auch ein richtiges altmodisches Gästebuch. Diese Bücher haben wir seit der Zeit, als wir den Gasthof vor mehr als dreißig Jahren eröffnet haben.«

»Okay«, sagte Annika Carlsson. »Und wie machen wir es jetzt?«

»Ich werde gleich kurz zu Mittag essen. Dann kann ich das richtige Gästebuch heraussuchen und überprüfen, ob er damals hier gewohnt hat. Wollen Sie lieber eine Mail oder soll ich anrufen?«

»Wie es für Sie am praktischsten ist.«

»Dann wird es wohl eine Mail«, sagte die Rezeptionistin.

Eine Stunde später lag die Antwort in Annika Carlssons Posteingang. Daniel Johnson hatte an besagtem Wochenende von Freitag bis Sonntag ein Doppelzimmer gebucht. Er und die Person, die er eventuell dabeigehabt hatte, aßen am Freitag im Hotel zu Mittag und zu Abend. Am Tag darauf Frühstück auf dem Zimmer. Am Sonntagvormittag nach einem Frühstück, das er diesmal im Speisesaal zu sich genommen hatte, bezahlte er seine Rechnung per Kreditkarte. Sie belief sich auf insgesamt zehntausend Kronen, den Hauptteil der Kosten machten Champagner und teure Weine aus, die er aufs Zimmer bestellt hatte. Die Kopie der Rechnung, seiner Kreditkarte, des Formulars, das er beim Einchecken ausgefüllt hatte sowie seine Unterschrift im Gästebuch des Hotels waren beigefügt. Mehr hatte die Rezeptionistin nicht zu berichten. Daniel Johnson war niemand, den sie kannte oder wiedererkannt hätte. Sie besaß auch keine weiteren Informationen über ihn. Wenn Annika Carlsson noch weitere Fragen habe, dürfe sie sich gerne melden.

Verdammt noch mal, Annika, dachte Annika Carlsson. Du preschst ja vor wie ein Hochgeschwindigkeitszug. Das geht doch viel zu schnell. Du machst doch hoffentlich keinen Fehler?

88

Während Lisa Lamms erster Woche als Leiterin der Voruntersuchung verhörte man drei Polizisten, die in Thailand vor Ort gewesen waren, um die Identifizierung der schwedischen Opfer des Tsunamis durchzuführen. Einer von ihnen war als Einsatzleiter dort gewesen, ein zweiter als Ermittler und der dritte als Kriminaltechniker. Sie alle waren inzwischen pensioniert, aber im tiefsten Inneren immer noch funktionierende Polizisten und eine würdige Herausforderung für jeden Vernehmungsleiter, wenn sie in der rechten Stimmung waren.

Einen von ihnen musste man zweimal vernehmen und darüber hinaus ein ergänzendes Telefongespräch führen. Ein anderer forderte einen Tagesausflug nach Värmland ein. Nach der Pensionierung war er nach Filipstad gezogen, und er hatte absolut nicht die Absicht, nach Stockholm zu fahren. Wenn man mit ihm reden wolle, müsse man das entweder am Telefon tun oder in Filipstad. Der dritte, der Kriminaltechniker, war verhältnismäßig entgegenkommend, was jedoch kaum einen Unterschied machte, weil er sich in allen Sachfragen mit seinen früheren Kollegen rührend einig war.

Die Arbeit, die die schwedischen Polizisten in Thailand gemacht hatten, war ein herausragendes Beispiel für die Identifizierung von Opfern bei Katastrophen. Ein vorbildlicher Einsatz, der einzigartig war. Trotz sehr großer praktischer Schwierigkeiten – Hitze, starke Sonneneinstrahlung, Salzwasser und Leichen, die oft übel zugerichtet waren – war es gelungen, sämtliche fünfhundertdreiundvierzig schwedischen Opfer, die gefunden worden waren, zu identifizieren.

Die gute Zusammenarbeit mit den Kollegen aus anderen Ländern hatte ausschlaggebend dazu beigetragen. In einigen Fällen halfen schwedische Polizisten bei der Identifizierung von Staatsbürgern anderer Länder, und dass ihnen offenbar ein thailändischer Polizist bei einem schwedischen Opfer behilflich war, schätzten sie im Hinblick auf die Umstände – u. a. ihre doppelte Staatsbürgerschaft – sowohl natürlich als auch in beruflicher Hinsicht als einwandfrei ein. Die thailändischen Kriminaltechniker waren sehr kompetent und sich der Probleme, die gelöst werden mussten, sehr wohl bewusst. Genau deshalb hatten alle, die an dieser Sache arbeiteten, egal, woher sie kamen, dafür gesorgt, für die Identifizierung so breite Grundlagen wie möglich zu haben.

Das galt auch für die Identifizierung von Jaidee Kunchai. Alle drei betrachteten es als Selbstverständlichkeit, dass man auch Material von ihrem Körper genommen hatte. Dass diese Proben nach der Analyse vernichtet worden waren, entsprach den geltenden Regeln und Routinen. Und dass alle Angaben darüber hinterher aus dem Polizeiregister entfernt worden waren, zeigte nur, dass man sich an das Datenschutzgesetz gehalten hatte. Jaidee Kunchai war vor fast zwölf Jahren für tot erklärt worden. Sie war nie irgendeines Verbrechens verdächtigt worden, und dass ihr DNA-Profil sich damals in den schwedischen Registern befand, lag an den Regeln der Einwanderungsbehörde, genauso wie die Tatsache, dass es inzwischen daraus gelöscht worden war.

»Dass ich mich nicht an sie persönlich erinnere, ist vielleicht nicht ganz unverständlich«, konstatierte der Einsatzleiter.

»Wenn man bedenkt, mit wie vielen Menschen wir es dort zu tun hatten. Fast fünfhundertfünfzig, die wir gefunden haben, und fünfzehn, die immer noch vermisst werden. Ich habe in meiner Zeit als Polizist schon leichtere Aufgaben gehabt.«
»Das kann ich mir vorstellen«, sagte der Vernehmungsleiter.

Die Vernehmungen waren von zwei alten Urgesteinen durchgeführt worden, die Toivonen organisiert hatte. Den Kriminalinspektoren Peter Bladh und Johan Ek. Peter Bladh war ein routinierter Bürokrat, der sich nie unnötig aufregte. Johan Ek war bekannt für sein untrügliches Gedächtnis und seine Multitasking-Fähigkeiten. Er konnte gleichzeitig seinem Gesprächspartner zuhören und aus seiner Körpersprache lesen. Zusammen waren sie sogar für die schwierigsten Vernehmungskandidaten ein beachtlicher Gegner. Wie zum Beispiel für alte Kollegen, die früher das Gleiche getan hatten.

Die Verhöre mit den schwedischen Polizisten, die damals in Thailand gewesen waren, hatten sie die ganze Woche gekostet. Als das Ganze am Freitagnachmittag fertig und dokumentiert war, gingen sie in die übliche Kneipe und tranken zusammen ein paar Bier.

»Was meinst du zu der ganzen Sache?«, fragte Bladh.
»Ich persönlich glaube, es kann sehr gut so sein, wie sie sagen«, sagte Ek.
»Ja, sie wirken ja nicht gerade unzufrieden mit ihren eigenen Einsätzen.«
»Auch wenn das bedeutet, dass jemand zweimal gestorben sein muss.« Ek lächelte.
»Nein.« Bladh seufzte und schüttelte den Kopf. »Entweder hat hier irgendjemand irgendwo irgendeinen Fehler gemacht,

oder es gibt eine Erklärung, auf die wir noch nicht gekommen sind. Aber frag mich nicht, ich hab keine Ahnung.«

»Prost«, sagte Ek und hob sein Glas. »Was hältst du übrigens von noch einem Pils?«

»Freitag nach der Arbeit«, stimmte Bladh zu. »Was soll man da sonst anfangen?«

89

Mitte der Woche hatte Nadjas neue Seelenverwandte beim Forensischen Zentrum von sich hören lassen. Nicht, weil sie zufällig in Stockholm war und die Gelegenheit nutzen wollte, ein russisches Abendessen zu genießen und dabei die Grundlagen des Balalaika-Spiels zu erlernen, sondern, um zu berichten, was für eine Vollidiotin sie war.

»Es gibt etwas, das ich offensichtlich vergessen habe, Ihnen zu erzählen«, seufzte sie. »Ich hab es nicht verschwiegen. Ich hab es einfach vergessen. So ist das leider in diesem Job. Sobald man ein Problem gelöst hat, versucht man, nicht mehr daran zu denken.«

»Ja«, pflichtete Nadja ihr bei. »So was passiert dauernd. Dann besprechen wir es eben jetzt.«

»Machen wir das.«

Im Zuge der Sicherung von Jaidee Kunchais DNA hatte sie nämlich auch noch die DNA einer anderen Frau gefunden, und zwar in Form von drei einzelnen Haaren aus Jaidees Haarbürste. Dem Profil der Frau nach zu urteilen hatte sie den gleichen thailändischen Ursprung wie Jaidee, aber es gab keine Anzeichen einer Verwandtschaft zwischen ihnen. Das war im Hinblick auf die Basis, aufgrund derer sie die DNA bestimmt hatte, nicht ungewöhnlich. Manchmal war es eher die Regel als eine Ausnahme. Leute, die dieselben Kleider getragen, dieselbe

Zigarette geraucht oder sich nur gegenseitig Ohrringe ausgeliehen hatten. Im schlimmsten Fall musste sie sogar versuchen, gemischte DNA, die von zwei oder mehreren Personen stammte, auseinanderzusortieren. In diesem Fall war das nicht nötig gewesen. Mit Ausnahme von drei Haaren aus Jaidees Haarbürste kam alles andere, was sie gesichert hatte, von Jaidee. Irgendeine andere Frau hatte offensichtlich bei einer einzelnen Gelegenheit – besonders oft konnte es nicht gewesen sein – Jaidees Haarbürste verwendet. Die einfachste Erklärung war wohl, dass es das Zimmermädchen des Hotels in Khao Lak gewesen war. Oder dass jemand, der bei Jaidee gewesen war, ihr Badezimmer benutzt und dabei auch seine Haare gekämmt hatte.

Natürlich hatte sie auch das DNA-Profil der unbekannten Frau aufbewahrt. Das hatte sie ja gebraucht, um alles andere zu eliminieren und so letztendlich zu dem Schluss kommen zu können, dass das Material, mit dem sie gearbeitet hatte, von Jaidee Kunchai stammte. Nachdem alle drei Haare intakte Haarwurzeln hatten, war ein vollständiges Profil herausgekommen, und Nadja sollte natürlich eine Kopie davon bekommen.

Nadja hatte sich herzlich bedankt. Eine interessante Ergänzung, über die sie nachdenken würde. Das Angebot eines russischen Abendessens mit etwas Balalaika als Dreingabe stand selbstverständlich noch.

Am Tag darauf schrieb Nadja ein Memorandum über das, was passiert war. Sie übersetzte die wesentlichen Teile ins Englische und schickte eine Kopie an Bunyasarn, der sie auch das DNA-Profil der unbekannten Frau beifügte, die irgendwann Jaidees Haarbürste verwendet haben musste.

»Es ist zwar ein Schuss ins Blaue. Aber wer weiß? Vielleicht finden Sie sie ja in Ihren Registern«, schrieb Nadja.

Akkarat Bunyasarn meldete sich bereits einen Tag später, um mitzuteilen, dass das DNA-Profil, das er von Nadja bekommen hatte, in einem der Fahndungsregister der thailändischen Polizei vorhanden gewesen war, weil sie zu mehreren Männern Kontakt gehabt hatte, die ganz oben auf der Wunschliste der thailändischen Polizei standen. Die DNA stammte von einer thailändischen Frau, die 1974 in Bangkok geboren worden war. Sie hieß Yada Songprawati, und alles, was er und seine Kollegen bisher herausgefunden hatten, sprach dafür, dass sie zum Zeitpunkt des Tsunami als Hostess beim Goldenen Flamingo in Phuket gearbeitet hatte, und dass sie identisch mit der vermissten Frau war, die sie bislang nur unter ihrem Künstlernamen Yada Ying Song gekannt hatten.

Das Merkwürdige an ihr war jedoch, dass sie noch am Leben zu sein schien. Unter anderem hatte sie sich im Frühjahr 2006 einen neuen Pass ausstellen lassen und während der folgenden fünf Jahre bei mehreren Gelegenheiten ein Touristenvisum beantragt, um unter anderem nach Schweden und in die USA reisen zu können. Daher waren weitere Untersuchungen nötig, und Akkarat Bunyasarn versprach, von sich hören zu lassen, sobald er mehr zu berichten hatte.

Ich frage mich, was mit Jaidees eigenem Pass passiert ist, dachte Nadja. Aber nachdem das in solchen Zusammenhängen eine Routineangelegenheit war und sie sich dunkel daran erinnerte, eine Notiz darüber gelesen zu haben, musste sie nicht sonderlich lange suchen, um in ihren Ermittlungsunterlagen die Antwort zu finden. Jaidee Kunchai hatte zwei Pässe gehabt. Einen thailändischen und einen schwedischen. Als sie und ihr Mann über Weihnachten und Silvester nach Khao Lak gefahren waren, hatte sie sie in ihrer Wohnung in Bangkok gelassen.

Bereits Ende Januar, als man sich sicher war, dass sie tot war, hatte ihr Mann sie der schwedischen Botschaft übergeben, in der er ja außerdem arbeitete. Anschließend waren die beiden Pässe entwertet worden. Jaidee Kunchai brauchte sie nicht mehr. Nein, was sollte sie auch damit, dachte Nadja. Niemand würde wohl das Risiko eingehen, mit einem Pass herumzureisen, der einer Toten gehörte. Erst recht nicht im Zusammenhang mit einem Visumsantrag. Jaidee brauchte einen neuen Pass von jemandem, der ihr ähnlich genug sah, und von dem angenommen wurde, dass er noch am Leben war. Obwohl es sich diesmal eigentlich umgekehrt verhielt.

90

Im Hinblick auf alles, was passiert war, wollte Lisa Lamm ein weiteres Treffen mit ihrem Fahndungsteam einberufen. Als sie auf dem Flur des Polizeipräsidiums Bäckström in die Arme lief, sprach sie ihn darauf an.

»Was halten Sie von morgen«, sagte Bäckström. »Morgen früh«, fügte er zur Sicherheit hinzu.

»Ja, ist doch klar«, erwiderte Lisa Lamm. »Wer will auch am Freitagnachmittag im Büro sitzen?«

»Um zehn?«, schlug Bäckström vor. »Ich habe morgens noch einiges zu tun.«

Wenn die Chance schon mal da ist, dachte er.

»Klingt super«, sagte Lisa Lamm. »Dann muss ich nicht mitten in der Nacht aufstehen.«

Sie trafen sich in einem größeren Raum, da sie inzwischen doppelt so viele waren.

»Okay«, sagte Bäckström. »Was ist bei jedem der Stand der Dinge? Ohne viel unnötiges Gequatsche«, fügte er sicherheitshalber hinzu.

»Unser Opfer von der Unheilsinsel. Sind wir uns immer noch einig, dass es Jaidee Kunchai ist?« Alle nickten. Dann berichtete Nadja, was die Kollegen über die Frau herausgefunden hatte, die in Phuket fälschlicherweise als Jaidee Kunchai identifiziert worden war.

»Früher kannten wir sie nur unter ihrem Künstlernamen, Yada Ying Song. Ihr wisst schon, diese Nachtclubhostess, die nach dem Tsunami als vermisst gemeldet wurde.«

»Und wie heißt sie jetzt?«, fragte Peter Bladh.

»Es sieht so aus, als wäre sie identisch mit einer Frau namens Yada Songprawati, geboren 1974 in Bangkok«, sagte Nadja, ohne auf Details einzugehen. »Unsere thailändischen Kollegen haben versprochen, sich zu melden, sobald sie mehr wissen.«

»Klingt gut.« Johan Ek wechselte einen Blick mit Peter Bladh. »Dann kann ich diese alten Kollegen anrufen, die dort waren, und ihnen erzählen, dass wir leider einen kleinen Fleck in ihrem Protokoll gefunden haben.«

»Grüß sie von mir«, sagte Bäckström. »Was können wir zu den üblichen Fragen sagen, wie, wann und wo?«

»Jaidee Kunchai wurde erschossen«, antwortete Niemi. »Ein Schuss in die rechte Schläfe mithilfe eines so genannten Kleinkalibergewehrs, das Hernandez und ich inzwischen wohl gefunden haben. Es gehört Daniel Johnsons Adoptivvater, und er hatte es an Bord seines Segelboots aufbewahrt. Wir haben sowohl die Waffe als auch ein paar Schachteln Munition beschlagnahmt, eine Remington Long Rifle Kaliber .22. Alles zusammen ist schon unten in Linköping. Sie haben versprochen, es bevorzugt zu behandeln. Aber es sieht wie gesagt ziemlich gut aus.«

»Ihr habt sicher ein bisschen Probe geschossen, bevor ihr es den Forensikern geschickt habt«, sagte Bäckström.

»Das wär ja noch schöner«, erwiderte Hernandez, der deshalb nicht das geringste schlechte Gewissen zu haben schien.

»Und der Tatort?«

»Wir glauben, es ist an Bord dieses Segelboots passiert, das Johnson sich von seinem Vater geliehen hatte. Wir haben nämlich Blutspuren gefunden. Es ist menschliches Blut, aber auf

DNA können wir leider nicht hoffen. Es ist mit ziemlich viel Wasser unten am Kielschwein herumgeschwappt. Auch das haben wir zur Sicherheit nach Linköping geschickt.«

»Fingerabdrücke habt ihr auch gefunden«, sagte Bäckström, der offenbar gut vorbereitet war.

»Ja. Aber wir warten immer noch auf Daniel Johnsons Fingerabdrücke, damit wir sie vergleichen können.«

»Das werden wir hinkriegen.« Bäckström lächelte zufrieden.

»Was den Zeitpunkt angeht«, sagte Annika Carlsson, »scheint es ziemlich sicher zu sein, dass er am Sonntag, den 26. Juni vormittags im Hotel ausgecheckt hat. Am Morgen darauf hat er die Schlüssel zum Boot bei seiner Schwester abgegeben. Die Tatzeit ist also irgendwann zwischen Sonntagvormittag und der Nacht zum Montag, 26. auf 27. Juni 2011.«

»Ziemlich wenig Zeit«, wandte Niemi ein.

»Ja, das stört mich auch«, pflichtete ihm Annika Carlsson bei. »Aber die Alternative gefällt mir noch weniger. Dass er es getan haben soll, bevor er am Freitag in diesem Gasthof in Mariefred eingecheckt hat.«

»Und zusammengenommen spricht das ja stark gegen eine geplante Tat«, sagte Lisa Lamm.

»Es kann schnell gehen, wenn man streitet«, erwiderte Bäckström. »Und was haben wir für ein Motiv?«

»Versicherungsbetrug, genauer gesagt drei, über insgesamt fünfundzwanzig Millionen«, erklärte Nadja. »Mindestens zwei Täter in Zusammenarbeit. Daniel Johnson und Jaidee Kunchai.«

»Alles leider inzwischen verjährt«, stellte Lisa Lamm fest.

»Wenn wir vor einem Monat hiergesessen wären, hätte ich zumindest wegen letzterem Anklage erheben können, bei dem Daniel Johnson gut zwanzig Millionen von dieser Firmenversicherung bekommen hat.«

»Ja, Johnson sollte Ihrer Vorgängerin wohl einen Blumenstrauß schicken«, sagte Bäckström. »Übrigens, wie geht es ihr denn?«

»Die Lage scheint unverändert zu sein«, antwortete Lisa Lamm. »Ich hab gestern mit ihrem Arzt gesprochen.«

»Hoffen wir das Beste«, erwiderte Bäckström, ohne näher darauf einzugehen, was das sein sollte.

»Wissen wir eigentlich, was Johnson gerade macht?«, erkundigte sich Lisa Lamm.

»Wie meinen Sie das?«, fragte Bäckström.

Sie will ihn doch wohl nicht heute hier reinholen, dachte er. Dann würde ja sein ganzer Freitag zum Teufel gehen.

»Er ist in Brüssel«, sagte Felicia Pettersson. »Zusammen mit seinem höchsten Chef, dem Staatssekretär, irgendein EU-Treffen über die Situation an der Ostsee.«

»Aha, und wann wird er zurückerwartet?«, wollte Bäckström wissen.

Gott sei Dank, dachte er.

»Er soll am Montagmorgen wieder in seinem Büro hier in Stockholm sein.«

»Okay.« Lisa Lamm nickte. »Falls sich herausstellt, dass wir die richtige Waffe gefunden haben, werde ich ihn dann sofort zur Vernehmung holen lassen.«

»Abholung ohne vorherige Ladung«, sagte Bäckström.

Klingt wie Musik in meinen Ohren, dachte er.

»Nein«, sagte Lisa Lamm. »Ich wollte ihn wegen begründeten Verdachts auf Mord und Störung der Totenruhe, Nachstellung eines Zeugen und groben Diebstahls verhaften lassen. Letzteres betrifft den Einbruch auf dem Segelboot, falls sich jemand fragt. Es tut mir leid, dass ich ihn nicht wegen Verdachts auf schweren Betrug drankriegen kann, und ich bitte nochmals um Entschuldigung für die Probleme, die eine meiner Mitarbeiterinnen Ihnen gemacht hat.«

Lisa Lamm ist wirklich kein Dummkopf, dachte Bäckström. Obwohl sie ein Weib und für seinen Geschmack etwas zu dünn war.

91

Bereits am Montag bekam Peter Niemi die Befunde für das Material, das er beim Forensischen Zentrum eingereicht hatte. Zwar nur mündlich und am Telefon, aber nachdem sie eindeutig waren und die zugehörigen Schriftstücke erst im Laufe der Woche kommen würden, rief er Lisa Lamm an.

»Mit dem Blut, das wir im Boot gefunden haben, war es genau, wie ich befürchtet hatte«, sagte Niemi. »Es ist menschliches Blut, so weit stimmt alles, aber das ist auch das Einzige, was sie sagen können. Ich persönlich denke, es muss ziemlich viel Blut gewesen sein, aber das wollen sie nicht unterschreiben.«

»Das wird sich lösen«, erwiderte Lisa Lamm. »Was hatten sie sonst noch zu berichten?«

»Das blaue Segelgarn, von dem Stücke am Fundort auf der Insel lagen, ist dasselbe Garn, das wir von Papa Johnsons Boot mitgenommen haben. Und es ist offenbar auch noch ungewöhnlich. Deutsches Fabrikat, wird in Schweden gar nicht verkauft.«

»Die Schnurstücke aus dem Erdkeller stammen also von der Rolle, die Sie im Boot gefunden haben?«

»Weiß man nicht. Nur, dass es dieselbe Art von Garn ist, und offenbar ein ungewöhnliches.«

»Immerhin. Und sonst?«

»Dann wird es noch besser. Die Munition, die wir von Papa Johnsons Tochter bekommen haben, ist sehr selten. Remington hat schon Anfang der Fünfzigerjahre mit der Produktion aufgehört. Die Kugel, die wir im Schädel gefunden haben, stimmt mit den Kugeln überein, die sie uns gegeben hat. Die aus Linköping sind sich ganz sicher. Irgend so ein metallurgischer Hokuspokus.«

»Wie viel Munition hat Johnsons Tochter Ihnen gegeben?«

»Zwei Schachteln mit jeweils fünfzig Schuss. In der einen waren noch zwanzig, in der anderen zweiunddreißig.«

»Da wurde wohl über die Jahre einiges verschossen«, konstatierte Lisa Lamm.

»Ja, die Fotos aus dem Album deuten ja auch darauf hin. Vor allem Zielschießen, scheint es. Man hat auf Dosen und Pappteller und solche Dinge geschossen. Nicht auf Menschen.«

»Schön zu hören.«

»Schon. Aber einmal hat es wohl doch jemand getan.«

»Die Kugel im Schädel passt zum Gewehr?«

»Ja, offenbar. Eine Plus-Zwei, sagen die Forensiker, aber sie wollen ihr wohl vor allem deshalb nicht mehr geben, weil sie nicht ummantelt ist und beim Aufprall auf den Schädelknochen ordentlich flach gedrückt wurde. Eine Plus-Zwei ist nicht schlecht.«

»Ich weiß«, sagte Lisa Lamm. »Und wenn ich Sie richtig verstehe, ist das Bild insgesamt noch besser. Die Waffe, die Munition, das Segelgarn, das menschliche Blut im Boot.«

»Nein, ich kann nicht klagen«, bestätigte Niemi. »Ich bin zufrieden.«

»Ich auch. Ich werde ihn also schon morgen früh abholen und verhaften lassen. Annika Carlsson meinte, er soll die ganze Woche im Büro sein, also ist es wohl das Beste, wir fangen ihn schon in seiner Wohnung ab.«

»Und die Kollegen und ich sollen dort eine Hausdurchsuchung vornehmen?«

»Genau. Haben Sie genügend Leute?«, fragte Lisa Lamm.

»Das kriegen wir schon hin«, antwortete Niemi. »Haben Sie sonst noch irgendwelche Wünsche?«

»Ja, seinen Computer natürlich, oder Smartphone, wenn er eines hat. Alles andere überlasse ich Ihnen. Davon verstehen Sie viel mehr als ich.«

»Mir ist da noch was eingefallen«, sagte Niemi. »Woran Sie den Kollegen erinnern können, der ihn vernehmen wird. Vielleicht erinnern Sie sich an das blaue Nachthemd, das die Tote anhatte, als sie sie in diesem zerstörten Haus gefunden haben. Das war ja Jaidee Kunchais Nachthemd, aber wohl kaum Jaidees Leiche, wie wir wissen.«

»Ja, was ist das Problem?«

»Wo es hingekommen ist. Das sollte Johnson beantworten können, finde ich.«

»Ich verstehe. Wenn man in dieser Hitze in einem Nachthemd schläft, sollte einiges an DNA daran sein.«

»Ja, und wenn man es jemand anderem anzieht, der so blutüberströmt ist, wie es die Leiche offenbar war, sollte auch die DNA dieser Person dort gelandet sein. Zwei verschiedene DNAs auf demselben Nachthemd, und irgendetwas sagt mir, dass uns dann beide Profile bereits bekannt wären.«

»Jaidee Kunchai und Yada Songprawati.«

»Genau wie bei dieser Haarbürste.«

»Ich werde zusehen, dass Johnson gefragt wird.«

Niemi ist gut, dachte Lisa Lamm, sobald sie aufgelegt hatte. Warum hatte niemand anders etwas über das Nachthemd gesagt? Vermutlich, weil sie es vergessen hatten.

Nette Frau, diese Lamm, dachte Niemi, sobald das Gespräch beendet war. Hübsch und mit guter Figur. Schien jemand zu sein, der sich sowohl um sich selbst als auch um andere kümmern konnte.

92

Annika Carlsson und ihr Kollege Jan Stigson holten Daniel Johnson um kurz vor acht Uhr morgens in seiner Wohnung ab. Johnson öffnete selbst auf ihr Klingeln. Mit einem fragenden Lächeln auf den Lippen. Annika Carlsson erklärte, wer sie waren, und zeigte ihren Dienstausweis. Zur Antwort bekam sie dasselbe Lächeln.

»Aha, und warum wollen Sie mit mir sprechen?«

»Wir haben einige Fragen an Sie«, sagte Annika Carlsson. »Deshalb müssen Sie mit uns ins Polizeipräsidium Solna kommen.«

»Worum geht es denn?«, fragte Johnson, der immer noch eher freundlich interessiert wirkte.

»Das kann ich Ihnen leider nicht sagen«, antwortete Annika Carlsson, »aber ich bin sicher, unsere Staatsanwältin wird Sie darüber informieren. Sie wartet schon.«

»Hoppla«, sagte Daniel Johnson. »Wenn ich sie treffen soll, will ich lieber meinen Anwalt dabeihaben.«

»Natürlich. Wie heißt er denn?«

»Johan Eriksson. Ich kenne ihn nicht, aber nach dem, was ich gelesen und gehört habe, soll er wohl der beste sein.«

Sobald sie die Wohnung verlassen hatten, übernahmen Niemi und Hernandez. Doch weder die Hausdurchsuchung noch die Beschlagnahmung von Handy und Computer ergaben etwas.

Daniel Johnson wohnte offenbar allein in seiner Dreizimmerwohnung. Keine Spuren eines anderen häufigeren Besuchers. Die Wohnung war nach konventionellem Geschmack eingerichtet. Sie war gut geputzt, und den Quittungen nach zu urteilen, die man gefunden hatte, beschäftigte er dafür offenbar eine Putzfirma. Sein Computer war neu, vor einem Monat gekauft, und als ihm dahingehend Fragen gestellt wurden, antwortete er, sein alter sei über fünf Jahre alt gewesen, als er beschlossen hatte, ihn zu ersetzen. Er habe das schon viel früher tun wollen, aber es sei irgendwie nichts daraus geworden. Er habe dieselbe Firma genommen wie beim letzten Mal, als er einen Computer gekauft hatte. Was sie mit seinem alten gemacht hatten, wisse er nicht, aber er vermute, sie hätten ihn weggeworfen. Es wäre wohl am einfachsten, sie zu fragen. Die Quittungen hatte er noch. Sie lagen in dem Ordner, in dem er derartige Dinge verwahrte.

Nichts hatte etwas von Interesse ergeben. Nichts, was bemerkenswert war, vielleicht mit einer Ausnahme. Auf seinem Nachttisch hatte er ein eingerahmtes Foto seiner ersten Frau, Jaidee Kunchai.

Niemi und Hernandez unterhielten sich darüber. Wenn er sie fünf Jahre zuvor ermordet hatte, war das eine merkwürdige Erinnerung an etwas, das er normalerweise eher zu verdrängen versuchen sollte. Wenn er sich nicht schon gedacht hatte, dass früher oder später Leute wie Niemi und Hernandez zu ihm kommen würden und es aus diesem Grund aufgestellt hatte. Zum Beispiel als Annika Carlsson an seiner Tür geklingelt hatte, bevor er geöffnet hatte.

»Oder wir beide sind nur berufsgeschädigt.« Hernandez zuckte mit den Schultern.

»Tja, aber du musst zugeben, etwas seltsam ist das schon«, sagte Niemi.

Als Johnson danach gefragt wurde, schien er sie nicht richtig zu verstehen. Er habe massenweise Fotos von seiner verstorbenen Frau. Das, was neben seinem Bett stand, hatte er in ihrem ersten gemeinsamen Urlaub gemacht. Was war daran so seltsam? Sie sei schließlich der Mensch, der ihm mehr bedeutet hatte als alle anderen Menschen zusammen. Er dachte jeden Tag an sie und vermisste sie sehr.

Insgesamt vernahm die Polizei Daniel Johnson vier Mal. Danach hörte er auf, ihre Fragen zu beantworten. Er hatte alles gesagt. Er hatte nichts mehr hinzuzufügen, und das hatte er dem Vernehmungsleiter, Johan Ek, am Ende des vierten Verhörs auch mitgeteilt. Zur Sicherheit führte man trotzdem ein fünftes durch, in dem Daniel Johnson konstant schwieg und seinen Anwalt für sich antworten ließ. Sein Klient habe das Seine gesagt. Er und sein Klient hätten ausführlich darüber gesprochen. In sachlicher Hinsicht seien sie sich vollkommen einig. Es war ein sehr kurzes Verhör. Nicht einmal fünf Minuten.

Daniel Johnsons Einstellung zu dem, was jetzt passierte, war von Anfang an klar und deutlich. Er verstand ganz einfach nicht, wovon die Polizei sprach. Seine Frau Jaidee war im Tsunami umgekommen. Er war selbst dabei gewesen. Hatte es mit eigenen Augen bezeugt. Von dem Zeitpunkt an, als die Katastrophe zugeschlagen hatte, bis man ihre Asche in den Bergen nördlich von Bangkok in den Wind gestreut hatte.

Daniel Johnson hatte Antworten auf alle Fragen, die die Polizei ihm über die Tragödie stellte, die über ihn und seine Frau hereingebrochen war. Die Abschrift der Vernehmungen mit ihm umfasste mehr als zweihundert Seiten. Die Antworten, die er gab, nahmen die Hälfte davon ein, und sie folgten alle demselben Muster und demselben festen Ausgangspunkt. Seine

Frau Jaidee Kunchai war vor fast zwölf Jahren im Tsunami ums Leben gekommen. Das war alles.

Um das zu beleuchten, reicht ein einzelnes Beispiel. Der Grund dafür, dass es mehr als 24 Stunden gedauert hatte, bis er seine Frau aus der Strandvilla bergen konnte, sei das Chaos gewesen, das um das Hotel herum herrschte. Als er vorher versucht habe, das zu tun, hätten sowohl die Polizei als auch das Sicherheitspersonal des Hotels ihn daran gehindert, weil ihrer Meinung nach ein unmittelbares Risiko bestand, dass das Haus zusammenbrechen würde. Erst am Tag danach habe er die Möglichkeit gehabt, nach ihr zu suchen.

Das erste Verhör hielt Kriminalkommissar Evert Bäckström. Die folgenden drei, oder vier, um korrekt zu sein, seine Kollegen, die Kriminalinspektoren Johan Ek und Peter Bladh, Ek als Vernehmungsleiter und Bladh als Beisitzer. Rechtsanwalt Eriksson war bei sämtlichen anwesend, und beim ersten war sogar Staatsanwältin Lisa Lamm vor Ort.

Verglichen mit den folgenden Vernehmungen hatte das erste einen eher improvisierten Charakter. Es war geprägt von Sprüngen zwischen unterschiedlichen Themen, die punktweise in einen größeren und eher unspezifischen Akt von Anklagen mündeten, gemischt mit irgendwelchen sozialen Kommentaren und Fragen von allgemeinem Charakter.

»Also, ich möchte gleich etwas klären, bevor wir anfangen, sozusagen.« Bäckström seufzte und kratzte sich am Kopf. »Nämlich, wie Sie angesprochen werden wollen. Soll ich sie Johnson oder Ministerialrat nennen, oder geht auch Daniel?«

»Was würden Sie denn vorziehen?«

»Daniel. Wenn das okay für Sie ist. Das spart Zeit.«

»Ja, dann machen Sie es doch so.«

»Schön«, sagte Bäckström. »Also, Daniel, es gibt da etwas, das ich mich frage. Als Sie Ihre Frau aus diesem Haus getragen haben, hatte sie ein blaues Nachthemd an.«

»Ja, das stimmt.«

»Was ist damit passiert?«

»Entschuldigung?«

»Die Sache ist die: Es wird ja in den Vernehmungen erwähnt, die unsere thailändischen Kollegen mit dem Personal geführt haben, das Ihnen damals geholfen hat, also, das blaue Nachthemd, das sie anhatte. Aber dann scheint es irgendwo verschwunden zu sein. Es steht nicht in den Verzeichnissen der Habseligkeiten Ihrer Frau.«

»Aber das ist doch nicht so verwunderlich«, sagte Daniel.

»Können Sie es uns erklären?«, fragte Bäckström

»Ja. Bevor wir Jaidee nach Phuket gebracht haben, zu dieser Identifizierungsstelle, haben wir ihre Leiche in Leintücher aus dem Hotel gewickelt. Das Personal und ich haben das gemeinsam getan. Dabei hab ich ihr das Nachthemd ausgezogen. Es war ja vollkommen blutig.«

»Ich verstehe.«

»Dann hab ich es dem Personal gegeben.«

»Und wissen Sie, was sie damit gemacht haben?«

»Vermutlich weggeworfen. Ich meine, ein blutiges Nachthemd. Das will man ja wohl kaum aufheben.«

»Nein«, sagte Bäckström. »Wahrscheinlich nicht.«

»Schön«, erwiderte Daniel Johnson. »Aber Sie haben keine Ahnung, wie ich mich gefühlt habe.«

»Nein. Wie könnte ich? Aber ich verstehe genau, was Sie meinen. Aber ich frage mich noch etwas ganz anderes.«

»Ja?«

»Nach dem Tod Ihrer Frau haben Sie ja ziemlich viel Geld

bekommen. Insgesamt fünfundzwanzig Millionen schwedische Kronen von drei verschiedenen Versicherungen, wenn ich richtig gerechnet habe.«

»Das stimmt.«

»Für einen Teil des Geldes haben Sie sich eine Wohnung gekauft, wenn ich das recht verstanden habe.«

»Ja. Dort sind Ihre Kollegen ja heute Morgen aufgetaucht.«

»Was mussten Sie denn dafür hinlegen?«

»Vier Millionen. Wenn dieses Unglück nicht passiert wäre, hätten wir mindestens noch ein Jahr in Bangkok gewohnt. Aber ich war ja krankgeschrieben und wurde zurück nach Stockholm geschickt. Unsere alte Wohnung hatten wir verkauft, als wir nach Thailand zogen. Ich musste ja irgendwo wohnen.«

»Ja, natürlich«, pflichtete Bäckström ihm bei. »Das müssen wir wohl alle.«

»Und was ist dann Ihre Frage?«

»Ich dachte an den Rest des Geldes. Wo ist es hingekommen?«

»Das habe ich Jaidees Familie gegeben. Ihrer Mutter und ihrem Bruder. Ich hab es nach Thailand überführt, sobald es ausbezahlt wurde. Ich konnte nicht einmal an dieses Geld denken.«

»Nein, das kann ich verstehen. Aber rein praktisch? Wer hat sich für Sie darum gekümmert?«

»Jaidees Bruder hat mir geholfen. Er arbeitet in den USA als Wirtschaftsprüfer für eines der größten Wirtschaftsprüfungsunternehmen der Welt. Sie haben auch eine Niederlassung hier in Stockholm, und die hat mir geholfen. Ja, und natürlich meine Bank, die SE-Bank. Ich habe Unterlagen über alles, jede einzelne Krone. Sie liegen in einem Ordner in meinem Arbeitszimmer.«

»Ich glaube Ihnen«, sagte Bäckström. »Ich hätte das Gleiche getan. Wen kümmert schon Geld, wenn so etwas passiert.«

Bäckströms einleitendes Verhör dauerte eine gute Stunde. Danach übernahm Lisa Lamm und erklärte, dass Daniel Johnson unter begründetem Verdacht für vier unterschiedliche Verbrechen stand. Mord an seiner Ehefrau Jaidee, Störung der Totenruhe, weil er hinterher versucht hatte, ihre Leiche zu verstecken, schwerem Diebstahl beziehungsweise versuchtem schwerem Diebstahl im Zusammenhang mit der Vernichtung von Beweisen sowie Nachstellung eines Zeugen. Als sie Daniel anschließend fragte, was er dazu zu sagen hatte, schüttelte er lediglich den Kopf und wechselte einen hilfesuchenden Blick mit seinem Anwalt.

»Ich verstehe gar nichts«, sagte Daniel Johnson. »Ich soll offenbar meine Frau ermordet haben, die vor zwölf Jahren beim Tsunami gestorben ist. Und diese anderen Sachen, die ich getan haben soll? Ich habe nicht einmal eine Ahnung, wovon Sie sprechen.«

»Darf ich das so interpretieren, dass Sie ein Verbrechen in sämtlichen Punkten leugnen?«, fragte Lisa Lamm.

»Ja, ich verstehe ja nicht einmal, wovon Sie reden. Was hatten Sie denn erwartet?«

»Ich werde Sie trotzdem festnehmen.«

»Warum wurde ich nicht vorgewarnt? Ich möchte jetzt erst einmal mit meinem Rechtsbeistand sprechen. Unter vier Augen.«

»Selbstverständlich. Ich glaube, er wird Ihnen die unterschiedlichen Gründe unseres Verdachts gegen Sie erklären können. Ihnen einen detaillierteren Hintergrund liefern, sozusagen.«

»Gut«, erwiderte Daniel Johnson. »Das ist nämlich weder Ihnen noch Ihren Mitarbeitern sonderlich gut gelungen.«

»Und was halten wir jetzt davon?«, fragte Lisa Lamm, sobald sie mit Bäckström allein war.

»Johnson ist nicht blöd«, sagte Bäckström. »Er wird uns bei allem helfen, womit wir ihn sonst festnageln könnten. Alles andere wird er leugnen. Ich denke da nicht nur an seine Ex-Frau. Wie hätte er sie ermorden können? Sie war ja schon im Tsunami verunglückt. Darüber gab es sogar Papiere, die unsere eigenen Kollegen unterschrieben haben.«

»Geben Sie mir noch ein anderes Beispiel.«

»Da gibt es unzählige. Nehmen wir mal dieses Mittsommerwochenende, das er in diesem Gasthof in Mariefred verbracht hat. Natürlich war er allein dort.«

»Er hatte ein Doppelzimmer gemietet.«

»Er mag es eben, beim Schlafen viel Platz zu haben. Oder etwas in Reserve, falls er jemanden aufreißen sollte.«

»Er hat unten im Speisesaal zu Mittag und zu Abend gegessen«, wandte Lisa Lamm ein.

»Ja, und ich habe die Rechnung gesehen«, erwiderte Bäckström. »Den Verzehr hätte ich leicht allein geschafft. Können wir die Kellnerin finden, die ihn und seine eventuelle Gesellschaft bedient hat? An einem Mittsommerabend vor fünf Jahren? Vergiss es. Wenn ich eine finden würde, die willens wäre, das zu bezeugen, würde ich behaupten, sie lügt.«

»Ja«, sagte Lisa Lamm. »Ich habe Jaidees Abwesenheit in allen schriftlichen Unterlagen auch bemerkt.«

»Und ansonsten war er eben draußen auf dem Mälarsee beim Segeln. Allein natürlich, das scheint ja für viele solche Segler gerade das Ding zu sein.«

»Und was machen wir jetzt?«
»Wir machen weiter wie immer. Hat er es getan? Natürlich. Früher oder später wird sich seine Zunge schon lösen. Das ist bei Leuten wie ihm meistens so, wenn sie erst eine Weile in der Zelle gesessen haben.«

93

Nachdem Daniel Johnson 24 Stunden in Gewahrsam war, beantragte Lisa Lamm seine Verhaftung. Der Antrag war erfolgreich. Daniel Johnson wurde wegen begründeten Verdachts auf unter anderem Mord verhaftet. Die nächste Verhandlung sollte in vierzehn Tagen stattfinden.

Im Forensischen Zentrum lagen inzwischen sowohl seine Fingerabdrücke als auch seine DNA vor, und aufgrund von Ersterem bekam Niemi bereits am Tag nach seiner Verhaftung einen Anruf. Johnsons Fingerabdrücke waren an drei verschiedenen Stellen des Segelboots seiner ältesten Schwester gesichert worden. Außerdem an ungewöhnlichen Stellen, unter anderem unter dem Boden der Kajüte.

Noch einen Tag später rief Daniel Johnsons Schwester Sara bei Annika Carlsson an. Sie hatte mit ihrem Vater gesprochen, der daraufhin den Wunsch äußerte, mit einem der Polizisten zu sprechen, die in dem schwerwiegenden Verdachtsfall gegen seinen Sohn ermittelten.

»Er hat ja gelesen, was in der Zeitung steht, wie Sie sicher verstehen«, erklärte Sara Johnson. »Und weil er eben so ist, wie er immer ist, wollte er gleich mit Ihnen sprechen.«

»Haben Sie eine Ahnung, worüber er reden will?«, fragte Annika Carlsson.

»Möglicherweise über das alte Kleinkalibergewehr. Sonst weiß ich auch nicht. Er macht sich natürlich Sorgen.«

»Ich spreche gern mit ihm. Wann soll ich das tun?«

»So bald wie möglich. Ihm läuft die Zeit weg, befürchte ich.«

»Ich kann heute Nachmittag mit ihm sprechen, wenn Sie wollen.«

»Klingt super. Ich habe gerade erst mit ihm gesprochen, und heute scheint ein erträglicher Tag für ihn zu sein. Ist es okay, wenn ich dabei bin?«

»Natürlich. Ich kann Sie sogar mitnehmen, wenn Sie wollen. Sind Sie in der Arbeit?«

»Ja.«

»Soll ich Sie in einer Stunde abholen?«

»Das passt sehr gut«, sagte Sara. »Rufen Sie an, wenn Sie vor der Tür stehen.«

Das Gespräch mit Sven-Erik Johnson fand in seinem Zimmer im Pflegeheim in Bromma statt. Ein großer, dünner Mann in weißem Hemd, gut gebügelten grauen Hosen und schwarzen Pantoffeln. Er hatte die gleichen klugen blauen Augen wie seine älteste Tochter. Außerdem war er deutlich vom Tod gezeichnet, der bereits auf der Bettkante saß und auf ihn wartete.

»Das ist sehr nett, dass Sie sich Zeit nehmen konnten, Frau Kommissarin.« Sven-Erik Johnson nickte Annika Carlsson freundlich zu.

»Sagen Sie Annika.« Annika Carlsson lächelte.

»Wenn Sie versprechen, mich dann Sven-Erik zu nennen«, sagte Sven-Erik Johnson.

»Sehr gern. Außerdem möchte ich, dass Sie eine Sache wissen. Wenn ich gekonnt hätte, hätte ich Ihnen gerne erspart, womit meine Kollegen und ich uns hier beschäftigen.«

»Ich habe keinen Grund, Ihnen die Schuld dafür zu geben. Manchmal gibt es Dinge, die man tun muss, wie schwer sie auch sein mögen. Wenn ich hier jemandem einen Vorwurf machen müsste, dann meinem Sohn.«

»Ja«, sagte Annika. »Aber ohne ihn wären wir uns nie begegnet. Und Sara und ich auch nicht.«

»Hat Daniel seine Frau getötet?«

»Ja. Es gibt gute Gründe, das zu glauben. Ich selbst bin leider überzeugt davon, dass er es getan hat.«

»Jaidee ist also gar nicht im Tsunami ums Leben gekommen?«

»Nein. In diesem Punkt sind wir uns alle einig. Wer dort gestorben ist und fälschlicherweise als Jaidee identifiziert wurde, war eine andere Frau, die Daniel und sie am Abend zuvor kennengelernt und mit in ihr Hotel genommen hatten.«

»Und diese Sache haben sie gemeinsam ausgeheckt?«

»Ja, scheint so.«

»Warum haben sie das getan?«

»Versicherungsbetrug. Daniel hat insgesamt fünfundzwanzig Millionen Kronen aus Jaidees Lebensversicherungen bekommen.«

»Und mehrere Jahre später gerieten sie über Kreuz und er tötet sie.«

»Ja, so ungefähr glauben wir leider, dass es gewesen ist.«

»Jaidee und Daniel waren nie gut füreinander. Sie waren sich viel zu ähnlich. Sie haben das Schlechteste ineinander hervorgelockt.«

»Es gibt einiges, was dafür spricht«, bestätigte Annika Carlsson.

»Ich weiß, dass ihr sie draußen auf der Unheilsinsel gefunden habt«, sagte Sven-Erik Johnson. »Wenn man bedenkt, wie gut Daniel die Insel kennt, seit er als Junge dort draußen war, scheint das ja kein Zufall.«

»Vermutlich nicht.«

»Und all das ist damals an Mittsommer passiert, als er sich mein Segelboot ausgeliehen hatte?«

»Falls das ein Trost ist, es gibt einiges, was dafür spricht, dass er das Ganze nicht geplant hatte. Als er sich Ihr Boot geliehen hat, meine ich.«

»Glaubt ihr?«

»Nein, nicht glauben.« Annika Carlsson sah ihn mit festem Blick an. »Ich bin ziemlich sicher, dass er nicht geplant hatte, so etwas zu tun. Sie haben sich wohl ganz einfach in die Haare bekommen, und er hat sie im Affekt umgebracht.«

»Wie seltsam das auch klingen mag, aber das fühlt sich tatsächlich tröstlich an.«

»Was passiert ist, ist wirklich nicht Ihre Schuld.«

»Nein.« Sven-Erik Johnson schüttelte den Kopf. »Aber ich hätte vielleicht das alte Kleinkalibergewehr wegschließen sollen, das ich von meinem Vater bekommen hatte. Ich hatte übrigens keine Ahnung, dass man für so was inzwischen eine Lizenz braucht. Als ich es bekommen habe, das war irgendwann nach dem Krieg, war das noch nicht so.«

»Nein, ich weiß«, sagte Annika Carlsson.

»Meine Töchter haben es immer zum Zielschießen benutzt.« Sven-Erik Johnson lächelte seiner ältesten Tochter zu. »Ja, Sara vielleicht nicht so oft, aber Eva war ganz versessen darauf. Einmal hat sie sogar versucht, eine Möwe damit zu erschießen. Ich weiß noch, dass ich deshalb mit ihr geschimpft habe, und dann habe ich es eingesperrt, bis sie versprochen hat, es nicht wieder zu tun. Aber Daniel... ich glaube, er hat es überhaupt nie benutzt.«

»Das ist ja auch kein Wunder«, sagte Sara. »Wie alt war er, als du die Vega gekauft hast? Neun, zehn Jahre, wenn ich mich recht erinnere. So was gibt man einem kleinen Jungen ja nicht in die Hand. Außerdem war er ja fast nie mit uns draußen. Er war lieber mit seinen Freunden zusammen.«

»Ja, das ist wahr«, erwiderte Sven-Erik Johnson. »Glauben Sie, es hat einen Sinn, wenn ich versuche, mit Daniel zu sprechen? Ich hab zwar in den letzten zehn Jahren kaum mit ihm geredet, und es ist sicher sechs Jahre her, dass ich ihn das letzte Mal gesehen haben. Aber er ist ja immerhin mein Sohn.«

»Wenn Sie ihn treffen wollen, kann ich versuchen, das zu arrangieren«, sagte Annika Carlsson. »Ich denke allerdings, es bringt nicht viel, ihm ins Gewissen zu reden.«

»Ich bin vielleicht etwas altmodisch, aber ich war immer der Meinung, man sollte für seine Handlungen einstehen.«

»Leider glaube ich, Daniel teilt diese Ansicht nicht.«

»Der verlorene Sohn«, sagte Sven-Erik Johnson. »Wie auch immer das gekommen ist.«

»Es liegt bestimmt nicht an Ihnen. So etwas passiert einfach. Ohne, dass jemand schuld daran ist.«

»Das denke ich auch. Aber wenn ich eine Wahl gehabt hätte...«

»Wenn Sie ihn trotzdem treffen wollen, werde ich Ihnen natürlich helfen«, wiederholte Annika Carlsson.

»Nein.« Sven-Erik Johnson schüttelte den Kopf. »Es ist wohl leider zu spät, befürchte ich. Dass ich es traurig finde, dass er mich nicht sehen will, ist eben nicht zu ändern.«

»Ich habe noch eine Frage an Sie. Auf Ihrem Boot haben wir eine Rolle blaues Segelgarn gefunden. Wissen Sie noch, wo Sie es gekauft haben?«

»Ja, das war auf einer langen Segeltour nach Kiel, die ich allein gemacht habe. Muss in dem Jahr gewesen sein, bevor ich krank wurde, also 2010. Falls Sie sich fragen, wie ich das so sicher wissen kann – das war das einzige Mal, dass ich dort hingesegelt bin.«

»Wie gut, dass Sie das noch wissen. Wenn es etwas gibt, womit ich Ihnen helfen kann, sagen Sie es einfach.«

»Sie haben mir schon geholfen, Annika«, erwiderte Sven-Erik Johnson. »Vielen Dank dafür. Falls Sie eine kleine Beurteilung mit auf den Weg möchten, ich bin schließlich ein alter Lehrer, wie Sie sicher wissen ...«

»Gerne.« Annika Carlsson lächelte.

»Wie schön.« Sven-Erik Johnson lächelte ebenfalls. »Ich finde, Sie scheinen ein genauso guter Mensch zu sein wie meine beiden Töchter. Was mit Daniel passiert ist, daraus bin ich nie schlau geworden.«

»Danke«, sagte Annika. »Also, für Ihre Beurteilung. Als ich zur Schule ging, war sie nicht immer so gut.«

»Kann ich mir vorstellen. Beim Sportunterricht hatten Sie sicher keine Probleme, und dass Sie nicht immer mit ihren Lehrern einer Meinung waren, ist wohl nicht die Welt. Aber jetzt, wo ich Sie schon hierhabe – es gibt etwas, das Sie Daniel fragen könnten.«

»Was denn?«

»Mein geliebter Seesack. Was er damit gemacht hat.«

»Ist er verschwunden, als er sich das Boot ausgeliehen hatte?«

»Ja, und als ich meinen Sohn endlich am Telefon erreicht habe, hat er versprochen, ihn zurückzugeben. Er hätte ihn nur geliehen. Brauchte ihn anscheinend, um seine Sachen darin zu transportieren.«

»Aber das hat er nicht getan?«

»Nein.«

»Warum hast du mir das nie gesagt?«, fragte Sara Johnson.

»Das muss doch der Seesack gewesen sein, den Eva und ich dir im Jahr davor zu Weihnachten geschenkt haben.«

»Ja, genau«, sagte Sven-Erik Johnson. »Auch wenn ich in Zukunft nicht so viel Verwendung dafür haben werde, könntest du ihn vielleicht haben. Das Boot hast du ja schon.«

»Dieser Seesack«, sagte Annika Carlsson, als sie eine halbe Stunde später im Auto zurück zu ihrer jeweiligen Arbeit saßen. »Worum geht es da genau?«

»Er war ein Weihnachtsgeschenk für Papa von Eva und mir, und ich bin mir ziemlich sicher, dass es das Weihnachten vor seiner Erkrankung war. Also vor sechs Jahren.«

»Können Sie ihn beschreiben?«

»Ja, ich hab sogar ein Bild davon in irgendeinem Fotoalbum zu Hause. Meine Schwester hat ihn in London gekauft. Sie wohnt ja dort, wie Sie wissen. Es war ein richtig hochwertiges Ding, aus altem imprägniertem Segeltuch mit Lederschonern und Ledergriffen. Teuer war er auch. Außerdem hatte ich Papas Initialen daraufgestickt, mit diesem blauen Segelgarn, das wir im Boot hatten. Seine Initialen in Großbuchstaben, SEJ, Sven-Erik Johnson, und ein altes lateinisches Zitat in Abkürzung. NNE. Navigare Necesse Est.

»Was bedeutet das?«

»Segeln ist notwendig.« Sara lächelte ein wenig. »Papas Lieblingszitat. Navigare necesse est. Vivere non est necesse.«

»Und das letzte? Was bedeutet das?«

»Ja, das ist ja das Traurige. Ich meine, im Bezug auf meinen Vater und wie es ihm geht. Segeln ist notwendig, Leben ist nicht notwendig.«

»Ich glaube, er empfindet das als Trost«, meinte Annika Carlsson.

»Ich persönlich würde diesen Seesack schrecklich gern zurückhaben«, sagte Sara Johnson. »Wenn ihr ihn also im Zuge irgendeiner Hausdurchsuchung bei Daniel findet, erhebe ich Anspruch darauf.«

»Ich verspreche, mit meinen Kollegen zu reden.«

»Wissen Sie was? Fahren wir kurz an meiner Wohnung vorbei, dann bekommen Sie ein Foto davon.«

Eine halbe Stunde später trat Annika Carlsson in Peter Niemis Büro.

»Hast du fünf Minuten?«, fragte sie.

»Sicher.« Peter Niemi schlug den Ordner zu, in dem er gerade geblättert hatte.

»Was ist das hier?« Annika Carlsson reichte ihm das Foto, das Sara Johnson ihr gegeben hatte.

»Dem Weihnachtsbaum im Hintergrund und den fröhlichen Mienen der insgesamt fünf Personen nach zu urteilen, habe ich den Eindruck, es handelt sich um eine normale schwedische Familienfeier am Heiligabend. Diese These wird auch durch den handgeschriebenen Text ›Heiligabend in Ålsten, 2010‹ gestützt, der auf der Rückseite steht. Gibt es noch mehr, womit ich der Frau Kommissarin helfen kann?«

»Du könntest mit den Albernheiten aufhören«, sagte Annika Carlsson. »Diese große graue Tasche in der Mitte des Bildes, habt ihr die vielleicht bei der Hausdurchsuchung in Johnsons Wohnung gefunden?«

»Nein.« Peter Niemi schüttelte den Kopf. »Wenn du mich fragst, sieht das aus wie so ein alter englischer Seesack aus imprägniertem Segeltuch mit Lederschonern und Ledergriffen.«

»Ein Weihnachtsgeschenk an Daniel Johnsons Vater von seinen beiden Töchtern Sara und Eva.«

»Nein«, sagte Peter Niemi. »So was haben wir nicht gefunden.«

»Wo kann er denn dann sein?«

»Wenn er in Sven-Erik Johnsons Segelboot war, als sein Sohn damit rausgefahren ist, befürchte ich, er liegt inzwischen irgendwo auf dem Grund des Mälarsees.«

»Was hältst du davon, dass wir versuchen, ihn zu finden?«

»Im Hinblick darauf, dass der Mälarsee einer der größten Seen des Landes ist, nicht viel. Wenn ich für so was Geld beantragen würde, bin ich ziemlich sicher, es würde von höherer Stelle abgelehnt. Aus gutem Grund, ich würde es ihnen also nicht mal übel nehmen.«

»Hm, ja. Verstehe.«

»Ich verspreche, darüber nachzudenken.« Peter Niemi seufzte. »Aber du solltest dir lieber keine allzu großen Hoffnungen machen.«

94

Die Medien veröffentlichten unerwartet wenig über »einen hohen Beamten der Staatskanzlei, der wegen Mordverdachts an seiner Ehefrau verhaftet worden war.« Nichts über den Tsunami, nichts über irgendwelche Details, Motive oder Ähnliches. Nur, dass Johnson versucht hatte, ihre Leiche auf einer Insel im Mälarsee zu verstecken.

Was ist nur mit Bäckström los?, dachte Ankan Carlsson. Hat er den Kontakt zu seinem Lieblingsreporter verloren? Diese Art von Extraeinkünften lässt er sich doch sonst nicht entgehen.

Das hatte er auch diesmal nicht getan, doch er war dabei plötzlich auf unerwartete Probleme gestoßen, als er seinen Lieblingsreporter angerufen und erzählt hatte, dass große Dinge im Gange waren.

Sie trafen sich am gewohnten Ort zum Abendessen, aber im Unterschied zu allen vorherigen Gelegenheiten wirkte sein Kontakt merklich desinteressiert. Er fing an, von anderen Quellen zu sprechen, die offenbar nicht Bäckströms Meinung waren, und dass man ein paar mehr Fakten haben wollte, bevor sie einen Bäckströmer aus der Geschichte machten.

»Wie, Bäckströmer?«, fragte Bäckström.

»Nur ein kleiner interner Ausdruck«, erklärte der Reporter.

»Ach so, und was zum Geier ist mit Quellenschutz?«, erkundigte sich Bäckström wütend. »Wenn ihr nicht zu schätzen wisst, was ihr bekommt, gibt es vielleicht andere, die das tun.«

Sobald er nach Hause gekommen war, hatte er seinen anderen Lieblingsreporter angerufen, der bei der zweitgrößten Boulevardzeitung arbeitete und somit nicht ganz so gut bei Kasse war wie der erste, der jedoch normalerweise immer nahm, was er kriegen konnte. Diesmal war auch er abweisend und sogar unverschämt. Wie er und seine Kollegen die Sache begriffen hätten, aus sicherer Quelle, habe ihr Konkurrent bereits dieselbe Geschichte bekommen und wolle trotzdem damit warten. Und im Hinblick auf die Person, um die es letztlich ging, gebe es ja auch politische Implikationen.

»Wie meinen Sie das?«, fragte Bäckström.

»Ein hoher schwedischer Diplomat, den man zum schwedischen Botschafter in Litauen ernennen wollte. Sollte er seine Frau ermordet haben, wäre das ja das reinste Festessen für die Russen, und wenn man bedenkt, was wir hier in der Zeitung von denen halten, ist das ja wohl nicht uninteressant.«

»Davon hatte ich keine Ahnung«, sagte Bäckström.

»Wie schön zu hören«, erwiderte der Reporter. »Haben Sie das noch nicht von Ihren russischen Kontakten erfahren?«

»Welche russischen Kontakte? Ich habe keine russischen Kontakte.«

»Schön«, wiederholte der Reporter. »Wir sind jedenfalls nicht interessiert.«

Was zum Teufel ist hier los, dachte Bäckström. Sonst hatte er in so einem Fall doch mindestens einen fünfstelligen Betrag einstreichen können. Und sich keine verdammten politischen Verschwörungstheorien anhören müssen.

95

Zur Abwechslung ging diesmal alles deutlich schneller als normal, und das Verfahren gegen Daniel Johnson wurde bereits Mitte Oktober am Amtsgericht Stockholm eingeleitet. Lisa Lamm hatte ihn wegen Mordes, Störung der Totenruhe, versuchten groben Diebstahls und Bedrohung und Nachstellung eines Zeugen angeklagt.

In der Kanzlei des Amtsgerichts hatte man offenbar vorausgeschickt, dass es eine komplizierte Geschichte werden könnte, und fünf Tage für das Verfahren angesetzt. Plus zwei Reservetage, zur Sicherheit. Zugleich wurde die Zusammensetzung des Gerichts auf zwei Richter und vier Schöffen verstärkt. Doch auch im Gericht war der Prozess reibungsloser verlaufen als gewöhnlich. Die Reservetage waren nicht vonnöten, und am Abschlusstag war man mit den Schlussplädoyers und allen praktischen Dingen schon vor dem Mittagessen fertig geworden.

Daniel Johnson hatte an seiner Geschichte festgehalten. Seine Frau sei vor fast zwölf Jahren beim Tsunami ums Leben gekommen. Eine für ihn unbeschreibliche Tragödie und das Schlimmste, was einem Menschen passieren könne. Sogar schlimmer als das, was er jetzt durchmachen müsse, wie in einem Roman von Franz Kafka. Für ihn unbegreiflich, dass er sieben Jahre später seine bereits tote Frau ermordet und ihre Leiche auf einer Insel im Mälarsee versteckt haben sollte. Egal, wie es enden würde, für ihn könne es nicht schlimmer werden, weil er bereits den Menschen verloren habe, der ihm im Leben mehr bedeutet hatte als alle anderen.

Sein Verteidiger legte sich ordentlich ins Zeug. Erklärte, dass die Fingerabdrücke in der Kajüte des väterlichen Segelboots auch sehr gut bei einer anderen Gelegenheit dort gelandet sein könnten, zum Beispiel während des Mittsommerwochenendes vor fünf Jahren, als er es ausgeliehen hatte, um damit auf dem Mälarsee zu segeln. Nicht, um auf dem Boot eventuelle Beweisstücke zu entfernen. Fingerabdrücke waren nicht mit Datumsstempel versehen, das sollte wohl allgemein bekannt sein, und seiner Erfahrung nach pflegten Einbrecher meistens Handschuhe zu tragen.

Genauso verhielt es sich mit der Nachstellung eines Zeugen, der sich sein Klient der Anklage gemäß schuldig gemacht haben sollte. Die Bilder aus den Überwachungskameras im Viertel um das Polizeigebäude stimmten doch mit der Erklärung überein, die Daniel Johnson selbst gegeben hatte. Dass er vor der Arbeit einen alten Bekannten hatte überraschen wollen, der dort wohnte, im Viertel herumgefahren war, um einen Parkplatz zu suchen, schließlich aufgegeben hatte und stattdessen zur Arbeit gefahren war.

Vor allem war aber natürlich die Mordanklage und die daraus resultierende Störung der Totenruhe das Hauptthema, und hier hatte der Anwalt Eriksson unter anderem genau das getan, was Nadja Högberg ein paar Monate zuvor vorhergesehen hatte.

Er ließ zwei der Polizisten, die nach dem Tsunami in Thailand waren, als Zeugen aussagen. Ihrer einvernehmlichen und sicheren Auffassung nach war Jaidee Kunchai im Tsunami umgekommen. Sie war in dem Haus gefunden worden, das sie und ihr Ehemann gemietet hatten. Dann von ihrem Mann, ihrer Mutter und zwei Hotelangestellten, die sie dem Aussehen nach gut kannten, identifiziert worden. Das Opfer trug Jaidees Halskette und ihr Nachthemd, und im Identifizierungszentrum in Phuket, wohin man die Leiche anschließend gebracht hatte, wurde DNA sichergestellt, die ohne Zweifel bewiesen, dass die tote Frau Jaidee Kunchai war.

Im Anschluss ließ der Anwalt auch die Filme von der Trauerfeier vorführen, bei der Jaidees Asche in den Wind gestreut wurde. Er zeigte die Stelle, an der Daniel Johnson auf den Boden sank und seinen Kopf in den Händen wiegte. Der Reaktion des Gerichts war wie erwartet. Zwei der leitenden Mitglieder hatten die Hand an ihre Stirn gelegt und den Blick gesenkt, als die Szene vorgespielt wurde.

Blieben die technischen Beweisstücke und verschiedene seltsame Zufälle, die Eriksson selbst nicht als sonderlich relevant ansah. Eine hundert Jahre alte Waffe, von deren Sorte es Tausende gab, mit denselben ballistischen Eigenschaften, die immer noch in Gebrauch waren. Eine Patrone zu diesem Gewehr, von dem sicherlich noch mehr Exemplare vorhanden waren. Eine Plus-Zwei auf der Skala der Forensik, die die Waffe an die Kugel binden sollte. Keine Plus-Vier, nicht einmal eine Plus-Drei. Gute Gründe für berechtigten Zweifel.

Zum Abschluss stellte der Anwalt das Mordmotiv, das die Staatsanwältin als Ursache für diese gelinde gesagt unglaubwürdige Geschichte angegeben hatte, stark in Frage. Wenn Daniel Johnson nun zusammen mit seiner Frau einen Versicherungsbetrug durchgeführt hatte, sei es doch unbestreitbar etwas seltsam, dass er so gut wie alles Geld, das ihm ausbezahlt worden war – fast zwanzig Millionen Kronen – an die Familie seiner Ehefrau überführte.

Wo war das Motiv? Um welches Geld sollte man sich sieben Jahre später streiten, als er sie angeblich ermordet hatte? Ganz zu schweigen von der fast unfassbaren Kälte, die er und seine damalige Ehefrau bewiesen haben sollen, als sie »die Gelegenheit genutzt hatten«. Mitten in einer Katastrophe von absolut höllischem Ausmaß.

Auch Lisa Lamm war ihrer Aufgabe weit über das übliche Maß hinaus nachgegangen. Schritt für Schritt hatte sie ihre Punkte angeführt und mit dem begonnen, worum es eigentlich ging: wer die eigentliche Person war, die im Tsunami in Thailand umgekommen war.

Laut Lisa Lamm war das nicht Jaidee Kunchai, sondern eine Thailänderin namens Yada Songprawati. Sie arbeitete als Hostess in dem Club in Phuket, den die Johnsons in der Nacht vor dem Tsunami besuchten. Nach der Sperrstunde begleitete sie das Ehepaar in die Strandvilla, und sie war diejenige, die dort das Leben verloren hatte.

Das bezeugte Detective Superintendent Akkarat Bunyasarn per Telefon aus Bangkok. Das Gespräch wurde via Skype in den Gerichtssaal übermittelt, sodass man ihn sehen konnte, während er sprach. Für die Staatsanwältin war er ein guter Zeuge. Punkt für Punkt, detailliert und in perfektem Englisch berichtete er, warum Yada Songprawati inzwischen von der Liste der vermissten Personen nach dem Tsunami gestrichen werden konnte. Yada Songprawati war fälschlicherweise zuerst als Jaidee Kunchai identifiziert worden. Die beiden Hotelangestellten, die das getan hatten, hatten in gutem Glauben gehandelt, und was das DNA-Profil betraf, so war es mithilfe von Kunchais Habseligkeiten, einer Zahnbürste, einer Haarbürste und eines Kammes, erstellt worden. All dies war inzwischen geklärt.

Anschließend befasste Lisa Lamm sich mit den übrigen Beweisen: Daniels Kenntnis des gelinde versteckten Orts, an dem Jaidees Leiche gefunden worden war, den technischen und allen anderen Beweismitteln. So gelangte sie nach und nach durchgehend zu anderen Schlüssen über deren Aussagekraft als die Verteidigung. Zum Abschluss legte sie ihre Sicht des Motivs dar, und erklärte, was hinter dem so genannten Geschenk an Jaidees Familie eigentlich stand. Jaidee war ja noch am Leben. Die Familie war eingeweiht, und sie standen in engem Kontakt zueinander. Bis zum Mittsommerwochenende 2011, als sie ermordet wurde. Das Geld nach Thailand zu überführen war einfach die praktischste Art, es zu verstecken. Johnson zog nach wie vor Gewinn daraus. Was ihn dazu gebracht hatte, seine Frau umzubringen, waren viele Jahre später andere Umstände gewesen.

Das Amtsgericht Stockholm hatte vierzehn Tage gebraucht, um die Sache zu überdenken. Dann hatte die Mehrheit Daniel Johnson zu achtzehn Jahren Gefängnis wegen Mordes, Störung der Totenruhe, versuchten schweren Diebstahls und Nachstellung eines Zeugen verurteilt. Einer der Schöffen hatte sich anders ausgesprochen und wollte ihn in sämtlichen Punkten freisprechen. Er glaube an die ursprüngliche Identifizierung von Jaidee Kunchai, die in Thailand durchgeführt worden war. Welche Fehler und Verwechslungen hinterher passiert waren, entzöge sich seinem Urteil.

Die Bilddokumentation der Bestattungszeremonien für Jaidee Kunchai hatte seine Überzeugung noch weiter bestärkt. Seiner Auffassung nach sprach Daniel Johnsons Verhalten stark für seine Unschuld.

Eine weitere Schöffin war anderer Meinung gewesen, was die Details betraf. Sie plädierte für Totschlag, nicht für Mord, und für einen Freispruch, was den Diebstahl und die Nachstellung eines Zeugen betraf, da sie die Beweise als unzureichend ansah.

Bäckström war zufrieden. Es wäre ihm zwar lieber gewesen, wenn Johnson lebenslänglich bekommen hätte, aber da Johnson sicher in Berufung gehen würde, freute er sich schon darauf, das Oberlandesgericht dieses Detail korrigieren zu sehen. Das Vorkommen von gewöhnlichen Dummschädeln ohne einen Schimmer von juristischen Tatsachen war dort ja trotz allem geringer als im Amtsgericht Stockholm. Obwohl es immer noch viel zu hoch war.

Die übrigen Ermittler teilten im wesentlichen Bäckströms Auffassung.

Lisa Lamm war besorgter, als sie zugeben wollte. Gleichzeitig drückte sie ihre Gewissheit darüber aus, dass das Oberlandesgericht wohl kompetenter war, die Sache zu beurteilen.

Danach war die Verteidigung gegen das Urteil in Berufung gegangen und hatte Freispruch für Johnson gefordert. Lisa Lamm hatte sich mit denselben Forderungen, die sie bereits im Amtsgericht gestellt hatte, der Berufung angeschlossen. Daniel Johnson selbst hatte seinen Verteidiger gewechselt, und einer Äußerung des Anwalts Eriksson in den Medien zufolge war dies in bestem Einvernehmen geschehen.

»Wen hat er denn jetzt stattdessen?«, fragte Bäckström Lisa Lamm, sobald sie es ihm erzählt hatte.

»Offenbar einen anderen Eriksson«, antwortete Lisa Lamm und lächelte. »Tore ›Totalverteidigung‹ Eriksson.«

»Tore ›Totalverteidigung‹ Eriksson«, wiederholte Bäckström, der seine Verblüffung nur schwer verbergen konnte. »Dann ist Johnson ja sogar noch verrückter, als ich dachte.«

»Sagen Sie das nicht«, sagte Lisa Lamm. »Was hat er denn schon zu verlieren?«

ND
V

Endlich! Eine richtige Nachricht von der anderen Seite

96

Als endlich die richtige Nachricht von der anderen Seite eintraf, war das kein zufälliger Hinweis, wie die Beiträge, die Pastor Fredrik Lindström und der Schauspieler Bullen Berglund zu den Ermittlungen geleistet hatten. Letztere waren Schicksalsfügung und Menschenwerk in Vereinigung gewesen. Das hier dagegen war echte Ware. Derjenige, der sich gemeldet hatte, war erwiesenermaßen tot. Auch wenn er mit dem, was er zu sagen hatte, früh dran gewesen war und seine Botschaft mithilfe moderner menschlicher Technik überbracht hatte.

Ein paar Tage nach der Urteilsverkündung im Fall Daniel Johnson rief seine Schwester Sara bei Annika Carlsson an, um ihr mitzuteilen, dass ihr Vater zwei Tage nach dem Urteilsspruch gestorben war. Beim Räumen und Sortieren seiner Sachen hatte sie einen Film gefunden, den ihr Vater für Annika und ihre Kollegen bestimmt hatte.

»Haben Sie irgendeine Ahnung, worum es geht?«, fragte Annika Carlsson.

»Ja«, sagte Sara. »Ich hab ihn angeschaut. Es ist eine Aufnahme, die er mit dem Handy gemacht und dann auf seinen Computer heruntergeladen hat, er wollte sie Ihnen als Anhang per Mail schicken. Mein Vater konnte recht gut mit Computern umgehen. Er hat das ja auch viele Jahre im Gymnasium unterrichtet, als er noch Lehrer war.«

»Und wovon handelt der Film?«

»Nachdem er sich direkt an Sie wendet, ist es wohl am besten, ich schicke ihn Ihnen, dann können Sie sich ihn selbst ansehen. Aber es geht um diesen Seesack, der offenbar immer noch verschwunden ist. Papa hat eine Idee, wo Sie ihn vielleicht finden könnten.«

»Ich befürchte, er ist wohl auf dem Grund des Mälarsees gelandet.«

»Ja, zusammen mit Jaidees Sachen.«

»Das glauben wir auch. Das Problem ist, dass es im Mälarsee so fürchterlich viel Wasser gibt.«

»Ich weiß«, sagte Sara Johnson. »Aber laut meinem lieben Vater gibt es eine Stelle, die Sie sich vielleicht etwas genauer ansehen sollten. In Bezug darauf, wo Daniel die Leiche versteckt hat. In gewisser Hinsicht ist mein Adoptivbruder fast etwas zwanghaft in seinem Verhalten.«

»Wo liegt die Stelle?«

»Draußen im Lambarfjärden. Nur ein paar Distanzminuten vom Steg entfernt, an dem das Boot liegt. Laut Papa soll es die tiefste Stelle im Mälarsee sein.«

»Okay«, sagte Annika. »Schicken Sie den Film rüber, sobald Sie können. Meine Mailadresse steht auf der Karte, die ich Ihnen gegeben habe.«

»Sie haben ihn in einer Minute. Im Hinblick auf die Strafe, die er bekommen hat, spielt er vermutlich keine Rolle mehr, aber nachdem Papa wollte, dass Sie ihn bekommen, soll es auch so sein.«

Sven-Erik Johnson hatte sich selbst mit seiner Handykamera gefilmt. Und genau wie seine Tochter gesagt hatte, hatte er direkt zu Annika Carlsson gesprochen.

»Hallo, Annika«, sagte Sven-Erik Johnson. »Es war nett, Sie kennenzulernen. Sie scheinen ein ordentliches und gutes Mädchen zu sein, und wenn es nach mir gegangen wäre, hätte ich Sie gerne öfter getroffen.«

»Gleichfalls.« Annika Carlsson nickte Sven-Erik Johnson auf dem Bildschirm zu.

»Der Grund dafür, dass ich mit Ihnen sprechen will, ist dieser alte Seesack, den ich vor ein paar Jahren von meinen Töchtern zu Weihnachten bekommen habe, und den mein Sohn offensichtlich in Beschlag genommen hat, als er sich damals an Mittsommer mein Boot ausgeliehen hatte. Ich habe ja in der Zeitung gelesen, welches Urteil er bekommen hat, also weiß ich ehrlich gesagt nicht, ob das jetzt noch von Bedeutung ist. Ich persönlich möchte allerdings gerne für mich selbst einen Schlussstrich unter diese traurige Geschichte ziehen.« Sven-Erik Johnson streckte seine Hand nach einem Glas Wasser außerhalb des Bildes aus und nahm ein paar vorsichtige Schlucke, bevor er es zurückstellte.

»Entschuldigung.« Er strich sich über die Lippen. »Ja, der Seesack also. Vor vielen Jahren, Daniel war um die dreizehn oder vierzehn, auf dem Heimweg zum Steg in Hässelby Strand, habe ich ihm die Stelle gezeigt, die ich für die tiefste im Mälarsee hielt. Sie liegt draußen im Lambarfjärden, ein paar Distanzminuten vom Steg entfernt, und sie war auch damals gut zu finden, als noch nicht alle Menschen GPS und Echolot hatten. Es gibt nämlich drei verschiedene Landmarken, durch die man ihre Position bestimmen kann.

Mehrere Jahre später, es muss wohl irgendwann zu Beginn dieses neuen Millenniums gewesen sein, war ich mit einem guten Freund draußen, der ein wesentlich teureres Boot hatte als ich, mit Echolot und GPS an Bord, und als ich mit ihm darüber gesprochen und ihm die Landmarken gezeigt habe, hat er behauptet, ich hätte unrecht. An der Stelle, die ich Daniel gezeigt hatte, sei der See nur dreißig Meter tief, weniger als halb so tief wie nur ein paar hundert Meter weiter. Entschuldigen Sie, Annika.« Sven-Erik Johnson griff von neuem nach seinem Wasserglas.

»Wir sind also hingefahren, ich zeigte ihm die Landmarken, und mithilfe des Echolots war es ja einfach zu sehen, dass er recht hatte und ich nicht. An der Stelle, von der ich geglaubt hatte, sie sei die tiefste im ganzen Mälarsee, war es ziemlich genau dreißig Meter tief«, konstatierte er und stellte sein Glas zurück.

»Da ich ein Mann bin, der versucht, aus seinen Fehlern zu lernen, habe ich mir die GPS-Koordinaten notiert, die mein Freund mir gegeben hat. Ja, ich erinnere mich auch noch, dass wir auf die Sache angestoßen haben. Ich hatte nie Gelegenheit, es Daniel zu erzählen. Es war ungefähr die Zeit, in der wir den Kontakt verloren haben. Aber die Koordinaten hab ich noch in meinem alten Notizbuch. Die haben Sie also jetzt in der Mail bekommen, die ich Sara gebeten habe, ihnen zu schicken.

Wie gesagt, Annika.« Sven-Erik Johnson lächelte und nickte wieder in die Kamera. »Es wäre vielleicht schön, dieser Geschichte endlich ein Ende zu setzen. Aber wie auch immer, auf jeden Fall war es schön, dass ich die Gelegenheit hatte, Sie kennenzulernen.«

Sobald es Annika Carlsson geglückt war, den Kloß in ihrem Hals hinunterzuschlucken, rief sie Peter Niemi an.
»Was kann ich für dich tun, Annika?«, fragte er.
»Falsche Frage«, antwortete Annika Carlsson. »Hast du deinen Computer in der Nähe?« »Ich sitze gerade davor.«

»Dann bekommst du gleich eine Mail. Wenn du sie dir angesehen hast, kannst du mich anrufen und mir für alles danken, womit ich dir geholfen habe.«

Es dauerte mehr als eine Stunde, bis Peter Niemi von sich hören ließ.

»Entschuldige, dass du warten musstest«, sagte er. »Es hat eine Weile gedauert, bis ich die praktischen Dinge geregelt hatte. Aber jetzt ist alles bereit, ich und ein paar Taucher von unseren nationalen Einsatzkräften fangen morgen früh an, nach dem Seesack zu suchen.«

»Schön«, erwiderte Annika. »Hast du nicht was vergessen?«

»Ja, Entschuldigung. Vielen Dank, Annika, tausend Dank.«

»Gern geschehen.«

97

Einer der drei Taucher fand den alten Seesack bereits am Nachmittag des ersten Tages. Er lag in achtundzwanzig Metern Tiefe, nur gute zwanzig Meter von den genauen Koordinaten entfernt, die Sven-Erik Johnson ihnen gegeben hatte. Im Hinblick auf den Abstand von der Wasseroberfläche bis zum Grund und den Umstand, dass er schon seit fünf Jahren dort lag, ein völlig natürlicher Abtrieb. Der Grund, auf dem er lag, bestand größtenteils aus Stein, Kies und Sand, und als man den Sack fand, war er zur Hälfte von Sand bedeckt. Er schien in ausgezeichnetem Zustand zu sein, doch bevor man ihn an die Oberfläche brachte, steckte man ihn trotzdem in einen größeren Plastikbehälter und markierte den exakten Fundort.

Der Sack war dicht gepackt. Er enthielt fast dreißig Kilo kleine Steine, die als Senkgewicht verwendet worden waren – sichtlich ähnlich denen, die in Massen am Anlegeplatz draußen auf der Unheilsinsel zu finden waren – sowie Jaidee Kunchais Habseligkeiten. Sehr wahrscheinlich alles, was sie dabeigehabt hatte, als sie am Mittwoch, den 22. Juni 2011 morgens mit einem Flugzeug aus New York in Arlanda angekommen war. Das besagte ein Flugticket, das man zusammen mit ihrem Pass, ausgestellt auf Yada Songprawati, aber mit Jaidee auf dem Foto, ihrem Handy, ein paar Kreditkarten sowie Bargeld zu einem Gesamtbetrag von sechstausend Kronen in amerikanischen Dollar, thailändischen Bath und schwedischen Kronen in einer verschlossenen Plastikhülle fand. Dazu noch ein Heft mit Reiseschecks von American Express im Wert von insgesamt zweitausend Dollar. Darüber hinaus eine ganze Menge Kleidung, mehrere Paar Schuhe, einen Badeanzug und ein Reisenecessaire. Der Koffer, den sie ja wohl dabei gehabt haben musste, als sie in New York ins Flugzeug gestiegen war, fehlte allerdings.

Auch keine Spur von einer Hotelbuchung in Stockholm, dachte Peter Niemi, der es gewohnt war, nach Dingen zu suchen, die man hätte finden müssen, aber nicht gefunden hatte. Die wahrscheinlichste Erklärung dafür, dachte er, war wohl, dass sie bei Daniel Johnson gewohnt hatte, und das, was fehlte, dort geblieben war.

Insgesamt war der Inhalt des Seesacks eine kriminaltechnische Goldgrube, die nicht nur Antworten auf die Frage bot, wie ihr letzter Besuch in Schweden verlaufen war, sondern auch einiges darüber verriet, was sie zwischen dem Tsunami und dem Tag, an dem sie tatsächlich gestorben war, aller Wahrscheinlichkeit nach Sonntag, der 26. Juni 2011, gemacht hatte.

Bereits in der darauffolgenden Woche wurde ein außerordentliches Treffen zwischen Lisa Lamm und den Leitern des Ermittlerteams anberaumt, Evert Bäckström, Annika Carlsson, Peter Niemi und – natürlich – ihrer Analytikerin Nadja Högberg.

»Eine neugierige Frage«, sagte Annika Carlsson. »Haben wir irgendeine Ahnung, wo sie in all den Jahren zwischen Januar 2005 und Mittsommer 2011 gewohnt hat?«

»Den thailändischen Kollegen zufolge scheint es, als hätte sie in Thailand gelebt. Entweder bei ihrer Mutter in Bangkok oder im Sommerhaus der Familie in Nordthailand. Dann hat sie noch einige längere Reisen mit Dreimonatsvisa unternommen, sowohl in die USA als auch nach Schweden.«

»Wie Sie sicher verstehen, muss ich Johnson und seinen Anwalt über die neue Beweislage informieren«, sagte Lisa Lamm.

»Ja, dann können wir diesem Gequatsche, dass ein Mensch zweimal sterben kann, endlich ein Ende setzen«, seufzte Bäckström. »Keinen Tag zu früh, wenn ihr mich fragt.«

VI

Das Problem mit Füchsen ist, dass sie ständig neue Ausgänge graben

98

Der Anwalt Tore »Totalverteidigung« Eriksson war einen halben Meter größer und doppelt so fett wie Kriminalkommissar Evert Bäckström. Er war stark wie ein Lastkran, ausdauernd wie ein Marathonläufer und ein absolut lebensgefährlicher Gegner in allen denkbaren juristischen Zusammenhängen, die mit Verbrechen zu tun hatten. Er sprach mit starkem norrländischem Dialekt und verpasste keine Gelegenheit, seinen Respekt und seine Bewunderung für »die Nummer eins der schwedischen Kriminalpolizei« Evert Bäckström auszusprechen, der ihn aus tiefstem Herzen hasste und jede Chance nutzte, über Tore »Totalverteidigung« Eriksson zu lästern.

Lisa Lamm präsentierte Eriksson die neuen Beweise, und er dankte ihr. Höchste Zeit, dass man Ordnung in diese Geschichte brachte, er persönlich habe bereits einen ganzen Tag reserviert, um die neue Sachlage mit seinem Mandanten durchzugehen.

Diesen Tag hatte er wahrscheinlich darauf verwendet, Daniel Johnson für das Manöver zu instruieren, das man im Juristenjargon »neunzig Grad machen« nannte. Das Prinzip dieser Bewegung war einfach. In diesem Fall besagte es, der Staatsanwältin und ihren Polizisten nie zu widersprechen, sobald es um Dinge ging, die sie ohnehin beweisen konnten, und in allem Übrigen – Dingen, die unsicher oder zumindest schwer zu beweisen waren – jede Schuld von sich weisen und auf andere zu schieben. Vorzugsweise auf solche, die ohnehin nicht so viel zu sagen hatten. Wie beispielsweise Jaidee Kunchai und ihre Mutter Rajini, die ja praktischerweise seit über fünf Jahren tot waren.

»Und wo stehen wir jetzt?«, fragte Lisa Lamm, als sie mit dem Anwalt Tore Eriksson telefonierte.

»Dieser Einbruchsversuch auf dem Boot, den leugnet er immer noch komplett. Ich glaube außerdem, ich kriege ein Alibi für ihn. Ich werde unter anderem einen Teil der Mitglieder das Bootsclubs vernehmen lassen. Mein Mandant war zu besagter Zeit auch viel verreist, ich denke also, das wird sich lösen.«

»Sonst noch was?«

Seufz, dachte sie.

»Ja, diese Sache, dass er diesem kleinen Jungen gefolgt sein soll, das weist er auch von sich. Nachstellung eines Zeugen? Nein.« Tore »Totalverteidigung« Eriksson schüttelte seinen riesigen Kopf, obwohl seine Gesprächspartnerin mit einem anderen Telefon in einem anderen Raum saß.

»Und die Versicherungsbetrügereien?«

»Sie meinen die, die verjährt sind?«

»Ja.«

»Die gibt er natürlich zu. Das wäre ja noch schöner.«

»Das ist aber nett von ihm. Irre ich mich, wenn ich denke, dass seine Frau dabei die treibende Kraft war?«

»Sie haben völlig recht, Lisa. Was wohl nicht zuletzt dadurch bekräftigt wird, dass er das ganze Geld seiner Frau und seiner Schwiegermutter überlassen hat.«

»Dann gesteht er also überhaupt nichts?«

»Doch, selbstverständlich«, sagte Tore. »Das mit der Störung der Totenruhe gesteht er vorbehaltlos, auch wenn ich persönlich in Frage stelle, ob es sich dabei um ein schweres Verbrechen handelt.«

»Aus welchen Gründen stellen Sie das in Frage?«
»Na ja, er wurde eben ganz einfach panisch. Plötzlich passiert es einfach. Und er war total verwirrt.«
»Sie meinen, als er seiner Frau in den Kopf geschossen hat. Da geriet er in Panik und wurde ganz verwirrt.«
»Ein reiner Unfall, wenn Sie mich fragen. Seine Frau war anscheinend ordentlich zugedröhnt an diesem Abend, als sie mit dem Boot draußen vor der Unheilsinsel lagen. Sie hatte sich das eine oder andere eingeworfen. Sie hatte die Hölle in Thailand durchgemacht, und plötzlich zog sie dieses alte Gewehr heraus und drohte, ihn zu erschießen, wenn er nicht seine Wohnung verkaufen und mit ihr zurück nach Thailand gehen würde.«
»Und was ist dann passiert?«
»Tja, als er sich geweigert hat, drückte sie sich plötzlich selbst den Lauf gegen die Stirn, und als er versucht hat, ihr das Gewehr wegzunehmen, hat sie den Kopf gedreht und abgedrückt. Deshalb ist die Kugel in ihre Schläfe eingedrungen. Ich hab da übrigens einige eigene kriminaltechnische Untersuchungen vornehmen lassen.«
»Kann ich mir vorstellen«, sagte Lisa Lamm. »Ich freue mich schon, daran teilhaben zu dürfen, wirklich.«
»Ja, das kann ich verstehen. Und ich habe noch einen Vorschlag.«
»Und der wäre?«
»Ich wollte Ihnen eine Liste der Dinge geben, die Daniel und ich in diesem ganzen Fall als relevant betrachten, vom Tsunami an und was sich abgespielt hat, als er diese Yada aus dem Haus in Khao Lak trug. Das Nachthemd, das sie anhatte, war übrigens ihr eigenes. Es hatte nur dieselbe Farbe wie das seiner Frau.«
»Und wo ist es hingekommen? Also, das Nachthemd seiner Frau?«

»Das hatte sie am Tag vor dem Tsunami dem Wäscheservice des Hotels gegeben. Laut Johnson haben sie die Sachen ein paar Wochen später zurückbekommen. Irgendein Bote hat sie in die Botschaft gebracht.«

»Und der Schmuck? Diese teure Halskette. Hatte Jaidee sie Yada Songprawati geschenkt?«

»Nein, absolut nicht«, sagte Tore »Totalverteidigung«. »Daniel gibt zu, dass Jaidee sie ihm gegeben hat, und dass er sie Yada umgelegt hat, als er sie unter diesem Bett herausziehen wollte.«

»Aber ansonsten hat er nur versucht, seine Frau daran zu hindern, sich zu erschießen?«

»Ja, ganz richtig erkannt. Was die Identifizierung in Phuket angeht, hat seine Schwiegermutter die Sache in die Hand genommen. Irgendein thailändischer Kriminaler wollte eine Probe von der Leiche nehmen, aber da drückte Johnsons Schwiegermutter ihm einfach Jaidees Necessaire in die Hand, und dann hat der Militärpolizist, der vor Ort das Kommando hatte, diesen Kriminaler zur Seite genommen und ein ernstes Wörtchen mit ihm geredet.«

Gar nicht so dumm, dachte Lisa Lamm.

»Ich freu mich auf diese Liste«, sagte sie.

»Ja«, erwiderte Tore. »Es könnten ein paar neue Zeugen und Untersuchungen und so erforderlich sein, und da wäre es ja gut, wenn wir uns von Anfang an einig sind.«

»Daniel Johnson fährt die Neunzig-Grad-Nummer«, konstatierte Bäckström am Tag darauf, als er und Lisa Lamm sich trafen, um die letzten Entwicklungen in ihrem Fall zu diskutieren.

»Und was machen wir jetzt?«

»Abgesehen von dem ganzen Gequatsche, bleiben wir bei derselben Linie wie beim Amtsgericht. Wenn du mit neunzig

Grad erfolgreich sein willst, musst du es schon machen, bevor du vor Gericht landest«, sagte Bäckström.

»Ja, wenn man seine Glaubwürdigkeit bedenkt, und was er beim Amtsgericht gesagt hat, dann...«

»Daniel Johnson ist ein Psychopath. Wir müssen also wohl damit rechnen, dass er sein Bestes gibt.«

99

Daniel Johnson gab vor Gericht sein Bestes, und zeitweise war er sogar genauso überzeugend wie auf dem Video, auf dem er zu Boden sank und den Kopf in den Händen wiegte, während ein buddhistischer Mönch Yada Songprawatis Asche in den Wind streute.

An jenem Morgen, an dem alles passiert war, hatte er die Nacht auf dem Sofa im Wohnzimmer verbracht, während seine Frau und ihr Gast im Schlafzimmer lagen. Der Grund dafür war, dass er am Abend zuvor zu viel getrunken hatte, es war kein Ausdruck irgendeines moralischen Abstandnehmens. Das Leben, das Jaidee und er lebten, gründete auf einer gemeinsamen Entscheidung, die beide früh getroffen hatten. Deshalb hatten sie auch beschlossen, mit dem Kinderkriegen noch zu warten. Yada hatten sie im Übrigen bereits ein Jahr vorher kennengelernt, als sie im Goldenen Flamingo in Phuket gewesen waren.

Als er morgens aufwachte, nur eine Stunde vor der Katastrophe, schlich er ins Badezimmer, um Jaidee und ihren Gast nicht zu wecken. Er duschte, putzte sich die Zähne, zog sich Shorts, Sandalen und ein Hemd an und ging zum Hauptgebäude der Anlage hinauf, um die ersten Zeitungen zu kaufen, die nach dem Weihnachtswochenende erschienen, und eine Tasse Kaffee zu trinken. Nachdem an der Rezeption jedoch keine Zeitungen verfügbar waren, unternahm er stattdessen einen Spaziergang am Strand entlang zu einem Café, das einen knappen Kilometer entfernt lag. Dort las er die Zeitung und trank Kaffee, und dort saß er und las, als eine Viertelstunde später plötzlich Jaidee auftauchte, nur zehn Minuten bevor all das passierte, das ihr Leben verändern sollte. Sie hatte an der Hotelrezeption nach ihm gefragt, begriffen, wo er hingegangen war und sich auch auf den Weg zu dem Café gemacht, wo sie während ihres Urlaubs schon mehrmals zusammen gesessen hatten.

Das Café lag dreißig Meter über dem Strand, und als die vier Wellen vorbeizogen, hatten sie kaum nasse Füße bekommen. Übrig blieb das Chaos um sie herum, die Bilder in ihren Augen, das Dröhnen in ihren Ohren, die vollständige Abwesenheit irgendwelcher geordneten Gedanken in ihren Köpfen. Das Leben zusammengefasst in ein paar physischen Überlebensreflexen.

Als sie sich eine Stunde später oben auf der Straße nach Phuket in Sicherheit gebracht hatten, war durch die Geschehnisse auch eine Idee in den Kopf seiner Frau gepflanzt worden. Ein einfacher Gedanke, wie sie sich selbst finanziell unabhängig machen, aber im Übrigen alles so weiterlaufen lassen konnten wie bisher.

Und damit all das Unbegreifliche, was dann passiert war, als seine Frau und seine Schwiegermutter die weiteren Dinge in die Hand nahmen, sodass er selbst nicht denken musste... Natürlich, er hatte Yada aus dem Haus unten am Strand getragen und ihr zuvor den Schmuck seiner Frau angelegt, den Schmuck, den ihm Jaidee gegeben hatte, als sie beide erkannten, welche Gelegenheit sich hier bot. Aber in der Zeit direkt danach hatte das Unbegreifliche ihn jeder Fähigkeit zu denken beraubt, und seine Frau und seine Schwiegermutter hatten es stattdessen für ihn übernommen.

Als die Asche von Yada Songprawati in den Wind gestreut

wurde, war es nicht die Trauer, die ihn zu Boden schlug. Wie auch? Erst eine Stunde zuvor hatte er ja mit Jaidee telefoniert. Sie hatte ihn angerufen, um ihm die Kraft zu geben durchzuhalten, denn bald wäre alles vorbei, und ihr neues Leben konnte beginnen. Stattdessen hatte das Unbegreifliche die Macht über sein Gehirn übernommen. Ihn zusammensinken lassen, ihn dazu gebracht, sich wie ein kleines Kind auf den Boden zu setzen und seinen Kopf in den Händen zu wiegen.

Sechseinhalb Jahre später führen Jaidee und er ein anderes Leben. Ein Leben, auf das er gerne verzichtet hätte, hätte er gewusst, wie es werden würde. Hier endet auch ihr gemeinsames Leben. An einem Sonntag nach Mittsommer, einem Tag, an dem sie auf dem Mälarsee segeln und ihr Boot für die Nacht an der Insel vertäuen, die für ihn der Inbegriff der Sommer seiner Kindheit war. Sie beginnen miteinander zu streiten, und alles läuft aus dem Ruder, genau wie an diesem Vormittag in Khao Lak sieben Jahre zuvor. Er versucht, seiner Frau das alte Kleinkalibergewehr wegzunehmen, ein Schuss löst sich. Dann ein erneuter Versuch, das Unbegreifliche begreiflich zu machen. Das war das Leben, das Daniel nach der Katastrophe geführt hatte, die ihn verschont hatte.

Sein Anwalt ließ außerdem drei neue Zeugen aussagen. Einer davon war Mitglied in dem Bootsclub in Hässelby Strand, und zusammen mit Aufzeichnungen in Daniel Johnsons Kalender im Außenministerium sprach seine Aussage dafür, dass Daniel Johnson vermutlich ein Alibi für den Einbruch in das Segelboot seines Vaters hatte. Vorausgesetzt, der Zeuge machte keine Falschaussage oder hatte sich einfach vertan, und die Notizen im Kalender stimmten mit der Wirklichkeit überein.

Eine andere Zeugin war telefonisch aus Thailand zugeschaltet, und das Gespräch wurde via Skype übertragen. Die Zeugin und Jaidee – die sie unter dem Namen Yada Songprawati gekannt hatte – waren nach dem Tsunami mehrere Jahre enge Freunde gewesen, und sie wusste über Jaidees Missbrauch von Amphetaminen und Kokain, ihre Bisexualität und ihre labile Psyche gut Bescheid. Nach normalem schwedischen Verfahrensstandard war es beinahe Rufmord. Laut Tore »Totalverteidigung« Eriksson, der in seinem Schlussplädoyer eine große Nummer aus ihrer Aussage machte, wäre das leider notwendig gewesen, um die Beziehung von Daniel Johnson und Jaidee Kunchai und den starken und destruktiven Einfluss, den sie auf ihren Mann gehabt hatte, sichtbar werden zu lassen.

Der schwerwiegendste Zeuge war ein herausragender forensischer Experte für Schusswunden, den Tore Eriksson aus Deutschland einbestellt hatte. Er war sowohl ausgebildeter Arzt als auch Kriminaltechniker. Viele Jahre lang hatte er als forensischer Experte beim Bundeskriminalamt in Wiesbaden gearbeitet. Nach seiner Pensionierung arbeitete er weiter als privater Berater. Er hatte bei Hunderten von Gerichtsverfahren in Deutschland, aber auch in den Nachbarländern als Zeuge ausgesagt.

Über die Art, auf die Jaidee Kunchai erschossen worden war, war er anderer Meinung als seine schwedischen Kollegen. Er hatte Verschiedenes gefunden, das für einen Tathergang sprach, wie Daniel Johnson ihn in dem ergänzenden Teil der Voruntersuchung beschrieben hatte, die ihm vor der Verhandlung vorgelegt worden war.

»Was halten wir von der Sache mit dem Schuss?«, fragte Lisa Lamm nach dem letzten Verhandlungstag, und diesmal war die Frage nicht an Bäckström, sondern an Niemi gerichtet.

»Tja«, sagte Niemi. »Wenn Johnson den Anstand gehabt

hätte, das alles schon in der einleitenden Voruntersuchung auszuspucken, will ich nicht ausschließen, dass ich seiner Meinung gewesen wäre.«

»Aber jetzt? Was glauben Sie jetzt?«

»Ein tüchtiger Schüler. Mit einem phänomenalen Lehrer. Eriksson ist übrigens in Haparanda geboren, genau wie ich. Aber das wussten Sie vielleicht schon. Tore »Totalverteidigung« Eriksson ist in Tornedalen eine lebende Legende.«

»Nein«, erwiderte Lisa Lamm. »Das wusste ich nicht, aber dass Sie beide Norrländer sind, ist ja kaum zu übersehen.«

»Und die lügen schließlich nie.« Niemi lächelte.

»Nein. Angeblich nicht.«

100

Das Verfahren im Oberlandesgericht begann bereits in der ersten Dezemberwoche, und wieder war das Gericht in der Zusammensetzung verstärkt worden. Statt drei Richtern gab es vier. Nachdem alle existentiellen Fragen inzwischen von der Tagesordnung gestrichen werden konnten, waren nur drei Tage und ein Reservetag angesetzt. Letzterer wurde nicht genutzt, und das Urteil am Freitag, 17. Dezember, um elf Uhr morgens verkündet. In den Medien fand es so gut wie keine Beachtung, mit Ausnahme einzelner Notizen in der Tagespresse und einem sehr kurzen Artikel im Lokalteil von *Dagens Nyheter*. Auch das Urteil selbst war kurz gefasst. Inklusive Anlagen umfasste es etwa fünfzig Seiten, was aus mehreren Gründen seltsam war, nicht zuletzt, weil das Gericht sich alles andere als einig gewesen war.

Einer der vier Richter und beide Schöffen hatten Daniel Johnson in drei der vier Anklagepunkte freigesprochen, und zwar alle mit dem gleichen Argument.

Die Beweise, die die Staatsanwältin gegen ihn angeführt hatte, erfüllten ihnen zufolge nicht die Forderung nach Zweifelsfreiheit. Deshalb hatten sie sich dafür entschieden, ihn in den Punkten Mord beziehungsweise Totschlag, Nachstellung eines Zeugen und versuchtem schweren Diebstahl freizusprechen und ihn gleichzeitig wegen Störung der Totenruhe zu verurteilen, ein Verbrechen, das er ja auch gestanden hatte.

Drei der Richter waren dagegen ganz der Linie der Staatsanwaltschaft gefolgt und hatten ihn in allen vier Punkten verurteilt. Als man das Ganze nach dem Gesetz, dass bei gleicher Stimmanzahl die mildere Alternative ausschlaggebend war, aufsummiert hatte, wurde das Urteil verkündet. Das Oberlandesgericht verurteilte Daniel Johnson wegen Störung der Totenruhe zu zwei Jahren Gefängnis und sprach ihn in allen übrigen Anklagepunkten frei.

Lisa Lamm und alle Polizisten in ihrem Ermittlerteam schüttelten den Kopf. Lamm forderte eine Überprüfung beim höchsten Gericht. Nicht, weil sie sicher war, dass sie bewilligt würde, sondern nur, weil sie nichts mehr zu verlieren hatte.

Nachdem der Freispruch des Oberlandesgerichts öffentlich geworden war, atmete Kriminalkommissarin Annika Carlsson dreimal tief durch und rief dann Haqvin Furuhjelm an. Es war übrigens das erste Mal in ihrem Leben. Im Normalfall riefen ihre Auserwählten nämlich sie an. Nicht umgekehrt.

»Hallo, Haqvin«, sagte Annika. »Sie fragen sich vielleicht, warum ich anrufe?«

»Nein, eigentlich nicht« antwortete Haqvin. »Ich denke, Sie haben es sich überlegt und wollen mit zum Segeln. Das Problem ist nur, dass das nicht geht.«

»Warum nicht?«

»Mein Boot liegt in der Werft und ruht sich bis zum Sommer aus.«

»Und was machen wir da?«

»Gute Frage. Haben Sie einen Vorschlag?«

»Ja, tatsächlich. Ich wollte mich für Ihre Hilfe bedanken. Dass es am Ende nicht ganz so gut gelaufen ist, liegt wirklich nicht an Ihnen.«

»Es ist, wie es ist. Aber er hat es getan, oder?«

»Ja. Klar hat er es getan.«

»Dann sind wir mit dieser Meinung schon zu zweit. Es ist zwar über dreißig Jahre her, dass ich ihn zuletzt gesehen habe, aber ich stimme ihnen absolut zu. Er war schon damals etwas zu listig für meinen Geschmack.«

»Sie sind das aber nicht, Haqvin.« Annika atmete zur Sicherheit noch einmal tief durch.

»Wie meinen Sie das?«

»Tja. Eigentlich wollte ich Sie nach Gröna Lund einladen. Ich hätte es Ihnen beim Fünfkampf so richtig gezeigt, und danach hätten wir Hamburger gegessen und ein paar Bierchen getrunken und ich hätte den ganzen Spaß bezahlt. Das Problem ist nur, dass die seit drei Monaten Winterpause haben.«

»Ich verstehe«, sagte Haqvin. »Ich hab wie gesagt dasselbe Problem. Die *Cio-Cio San* liegt ja auch in der Werft.«

»Na dann«, erwiderte Annika. »Dann schlage ich vor, wir treffen uns heute Abend, und ich lade Sie zu einem guten Essen in einem schönen Lokal in Södermalm ein. Die haben gutes Fleisch und sogar ganz nette Rotweine für Leute wie Sie.«

»Das erste Mal in meinem Leben. Wirklich. Das erste Mal, dass mich eine Frau ins Restaurant zum Essen einlädt.«

»Und, kommen Sie damit klar?«

»Ich glaub schon.«

Acht Stunden später stellte Annika Carlsson die entscheidende Frage. Nach einer Flasche Wein, fünf Bier, einem Cognac und einem Calvados, zwei ganz ausgezeichneten gegrillten Steaks und einer Rechnung, die sie gleich bezahlen würde.

»Ich habe über etwas nachgedacht«, sagte sie. »Normalerweise tue ich das nicht, aber diesmal schon.«

»Was denn?«, fragte Haqvin.

»Ob das hier unser erstes oder unser drittes Date ist.«

»Ich persönlich bin auf jeden Fall der Meinung, es ist unser drittes.«

»Wie gut. Dann schlage ich vor, dass wir zu mir fahren. Dann kannst du mal sehen, wie jemand wie ich wohnt.«

»Oder zu mir. Dann kannst du sehen, wie ich wohne. Außerdem wohne ich näher.«

»Ich weiß, wie du wohnst. Das hab ich schon herausgefunden. Ich bin schließlich Polizistin, schon vergessen?«

»Nein.«

»Gut. Wenn du ein Taxi bestellst, kann ich so lange bezahlen.«

Ein paar Tage nachdem sich Annika Carlsson mit ihrem ehemaligen Zeugen Haqvin Furuhjelm getroffen hatte, führte ihr Chef Evert Bäckström ein Gespräch mit seinem treuen Freund und Mitarbeiter Slobodan Milosevic. Zuerst redeten sie über gemeinsame Geschäfte, doch sie kamen recht bald zu wesentlicheren Fragen.

»Ich hab in der Zeitung gesehen, dass dieser Hampelmann, der meinen Sohn bedroht hat, mit zwei Jahren Gefängnis davongekommen ist«, stellte Slobodan fest. »Erzähl mal, wann kommt er raus?«

»Nicht zum Sommer«, antwortete Bäckström. »Aber zum Herbst. Sie haben ihn schon aus dem Knast in eine offenere Anstalt überführt. Dass der oberste Gerichtshof unserem Antrag auf Prüfung stattgibt, können wir wohl leider vergessen, glaub ich.«

»Meinem Sohn geht es nicht gut. Ich hab ihn gefragt, aber er behauptet, es ist okay. Er sagt, er und seine Freunde aus der

Detektiv-Aktiengesellschaft, in der er Vorstandsvorsitzender ist, hätten den Totenschädelmörder absolut unter Kontrolle.«

»Aber du fragst dich, was Johnson so treibt.«

»Ja, klar. Im Hinblick darauf, wie es meinem Sohn geht.«

»Drei Sorten Brotbelag zum Frühstück, drei Mahlzeiten am Tag, eigenes Zimmer mit Fernseher.«

»Klingt fast, als sollte ich da einziehen«, sagte Slobodan. »Wo kriegt man das denn?«

»In der Klasse-zwei-Abteilung der Anstalt in Österåker«, antwortete Bäckström. »Liegt in Åkersberga draußen. So wie ich es verstanden habe, soll er in der Wäscherei arbeiten, damit er Umgang mit allen anderen unschuldig Verurteilten hat.«

»Klingt nicht wie ein Ort, an dem meine alten Freunde so landen.«

»Schön zu hören. Ich persönlich hab den Eindruck, so was lässt sich immer regeln.«

»Glaub ich auch.« Slobodan erhob sein Glas. »Prost, Bäckström.«

»Prost. Wenn ich Edvin sonst noch mit etwas helfen kann, gib einfach Bescheid.«

EPILOG

Zwei Tage vor dem Luciafest meldete die Marine eine weitere U-Boot-Jagd im Hårsfjärden in den südlichen Schären um Stockholm, und diesmal hatte man »ganz sichere Indikationen«, dass sich ein kleineres U-Boot unbekannter Nationalität in schwedischen Gewässern befand. Zum wievielten Mal wusste natürlich keiner, inzwischen hatte man sogar den Überblick darüber verloren, wie oft man sie schon entdeckt hatte, aber im Unterschied zu allen früheren Gelegenheiten war diese Jagd bereits am Tag darauf erfolgreich abgeschlossen worden. Der entscheidende Grund dafür waren die beiden amerikanischen Kampfhubschrauber, die man sich von den neuen militärischen Kooperationspartnern geliehen hatte, sowie die amerikanischen Ratgeber in der Besatzung. Und nicht zuletzt war ein völlig neuer, bisher unerprobter Zielroboter für die Jagd auf U-Boote im Einsatz gewesen, The Ghostfinder.

Am frühen Morgen hatte man deutliche Signale von zwei Warnungsbojen erhalten, die schon seit langem im Hårsfjärden angebracht waren. Der operative Chef gab seine Genehmigung, und der Schütze an Bord des Helikopters betätigte den Knopf, sobald er sicher war, dass sich dort unten am Meeresgrund etwas Großes entlangbewegte. Der Ghostfinder erledigte den Rest, und die Taucher, die anschließend hinuntergeschickt wurden, bestätigten so gut wie umgehend, dass ein kleineres U-Boot von insgesamt acht Metern Länge auf dem Grund des Hårsfjärden lag, und dass es –

abgesehen nun von einem zehn Zentimeter großen Loch auf der Backbordseite des Rumpfs – im Großen und Ganzen intakt wirkte. Bereits am Luciatag hatte man es geborgen, zur Marinebasis auf Muskö gebracht und die technische Untersuchung eingeleitet. Im Inneren des U-Boots befanden sich drei Besatzungsmänner, alle tot, doch in einem Zustand, der für die rechtsmedizinischen und kriminaltechnischen Maßnahmen, die sie erwarteten, völlig ausreichte.

Die erfolgreichen Jäger teilten ihre Beute auf wie in jeder Jagdmannschaft. Das U-Boot selbst wurde mit aller Geheimhaltung in die USA geflogen, wo es im Labor des amerikanischen Nachrichtendienstes in Arlington, Virginia landete, etwas südlich von Washington D.C., während die drei Besatzungsmitglieder ins Nationale Forensische Zentrum in Linköping verfrachtet wurden.

Sämtlichen am Einsatz Beteiligten war absolute und vollständige Geheimhaltung auferlegt worden. Die schwedische Regierung, der Oberbefehlshaber und der Generalstab hatten geschwiegen wie ein Grab, und bereits im Laufe einiger Stunden wussten so gut wie alle Medien und Bürger der westlichen Welt, was passiert war. Kurz und gut, die Jäger hatten Großwild zu Fall gebracht.

Dass das U-Boot über keinerlei Nationalitätskennzeichnung verfügte und die Besatzung keine Pässe bei sich hatte war im Hinblick auf den Charakter des Auftrags vielleicht nicht so verwunderlich, aber auch in allem Übrigen hatten diejenigen, die es losgeschickt hatten, ihr Bestes getan. Nicht die kleinste Ziffer, kein Buchstabe oder ein anderes menschliches Symbol gab einen Hinweis auf den Ursprung des Objekts. Von Herstellungsnummern oder Firmenmarkierungen auf seinen Bauteilen ganz zu schweigen. Das Gleiche galt für die Besatzung. Keine Zahnreparaturen, Tätowierungen oder Etiketten in der Kleidung verrieten etwas über ihr Heimatland.

Die Nachrichtendienste behaupten immer, alles, was ein Mensch verbergen könne, könne ein Mensch auch aufdecken, und diesmal reichte eine Woche, diese These zu bestätigen. Der amerikanische Nachrichtendienst fand nicht nur heraus, von welchen Herstellern die Teile des U-Boots stammten. Er wusste nicht nur den Namen der Werft, die sie zusammengeschraubt hatte oder des Stahlwerks, der den Hauptteil des Rumpfs geliefert hatte. Er wusste sogar, in welcher Grube das dafür verwendete Eisenerz gewonnen worden war.

Das Forensische Zentrum stand ihnen in nichts nach. Die Rechtsmediziner und Kriminaltechniker sicherten eine Unmenge an Informationen, die alles beantworteten, was man über die Besatzung wissen musste. So beispielsweise die schlampig entfernte Tätowierung, die man mit moderner Schichtröntgentechnik dokumentiert hatte, und die zeigte, dass der Mann, der sie einmal getragen hatte, der Marineabteilung der GRU Speznas angehört hatte.

Höchste Zeit, dies alles öffentlich zu machen, und die gesamte westliche Welt erhob sich wie ein Mann und zeigte mit dem Finger auf die Republik Russland. Ganz vorne stand der schwedische Staatsminister.

Die Russen selbst stritten jegliches Wissen über das Eingetroffene ab und drückten ihr Bedauern darüber aus, in welchem Irrglauben ihre nächsten Nachbarn neuerdings zu leben schienen. Sie lieferten sogar alternative Täter. Aus irgendeinem der Ostsee-Nachbarländer. Ein Mitgliedsstaat der Nato und der EU, vielleicht sogar eine sorgfältig vorbereitete falsche Fährte, um die Welt hinters Licht zu führen.

Vor dem Hintergrund der Ressourcen, über die die Militärindustrie der westlichen Welt inzwischen verfügte, wollte man nicht einmal eine private Initiative ausschließen. Zum Abschluss hatte man dann die Hoffnung zum Ausdruck gebracht, dass ihre Verleumder zur Vernunft kommen würden, und sich damit die politische Lage wieder normalisierte.

Eine Konsequenz der oben beschriebenen Ereignisse, von der die Medien keinen Piep berichteten, war, dass der schwedische Kriminalkommissar Evert Bäckström nie die Alexander-Puschkin-Medaille aus der Hand des russischen Präsidenten entgegennahm. Und die einstündige Reportage im russischen Staatsfernsehen, in der er für seine bemerkenswerten polizeilichen Einsätze gerühmt werden sollte, wurde aus dem Programm genommen und durch eine Natursendung über die Bedeutung des russischen Birkenwalds für die russische Volksseele und den russischen Gemütszustand ersetzt worden.

Bäckströms persönlicher Abgesandter GeGurra erhielt die Kunde davon drei Tage vor Heiligabend von seinem russischen Kontakt. Im Übrigen würde die Republik Russland ihr fünfundzwanzigjähriges Jubiläum feiern wie geplant. Bäckström dagegen musste warten, bis die Beziehungen zwischen Russland und Schweden sich normalisiert hatten.

Bäckström nahm die Nachricht wie ein Mann. Die ausbleibende Medaille kümmerte ihn wenig. Nicht zuletzt, seit er mithilfe von Google herausgefunden hatte, dass sie offenbar nur aus neunkarätigem Gold bestand, und wer wollte schon mit einem gewöhnlichen Stück Kupfer auf der Brust herumlaufen? Allerdings konnte er nur schwer verstehen, was dagegen sprach, ihm den versprochenen Wodka in seiner Flasche aus reinem Gold und der Schatulle aus langsam gewachsenem Birkenholz ganz einfach per Post zuzuschicken. Was ihn jedoch am meisten enttäuscht hatte, war, dass der russische Präsident Wladimir Putin offensichtlich ein Mann war, der nicht zu seinem Wort stand.

»Ein guter Mann hält, was er verspricht«, sagte Bäckström am Telefon zu GeGurra. »Das kannst du ihm gern von mir ausrichten.«

In diesem Punkt schwieg GeGurra und versicherte stattdessen, das Ganze werde auf lange Sicht bestimmt in Ordnung kommen. An Russland sei nichts auszusetzen, und die Menschen, die dort lebten, seien gute Menschen.

»Also, mein lieber Bruder«, sagte GeGurra. »Ich bin davon überzeugt, dass sich das alles irgendwann auf die beste Art lösen wird. Es gibt wirklich keinen Grund, die Flinte ins Korn zu werfen.«

Bäckström legte zur Antwort einfach auf. Was zum Henker ist hier los, dachte er. Was ist mit meiner Wodkaflasche aus reinem Gold in der Schatulle aus wertvollem Birkenholz passiert? Was bekam er stattdessen? Leere Versprechungen von einem notorischen Kunstbetrüger und Schwanzlutscher wie seinem ehemaligen Freund GeGurra. Wo soll das mit dieser verdammten Welt noch hingehen? Bäckström schüttelte in der Einsamkeit seiner Wohnung auf Kungsholmen den Kopf.

Erst an Heiligabend gab es endlich ein paar gute Neuigkeiten. Er und sein guter Nachbar und Helfershelfer Slobodan saßen in Bäckströms Wohnzimmer und wärmten sich für das Mittagessen auf, für das Slobodans Frau Dusanka in ihrer Küche zwei Stockwerke weiter oben gerade die letzten Handgriffe erledigte. Natürlich assistiert vom kleinen Edvin, dem geliebten Sohn, aber auch Bäckströms respektiertestem und jüngsten Mitarbeiter.

Während Bäckström und Slobodan Erfahrungen über die Zeit austauschten, in der sie lebten, und sich darauf einigten, dass das Leben trotz allem weiterging, klingelte Bäckströms Telefon. Es war ein Kollege, der über die Feiertage als Wachhabender im Polizeidistrikt Norrort arbeitete. Er meldete sich bei ihm, weil er etwas zu berichten hatte. Bäckström hatte erst nicht kapiert, worum es ging, nur, dass es offenbar etwas mit seinem alten Fall Daniel Johnson zu tun hatte und dass der Kollege ihn informieren wollte, falls jemand von den Medien mit ihm Kontakt aufnehmen und um einen Kommentar bitten würde.

»Wollt ihr ihn aus Österåker entlassen?«, fragte Bäckström, der im Hinblick auf das Urteil des Oberlandesgerichts nicht einmal das ausschließen wollte.

»Du bist ja lustig, Bäckström«, erwiderte sein Kollege. »Wie zum Teufel sollte das denn gehen? Deine Kollegen von der Technik waren schon heute Nacht da und haben ihn rausgetragen. Sie haben ihn nach Stockholm mitgenommen. Was hast du denn gedacht? Dass wir ihn an der Raststätte vergraben?«

»Was du nicht sagst«, sagte Bäckström.

Endlich geht mal was vorwärts, dachte er.

Die Leiche des inzwischen verstorbenen Daniel Johnson war bereits am Tag zuvor in der Wäscherei der Anstalt gefunden worden. Offenbar war Johnson in den großen Trockner gekrochen und zufällig an den Knopf an der Außenseite gekommen, unklar wie. So geschehen jedenfalls, und dort drinnen hatte er sich so lange im Kreis gedreht, bis einer seiner Mitgefangenen seine Lage bemerkt und den Trockner ausgeschaltet hatte.

Bäckström wünschte fröhliche Weihnachten, beendete das Gespräch und kehrte zu seinem Lieblingssessel und dem gemütlichen Beisammensein mit Slobodan zurück, während er ihm kurz gefasst von Daniel Johnsons letzter Reise Bericht erstattete.

Slobodan sagte nicht sehr viel. Nickte meist. Wirkte nicht einmal sonderlich verblüfft.

»Was meinst du, Bäckström?«, fragte er. »War es Selbstmord oder ein Unfall?«

»Ich tendiere zu Ersterem«, antwortete Bäckström. »Diese Suizi-

danten sind manchmal schrecklich erfindungsreich, wenn es drauf ankommt. Frohe Weihnachten übrigens«, fügte er hinzu und erhob sein Glas.

Akkarat Bunyasarn rief Nadja im neuen Jahr an. Nicht, um einen verspäteten Neujahrsgruß zu überbringen, sondern weil er Neuigkeiten hatte, die er ihr erzählen wollte. Eine Bestätigung dessen, was sie sich bereits gedacht hatten.

Durch seinen schwedischen Anwalt hatte Jaidees Bruder die Überreste seiner Schwester nach Thailand zurückverlangt, sobald das Amtsgericht Daniel Johnson wegen Mordes verurteilt hatte. Im Hinblick darauf, dass das Oberlandesgericht etwa einen Monat später dieses Urteil abändern sollte, war der Beschluss der Staatsanwältin möglicherweise übereilt gewesen, aber da Daniel Johnson selbst keine Einwände gehabt hatte, war sie dem Wunsch seines ehemaligen Schwagers trotzdem nachgekommen. Die Überreste Jaidee Kunchais waren zurück in ihr Heimatland überführt worden, und am Neujahrstag hatte Ned Kunchai seine Schwester nach buddhistischer Tradition begraben.

Ihre Überreste waren kremiert und die Urne mit ihrer Asche in das Familiengrab auf dem Militärfriedhof gebracht worden, in dem sie jetzt zwischen ihrem Vater und ihrer Mutter ruhte. Nur zwei Personen waren bei der Zeremonie anwesend gewesen. Jaidee Kunchais Bruder Ned Kunchai, nunmehr das Familienoberhaupt, und ein alter Freund der Familie, der auch ein Kollege von Jaidees seit langem verstorbenen Vater gewesen war. Ein hochrangiger Offizier der thailändischen Armee.

»Alle Puzzleteile am Platz«, konstatierte Akkarat Bunyasarn, als er via Skype mit Nadja sprach.

»Alle Puzzleteile am Platz«, pflichtete sie ihm bei.

Endlich, dachte sie.

Die schwedische Originalausgabe erschien 2016 unter dem Titel
»Kan man dö två gånger?« bei Albert Bonniers, Stockholm.

Sollte diese Publikation Links auf Webseiten Dritter enthalten,
so übernehmen wir für deren Inhalte keine Haftung,
da wir uns diese nicht zu eigen machen, sondern lediglich auf
deren Stand zum Zeitpunkt der Erstveröffentlichung verweisen.

Dieses Buch ist auch als E-Book erhältlich.

Verlagsgruppe Random House FSC® N001967

1. Auflage
Copyright © 2016 by Leif GW Persson
Copyright © der deutschsprachigen Ausgabe 2020 by btb Verlag
in der Verlagsgruppe Random House GmbH,
Neumarkter Straße 28, 81673 München
Published by agreement with Salomonsson Agency
Satz: Uhl + Massopust, Aalen
Druck und Einband: CPI books GmbH, Leck
Printed in the Czech Republic
ISBN 978-3-442-75747-3

www.btb-verlag.de
www.facebook.com/btbverlag

LEIF GW PERSSON

bei btb

Kommissar Bäckström ermittelt
Mörderische Idylle. Kriminalroman
Sühne. Kriminalroman
Der glückliche Lügner. Kriminalroman
Wer zweimal stirbt. Kriminalroman

»Leif GW Persson ist Schwedens bester Kriminaler.«
COSMOPOLITAN

»Evert Bäckström ist längst der berühmteste Detektiv des schwedischen Krimis.«
Dagens Nyheter

btb